CANÇÕES DE UM SONHADOR MORTO
& ESCRIBA--SINISTRO

THOMAS LIGOTTI

CANÇÕES DE UM SONHADOR MORTO & ESCRIBA- -SINISTRO

TRADUÇÃO
Débora Landsberg
Renato Marques

Grafia atualizada segundo o Acordo Ortográfico da Língua Portuguesa de 1990, que entrou em vigor no Brasil em 2009.

Título original
Songs of a Dead Dreamer & Grimscribe

Capa e ilustração
Toda Oficina

Ilustrações de miolo
Prasit Rithtem/ Shutterstock

Preparação
Cristina Yamazaki

Revisão
Marise Leal
Ana Luiza Couto

Dados Internacionais de Catalogação na Publicação (CIP)
(Câmara Brasileira do Livro, SP, Brasil)

Ligotti, Thomas
 Canções de um sonhador morto & Escriba-sinistro /
Thomas Ligotti ; tradução Débora Landsberg, Renato
Marques. — 1ª ed. — Rio de Janeiro : Suma, 2023.

 Título original : Songs of a Dead Dreamer &
 Grimscribe.
 ISBN 978-85-5651-187-4

 1. Contos – Coletâneas 2. Contos de terror – Literatura norte-americana I. Título.

23-156954   CDD-813

Índice para catálogo sistemático:
1. Contos : Literatura norte-americana   813

Tábata Alves da Silva – Bibliotecária – CRB-8/9253

Todos os direitos desta edição reservados à
EDITORA SCHWARCZ S.A.
Praça Floriano, 19, sala 3001 — Cinelândia
20031-050 — Rio de Janeiro — RJ
Telefone: (21) 3993-7510
www.companhiadasletras.com.br
www.blogdacompanhia.com.br
facebook.com/editorasuma
instagram.com/editorasuma
twitter.com/editorasuma

SUMÁRIO

Apresentação de *Jeff Vandermeer*   7

CANÇÕES DE UM SONHADOR MORTO

Sonhos para sonâmbulos   **17**
   A galhofa   19
   Les Fleurs   32
   A última aventura de Alice   39
   Sonho de um manequim   54
   A trilogia nictalope   66
     I: O químico
   A trilogia nictalope   76
     II: Beba a mim somente com olhos labirínticos
   A trilogia nictalope   84
     III: Olho de lince
   Notas sobre a escrita de horror: um conto   92

Sonhos para insones   **109**
   As noites de Natal da tia Elise   111
   A arte perdida do crepúsculo   118
   Os problemas do dr. Thoss   133
   Baile de máscaras de uma espada morta: uma tragédia 143
   Dr. Voke e sr. Veech   160
   As aulinhas do professor ninguém sobre o horror sobrenatural   169

Sonhos para os mortos   **175**
   O hospício do dr. Locrian   177

A seita do idiota 185
O grande festival de máscaras 194
A música da lua 200
O diário de J. P. Drapeau 207
Vastarien 213

ESCRIBA-SINISTRO: SUAS VIDAS E OBRAS

Introdução 229

A voz dos malditos 231
A última festa de Arlequim 233
Os óculos na gaveta 268
Flores do abismo 279
Nethescurial 287

A voz do demônio 301
O sonho em Nortown 303
O místico de Muelemburgo 322
Na sombra de outro mundo 329
Os casulos 340

A voz do sonhador 349
A escola noturna 351
O glamour 361

A voz da criança 371
A biblioteca de bizâncio 373
Senhorita Plarr 385

A voz do nosso nome 395
A sombra no fundo do mundo 397

APRESENTAÇÃO

Nos últimos trinta anos, Thomas Ligotti produziu uma obra extraordinária sob a forma de contos — evidenciada aqui por suas duas primeiras coletâneas, *Canções de um sonhador morto* (1985) e *Escriba-sinistro: Suas vidas e obras* (1991). A primeira edição de *Canções* foi lançada em 1985 pela Silver Scarab Press, de Harry O. Morris, em uma tiragem de trezentos exemplares com capa de Morris e introdução de Ramsey Campbell. O livro recebeu o merecido reconhecimento depois de ser lançado para o público mais amplo, em 1989, mas a primeira edição ainda é uma joia na nossa coleção de livros. Lembro-me de folheá-lo e ter a sensação de que examinava um artefato que escapulira de outro universo. Na época de sua publicação, em 1991, *Escriba-sinistro* foi considerado por alguns o típico segundo livro, como se Ligotti tivesse dado um passo atrás em termos de qualidade. Com o tempo, no entanto, leitores e críticos reconheceram que a coletânea é, no mínimo, mais esplêndida, mais centrada e mais madura do que *Canções*.

Em que lugar do cosmos ficcional as histórias de Ligotti existem? No mesmo espaço fixo, atemporal, que as de Edgar Allan Poe e Franz Kafka.* Como nas narrativas de Poe e Kafka, sua ficção é transformadora em virtude da forma única que o autor tem de ver o mundo e por ser inovadora de modos visíveis (a experimentação formal) e invisíveis (a experimentação dissimulada que revela sua presença apenas pelo impacto causado no leitor). Ao contrário do que acontece com a ficção de Poe, essa característica da obra de Ligotti não pode ser imitada de modo significativo e resiste ferozmente à popularização pelo mercado. Ao contrário dos contos de Kafka, a prosa de Ligotti é tão visceral que incomoda e (apesar de às

---

* Ligotti admite que H. P. Lovecraft foi uma influência inicial em sua obra. Entretanto, em uma espécie de conto de horror metafísico, Ligotti consumiu Lovecraft desde cedo e deixou para trás sua carcaça seca depois de aproveitar a base de que precisava para as próprias invenções. (A maioria dos escritores, em comparação, é consumida por Lovecraft quando tenta devorá-lo.)

vezes profundamente absurda) é hostil demais a certo tipo de jocosidade para ser inclusa no cânone tradicional. Mas, em todos os três casos, há algo que impede que a obra fique datada com o tempo: uma voz singular, à distância certa de seu tema. Uma falta proposital de especificidade decorre das preocupações naturais do autor. Narradores anônimos e cidades anônimas, por exemplo, possibilitam uma imprecisão correspondente ou do personagem ou da ambientação, uma imprecisão que, perversamente, cria a âncora necessária para que o leitor fique em transe, mesmo daqui a um século, viajando sob estrelas estranhas.

Talvez essas características também reflitam o fato de que, embora Ligotti tenha surgido de gêneros bizarros e sinistros, ele sempre esteve *de passagem* por essas regiões. Ao me recordar do mundo do horror de meados dos anos 1980 a meados dos anos 1990, lembro que foi marcado por certo conservadorismo e uma devoção geral ao naturalismo. Em suas manifestações mais extremadas, esse culto à causalidade pragmática se tornou o hiper-realismo dos subgêneros dedicados a retratar a violência e o sexo explícitos. Opondo-se a essas tendências, havia um punhado de vozes únicas, como a dos escritores Kathe Koja, Caitlín R. Kiernan, Poppy Z. Brite e Clive Barker, que às vezes acrescentavam elementos de horror corporal surreal, decadentista, neogótico ou genuinamente transgressor.

Ligotti surgiu dessa comunidade? Na verdade, não. A obra dele, sui generis, por acaso foi lançada nesses meios naquela época. Sugerir o contrário seria como dizer que a vizinhança onde mora um médico tem um imenso significado quando ele tem seu momento de eureca depois de pesquisas em seu laboratório. Nesse sentido, Ligotti está alinhado a iconoclastas como Angela Carter e Haruki Murakami e a autores do Leste Europeu como o supracitado Kafka, Alfred Kubin e, em certa medida, o notável Bruno Schulz. Aliás, textos brilhantes excepcionais como o onírico "The Town of Cats" (1935), de Sakutarō Hagiwara, e o anormalmente proustiano "The Beak Doctor" (1977), de Eric Basso, surpreendem pelo estilo à la Ligotti, embora não sejam influências diretas — exatamente porque, assim como a obra de Ligotti, existem em um espaço singular entre o horror e o surreal, entre o visceral e o filosófico. Trata-se de um espaço especial, impossível de encontrar em algum mapa, um espaço em que o sobrenatural resiste aos rótulos e em que todas as tentativas de nomeação deixam a pesquisa formal sem saber se uma sombra ou um reflexo em particular faz parte do mundo natural ou extraordinário.

Na obra de Ligotti, o sobrenatural existe como esteio de ideias que servem de feroz questionamento ao nosso estilo de vida, evocando comparações com realistas literários tão diferentes quanto John Cheever e Shirley Jackson. Pode parecer uma ideia audaciosa, mas, se arrancarmos Ligotti das garras da ficção bizarra, perceberemos que sua universalidade existe em um nível inesperado — não porque a ficção bizarra não lida com questões e ideias complexas, mas porque o contexto da ficção bizarra dá ênfase total ao fantástico, suprimindo nossa capacidade de ver qualquer outra coisa. Temporariamente desenganchada do bizarro, a ficção de Ligotti pode ser mais bem entendida como um questionamento contínuo da legitimidade de nossa vida moderna. Ele está explorando o baixo-ventre da modernidade — pessoal e social. Seu interesse é pela desgraça subjacente, pouco importando se ocorre apenas na mente ou se é expressa por ações. Por essa razão, os filmes de David Lynch e a ficção de Thomas Ligotti às vezes conversam de um jeito interessante.

Ligotti se lança nessa exploração, nessa espécie de abordagem *Veludo azul*, desde o primeiríssimo conto de *Canções*, "A galhofa". O início banal dessa história ambientada no subúrbio poderia ser o começo de uma narrativa comum à la *New Yorker* — e, se Ligotti quisesse, poderia ter reforçado a verdade sobre a superfície da vida moderna; poderia ter escrito a história de um marido e uma esposa em conflito, com o trabalho do marido servindo apenas de combustível para as discussões. Porém, Ligotti adverte que está interessado na subversão: a janela da racionalidade é estilhaçada pelo irracional. Pode-se até argumentar que a janela é quebrada pelos medos do marido, que de um jeito estranho meio que se tornam um desejo pervertido.

Uma das primeiras incursões de Ligotti pela experimentação formal, "Notas sobre a escrita de horror: um conto" parece de início uma versão metaficcional de uma janela estilhaçada, mas acresce viscosidade e camadas de realismo à medida que o conto progride. Como em "O Leonardo", de Vladimir Nabokov, Ligotti diz ao leitor que está reunindo certos elementos fictícios para transmitir sua história... e então, assim como Nabokov, consegue fazer com que o leitor se esqueça de que está lendo um conto, o "sonho fictício" se fechando com uma sensação de claustrofobia digna de um casulo. Ao mesmo tempo, "Notas sobre a escrita de horror" é uma paródia sem dó nem piedade de certos métodos de ficção sobrenatural — é causticamente engraçado; tem uma graça com escárnio e uma risadinha. De certo modo, incomoda porque, miraculosamente, conquista o escárnio. Numa espécie de declaração velada de intenção dada por Ligotti, o conto é uma obra brutal, intransigente, e uma proverbial operação de risco no papel. Só me resta imaginá-lo como um ovo de cuco posto no ninho do terreno do horror que existia à época.

Esses tipos de subversão continuam em um estilo mais delicado em contos como "A última aventura de Alice", em que Ligotti usa um pouquinho de Lewis Carroll a fim de parodiar o "sobrenatural engraçadinho" tanto de Edward Gorey como de Gahan Wilson. O elemento da brincadeira não está na apropriação das coisas grotescas da infância, mas na voz do autor idoso justaposta a uma série de encontros inquietantes. Depois que a janela se quebra, não só as coisas podem entrar por ela como você pode *sair*. Mas *pelo que vale a pena sair*? Uma interpretação plausível do conto poderia ser de que o tema é a irracionalidade e as contradições do envelhecimento. Um retoque aqui e ali e essa interpretação seria a superfície da história, não apenas parte do subtexto.

Do mesmo modo, a história essencial de *Escriba-sinistro*, "A última festa de Arlequim", cria seus maiores efeitos tanto por meio do mundano como do fantástico. Um antropólogo visita a cidade de Mirocaw por curiosidade, quer conhecer um festival pomposo que inclui palhaços. Em um tom completamente frio que possibilita ao autor andar na corda bamba entre o absurdo e o horrendo, o metafísico e o visceral, o antropólogo chega à conclusão de que cometeu um erro irrevogável. Boa parte do prazer vem do narrador suprindo ao leitor informações antes omitidas e pesquisas sobre atividades de palhaços que não raro têm um humor cáustico. (Aliás, Ligotti sempre foi um escritor engraçadíssimo, um atributo que o leitor saboreia mais facilmente após se aclimatar a seus elementos sobrenaturais.)

Mas o conto também desenvolve o interesse de Ligotti por uma espécie de experiência de classe média, ou vida comum, perturbada pelo extraordinário — o que refuta não somente a visão dos narradores sobre si mesmos mas também a ideia de que o comum é mundano, de que a superfície também é o subtexto. Até certo ponto, Ligotti tece aí um comentário sobre a modernidade por meio do conceito de ritual, e como o ritual permeia nossa vida em circunstâncias tanto comuns como *outré*. O ritual é como uma máscara que restringe o que acontece nas nossas vidas mais secretas. Outros contos de *Escriba-sinistro* usam objetos como talismãs para explorar essas mesmas propensões ocultas, sejam os óculos em "Os óculos na gaveta", a "loucura das coisas" na casa de "Flores do abismo" ou o ídolo/manuscrito de "Nethescurial".

Ao nos depararmos com o ritual representado em um estilo grotesco (que de alguma forma ridiculariza nossas próprias repetições) talvez de início tentemos conciliá-lo com nossos modelos predefinidos; neste caso, o absurdo da *educação* ou do *bom senso* às vezes expressos em situações extremas da vida real. Mas se recuamos, corremos aos berros, talvez não seja apenas porque aquilo que vemos é macabro e sim porque, por um instante, reconhecemos que a estranheza compartilha da mesma nascente que nossa vida regimentada? Que nossos rituais (impensados) são meras tentativas de não sucumbirmos ao que está acontecendo sob a superfície, em nossa mente, em relação à intolerabilidade da vida (isto é, a morte futura)?

Preciso confessar que reluto em discutir outros favoritos dentre esses contos. Todos a certa altura já me pareceram perspicazes e pálidos em meio à escuridão turva, tiveram seus momentos e depois se afastaram do meu olhar, tal é o sabor impressionista dessas histórias singulares. "Etéreo" é uma palavra empregada em excesso e inexata para descrever a ficção do bizarro, mas ainda é a melhor descrição de como a literatura de Ligotti existe na época das frases individuais em uma folha de papel. Toda vez que lê esses contos, você não só os reimagina como eles parecem mudar de forma e substância através de um poder que surge de detrás das palavras. Não são efeitos sinistros — são apenas outra manifestação do universal na ficção de Ligotti.

Com *Canções* e *Escriba-sinistro*, Ligotti estourou na cena literária totalmente pronto. Caso apenas as duas coletâneas fossem publicadas, Ligotti ainda seria aclamado como um escritor de primeira linha. O que ocorre mais tarde em sua carreira não é exatamente um amadurecimento e um deixar de lado a obra anterior como mudança interessante do foco de atenção: das preocupações gerais com o que subjaz à modernidade, muitas vezes expressa pelos personagens Homem Comum e Homem Sem Qualidades, a um foco específico no local de trabalho moderno em contos longos como "Meu trabalho ainda não terminou". Voltar o olhar da ficção do bizarro para o ambiente de trabalho moderno — indo além do vazio flagrante do universo dos cubículos rumo a verdades cada vez mais horrendas, sutis e soturnamente hilariantes — é apenas uma extensão natural das explorações iniciais de Ligotti em *Canções* e *Escriba-sinistro*.

Ao escrever sobre essas explorações mais existenciais, não quero sugerir que o sobrenatural na ficção de Ligotti não é por si só convincente, apavorante e catártico. É tudo isso, e para outro escritor essa pode ser a medida de nosso fascínio, e pode bastar para a maioria dos leitores. Mas o motivo de Ligotti permanecer em nossa imaginação, o porquê de sua obra ser tão relevante para os séculos xx e xxi, é que existe muito mais sob a superfície. Esteja você descobrindo agora a ficção de Ligotti ou relendo-a, invejo sua oportunidade de encontrar a obra de uma de nossas melhores imaginações sombrias.

Jeff Vandermeer

CANÇÕES DE UM SONHADOR MORTO

*À minha mãe e
à memória do meu pai*

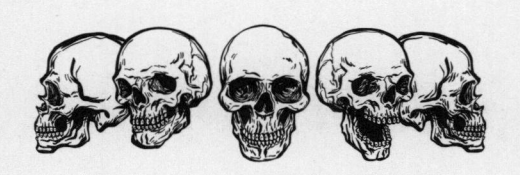

SONHOS PARA SONÂMBULOS

A GALHOFA

Em uma bela casa em uma bela parte da cidade — a cidade de Nolgate, local do presídio estadual —, o dr. Munck examinava o jornal vespertino enquanto a jovem esposa descansava em um sofá ali perto, folheando com preguiça o desfile colorido de uma revista de moda. A filha deles, Norleen, dormia no andar de cima, ou talvez estivesse curtindo ilicitamente uma sessão noturna com o novo televisor que ganhara de aniversário na semana anterior. Se fosse o caso, sua infração passava despercebida aos pais na sala de estar, onde tudo estava sossegado. A vizinhança do lado de fora da casa também estava sossegada, como costumava ser dia e noite. Nolgate inteira era sossegada, pois não era um lugar com muita vida noturna, salvo talvez pelo bar onde os agentes do presídio se congregavam. Esse silêncio persistente deixava a esposa do médico inquieta com sua existência em um local que parecia estar a anos-luz da metrópole mais próxima. Mas até então Leslie não reclamava da letargia da vida deles. Sabia que o marido era bastante dedicado aos seus novos deveres profissionais naquele novo lugar. Talvez esta noite, entretanto, ele manifestasse mais desses sintomas de desencanto com o trabalho que ela vinha observando meticulosamente nele nos últimos tempos.

"Como foi hoje, David?", ela perguntou, os olhos radiantes espiando por cima da capa da revista, onde outro par irradiava um olhar brilhante. "Você ficou muito quieto durante o jantar."

"Foi mais do mesmo", disse o dr. Munck sem baixar o jornal da cidade pequena para olhar a esposa.

"Você está querendo dizer que não quer falar disso?"

Ele dobrou o jornal para trás e seu tronco apareceu. "Foi o que pareceu, não foi?"

"Sim, sem sombra de dúvida. Você está bem?", Leslie indagou, deixando a revista na mesa de centro e lhe oferecendo sua total atenção.

"Numa indecisão severa, é como estou." Ele disse isso com uma espécie de reflexibilidade distante. Agora Leslie via chance de mergulhar um pouco mais fundo.

"Alguma indecisão específica?"

"Só quanto a tudo", ele respondeu.

"Que tal eu preparar uns drinques para nós?"

"Eu apreciaria muito."

Leslie caminhou até outra parte da sala de estar e de um armário grande tirou algumas garrafas e algumas taças. Da cozinha, trouxe um estoque de cubos de gelo em um balde de plástico marrom. Os ruídos da preparação dos drinques eram a única intrusão no sossego luxuoso da sala. As cortinas estavam fechadas sobre todas as janelas menos a do canto, onde posava uma escultura de Afrodite. Depois da janela havia uma rua deserta iluminada por postes e um pedaço de lua sobre a folhagem opulenta das árvores primaveris.

"Aqui está. Um drinquezinho para o meu querido tão trabalhador", ela disse, entregando a taça que era bem grossa na base e afunilava de forma quase imperceptível na borda.

"Obrigado, eu estava precisando mesmo de um desses."

"Por quê? Problemas no hospital?"

"Gostaria que você parasse de chamar de hospital. É um presídio, você sabe muito bem."

"Sim, é claro."

"Você poderia falar a palavra *presídio* de vez em quando."

"Está bem. Como vão as coisas no presídio, querido? O chefe está no seu pé? Os presos estão se comportando mal?" Leslie se conteve antes que as coisas degringolassem em discussão. Deu um longo gole na bebida e se acalmou. "Me desculpe pela zombaria, David."

"Não, eu fiz por merecer. Estou projetando minha raiva em você. Acho que você sabe já faz um tempo o que eu não consigo admitir."

"Que é...?", Leslie instigou.

"Que é que talvez não tenha sido a decisão mais prudente mudar para cá e jogar essa santa missão nos meus ombros de psicólogo."

O comentário do marido indicava um espírito desmoralizante ainda mais aguçado do que Leslie esperava. Mas por algum motivo as palavras dele não a animaram como ela imaginara que animariam. Ao longe, ouvia o caminhão de mudanças se aproximar de casa, mas o som já não era mais tão agradável quanto outrora.

"Você falou que queria algo mais que tratar neuroses urbanas. Algo mais relevante, mais desafiador."

"O que eu queria, num ato masoquista, era um emprego ingrato, uma tarefa impossível. E foi o que consegui."

"É tão ruim assim?", Leslie inquiriu, mal acreditando ter feito a pergunta com um ceticismo tão encorajador acerca da verdadeira gravidade da situação.

Ela se parabenizou por colocar a autoestima de David acima do próprio desejo de mudar de ambiente, por mais importante que isso lhe parecesse.

"Meu receio é de que seja mesmo tão ruim. Da primeira vez que visitei a ala psiquiátrica do presídio e conheci os outros médicos, jurei que não me tornaria um pessimista empedernido que nem eles. Comigo, as coisas seriam diferentes. Mas me superestimei com ampla margem. Hoje, um dos serventes foi espancado de novo por dois dos prisioneiros, perdão, dos 'pacientes'. Na semana passada foi o dr. Valdman. É por isso que eu estava tão irritado no aniversário da Norleen. Por enquanto, tive sorte. Em mim, eles só cospem. Bom, por mim, eles que apodreçam naquele inferno."

David sentiu as próprias palavras perdurarem na atmosfera da sala, maculando a serenidade da casa. Até então, a casa deles era um refúgio isolado, fora da área de contaminação do presídio, uma estrutura opressora próxima às divisas da cidade. Agora sua opressão psíquica transcendia os limites da distância física. A distância interna se comprimia e David percebia os muros maciços do presídio jogando nas sombras a vizinhança aconchegante lá fora.

"Você sabe por que me atrasei esta noite?", perguntou à esposa.

"Não, por quê?"

"Porque tive um papo longo demais com um camarada que ainda não tem nome."

"Aquele de quem você me falou, que não conta para ninguém de onde é e qual é o seu nome verdadeiro?"

"Esse mesmo. Ele é o grande exemplo da monstruosidade perniciosa daquele lugar. Uma belezura, o sujeito. Digno de nota. Loucura absoluta acompanhada de uma esperteza aguçada. Por causa do joguinho com o nome, foi considerado incompatível com a população carcerária em geral e por isso nós da ala psiquiátrica é que ficamos com ele. Segundo o cara, no entanto, ele tem um monte de nomes, nada menos que milhares, nenhum dos quais ele pode se dignar a dizer na presença de alguém. É difícil imaginar que tenha um nome que nem todo mundo. E temos que ficar com ele, sem nome e tudo."

"Vocês o chamam assim, de 'sem nome'?"

"Talvez devêssemos, mas não, não chamamos."

"Então como vocês o chamam?"

"Bom, ele foi condenado como Zé Ninguém, e desde então todo mundo se refere a ele assim. Ainda estão por descobrir qualquer documento oficial sobre ele. É como se tivesse surgido do nada. As digitais não são compatíveis com nenhum registro de condenações anteriores. Ele foi pego em um carro roubado estacionado na frente de uma escola primária. Um vizinho observador deu parte dele como pessoa suspeita vista com frequência pela área. Todo mundo ficou de olho aberto, imagino, depois dos primeiros sumiços da escola, e a polícia estava observando no momento em que ele levou uma nova vítima para o carro. Foi quando efetuaram a prisão. Mas a versão dele é meio diferente. Ele diz que estava plenamente ciente de seus perseguidores e esperava, até mesmo queria, ser flagrado, condenado e posto em um presídio."

"Por quê?"

"Por quê? Vai saber! Quando você pede a um psicopata que ele se explique, a situação só fica mais confusa. E o Zé Ninguém é o caos em pessoa."

"O que você está querendo dizer?", indagou Leslie. O marido soltou uma breve gargalhada e então se calou, como se cavoucasse a mente em busca das palavras certas.

"Está bem, lá vai uma cena da conversa que tive com ele hoje. Perguntei se ele sabia por que estava no presídio.

"'Por galhofaria', ele declarou.

"'Como assim?', perguntei.

"A resposta dele foi: 'Assim, assim, assim. Você é um assassino, é isso o que você é'.

"Esse resmungo infantil de algum modo me deu a impressão de que ele estava imitando suas vítimas. A essa altura, eu já estava com vontade de dar um basta, mas cometi a tolice de continuar com a conversa.

"'Você sabe por que não pode ir embora daqui?', indaguei calmamente com uma versão sofrível da minha questão original.

"'Quem disse que não? Eu vou na hora que quiser. Mas ainda não quero ir embora.'

"'Por que não?', questionei com naturalidade.

"'Acabei de chegar', ele respondeu. 'Mas eu aceitaria uma folga. De vez em quando galhofar do jeito que eu galhofo é exaustivo. Quero ficar com todo mundo. Imagino que seja uma atmosfera muito estimulante. Quando é que eu posso ir com eles, quando?'

"Dá para acreditar? Mas seria cruel deixá-lo com a população em geral, para não falar que ele não merece tamanha crueldade. O preso médio não vê com bons olhos o tipo de crime que o Ninguém cometeu. Acham que faz mal à imagem deles, já que são apenas bandidos comuns, ladrões armados, assassinos etc. Todo mundo tem necessidade de sentir que é melhor do que outra pessoa. Não há como prever o que aconteceria se o puséssemos lá e os outros descobrissem por que ele foi condenado."

"Então ele tem que continuar na ala psiquiátrica pelo resto da pena?", indagou Leslie.

"Ele acha que não. Ser enterrado em um presídio de segurança máxima é o que ele considera uma folga, lembra? Ele acha que pode ir embora na hora que quiser."

"E pode?", Leslie perguntou com uma firme ausência de ironia na voz. Esse sempre foi um de seus opressivos temores quanto a morar em uma cidade com presídio — que não muito longe do próprio quintal houvesse uma horda de demônios tramando a fuga através do que ela vislumbrava como muros de papel. Criar uma criança em um ambiente como esse era a principal objeção que fazia ao trabalho do marido.

"Eu já te falei, Leslie, foram pouquíssimas as fugas bem-sucedidas desse presídio. Se um preso conseguir ultrapassar o muro, seu primeiro impulso vai ser sempre de autopreservação prática. Portanto, tenta chegar o mais longe possível desta cidade, que provavelmente será o lugar mais seguro em caso de fuga. De qualquer forma, a maioria dos fugitivos é apreendida horas depois de escapar."

"E um preso como o Zé Ninguém? Ele tem senso de 'autopreservação prática' ou andaria à toa e faria o que faz em um lugar de localização conveniente?"

"Presos como esse não fogem segundo o curso normal das coisas. Eles pulam contra o muro, não pulam o muro. Entende o que eu quero dizer?"

Leslie disse que entendia, mas isso de modo algum diminuiu a potência de seus temores, que tinham origem em um presídio imaginário em uma cidade imaginária, onde qualquer coisa poderia acontecer contanto que se aproximasse do horrendo. A morbidez nunca fora seu ponto forte, e detestava a intrusão dessa característica em sua personalidade. E, apesar de todas as garantias rápidas que ele lhe dava quanto à segurança habilidosa do presídio, David também parecia profundamente irrequieto. Estava sentado, totalmente imóvel, segurando o drinque entre os joelhos e prestando atenção a algum som.

"O que foi, David?", perguntou Leslie.

"Imaginei ter escutado... um barulho."

"Que tipo de barulho?"

"Não sei descrever muito bem. Um ruído distante."

Ele se levantou e olhou ao redor, como que para ver se o barulho tinha deixado uma pista reveladora no sossego que circundava a casa, talvez uma pegada sônica lambuzada em algum lugar.

"Vou dar uma olhada em Norleen", ele disse, deixando a taça na mesa ao lado de sua poltrona. Em seguida, atravessou a sala de estar, subiu as três séries de degraus e cruzou o corredor do andar de cima. Espiando o quarto da filha, viu a silhueta pequenina descansando confortavelmente, um abraço sonolento envolvendo a forma de um Bambi de pelúcia. De vez em quando ainda dormia com um companheiro inanimado, embora estivesse passando um pouco da idade para esse tipo de coisa. Mas o pai psicólogo tinha o cuidado de não questionar seu direito a esse consolo pueril. Antes de sair do quarto, o dr. Munck baixou a janela que estava parcialmente aberta naquela noite quente de primavera.

Quando voltou à sala de estar, emitiu a mensagem maravilhosamente rotineira de que Norleen dormia em paz. Em um gesto contendo leves conotações de alívio comemorativo, Leslie preparou mais dois drinques para eles, depois disse:

"David, você falou que teve uma conversa 'longa demais' com o tal Zé Ninguém. Não que eu tenha uma curiosidade mórbida nem nada, mas você conseguiu que ele revelasse alguma coisa? Qualquer coisinha que seja?"

"Ah, claro", respondeu o dr. Munck, rolando um cubo de gelo dentro da boca. Agora sua voz estava mais tranquila.

"Posso dizer que ele contou tudo sobre si mesmo, mas era tudo um absurdo — tagarelice de louco. Perguntei em tom de interesse casual de onde ele é.

"'Lugar nenhum', ele respondeu feito um bobo psicótico.

"'Lugar nenhum?', sondei.

"Sim, exatamente, Herr Doktor. Não sou um esnobe que empina o nariz e finge proceder de uma bombástica região geográfica. Ge-o-grá-fi-ca. Que palavra engraçada. Gosto de todas as línguas que vocês têm.'

"'Onde você nasceu?', indaguei em mais uma brilhante versão alternativa da pergunta.

"'De quando você está falando, seu assassino?', ele me retrucou, e assim por diante. Eu poderia continuar com esse diálogo...'

"Tenho de admitir que você faz uma bela imitação do Zé Ninguém."

"Obrigado, mas eu não conseguiria continuar por muito tempo. Não seria fácil imitar todas as vozes dele, os sotaques e os graus de eloquência. Talvez ele tenha algo parecido com personalidades múltiplas, não sei. Eu teria de rever as gravações das minhas entrevistas com ele para ver se surge um padrão de coerência, possivelmente algo que os detetives poderiam usar para determinar quem é esse sujeito de verdade. A parte trágica é que saber da identidade legal do Ninguém a esta altura é uma formalidade, é só para ligar os pontos. As vítimas dele morreram, e morreram de um jeito horrível. É só isso que conta. Claro, ele já foi o filhinho de alguém. Mas não posso mais fingir que ligo para os detalhes biográficos — o nome na certidão de nascimento, onde ele se criou, o que o transformou no que ele é. Não sou um esteta da patologia. Nunca foi minha ambição estudar transtornos mentais sem produzir uma melhora. Então, para que perder tempo tentando ajudar alguém como o Zé Ninguém, que não vive no mesmo mundo que nós, do ponto de vista psicológico? Eu acreditava na reabilitação, não num método puramente punitivo a comportamentos criminosos. Mas essas pessoas, essas *coisas* no presídio são apenas uma mancha feia no nosso mundo. Que o diabo os carregue. Enfie todos debaixo da terra que serve de fertilizante, por mim." O dr. Munck secou a taça até os cubos de gelo tilintarem.

"Quer outro?", Leslie ofereceu com um suave tom terapêutico na voz.

David sorriu, sua explosão mesquinha tinha lhe expulsado parte da ira. "Que tal a gente se embebedar e vadiar?"

Leslie pegou a taça do marido para enchê-la. Isso sim é motivo de celebração, ela pensou. David não estava abrindo mão do trabalho por uma sensação de fracasso inútil, mas sim de raiva, uma raiva que se dissolvia em indiferença. Agora tudo seria como antes; poderiam se mudar da cidade do presídio de volta para casa. Na verdade, poderiam se mudar para onde quisessem, talvez tirar longas férias antes, agradar Norleen com um lugar ensolarado. Leslie pensou em tudo isso ao preparar mais dois drinques no sossego daquela linda sala. Esse sossego não era mais indício de estagnação silenciosa, mas um prelúdio delicioso, calmante, dos dias promissores que estavam por vir. A felicidade indistinta do futuro brilhava dentro dela junto com o álcool; estava prenhe de profecias agradáveis. Talvez agora fosse a hora certa de ter outro filho, um irmãozinho ou irmãzinha para Norleen. Mas poderia esperar um pouco mais... havia uma vida de possibilidades à frente. Um espírito amistoso parecia estar de sobreaviso. Só precisavam dizer quais eram seus desejos, e suas vontades se realizariam.

Antes de voltar com os drinques, Leslie foi à cozinha. Tinha uma coisa que queria dar ao marido, e esse parecia ser o momento certo. Uma lembrancinha para mostrar a David que, embora o emprego tivesse se provado um lamentável desperdício de seu valioso empenho, à própria maneira ela havia apoiado seu trabalho. Com um drinque em cada mão, ela segurou debaixo do cotovelo esquerdo a caixinha que pegara na cozinha.

"O que é isso?", perguntou David, pegando seu drinque.

"Só uma lembrancinha para agradar o seu lado de amante das artes. Comprei naquela lojinha que vende as coisas que os reclusos do presídio fazem. Tem alguns artigos de boa qualidade — cintos, bijuterias, cinzeiros, sabe?"

"Eu sei", disse David, a voz distante do entusiasmo de Leslie. "Imaginei que ninguém comprasse aqueles troços."

"Bom, eu comprei. Pensei que seria útil apoiar os prisioneiros que estão fazendo coisas *criativas*, em vez de... bom, em vez de coisas destrutivas."

"A criatividade nem sempre é sinal de bondade, Leslie", David avisou à esposa.

"Espera para ver antes de julgar", ela disse, abrindo a tampa da caixa. "Olha, não é um objeto bonito?" Ela pôs o artigo na mesa de centro.

O dr. Munck mergulhava agora naquela profundeza da sobriedade que só pode ser alcançada com a queda de uma altitude alcoólica precedente. Olhou o objeto. Claro que o vira antes, observara-o sendo moldado com ternura e acariciado por mãos criativas, até ficar nauseado e não conseguir mais olhar. Era a cabeça de um menino, uma peça encantadora descoberta na argila cinza amorfa e esmaltada em azul. A obra irradiava uma beleza extraordinária e intensa, o rosto do modelo expressando uma espécie de serenidade arrebatada, a simplicidade intrincada do olhar de um visionário.

"Bom, o que você acha dela?", perguntou Leslie.

David olhou para a esposa e disse em tom cerimonioso: "Por favor, ponha de volta na caixa. E depois dê um fim nisso".

"Dar um fim? Por quê?"

"Por quê? Porque sei qual dos presos fez essa peça. Ele ficou cheio de orgulho dela, e eu até me forcei a tecer um elogio relutante à arte da coisa. Mas aí ele me falou da fonte de seu modelo. Essa expressão de paz azul-celeste não era a que estava no rosto do menino quando o acharam deitado em um campo uns seis meses atrás."

"Não, David", Leslie disse como negação precoce ao que esperava que o marido revelasse.

"Essa foi sua mais recente — e segundo ele a mais memorável — 'galhofa'."

"Meu Deus do céu", Leslie murmurou baixinho, levando a mão direita à testa. Em seguida, com as duas mãos, ela delicadamente guardou o menino de azul na caixa. "Vou devolver na loja", disse baixinho.

"Faz isso logo, Leslie. Não sei mais quanto tempo vamos passar residindo neste endereço."

No silêncio taciturno que se seguiu, Leslie refletiu brevemente sobre o que agora era enunciado às claras, a partida da cidade de Nolgate, a fuga deles. Então disse: "David, ele falou mesmo das coisas que fez. Estou falando do...".

"Sei do que você está falando. Ele falou, sim", o dr. Munck respondeu com uma seriedade profissional.

"Pobre David", Leslie lamentou, amorosamente compassiva agora que maquinações já não eram mais necessárias para obter seus fins.

"Na verdade, não foi um grande martírio, por mais estranho que pareça. A conversa que tivemos poderia até ser chamada de estimulante no sentido clínico da palavra. Ele descreveu a 'galhofaria' de uma maneira extremamente imaginativa, tanto que era difícil desviar a atenção. A beleza estranha dessa coisa aqui na caixa — apesar de perturbadora — meio que se equipara à da linguagem que usou ao falar daquelas pobres crianças. Às vezes eu não tinha como não ficar fascinado, mas talvez eu estivesse blindando meus sentimentos verdadeiros com o distanciamento de psicólogo. De vez em quando é preciso manter distância de si mesmo e da realidade, mesmo que para isso tenha de se tornar um pouco menos humano.

"De qualquer forma, nada do que ele falou foi tão descritivo a ponto de causar engulhos, como talvez você imagine. Quando me contou de sua 'galhofa mais memorável', foi com um forte sentimento de admiração e nostalgia, por mais chocante que isso me soe agora. Ele parecia sentir como que uma saudade de casa, embora sua 'casa' seja a ruína decrépita de sua mente deteriorada. É evidente que sua psicose gerou um reino de fadas atroz que para ele tem uma existência consolidada. E, apesar do esplendor demente de seus milhares de nomes, ele se considera apenas uma figura obscura desse mundo — um cortesão medíocre em um reino desmoronado de milagres e horrores. Essa modéstia é bem interessante quando pensamos na magnificência narcisista que muitos psicopatas atribuiriam a eles mesmos dada a ilimitada esfera de ação imaginária onde poderia interpretar qualquer papel imaginário. Mas não o Zé Ninguém. Comparativamente, ele é um semidemônio preguiçoso da Terra do Nunca, onde o caos vertiginoso é a norma, uma situação na qual ele prospera gulosamente. Que é uma descrição tão boa quanto qualquer outra sobre a economia metafísica do universo de um psicótico.

"Sua terra de sonhos interior tem uma geografia bastante poética, segundo a descrição que ele faz. Falou de um lugar que mais me pareceu um universo de casas tortas e becos imundos, uma favela no meio das estrelas. Talvez seja sua versão distorcida de uma vida passada em um bairro decadente — uma tentativa de reformular as lembranças traumáticas da infância num âmbito mestiço da realidade barra-pesada com o mundo da fantasia criado pela imaginação, uma fusão fantasmagórica de céu e inferno. É aí que ele faz sua 'galhofaria' com o que chama de 'companhia boquiaberta'. É possível que o lugar para onde levava suas vítimas fosse um edifício abandonado, ou talvez até um túnel de esgoto. Falo isso com base na menção repetida do 'alegre rio de refugo' e 'as pilhas denteadas nas sombras', que podem muito bem ser transmutações doidas de um literal lixão, um ambiente imundo e isolado que sua mente transformou em um parque de diversões com prodígios bizarros. Mais insondáveis são as lembranças de um corredor enluarado em que espelhos gritam e gargalham, os picos trevosos que não param, a escada 'quebrada' de um jeito estranhíssimo, apesar de ela se encaixar no pano de fundo da favela dilapidada. Existe sempre uma mistura paradoxal de topografias desoladas e santuários brilhantes na mente dele, é quase uma auto-hipnótica...", o dr. Munck se conteve antes de continuar nessa veia de admiração relutante.

"Mas, apesar de todos esses cenários oníricos na imaginação do Ninguém, a evidência mundana de suas galhofas ainda aponta para crimes de um tipo bem familiar, realista. Atrocidades comuns, se é que se pode falar assim dos atos que ele cometeu. O Ninguém nega que houvesse algo de prosaico em seu caos. Diz que só fez os indícios parecerem assim para as massas obtusas, que o que ele quer dizer com 'galhofaria' é um tipo de atividade bem diferente, até mesmo oposta, dos crimes pelos quais foi condenado. É provável que ele associe esse termo a coisas particulares arraigadas em seu passado."

O dr. Munck se calou e balançou os cubos de gelo na taça vazia. Leslie parecia ter se voltado para dentro enquanto ele falava. Tinha acendido um cigarro e agora se apoiava no braço do sofá com as pernas em cima das almofadas, os joelhos apontados para o marido.

"Um dia você devia mesmo parar de fumar", ele disse.

Leslie baixou os olhos como uma criança repreendida com delicadeza. "Assim que a gente se mudar. Prometo que eu paro. Combinado?"

"Combinado", disse David. "E eu tenho outra proposta para você. Primeiro, preciso te dizer que decidi definitivamente pedir aviso prévio da minha demissão."

"Não é meio cedo?", questionou Leslie, na esperança de que não fosse.

"Acredite, ninguém vai ficar surpreso. Acho que ninguém vai nem ligar. De qualquer modo, minha proposta é que amanhã a gente pegue a Norleen e alugue um canto no norte por alguns dias. A gente poderia cavalgar. Lembra o quanto ela adorou no último verão? O que você acha?"

"Parece uma boa ideia", Leslie concordou com uma onda de entusiasmo. "Ótima, aliás."

"E na volta podemos deixar a Norleen na casa dos seus pais. Ela pode ficar lá enquanto providenciamos a nossa saída desta casa, talvez uma mudança temporária para um apartamento. Imagino que eles não se importem de ficar com ela por uma semana, mais ou menos, você não acha?"

"Não, claro que não, eles vão adorar. Mas por que toda essa pressa? A Norleen ainda está na escola, sabe. Talvez seja melhor esperarmos ela terminar. Só falta um mês."

David guardou silêncio por um instante, aparentemente a fim de organizar os pensamentos.

"Qual é o problema?", Leslie perguntou com um leve tremor angustiado na voz.

"Não tem problema nenhum, nenhum mesmo. Mas..."

"Mas o quê?"

"Bom, tem a ver com o presídio. Sei que pareci bem convicto quando falei que estamos a salvo daquele lugar e continuo afirmando que estamos. Mas esse tal de Zé Ninguém sobre o qual te falei é muito esquisito, imagino que você tenha percebido. É sem sombra de dúvida um psicopata assassino de crianças... e mesmo assim. Eu realmente não sei o que eu poderia falar que faria algum sentido."

Leslie questionou o marido com o olhar. "Achei que você tinha dito que presos que nem ele só pulam contra os muros, e não..."

"É, na maior parte do tempo, ele é assim. Mas de vez em quando..."

"O que é que você está querendo dizer, David?", indagou Leslie, sendo contaminada pela inquietude que o marido tentava esconder.

"É uma coisa que o Ninguém me falou quando conversei com ele hoje. Nada realmente concreto. Mas eu me sentiria infinitamente mais tranquilo com essa situação toda se a Norleen ficasse com os seus pais até podermos nos organizar."

Leslie acendeu outro cigarro. "Me conta o que foi que ele falou que tanto te incomodou", ela pediu com firmeza. "Eu também tenho que saber."

"Quando eu te contar, é provável que você pense que eu também estou meio doido. Mas não foi você quem falou com ele, fui eu. E os maneirismos da fala dele, ou melhor, os muitos maneirismos diferentes. As expressões cambiantes daquele rosto magro. Durante boa parte do tempo que conversei com ele, tive a impressão de que estava fazendo um jogo que ia além da minha compreensão, mas tenho certeza de que foi só impressão. É uma tática comum dos psicopatas — confundir o doutor. Isso dá a eles uma sensação de poder."

"Me conta o que ele falou", Leslie insistiu.

"Está bem. Eu conto. Mas acho um equívoco ler demais nas entrelinhas. Já para o fim da conversa de hoje, quando falávamos daquelas crianças, ele disse uma coisa da qual não gostei nem um pouco. Ele enunciou as palavras com um de seus sotaques afetados, dessa vez era escocês com uma pitadinha de alemão. O que ele falou, e vou recitar textualmente, foi o seguinte: 'Você não teria um rapazote travesso nem uma mocinha seus, teria, professor Von Munck?'. E então ele me deu um sorriso em silêncio.

"Agora, tenho certeza de que o objetivo dele era me perturbar. Nada mais que isso."

"Mas o que ele falou, David: 'nem uma mocinha'."

"Do ponto de vista da gramática, é claro, deveria ser 'ou', não 'nem', mas tenho certeza de que não foi nada além de um caso de erro gramatical."

"Você não fez nenhuma menção à Norleen, fez?"

"É claro que não. Esse não é bem o tipo de coisa que eu discutiria com essa gente."

"Então por que ele falou isso desse jeito?"

"Não faço ideia. Ele tem uma inteligência bem esquisita, em geral fala por meio de alusões vagas e piadas sutis. Ele pode ter ouvido coisas sobre mim de alguém da equipe, imagino. Mas pode ser apenas uma coincidência inofensiva." Ele olhou para a esposa em busca de seus comentários.

"Você deve ter razão", Leslie concordou em acreditar nessa conclusão com uma avidez ambivalente. "Mesmo assim, acho que entendo por que você quer que a Norleen fique com os meus pais. Não que algo vá acontecer..."

"De jeito nenhum. Não temos motivos para achar que vai acontecer alguma coisa. Sem dúvida, trata-se do caso do médico intimidado pelo paciente, mas não dou mais a mínima. Qualquer pessoa sensata ficaria meio assustada depois de passar dia após dia no pandemônio e no recorrente perigo físico daquele lugar. Os assassinos, os estupradores, a escória da escória. É impossível levar uma vida doméstica normal trabalhando nessas condições. Você viu como eu estava no aniversário da Norleen."

"Eu sei. Não é o melhor lugar para criar um filho."

David fez que sim lentamente. "Quando fui dar uma olhada nela, há pouco, me senti, sei lá, vulnerável de alguma forma. Ela estava abraçada com um daqueles bichinhos de pelúcia dela." Ele tomou um gole do drinque. "Percebi que era novo. Você comprou quando foi às compras hoje?"

Leslie o fitou sem entender. "A única coisa que eu comprei foi isso", ela disse, apontando para a caixa na mesa de centro. "De qual 'novo' você está falando?"

"Do Bambi de pelúcia. Vai ver que ela já tinha e eu nunca prestei atenção nele", cogitou, fazendo pouco da questão.

"Bom, se ela já tinha, não fui eu que dei", Leslie declarou em tom bastante resoluto.

"Nem eu."

"Pelo que me lembro, ela não tinha até eu colocá-la para dormir", disse Leslie.

"Bom, ela tinha quando dei uma olhada nela depois de escutar..."

David se calou. Pela expressão em seu rosto, parecia estar contemplando milhares de pensamentos ao mesmo tempo, como que envolvido em uma busca desesperada, minuciosa, dentro de cada célula de seu cérebro.

"O que houve, David?", perguntou Leslie, sua voz se enfraquecendo.

"Não sei exatamente. É como se eu soubesse de algo e não soubesse ao mesmo tempo."

Mas o dr. Munck começava a saber. Com a mão esquerda, cobriu a nuca, aquecendo-a. Será que uma corrente de ar vinha de outra parte da casa? A casa deles não era propensa a brisas, não era uma cabana arruinada, escondida, em que o vento entrasse pelas tábuas antigas do sótão e as esquadrias empenadas das janelas. Agora havia bastante vento soprando: ele o escutava caçando lá fora e via as árvores irrequietas através da janela atrás da escultura de Afrodite. A deusa fazia uma pose lânguida com a cabeça impecável virada para cima, os olhos cegos contemplando o teto e além. Mas além do teto? Além da letargia cavernosa do vento, frio e morto? E da brisa?

O quê?

"David, você está sentindo a corrente de ar?", perguntou a esposa.

"Estou", ele respondeu como se uma ideia preocupante acabasse de lhe passar pela cabeça. "Estou", ele repetiu enquanto se levantava da poltrona e cruzava a sala de estar, se apressando cada vez mais à medida que se aproximava da escada, saltava pelos seus três lances e corria pelo corredor do segundo andar. "Norleen, Norleen", entoou antes de segurar a porta meio fechada do quarto. Sentia a brisa vindo de lá.

Ele sabia e não sabia.

Tateou à procura do interruptor. Era baixo, na altura da filha. Ele acendeu a luz. A criança havia sumido. Do outro lado do quarto, a janela estava escancarada, a cortina branca translúcida levantada pelo vento invasor. Sozinho na cama estava o bicho de pelúcia, rasgado, suas entranhas macias sujando o colchão. Agora enfiado lá dentro, brotando como uma flor, havia um papelzinho amassado. E o dr. Munck discerniu nas dobras da folha um fragmento do timbre do presídio. Mas o bilhete não era uma mensagem datilografada de assuntos oficiais: a letra de mão variava de um itálico delicado a um garrancho de criança. Fixou desesperadamente o olhar nas palavras pelo que pareceu um período eterno sem compreender o recado. Então, por fim, o sentido do bilhete foi absorvido pesadamente.

Dr. Monk, dizia o bilhete tirado de dentro do animal, *Deixamos isso para trás em suas mãos habilidosas, porque na sarjeta de espuma preta e no beco do paraíso, na penumbra úmida e sem janelas de um porão intergaláctico, nas volutas peroladas ocas encontradas em mares que parecem esgoto, em cidades da insanidade sem estrelas, e em suas favelas... minha cerva boquiaberta e eu fomos galhofar. Até logo. Zeca Ninguém.*

"David?", ele ouviu a voz da esposa inquirir da base da escada. "Está tudo bem?"

Então a bela casa já não estava mais sossegada, pois uma gargalhada glacial e radiante ressoava, o barulho perfeito para acompanhar a anedota efêmera de um inferno obscuro.

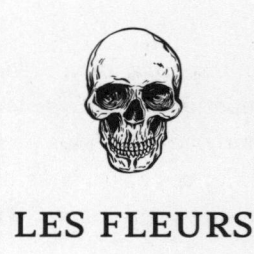

LES FLEURS

17 de abril. Flores enviadas de manhã cedo.

1º de maio. Hoje — e imaginei que jamais voltaria a acontecer — conheci uma pessoa sobre a qual, eu acho, posso ter esperanças. O nome dela é Daisy. Ela trabalha na floricultura! *Aquela* floricultura, devo acrescentar, que visitei para pegar umas flores melancólicas para Clare, que para o resto do mundo ainda está desaparecida. A princípio, é claro, Daisy teve a cortesia de ser discreta quando pedi flores alegres para o funeral de uma pessoa querida. Logo a curei, no entanto, dessa postura distante. Com meu tom de voz extremamente tímido e simpático perguntei por outras flores da loja, outras que não tivessem ares de perda. Ela ficou bem contente em fazer um passeio comigo pelo inventário iridescente da floricultura. Confessei não saber quase nada sobre coisas e plantas comerciais, e comentei seu entusiasmo pelo trabalho, esperando o tempo todo que pelo menos uma parte de sua animação fosse inspirada por mim. "Ah, eu amo trabalhar com flores", ela disse. "Acho muito interessantes." Em seguida, me perguntou se eu sabia que existem plantas com flores que só se abrem à noite, e que certos tipos de violeta florescem somente na escuridão subterrânea. Meu fluxo interno de pensamentos e sensações de repente se acelerou. Apesar de já ter percebido que era uma garota com imaginação especial, essa foi a primeira dica que tive de quão especial era. Julguei que minhas iniciativas para conhecê-la melhor não seriam desperdiçadas como foram com outras. "Isso é *mesmo* interessante nessas flores", eu disse, dando um sorriso caloroso como uma estufa. Houve uma pausa que preenchi com o meu nome. Então ela me falou o dela. "Então, que tipo de flor você quer?", ela perguntou. Com seriedade, pedi um arranjo adequado ao túmulo de uma avó falecida. Antes de sair da floricultura falei para Daisy que talvez eu tivesse que passar ali de novo para suprir algumas necessidades florais futuras. Ela pareceu não fazer objeção. Com a vegetação aninhada no meu braço fui melodiosamente embora da loja. Segui direto para o cemitério Jardins da Capela. Por um tempo fiz o sincero esforço de achar uma lápide que por coincidência exibisse o nome de minha finada. E qualquer data serviria. Achei que ela merecia pelo menos isso. Com o transcorrer dos acontecimentos, entretanto, o destinatário do meu buquê comemorativo teve de ser alguém de nome Clarence.

16 de maio. Day, como agora a chamo na intimidade, visitou meu apartamento pela primeira vez e se apaixonou pelas mudanças singulares que fiz para renovar o imóvel. "Adoro lugares antigos bem conservados", ela disse. Tive a impressão de que era verdade. Imaginei que fosse gostar. Ela comentou as maravilhas decorativas que umas poucas plantas fariam nos meus cômodos antigos. Estava óbvio que ela ficou melindrada pela ausência de enfeites naturais no meu apartamento de solteiro. "Dama-da-noite?", indaguei, tentando não falar muito nas entrelinhas e me entregar. Um leve sorriso surgiu no rosto dela, mas não era uma questão que eu achasse que valia a pressão naquele momento. Mesmo agora eu a pressiono nas páginas desse álbum de recortes com grande delicadeza.

Day perambulou pelo apartamento por um tempo. Eu a observei como faria com um animal exótico — talvez uma jaguatirica luzidia. De repente me dei conta de que lamentavelmente tinha deixado passar uma coisa. Ela ignorou. O objeto estava em uma mesa baixa diante de uma janela comprida e entre suas cortinas volumosas. Me pareceu vulgarmente proeminente naquele instante, sobretudo porque tão no começo do nosso relacionamento não tinha a intenção de deixá-la ver nada do tipo. "O que é isso?", ela perguntou, a voz exprimindo uma curiosidade indignada beirando à indignação pura. "É só uma escultura. Te contei que faço coisas desse estilo. Não é muito bom. Meio bobo." Ela examinou a peça com mais atenção. "Cuidado", avisei. Ela soltou um suave "Ai." "Era para ser um tipo de cacto?", ela indagou. Por um instante ela pareceu demonstrar interesse genuíno por aquele *objet d'art*. "Tem dentinhos", observou, "nessas línguas grandonas." Realmente parecem línguas; nunca tinha pensado nisso. Comparação bastante engenhosa, levando-se em conta. Esperava que sua imaginação tivesse achado um solo fértil onde crescer, mas ela revelou um nojo moribundo. "Talvez você tenha mais sorte dizendo ser um animal do que uma planta, ou a escultura de uma planta, ou sei lá. Tem uma pelagem aveludada e parece que vai sair rastejando." Eu é que tive vontade de sair rastejando àquela altura. Eu lhe perguntei, como quase botânica, se não havia plantas que lembrassem pássaros e outros animais. Essa foi a tentativa medíocre de justificar minha criação de quaisquer acusações de falta de naturalidade. É estranho como às vezes somos forçados a adotar uma visão impiedosa de nós mesmos por meio de olhares emprestados. Por fim, misturei umas bebidas e passamos a outras coisas. Coloquei música para tocar.

Pouco depois, porém, a harmonia suave da música foi minada por uma dissonância infeliz. Aquele detetive (acho que é Briceberg) chegou para fazer um bis de seu interrogatório ref: O Caso Clare. Por sorte, consegui manter o sujeito e suas perguntas no corredor o tempo todo. Revisamos o diálogo anterior que travamos. Reiterei que Clare era apenas uma pessoa com quem eu trabalhava e com quem era simpático profissionalmente. Parece que alguns dos meus colegas de trabalho, anônimos, desconfiavam que Clare e eu tínhamos um envolvimento romântico. "Fofoca de escritório", rebati, ciente de que ela era uma garota que sabia guardar certos segredos, ainda que outros não pudessem lhe ser confiados. Desculpa, eu disse, não faço ideia de onde ela pode ter desaparecido. No entanto, consegui insinuar subversivamente que não ficaria surpreso se em um acesso súbito de desespero neurótico ela tivesse tido o ímpeto de se mudar para uma terra que atendesse aos seus anseios. Eu mesmo havia me desesperado ao descobrir que nas margens sombrias e potencialmente instáveis de Clare havia a frustrante fantasia com cercas de estacas brancas e cortinas de estampas florais. Não, não disse isso ao detetive. Além disso, argumentei também, no escritório sabia-se muito bem que Clare tinha começado a namorar alguém cerca de sete a dez dias (minha estimativa pessoal do período de sua deslealdade) antes de seu desaparecimento. Então pra que me incomodar? Essa, eu descobri, era a razão: ele também havia sido informado, me contou, de minha participação em certa organização excêntrica. Retruquei que não havia excentricidade nenhuma no estudo sério de filosofia. Além do mais, eu era um artista, como ele bem sabia, e, como todo mundo sabe, personalidades artísticas têm uma tendência perfeitamente natural a tais coisas. Achei que ele entenderia se eu pusesse nesses termos. Ele entendeu. O sujeito pareceu satisfeito com todas as minhas declarações. Aliás, ele parecia ávido demais para me descartar como suspeito para o caso, sem dúvida tentando criar, da minha parte, a falsa sensação de segurança e me levar a uma confissão involuntária a um ato dos mais violentos. "Era sobre a garota do seu trabalho que desapareceu?", Daisy me perguntou depois. "Mm-hum", confirmei. Fiquei um tempo pensativo e calado, na esperança de que ela atribuísse essa postura ao meu lamento íntimo pela estranha garota do escritório e não à noite lamentavelmente imperfeita que tivemos. "Talvez seja melhor eu ir", ela disse, e foi o que fez. Já não havia mesmo muito o que salvar do nosso encontro. Depois que ela me abandonou, fiquei bem embriagado numa degustação de bebidas de flores de campos abertos, ou foi a impressão que tive. Também aproveitei a oportunidade para reler um conto sobre alguns homens que visitam as regiões brancas destinadas ao lixo de uma terra da fantasia polar. Não espero sonhar esta noite, visto que já me saciei com essa fantasia ártica. Irmandade do Paraíso excêntrica mesmo!

21 de setembro. Day veio ao escritório descolado, enxuto, da G. R. Glacy, a firma de propaganda para a qual eu trabalhava, para almoçarmos juntos. Mostrei meu cubículo de arte comercial e chamei a atenção dela para o meu último projeto. "Nossa, que lindo", ela disse quando apontei o desenho de uma ninfa com flores no cabelo recém-lavado. "Legal mesmo." Esse comentário de que que era "legal" quase acabou com o meu dia. Pedi que ela olhasse bem as flores que se misturavam às mechas do ser mitológico. Mal dava para perceber que um dos caules de flor saía, ou talvez entrasse, da cabeça da criatura. Day não parecia gostar muito do artifício da minha arte. E eu pensando que estávamos evoluindo bastante nos caminhos "excêntricos". (Maldito Briceberg!) Talvez devesse esperar até voltarmos de viagem para lhe mostrar qualquer uma das pinturas que estão escondidas na minha casa. Quero que ela esteja preparada. Tudo está bem preparado para as nossas férias, finalmente. Day enfim achou alguém para tomar conta do gato dela.

10 de outubro. Tchau diário. Te vejo quando eu voltar.

1º de novembro. Passado um tempo de silêncio ruminante, colocarei no papel agora um breve capítulo sobre a estadia tropical minha e de Day. Não tenho certeza se os acontecimentos a serem delineados representam um impasse ou divisor de águas no curso do nosso namoro. Talvez haja alguma mensagem que eu tenha sido totalmente incapaz de captar. Até agora, continuo no escuro. Já estive nessa com Clare e esperava que meu entreato escapista com Day fosse definitivo, ou algo perto disso, e não cheio de dúvida. No entanto, ainda sinto que o episódio a seguir merece ser documentado.

Um paraíso havaiano à meia-noite. Na verdade estávamos apenas observando a exuberância da praia da varanda do nosso hotel. Day estava alegrinha porque tinha consumido vários drinques que usavam flores nas cabeças espumosas. Eu estava num estado parecido com o dela. Uns poucos instantes de silêncio inebriante se passaram, pontuados por um ou outro suspiro de Day. Ouvimos o bater de asas invisíveis açoitando o ar quente na escuridão. Escutamos com atenção os sons das orquídeas negras crescendo, ainda que não houvesse nenhum. ("Mmmm", murmurou Day.) Estávamos prontos para uma extravagância. Eu tinha uma, sem saber ainda se poderia levá-la adiante. "Está sentindo o cheiro da misteriosa dama-da-noite?", perguntei, apoiando uma mão no ombro mais distante e com a outra fiz um gesto teatral traçando um arco horizontal perante a selva mais além. "Está sentindo?", repeti numa tentativa de hipnose. "Estou", disse uma Day com espírito esportivo. "Mas será que podemos achá-la, Day, e vê-la se abrir ao luar?" "Podemos, podemos", ela entoou sem pensar. Podíamos. De repente as folhas de pele lisa do jardim noturno roçavam nossas próprias peles lisas. Day estancou para tocar em uma flor que era laranja ou vermelha mas tinha um aroma intenso de violeta. Eu a incentivei a seguir em frente pela terra tomada por canteiros de flores. Mergulhamos mais fundo no jardim de sonhos. Depressa, depressa, depressa os ruídos e aromas passaram por nós. Era mais fácil do que eu imaginava. A certa altura, sem quase nenhum esforço, consegui nosso afastamento total da geografia conhecida. "Day, Day", berrei. "Chegamos. Nunca mostrei isso a ninguém, e foi uma tortura guardar esse segredo de você. Não, não fala nada. Olha, olha." Ah, a emoção de trazer uma companhia romântica a esse paraíso sombrio. Que ansiedade senti de mostrar a ela esse mundo resplendente completamente florido e fazer com que o visse com deleite encantado. Ela estava perto de mim nas trevas. Aguardei, enxergando-a de milhares de jeitos na minha imaginação antes de ver a Day verdadeira. Olhei. "Qual é o problema das estrelas, do céu?", foi só o que ela disse. Ela tremia.

No café da manhã do dia seguinte, sondei sutilmente Day para ouvir suas impressões e críticas da véspera. Mas ela estava com muita ressaca e tinha apenas uma lembrança caótica do que vivenciara. Bom, pelo menos ela não ficou histérica que nem meu antigo caso, Clare.

Desde que voltamos venho trabalhando em uma tela intitulada *Sanctum obscurum*. Apesar de já ter feito esse tipo de obra inúmeras vezes, estou incluindo nesta elementos que vão despertar, espero, a memória de Day e precipitar uma lembrança consciente não só de certa noite nas ilhas mas de todas as mensagens sutis e não tão sutis que tentei transmitir a ela. Só rezo para que entenda.

14 de novembro. Estrelas do desastre! Ásteres terrenos, e não celestiais, são o que o coração de Day almeja. Ela é amante demais da flora natural para ser outra coisa. Agora sei disso. Mostrei a pintura e até imaginei que ela estivesse empolgada em vê-la. Mas acho que ela estava só esperando para ver como eu faria papel de bobo. Sentou no sofá, raspando o lábio inferior com o indicador nervoso. De frente para ela, deixei o pano de veludo cair. Ela ergueu os olhos como se fosse um barulho assustador. Eu mesmo não estava plenamente satisfeito com a tela, mas essa exposição deveria servir a um propósito para além do estético. Busquei em seus olhos um reflexo de compreensão, uma marola de percepção compassiva. "Pois bem?", perguntei, a necessidade de palavras anunciando a ruína. O olhar dela me dizia tudo o que eu precisava saber, e a clareza fatal do recado era reminiscente de outra garota que conheci antes. Ela me deu uma segunda chance, examinando o retrato com um detalhismo teatral.

O retrato em si? Um interior decorado basicamente como o meu apartamento — um refúgio aglomerado em uma janela de largura desproporcional, para direcionar o olhar do espectador telescopicamente para fora. Para além da janela há uma vista totalmente estranha à natureza terrestre e talvez a tudo que consideramos humano. Lá fora há um lindo reino de cores cintilantes e formas de selva aveludadas, um império de arco-íris retorcidos e auroras trançadas. Cores hiper-radiantes são apaziguadas pelo vidro, assim sua estranha intensidade não ameaça a integridade cromática do mundo ali de dentro. Algumas estrelas, coloridas com a parte mais espectral do espectro, florescem na alta escuridão. O mundo exterior brilha à luz estelar e é espelhado por centelhas, dentro das quais se forma cada labiríntico. E na superfície da janela existe o reflexo aguado de uma figura solitária contemplando esse paraíso sobrenatural.

"Claro, é muito bom", ela observou. "Bem realista."

De jeito nenhum, Daisy Day. Não é realista nem em estilo nem em temática.

Transcorridos alguns momentos incômodos, Day me falou que tinha compromisso marcado e já estava atrasada. Contou que fizera planos femininos com uma amiga para fazer umas coisas femininas que as meninas fazem quando se reúnem com outras da espécie. Eu disse que entendia, e era verdade. Não existe dúvida na minha cabeça sobre o gênero da companhia de Day esta noite, e talvez em outras noites sobre as quais não fiquei sabendo. Mas era por um motivo diferente que fiquei angustiado por vê-la partir. Algo que eu lia em todos os seus movimentos e expressões, algo que já tinha visto antes, entregavam suas desconfianças sobre mim e minha vida pessoal. É claro, ela já sabia das reuniões que eu frequentava e essas coisas. Cheguei até a parafrasear e resumir para ela a discussão que se dá nesses encontros, sempre obscurecendo seus sentidos genuínos sob disfarces cada vez mais transparentes, na esperança de um dia lhe mostrar a verdade nua. Assim como Clare, no entanto, Day descobrira precocemente grande parte da verdade a respeito de mim e dos outros. E temo que ela resolva retransmitir suas informações privilegiadas a pessoas erradas. O teimoso do detetive Briceberg, por exemplo.

16 de novembro. Esta noite tivemos uma reunião de emergência, nossa assembleia está em crise. Os outros sentem que há um problema, e é claro que sei que têm razão. Desde que conheci meu último amor percebo a inquietude crescente, que é prerrogativa deles. Agora, entretanto, tudo mudou; meu equívoco romântico garantiu que assim fosse. Expressaram o horror absoluto de que um forasteiro fique sabendo tanto. Eu mesmo sinto isso. Agora Day é uma estranha, e me pergunto o que sua personalidade loquaz poderia revelar sobre seu antigo amigo, para não falar dos atuais dele. Um segredo incrível é ameaçado de desmascaramento. A imperceptibilidade de que necessitamos para a vida pode ser perdida, e com ela iriam as chaves de um reino estranho.

Já enfrentamos essas situações. Não fui o único que botou em risco nossa clandestinidade. Nós, é claro, não guardamos segredos uns dos outros. Eles sabem tudo de mim, e eu deles. Souberam a cada passo do caminho sobre o progresso de meu namoro com Daisy. Alguns até previram o desenlace. E, apesar de ter pensado que eu tinha razão em correr o risco de que estivessem enganados, agora preciso acatar a profecia deles. Essas almas solitárias, *mes frères!* "Quer que a gente vá até o fim?", eles perguntaram sem meias-palavras. Concordei, por fim, de inúmeros modos ambíguos, meio hesitantes. Então me mandaram de volta ao meu santuário desflorido.

Nunca mais vou me envolver em uma situação desse tipo, prometi a mim mesmo, embora não fosse a primeira vez que tomava essa decisão. Fitei os dentes navalhescos da minha escultura peluda por um longo e perigoso tempo. O que a pobre coitada enxergou como apêndices florais parecidos com línguas estava em silêncio: a preservação desse silêncio, é claro, é o objetivo deles na íntegra. Lembro que uma vez Daisy me perguntou em tom de piada em que eu baseava minha arte.

17 de novembro.

> *Para o Éden comigo você não vai partir*
> *Morar no chalé de telhado torto que iríamos construir.*
> *Na sua casa feliz seja cuidadosa naquelas noites;*
> *Em que deixa o gatinho entrar, faça o favor: acenda as luzes!*
> *Algo corre atrás de nós e acha um posto aconchegante de onde nos ver,*
> *Algo que lhe foi enviado do paraíso, com serpentes para dar e vender:*
> *Línguas florescendo; elas saltam aos risos, se enrolando. Desaparecer!*

Faço isso para as horas passarem. Apenas para as horas passarem.

17 de novembro. 24:00. Flores.

A ÚLTIMA AVENTURA DE ALICE

"Preston, pare de rir. Eles comeram o quintal inteiro. Eles comeram
as flores preferidas da sua mãe! Não tem graça, Preston."
"Aaaaa heh-heh-heh-heh-heh. Aaaaa heh-heh-heh-heh-heh."
Preston e as sombras famintas

Muito tempo atrás, Preston Penn resolveu ignorar a passagem dos anos e ser um
daqueles que continuam para sempre em uma espécie de meio-mundo entre infância e adolescência. Ele não abriria mão da satisfação ousada de comer insetos (moscas crocantes são as prediletas), tampouco da embriaguez peculiar ao
cérebro de uma criança, induplicável depois que a sobriedade adulta entra em
ação. O resultado era que Preston conseguira negociar umas boas décadas sem
nunca chegar perto da puberdade. Nesse estado de desenvolvimento atrofiado,
teve o despeito de sobreviver a inúmeras aventuras perversas. E continua vivo
nas páginas dos livros que escrevi sobre ele, embora eu tenha parado de escrevê-
-los uns anos atrás.

Teve um protótipo? Eu deveria dizer que sim. Não se pode *inventar* um personagem como Preston usando-se apenas os poderes desprezíveis da imaginação.
Era em grande medida um amálgama da vida real, mais tarde adaptado para a
minha série popular de livros infantis. A situação de Preston tanto na realidade
como na imaginação sempre me fascinou. No último ano, entretanto, essa foi a
principal questão a exigir minha atenção, não sem certa irritação pessoal e até
ansiedade. Mas vai ver que estou ficando senil.

Minha idade não é segredo, já que pode ser pesquisada em várias fontes de
referências literárias. Mais de vinte anos atrás, quando o último livro de Preston
foi lançado (*Preston e a cara invertida*), um resenhista teve o esnobismo de se re-
ferir a mim como a "'Grande praga' de um tipo específico de literatura infantil".

Que *tipo* você pode imaginar, se é que já não sabe, se não foi criado — ou não cresceu, por assim dizer — lendo as aventuras de Preston com a máscara morta, as sombras famintas ou o espelho solitário.

Mesmo quando pequena, sabia que eu queria ser escritora; e também sabia exatamente que tipo de histórias contaria. Deixe que outra pessoa dê aos pré--adolescentes a introdução literária à vida e ao amor, conduzindo-os por aqueles anos volúveis em que *qualquer coisa* pode dar errado e depositando-os sãos e salvos na orla da maturidade incipiente. Esse jamais foi meu destino. Eu escreveria sobre um personagem endiabrado baseado em um companheiro de brincadeiras que tive de verdade na infância, cujas façanhas travessas viraram lenda em toda a cidadezinha onde nasci e cresci. Assim como Preston Penn, meu amigo de antigamente conseguia se livrar dos grilhões da existência material e explorar os mistérios de um universo de ponta-cabeça, do avesso, ligeiramente sinistro e sempre torto. Pandemônio encarnado, Preston ganhou fama de campeão do mau comportamento e de aventureiro que olha além da superfície das coisas do dia a dia — poças de chuva, espelhos embaçados, janelas enluaradas — para descobrir um sortilégio atordoante, em geral com o objetivo de, por sua vez, atordoar seu perpétuo adversário: o mundo ditatorial da vida adulta. Conjurador de pesadelos elegantes, causava nos rivais adultos síncopes e noites insones. Não era um diletante do extraordinário, mas sua personificação. Essa é a biografia espiritual de Preston Penn.

Mas, para dar os devidos créditos, foi meu pai, tanto quanto o original de Preston, quem propiciou a centelha para as histórias que escrevi. Para resumir, papai tinha o sangue de uma criança percorrendo seu corpão adulto, inundando com extravagância o cérebro excessivamente sofisticado do professor adjunto de filosofia do Foxborough College. Característico de sua personalidade era o amor aos livros de Lewis Carroll, e portanto a gênese do meu nome. Quando já estava crescida o bastante para entender essas coisas, minha mãe me contou que enquanto estava grávida meu pai me *determinou* uma pequena Alice. Parecia algo que ele falaria.

Lembro de uma ocasião em que papai estava lendo *Através do espelho* para mim pela enésima vez. Parou de repente, fechou o livro e me disse, como se fosse um grande segredo, que os livros de Alice eram muito mais complexos do que as pessoas imaginavam. Mas *ele* sabia, e um dia me contaria. Para papai, o criador de Alice, como mais tarde percebi, era um símbolo de supremacia psíquica, o ideal autêntico de uma mente ilimitada manipulando a realidade segundo seus caprichos e ganhando como que uma força objetiva por meio das mentes alheias. E era muito importante para papai que eu também visse os livros "do Mestre" com esse mesmo espírito.

"Veja, querida", ele dizia ao reler *Através do espelho* para mim, "veja como a pequena Alice é astuta e percebe logo que o ambiente do outro lado do espelho não é tão 'arrumado' quanto aquele de que acabou de sair. Não tão *arrumado*", ele repetiu com uma ênfase professoral, mas rindo feito uma criança, uma risadinha estranha que herdei dele. "Não é arrumado. Nós sabemos o que *isso* significa, não é?" Erguia os olhos e assentia com toda a seriedade que eu, aos seis, sete, oito anos era capaz de reunir.

E sabia mesmo o que *isso* significava. Percebia as insinuações de milhares de prodígios disformes — de coisas se descontrolando de formas curiosas, do fim do mundo onde uma fita interminável de estrada seguia sozinha pelo espaço, de um universo entregue a novos deuses.

A imaginação de papai parecia funcionar ininterruptamente. Semicerrando os olhos ao examinar meu semblante redondo de criança — dizendo, "Aaaah, olha como ela brilha!" — ele me chamava de "Carinha de Lua".

"*Você* é uma carinha de lua", eu retrucava de brincadeira.

"Não, *você* que é", ele dizia.

"Não sou."

"É, sim."

Continuávamos nesse bate-boca até cair na risada. Quando estava mais velha, minhas feições se tornaram mais angulosas, uma traição involuntária da ideia que meu pai fazia da pequena Alice. Imagino que tenha sido uma bênção ele não ter vivido para me ver sucumbir à espoliação do tempo, salvo desse desgosto por uma súbita explosão do cérebro enquanto dava aula na faculdade. Portanto, papai nunca teve a chance de me dizer o que ele sabia sobre os livros de Alice que ninguém mais sabia.

Mas talvez ele tenha percebido que meu amadurecimento era apenas superficial, que tinha só assimilado externamente os comportamentos convencionais de uma alma envelhecida (crise de nervos, divórcio, segundo casamento, alcoolismo, viuvez, tolerância estoica a uma realidade medíocre) sem destruir a Alice que ele amava. Era *preciso* mantê-la viva, ou era o que eu gostava de pensar, porque era ela quem escrevia todos aqueles livros sobre sua alma gêmea, Preston, ainda que não escrevesse nenhum já fazia muitos anos. Ah, aqueles anos, aqueles anos.

Já basta do passado.

No presente eu gostaria de lidar com apenas um ano, o que termina hoje — daqui a cerca de uma hora, a julgar pelo relógio que acabou de bater as onze horas da noite às sombras do outro lado desse escritório. Nos últimos trezentos e sessenta e cinco dias observei, às vezes por um triz, um acúmulo de episódios estranhissérrimos, estranhissérrimos na minha vida. Uma falta de arrumação, pode-se dizer, que talvez em certa medida se deva ao fato de que voltei a beber muito.

Alguns dos episódios já mencionados são tão desconcertantes e insubstanciais que seria um verdadeiro fardo falar deles, a não ser talvez em termos dos estados de espírito que deixam para trás como se fossem digitais e que aprendi a ler como sinais divinatórios. Minha tarefa será menos cansativa se me limitar aos incidentes mais grosseiros que tenho a relatar, tornando assim mais fácil dar-lhes o mínimo de sentido e estrutura de que eu poderia me valer neste instante. Uma arrumação, por assim dizer — nítido como um alfinete, reto e certeiro como as linhas verdes na página amarela à minha frente.

Devo começar identificando esta noite como a festa de data inalterável que Preston sempre observava com devoção, comemorando-a mais intensamente em *Preston e o fantasma da cabaceira* (ainda que o tempo tenha quase se esgotado nesse feriado, segundo o relógio que faz tique-taque às minhas costas; mas, pelo andar da carruagem, os ponteiros parecem ter parado na hora que informei uns parágrafos atrás. Talvez eu tenha errado na minha avaliação). Durante alguns anos apareci na biblioteca suburbana da cidade nessa noite para fazer a leitura pública de um dos meus livros como atração principal do festival anual de Hallowe'en. Hoje pude comparecer de novo à leitura, ainda que hesite em dizer que tudo transcorreu como *de hábito*. Ano passado, no entanto, não cheguei a ir à festa a fantasia. Isso me leva ao que eu *penso* ser, ao longo do ano, o primeiro de uma série de distúrbios desconhecidos em uma biografia antes marcada por nada mais que episódios de caos convencional. Peço desculpas por dar dois passos para trás antes de dar um passo à frente. Como veterana da narração de histórias, sei que esse é sempre um método arriscado de pedir a atenção do leitor. Mas vamos lá.

Hoje faz exatamente um ano que cancelei minha leitura na biblioteca para ir ao funeral de uma pessoa do passado, em outra cidade. Era ninguém mais ninguém menos do que aquele duende de índole especial cujas proezas serviram de *prima materia* para meus livros de Preston Penn. O passeio foi pura nostalgia, entretanto, pois não via essa pessoa desde o meu aniversário de doze anos. Foi logo depois que meu pai morreu, e minha mãe e eu nos mudamos de North Sable, Massachusetts (ver em *A casa da infância de autores de livros infantis* uma foto da casa de dois andares com vigas de madeira), rumo à cidade grande e para longe de lembranças tristes. Uma professora da cidade que conhecia meu trabalho, além de meus primórdios em North S., me enviou um recorte do jornal *Sentinela de Sable* que divulgava o falecimento do meu ex-amiguinho e até chamava a atenção para sua fama literária de segunda mão.

Cheguei à cidade sem alarde e fiquei logo aturdida com a falta de mudanças no lugar, como se ele tivesse existido todos esses anos em um estado de animação suspenso e só tivesse sido reanimado pouco antes em meu proveito. Tinha quase a impressão de que ia trombar com meus antigos vizinhos, colegas de escola e até o sr. Fulano, gerente da sorveteria, que me espantei em ver ainda em atividade. Do outro lado da vidraça, um homenzarrão com bigode de pontas caídas cavava sorvete de enormes cilindros de papelão enquanto duas crianças gorduchas imprensavam a barriga contra o balcão. O homem não mudou nada com os anos. Ele ergueu o rosto e me viu fitando a sorveteria, e me pareceu haver uma centelha de reconhecimento em seus olhos inchados. Mas era impossível. Jamais perceberia por trás da minha máscara antiga o rosto infantil que conhecera, ainda que fosse o sr. Fulano e não um sósia (filho? neto?). Ali estávamos: dois completos desconhecidos se olhando boquiabertos, nós dois atores interpretando juntos no mesmo palco mas contando dramas diferentes. Me veio à mente um dos meus primeiros livros, *Preston e o relógio de duas caras*, em que o tempo corre tão rápido que fica parado.

Deixei para lá a comédia negra de erros da sorveteria e segui para o meu destino, onde acabei descobrindo que outra pantomima de identidade falsa me aguardava. Estanquei por uns instantes e ergui os olhos para as palavras na verga da porta dupla daquele frio edifício colonial: G. V. Ness e Filhos, Diretores Fúnebres. Falando em tempo que passa tão rápido que fica parado, ou parece ficar. Durante os anos que vivi em North Sable, entrei nesse estabelecimento apenas uma vez ("Adeus, papai"). Mas tais lugares sempre parecem familiares, com aquela atmosfera totalmente inexpressiva, neutra, comum a todas as casas funerárias, igual na minha cidade e no subúrbio de Nova York ("Bons ventos o levem, maridão") onde agora me isolo.

Andei despercebida rumo ao salão certo, outra enlutada anônima um pouco acanhada em se aproximar do caixão. Apesar de ter atraído alguns olhares de cidade pequena, a autora idosa, elegante, da cidade grande não se destacou tanto quanto imaginara. Mas com ou sem distinção eu continuava com a intenção de me apresentar à viúva como amiga de infância de seu finado marido. Essa intenção, no entanto, foi mandada para o inferno por dois sujeitos que pareciam bois e se levantaram das cadeiras ao lado da senhora pranteadora e se arrastaram em direção a mim. Por algum motivo, entrei em pânico.

"Você deve ser Winnie, a prima de Boston do papai. A família ouviu muita coisa sobre você ao longo dos anos", eles disseram.

Dei um sorriso largo e engoli em seco, o que para eles deve ter parecido um gesto de concordância. De qualquer modo, eles me levaram à "mamãe" e me apresentaram sob o pseudônimo acidental à senhora de olhos vermelhos e meio delirante. (Por que, me questiono, deixei que essa gafe fosse levada adiante?)

"É um prazer finalmente conhecê-la e obrigada pelo cartão adorável que você mandou", ela disse, fungando alto e enxugando os olhos com um lenço grotescamente imundo. "Sou a Elsie."

Elsie Chester, pensei na mesma hora, embora não tivesse certeza absoluta de que era a mesma pessoa que diziam ter vendido beijos e outras coisas aos meninos da Escola Primária de North Sable. Então ele se casou com *ela*, quem diria? É possível que tenham sido *obrigados* a se casar, especulei com malícia. Pelo menos um dos filhos parecia ter idade suficiente para ser consequência da impaciência adolescente. Poxa vida. De nada valeu a promessa de Preston de que não se casaria com ninguém menos que a Rainha dos Pesadelos.

Mas decepções ainda maiores aguardavam minha atenção. Depois de bater um papo vazio com a viúva por mais uns instantes, pedi licença para render minhas homenagens à beira do caixão do falecido. Até então evitei olhar de propósito a área repleta de flores da frente do salão, onde um caixão luzidio, cinza-perolado, continha seu ocupante basicamente na mesma posição que o carro de corrida Tumba Viajante que ele construíra uma vez. Essa parte do ritual fúnebre sempre me faz pensar naquelas sessões de observação do cadáver a que as crianças do século XIX eram submetidas a fim de se inteirarem da própria mortalidade. Como na minha época isso era desnecessário, me permita pular logo para essa cena com algumas palavras trágicas e inevitáveis...

Careca e desfigurado, era de esperar. *Totalmente* desconhecido, não era. A criança com cara de mosquito que conheci estava agora repulsiva devido ao inchaço e à flacidez, inflado e de lábios empolados como um cadáver inidentificável que os policiais achariam em um rio. Era patente que se superalimentava no banquete túrgido da vida, se afastando com letargia da mesa pouco antes de explodir. A coisa diante dos meus olhos era um retrato de tudo o que estava defunto, gasto — o adulto supremo. (Mas talvez na morte, me consolava, sua criança estivesse neste momento arrancando fora o rosto falso do grande adulto à minha frente.)

Depois de prestar homenagem aos restos de uma lembrança, saí do salão com uma discrição de que meu Preston se orgulharia. Deixei para trás um envelope com uma contribuição modesta às reservas da viúva. Tinha pensado seriamente em mandar um bando de orquídeas negras inacreditáveis à casa funerária com um bilhete assinado por Laetitia Simpson, a namorada anã de Preston. Mas essa é uma atitude que a outra Alice tomaria — aquela que escrevera os livros horripilantes.

Quanto a mim, entrei no carro e saí da cidade rumo ao hotel fino mais próximo, onde achei uma bela suíte — benesses de uma carreira literária bem-sucedida — e um bar. E, ao que consta, essa pausa durante a noite tem que nos levar a uma estrada secundária (ou estrada vicinal, caso você prefira) da minha narrativa. Por favor, continue ligado.

Uma turma de fim de tarde havia se acomodado no bar do hotel, me livrando da necessidade de beber na solidão. Depois de uns uísques com gelo, percebi um jovem rapaz me olhando do outro lado do salão. Pelo menos de longe parecia jovem. Incentivada pela birita, fui me sentar à mesa dele. E a cada passo que eu dava ele parecia ganhar alguns anos. Agora era apenas relativamente jovem — do ponto de vista de uma nobre viúva, em outras palavras. O nome dele era Hank De Vere e trabalhava para uma distribuidora de ferramentas de jardinagem e outros produtos afins. Mas não vamos fingir que ligamos para os detalhes. Mais tarde jantamos juntos, depois o convidei à minha suíte.

Foi a manhã seguinte, aliás, que inaugurou aquele ano da sucessão de experiências que estou tentando destrinchar metodicamente com uns exemplos selecionados. Meio passo à frente surgindo: peão para rei três.

Despertei na escuridão específica dos quartos de hotel, cortinas anormalmente pesadas mascarando a luz matinal. Imediatamente ficou claro que estava sozinha. Meu novo conhecido parecia ter um senso mais apurado de tato e timing do que eu lhe atribuíra. Pelo menos foi o que pensei de início. Mas pela porta aberta olhei o outro ambiente, onde vi um espelho convexo com moldura de madeira na parede.

O olho protuberante do espelho examinava o outro cômodo por inteiro, e notei que algo se mexia no espelho refletor. Uma figura minúscula, disforme, parecia girar, saltar e rodopiar de um jeito doido que eu deveria ter sido capaz de escutar. Mas não fui.

Chamei o nome de que mal me lembrava da noite anterior. Não obtive resposta do cômodo vizinho, mas o movimento no espelho parou e a figura minúscula (fosse ela o que fosse) desapareceu. Com muito cuidado, me levantei da cama, vesti o robe e espiei pelo canto da porta como uma criança curiosa na manhã de Natal. Uma estranha mistura de alívio e confusão surgiu dentro de mim quando vi que não havia mais ninguém na suíte.

Me aproximei do espelho, talvez para buscar em sua superfície a *coisinha* que teria causado a ilusão. Minha memória é vaga nesse quesito, pois eu estava com um pouco de ressaca. Mas lembro com uma vivacidade espetacular o que finalmente vi depois de passar uns instantes com o olhar fixo no espelho. De repente a esfera de vidro à minha frente foi toldada por uma névoa misteriosa, de cujas profundezas surgiu o rosto encerado de um cadáver. Era o semblante do defunto que tinha visto na casa funerária, agora de olhos bem abertos e fitando os meus. Ou foi o que pareceu por um momento, antes de eu pôr os óculos. E quando fiz isso vi apenas meu próprio rosto... uma beijadora cadavérica para valer. *Preston e o demônio do espelho*, pensei, sentindo-me quase inspirada a pegar a caneta mais uma vez.

E essa inspiração foi de novo estimulada pouco depois, quando fechava a conta na recepção. Enquanto o recepcionista mexia na minha conta, por acaso olhei por uma janela ali do lado, para além da qual duas crianças gorduchas brincavam no gramado do hotel. Depois de uns segundos as crianças me flagraram observando-as. Pararam e fitaram sua plateia, totalmente imóveis, lado a lado. Então me mostraram a língua antes de sair correndo. (E como eram parecidas com as detestáveis gêmeas Hatley em *Preston e a cova falante*.) O salão deu uma girada que só eu parecia notar, enquanto os outros seguiam suas vidas calmamente. É possível que essa experiência possa ser atribuída ao fato de que não tomei nenhum remédio pós-devassidão naquela manhã. Os velhos nervos estavam meio abatidos e meu estômago não me dava paz. Porém, continuei com a saúde até que boa no decorrer dos anos, e voltei para casa dirigindo sem nenhum outro incidente.

Isso foi um ano atrás. Agora se prepare para um gigantesco passo adiante: a velha rainha agora entra em ação.

Nos doze meses seguintes, notei inúmeros acontecimentos similares, apesar de terem ocorrido com graus diversos de objetividade. A maioria se assemelhava à natureza fugaz dos fenômenos de déjà-vu. Uns poucos poderiam ser categorizados como autoproduzidos, enquanto a outros faltava uma fonte precisa. Eu via uma expressão ou o fragmento de uma imagem que fazia meu coração dar um pulo (não é saudável na minha idade), enquanto a mente procurava alguma correspondência que desencadeasse essa forte sensação de familiaridade: o som de um eco atrasado de origem evasiva. Mergulhei em sonhos, percepções semiconscientes e distorções da memória, mas só o que restava era uma rede de ocorrências com ligações fracas como anéis de fumaça.

Mas hoje, com abóboras lançando olhares maliciosos das varandas e fantasmas de fronha balançando nos galhos das árvores, esse espírito tênue ganhou uma regularidade mais substancial. Começou nessa manhã e continuou durante o dia com manifestações cada vez mais definidas e evocativas. De novo, minha esperança é que eu arrume minha psique documentando esses episódios, a começar por um que agora me parece uma prefiguração dos que viriam. O que é necessário é a exposição lúcida. Deste modo:

Local: banheiro. Horário: pouco depois das oito da manhã.

A água estava correndo, era minha chuveirada matinal cascateando na banheira de forma um pouco ruidosa demais para meus ouvidos sensíveis. Na noite da véspera, sofri de um caso grave de insônia, e nem uma dose extra do meu adorado Reserva do Sentinela ajudou. Fiquei muito contente em ver a manhã ensolarada de outono vir me salvar. O espelho do meu banheiro, no entanto, não me deixava esquecer a noite passada em claro, e me penteei e besuntei sem nenhuma melhora perceptível. Chessie estava comigo, deitada em cima do reservatório do sanitário, analisando as águas do vaso lá embaixo. Na verdade, fitava alguma coisa com um jeito firme e deliberado.

"O que foi, Chessie?", perguntei com a voz condescendente de quem tem um bicho de estimação. O rabo dela tinha vida própria; ela se levantou e sibilou, depois uivou naquele falsete horrivelmente demoníaco dos felinos sob ameaça. Por fim, saiu correndo do banheiro, cedendo território pela primeira vez desde que era filhote.

Eu fazia hora do outro lado do cômodo, a espectadora grogue de um incidente inesperado. Com uma escova de plástico grande na mão esquerda, investiguei. Olhei para as mesmas águas. E, embora de início me parecessem bastante transparentes, algo logo surgiu de sua toca de porcelana. Entretanto, recuou ao encanamento com tamanha rapidez que não saberia dizer do que se tratava. Restava apenas a imagem contorcida na minha memória. Mas não conseguia focá-la mentalmente. Era como se ao mesmo tempo eu tivesse visto e não visto a coisa. Ainda assim, o que quer que fosse havia engendrado um turbilhão de impressões dentro de mim, como um pesadelo confuso que deixa em quem sonhou apenas uma pontada de terror. Eu nem traria à baila essa parte da minha história se não achasse que tem a ver com outra ocorrida mais tarde.

Essa tarde eu comecei me preparando para a leitura que faria na biblioteca, sendo o preparo sobretudo alcoólico. Nunca fiquei ansiosa por esse martírio anual e só aguentava por uma sensação de dever, vaidade e outros motivos menores. Talvez por isso tenha aceitado de bom grado a desculpa para pulá-lo no ano anterior. E queria pulá-lo também esse ano, se conseguisse bolar uma razão satisfatória para os outros envolvidos — e, o mais importante, para mim mesma. Não gostaria de decepcionar as crianças, não é verdade? Claro que não, mas só os céus sabem o motivo. Crianças me deixam nervosa desde que deixei de ser uma delas. Talvez por isso nunca tenha tido uma — isto é, adotado nenhuma —, pois os médicos me disseram há tempos que sou tão fértil quanto os mares da lua.

A outra Alice é a que fica realmente à vontade com crianças e coisas infantis. De que outra forma poderia ter escrito *Preston e o isto risonho* ou *Preston e o aquilo convulsivo*? Então todo ano, quando chegar a hora de fazer a leitura, tento pôr *ela* no palco o máximo possível, algo que vem se tornando mais difícil com o passar dos anos. Por mais estranho que pareça, era minha fraqueza adulta por bebida que me permitia fazer isso de um jeito mais eficaz. A cada gole de uísque que passou por meus lábios hoje, mais tranquila me senti.

O sol se punha em uma labareda com cor de abóbora quando cheguei à pequena biblioteca térrea. Algumas crianças fantasiadas faziam hora lá fora: um lobisomem, um gato preto de rabo longo e ondulado, um extraterrestre com menos dedos que os humanos e mais olhos. Quem surgia na calçada era a Sininho acompanhada de um pirata. Embora a contragosto, foi impossível não sorrir diante daquela cena. Pela primeira vez em bastante tempo, esse cortejo de mascarados me trouxe lembranças da minha infância, de quando meu pai me levava de porta em porta para pedir doces. (Seu amor por essa noite era certamente tão insaciável quanto o de Preston.) Depois de entrar no espírito da noite, me sentia bastante confiante ao adentrar a biblioteca e me deparar com um bando de jovenzinhos. Mas o feitiço foi maliciosamente quebrado quando um sabichão se pronunciou da plateia, gritando: "Ei, olha só a máscara que *ela* está usando". Depois disso, me lancei entre vários corredores de linóleo em busca de um rosto adulto amigo.

Por fim, cruzei a porta aberta de uma saleta arrumada em que um grupo de senhoras e o bibliotecário-chefe, o sr. Grosz, tomavam café. O sr. Grosz disse que era um prazer me rever e me apresentou às mães que ajudavam com a festa.

"Meu William leu todos os seus livros", disse uma voluptuosa sra. Harley. "Impossível tirar das mãos dele." Não é por falta de tentativa, pensei, a julgar pelo tom discretamente enfurecido de sua voz. Minha única resposta foi um sorriso altivo.

O sr. Grosz me ofereceu um café mas recusei: faz mal ao estômago. Em seguida, ele sugeriu maldosamente que, já que começava a escurecer lá fora, parecia que era a hora certa de dar início às festividades. Minha leitura inauguraria a diversão da noite, uma boa história assombrada "para todo mundo entrar no clima". Primeiro, porém, eu mesma tinha de entrar no clima, e pedi licença para ir ao toalete, onde poderia reforçar meus nervos tremulantes com um cantil que havia guardado na bolsa. Num gesto civilizado estranho e constrangedor, o sr. Grosz se ofereceu para me aguardar na porta do lavatório até eu terminar.

"Agora estou prontíssima, senhor Grosz", declarei, olhando para o homenzinho do alto de um par de saltos atípico para idosas. Ele pigarreou, e quase pensei que me daria o braço dobrado para que eu o segurasse. Mas apenas o esticou para indicar, ao estilo de um cavalheiro de estirpe, o caminho a tomar. Acho possível que tenha feito uma reverência.

Ele me conduziu pelo corredor rumo à seção infantil da biblioteca, onde presumi que minha leitura seria feita, assim como sempre acontecera no passado. No entanto, passamos direto por essa área, escura e vazia, e seguimos por um lance de escadas que levava ao subsolo da biblioteca. "Nossa nova instalação", gabou-se o sr. Grosz. "Transformei uma das salas de depósito em um pequeno auditório, por assim dizer." Agora estamos de frente para um enorme portal de metal pintado em um tom de verde institucional. Sob quaisquer circunstâncias, a impressão era de que levaria ao quintal de um manicômio. Ouvia os gritos do outro lado, que me pareciam berros de lunáticos e não o clamor de crianças barulhentas. "Qual vai ser a desta noite?", o sr. Grosz indagou olhando minha mão esquerda. "*Preston e as sombras famintas*", respondi, mostrando o livro que estava segurando. Ele sorriu e confidenciou que era um de seus preferidos. Depois abriu a porta para mim, empurrando seu peso com as duas mãos, e entramos naquela câmara de horrores que eu desconhecia.

Mais de cinquenta crianças estavam sentadas ou em pé ou derrubando cadeiras. Gritando do pódio na frente da sala comprida e estreita, uma bruxa de chapéu pontudo resumia as atividades festivas da noite; e, quando viu o sr. Grosz e eu chegarmos, ela começou a falar com as crianças do "presente especial para todos nós", querendo dizer que a senhora escritora meio debilitada proferiria um discurso meio improvisado. "Uma salva de palmas", ela pediu, batendo palmas quando pisei na plataforma com cara de bamba. Agradeci a todos por me convidarem para a festa e arrumei meu livro no atril com luminária, decorado com espigas de milho murchas. Então dei o melhor de mim para aquecer a plateia com uma tagarelice sobre a história que todo mundo ia ouvir essa noite. Quando invoquei o nome de Preston Penn, algumas crianças deram vivas, ou pelo menos uma deu vivas no fundo da sala. Imaginei que fosse William Harley.

Quando estava prestes a iniciar a leitura, aconteceu algo que não estava propensa a esperar — as luzes foram apagadas. ("Esqueci totalmente disso", o sr. Grosz se desculpou mais tarde.) Na escuridão, reparei que se encaravam de lados opostos da sala as duas fileiras de lanternas de abóboras que do alto emitiam chamas laranja e amarelas. Todas tinham caras idênticas e pareciam reflexos no espelho, com olhos triangulares e narizes e Os lastimosos no lugar da boca. (Quando criança, tinha a convicção de que as abóboras cresciam assim naturalmente, inclusive com as feições faciais e as entranhas fosforescentes.) Além disso, pareciam estar suspensos no espaço, seus meios de sustentação escondidos pelas trevas, que também ocultavam o rosto das crianças. Portanto, as abóboras se tornaram minha plateia.

Mas, enquanto lia, a plateia verdadeira se reafirmava arrastando os pés, sussurrando e fazendo alguns ruídos bastante engenhosos criados com o fechamento das cadeiras dobráveis em que estavam sentados. Também ouvi uma "risadinha diabólica", nas palavras que usei para descrever a gargalhada zombeteira do diabinho cuja história eu recitava. Mais para o fim da leitura, um gemido baixinho surgiu de algum canto dos fundos, e parecia que uma cadeira tinha caído sobre a pessoa que estava sentada nela. "Está tudo bem", escutei uma voz adulta anunciar. A porta dos fundos se abriu, deixando que um momento de claridade rompesse o feitiço assustador, e algumas sombras saíram. Quando as luzes se acenderam no fim da história, percebi que uma das cadeiras da última fila estava desocupada.

"Tudo bem, crianças", disse a bruxa materna depois do modesto aplauso a Preston, "todo mundo encosta a cadeira na parede e abre caminho para os jogos e coisas do tipo."

Os jogos e coisas do tipo causaram um alvoroço de pequena monta na sala. Crianças mascaradas dominaram a noite, saciando o apetite por doces para comer e beber, por desordem à toa e por um pandemônio eufórico. Fiquei parada no entorno da comoção e bati papo com o sr. Grosz.

"A que se deveu o tumulto?", perguntei a ele. "Alguma das crianças sofreu algum tipo de feitiço?"

Ele tomou um gole do copo plástico de cidra e estalou os lábios de forma ofensiva. "Ah, não foi nada. Está vendo aquela criança ali, fantasiada de gato preto? Parecia que ela tinha desmaiado. Mas, quando levamos lá para fora, ela estava bem. Ela passou sua leitura inteira com a máscara de gatinho, e acho que a pobrezinha ficou ofegante ou algo assim. Reclamou que viu uma coisa na máscara e passou um tempo bem assustada. De qualquer modo, você veja que agora ela está bem e até voltou a usar a máscara. Incrível como as crianças conseguem tirar uma coisa da cabeça e se recuperar rapidinho."

Concordei que era incrível e em seguida perguntei o que exatamente a criança acreditava ver na máscara. Foi impossível não me lembrar de outro gato que mais cedo também vira algo que o assustara.

"Ela não conseguia explicar", respondeu o sr. Grosz. "Era uma coisa que ia e vinha. Você sabe como as crianças são. Bom, imagino que você *saiba*, levando em consideração que passou a vida escrevendo sobre elas."

Aceitei o mérito de saber como as crianças são, sabendo na verdade que o sr. Grosz estava falando de outra pessoa, *dela*. Não quero ir longe demais com essa noção singular de separação entre minhas personas profissional e pessoal, mas na época eu já estava bem consciente sobre a questão. Enquanto lia o livro de Preston para as crianças, sofri a experiência sinistra de quase não reconhecer minhas próprias palavras. Claro, esse é um grande clichê entre os escritores, e me aconteceu inúmeras vezes no decorrer da minha longa carreira. Mas nunca de modo tão amplo. Eram palavras de alguém totalmente estranho a mim. Eram escritas por outra Alice. E não sou ela, pelo menos não mais.

"Espero mesmo", afirmei ao sr. Grosz, "que não tenha sido a história o que assustou a criança. Já lido com pais bravos em número suficiente."

"Ah, tenho certeza de que não foi. Não que não tenha sido uma boa história de terror infantil. Não é isso o que quero insinuar, claro. Mas, você sabe, estamos naquela época do ano. Coisas imaginárias devem parecer mais reais. Como o seu Preston. Ele sempre adorou o Hallowe'en, não é?"

Eu disse que ele tinha razão e esperei que não levasse o assunto adiante. "Coisas imaginárias" estavam longe de ser o tema que eu queria abordar naquele momento. Tentei afastar tudo aquilo com uma risada. E sabe, pai, por um instante foi exatamente como a sua risada, e não minha imitação hereditária dela.

Para a tristeza de todos, não fiquei muito tempo na festa. A leitura havia praticamente me deixado sóbria, e meu nível de tolerância estava baixíssimo. Sim, sr. Grosz, prometo repetir no ano que vem, como o senhor quiser; mas me deixe voltar para o meu carro e meu bar.

A viagem de volta pelas ruas suburbanas foi meio que um suplício, uma jornada que se tornou não só enervante como também perigosa, devido aos pedestres pedindo doces. As fantasias não me fizeram bem. (O mesmo fantasma estava em todos os cantos, uma alma penada pequena e esguia que eu imaginava estar me seguindo até em casa.) As máscaras não me fizeram bem. E aquelas sombras à la Preston tremulando contra as fachadas das casas de dois andares (por que eu tinha de escolher *aquele* livro?) certamente não me fizeram bem nenhum. Alice, a outra, aguentaria toda essa loucura, todos os pesadelos que seu criador jogava em cima dela. Aquele horrível reverendo Dodgson. Não me importa se há mais nas entrelinhas de seus livros do que qualquer um pensa. Não quero saber. Gostaria de nunca ter ouvido falar dele — aquele corruptor de cabecinhas. Só quero esquecer tudo isso. *Alice e o passado desaparecido*. Dr. Sentinela, ministre seu remédio em vidros altos... mas por favor não naqueles que refletem.

E agora estou segura em casa com um dos mais altos desses vidros, ele está pousado, cheio e fiel, na minha mesa enquanto escrevo. Um abajur Tiffany (datado de cerca de 1922) joga sua luz amistosa nas páginas que enchi nas últimas horas. (Embora os ponteiros do relógio pareçam estar presos na mesma posição de *V* que estavam quando comecei a escrever.) A luz do abajur com quebra-luz de vidro ilumina a janela bem em frente à minha mesa, me permitindo ver um reflexo relativamente lisonjeiro de mim mesma no espelho preto do vidro. A casa está silenciosa, e sou uma viúva-autora rica, aposentada.

Ainda existe problema? Não sei direito.

Lembro a você que estou bebendo regularmente desde o começo da tarde. Lembro que estou velha e não sou uma estranha aos mistérios da neurose geriátrica. Lembro que uma parte de mim escreveu uma série de livros infantis cujo herói é um discípulo do bizarro. Lembro de que noite é esta e a quais zonas da imaginação podem voar nesta noite sagrada. Não preciso, entretanto, lembrar que este mundo é mais estranho do que pensamos, ou pelo menos o meu parece ser, sobretudo neste último ano. E agora percebo que é *muito* estranho — e, de novo, desarrumado.

Amostra um. Do lado de fora da minha janela há uma lua outonal pendurada na escuridão. Pois bem, preciso confessar que não sei muita coisa sobre fases lunares ("rostos lunáticos", como diria Preston), mas parece ter havido uma mudança desde a última vez que olhei pela janela — a coisa parece ter sido revogada. Onde antes fazia um côncavo para a direita, agora forma um *convexo* nessa direção, último quarto transformado em primeiro quarto ou algo assim. Mas duvido que a Natureza tenha algo a ver com isso, é mais provável que a explicação esteja na Memória. Portanto não é a lua em si que me incomoda. O verdadeiro problema é com todo o resto, ou pelo menos o que consigo ver da paisagem suburbana na escuridão iluminada pelos postes. Assim como a escrita que só pode ser lida diante do espelho, os vultos do lado de fora da minha janela — árvores, casas, mas graças a Deus nenhuma pessoa — agora estavam esquisitos e equivocados.

Amostra dois. À lista anterior das razões para minha competência reduzida, gostaria de acrescentar uma vindoura abstinência de álcool. O último gole que traguei do copo na minha mesa estava com um gosto estranhamente abjeto, insalubre a ponto de eu duvidar que fosse beber mais. Quase escrevi, e agora o farei, que a bebida parecia estar com o sabor do avesso. Claro, há certas doenças com poder de transformar o sabor da bebida predileta da pessoa no sabor de uma poção mágica. Talvez, então, tenha sido vítima de tal enfermidade. Mas lembro que, embora minha mente possa estar terminalmente embriagada, ela sempre residiu *in corpore sano*.

Amostra três (a última). Meu reflexo na janela à minha frente. Talvez um defeito no degelo do vidro. Meu rosto. As sombras ao redor se sobrepõem um pouco de cada vez, como insetos atraídos por algo doce. Mas a única coisa doce em Alice é seu sangue, extremamente adocicado ao longo dos anos por causa do vício em álcool. Então o que é? Sombras de senilidade? Ou aquelas coisas esfomeadas sobre as quais li no começo desta noite voltam para repetir a apresentação? Desde quando a leitura de uma história constitui um feitiço que evoca sua imagística perante os olhos do corpo e não da mente?

Algo está de ré. De ré em direção ao canto: *xeque-mate*.

Agora, talvez isso pareça mero alarme falso, por mais sincera que eu seja. Não posso de fato afirmar que não é. Não posso dizer que o que ouço neste momento não é um truque de Hallowe'en do meu cérebro inebriado.

Quer dizer, as risadas no corredor. As risadas demoníacas que ouvi na biblioteca. Mesmo quando me concentro, não consigo saber se o som está dentro ou fora da minha cabeça. É como olhar uma daquelas imagens que geram duas cenas diferentes quando viradas para um lado ou o outro, mas, sob certo ângulo, formam apenas um borrão misturado das duas. Contudo, a risada está aí, em algum lugar. E a voz é muito familiar.

Aaaaa heh-heh-heh-heh-heh.

Amostra quatro (as sombras de novo). Cobrem meu rosto inteiro na janela. Desvanecendo, assim como na história. Mas não há nada sob aquela máscara velha; não tem um rosto infantil lá, Preston. *É você*, não é? Nunca ouvi sua risada, a não ser na minha mente. Mas era exatamente assim que eu a imaginava. Ou será que a minha imaginação também lhe deu uma risada de segunda mão, herdada?

Meu único medo é que não seja você, mas um impostor. A lua, o relógio, a bebida, a janela. Isso tudo faz bem o seu estilo, só que não está sendo para você se divertir, não é? Não tem graça nenhuma. Pare, Preston, ou quem quer que você seja. E quem é? Quem poderia estar agindo assim? Tenho me comportado bem.

Só envelheci, só isso. Por favor, pare. As sombras na janela estão emergindo. Não, meu rosto não. Não meu rostinho de lua.

Não enxergo
mais
não enxergo.

Me ajuda
Pai

SONHO DE UM MANEQUIM

Era uma vez uma tarde de quarta-feira em que uma menina apareceu no meu consultório para a primeira sessão. Seu nome era Amy Locher. (E uma vez você não me falou que há muito tempo teve uma boneca com esse mesmo nome?) Sob as presentes circunstâncias, não acho que seja uma violação muito grosseira da ética profissional usar o nome verdadeiro da participante ao lhe descrever o caso dela. Sem dúvida existe algo mais do que a simples ética entre nós, *ma chère amie*. Além disso, pelo que a senhorita Locher falou, entendi que você me recomendou a ela. Isso não me pareceu necessariamente um mau agouro a princípio; talvez, especulei, sua relação com a menina fosse tal que tornasse esquisito para você aceitá-la como uma de suas pacientes. Na verdade, ainda não está claro para mim, meu amor, em que medida você pode ser implicada na experiência geral que tive com a pequenina srta. L. Então você tem que perdoar quaisquer burrices minhas que possam aflorar grosseiramente no corpo desta correspondência.

Minha primeira impressão da srta. Locher, quando ela se acomodou na poltrona de couro à minha frente como quem cavalga um cavalo de saia, foi de que se tratava de uma moça tensa mas basicamente controlada. Ela estava vestida, percebi, praticamente ao estilo clássico que você costuma preferir. Não vou entrar aqui nas nossas preliminares de primeira visita (embora possamos discutir essa e outras questões no jantar deste sábado caso você esteja disposta). Após uma breve conversa nos detivemos no que a srta. Locher chamou de "elemento motivador" de sua consulta comigo. Envolvia, conforme talvez você saiba ou talvez não, um sonho recorrente que ela vem tendo ao longo do último mês. O que se segue são os acontecimentos dos sonhos segundo os recompus a partir da minha fita da sessão da srta. Locher no dia 10 de setembro.

No sonho, nossa paciente entrou em uma nova vida, pelo menos até o ponto de ter um emprego diferente daquele de sua vigília. A srta. Locher já havia me informado que há três anos trabalhava como gerenciadora de empréstimos em uma firma financeira local. No entanto, seu dia de trabalho no sonho a flagra como uma funcionária de longa data de uma badalada loja de roupas. Como as testemunhas de acusação que o governo deseja proteger com novas identidades, ela foi equipada pelo sonho pelo que parece ser uma biografia principalmente tácita mas de algum modo completa; um incrível truque da mente, este. Consta que um dos deveres de seu novo emprego é trocar as roupas dos manequins das vitrines da loja. Na verdade, tem a sensação de que toda sua existência está dedicada à submissão de vestir e despir esses bonecos. Está profundamente insatisfeita com seu destino, e os manequins se transformaram no ponto central de seu ódio.

Esse é o pano de fundo geral pressuposto pelo sonho, que agora começa de fato. Quando a vestidora de bonecos se aproxima do trabalho, é esmagada por uma ansiedade amorfa sem origem específica. Uma carga incrível de roupas novas chegou para adornar a vitrine de manequins. Os corpos despidos repelem seu toque porque, conforme explicou a srta. Locher, não são nem quentes nem frios, algo que somente os corpos artificiais conseguem ser. (Note essa rara consciência de temperatura em um sonho, ainda que neutra.) Depois de investigar com amargura a classe daquelas criaturas com cara de betume, ela diz: "Hora de parar de dançar e se vestir, belos adormecidos". Essas palavras são ditas sem espontaneidade, como que enunciadas em um ritual para inaugurar cada sessão de troca de roupas. Mas o sonho muda antes que a vitrinista consiga pôr ao menos um ponto de costura nos bonecos, que contemplam o nada com olhos "expectantes".

O expediente está terminado. Ela voltou ao seu apartamento pequeno, onde se recolhe à cama… e tem um sonho. (Esse sonho é aquele da vestidora de manequins e não o dela, a srta. L enfatizou com veemência!)

A vestidora de manequins sonha que está em seu quarto. Mas o que agora considera seu "quarto" é em todos os aspectos, na verdade, uma sala com mobília arcaica e as dimensões de um teatro pequeno. A sala é parcamente iluminada por luminárias com joias nas paredes, as luzes batem em um tapete com uma estampa intrincada e diversas peças de mobiliário antigo. Ela percebe os objetos da cena mais como ideias puras do que fenômenos materiais, pois os detalhes são indistintos e há muitas sombras. Tem algo, entretanto, que ela visualiza com bastante clareza: uma das paredes dessa sala grandiosa inexiste, e para além dessa grande lacuna há a vista da escuridão repleta de estrelas.

A sonhadora está do outro lado da sala, à beira do abismo estrelado. Sentada na beirada de um divã aveludado, ela olha fixo e espera "sem respiração ou batimento cardíaco". Tudo é silêncio, outra percepção bizarra para um sonho. Esse silêncio de certo modo "eletriza" o sonho com correntes de forças estranhas que denotam uma presença demoníaca invisível.

Então uma nova sensação adentra o sonho, uma sensação um pouco mais tangível. Parece haver um frio vindo daquelas estrelas do outro lado da sala. (Temperatura de novo: um sonho raro mesmo!) Outra vez nossa sonhadora vivencia o medo premonitório de algo desconhecido. Sem sair do lugar naquele sofá confortável, ela revira a sala com o olhar em busca de pistas sobre a origem de seu terror. Muitas áreas são inacessíveis ao seu olhar — como uma imagem rabiscada em alguns pontos —, mas ela não vê nada especialmente assustador e por um instante fica aliviada. A apreensão se renova assim que se dá conta de que não olhou para trás, e aliás parece ter a incapacidade física de fazê-lo.

Tem algo ali atrás. Ela tem a sensação de que essa é a terrível verdade. Ela *quase* sabe o que é a coisa, mas, afligida por uma espécie de afasia onírica, ela não consegue achar a palavra para o que teme. Só lhe resta aguardar, na esperança de que o choque súbito logo a arranque do sonho, pois agora tem ciência de que "ela está sonhando", pensando em si mesma na terceira pessoa.

As palavras "ela está sonhando" de certo modo formam um tema onipresente da situação atual: como uma lenda escrita em algum ponto do fundo do sonho, como vozes ecoantes quicando aqui e ali na sala, como um lema impresso em papeizinhos de biscoitos da sorte e escondidos em gavetas da agência, e como um álbum arranhado que se repete sozinho em uma vitrola antiga dentro da cabeça da sonhadora. Então todas as palavras desse lema monótono chegam de seus lugares diversos e como um bando de pássaros pousam na área atrás das costas da sonhadora. Ali, piam por um instante, como se estivessem nos ombros congelados da estátua de uma praça. É isso o que parece para a sonhadora, inclusive na comparação com a estátua. Algo escultural vai chegando perto dela. Irradia um campo de tensão dinâmica que se intensifica à medida que se aproxima, sua sombra se alongando no chão. Porém, ela não consegue se virar para ver o horror atrás de si, pois a essa altura não consegue movimentar o corpo, com as juntas doloridas e rígidas. Talvez possa gritar, ela pensa, e tenta fazê-lo. Mas não dá certo, pois a essa altura uma mão firme e morna já lhe tapou a boca por trás. Os dedos em seus lábios pareciam lápis de cera grossos, nus. Em seguida, ela vê um braço longo e fino se esticando sobre seu ombro esquerdo, e uma mão que segura uns trapos imundos diante de seus olhos e os abana, "fazendo-os dançar". E nesse momento uma voz seca e sibilante sussurra em seu ouvido: "Está na hora de se vestir, bonequinha".

Ela tenta desviar o olhar, seus olhos as únicas coisas que se mexem. Agora, pela primeira vez, ela repara que no ambiente inteiro — nas sombras — há pessoas vestidas de bonecas. Seus contornos estão desmoronados, as bocas muito abertas. Não parecem mais estar vivas. Algumas de fato se tornaram bonecas, a pele não está mais macia e os olhos perderam o aspecto de umidade lacrimosa.

Outras estão em diversos estágios entre humanidade e bonequice. Horrorizada, a sonhadora toma consciência de que a própria boca está bem aberta e não se fecha.

Mas pelo menos, sacudindo-se com tremores do mistério, ela consegue se virar e encarar o agente ameaçador. Agora o sonho atinge um crescendo abalador e ela desperta. No entanto, não desperta na cama da vestidora de manequins no sonho dentro do sonho, mas se vê diretamente transportada para as cobertas enroladas, apesar de reais, de seu eu gerenciadora de empréstimos. Sem saber exatamente onde ou quem é por um instante, seu primeiro impulso ao acordar é completar o movimento iniciado no sonho; isto é, virar-se para olhar para trás. (A alucinação hipnopômpica que se seguiu lhe deu a sensação de que havia perdido a cabeça temporariamente.) O que viu, depois de dar a volta, foi mais que uma parede vazia. Pois o que se projetava daquela superfície com a brancura da lua era o rosto de uma manequim feminina. E o que a perturbou muitíssimo nessa ilusão (e aqui vamos mais fundo em âmbitos já duvidosos) foi que o rosto não desapareceu na parede como em geral acontece com projeções pós-sonhos. Na verdade, parece que esse semblante saliente, em um movimento suave, *recua* para dentro da parede. Não foram poucas as pessoas preocupadas que seus gritos chamaram, vindas dos apartamentos vizinhos. Fim do sonho e das experiências relacionadas.

Agora, minha querida, você provavelmente consegue imaginar minha reação à narrativa mediúnica acima. Cada fio solto que eu seguia me levava de volta a você. A natureza do sonho da srta. Locher é fortemente reminiscente, tanto na atmosfera como no enredo, de questões que você já vem explorando faz alguns anos. Refiro-me, é claro, ao ambiente astral por inteiro do sonho da srta. Locher e à forma sinistra com que se relaciona com certos conceitos (muito bem, *teorias*) que a meu ver se tornaram centrais demais para sua *oeuvre* bem como sua *vie*. Acima de tudo, me refiro àqueles "outros mundos" que você afirma ter detectado através de uma mescla de estudos de ocultismo e análises em profundidade. Diante dessa conjuntura, me permita divagar em um breve sermão pertinente ao que expus acima.

Não é que eu faça objeções ao seu mergulho em modelos especulativos da realidade, meu bem, mas por que esse especificamente? Por que postular essas "pequenas zonas", como já a escutei chamá-las, com atributos tão horrendos, ou devo falar em antiatributos (para acompanhar seu jargão teórico)? Ter a extravagância de fazer piadas sobre tais bizarrices com expressões como "bolsos de interferência" e "estática cósmica" desfigura seus talentos como membra zelosa de nossa profissão. E o resto: a hiperesquisitice, os "jogos ontológicos", a substância geralmente cósmica desses espaços e todas aquelas bobagens transcendentais. Compreendo que a psicologia representou umas áreas tremendamente esquisitas em seus mapas da mente, mas você foi tão longe no interior ultramentacional da metafísica que temo que não regresse (pelo menos não com sua reputação intacta).

Falando de suas ideias com respeito ao sonho da srta. Locher, você verá as correlações, especialmente na trama sinuosa de sua narrativa. Mas lhe digo que essas ligações com suas hipóteses extravagantes realmente me atingiram com um golpe de martelo. Foi logo depois que ela me relatou o sonho. Agora cavalgando a sela de sua poltrona na posição normal, ela teceu alguns comentários que obviamente pretendiam transmitir a amplitude total de sua inquietude. Tenho certeza de que ela considerou *de rigueur* me contar que depois do episódio do sonho ela começou a ter dúvidas sobre quem ela era de fato. Gerenciadora de empréstimos? Figurinista de manequins? Outra? Outro outro? Racionalmente, ela sabia de sua pessoa genuína, factual. No entanto, um "novo senso de irrealidade" minou sua total confiança emocional nessa questão.

Sem dúvida, você entende como os truques existenciais precedentes se encaixam nesses "aborrecimentos do eu", conforme você nomeia tal fenômeno. E quais exatamente são os limites do eu? Existe uma comunhão secreta de coisas aparentemente separadas? Como o animado e o inanimado se relacionam? Um grande tédio, benzinho... zzzzz.

Isso tudo me lembra aquela fabulazinha batida do filósofo chinês (Chuang Tzu?) que sonhou que era borboleta mas ao despertar simulou não saber se foi o homem que sonhou ser uma borboleta ou a borboleta é que agora estava sonhando... você captou a ideia. A pergunta é: "Coisas como borboletas sonham?". Resposta: um inequívoco "não", como você deve saber com base na pesquisa feita nesse campo. O problema termina aqui. Apesar de estudos reconhecidos — os quais tenho certeza de que você contestaria —, imagine que o sonhador não é homem ou borboleta, mas ambos... ou nenhum dos dois, algo totalmente diferente. Ou imagine... é sério, poderíamos continuar assim, e já o fizemos. É possível que o conceito mais repugnante que você tenha elaborado seja aquele ao qual chama de "masoquismo divino", ou da doutrina do Eu Maior aterrorizando os pequenos cacos de eus, precisamente esse Algo Totalmente Diferente assustando o homem-borboleta com a desconfiança de que um jogo acontece acima de sua cabeça.

O problema de tudo isso, minha amada, é a inflexibilidade quanto a essa realidade objetiva, e a forma como às vezes você consegue contagiar os outros com suas convicções inverossímeis. A mim, por exemplo. Depois de ouvir a srta. Locher contar a história de seu sonho, me flagrei analisando-a inconscientemente na mesma medida que você talvez o faça. A multiplicação dos papéis dela (inclusive a inversão de papéis com o manequim) me lembrou um ser divino que se fragmentava e escoriava para aliviar seu enfado cósmico, como aliás supõe-se que façam alguns dos deuses de boa reputação da religião mundial. Também pensei na sua "divindade do sonho", essa coisa que é todo-poderosa em seu próprio âmbito. Contemplando o campo do sonho da srta. Locher, vivenciei uma sensação passageira daquele velho capricho sobre a deidade solipsista do sonho comandando tudo o que vê, sendo que tudo é apenas ela mesma. E até me ocorreu um corolário do solipsismo: se, em qualquer universo possível, alguém *sempre* tem que admitir que há outros universos que podem ser apenas sonhos, portanto o problema se torna, assim como ocorre com nosso dorminhoco chinês, saber quando se está de fato sonhando e qual forma a pessoa em vigília pode adquirir. E isso é algo que a pessoa *nunca* sabe. O fato de a maioria esmagadora dos pensadores rejeitar qualquer doutrina de solipsismo mais que sugere sua irrealidade. E, afinal, a sensação de dissociação da realidade acontece apenas em um estado consciente, e não em sonhos, nos quais tudo é absolutamente real.

Viu o que você fez comigo! Por motivos que você conhece muito bem, meu amor, tento encarar com a máxima seriedade suas investigações aberrantes. Não tenho como evitar. Mas não acho certo que você exerça influência sobre inocentes como a srta. Locher. Tenho de lhe contar que hipnotizei a moça. E seu testemunho inconsciente lhe é bastante incriminador. Ela praticamente exigiu a hipnose, pois achava que seria um jeito fácil de revelar a origem de seus problemas. Devido à insistência desesperada, fiz sua vontade. Uma descoberta fortuita se seguiu.

Ela era uma participante superior. Na hipnose, nos limitamos a penetrar os mistérios de seu sonho. Sua versão hipnotizada foi incrivelmente condizente com a versão desperta, à exceção de um fator importante de que falo daqui a um instante. Pedi-lhe que desse mais detalhes de seus sentimentos no sonho e de qualquer noção de sentido que tivesse vivenciado. Em certos momentos, as respostas a essas questões foram dadas na linguagem incoerente do onírico. Ela disse umas coisas horríveis sobre a vida e mentiras e sobre "esse sonho da carne". Acho que não preciso entrar nas minúcias das bobagens horripilantes que ela enunciou, pois já ouvi você falar muitas dessas mesmas coisas em um de seus "estados". (Sério, é estarrecedor a forma como você se concentra e ao mesmo tempo vive nas zonas de seu ego metafisicamente esfolado.)

Aquela coisinha que a srta. Locher mencionou somente sob hipnose, e que eu protelei referenciar em pormenores, foi um dado muito revelador. Você foi traída por ele. Pois na primeira descrição que minha paciente me fez das cenas de seu drama sonhado, ela havia se esquecido — ou apenas deixado de falar — da presença de outro personagem escondido em segundo plano. Esse agente secretíssimo era a dona da loja de roupas, uma chefe dominadora representada por certa senhora psicanalista. Não que você estivesse no palco, nem mesmo em uma participação especial. Mas a srta. Locher hipnotizada comentou de passagem sobre a identidade dessa figura arrogante no sonho de sua versão jovem-assalariada, sendo essa informação uma das diversas suposições latentes do sonho. Portanto, você, minha querida, esteve presente no depoimento hipnótico da srta. Locher não só em espírito.

Achei essa revelação imensamente útil na organização de provas independentes contra você. A natureza da dita prova, no entanto, foi tal que não pude descartar a possibilidade de conspiração entre você e a srta. Locher. Por isso me abstive de fazer qualquer pergunta à minha nova paciente acerca da relação que tem com você, e não lhe informei o que ela mesmo havia revelado sob hipnose. Minha hipótese era de que ela seria culpada até que se provasse o contrário.

Alternativas me ocorreram, porém, principalmente quando me dei conta da suscetibilidade extraordinária da srta. Locher à hipnose. Não é possível, docinho, que o sonho incrível da srta. Locher tenha sido provocado por uma daquelas sugestões pós-hipnose nas quais você tem bastante prática? Sei que experiências laboratoriais nesse campo às vezes são sinistramente exitosas; e o sinistro é, sem discussão, sua especialidade. Outra possibilidade envolve o estudo da telepatia dos sonhos, pelo qual você nutre um interesse que não é pequeno. Assim, o que você estava fazendo na noite em que a srta. Locher passou por seu martírio sonhado? (Não estava comigo, disso eu sei!) E quantos desses fantasmas na tela mental da minha pobre paciente são imagens projetadas por uma fonte externa? Essas são apenas algumas das questões peculiares que ultimamente parecem tão necessárias fazer.

Mas as respostas a tais questões ainda assim só comprovariam seus meios nesse crime. E quanto à motivação? Nesse ponto, não preciso exercer minhas faculdades mediúnicas. Parece não haver nada que você não faça para impor suas ideias à humanidade comum — de forma lastimável com seus pacientes, odiosa com seus colegas e carinhosa (eu espero) comigo. Sei que deve ser difícil para uma visionária solitária como você ficar muda e ser ignorada, mas você escolheu seguir um caminho tão excêntrico que temo não haver espíritos valentes o bastante para acompanhá-la rumo a essas áreas de engodo calculado, pelo menos não voluntariamente.

O que nos leva de volta à srta. Locher. Ao final de nossa primeira e única sessão, eu continuava sem ter certeza se ela era sua emissária voluntária ou involuntária. Portanto, guardei segredo sobre qualquer coisa relacionada ao seu papel nessa história de suspense. Tampouco fez nenhuma menção significativa a seu respeito, exceto, é claro, inconscientemente, sob hipnose. De qualquer modo, no que se refere a primeiras sessões, essa foi mais árdua e demorada que de praxe, o que deixou minha nova paciente tão tensa quanto ao iniciarmos. É justificável que tenha me pedido para lhe dar uma receita. Enquanto o dr. Bovary tentou amenizar os sonhos opressivos da esposa receitando valeriana e banhos de cânfora, forneci à srta. Locher um programa de serenidade que incluiu Valium e companhia (e este também recomendo a nós, boneca). Então marcamos uma consulta para a quarta-feira seguinte no mesmo horário. A srta. Locher me pareceu muito agradecida, mas não o suficiente, segundo minha secretária, para pagar o que devia. E espere para saber para onde ela queria que mandássemos a conta.

Na semana seguinte a srta. Locher não apareceu para a consulta. Isso não me espantou, pois como você sabe inúmeros pacientes — armados de uma receita de tranquilizantes e uma única experiência com terapia — resolvem que não precisam mais de ajuda. Mas a essa altura eu já tinha criado tamanho interesse pessoal pelo caso da srta. Locher que fiquei seriamente decepcionado com a perspectiva de não poder levá-lo adiante.

Depois que se passaram quinze minutos sem paciente, pedi à minha secretária que ligasse para a srta. Locher no número que nos dera. (Com minha ex-secretária — que descanse em paz — essa atitude seria automática; portanto, a moça nova não é tão boa quanto você disse ser, doutora. Eu não deveria ter permitido que você sugerisse que eu a empregasse... mas a culpa é minha, não é?) Maggie entrou no meu consultório uns minutos depois, aparentemente após ter tentado contatar a srta. Locher. Com um atrevimento bastante enigmático, ela sugeriu que eu mesmo discasse o número, me entregando a ficha contendo todos os dados da nossa nova paciente. Em seguida, deixou o consultório sem dizer mais nem uma palavra. A audácia dessa garota à beira do desemprego.

Liguei para o número e o telefone tocou duas vezes antes que alguém o atendesse. Pela voz, esse alguém era uma jovem, mas não a nossa srta. Locher. E a maneira como atendeu o telefone indicava que o número estava errado (era o número errado certo). Ainda assim, perguntei se Amy Locher tinha qualquer relação com o lugar para onde liguei. Mas a voz que respondia exprimiu total ignorância acerca da existência de alguém com esse nome. Agradeci e desliguei.

Você terá de me perdoar, minha doçura, se a essa altura comecei a me sentir vítima de um trote. "Maggie", chamei pelo interfone, "quantas consultas ainda tenho esta tarde?" "Só uma", ela respondeu logo, e sem que eu pedisse ela disse: "Mas posso cancelar se o senhor quiser". Eu disse que queria e que planejava passar o resto da tarde fora.

Minha intenção era procurar a srta. Locher no endereço, provavelmente também fajuto, de sua ficha de paciente nova. Tinha a suspeita de que o endereço levaria ao mesmo ponto geográfico que o nexo eletrônico do falso número de telefone. Claro que poderia facilmente verificar sem sair do consultório; mas conhecendo você, meu doce, imaginei que uma visita em carne e osso se justificasse. E eu tinha razão.

O endereço ficava a meia hora de carro. Era um subúrbio de classe alta do lado oposto do subúrbio de classe alta onde fica meu consultório. (E eu queria que você mudasse seu centro de operações de sua localização atual, a não ser que por algum motivo você precise estar perto de uma fonte do submundo que transmita as frequências de caos e miséria, o que é provável que você alegue.) Estacionei meu carrão preto no quarteirão do número do prédio que estava procurando, que no final das contas ficava no meio da área comercial do subúrbio.

Isso foi na última quarta-feira, que, você há de se lembrar, foi um dia abismal do ponto de vista meteorológico (um feito que eu *não* elenco entre todas as artimanhas orquestradas da minha aventura). Durante boa parte da manhã, o tempo esteve fechado e instável, e escureceu tão precocemente no fim da tarde que as estrelas pareciam visíveis no céu. Uma tempestade era iminente e o ar estava convenientemente galvanizado com a sensação de suspense pré-dilúvio. As vitrines brilhavam um pouco, e uma joalheria cintilava na penumbra ameaçadora quando passei. É claro, não existe necessidade de descrever ainda mais a atmosfera daquele dia, querida amada. Queria apenas lhe mostrar como eu estava sensível a certo estado de espírito agourento que sei que você adora, e quão sazonado estava para as palhaçadas encenadas que se seguem.

No tocante à distância, só precisei dar uns poucos passos para chegar ao suposto lar da nossa srta. L. Àquela altura, estava bem claro o que acharia. Por enquanto, não tivera surpresas. Quando ergui os olhos para a nome escrito em neon da loja, escutei a voz telefônica de uma moça sussurrar as palavras no meu ouvido: Mademoiselle Modas. E essa é a loja — *n'est pas?* — onde parece que você adquire muitos de seus adoráveis trajes. Mas estou me adiantando com minhas expectativas.

O que eu não esperava era o *esforço* absoluto que você é capaz de fazer para ativar meu tino para revelações esquisitas. A peça, tomara, tinha sido feita para nos aproximar nos laços divinos da irrealidade? De qualquer modo, vi o que você queria que eu visse, ou o que imaginei que você quisesse que eu visse, na vitrine da Mlle Modas. A coisa estava até vestida com a mesma saia xadrez que lembro que a srta. Locher usou na única visita ao meu consultório. E tenho de reconhecer que fiquei assustado ao me concentrar no rosto congelado do manequim. Por outro lado, talvez de forma subliminar eu buscasse uma semelhança entre a srta. Locher (sua companheira de conspiração, sabendo ela ou não) e a figura da vitrine. Você provavelmente imagina o que percebi, ou pensei ter percebido, sobre seus olhos — o que você gostaria que eu visse como um brilho aquoso no olhar fixo. Ah, ai daquela criança de quarta-feira!

Infelizmente, não pude ficar tempo suficiente para confirmar a percepção acima, pois uma chuva de média intensidade começou a cair naquele momento. A chuva me fez correr até uma cabine telefônica ali perto, onde eu precisava mesmo cuidar de alguns negócios. Recuperando da memória o número da loja de roupas, liguei pela segunda vez naquela tarde. Foi fácil. O que não foi tão fácil foi imitar a sua voz, minha querida esganiçada, e perguntar se o departamento de contabilidade da loja havia mandado uma conta naquele mês para a minha, quer dizer, a sua, conta corrente. Minha interpretação deve ter sido satisfatória, pois a voz no telefone me lembrou de que eu já tinha cuidado de todos os meus gastos recentes. Eu, me refiro a você, agradeci à vendedora pela informação, pedindo desculpas pela "nossa" falta de memória, e depois me despedi. Talvez eu devesse ter perguntado à garota se foi ela quem ajudou a montar o manequim para que parecesse a srta. Locher, se a situação não era mesmo a inversa, com a srta. Locher seguindo a moda dos bonecos de vitrine. Em todo caso, realmente estabeleci um vínculo claro entre você e a loja de roupas. Parecia que você poderia ter cúmplices em qualquer lugar e, para falar a verdade, comecei a ficar meio paranoico ali naquela cabinezinha telefônica.

A chuva estava caindo ainda mais forte quando disparei correndo loucamente até meu sedã preto. Meio encharcado, fiquei uns instantes sentado no carro enxugando meus óculos salpicados de chuva com um lenço. Disse que estava sentindo um leve caso de paranoia surgir, e o que se segue é prova disso. Sentado ali sem os óculos, pensei ter visto algo se mexer no espelho retrovisor. Minha vulnerabilidade visual, combinada com a sensação claustrofóbica de estar em um carro com as janelas encobertas pela chuva, juntas resultaram em um pânico momentâneo mas bem nítido da minha parte. Coloquei logo os óculos e descobri que não havia ninguém — e *nada* —, o que quer que fosse no banco traseiro. Mas a questão é que fui forçado a verificar esse fato fisicamente a fim de aliviar meu ataque de ansiedade. Você conseguiu, meu amor, me fazer vivenciar um momento de autoterror. E nesse momento também me tornei cúmplice na conspiração mística de um universo traiçoeiro. *Brava!*

Você de fato conseguiu — supondo que minhas inferências continuem concretas — me balançar em um fio que você segura entre seus dedos delicados. Depois de confessar esse ponto, agora posso chegar ao *verdadeiro* foco e "elemento motivador" do meu apelo a você. Isso tem muito menos a ver com A. Locher do que com você, caríssima. Por favor tente ser compassiva e, acima de tudo, paciente.

Não tenho andado bem ultimamente e você sabe o motivo. Esse negócio com a srta. Locher, longe de nos levar a uma compreensão mais íntima um do outro, só piorou a situação. Agora pesadelos horríveis me assolam todas as noites. Eu, logo eu! E se devem diretamente à bem-intencionada (eu acho) influência de vocês, você e a srta. L. Deixe-me descrever um desses pesadelos e assim descrevê-los todos. Esta será a última história dos sonhos, prometo.

No sonho estou no meu quarto, sentado na cama desarrumada e vestido com meu pijama (Ah, será que você jamais o verá?).

O quarto é parcialmente iluminado por feixes de um poste que brilha através da janela. E também me parece que uma galáxia de constelações, apesar de não testemunhadas em primeira mão, contribui com suas luzes para a cena, uma incandescência vaporosa que branqueia artificialmente todo o segundo andar da casa. Preciso usar o banheiro e ando sonolento pelo corredor... onde tomo o maior susto da minha vida.

No corredor branqueado — não posso dizer iluminado, pois é quase como se um pó fluorescente cobrisse tudo — há coisas que parecem pessoas vestidas de bonecas, ou então bonecas feitas para parecer pessoas. Lembro-me de ter ficado confuso sobre o que seria. E se espalham pelo chão, no patamar da escada, e mesmo nos degraus, porém desaparecem nas áreas mais escuras lá embaixo. Quando saio do quarto, vejo seus olhos brilhando nas trevas brancas e as cabeças viradas em diversas direções. Paralisado — sim! — pelo terror, apenas retribuo um olhar fixo, me perguntando se meus olhos estão brilhando da mesma forma que os delas. Em seguida, uma das bonecas, apoiada na parede à minha esquerda, vira a cabeça a duras penas com o pescocinho rígido e olha nos meus olhos. Pior, ela fala. E sua voz é uma paródia horrível da voz humana. Mais horríveis ainda são suas palavras ao dizer: "Torne-se como nós, docinho. Morra *em* nós". De repente sinto uma enorme fraqueza, como se minha vida se esvaísse de dentro de mim. Reunindo toda a minha força de vontade, consigo correr de volta para a minha cama, o que encerra o sonho.

Depois de acordar, aos gritos, meu coração palpita dentro de mim como um prisioneiro desvairado e só se acalma de manhã. É muito perturbador, pois há um fundo de verdade nos estudos que relacionam pesadelos a paradas cardíacas. Para algumas pobres almas, esse íncubo imaginário que se agacha sobre o corpo adormecido é capaz de provocar danos médicos genuínos. E não quero me tornar um desses casos.

Você pode me ajudar, meu amor. Sei que você não pretendia que as coisas terminassem assim, mas essa pitada de intriga que perpetrou com o auxílio da srta. Locher de fato me atingiu. Conscientemente, é claro, ainda sustento a crítica que já expressei contra o disparate básico de seu trabalho. Inconscientemente, no entanto, você parece ter me despertado para um estrato de terror abjeto. Vou pelo menos admitir que suas ideias formam uma poderosa metáfora psíquica, mas nada além disso. O que já é o bastante, não é? Sem dúvida é suficiente para inspirar a escrita desta carta, na qual suplico sua atenção, visto que não consegui atraí-la de outra forma. Não posso continuar desse jeito! Com seu ardil angustiante você se apossou até do meu eu mais profundo. Por favor, me liberte desse feitiço e vamos começar um romance normal. Por mais desconhecidos que sejam seus mecanismos psíquicos, são somente as emoções que importam — não zonas do irreal, não uma metafísica despida de tudo o que é humano.

Com a srta. Locher creio que você me enviou uma encarnação de suas convicções mais arraigadas. Mas suponha que eu comece a admitir coisas sinistras sobre ela. Suponha que eu admita que ela é de algum modo apenas um sonho. Suponha que eu reconheça que ela não era uma garota, mas sim uma coisa sem personalidade, uma irrealidade que, segundo a sua visão da existência, sonhava que era um ser humano e não mera representação fabricada de sua carne? Você me deixaria cogitar tais ideias. Você me deixaria pensar que existe uma afinidade misteriosa entre as coisas desse mundo e as de outro mundo? E daí se existir? Já não ligo mais.

Esqueça os outros eus. Esqueça a visão de vida da terceira (quarta, enésima) pessoa em que um deus ou demônio se individuou aos trancos e barrancos de tudo o que existe. Apenas a primeira e a segunda pessoa interessam (eu e você). E sem sombra de dúvida se esqueça dos sonhos. Eu, por exemplo, sei que não sou um sonho. Sou de verdade. Dr. ——. (Aí, o que você acha de ser anônima sem base neste ou naquele outro universo?) Então por favor faça a gentileza de reconhecer a realidade da minha existência.

Agora já passa da meia-noite, e receio ir dormir e ter outro desses pesadelos. Você pode me salvar desse destino se estiver disposta. Mas tem que se apressar. O tempo está se esgotando para nós, assim como estes últimos poucos momentos de vigília estão se esgotando para mim. Diga que ainda não é tarde demais para o nosso amor. Por favor, não destrua tudo para nós. Você só se machucará. E, apesar da sua teoria bombástica sobre masoquismo, não há nada de divino nisso. Portanto, pare com os jogos de visionária desumana. Seja simples, seja gentil. Ah, estou muito cansado. Preciso dizer boa-noite, então, mas não

adeus, meu tolo amor. Agora me escute. Durma seu sono singular e sonhe com os muitos, os outros. Eles também são parte de você, parte de nós. Morra neles e me deixe em paz. Virei buscá-lo mais tarde, e você pode ficar sempre comigo em um cantinho especial todo seu, assim como minha pequena Amy outrora. Foi isso o que você sempre quis e é isso o que terá. Morra neles, alma simplória, boneco idiota. Morra com um belo brilho claro nos olhos.

A TRILOGIA NICTALOPE

I: O QUÍMICO

Olá, senhorita. Ora, sim, por acaso *estou* procurando companhia para esta noite. Meu nome é Simon, e você é... Rosemary. Engraçado, eu estava justamente divagando sobre o rosacrucianismo. Deixa pra lá. Faça o favor de se sentar, e cuidado com as lascas da cadeira, para não prender o vestido. Parece que tudo por aqui se transformou em fiapos e lascas. Mas o que falta a este velho espaço em refinamento decorativo é plenamente compensado pela atmosfera, concorda? Sim, como você diz, suponho que cumpra seu objetivo. Mas é meio relaxado no que diz respeito ao serviço. Receio que em termos de bebidas cada um tenha de providenciar as suas. Obrigado, fico feliz em saber que você acha que tenho um jeito bom de falar. Agora, você não quer alguma coisa do bar? Está bem, saindo uma cerveja. E por favor me faça uma gentileza: antes de eu voltar, você já terá tirado esse naco de chiclete da boca. Obrigado, e volto já com as nossas bebidas.

Aqui está, Rosie, uma cerveja do bar. É só você não arrotar que nos daremos bem. Fico satisfeito de ver que você se desfez do chiclete, mas espero que não tenha engolido. O intestino deve continuar ignorando como é acomodar um chiclete de bola e uma cerveja no mesmo episódio digestivo. Sei que o intestino é *seu*, mas me interesso pelo que participa da atividade de qualquer receptáculo humano. Isso mesmo — *receptáculo*. Quer que eu soletre? Não, não estou tirando sarro de você. É só que existem certas interações que ocorrem quando o receptáculo em questão é o sistema delicado do *H. sapiens*, em contraposição ao cálice em uma igreja ou a um frasco de soro em um laboratório. Exato, esse copo não muito esterilizado na sua mão imaculada é um receptáculo, agora você entendeu.

Meu copo? Sim, dá para ver que é bem vermelho. Gosto de bebidas vermelhas. Eu mesmo criei este aqui. Gim Rum Vermelho, conforme o chamo. Rum branco, gim, ginger ale claro e, na melhor das hipóteses, suco de cranberry, embora o bartender daqui tenha precisado substituí-lo por uma solução de marrasquino, que não tem o tom de vermelho intenso nem uma fração da aspereza de seu sorriso. Aqui, dá um gole. Se você não gostar, me diga. Sim, diferente é a palavra certa, a origem de seu interesse. Mesmo a adesão mais fiel a uma fórmula mixológica consagrada resulta em certa diferença que pode ser percebida até no mais banal dos coquetéis, para não falar de outras misturas do formulário alcoólico. Você só precisa cultivar a *sensibilidade* para notar a diferença. Pergunte a qualquer degustador de vinhos. E essa sensibilidade pode ser expandida a todas as experiências de nossa vida. Embora seja possível pensar que a gente está fazendo a mesma coisa de sempre do mesmo jeito de sempre, dia sim e outro também, variações da norma *são* a norma. É impossível entrar duas vezes no mesmo rio, como disse o filósofo. Cada momento que passa se desvia do anterior para seguir o próprio rumo, muitas vezes de forma bem estranha.

Tenho um forte apreço pela *diversidade*, modéstia à parte. Você está sorrindo por causa da minha ênfase. Você acha que sabe alguma coisa a meu respeito, e vai ver que sabe mesmo. Moça esperta! Mas *perversidade*, como você sem dúvida entendeu, é apenas uma das formas mais ostentosas do diverso. E desvios invocam a melodia da dança da vida, mesmo no nível subatômico.

Uau, você realmente mandou ver nessa bebida borbulhante. Quer outra, ou quem sabe não lhe ofereço algo que eu mesmo inventei? Sim, já criei outros drinques. Fui o pioneiro de outra libação vermelha, que na verdade é só uma variação do padrão. O Bloody Mary Agridoce, feito de vodca, água tônica, açúcar, uma fatia de limão e ketchup. Parece mesmo um prato. Bem substancial. Não, desculpe estragar a sua piada, meu gosto por drinques carmesim não inclui o néctar que o vampiro suga do pescoço. Além disso, sou perfeitamente capaz de trabalhar durante o dia.

Onde? Bom, imagino que eu possa contar para você, *sub rosa*, que sou funcionário de uma empresa farmacêutica não muito longe daqui. Trabalho como químico. Sim, é sério. Bom, que legal que você percebeu logo de cara que não sou um sujeito comum procurando diversão após um dia de trabalho pesado. Que menina perspicaz! No entanto, a verdade é que vim direto depois de fazer um pouquinho de hora extra. Quando eu estava no balcão do bar, percebi que você estava olhando e cutucando a pasta que eu trouxe e pus discretamente debaixo da mesa. Acertou, por acaso estou carregando "coisa de trabalho" nela, entre outras coisas. Na mosca, minha querida — seria uma tolice deixar alguma coisa importante no carro na zona de prostituição.

Bom, eu não diria que esta parte da cidade é simplesmente uma *vala*. É, claro, isso mesmo. Mas seu coloquialismo nem começa a descrever as várias dimensões de decrepitude da geografia local. *Decrepitude*, Ro. Há nela a sua *vala* e muitas outras. Falo de experiência, mais do que você seria capaz de acreditar. Essa cidade inteira é sem dúvida um cadáver digno de pena, enquanto a vizinhança além das paredes deste bar tem a distinção de ser o coração murcho dos falecidos. E sou um estudante dedicado de sua anatomia — um patologista, de certo modo, com olho para necroses que outros ignoram.

Por exemplo, você já esteve naquele lugar chamado Speakeasy? Bom, então alguma intimidade você tem com a nostalgia abastardada — a putrescência das coisas passadas. Sim, subindo um lance de escada dentro de uma velha casa burlesca há um salão ecoante de pé-direito alto com uns traços de interior art déco nos espelhos arqueados e candelabros cromados. E há gigantescas silhuetas pintadas de melindrosas ossudas e Gatsbys emaciados se exibem nas paredes do salão de baile sinuoso, se elevando sobre a pista de dança, a elegância tétrica zombando das rotações desajeitadas dos vivos. Um sonho antigo com verniz novo. É fascinante, sabe, que uma loucura obsoleta às vezes seja adotada e estilizada numa tentativa de preservá-la de forma macabra. Estamos na época das fantasias de segunda mão e distrações antiquadas.

Mas há nesta cidade outras vistas que considero bem mais interessantes. Dentre elas aqueles templos de denominações ambíguas com fachada de loja. Tem uma na Terceira com a Dickerson chamada de Igreja da Verdadeira Luz Divisória, que não deve ser confundida, suponho, com aquela luz fajuta que cega tantos olhos inquiridores. O mais estranho é que ainda não vi nenhuma luz brilhar pelas janelas desse prédio atarracado e cinzento, e sempre procuro algum tipo de iluminação nos meus passeios.

Eu lhe digo, ninguém cultua esta cidade que nem eu. Principalmente a argúcia da proximidade, uma coisa estranha ao lado da outra, que somadas resultam em uma esquisitice maior ainda. Um dos exemplos mais grotescos desse fenômeno ocorre quando você observa que uma lojinha cuja vitrine exibe uma série fabulosa de aparelhos protéticos fica bem ao lado da Cidade da Segunda Mão do Marv. Tem também aqueles lugares — você já notou, tenho certeza — que são peculiarmente sugestivos de diversas formas. Um deles é aquele caixote de xadrez rosa e preto no bulevar Curvo que se chama Salão Curvo do Bill, onde a marquise berrante anuncia "diversão noturna". E, se você passa um tempo olhando fixo para o letreiro, a palavra "noturno" começa a conotar mais do que o intervalo entre o anoitecer e o amanhecer. Logo esse termo simples se torna genuinamente evocativo, como se fosse um código para o mais exótico dos lazeres noturnos. E, por falar em lazer, preciso citar aquele estabelecimento cujo dono, sem dúvida um epicurista da comédia musical, intitulou de Garotos e Garotas Inc. Que gênio da vulgaridade, considerando-se que a firma é exclusiva para venda e conserto de manequins. Ou na verdade é a fachada de um bordel de bonecos? Não quero ofender, Rosalie.

Eu poderia continuar — ainda não mencionei o Perucas da Miss Wanda ou aquele hotel antigo e imundo que ostenta "Cada quarto com seu banheiro" —, mas talvez você esteja meio entediada. Sim, entendo o que você quer dizer quando afirma que depois de um tempo nem percebe essas coisas. A mente fica embotada e condescendente, eu sei. Às vezes também fico assim. Mas parece que bem quando estou chafurdando confortavelmente na condescendência, vem um belo solavanco.

Posso estar sentado no carro, esperando o sinal abrir. Um pária, bêbado ou doente cerebral se aproxima do meu veículo indefeso e bate na janela — com os dois punhos, assim — e pede um cigarro. Ele toca os lábios ásperos como se segurasse um cigarro, tendo deixado a fala de lado há muito tempo. Cigarro? Sou químico, meu senhor, e não vendedor de tabacaria. O sinal de trânsito muda e sigo em frente, observando pelo espelho retrovisor o vulto meio contraído do vagabundo se encolher. Mas, sabe-se lá como, eu o aceitei como passageiro, um vulto fantasmagórico sentado com os olhos turvos ao meu lado e tagarelando sobre todo tipo de coisas sem sentido e fascinantes, a autobiografia da confusão. E em pouco tempo volto à vigia.

História comovente, você não... Sim, creio que já está ficando meio tarde e não avançamos muito. Seu apartamento? Acho que seria uma boa. Não, eu não tinha mais nada em mente quanto ao lugar onde faríamos negócios. Tudo bem ser no seu apartamento. Mas onde fica? Não brinca! São as antigas Torres do Templo sob novo cognome. Excelente, nosso passeio nos levará pelo bairro à sombra da cervejaria. Em que andar do prédio você mora? Bom, uma cobertura autêntica, um castelo urbano. Quanto mais alto, melhor, na minha opinião.

Então vamos lá? Meu carro está parado bem aqui na frente.

Tomara que não tenha resolvido chover. Que nada, a noite está linda. Mas olha, aquele é o meu carro, onde o policial está encostado. Fica calma. Não vou dizer nada se você também não disser. Você não é, por acaso, uma policial disfarçada, é, Rosiecrantz? Você não trairia este Hamlet inocente. Um simples "não" bastaria. Se você usar esse tipo de linguajar outra vez, vou entregá-la às autoridades agora mesmo, e então veremos que tipo de antecedentes você acumulou na sua carreira brilhante. Silêncio, é uma boa. Deixe que eu falo. Lá vai.

Oi, senhor. É, esse carro é meu. Estacionei direitinho, não é? Nossa, que alívio. Por um instante imaginei... minha carteira de motorista e registro? Claro. Aqui está. Perdão? É, acho que estou meio longe de casa. Mas trabalho por aqui. Sou corretor de valores, aqui o meu cartão. Sabe, já estou nesse ramo há um tempo, e sou quase capaz de adivinhar pelo estilo do cara se ele tem algum investimento no mercado. Aposto que o senhor tem. Está vendo, eu sabia que tinha razão. Não interessa se é de pequena monta. Ei, o senhor tem mantido contato com um gerente de investimentos ultimamente? Bom, deveria. Tem muita coisa acontecendo.

As pessoas falam de inflação, recessão, depressão. Esquece. Para quem sabe onde pôr as finanças, e sabe de verdade, não importa se é sexta-feira 13 e as ruas estão ensanguentadas pelos cadáveres empresariais.

O senhor precisa é de orientação inteligente. É só disso que todo mundo precisa. Por exemplo — e lhe digo isso só para defender a ideia —, existe uma empresa nesta cidade, na verdade não fica nem a um quilômetro daqui, chamada Laboratórios Lochmyer. Andam trabalhando em um novo produto e estão quase prontos para lançar no mercado. Claro que não entendo todo o lado técnico, mas tenho certeza absoluta de que vai revolucionar a área de — como é que vocês chamam isso — psicofarmacologia. Que nem os antidepressivos revolucionaram. Vai ser maior do que os antidepressivos. Entende o que quero dizer? Esse é o tipo de coisa que o senhor tem que saber.

Isso mesmo, senhor, Laboratórios Lochmyer. Boa empresa em todos os aspectos. Eu mesmo tenho ações dela. Que dica, oras? Ei, não precisa me agradecer. Perdão? Uma dica para mim? Bom, agora que o senhor tocou no assunto, provavelmente há bairros melhores para um homem como eu frequentar. Eu lhe dou a minha palavra de que o senhor *não* vai me ver mais por aqui. Agradeço, senhor. Vou me lembrar. E o senhor se lembre dos Laboratórios Loch. Então está bem. Boa noite para o senhor.

Espera o carro dele virar a esquina, Rosie, antes de você entrar no meu. Vamos deixar que o homem da lei mantenha a ilusão de que seu aviso me botou juízo no tocante aos perigos dessa área sórdida e da sua pessoa sórdida. Ele te olhou como um velho amigo. Poderia ter sido um problema para nós dois. Você foi esperta de sentar à minha mesa esta noite. Acho que a minha pasta o impressionou, não acha? Ok, agora podemos entrar no carro.

Sim, tirei nós dois de uma situação delicada com o policial. Mas espero que você só tenha mencionado meu *BC* por causa daquela cena com o policial, você estava pensando no bacharelado em Ciências que recebi aos doze anos. Essa é a última advertência que lhe faço a respeito de expressões sujas. Agora baixe sua janela para arejar suas palavras durante o trajeto. E quanto a mim enganando aquele policial simpático... na verdade, não o enganei. Não, não sou corretor de valores. Eu lhe disse a verdade, que sou da área da química. E eu falei para aquele patrulheiro quatro-olhos a verdade quando o aconselhei a investir dinheiro nos Laboratórios Lochmyer, porque *vamos* lançar um novo remédio para a cabeça que vai deixar nossos investidores tão felizes quanto viciados em anfetaminas em uma cafeteria aberta a noite inteira. Como é que eu sabia que ele tinha ações? É esquisito, não é? Acho que foi pura sorte. Esta é a minha noite de sorte, e a sua também.

Você não gosta muito da *policía*, não é, Rrrosa? Sim, é claro que posso pôr a culpa em você. Sem eles, onde estariam todos os fora da lei? O que nós teríamos? Apenas um paraíso sem lei... e o paraíso é um tédio. A violência sem violação é mero barulho que ninguém ouve, o som mais horrendo do universo. Não, eu sei que você não tem nada a ver com violência. Não quis dar a entender que tinha. Sim, posso deixá-la no bar quando terminarmos no seu apartamento. É claro.

Agora vamos curtir o passeio. Como assim, "curtir o quê"? Não está vendo que estamos chegando na cervejaria? Olha lá o letreiro com o dourado da cerveja, anunciando a tentativa alquímica de transformar os ingredientes de base em ouro líquido. *Alquímico*, Rosetta. E não estou me referindo àquela firma barata que é a Aliados Químicos. Dá só uma olhada nessas casas desmoronadas, essas lojas desleixadas, cada uma delas um local sagrado da cidade, um santuário, por assim dizer. Não vai olhar? Já viu tudo isso milhões de vezes? Uma espelunca é uma espelunca é uma espelunca, né? Sempre igual. *Sempre?*

Nunca.

E quando chove e os tijolos marrons desses lugares velhos passam a gotejar e escurecer? E o céu cinza-fumaça é o espelho fumacento da sua alma. Você dá uma piscadela luminosa para uma série de prédios condenados, delineando-os de forma incisiva. E eles piscam para você? Ou isso só acontece em outro tipo de tempestade, quando as janelas ganham sobrancelhas astutas de pedaços de neve com sujeira urbana. Foi sob tais condições que você pensou pela primeira vez em todos os lugares frios e escuros do universo, todos os porões viscosos e sótãos soturnos da criação? Locais sombrios sobre os quais você prefere não pensar, mas na época não conseguia parar de pensar. Em outro momento você conseguiria. Não existem duas épocas iguais. Não existem duas vidas iguais. Somos como alienígenas uns para os outros. E quando você percorre essas ruas com um estranho, você tem de enfrentar a maneira como enxerga as coisas, a forma como agora tem de lidar com minha visão perfeita e eu com a sua miopia blasé. Essas são as mesmas casas destruídas por dentro que você viu na noite passada, ou mesmo um segundo antes? Ou são como nuvens fluidas que rodopiam acima das chaminés e árvores e depois seguem em frente?

As transmutações alquímicas são infinitas e contínuas, funcionando o tempo inteiro como escravas no Grande Laboratório. Me diga que você não percebe o funcionamento delas, principalmente nesta parte da cidade. Principalmente onde o glamour e a sanidade de outras eras vestem uma nova máscara de ratos e podridão, onde um estilo antigo é transformado pelo tempo em uma paródia de si que nenhum homem seria capaz de prever, onde dissidências cada vez maiores estão em eterno desenvolvimento entre as formas do passado e o amorfismo do futuro, e, por fim, onde a evolução rumo à diversidade suprema pode ser vislumbrada como que por um espelho mágico.

Essa, é claro, é a *verdadeira* alquimia, como você já deve imaginar, e não o outro tipo que teorizou que tudo lutava rumo à perfeição áurea. Chumbo em ouro, matéria inferior em espírito superior. Não, não é assim. É o exato oposto, na verdade. Por favor, não ponha esse naco de chiclete na boca. Joga pela janela agora!

Como eu dizia, tudo é mera variação sem tema. Ah, talvez exista um ideal imutável, um absoluto resistente. Cientificamente, suponho, temos de contar com essa improbabilidade. Mas atingir esse ideal seria um passeio desesperançado pela rota de mundos hipoteticamente superiores. E no caminho nossas ideias se tornam febris e confusas. O que começa como verdade solitária logo se prolifera como células malignas no corpo de um sonho, um corpo cujo contorno genuíno continua desconhecido. Quem sabe, então, tenhamos gratidão pelas extravagâncias da química, pelos caprichos das circunstâncias, e pelos enigmas do gosto pessoal por nos dar tamanho rol de desejos e realidades estritamente locais.

Não, nem sempre pensei desse jeito bizarro, como você diz. Mas posso lhe dizer o momento quase exato em que passei a ver a verdade das coisas. Eu era um calouro imaturo na faculdade, ainda mais imaturo do que a maioria, dado meu desenvolvimento precoce. Um dia, algo pareceu mudar na minha química, como gosto de imaginar. Por um tempo, foi um horror. Uma hora, no entanto, me dei conta de que a alteração foi de uma química falsa à verdadeira. Sim, foi então que resolvi seguir o assunto como carreira, como vocação. Mas essa é uma história à parte, e já chegamos à torre onde fica seu apartamento.

Por favor, não bata a porta do carro como você ia fazer. Não precisa chamar atenção para a nossa presença. Tem razão, realmente não tem ninguém por perto para prestar atenção. Os insetos da rua parecem ter se escondido nas tocas. Opa, quase me esqueci da pasta. Não é uma boa ideia deixá-la sozinha neste bairro, concorda? Você está sorrindo por causa da minha pasta, não é, Maryrose? Você está achando de novo que sabe de alguma coisa. Bom, vá em frente, pense assim se é isso o que você quer. Todo mundo gosta de imaginar que tem informações sigilosas. Aquele policial, por exemplo. Dava para ver como ele ficou satisfeito ao se tornar instantaneamente um homem informado, ainda que seja apenas um dado sigiloso sobre uma ação do mercado. Todo mundo quer saber o que é o quê, *scientia arcana*, a informação real.

Talvez eu tenha algum dado sigiloso na minha pasta. Mas também pode ser um mero acessório vazio, um receptáculo de couro com o interior oco. Mas você já sabe que trabalho para uma empresa de drogas. Você estava pensando nisso, não estava? Bom, vamos ao seu apartamento e lá descobrimos.

Que lobby aconchegante esse aqui. Mas receio que a atmosfera esteja fazendo umas coisas estranhas com aquele vaso de samambaia ali. Claro que sei que é artificial. O que só quer dizer que a Natureza, uma das Grandes Químicas, criou-a com um grau de distância, só isso. Aqui, este elevador parece estar funcionando, apesar de estar meio barulhento. Você primeiro, Senhora R. Vigésimo segundo andar, se a memória não me falha, e ela nunca falha. Ah, creio que é proibido fumar neste elevador, se você não se importar. Obrigado. Cá estamos. Aposto que seu apartamento fica para este lado. Viu, eu *sempre* tenho razão. Não é engraçado? Sim, já estou indo, já estou indo.

Bom, seu apartamento tem uma porta ótima. Não, você está enganada. Não existe isso de "que nem todas as outras". A sua é bem diferente, você não percebe? E esta noite a sua porta está visivelmente diferente de qualquer outro momento em que você a viu. Não estou sendo só ególatra quanto à minha presença excepcional na sua porta nesta noite. Entende o que quero dizer? Bom, sinto muito se você sente que eu passei a noite inteira fazendo sermão. Já fui pedagogo, suponho que seja óbvio. É que tem umas coisas importantes que tenho de transmitir a você, meu pequenino botão de rosa, antes de encerrarmos. Está bem? Agora, vamos entrar e ver que tipo de vista você tem daqui de cima.

Deixe a luz do teto apagada, por favor, para eu não ter que ver o duplo desse cômodo desmazelado refletido na janela. Um de seus abajures mais fracos deve nos dar toda a luz de que precisamos. Pronto, está bom. Você tem mesmo uma boa visão da cidade daqui desta altura. Acho perfeito, não é muito alto. Moro numa casa de apenas dois andares e estar aqui me faz perceber de forma vertiginosa o que estou perdendo. Desta fortaleza sublime eu poderia olhar todas as noites para a cidade e suas constantes mutações. Uma cidade diferente toda noite. Sim, Rosie, preciso dizer que você tem razão — apesar do tom sarcástico —, a cidade é mesmo um receptáculo. E é um receptáculo que adquire, toda obediente, a forma de conteúdos bem esquisitos. Os Grandes Químicos estão elaborando fórmulas insondáveis lá embaixo. Olha essas luzes contornando as diversas vendas e avenidas. Olha as linhas e interconexões. São como o esqueleto de algo... o esqueleto de um sonho, a armação oculta pronta para mudar sua estrutura e amparar uma nova forma, a qualquer momento. Os Grandes Químicos estão sempre sonhando coisas novas e arriscando despertar quando o fazem. Caso isso um dia aconteça, tenha certeza de que as consequências serão infernais.

Minha imaginação? Não, não acho nada *vívida*. Pelo contrário, ela não é potente o bastante. Minhas pobres faculdades imaginativas sempre precisaram de... extensões. É por isso que estou aqui com você. Você está sorrindo outra vez, ou melhor, está com um sorriso *insolente*. Palavra engraçada, insolente. Parece mais um sobrenome extraterrestre. Simão Insolente. O que você acha?

Sim, talvez estejamos perdendo tempo demais. Mas é claro que vamos ter de aguentar só um pouco mais de delonga enquanto reviro a minha pasta e tiro o que você está esperando. Então você espera que seja uma droga boa, né? Bom, você vai poder descobrir, já que parece tão ansiosa para ser o receptáculo das minhas substâncias químicas. Não, fique sentadinha onde está, por favor. Não existe motivo para dar uma olhada em todos os elixires que carrego aqui dentro. A única coisa que eu tenho que talvez lhe interesse está guardada em um recipiente pequeno muito bem fechado com uma tampa preta... e aqui está!

Sim, parece uma garrafa de luz pulverizada. Boa observação. O que é isso? Imaginei que a esta altura você já soubesse. Aqui, me dá a sua mão e você examina de perto. Só um montinho polvilhado no meio da palma da sua mão suada, cerca de um cérebro, para ser exato. Não parece diamante pulverizado? Ele brilha, é verdade mesmo. Não ponho a culpa em você por imaginar que seja perigoso cheirar, ou seja lá o que você pensa que deve fazer com isso. Mas, se você olhar meu pó mágico bem de perto, vai ver que não precisa fazer absolutamente nada.

Olha, se dissolveu em você. Desapareceu completamente, a não ser por uns poucos grãos desgarrados. Mas não se preocupe com eles. Calma, a ardência já vai passar. Não tem sentido tentar esfregar a mão para tirar a droga. Agora ela está no seu organismo. E com certeza não vai ser de muita serventia se exaltar, tampouco as ameaças lhe são de alguma valia. Por favor, permaneça sentada nessa cadeira.

Já está sentindo algum efeito? Quer dizer, além do fato de não ser mais capaz de mexer os braços ou as pernas. Esse é só o começo dessa diversão *noturna*. A substância opalescente que você acabou de absorver possibilitou uma relação muito interessante entre nós, minha rosa vermelha vermelha. A droga a deixou com uma sensibilidade fantástica à influência modeladora de certa forma de energia, a saber, a que está sendo gerada por mim, ou melhor, *através* de mim. Para usar termos românticos, agora estou sonhando você. Esse é o único modo de explicar que talvez você entenda. Não sonhando *com* você, como uma canção de amor antiga. Estou *sonhando você*. Seus braços e suas pernas não reagem aos comandos do seu cérebro porque estou sonhando com alguém imóvel como uma estátua. Espero que você consiga reconhecer como isso é incrível.

Poxa! Imagino que essa tenha sido sua tentativa de gritar. Você está apavorada mesmo, não é? Só para garantir, talvez seja melhor eu sonhar com alguém que não tenha com o que gritar. Pronto, acho que deu certo. Você está esquisita mesmo, desse jeito. Mas é só o começo. Esses truquezinhos são brincadeira de criança e tenho certeza de que não impressionam você. Em breve vou mostrar que sou mesmo capaz de causar uma impressão, quando me empenho para isso.

Tem algo nos seus olhos? Sim, vejo que tem. Uma pergunta. Neste momento, você gostaria de perguntar, se tivesse os meios para fazê-lo, o que vai ser da Rosie de antes? É justo que você fique sabendo.

Estamos agora entrando em perfeita sintonia um com o outro, meus sonhos e minha garota dos sonhos. Você está prestes a se tornar o caleidoscópio em carne e osso da minha imaginação. Nas últimas etapas deste procedimento, qualquer coisa pode acontecer. Sua forma não conhecerá os limites da diversidade quando os Grandes Químicos tomarem o poder. Em breve vou colocar o sonho nas mãos de uma prodigiosa insurreição de entidade, e tenho certeza de que haverá surpresas para nós dois. Isso é algo que nunca muda.

No entanto, ainda há um problema neste processo. Não é de fato perfeito, e sem dúvida não é vendável, conforme dizemos no negócio dos comprimidos. Não seria um tédio se fosse perfeito? O que quero dizer é que, sob o estresse de uma metamorfose tão diversa, a estrutura original do objeto de algum modo se quebra. A consequência disso é simples: você nunca será o que foi outrora. Sinto muitíssimo. Você vai ter de continuar na encarnação curiosa que tomar no fim do sonho. O que vai chacoalhar o juízo de quem tiver o azar de encontrá-la. Mas não se preocupe, você não vai viver por muito tempo depois que eu for embora daqui. E a essa altura você já vai ter experimentado poderes quase divinos de proteção que eu mesmo não tenho esperanças de conhecer, não importa o quanto eu tente no meu íntimo.

E agora acho que podemos seguir com o que foi nosso destino esse tempo todo. Está pronta? Estou totalmente pronto e aos poucos estou me entregando a essas forças que seguem seus próprios caminhos e nos levam junto. Consegue sentir nós dois sendo levados para uma tempestade de transfigurações? Dá para sentir as febres deste químico? O poder dos meus sonhos, meus sonhos, meus sonhos, meus...

Agora, Rosa da loucura, FLORESÇA!

A TRILOGIA NICTALOPE

II: BEBA A MIM SOMENTE COM OLHOS LABIRÍNTICOS

Todos da festa comentam sobre eles. Perguntam se os alterei de alguma forma, sugerem que enfiei umas lentes estranhas cristalizadas sob as pálpebras. Eu lhes digo que não, que nasci com esses órgãos óticos peculiares. Não vieram de um saco de truques de um oftalmologista, nem resultam de mutilação cirúrgica. É claro que acham difícil de acreditar, principalmente quando lhes digo que também nasci com plenos poderes de um mestre da hipnose... e a partir daí rapidamente evoluí, avançando por um mato mesmeriano inexplorado antes ou depois por qualquer outra pessoa que compartilha da minha vocação. Não, eu não chamaria de *negócio* ou *profissão*, teria de falar em *vocação*. Que outro nome dar se você está destinado desde que nasceu, marcado pelo estigma do destino? A essa altura, dão um sorriso educado, dizendo ter gostado muito do show e que sem dúvida sou bom no que faço. Eu lhes digo como sou grato pela oportunidade de me apresentar a pessoas tão sofisticadas em uma casa tão sofisticada. Sem saber até que ponto estou só brincando, eles giram com nervosismo a haste da taça de champanhe, a bebida borbulhando e o cristal cintilando sob a chama caleidoscópica do candelabro. Apesar de toda a beleza, o poder e o prestígio que esta noite socializa neste ambiente bastante barroco, acho que eles sabem que são basicamente normais. Estão muito impressionados comigo e com a minha assistente, que recebemos o pedido de nos misturar entre os convidados e diverti-los de qualquer forma possível. Um cavalheiro de rosto corado olha para o outro lado da sala, para minha parceira de magnetismo animal, enquanto traga sua bebida. "Você gostaria de conhecê-la", indago. "Pode apostar", ele responde. Todos gostariam. Todos querem conhecê-la, meu anjo.

No começo da noite apresentamos nosso show a essas pessoas adoráveis. Instruí o anfitrião da festa a não servir álcool antes da nossa performance, e de arrumar a mobília desta sala esmerada de um jeito que possibilitasse a todo mundo uma visão perfeita de nós em nosso pequeno palco. Ele obedeceu, é claro. Também cedeu ao meu pedido de pagamento adiantado. Um homem tão agradável, cedendo à vontade de outrem com tal prontidão.

No início do show, fico sozinho diante da plateia silenciosa. Toda iluminação é cancelada, a não ser um único holofote que pus no chão a exatamente dois metros e vinte centímetros do palco. O holofote foca em um par de metrônomos, seus bastões indo para a frente e para trás em perfeita harmonia, como limpadores de para-brisas na chuva: suavemente para a frente e suavemente para trás, para a frente e para trás, para a frente e para trás. E na ponta de cada bastão há uma réplica de cada um de meus olhos, balançando para a esquerda e para a direita a plena vista de todos, enquanto minha voz fala com eles de um canto do palco à sombra. Primeiro dou uma breve aula sobre hipnose, falando do nome e da natureza. Depois digo: "Senhoras e senhores: por favor, voltem a atenção para essa reluzente caixa preta. Dentro dela está a criatura mais linda que vocês verão na vida. Foi do próprio céu que ela desceu, uma serafina do mais alto gabarito. E para a diversão de vocês, ela já está em profundo transe. Vocês *vão* vê-la e ficarão maravilhados". Faço uma pausa dramática fixando meu olhar na congregação à minha frente, mantendo-a sob controle. Quando olho para trás em direção à caixa, a porta escondida se abre, aparentemente por conta própria.

Como que com uma única voz, a plateia emite um ofego silencioso, e por um instante entro em pânico. Em seguida vem o aplauso, me assegurando de que está tudo bem, de que gostam da figura exibida diante deles. O que veem está parado de pé dentro da caixa, os braços finos totalmente imobilizados nas laterais do corpo. Ela está usando uma roupa minúscula enfeitada com lantejoulas, uma fantasia vulgar cujo brilho desmedido de algum modo transcende o lugar-comum, rejuvenescendo sua alma ordinária. Seus olhos são duas gemas azuladas em um cenário de alabastro, e seu olhar parece fixo no infinito. Depois que a plateia dá uma boa olhada, anuncio: "Agora, meu anjo, você deve cair". Após esse sinal, ela passa a se balançar dentro da caixa. Por fim, cambaleia e tomba para a frente. No último instante, estico o braço para baixo, seguro sua garganta com a mão e detenho sua figura inflexível a poucos centímetros do palco. Nem uma mecha de seu cabelo dourado sai do lugar, e a tiara adornada com pedras continua justa na cabeça. Há aplausos enquanto restituo minha assistente de braços e pernas longos à posição vertical.

Agora começa a atuação em si, composta de uma série de truques mesmerianos com algumas mágicas. Disponho o corpo hipnoticamente rijo da sonâmbula na horizontal, entre duas cadeiras, e peço a um colosso da plateia para se aproximar e sentar em cima dela. O sujeito fica felicíssimo em fazer isso. Depois ordeno que a sonâmbula relaxe o corpo de forma desumana para que eu possa enfiá-la em uma caixinha minúscula. Mas ela só é flexível o bastante para caber pela metade dentro do receptáculo, digo à plateia. Portanto, informo que terei de quebrar o pescoço dela e outros ossos a fim de empurrar o corpo dela todo ali dentro. Todos os espectadores estão na beirada da cadeira, e imploro que mantenham a calma ainda que vejam sangue sair pelas bordas da caixa quando a tampa se fechar. Adoram quando minha assistente se levanta devagar, intacta e sem sangue. (Mesmo assim, como todas as outras plateias que comparecem a eventos onde há, ou parece haver, um elemento de risco, eles secretamente desejam ver algo dar errado.) Em seguida vem a Boneca de Vodu Humana, enfio alfinetes longos na sua pele e ela não estremece nem emite nenhum som. Fazemos alguns outros números desafiando a morte e a dor, passando depois aos truques de memória. Em um deles, peço a todos os membros da plateia que digam em rápida sucessão o nome completo e a data de nascimento. Depois instruo minha sonâmbula a repetir as informações quando lhe forem solicitadas, ao acaso, pelas pessoas da plateia. Ela acerta todos os nomes — e claro que todo mundo fica perplexo —, mas invariavelmente, as datas que enuncia não estão no passado, mas no futuro. Alguns dos dias e anos que diz em tom mecânico estão relativamente distantes no tempo e outros são perturbadores pela proximidade. Manifesto meu espanto diante do comportamento da minha sonâmbula, explicando à plateia que prever o futuro não costuma fazer parte do show. Peço desculpas por essa demonstração lastimável de presciência e juro recompensá-los com um final de cair o queixo para desviar-lhes a mente da introspecção mórbida. Um clangor de trompas celestiais não é conveniente a essa altura.

Ao meu sinal, minha assistente vai até o exato centro do palco. Ali, posta-se de pernas abertas para formar, com a parte inferior do corpo, um *V* de ponta-cabeça. Outro sinal e seus braços se erguem até ficarem estendidos para fora como duas asas, ambas tensas e esticadas até o limite. Um último sinal ordena que sua cabeça baixa se levante totalmente sobre a coluna musculosa do pescoço, os olhos fixos na plateia. Ao mesmo tempo, os olhos da plateia a encaram com o mesmo olhar. "Agora", aviso a eles, "é preciso que se faça silêncio total. Isto é, nada de tossidas, nada de fungadas, nada de bocejos, e nada de pigarros." Uma diretiva excessiva, poderia parecer, contudo a obedecem. Estão quietos como um túmulo cheio de segredos enterrados. "Senhoras e senhores", continuo, "o que vocês estão prestes a ver, eu não preciso elogiar com um preâmbulo verborrágico. Minha assistente está agora no transe mais profundo possível e todas as partículas de seu ser estão extremamente sensíveis à minha vontade. Quando instruída, ela começará uma metamorfose estarrecedora que revelará o que alguns de vocês talvez tenham concebido mas jamais tiveram a audácia de procurar. Não é preciso dizer mais nada. Minha querida, pode começar sua mudança de forma, codinome: Serafim."

Ela está lá — braços, pernas, cabeça elevada —, minha sonâmbula de cinco pontas: uma estrela. "Vocês já podem ver o brilho", digo à plateia. "Ela começa a eflorescer. Começa a incandescer. E agora está perto de tamanha radiância que quase desaparece dentro dela — irradiando até a beiradinha da existência mundana por um fogo divino. Mas não há dor, não há nada além de feiura." Na plateia ninguém nem sequer semicerra os olhos, é claro, pois os feixes de seu corpo — esse labirinto de luz! — são feixes de sonho sem características físicas. "Continuem observando", grito para eles, apontando para minha assistente, cuja fantasia de lantejoulas laminadas se transformou em um véu diáfano voando em torno de sua figura. "Estão vendo as asas brancas como neve brotando para além do horizonte de seus ombros? Seu invólucro material não perdeu toda a sensualidade e se transformou grotescamente em um ícone celestial? Ela não é a própria essência do etéreo — a heroína angelical sob a besta humana?"

Mas não consigo sustentar o momento. A luz se dissipa dos olhos da plateia, diminuindo a cada segundo, e minha assistente retoma com um baque sua encarnação terrena. Estou exausto. O pior é que todo nosso esforço parece ter sido desperdiçado, pois a plateia reage a esse espetáculo com um aplauso apenas mecânico. Mal posso acreditar, mas o final não causou efeito. Eles não entendem. A verdade é que preferem aquela coisa toda de morte simulada e dor fajuta. É isso que os deixa fascinados. Poxa. Poxa duplo. Bom, divirtam-se enquanto for possível, seus broncos. O show ainda não terminou.

"Obrigado, senhoras e senhores", digo quando as luzes se acendem e o aplauso escasso morre totalmente. "Espero que esta noite minha assistente e eu não tenhamos induzido vocês à sonolência. Vocês estão com cara de sono, como se tivessem sido embalados até um transe. Não é uma sensação desagradável, não é? Mergulhar fundo na escuridão plácida, descansar a alma em travesseiros cheios de sombras macias. Mas nosso anfitrião nos informa que as coisas vão se animar logo logo. Sem dúvida, vocês acordarão quando um sino assim ordenar. Lembrem-se, quando ouvirem o sino, é hora de acordar", repito. "E agora creio que possamos dar prosseguimento aos festejos desta noite."

Ajudo minha assistente a descer do palco e nos misturamos ao resto dos festeiros. Drinques são servidos e o nível de ruído da sala aumenta em vários decibéis. O populacho da soirée passa a coagular em grupos aqui e ali. Eu me afasto da turma barulhenta que cerca minha assistente e eu, entretanto ninguém parece notar. Estão arrebatados por minha sonâmbula de lantejoulas. Ela os deslumbra — o sol no centro de uma galáxia insípida, a fantasia refletindo a luz do candelabro monstruoso que pisca seus milhares de olhos. Todo mundo tenta ganhar sua atenção. Mas ela apenas sorri, tão inexpressiva e cheia de graça, sem nem bebericar o drinque que alguém pôs em sua mão. Estão petrificados como aranhas fêmeas no ritual de acasalamento. Afinal, não lhes disse que minha hipnotizada magricela era a perfeição em termos de beleza?

Porém, também tenho meus admiradores. Um chato de terno preto pergunta se posso ajudá-lo a parar de fumar. Outro indaga sobre as possibilidades da hipnose como ferramenta para seu negócio como publicitário, mas claro que nada ilegal. Eu lhes dou um cartão de visitas com acabamento cinza perolado em que consta um número de telefone inexistente e um endereço falso em uma cidade de verdade. Quanto ao nome: Cosimo Fanzago. O que mais alguém esperaria de um hipnotista extraordinário que faz apresentações? Tenho outros cartões com nomes como Gaudenzio Ferrari e Johnny Tiepolo. Ninguém percebeu por enquanto. Mas não sou tão artista quanto eles?

E, enquanto sou abordado por gente que precisa de cura ou ajuda para seu mundanismo, eu a observo, querida sonâmbula. Observo-a valsando por essa sala magnífica. Não é como os outros cômodos desta casa enorme. Alguém deixou mesmo que a Sofisticação se esbaldasse por aqui. Remete a uma época, séculos atrás, em que seus predecessores sonâmbulos faziam para a alta sociedade o número de caminhar dormindo. Você se encaixa tão bem no grupo dessa mansão de rococó tumultuoso. É um deleite vê-la avançar pela circunferência irregular desta sala, onde a parede ondula em ondas suaves e vales, a superfície fibrosa com uma barafunda de objetos chineses. A configuração serpenteada deste aposento espaçoso dificulta a distinção entre suas reentrâncias e suas saliências. Alguns convidados jogam o peso do corpo na direção das paredes e se veem apoiados no ar, cambaleando para os lados feito comediantes de filmes antigos. Mas você, minha sonâmbula perfeita, não tem problema. Você se apoia nos momentos certos e nos lugares certos. E seus olhos brincam lindamente com qualquer câmera que foque em você. Aliás, você copia tantos exemplos dos outros que alguém pode suspeitar que você não tem vida própria. Sinceramente, vamos torcer que não suspeitem!

Agora observo uma camisa estufada em um paletó convidá-la a se sentar em uma poltrona de brocado ofuscante, o tecido florido feito de todas as cores suaves de uma bolsinha de cosméticos feminina e os braços delicados com textura de cartilagem. Seus saltos criam pontos sutis no tapete, perfurando os voos arabescos da imaginação. Agora vejo o nosso anfitrião puxá-la para escolher uma libação de seu bar bem sortido. Gesticula com orgulho para as inúmeras garrafas à mostra, seus formatos tanto *normais* como *barrocos*. As garrafas em formato barroco fazem coisas mais interessantes com as luzes e sombras do que seus irmãos normais, e você aponta uma delas com um refinamento robótico. Ele serve dois drinques enquanto você assiste, e enquanto você assiste eu assisto você assistir. Conduzindo-a a outro canto da sala, ele lhe mostra uma prateleira de estatuetas delicadas, todas flagradas em uma postura interrompida. Ele põe uma delas na sua mão, e você a examina por todos os ângulos perante seus olhos desfocados, como se tentasse recobrar uma memória que a levaria a despertar. Mas você jamais conseguirá, não sem minha ajuda.

Agora ele a encaminha a uma parte da sala onde há música ambiente e dança. Mas não há janelas no aposento, somente espelhos esfumaçados e compridos, e à medida que você passa de um a outro é pega entre os espelhos turvos de frente para seus gêmeos, criando filas infinitas de sonâmbulas em um falso infinito além das paredes. Em seguida, você dança com o nosso anfitrião, apesar de, embora olhar para você sem rodeios, você fitar abstratamente o teto. Ah, aquele teto! Em um contraste épico com os espirais arbitrários do resto do cômodo — desenhos gavinhosos ao ponto da tenebrosidade —, a superfície acima é um plano azul-bebê sem toques floreados. Em sua pureza, sugere uma piscina sem fundo ou um céu livre de nuvens. Você está dançando na eternidade, minha querida. E a dança de fato é longa, pois outro quer arrebatá-la do nosso gracioso anfitrião e se tornar seu parceiro. Depois outro. E outro. Todos querem abraçá-la. Estão todos encantados com sua elegância impassível, suas posturas e poses como rosas congeladas. Estou só esperando todo mundo ter contato físico com sua compleição tão repleta de magnetismo animal.

E, enquanto observo e aguardo, me dou conta de que temos um espectador inesperado nos olhando de cima. Depois da arcada ampla na extremidade da sala há uma escada que leva ao segundo andar. E lá em cima ele está sentado, tentando vislumbrar todos os adultos, suas pernas cobertas pelo pijama balançando entre os pilares dóricos da balaustrada. Dá para ver que ele prefere a decoração clássica que prevalece nos outros ambientes da casa. Com uma furtividade moderada, largo a plateia do andar principal e faço uma visita à sacada, que ignorei durante minha apresentação, mais cedo.

Depois de subir lentamente a escada de três níveis e me esgueirar até o corredor com carpete branco, me sentei ao lado da criança. "Você viu meu showzinho com a moça?", pergunto. Ele balança a cabeça em negativa, a boca cerrada como uma tulipa fechada. "Está vendo a moça agora? Você sabe de qual estou falando." Pego uma caneta reluzente cromada do bolso interno do meu paletó e aponto para a sala onde acontece a festa. A esta distância, as feições da minha sereia de lantejoulas não são vistas em detalhes. "Bom, você a vê?" Sua cabeça balança em afirmativa. Então murmuro: "E o que você acha?". Seus dois lábios se abrem e respondem casualmente: "Ela... ela é um nojo". Agora respiro mais fácil. Daquela altura ela realmente parece ser apenas "um nojo", mas nunca se sabe o que o olhar aguçado das crianças percebe. E esta noite não tenho nenhuma intenção de fazer os olhos de uma criança se revirarem para o lado errado.

"Preste atenção a tudo que eu disser", lhe digo em tom suave, mas não arrogante, me certificando de que a atenção do menino é mantida pela minha voz e pela caneta reluzente que seus olhos focam agora. Ele é uma boa cobaia para uma criança, que em geral tem olhos e mentes divagantes. Ele concorda que está se sentindo bem cansado. "Agora volte para a cama. Você cairá no sono daqui a uns segundos e terá sonhos maravilhosos. E só vai acordar de manhã, *não importa quais sons você escute do outro lado da porta.* Entendeu?" Ele faz que sim. "Muito bem. E por ser um rapaz tão encantador, vou lhe dar de presente essa bela caneta de prata autêntica, que você guardará sempre com você como um lembrete de que nada é o que parece ser. Entendeu do que estou falando?" A cabeça dele se mexe para cima e para baixo e a expressão em seu rosto tem o arrepiante aspecto de profunda sabedoria. "Então está bem. Mas, antes de voltar para o seu quarto, quero que você me diga se existe uma escada nos fundos pela qual eu possa ir embora." O dedo aponta para o fundo do corredor, à esquerda. "Obrigado, meu garoto. Muito obrigado. Agora vá para a cama e sonhe com os anjos." Ele desaparece nas trevas piranesianas no fim do corredor.

Por um instante fico parado olhando para o cômodo alegre lá embaixo, onde a risada grosseira e a dança apatetada da minha plateia chegaram ao clímax. Minha volúvel sonâmbula parece estar presa na rede da festa, e totalmente esquecida de seu mestre. Ela me deu um confuso chá de cadeira, me deixou de lado. Mas não estou enciumado. Entendo por que eles tiraram você de mim. Simplesmente não se aguentam, não é? Eu lhes disse como você é linda, como é perfeita, e eles não resistem a você, meu amor.

Infelizmente, não apreciaram a melhor parte sua, preferindo se perder nos encantos de suas ilusões mais vulgares. Não mostrei à nossa bem-comportada plateia uma versão angelizada sua? E você viu a reação. Ficaram entediados e sentados nas cadeiras que nem um bando de cadáveres. É claro, o que você esperava? Queriam as coisas com morte, as coisas com dor. Toda aquela porcaria espalhafatosa. Queriam estrelas de agonia; cambalhotas em meio a fogueiras de destruição; mergulhos da carne vulnerável no moedor de carne da vida. Queriam ficar *arrebatados*.

E agora que o cortejo alegre parece ter chegado ao ápice, acho que chegou a hora certa de tirar essa turba do torpor hipnótico e deixar todos fascinados até eles não aguentarem mais.

Está na hora do repique.

Existe mesmo uma escada nos fundos, exatamente onde o menino indicou, que me leva a um corredor dos fundos, quartos dos fundos e por fim a uma porta dos fundos. Esse caminho dos fundos me leva a um enorme quintal onde a silhueta do jardim se revela sob a lua e um bosque se agita ao longe. Um gramado denso acolchoa meus passos ao fazer o caminho rumo à bela fachada da casa.

Agora estou de pé na entrada, entre as colunas altas e sob uma luminária pendurada na ponta de uma longa corrente de latão. Paro por um instante, saboreando cada segundo voluptuoso. As constelações serenas lá em cima piscam, sabedoras. Mas nem esses olhos são profundos o bastante para ver mais que eu, para enganar o enganador, iludir o ilusionista. Para falar a verdade, sou um péssimo alvo mesmeriano, incapaz de ser atraído pelo Céu de Hipnos. Pois sei a facilidade que é conduzir alguém para além daqueles portões resplandecentes e escancarar a porta de uma armadilha quando a pessoa já está lá dentro. Então lá vai você, em queda! Prefiro ser o assistente vagando do lado de fora do Labirinto Mesmeriano a ser sua vítima enganada se arrastando dentro dele.

Dizem que a morte é um grande despertar, uma emergência das mistificações da vida. Rá, só me resta rir. A morte é a consumação da mortalidade e — para revelar um grande segredo — apenas salienta as imperfeições mortais. Claro que é preciso um grande mestre para arrombar um par de olhos pós-morte depois de serem costurados pelo Dr. Morte. E mesmo depois essas criaturas têm pouquíssima utilidade. Como conversadores, são de uma mediocridade incrível. As coisas que dizem não passam de doces nulidades. Ainda assim, têm alguma serventia, desde que eu consiga tirar suas figuras esquisitas do mausoléu, hospital, necrotério, faculdade de medicina ou funerária em que maliciosamente me embrenhei. Quando me dá na veneta, eu os recruto para o meu show. Destituídos de qualquer vontade própria, são excepcionais em fazer o que alguém lhes diz. Entretanto, há um grande problema: *é impossível torná-los bonitos*. Ninguém é mágico!

Talvez seja, porém, um excelente ledor de mentes, um hipnotista excepcionalmente competente. Então talvez induza a plateia a considerar bela sua cobaia defunta, a confundi-la com uma feiticeira encantadora, com olhos de serpente. *Pode-se* fazer pelo menos isso.

Mesmo agora escuto aqueles vulgares da alta sociedade ainda a rir, ainda a dançar, ainda a fazer um auê em torno da minha carismática boneca da morte. Mostramos a eles o que você pode ser, Seraphita. Agora vamos lhes mostrar o que você é de verdade. Só preciso apertar esse botãozinho da campainha para acionar o repique que vai despertá-los, para fazer a morte rolar pela casa inteira. Daí verão as feridas sepulcrais: seus olhos recuados nas órbitas, afundados em uma profundeza em putrefação — aquelas profundezas labirínticas! Eles despertarão e verão suas belas roupas de baile coalhadas de gosma putrescente. E espere só quando sentirem o cheirinho desse cadáver. Eles *vão mesmo* ficar pasmos.

A TRILOGIA NICTALOPE

III: OLHO DE LINCE

Eu estava em sua frequência psíquica fazia um tempo, mas outras questões protelaram nosso encontro em carne e osso. Durante os meses gélidos do ano passado eu era um garoto atarefado, e malcriado. As agências relevantes haviam enfim assimilado o tipo de companhia que eu preferia, e avisos foram enviados no boca a boca, ou melhor, *lábios* pintados com tanto brilho em certos tons, sobretudo vermelho-sangue mas também preto enlutado. O mundo subterrâneo pelo qual eu circulava estava em alerta: não fale com estranhos e assim por diante. Mas esse não era o problema. Essa cautela apenas incitava ainda mais os meus impulsos e aumentava o número de "Garotas Desaparecidas em Vestes Góticas", como minhas atividades foram tolamente descritas por uma fonte jornalística. Desse modo, meu encontro com ela foi atrasado devido a distrações imprevistas, ou foi o que pensei na época. Mas agora eu estava parado na calçada bem diante do escritório dela. A porta do horrendo prédio de blocos de concreto estava arruinada, ineptamente, como um castelo com merlões dentuços. Olhei para o semáforo balançando no vento invernal que uivava por todos os cantos daquela parte devastada da cidade. Estava âmbar e passou para vermelho. Olhei para a porta. Rangeu de verdade quando a abri.

Lá dentro fui saudado por um comitê de recepção de meninas que descansavam no que pareciam ser velhos bancos de igreja junto às paredes. O vestíbulo estreito em que me vi faiscava com uma bruma avermelhada que não tinha exatamente o aspecto de uma luz, mas de um vapor elétrico. No canto superior dessa entrada, uma câmera de circuito interno avançava sobre todos nós, e eu me perguntava como o olho da câmera traduziria aquele cômodo tingido de vermelho nos tons azulados de um monitor de segurança. Não que fosse problema meu. Poderíamos estar todos enredados eletronicamente em uma louca tapeçaria púrpura, e estaria tudo bem.

Uma garota de cabelo claro com calça larga de brim e jaqueta de couro se levantou e se aproximou de mim. Na luz atual, suas mechas louras pareciam mais sopa de tomate ou ketchup gordurento do que morango fresco. Ela proferiu uma declaração mecânica que começava com "Bem-vindo à Casa dos Grilhões", e então não parou mais de falar, explicando diversos serviços e termos específicos e enfim concluindo com um aviso legal para garantir que eu não fosse membro da comunidade de agentes da lei. "Em absoluto", declarei. "Eu estava lendo o jornal da cidade e vi seu anúncio, aquele em letra gótica pontuda que nem uma folha de uma velha bíblia alemã. Vim ao lugar certo, não?"

"Sem sombra de dúvida", pensei sozinho. "Sem sombra de dúvida", ecoou a loura ao luar sangrento que se espalhava por aquele estabelecimento depravado. "O que vai ser esta noite?", me indaguei baixinho. "O que vai ser esta noite?", ela perguntou em voz alta. "Está vendo alguma coisa de que você goste?", os dois perguntamos ao mesmo tempo. Pelas minhas expressões e os olhares casuais para algum ponto além do espaço claustrofóbico daquela entrada minúscula, ela percebeu logo que eu não via nada de que gostasse. Estávamos no mesmo comprimento da onda infravermelha.

Ficamos ambos ali, parados por um instante, enquanto ela dava um gole grande em uma lata de chá gelado. Foi então que me dei conta da verdadeira razão para eu não ter tido pressa ao me aproximar dela. Estava guardando a garota para o fim porque ela era um raríssimo exemplar da espécie. Não era nenhuma diletante em trevas e degeneração, mas uma verdadeira profissional. Além disso, a intensidade e o foco de sua natureza romântica emanavam um sinal que eu sabia que não passaria despercebido por mim. Por fora, se fazia de durona, porém eu enxergava além e via uma personalidade encoberta, que sonhava com perseguições e perigos tão glamorosos quanto os de uma heroína gótica. Poderia ter aberto meu zíper e pegado a moça bem ali. Mas fico contente por ter esperado.

Ela apertou um botão ao lado do interfone na parede atrás de si e virou a cabeça para transmitir algumas palavras. O tom parecia o de uma patroa dando ordens a um dos subalternos.

"Vem assumir meu posto na porta", ela disse com autoridade. Que irônico que fosse a supervisora do local, a diretora de uma escola para garotos levados.

Ela se virou na minha direção e foi de cima a baixo com seus olhos violeta. E o que esses olhos me disseram? Contaram-me de sua vida conforme a vivia em fantasia: a história gótica de uma baronesa destituída do título e da herança por um homem grande com sobrancelhas peludas que às vezes ele polvilhava de brilho. Por causa de seu empobrecimento, o homem de sobrancelha brilhosa, que uma primavera emergiu da floresta enquanto ela estava refugiada em um convento carmelita, pretendia forçá-la a ceder aos seus braços. Mas a dama bem-

-nascida não sucumbiria, ou não enquanto não estivesse pronta. E agora ela passa grande parte de seu tempo visitando brechós, tentando retomar suas vestimentas aristocráticas e diversos artigos de seu guarda-roupa dispersos pelo pretendente malvado. Por enquanto, se saiu muito bem sozinha, conseguindo juntar diversa peças que havia perdido como resultado das maquinações do perverso malfeitor, que dominaria seu corpo e sua alma. Em sua coleção há alguns vestidos em seu tom preferido de preto monástico. Todos se afunilam bastante sob o busto, mas se alargam abaixo do quadril. Um corpete parecido com um babador se abotoa nas costelas, ascendendo até a nuca, na qual uma faixa de veludo preto é presa por um broche de pérola. No punho: uma corrente frágil da qual pende uma medalha em forma de coração que guarda um cacho de cabelo dourado. Usa luvas, é claro, longas e pálidas. E chapéus curvos de um modista doido, com véus pendentes como a tela de pano fino de um confessionário. Mas ela prefere o tipo de capuz que envolve a cabeça, que se une em inumeráveis dobras nos ombros de mantos pesados forrados de cetim que brilham como um sol negro. Mantos com bolsos fundos e cartucheiras internas generosas para esconder suvenires preciosos, mantos com fitas de seda para amarrar em torno do pescoço, mantos com bainhas pesadas que mesmo assim esvoaçam sem peso nas rajadas de vento da meia-noite. Ela os adora.

É assim que ela está trajada quando o vilão de sobrancelha com brilho espia pela janela do apartamento dela, amaldiçoando-lhe o batente da janela e os sonhos. O que resta fazer além de se encolher de pavor? Em pouco tempo ela está apenas do tamanho de uma boneca com fantasia de boneca sombria. Ossos trêmulos e sangue febril são os enchimentos dessa boneca, suas entranhas sentindo as cócegas feitas pela pluma funérea do medo. Voa para um canto do quarto e se encolhe em sombras enormes, às vezes sonhando ali ao longo da noite — rodas de carruagem se agitando em uma névoa de lavanda ou uma cerração perolada, fogos nacarados convulsionando para além das margens das estradas interioranas, de despenhadeiros e estrelas. Então ela desperta e põe na boca uma bala de menta de um rolo desfeito na mesa de cabeceira, fumando em seguida meio cigarro antes de se arrastar para fora da cama e à luz do fim de tarde, contrair o rosto num esgar.

"Vamos", ela disse com as duas mãos nos bolsos de couro. E os saltos barulhentos me conduziram para fora daquele quarto onde todos os rostos trazia um rubor de mentira.

"Então você vai me dar a excursão de noventa e oito centavos?", perguntei à minha anfitriã. "Sou de fora da cidade. Não temos nada parecido no lugar de onde venho. Vai valer o que eu vou pagar, né?"

Ela me lançou um sorriso afetado. "Satisfação garantida", afirmou com uma arrogância cujo intuito era manter em segredo sua aguçada natureza submissa.

Ela se moveu em direções inconclusivas antes de me guiar rumo a uns degraus de metal que tilintaram quando descemos até uma mancha de sombras carmesim, o vapor malévolo nos seguindo, nos acompanhando feito um familiar insanamente dedicado.

Curiosamente, havia uma janela no porão vagamente institucional da Casa dos Grilhões. No entanto, era apenas uma simulação feita de vidraças ocas, atrás das quais havia pinturas de paisagens iluminadas por uma lâmpada de baixa voltagem. Retratavam regiões vastas de sublime desolação guarnecidas por montanhas maciças no lusco-fusco nebuloso. Ao longe, se agigantava o castelo que parecia agourento. Me senti meio que como uma criança parada diante da vitrine da maquete da oficina do Papai Noel em uma loja de departamento. Mas não posso dizer que não criava um clima.

"Bela pintura", eu disse à minha companheira. "Bem assustadora. Meus parabéns à artista."

"A artista fica lisonjeada", ela disse com frieza. "Mas não tem mais muito o que ver aqui embaixo, se é isso o que você está querendo. Só uns quartos reservados para clientes especiais. Se quiser ver uma coisa assustadora, vai até o fim do corredor e abre a porta à direita."

Segui as instruções. Na maçaneta estava pendurada uma coleira bem grande presa a uma guia de correia. A correia tilintou um pouco quando abri a porta. A luz vermelha no corredor mal me permitia ver lá dentro, mas não tinha muito o que ver além de um quarto pequeno, vazio. O chão era de cimento bruto e havia palha por cima. O cheiro era horrível.

"Pois bem?", ela indagou quando voltei pelo corredor.

"Pelo menos é alguma coisa", respondi, dando a piscadela mais sutil possível. Por um instante ficamos apenas nos olhando à luz da cor de carne fresca. Em seguida, ela me levou de volta ao andar de cima.

"De onde você é mesmo?", ela perguntou enquanto a escada ruidosa amplificava nossos passos em ecos que ao reverberar davam a impressão de que flanávamos pelo salão de um castelo.

"É um lugar bem pequeno", respondi. "A cerca de cento e sessenta quilômetros daqui. Nem aparece nos mapas."

"E você nunca tinha vindo a um lugar como este?"

"Não, nunca", menti.

"Porque alguns clientes perdem a cabeça quando experimentam de verdade o que só veem em revistas e filmes, entende o que estou falando?"

"Não vou fazer nada assim. Juro."

"Ok, então. Vamos lá."

Nós fomos.

E havia tanto para ver no caminho — um panorama das marionetes Punch e Judy com personagens de todos os estilos bem como uma ou outra vareta. Cada cena passava como uma página em um livro de contos depravados.

Portas trancadas não eram um obstáculo aos meus olhos.

Atrás de uma, onde todas as paredes do cômodo ostentavam barras pretas e maciças pintadas do chão ao teto, a Rainha da Dor — chicote de equitação levantado — estava sentada em seu cavalo humano. O animal parecia manco e arreado. Assim, não podia correr, apenas se arrastar coxeando, com a Rainha crescendo de suas costas como uma gêmea siamesa, seu sangue nobre e o de sua besta agora fluindo juntos, afluentes de mundos distantes se misturando em uma harmonia híbrida. A criatura ofegava muito enquanto a Rainha marcava o ritmo em seus flancos, com o chicote. Com força cada vez maior ela cavalgava o cavalo, até que ele enfim parou, espumando e suando. Hora de esfriar, cavalinho.

Atrás de outra porta, essa com uma suástica pintada sem esmero na fachada, ocorria uma cena parecida. Lá dentro, algumas luzes coloridas se angulavam acima do chão, onde um sujeito bem baixinho, a corcunda provavelmente artificial, estava ajoelhado de cabeça abaixada. As mãos estavam perdidas em um par de luvas enormes com dedos disformes que balançavam como dez joões-bobos embriagados. Um dos dedos estava preso sob a ponta de uma bota de salto. Olha que palhaço engraçado! Ou melhor, *bobo da corte* com gorro de cordinha. Os olhos com olheiras miravam com paciência para cima, para a escuridão, atentos à voz cavernosa que proferia abusos do alto. A voz enfatizava a disparidade entre a personalidade orgulhosa de usar botas e a aberração humilhada no chão, contrastando seus deleites saltitantes de guerreira com o saco de brinquedos do tolo, que se arrastava no chão. *Mas a diversão do corcunda abaixado não podia ser bela também?*, seus olhos sussurraram com suas bocas elípticas. *Mas a...* Silêncio! Agora o tolinho ia entender.

Atrás de uma outra porta, que não tinha nenhuma marca distintiva, uma única vela brilhava através do vidro vermelho, impedindo por um triz que o quarto ficasse na escuridão total. Era difícil saber quantas pessoas havia ali — mais que duas, menos que uma horda. Todos usavam os mesmos apetrechos, zíperes pequenos e zíperes grandes como pontos prateados escoriando seus trajes. Um bem pequenininho ficou com os cílios presos. Isso eu entendi. Quanto ao resto, poderiam muito bem ser sombras humanas que suavemente se fundiam umas às outras, proclamando ameaças de supremo caos e brandindo navalhas retas em tamanho acima do normal. Mas, embora essas lâminas reluzentes estivessem sempre potencialmente suspensas, elas nunca eram baixadas. Era apenas faz-de-conta, assim como tudo que eu vira.

A porta seguinte, e para mim a última, era o fim de uma subida exaustiva para o que devia ser uma torre.

"É isto aqui que vale o preço, senhor", disse minha acompanhante da noite. "Sempre sei o que meus clientes querem, ainda que eles mesmos não saibam."

"Quero ver o que você tem de pior", declarei, de olho na portinha à nossa frente.

A situação ali era tão cristalina quanto as outras. Só que desta vez não eram cavalos, palhaços patéticos ou sombras paranoicas. Era, na verdade, uma bruxa má e seu escravo títere. A criaturinha estabanada aparentemente se comportara mal e fora pega no flagra. Agora a bruxa estava no processo de botá-lo na linha outra vez, grasnindo sobre o que títeres devem e não devem fazer no tempo livre. Ela deslizava pelo quarto coberta por um manto qualquer comido por mariposas e que ela havia tirado de um gancho na parede, o rosto submerso no capuz abundante. Atrás dela, uma janela de vitral reluzia com todos os matizes excomungados de depravação. À luz desse arco-íris infernal de celofane enrugado, ela encoleirou o títere e o acorrentou a uma parede de pedra de aparência formidável, que amassou como alumínio quando ele caiu contra ela. Ela abaixou o rosto encapuzado e sussurrou em seu ouvido de madeira.

"Sabe o que eu faço com títeres maus que nem você?", ela inquiriu. "Sabe?"

O títere tremeu um pouco para fazer cena, por enquanto sem sair do personagem. Talvez tivesse até emanado certa transpiração se fosse feito de carne e osso, e não de madeira.

"Vou te contar o que eu faço com os títeres que são malcriados", a bruxa prosseguiu em tom meio doce. "Faço eles tocarem no fogo. Queimo da perna para cima."

Então, inesperadamente, o títere sorriu.

"E o que você vai fazer", indagou o títere, "com todos esses vestidos velhos, luvas, véus e mantos depois que eu morrer? O que vai fazer com o seu castelo de aluguel barato sem ninguém com sobrancelha de brilho prateado para olhar pelas janelas dos seus sonhos?"

Talvez o títere estivesse de fato transpirando, pois a sobrancelha agora cintilava com pontinhos de luz estelar.

A bruxa recuou e puxou o capuz, expondo o cabelo louro que estava por debaixo. Queria saber como eu sabia de todas essas coisas, que ela nunca divulgara para ninguém. Ela me acusou de voyeurismo, de invasão de propriedade e de curiosidade ilícita de modo geral.

"Me solta dessas correias que eu te conto tudo", afirmei.

"Esquece", ela retrucou. "Vou arrumar alguém para te pôr pra fora daqui."

"Então vou ter que me soltar sozinho." Com essas palavras, as algemas em torno dos meus tornozelos, meus punhos e meu pescoço se abriram sozinhas... e as correntes caíram. "Você não pode fingir", continuei, "que não tem alguma coisa familiar em mim. Depois de tudo o que fomos um para o outro, depois de tudo o que fizemos juntos, várias e várias vezes. Veja só, eu também sei dos desejos dos *meus* clientes, ou seja lá que nome se dê a eles. Os locutores dos jornais os chamam de vítimas. Eles mostram a cara na tevê. Eu os torno famosos, apesar de meu papel no renome deles ser um mistério para todo mundo. E mistério é o que te ganha, não é? O fascínio de não saber o que vem a seguir. Mas aqui é uma receita de bolo. Você está presa neste lugar idiota faz muito tempo. Para uma pessoa que nem você, pode ser fatal. Você sempre soube que era especial, não negue. Sempre acreditou que um dia — e sempre esteve na próxima esquina, não é? — coisas incríveis iam acontecer, aventuras arrebatadoras que não estavam muito claras, mas que quando acontecessem ficariam reais. Tão reais quanto o abraço aveludado de seu manto preferido, aquele com corrente de prata que junta as asas que parecem cortinas sobre seu colo. Tão real quanto as velas compridas que você acende nas noites de tempestade. Você ama essas tempestades, não é?, com suas correntes de gotas de chuva batendo nas janelas. Aquele pandemônio todo te deixa louca. E as crueldades fascinantes que você imagina que te visitam à luz de velas pelo homem com sobrancelhas reluzentes. Como te deixam extasiada, tão indefesa.

"Mas agora você corre o risco de perder tudo o que ama de verdade, e foi por isso que eu apareci esta noite. Você tem que largar este espetáculo cafona. Isto aqui é para sujeitos simplórios, é de quinta categoria. Você é capaz de coisas bem melhores. Posso te levar a lugares onde tempestades ferozes e submissões selvagens não têm fim. Por favor, não se afasta de mim. Não tenho para onde ir e os seus olhos me dizem que você quer as mesmas coisas que eu. Se está preocupada com as dificuldades de viajar para lugares estranhos e distantes, não precisa! Você já está quase lá. É só vir para os meus braços, para o meu coração, para... Pronto, foi fácil, não foi?"

Agora ela estava dentro de mim com todos os outros — o objeto premiado na minha galeria de bonequinhas frágeis com almas entregues a noites violentas e vilãs sádicas. Como eu gostava de brincar com elas.

Após a assimilação, refiz meus passos escada acima e abaixo e através de corredores de trevas escarlates. "Boa noite a todos!", eu disse às garotas na recepção. Já de volta à rua, parei para ter certeza de que ela estava encarcerada em segurança dentro de mim. Nas fases iniciais há sempre a possibilidade de que uma nova prisioneira tente me abrir o zíper de dentro para fora, por assim dizer, e fugir pelo portão da frente. Ela realmente fez uma tentativa de se libertar. Não foi sério, porém. Um bêbado que passou por mim na calçada viu um braço se esticar em sua direção por baixo da minha blusa, se projetando na altura do peito, em um ângulo reto perfeito em relação ao resto do meu corpo. Ele cambaleou e com um vigor jovial apertou a mão, esticando o braço às cegas por entre as barras da jaula. Depois seguiu seu caminho. E eu segui o meu após colocá-la de volta em sua prisão fabulosa, uma cativa do meu coração e suas câmaras infinitas. Vamos nos divertir tanto juntos, ela e eu e todo o resto. Posso fazer com eles o que eu quiser e quero fazer muito. Mas eles não terão de aguentar meu tratamento para sempre. Voltarei para a estrada na primeira geada do ano que vem, necessitado de mais corpos para me aquecer. Até lá, os mais velhos terão derretido como sincelos nas vísceras úmidas do meu lar encastelado. Nesse meio tempo, vou ficar de olho aberto para os que andam neste mundo em alegre submissão à tristeza.

Enquanto me afastava de bom humor da Casa dos Grilhões, a luz do semáforo naquela rua pobre passou de âmbar a vermelha — um presságio de coisas vindouras para meu novo caso e para mim, agora uma só carne bem como um só sonho.

NOTAS SOBRE A ESCRITA DE HORROR: UM CONTO

Faz muito tempo que prometo explicar minhas opiniões acerca da escrita de histórias de horror sobrenatural. Porém, sempre adio a tarefa. A única coisa que posso dizer em minha defesa é que até agora não tinha tido tempo. Por que não? Estava ocupado demais produzindo os trocinhos. Mas muitas pessoas, sabe-se lá por quê, gostariam de escrever histórias de horror e querem conselhos de como fazê-lo. Sei disso. Por sorte, o presente momento me é conveniente para compartilhar meu conhecimento e experiência a respeito dessa vocação literária especial. Bom, imagino que mais pronto do que agora jamais estarei. Vamos acabar logo com isso.

O modo como planejo prosseguir é bem simples. Primeiro, vou descrever a trama básica, os personagens e diversas outras características de um conto de horror. Em seguida, oferecerei sugestões de como esses elementos brutos podem ser tratados em alguns dos principais estilos que os autores de horror exploraram ao longo dos anos. Se tudo correr bem, o contador novato de histórias de terror poupará bastante tempo e agonia ao tentar decifrar tais coisas sozinho. Em certos pontos, no decorrer do caminho, examinarei as especificidades da técnica, chegarei a conclusões extremamente enviesadas sobre intenções e objetivos, tecerei comentários gerais sobre a filosofia da ficção de horror, e assim por diante.

A esta altura eu gostaria de declarar que o que se segue é um rascunho preliminar de um conto que em seu formato final viria a lume nas obras publicadas de Gerald K. Riggers (eu mesmo sob disfarce literário, se você ainda não sabia). No entanto, ele nunca se concretizou. Francamente, não consegui chegar longe com esse. Essas coisas acontecem. Talvez mais à frente analisemos tais casos de fracasso irreparável, talvez não. Entretanto, os elementos brutos dessa narrativa continuam sendo adequados para demonstrar como escritores de horror fazem o que fazem. Bom. Aqui está, portanto, narrado com minhas próprias palavras.

O CONTO

Um protagonista masculino na faixa dos trinta anos, vamos batizá-lo de Nathan, tem um encontro com uma garota que ele deseja muito impressionar. Com essa finalidade, um papel menor deve ser desempenhado por um novo par de calças incrível que ele pretende achar e comprar. Alguns obstáculos se materializam ao longo do caminho, todos inconvenientes realistas, até que ele enfim consegue adquirir a peça de roupa, e a um preço justo. São alfaiataria de primeira qualidade, isso é bastante evidente. Por enquanto, tudo bem. Extremamente bem, sem dúvida, já que Nathan acredita que bens pessoais devem conter qualidades e pedigrees específicos. Por exemplo, o sobretudo de Nathan é uma peça linda e bem-fabricada que encomendou especialmente de um varejista estimado de roupas finas, o relógio de pulso é o cronômetro de alto nível que o avô lhe deixou de herança, e seu carro é um veículo notável mas não chamativo. Para Nathan, essências peculiares são inerentes não somente a certos bens como também a certos lugares, certos acontecimentos no tempo e no espaço, e certos modelos de existência. Do ponto de vista de Nathan, todas as facetas da vida devem brilhar com essas essências porque são elas que tornam um indivíduo realmente real. O que são essas essências? No decorrer do tempo, Nathan as reduziu a três: algo mágico, algo atemporal e algo profundo. Embora falte, ao mundo a seu redor, de modo geral, esses ingredientes especiais, ele considera que sua própria vida os contém em quantidades oscilantes mas aceitáveis. Isso sem dúvida ocorre com a calça nova: Nathan espera que, pela primeira vez na vida, um futuro romance — a ser conduzido com a tal Lorna McFickel — também os contenha.

Até aí, tudo bem. Isto é, até a noite do primeiro encontro de Nathan.

A senhorita McFickel mora em um subúrbio respeitável mas, em comparação com o lugar onde mora Nathan, a localização de sua casa exige que ele transponha uma das áreas mais perigosas da cidade. Sem problemas: a manutenção do carro de Nathan está sempre em dia. Se ficar de portas trancadas e janelas levantadas, tudo ficará bem. Na pior das hipóteses, garrafas quebradas em rua esburacada, e um pneu furado. Nathan freia o carro. Tira o relógio do avô e o tranca no porta-luvas; tira o sobretudo, dobra bem direitinho e o enfia nas sombras debaixo do painel. No que diz respeito às calças, teria simplesmente de tomar muito cuidado ao tentar trocar o pneu em tempo recorde, e numa parte da cidade conhecida como Porta dos Fundos da Esperança.

Agora, enquanto Nathan arruma o pneu, suas pernas parecem estar esquisitas. Poderia atribuir isso ao trabalho físico que fazia em um par de calças que não fora exatamente criado para tal abuso. Mas estaria apenas se enganando. Pois Nathan se lembra de suas pernas terem parecido estranhas, embora de forma menos perceptível, quando provou as calças em casa. Não as sentira assim na loja de roupas. Se tivesse sentido, jamais as teria comprado. Também as teria devolvido se o encontro com Lorna McFickel não tivesse sido marcado muito em cima da hora para achar outra calça que lhe caísse como essa, que no fim das contas não estava lhe caindo nada bem depois que começou a ficar estranha. Mas estranha como? Estranha no sentido de formigar um pouquinho, e até algo mais. Estar meio trêmula. Bobagem, ele está nervoso por causa do encontro com a encantadora Lorna. E as complicações que está vivenciando no momento não têm utilidade nenhuma.

Somando-se aos problemas que Nathan já tinha, agora dois adolescentes desgrenhados assistiam à troca de pneu. Ele tenta ignorá-los mas se sai um pouco bem demais nisso. Sem que ele veja, um dos pretensos delinquentes se aproxima do carro e abre a porta da frente. Por falta de sorte, Nathan se esqueceu de trancá-la. O vagabundo audacioso põe as mãos no sobretudo de Nathan e os dois bandidos desaparecem em um prédio dilapidado.

Agora bem depressa. Nathan persegue os vândalos rumo ao que parece ser um prédio vazio, e ele cai alguns degraus que levam a um porão fuliginoso. Mas não é que os degraus estavam podres, não. Foram as *pernas* de Nathan que cederam. Simplesmente não funcionam mais. O formigamento e o tremor agora o penetraram e aleijaram seu corpo da cintura para baixo. Ele tenta tirar a calça mas ela não sai, como se tivesse virado parte dele. Algo tinha dado muito errado por causa daquela sua calça. O motivo é o seguinte. Poucos dias antes de Nathan comprar a calça, ela fora devolvida à loja em troca de reembolso. A mulher que a devolvera declarou que o marido não gostava da sensação que lhe dava, o que era verdade. Também era verdade que o marido tinha caído e morrido de infarto não muito depois de experimentar a calça. Em um esforço para salvar o que fosse possível da tragédia, a mulher pôs o marido em um macacão velho antes de tomar outra iniciativa. O pobre Nathan, é claro, não foi informado do passado sórdido da calça. E, quando os vândalos que roubaram o sobretudo veem que ele está deitado, indefeso, na sujeira do porão, resolvem tirar proveito da situação e despojá-lo dos objetos de valor... a começar pela calça com jeito de cara e os tesouros que possa conter. Mas depois que livram o queixoso e paralisado Nathan da calça, não continuam com a pilhagem. Não depois de ver as pernas de Nathan, que são membros pútridos de um homem que está se decompondo. Com a metade de baixo de Nathan apodrecendo rapidamente, a parte de cima também tem de morrer entre as miríades de sombras do prédio condenado. E misturada à dor e loucura de seu fim prematuro, Nathan odeia e sofre com a ideia de que, pelo menos por um tempo, a senhorita McFickel achará que ele lhe deu um bolo no primeiro encontro do que deveria ser uma longa série de encontros destinados a evoluir para um caso mágico, atemporal e profundo entre dois corações.

A propósito, esse conto, após chegar ao clímax, provavelmente ganharia o título de "Romance de um homem morto".

OS ESTILOS

Conforme já declarei, existe mais de uma forma de escrever uma história de horror. E tal declaração, verdadeira ou falsa, é facilmente demonstrável. Nesta seção examinaremos as três principais técnicas que os autores já empregaram para produzir contos de terror. São elas: a técnica *realista*, a técnica *gótica tradicional* e a técnica *experimental*. Cada uma serve ao usuário de modos diferentes e geram fins diferentes, não há dúvida. Após um pouco de exame de consciência, o possível escritor de horror talvez desperte para a técnica correta a fim de obter seus fins pessoais. Portanto:

A técnica realista. Desde a aurora da consciência, línguas inquietas perguntam: será o mundo e suas pessoas reais? Sim, responde a ficção realista, mas apenas quando ele e quando elas são normais. O sobrenatural, e tudo o que ele representa, é profundamente anormal, e portanto irreal. Poucos contestariam essas conclusões. Ótimo. Agora o objetivo maior de quem escreve horror realista é provar, em termos realistas, que o irreal é real. A questão é: "É possível fazer isso?" A resposta é: "Claro que não". Pareceria tolo se tentasse fazer isso. Consequentemente, o escritor de horror realista, manejando as provas e premissas vazias de sua arte, tem de se contentar em meramente *parecer* aplainar o supremo paradoxo. A fim de obter esse efeito, o realista sobrenatural tem de conhecer de fato o mundo normal e considerar sua realidade firmemente inabalável. (Ajuda se ele mesmo for normal e real.) Só então o irreal, o anormal, o sobrenatural pode ser introduzido como um pacote pardo comum identificado com Esperança, Amor ou Biscoitinhos da Sorte, e confirmado com: a Beira do Desconhecido. E da cadeira do querido leitor. No fim das contas, é claro, a explicação sobrenatural de uma história está na dependência de um princípio irracional que no mundo real, normal, parece tão desajeitado e idiota quanto um jovem caipira de bochechas coradas na toca de degenerados fétidos. (Trocar isso, possivelmente, para degenerados de bochechas coradas... caipiras fétidos.) No entanto, a farsa pode ser levada a cabo com diversos graus de sucesso. Isso é óbvio. Só se lembre de garantir ao leitor, em certos momentos do conto e por meio de certos sinais, que agora tudo bem acreditar no inacreditável. Aqui está como a história de Nathan pode ser narrada usando a técnica *realista*. Avance rápido.

Nathan é um personagem normal e real, ou pelo menos está bem perto disso. Talvez não seja tão normal e real quanto ele gostaria, mas ele voltou a atenção só para esse objetivo. Talvez Nathan estivesse um pouco atento demais a isso, embora sem ultrapassar os limites do normal e do real. Já deixamos claro que ele tem fetiche por coisas "mágicas" (palavra que realmente deveria ter seu próprio par de aspas, pois a conotação positiva que nosso protagonista tenciona que ela transmita será invalidada até o fim da narrativa, quando um mundo de mágica ruim desaba na cabeça de Nathan), "atemporais" (de novo as aspas, pois se tem alguém para quem o tempo se esgota, esse alguém é Nathan) e "profundas" (hmm, essa aqui tem uma complexidade que as outras não têm. "Mágica" e "atemporal" têm uma ligação vulgarmente irônica com os incidentes do conto. Entretanto, "profunda" não funciona dessa forma. Essa "essência", porém, realmente carrega certa aura, pelo menos para este escritor. Por enquanto, então, vamos deixar assim.)

A busca de Nathan pelas qualidades supracitadas na sua vida pode ser meio incomum, mas com certeza não é anormal, nem irreal. (E, para torná-la um pouco mais real, alguém poderia fornecer o sobretudo, o relógio de pulso do avô e o carro com marcas registradas específicas, talvez autobiograficamente tomando os objetos emprestados do próprio guarda-roupa, pulso e garagem.) A fórmula triádica que assombra Nathan — similar aos lemas latinizados em brasões de família — também assombra o texto do conto feito o refrão de uma canção, possivelmente em itálico como o canto submerso na mente oculta de nosso anti-herói, possivelmente não. (Tente não ser muito artificial: é preciso lembrar que se trata de realismo.) Nathan quer seu romance com Lorna McFickel, associado a tudo mais que considera de valor na existência, ser mágico, atemporal e, em um sentido vago, profundo. Para Nathan, trata-se de atributos que são realmente normais e realmente reais em um universo atabalhoado em que as coisas estão sempre ameaçando se tornar anormais e irreais para alguém, para qualquer um, não só para ele.

Tudo bem. Agora Lorna McFickel representa todas as virtudes da normalidade e realidade. Poderia ser descrita na versão *realista* da história como muito mais normal e real do que Nathan. Talvez no fim das contas Nathan seja bem neurótico; talvez precise demais das coisas normais e reais, sei lá. (Se eu soubesse, talvez tivesse conseguido escrever o conto.). Seja como for, Nathan deseja conquistar um amor normal, real, mas não consegue. Ele perde antes mesmo de ter a chance de jogar. Perde feio. Por quê? Para responder, podemos apelar a um tema bastante proeminente em contos de horror: tenha cuidado com o que você deseja, pois sem dúvida nenhuma conseguirá o oposto. O que aconteceu foi que Nathan foi ganancioso. Queria algo que a existência humana não oferece: a perfeição. E, para enfatizar essa realidade, certas forças sobrenaturais *externas* foram introduzidas para ensinar a Nathan, e ao leitor, uma lição. (Contos de horror realistas podem ser muito didáticos.) Mas como essas coisas são possíveis? Na verdade é disso que se trata um conto de horror sobrenatural, mesmo que realista. Exatamente de que modo, em meio a todo o realismo da vida de Nathan, o sobrenatural passa despercebido pelos Inspetores Normal e Real que montam guarda no portão? Bom, às vezes ele dá passos mínimos sem fazer barulho até entrar de penetra na festa.

Agora na história de Nathan a origem do sobrenatural está em algum lugar da misteriosa calça. É feita de um material que ele nunca tinha visto nem parecido; não tem etiqueta que indique o fabricante; não há outras como ela na loja, de tamanho ou cor diferentes. Quando Nathan pergunta dela ao vendedor, apresentamos a Prova Um: a calça foi recebida como que providencialmente pela marca de roupas de que Nathan é cliente. Não era para estar naquele lote de peças, o vendedor verifica. E mais ninguém na loja naquele momento sabe dizer a Nathan alguma coisa sobre ela, o que também é checado e rechecado. Todos esses fatos tornam a calça um mistério total, de um jeito totalmente realista. Agora o leitor entende a dica de que há algo estranhíssimo com a calça e deixa que a estranheza se estenda rumo ao sobrenatural.

A essa altura o estudante atento talvez perguntasse: mas, ainda que a calça seja considerada mágica, por que ter esse efeito que acaba tendo, fazendo Nathan apodrecer da cintura para baixo? Para responder a essa questão precisamos apresentar a Prova Dois: Nathan não é o primeiro dono da calça. Não muito antes de se tornar um de seus bens mágicos, atemporais e profundos, essa mesma calça fora usada por um homem cuja esposa adotava a regra "no poupar está o ganho" e que tirou a calça novinha em folha que o marido usava quando se ajoelhou e morreu. Mas esses "fatos" não explicam nada, certo? Claro que não explicam. No entanto, parecem explicar tudo se revelados da maneira certa. É necessário apenas relacionar as Provas Um e Dois (talvez haja outras) considerando o sistema de uma narrativa realista.

Por exemplo, Nathan pode achar algo na calça que o leve a deduzir que não é seu primeiro dono. Talvez ache um bilhete de loteria vitorioso de uma soma significativa, mas não tentador demais. Sendo um tipo de pessoa normalmente honesta, Nathan liga para a loja de roupas, explica a situação e assim desencavam o nome e o telefone do cavalheiro que foi o primeiro comprador da calça e que depois a devolveu, ou pediu que a devolvessem — é difícil entender a assinatura na ficha de devolução (que realista). É bem possível que o bilhete de loteria fosse dessa pessoa. Nathan dá outro telefonema — sem se importar que a calça tivesse outro dono antes, porque é muito perfeita para os seus planos — e descobre que a calça foi devolvida não por um homem, mas uma mulher. A mesmíssima mulher que explica para Nathan que ela e o marido, apesar do infarto fulminante, precisavam mesmo da premiação modesta daquele bilhete de loteria.

Contudo agora a mente do leitor já não está mais no bilhete de loteria, mas no fato revelado de que Nathan é o dono e futuro usuário do par de calças que parece já ter matado uma vez, e vai saber quantas outras vezes — associando-o assim com impermanência e decadência, males entremeados no frustrante tecido da vida, males enviados sob diversos disfarces (calças, canetas, brinquedos de Natal) para que seus recipientes baixem a crista por terem tentado ir contra o curso da vida. E portanto, quando o quase real, quase normal Nathan perde toda a esperança de atingir a plena normalidade e realidade, o leitor sabe a razão: momento errado, calça errada e expectativas erradas de uma vida que não tem o senso do que achamos que deveria ser normal e real.

A técnica *realista*.

É fácil. Agora tente você mesmo.

A *técnica gótica tradicional*. Certos tipos de pessoas, e a fortiori certos tipos de escritores, sempre vivenciaram o mundo que os cerca à maneira gótica, tenho quase certeza. Talvez até um toquinho de primata tenha testemunhado relâmpagos pré--históricos se esquivando da escuridão pré-histórica em uma noite sem chuva e sentido sua alma ascender e cair ao mesmo tempo a fim de contemplar esse conflito sublime e apavorante. Talvez tais espetáculos tenham gerado inspiração para aquelas primeiras fantasias que não nasceram do nosso cotidiano de sobrevivência rudimentar, vai saber. Será esse o motivo por que todas as nossas mitologias básicas são góticas — isto é, temíveis, fantásticas e desumanas? Veja, só estou propondo uma questão. Talvez os acontecimentos amedrontadores desses triplos provocadores de choque tenham passado, em abstrato, pelo cérebro de coisas cabeludas, bamboleantes, que circulavam em sombras aparadas pela lua durante sua migração angular por paisagens lunares de cumes pedregosos ou desertos esqueléticos de gelo irregular. Esses não tiveram dúvida de que havia um mundo duplo do temível, do fantástico e do desumano, pois nada precisava ostentar sua realidade diante de seus olhos contanto que *parecessem* reais para seus sangues. Um bando de crédulos, eles. E até hoje os temíveis, os fantásticos e os desumanos têm um firme domínio sobre nossa alma. Muitas coisas não precisam ser ditas, na verdade.

Por isso, as vantagens da técnica *gótica tradicional*, mesmo para o escritor contemporâneo, são duas. Primeira: os incidentes sobrenaturais isolados não parecem tão idiotas em um conto gótico quanto no realista, já que este obedece à escola de realidade dura enquanto aquele reconhece apenas a Universidade dos Sonhos. (É claro que o conto gótico inteiro talvez pareça tolo para determinado leitor, mas isso é uma questão de temperamento, e não de execução técnica.) Segunda: um conto gótico incomoda o leitor e insiste em incomodar bem mais do que outros tipos de histórias. É claro que isso tem que ser feito da forma certa, seja lá o que você entenda por *fazer da forma certa*. Significa que Nathan tem de agir dentro do confinamento monumental de um castelo no misterioso século xv? Não, mas ele pode agir dentro do confinamento monumental de um arranha-céu ao estilo de um castelo no mundo-moderno-igualmente-misterioso. Significa que Nathan tem de ser um herói gótico soturno e a senhorita McFickel uma heroína gótica etérea? Não, mas pode significar uma dose extra de obsessão na psicologia de Nathan, e ele pode ter a impressão de que a senhorita McFickel está mais aquém do ideal de normalidade e realidade do que do Ideal puro em si. Ao contrário da lealdade do conto realista ao normal e ao real, o mundo do conto gótico é fundamentalmente irreal e anormal, acolhendo essências que são mágicas, atemporais e profundas de uma forma que o realista Nathan jamais sonhou. Portanto, para fazer jus ao conto gótico, sejamos francos, é necessário que o autor seja um romântico militante que relaciona a ação de suas narrativas em uma linguagem onírica e mais emotiva do que o habitual. Assim, a conhecida retórica pomposa do conto gótico pode ser compreendida pelo leitor receptivo não somente como um bote inflável em que a imaginação boia devagar sobre ondas de grandiloquência, mas também como as velas da alma do artista gótico se enchendo de ventos de histeria arrebatadora. Portanto, é complicado dizer a alguém como escrever um conto gótico, já que é preciso que a pessoa tenha de fato nascido à altura da incumbência. Uma pena. O máximo que alguém pode fazer é oferecer um exemplo pertinente: uma cena gótica de "Romance de um homem morto" traduzido do original italiano de Geraldo Riggerini. Esse capítulo é intitulado "A última morte de Nathan".

Através de uma janela parcialmente quebrada, a superfície riscada por um filme azul de pó que encantava a alma com um senso de desolação sublime, o brilho diluído do lusco-fusco vazava no assoalho do porão em que Nathan jazia sem esperança de uma salvadora mobilidade. Nas trevas você não está em lugar nenhum, ele tinha pensado quando era uma criança enfronhada debaixo das cobertas, o olhar perdido no manto envolvente da noite; e, na semiluminescência azulada daquele porão de pedra, Nathan realmente estava em um lugar onde seus olhos só vislumbravam um destino sombrio. Com um esforço agoniante, ele se ergueu sobre o cotovelo, semicerrando os olhos em meio às lágrimas de confusão para ver a escuridão azul-celeste encardida. Agora ele era como que um paciente abandonado na cirurgia , olhando ansiosamente ao redor para ver se o médico o tinha esquecido naquela maca gélida. Se ao menos as pernas se mexessem como outrora, se ao menos a dor paralisante de repente passasse. Onde estavam aqueles médicos desgraçados, ele questionou, delirante. Ah, ali estavam eles, parados atrás da bruma turquesa das lâmpadas cirúrgicas. "Ele está fora de si, cara", disse um deles ao colega. "Podemos tirar tudo o que está no corpo dele". Mas, depois de tirar as calças de Nathan, a operação foi encerrada sem cerimônia e o paciente abandonado nas sombras azuis de silêncio. "Meu Deus, olha só as pernas dele", eles gritaram. Ah, se ao menos pudesse gritar daquele jeito, Nathan pensou em meio a todo o caos fatal de seus outros pensamentos. Se ao menos pudesse gritar alto o suficiente para ser ouvido por aquela garota angelical, a título de desculpar-se por sua ausência permanente do futuro mágico, atemporal e profundo deles, que na verdade era tão defunto quanto as duas pernas que apodreciam diante de seus olhos. Ele agora não podia emitir tal grito, agora que a aflição formigante de suas pernas liquefeitas começava a percorrer seu ser como um todo? Mas não. Era impossível — gritar tão alto —, embora ele tivesse conseguido, enfim, gritar até a morte.

A técnica *gótica tradicional*.

É fácil se você for a pessoa certa para a função. Tente você mesmo e veja.

A *técnica experimental*. Toda história tem de ser contada da maneira correta. E às vezes a maneira é desconcertante para o público. No ramo da narração de histórias não há de fato algo como o experimentalismo no sentido de tentativa e erro. Um conto não é um experimento, um experimento é um experimento. Verdade. O escritor "experimental", portanto, está simplesmente seguindo os comandos da história para contá-la da maneira certa, intrigante ou não. O escritor não é a história, a história é a história. Entendeu?

A pergunta que precisamos fazer agora é: a história de Nathan é o tipo de conto de horror que precisa ser abordado fora das técnicas gótica ou realista convencionais? Bom, pode ser, ainda que só com o objetivo de fazer essas "notas". Já que basicamente desisti de "Romance de um homem morto", imagino que não faça mal dar outra apertada em sua narrativa reduzida ao essencial, ainda que seja na direção errada. Aqui está a forma como o doido dr. Riggers experimentaria, numa atitude blasfema, com seu Nathanstein criado pelo homem. O segredo da vida, meus Igors feiosos, é tempo... tempo... tempo.

A versão experimental desse conto poderia apresentar duas histórias acontecendo "simultaneamente", cada uma narrada em seções alternantes que ocorrem em cronologias paralelas. Uma seção começa com a morte de Nathan e volta no tempo, já a história complementar começa com a morte do primeiro dono da calça mágica e segue em frente. Desnecessário dizer que é preciso fazer malabarismo com os fatos do caso de Nathan para que eles sejam compreensíveis desde o início, ou seja, a partir do fim. (Não se arrisque a confundir seus valiosos leitores.) As histórias convergem na encruzilhada da parte final em que o destino dos dois personagens também converge, na loja de roupas em que Nathan compra a fatídica calça. Entrando na loja, ele esbarra em uma pessoa preocupada em contar um punhado de dinheiro, a mulher que devolveu a calça que já foi posta de novo na prateleira.

"Com licença", diz Nathan.

"Olha por onde anda", reclama a mulher.

Claro que a essa altura já vimos aonde Nathan está indo e em que problema "mágico" e "profundo" ele se mete à medida que dá voltas em uma espiral narrativa "atemporal".

A técnica *experimental*.

É fácil. Agora tente você mesmo.

OUTRO ESTILO

Todos os estilos que acabamos de analisar foram simplificados para fins de instrução, não é? Cada um é um exemplo depurado de seu tipo, não vamos nos enganar. No mundo real da ficção de horror, entretanto, as três técnicas acima volta e meia se entrelaçam de formas irremediavelmente estranhas, chegando quase ao ponto de tornar inúteis meus argumentos anteriores sobre eles, para quaisquer fins práticos. Mas um propósito velado, que estou guardando para depois, pode assim ser servido de forma melhor. Antes de entrar nesse ponto, entretanto, eu gostaria de propor, brevemente, mais um estilo.

A história de Nathan cala fundo ao meu coração e espero, em seu trauma humano básico, que cale muitos outros. Queria escrever esse conto de horror de maneira tal que seus leitores se afligissem não pela catástrofe isolada de Nathan mas pela própria existência de um mundo em que essa catástrofe é possível. Queria criar um conto que conjuraria um universo pesaroso independente de tempo, espaço e pessoas. Os personagens da história seriam a Morte em carne e osso, o Desejo em um par de calças novas, Aspirações ao alcance das mãos e Ruína em um tamanho que atenda a todos.

Não consegui, meus amigos. Eu me encarreguei da escrita de um conto que, para os *meus* objetivos e intenções, seria totalmente profundo. (Pronto, agora entreguei a razão para listar essa característica como uma das três essências de Nathan.) Mas simplesmente não tive forças para juntar tudo.

Não é fácil, e não sugiro que você tente por conta própria.

O ESTILO FINAL

Agora que estamos nos aproximando da conclusão destas notas, chegou a hora de revelar meu próprio preconceito quanto à maneira como um conto de horror deve ser escrito. Na minha perspectiva, e se trata apenas de uma opinião, veja bem, o horror tem voz própria. Mas qual é essa voz? Seria a de um velho contador de histórias que mantém os olhos arregalados em torno da fogueira tribal; seria a do documentarista de acontecimentos atuais ou históricos, relatando eventos sobre os quais se ouviu falar e conversas entreouvidas; seria até mesmo a voz daquele deus tecelão que consegue enxergar o invisível e narrar, do ponto de vista onisciente, uma série assustadora de incidentes para a diversão do leitor? Levando-se tudo em consideração, afirmo que não é nenhuma dessas vozes, tampouco é qualquer uma das outras que analisamos até aqui. Na verdade, por assim dizer, é uma voz solitária chamando no meio da noite. Às vezes é abafada, como a voz de um insetinho pedindo socorro dentro de um caixão lacrado, e outras vezes o caixão racha, como um exoesqueleto quebradiço, e de dentro emerge um grito cortante, cristalino, que lacera a escuridão da meia-noite. Em outras palavras, a voz do horror na verdade é a da *confissão pessoal*.

Se você me fizer o favor por um instante, tentarei explicar a proposta que acabei de apresentar. O horror não é de fato horror a não ser que seja o *seu* horror — aquele que você conheceu em pessoa. Talvez você não seja capaz de botá-lo para fora de um modo completamente profundo, mas é a partir daí que a verdadeira escrita de horror tem de começar. E o que torna isso verdade é que o narrador em confissão sempre tem algo que precisa desabafar com urgência e luta contra esse peso apavorante enquanto narra a história. Nada poderia ser mais óbvio, argumento, a não ser talvez que o contador da história, idealmente, deveria ser autor de ficção de horror não por ocupação, mas pelo menos por temperamento. Isso realmente é mais óbvio. Melhor. Mas como a técnica *confessional* pode ser aplicada à história com a qual temos trabalhado? O herói não é um escritor de horror, pelo menos não no meu modo de ver. É nítida a necessidade de fazer certos ajustes.

Conforme o leitor talvez tenha percebido, o personagem Nathan pode ser alterado para caber em uma variedade de estilos literários. Ele pode tender à normalidade em um e à anormalidade em outro. Pode ser transformado de pessoa realista em abstração experimental. Pode interpretar inúmeros papéis básicos humanos e não humanos, representando qualquer coisa que um escritor queira. De modo geral, no entanto, quis que Nathan, assim que concebi esse personagem e seu suplício, não representasse ninguém além de mim na vida real. Pois detrás da máscara do pseudônimo Gerald Karloff Riggers, sou ninguém mais ninguém menos que Nathan Jeremy Stein.

Portanto, não é muito inverossímil que em sua história Nathan seja um escritor de horror desejoso de narrar, pela via da ficção sobrenatural, as terríveis vicissitudes da própria experiência. Talvez ele sonhe em alcançar a glória gótica escrevendo contos que não são nada menos que mágicos, atemporais e aquela outra coisa. Já é um consumidor fervoroso do anormal e do irreal: frequentador de mercados espectrais, visitante de lojas de descontos da irrealidade, um caçador de pechinchas no mais profundo subsolo do desconhecido. E de alguma forma ele acaba providenciando seu sonho de horror sem nem perceber o que comprou ou com o que o comprou. Assim como o outro Nathan, *esse* Nathan acaba descobrindo que aquilo que comprou não foi exatamente o que pechinchou — foi gato por lebre e não um belo par de calças.

O quê? Eu explico.

Na versão confessional do conto de horror de Nathan, o personagem principal tem de ser munido de algo chocante para confessar, algo condizente com sua imagem de esquisitão obstinado com tudo o que é temível, fantástico e desumano. A solução é bem óbvia. Nathan confessará sua descoberta de que está de saco cheio das aberrações do HORROR. Ele tinha predileção por esse caminho desde que se entendia por gente, e talvez já antes disso. Em outras palavras, Nathan não é um menino normal, não é real.

A reviravolta na biografia de Nathan como homem (ou coisa) de horror, como nos relatos anteriores, é um caso abortado com Lorna McFickel. Em outras versões do conto, a personagem conhecida por esse nome é uma pessoa de importância cambiante, que representa alternadamente o ultrarreal ou o superideal de seu aspirante a criador. A versão confessional de "Romance de um homem morto", contudo, lhe dá uma nova identidade, a saber, o da própria Lorna McFickel, que mora de frente para mim, no mesmo corredor, no castelo gótico de um prédio residencial com duas torres e finalizada com corredores recém-acarpetados. Mas de resto não há muita diferença entre a protagonista feminina em uma história fictícia e sua contrapartida em uma história factual. A Lorna do livro se lembrará de Nathan como o sujeito asqueroso que estragou sua noite, que a decepcionou — a Lorna Real, Lorna Normal pensa exatamente do mesmo jeito, ou melhor, pensava, pois duvido que ela sequer pense no sujeito que chamou de "criatura mais nojenta que já existiu na face da Terra". E, embora essas palavras hiperbólicas tenham sido ditas no calor de um momento muito encalorado, acredito que a atitude dela tenha sido sincera. Apesar disso, nunca vou revelar a motivação para essa explosão de Lorna, nem mesmo sob a dor da tortura. A motivação da personagem não é importante para essa história de horror, de qualquer modo, ou não é nem de longe tão importante quanto o que acontece a Nathan após a rejeição reveladora de Lorna.

Pois agora ele descobre que sua natureza doentia não é apenas um acaso da psicologia, e que, na verdade, influências sobrenaturais têm governado sua vida desde sempre, que é submetido apenas às determinações de forças demoníacas, as quais agora querem que esse expatriado do fosso das sombras volte a seus braços acolhedores. Em suma, Nathan nunca deveria ter nascido ser humano, uma verdade que ele tem de aceitar. Complicado. E ele sabe que um dia os demônios virão atrás dele.

O auge da crise acontece uma noite na qual o ânimo do escritor de horror está em baixa. Ele tentou exprimir sua tragédia sobrenatural em um conto de horror, o derradeiro, mas não consegue chegar a um clímax de intensidade e imaginação adequados, que fariam jus à escala cósmica de sua dor. Não conseguiu manifestar em palavras sua tristeza semiautobiográfica, e todos esses jogos com nomes protetivos só a tornaram mais dolorosa. Dói esconder seu coração em pseudônimos de pseudônimos. Por fim, o escritor de horror, sentado a escrivaninha, se debulha em lágrimas sobre o manuscrito de seu conto inacabado. Essa situação se estende por um bom tempo, até que a única vontade de Nathan é buscar o esquecimento humano em uma cama humana. Sejam quais forem os empecilhos, o luto é um grande projeto dormente de se drogar para cair em um paraíso silencioso, escuro, distante do universo agonizante. É assim.

Pouco depois, alguém bate à porta do apartamento de Nathan, na verdade batuca com impaciência. Quem será? É preciso atender para descobrir.

"Aqui, você esqueceu", uma moça bonita me disse, arremessando um pacote lanoso nos meus braços. Quando estava prestes a se afastar, ela se virou e examinou as feições do meu rosto com um pouco mais de escrúpulo. Vez por outra eu representava outras pessoas, o Norman ocasional e até mesmo um ou dois Nathan, e naquela noite havia vestido a máscara mais uma vez. "Desculpe. Achei que você fosse o Norman. Este apartamento é dele, é meu vizinho de frente." Ela apontou para me mostrar. "Quem é você?"

"Sou amigo do Norman", respondi.

"Ah, então me desculpa. Bom, essa calça é dele, a que eu joguei em você."

"Você estava remendando a calça ou algo assim?", perguntei ingenuamente, verificando como se procurasse nela sinais de consertos.

"Não, ele não teve tempo de vestir na outra noite, quando o coloquei para fora, entende o que estou querendo dizer? Estou me mudando desse chiqueiro nojento só pra ficar longe dele, e você pode falar pra ele que eu disse isso."

"Por favor, saia da ventania que está nesse corredor, entre e fale você mesma com ele."

Dei meu sorriso e ela, não com indiferença, deu o dela. Fechei a porta depois que ela passou.

"Então, você tem nome?", ela indagou.

"Penzance", respondi. "Pode me chamar de Pete."

"Bom, pelo menos você não é o Harold Wackers, ou sei lá qual era o nome naqueles livros horríveis do Norman."

"Creio que seja *Wickers*, H. J. Wickers."

"De qualquer forma, você não parece em nada com o Norman, nem mesmo com alguém que pudesse ser amigo dele."

"Tenho certeza de que você quis fazer um elogio, considerando o que percebi sobre você e o Norman. Mas na verdade eu também escrevo livros, não muito diferentes daqueles do H. J. Wickers. Meu apartamento do outro lado da cidade está sendo pintado e o Norman fez a enorme gentileza de me abrigar e até me emprestar a escrivaninha dele por um tempinho." Com a mão, indiquei o objeto chorado de meu último comentário. "Na verdade, o Norman e eu às vezes colaboramos sob um pseudônimo em comum, e no momento estamos trabalhando juntos em um projeto."

"Que bom, sem dúvida", ela disse. "Aliás, eu sou a Laura..."

"O'Finney", finalizei. "O Norman fala muito bem de você."

"Cadê o nojento, aliás?", ela inquiriu.

"Ele está dormindo", respondi, levantando o dedo em direção ao fundo do apartamento. "A gente estava trabalhando duro em um conto novo, mas eu posso acordá-lo."

O rosto da moça adquiriu uma expressão enojada.

"Esquece", ela disse, indo em direção à porta. Então se virou e voltou bem devagar na minha direção. "Quem sabe a gente não se vê de novo."

"Tudo é possível", eu lhe assegurei.

"Só me faça o favor de manter o Norman longe de mim, se você não se importa."

"Acho que vai ser fácil eu fazer isso. Mas primeiro você tem que fazer uma coisa por mim."

"O quê?"

Eu me aproximei num gesto de quem faz confidências.

"Por favor morra, Aspiração", sussurrei no ouvido dela enquanto segurava seu pescoço com as duas mãos, interrompendo um grito junto com a vida dela. Então realmente fui trabalhar.

"Acorda, Norman", berrei. Estava parado ao pé da cama, as mãos nas costas. "Você estava morto para o mundo mesmo, sabia?"

Um leve drama se fez no rosto de Norman, em que a perplexidade sobrepujou o sono e ambos foram derrotados pela angústia. Ele tinha passado por poucas e boas nas últimas noites, trabalhando nas nossas "notas" e em outras coisas, e realmente precisava de um descanso.

"Quem? O que é que você quer?", ele disse, se sentando logo na cama.

"Pouco importa o que eu quero. Agora estamos preocupados com o que *você* quer. Lembra do que falou para aquela garota outra noite? Lembra do que você quis que ela fizesse e que a deixou muito chateada?"

"Então é isso. Você é amigo da Laura. Bom, trata de dar o fora daqui senão vou chamar a polícia."

"Foi isso o que *ela* também disse, lembra? E depois ela disse que gostaria de *nunca ter te conhecido*. E essa foi a frase, não foi, que te deu a inspiração para a nossa aventura fictícia. O coitado do Nathan nunca teve a chance que você teve. Bom trabalho, pensar na calça encantada. Quando a verdadeira razão..."

"Você é surdo? Cai fora do meu apartamento!", ele berrou. Mas se acalmou um pouco ao ver que a ferocidade por si só não provocava nenhum impacto sobre mim.

"O que é que você esperava daquela moça? Você falou para ela que queria entrelaçar o corpo com... era o que mesmo? Ah, sim, uma mulher sem cabeça. Que nem aquele fantasma decapitado sobre o qual você leu em um romance gótico antigo muitos anos atrás. Imagino que a ilustração do livro só fez atiçar sua fixação. Imagino que a Laura não tenha entendido que a primavera da fantasia de um rapaz se volta levemente para ideias de... *aparições sem cabeça*. Sem cabeça. Você falou que tinha a fantasia inteira na sua casa, se eu bem me lembro. Bom, meu rapaz, tenho a resposta às suas preces. O que você acha disso como sem cabeça?", eu disse, erguendo a cabeça que escondia às minhas costas.

Ele não emitiu nenhum ruído, embora os olhos berrassem loucamente diante do que via. Joguei no colo dele a cabeça ensanguentada, de cabelo comprido. Em um piscar de olhos, ele atirou as cobertas em cima dela e em frenesi empurrou a coisa toda no chão com os pés.

"O resto do corpo está na banheira, se você quiser dar umas voltinhas. Eu espero."

Não sei dizer ao certo, mas por um instante ele pareceu considerar a possibilidade. No entanto, continuou na cama e não fez nenhum gesto nem disse uma palavra por um ou dois minutos. Quando por fim se manifestou, todas as sílabas saíram calmas e suaves. Era como se uma parte de sua mente tivesse rompido com o resto e fosse essa a parte que agora falava comigo.

"Quem é você?", ele perguntou.

"Você precisa mesmo de um nome, e isso lhe seria de alguma serventia? Vamos chamar essa cabeça desligada aí de Laura ou de Lorna, ou simplesmente de Aspiração? E como, em nome da perdição, devo chamá-lo? De Norman ou de Nathan, de Harold ou de Gerald?"

"Eu imaginei", ele disse em tom enojado. Em seguida prosseguiu com aquela voz sinistramente racional, mas bem acelerada. Não parecia sequer estar falando com alguém específico. "Já que a coisa com que estou falando", ele disse, "já que essa coisa sabe do que só eu tenho como saber, e já que me diz o que só eu poderia dizer para mim mesmo, devo estar totalmente sozinho neste quarto. Vai ver que estou sonhando. Isso, sonhando. Caso contrário o diagnóstico é de insanidade. Bem verdade. Profunda certeza. Pode ir embora agora, senhor Loucura. Vai embora, doutor Sonho. Você deu o seu recado, agora me deixa dormir. Já estou de saco cheio de você."

Então ele deitou a cabeça no travesseiro e fechou os olhos.

"Norman", chamei. "Você sempre dorme de calça?"

Ele abriu os olhos e notou o que não notara antes. Tornou a se sentar.

"Muito bem, senhor Loucura. Ela é uma beleza. Mas isso é impossível porque a Laura ainda está com ela, me desculpe. Que engraçado, ela não sai. O zíper imaginário deve estar emperrado. Acho que agora sou eu que estou em apuros. Sou um homem para lá de morto, oras. Tome o cuidado de saber sempre o que você está comprando, é o que eu recomendo. Deus me ajude, por favor. Você nunca sabe onde está se enfiando. Sai, caramba! Bom, quando é que eu começo a apodrecer, senhor Loucura? Você ainda está aí? O que aconteceu com as luzes?"

As luzes haviam se apagado no quarto e tudo brilhava com uma luminescência azulada. Relâmpagos começaram a cintilar pela janela do quarto e trovões ressoaram em meio à noite sem chuva. Através de uma abertura nas nuvens brilhava uma lua que somente seres de outro mundo conseguiam enxergar. Sombras títeres se mexiam em sua tela cinza.

"Apodreça até voltar para nós, bizarrice da criação. Apodreça até deixar este mundo. Venha para casa, para o inferno tão excruciante que é o próprio êxtase."

"Isso está mesmo acontecendo comigo? Quer dizer, estou dando o melhor de mim, meu senhor. Mas não é fácil. Uma espécie de corrente elétrica está me deixando todo trêmulo lá embaixo. Parece que estou me dissolvendo. Ai, isso dói, meu amor. Ah, ah, ah. Que jeito de encerrar uma vida desgraçada, virar purê. Você tem como me ajudar, doutor Sonho?"

Eu sentia que mudava de forma, me livrava daquele traje humano que estava usando. Asas ossudas começaram a surgir nas minhas costas e eu as vi se abrindo gloriosamente no espelho azul à minha frente. Agora meus olhos eram joias, duras e radiantes. Meu maxilar era uma caverna de prata gotejante e por minhas veias corriam rios de ouro putrescente. Ele se contorcia na cama como um inseto ferido, emitindo sons que nada tinham de humanos. Eu o peguei e enrolei meus braços pegajosos repetidas vezes em torno de seu corpo trêmulo. Ele ria como uma criança, a criança de outro mundo. E um grande erro estava prestes a ser corrigido.

Sinalizei que as janelas se abrissem para a noite e, bem devagar, elas o fizeram. A gargalhada infantil dele se tornara lágrimas, mas em breve secariam, eu sabia. Por fim ele estaria livre para viver de forma mágica, atemporal, para além da atração da terra. As janelas se abriram totalmente sobre a cidade lá embaixo e, por assim dizer, a densa escuridão lá em cima nos acolheu de bom grado.

Nunca tentei isso antes.

Mas, quando chegou a hora, achei tudo muito fácil.

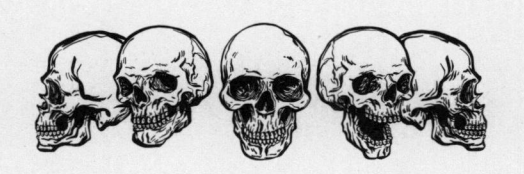

SONHOS PARA INSONES

AS NOITES DE NATAL DA TIA ELISE

UM CONTO DE POSSESSÃO NA VELHA CIDADE DE GROSSE POINTE

Pronunciávamos o nome dela com um distinto som de Z — *Lembra, Jack, lembra* — assim como alguns transformam Senhora em Zenhora. Era em sua casa em Grosse Pointe que ela insistia que nossa família, tanto o lado rico como o lado pobre, celebrasse a noite de Natal em um estilo que emanava o tradicional, o antiquado, o ultrapassado. Na verdade, a tia Elise constituía sozinha o lado rico da família. O marido falecera muitos anos antes, deixando à esposa um próspero negócio de imóveis e nenhum filho. Não foi surpresa que tia Elise se encarregou da administração da firma com um sucesso admirável, perpetuando o sobrenome de nosso tio sem herdeiros em placas de "vende-se" plantadas no gramado de casas em três estados. Mas qual era o *nome* do tio, um sobrinho ou sobrinha mais novos às vezes se perguntavam. Ou, como mais de uma vez nós, crianças, falamos: "Cadê *o tio* Elise?". Ao que o resto respondia em uníssono. "Ele está descansando em paz", resposta que aprendemos com ninguém mais ninguém menos do que nossa tia enviuvada.

Tia Elise não tinha marido ou rebento próprio, era bem verdade. Mas amava todo o fermento das grandes famílias, e em todas os feriados ela possuía em igual medida as relações sanguíneas e os bens e investimentos tangíveis e intangíveis. No entanto, não era o tipo ostensivamente desgastante de ricaça mala. Sua casa tinha um quê de mansão de campo elisabetana em termos de estilo, porém mantinha a modéstia, até relativamente miniaturizada, em sua estrutura. Caía muito bem — enquanto existiu — em um aglomerado claustrofóbico de árvores em um terreno de canto a poucos passos de Lake Shore Drive, perfilando-o em vez de ficar de frente para o lago em si. Um exterior bastante sem graça de pedras cinza-fuligem de certo modo camuflava a casa antiga em seu refúgio na mata, até que se vislumbravam as janelas com vidraça em forma de diamante e se dava conta de que na verdade a casa existia onde outrora tudo indicava que houvera apenas um vazio sombreado.

Por volta da época do Natal, as janelas multifacetadas da residência de minha tia adquiriam um esmaltado cristalizado com luzes rosa, azul, verde e de outras cores amarradas em volta delas. Antigamente era mais comum — *Lembre-se deles, Jack* — uma neblina densa de dezembro emergir do lago ainda não congelado e aquelas janelas caleidoscópicas lançarem seus reflexos na bruma suavizada. Essa, para os meus sentidos de criança, era a imagem e a atmosfera definidora das férias de inverno: uma congregação serena de cores que por um tempo transformava nosso universo cotidiano em um universo onde abundavam mistérios. Era essa a comemoração, era esse o festival. Por que deixamos tudo isso para trás, de fora? Todas as noites de Natal da minha infância, quando eu era conduzido pelo caminho tortuoso que levava da rua à casa da minha tia, minha mãe e meu pai segurando minhas mãos, eu sempre estancava, puxando mamãe e papai para trás como um casal de cavalos descontrolados, e por um breve, inútil instante, me recusava a entrar.

Após a primeira noite de Natal de que me recordo — cronologicamente, minha quinta —, eu sabia o que acontecia dentro da casa, e ano após ano pouco mudava nos detalhes de conteúdo ou aparência da programação. Para quem veio de famílias grandes, essa cena é tão familiar que não vale a pena descrevê-la. Talvez até os que nasceram órfãos já estejam saturados. Porém, há outros para os quais representações de tios excêntricos, avós encantadores e uma série comum de primos serão sempre estimulantes e queridas; aqueles que se deleitam com diversas gerações de personagens amontoados nas páginas, que se aquecem com a sensação dessas peles de papel. Eu lhes digo que compartilham do temperamento da minha tia Elise, e que o espírito dela está neles.

Enquanto duravam essas reuniões de Natal, minha tia sempre ocupava o quarto principal de sua casa. Esse quarto eu nunca vi, a não ser como uma fantasia de ornamentação, uma alucinação de vestido de festa. Neste momento, só me resta torcer para retratar alguns de seus pontos mais altos. Em primeiro lugar azevinho, fresco e artificial, pendia onde fosse possível pendurá-lo — molduras de quadros, prateleiras de madeira manchada por milhares de bugigangas, até na estampa em relevo aveludado no papel de parede, entrelaçado a espirais e floreios, se não me falha a memória. E das instalações acima, que incluíam um candelabro delicadamente edulcorado com pequeninas luzes italianas, desciam jardins de viscos. A imensa lareira ardia com um inferno festivo, e à frente do piso em que cuspia hulha havia uma tela protetora cujas pontas seguravam um par de colunas grossas de latão. E no topo de cada coluna havia um fantoche do Papai Noel, a parte dos dedos esticada, pronta para dar um abraço minúsculo, anguloso.

No canto do ambiente principal, aquele vizinho à janela da frente, uma sempre-viva viçosa se escondia em algum lugar debaixo de todos os tipos imagináveis de decoração pendente, amarrada ou de luz intermitente, bem como embonecadas com laços ridículos em tons pastel, laços de cetim carinhosamente atados por mãos humanas. As mesmas mãos também faziam seus trabalhos nos presentes debaixo da árvore, e ano após ano os presentes, assim como tudo o que havia na sala, pareciam estar exatamente no mesmo lugar, como se os do Natal anterior nunca tivessem sido abertos, acelerando em mim a sensação angustiante de um ritual eternamente reencenado, sem esperança de fuga. (Por alguma razão, continuo possuído por essa mesma sensação de estar preso.) Meu presente estava sempre no fundo da horda de pacotes, quase contra a parede atrás da árvore. Era fechado por uma fita lilás e coberto por um papel de presente azul-claro em que ursinhos de camisolas infantis sonhavam com mais presentes azul-claros, os quais, em vez de ursos, exibiam menininhos sonhando. Passava boa parte da noite de Natal sentado ao lado desse meu presente, sobretudo para me refugiar dos outros em vez de me perguntar o que haveria ali dentro. Era sempre algo ao estilo de roupas íntimas, roupas de dormir ou meias, nunca a maravilha sem nome que eu esperava fervorosamente receber da minha tia obscenamente próspera. Ninguém parecia se importar se eu me sentava do outro lado da sala em que a maioria se reunia para conversar ou cantar canções de Natal acompanhados de um órgão antigo, que tia Elise tocava de costas para o público e para mim.

Nooo-ite feeee-liz.

"Foi muito bom", ela declarava sem se virar. Como de praxe, o som de sua voz gerava a expectativa de que a qualquer instante ela fosse pigarrear alguma substância viscosa agarrada às suas entranhas. Mas ela desligava o órgão elétrico, gesto depois do qual uma parte dos reunidos, dispensada, se dirigia a outros cantos da casa.

"Não escutamos o Velho Jack cantar conosco", ela disse, se virando para olhar para o outro lado da sala, onde eu estava sentado em uma poltrona ampla junto à janela embaçada. Nessa ocasião eu tinha vinte ou vinte e um anos, fazia faculdade e estava em casa para o Natal. Havia bebido um bocado do ponche festivo da tia Elise, e tive vontade de responder: "Quem se importa se você não escutou o Velho Jack cantar, sua bruxa?". Mas preferi apenas fitá-la, absorvendo embriagado seu semblante para o álbum de recortes familiares da minha memória: cabeça de cabelo puxado (como arames penteados), olhos tranquilos de alguém em um retrato antigo (alguém que se foi há muito tempo), maçãs saltadas bem coloridas (mais por erupções na pele do que coradas) e os dentes proeminentes de um cavalo disparando do nada em um sonho. Não tinha preocupação quanto à minha capacidade futura de lembrar dessas feições, embora tivesse jurado que esse seria o último jantar de Natal em que as veria. Portanto, podia me dar ao luxo de sossegar diante dos escárnios de tia Elise naquela noite. De qualquer modo, mais confrontos entre nós dois foram abortados quando algumas das crianças passaram a clamar por uma das histórias da tia. "E dessa vez uma história *verdadeira*, titia. Que aconteceu mesmo."

"Está bem", ela respondeu, acrescentando que "quem sabe o Velho Jack não quer vir aqui e sentar do nosso lado?"

"Estou velho demais para isso, obrigado. Além do quê, escuto muito bem daqui..."

"Pois bem", ela começou antes que eu terminasse, "deixa eu pensar um instantinho. Tem tantas, *tantas*. Pois bem, lá vai uma delas. Aconteceu quando vocês não eram nem nascidos, uns invernos antes de eu me mudar para esta vizinhança com o seu tio. Não sei se vocês já perceberam, mas um pouco mais à frente, nesta mesma rua, tem um terreno vazio onde deveria existir, onde existia, uma casa. Dá para ver daquela janela ali da frente", ela afirmou, apontando a janela ao lado da minha poltrona. Deixei que meus olhos seguissem seu dedo janela afora e em meio à neblina confirmei o terreno vazio de sua história.

"Ficava lá, uma bela casa antiga bem maior do que esta aqui. Na casa vivia um homem muito velho que nunca saía e nunca convidava ninguém para visitá-lo, pelo menos não que eu reparasse. E depois que o velho morreu, o que vocês acham que aconteceu com a casa?"

"Ela desapareceu", responderam algumas das crianças, se precipitando.

"De certo modo, acho que desapareceu mesmo. Na verdade, o que aconteceu foi que uns homens vieram e derrubaram a casa, tijolo por tijolo. Acho que o velho que morava aí devia ser bastante cruel para querer que isso acontecesse com a casa depois que ele morresse."

"Como você sabe que ele queria?", interpelei, tentando estragar sua suposição.

"Existe alguma outra explicação lógica?", tia Elise retrucou. "Pois bem", ela prosseguiu, "acho que o velho não suportava a ideia de que outra pessoa morasse na casa e fosse feliz lá, porque tenho certeza de que ele não era. Mas talvez, só talvez, ele tenha demolido a casa por outra razão", disse tia Elise, arrastando as últimas palavras para causar suspense. As crianças, sentadas de pernas cruzadas diante dela, agora escutavam com a atenção renovada enquanto a lenha crepitante parecia faiscar de forma mais ruidosa na lareira.

"Talvez destruindo a casa, fazendo com que desaparecesse, o velho imaginasse que a levava com ele para o outro mundo. É normal que as pessoas que vivem sozinhas por muito tempo pensem e façam coisas estranhas", enfatizou, embora eu tenha certeza de que ninguém além de mim pensou em empregar essa última afirmação à própria contadora da história. (*Conta tudo, Jack.*) Ela continuou:

"Agora, vocês devem estar se perguntando o que levaria uma pessoa a chegar a essa conclusão a respeito do velho. Aconteceu alguma coisa estranha com ele e com a casa depois que os dois se foram? Bom, a resposta é *sim*, aconteceu uma coisa. E vou contar para vocês exatamente o que foi.

"Uma noite — uma noite nevoenta de inverno que nem esta, oh meus pequeninos — alguém veio andando exatamente por esta rua e parou bem na frente do terreno da casa do velho que estava morto. Esse alguém era um rapaz que várias pessoas já tinham visto circular por aqui vez por outra alguns anos antes. Eu mesma, admito, uma vez o confrontei e perguntei o que ele queria com a gente e com as nossas casas, porque era nisso que ele parecia ter mais interesse. Pois bem, o rapaz se definiu como an-tchi-quário, e falou que tinha muito interesse por coisas velhas, principalmente casas velhas. E tinha um interesse especial pela casa daquele velho esquisito. Havia perguntado a ele várias vezes se poderia dar uma olhada lá dentro, mas o velho sempre negava. Em geral a casa estava no escuro como se não tivesse ninguém lá, apesar de sempre ter alguém.

"Então dá para vocês imaginarem a confusão do rapaz quando, naquela noite de inverno, o que ele viu não foi uma casa no escuro onde não parecia haver ninguém, mas um lugar todo iluminado por luzes fortes de Natal que brilhavam em meio à neblina. Será possível que aquela fosse a casa do velho, enfeitada de forma tão atraente e alegre com aquelas luzes? Sim, era possível, porque ali estava o velho em pessoa, parado na janela, com uma expressão bastante simpática no rosto. Então, mais uma vez, o rapaz pensou em tentar a sorte e talvez conseguir ver o interior da velha casa. Tocou a campainha e a porta da frente se abriu devagar. O velho não disse nada, apenas deu um passo para trás para que o visitante pudesse entrar. O jovem antiquário enfim teria a chance de estudar o interior da casa até se fartar. No decorrer do caminho, nos corredores estreitos e ambientes há muito abandonados, o velho ficou em silêncio ao lado do convidado, sorrindo o tempo todo."

"Não faço a mínima ideia de como você sabe essa parte da sua história *verdadeira*", interrompi.

"A tia Elise *sabe*", garantiu um dos meus priminhos só para me calar. E, quando a minha tia me lançou um olhar, por um instante a impressão era de que ela de fato sabia. Então ela continuou a história verdadeira.

"Depois que o rapaz olhou a casa inteira, os dois homens se sentaram em poltronas bem confortáveis na entrada e conversaram um pouco. Mas não demorou muito para que o sorriso no rosto do velho, aquele sorriso tranquilo, começasse a incomodar o visitante de um jeito peculiar. Por fim, o rapaz declarou que precisava ir embora, olhando para o relógio que havia tirado do bolso. E quando ergueu os olhos outra vez... o velho tinha sumido. Naturalmente, isso assustou o rapaz, que pulou da poltrona e, nervoso, verificou os cômodos vizinhos e o corredor à procura do anfitrião, chamando 'Senhor, senhor', porque nunca soube o nome do velho. E, embora pudesse estar em diversos lugares, o dono da casa não parecia estar em nenhum lugar investigado pelo rapaz. Então o antiquário resolveu ir embora sem dar tchau ou agradecer ou qualquer coisa do gênero.

"Mas nem tinha chegado até a porta quando estancou diante do que viu pela janela da frente. Parecia não existir mais rua, postes de luz ou calçada, nem mesmo casas, além daquela onde estava, é claro. Havia só neblina e uns vultos horríveis, surrados, vagando sem rumo. O rapaz escutava o choro deles. Que lugar era aquele, e aonde a casa velha o levara? Ele não sabia o que fazer, além de olhar fixo pela janela. E, quando viu o rosto refletido no vidro, imaginou por um instante que o velho tivesse voltado e estivesse parado atrás dele, dando seu sorriso tranquilo.

"Mas então o rapaz se deu conta de que agora aquele era o seu próprio rosto, e, assim como aquelas criaturas tenebrosas, maltrapilhas, perdidas na neblina, ele também caiu no choro.

"Depois daquela noite, ninguém aqui voltou a ver o rapaz. Bom, gostaram da história, pequeninos?"

Eu estava cansado, mais cansado do que nunca na minha vida. Mal tinha vontade ou força para me levantar da poltrona em que havia me esparramado tanto. Foi incrível a lentidão com que avancei em meio a rostos que me pareciam bem mais distantes. Aonde eu ia? Tinha vontade de tomar outra bebida? Desejava outra guloseima da mesa repleta de petiscos natalinos? O que era aquilo que me chamava a sair do cômodo?

Parecia não ter passado tempo nenhum, mas quando me dei conta eu estava andando por uma rua nevoenta. A cerração formava paredes brancas impenetráveis ao meu redor, corredores estreitos que levavam ao nada e cômodos sem janelas. Não tinha ido muito longe quando percebi que não poderia ir em frente. Mas, por ironia do destino, finalmente vi uma coisa. Uma penca de luzes de Natal, as cores radiantes na neblina, foi o que vi. Mas o que poderiam significar para me parecerem tão horrendas? Por que aquela visão pacata de maravilha turva, que transportou minha imaginação para aquela visão da minha infância, agora me provocava tamanho terror? Não eram as cores que eu amara um dia; não podia ser a casa. Mas era, pois ali na janela estava sua dona, e a imagem dela com o rosto fino sorridente por alguma razão não estava certa.

Então me lembrei: fazia bastante tempo que tia Elise havia morrido e sua casa, seguindo a instrução do testamento, fora desmantelada tijolo por tijolo.

"Tio Jack, acorda", incitaram jovens vozes bem de perto, embora do ponto de vista técnico, sendo filho único, eu não fosse tio deles. Para ser mais exato, era apenas um membro mais velho da família que tinha cochilado na poltrona. Era noite de Natal, e eu tinha me excedido um pouco na bebida.

"Vamos cantar, tio Jack", anunciaram as vozes. Em seguida, foram embora.

Também fui embora, pegando o sobretudo do quarto onde estava enterrado em uma cova coletiva sob inúmeros outros sobretudos. Todo mundo cantava ao dedilhar de violões. (Gostava de seu timbre metálico porque não lembrava nem de longe as vibrações densas, podres, do órgão de igreja que tia Elise tocava na noite de Natal muito tempo atrás.) Abstendo-me de todos os rituais de despedida, saí de fininho pela porta dos fundos, na cozinha.

Larguei aquela reunião de Natal como se tivesse um compromisso marcado, um de longa data cuja importância eu antes desconhecia ou de que me esquecera. Tantas coisas consigo lembrar de anos idos — e com bastante facilidade, porque tive uma existência bem sossegada e solitária —, no entanto não me lembro do que aconteceu em seguida naquela noite. Minha cabeça não estava na melhor forma, e o sonho que tive antes deve ter se imiscuído no sonho que tive quando fui dormir em casa, apesar de tampouco me lembrar disso. O que de fato me recordo, como se tivesse acontecido quando eu estava desperto e não sonhando, era de estar parado diante da porta da casa que já não existia, uma porta que se abriu em um ímpeto lento, pesado. Então uma mão se esticou e me tocou. Que horror senti ao ver aquele sorriso enorme, escancarado, e ouvir as palavras, "Feliz Natal, velho Jack!".

Ah, como foi bom ver o velho menino quando ele enfim se aproximou. Tinha ficado mais velho mas jamais virou adulto. E finalmente eu o tinha, ele e todos os pensamentos dele, todas as belas imagens de sua mente. Aqueles demônios chorosos, almas perdidas para sempre, emergiram da neblina e levaram seu corpo. Agora era um deles. Mas guardei a melhor parte, todas as suas lindas memórias, todos os momentos encantadores que vivemos — as crianças, os presentes, as cores daquelas noites! Pois bem, agora são meus. Nos conte daqueles anos, Velho Jack, os anos que agora tomei de você — os anos com os quais posso brincar como eu quiser, como uma criança com seus brinquedos. Ah, que delícia, que delícia e que encanto estar acomodada em um mundo sempre morto de escuridão e sempre vivo de luzes! E onde sempre será, para sempre, noite de Natal.

A ARTE PERDIDA DO CREPÚSCULO

I

Eu a pintei, tentei, pelo menos. Usei óleo, aquarela, untei um espelho que posicionei de modo a reavivar o brilho da coisa verdadeira. E sempre em abstrato. Nunca sóis de verdade se pondo no céu de primavera, outono, inverno; nunca uma luz sépia caindo sobre o horizonte banal de um lago, nem mesmo o lago específico que gosto de ver do enorme terraço da minha velha mansão grandiosa. Mas esses *Crepúsculos* meus não eram feitos em abstrato apenas no intuito de afastar a ralé do mundo real. Outros abstracionistas pictóricos talvez aleguem que nada na vida é representado por suas telas — que uma risca de vermelho iodo é mera risca de vermelho iodo, um respingo de preto insípido equivale a um respingo de preto insípido. Mas cor pura, ritmos de linha puros e massas de estrutura, composição pura em geral significavam para mim mais do que isso. Os outros tinham apenas *visto* seus dramas de forma e tom; eu — e era impossível insistir nisso com veemência suficiente — eu *estive* lá. Minhas abstrações crepusculares de fato representavam certa realidade: uma zona composta de palácios de cores suaves e sombrias ao lado de oceanos de desenhos cintilantes e sob pedaços tristemente radiantes de céu, uma zona em que o observador é uma presença formal, uma essência impalpável, livre de matéria carnal — um *habitante* do abstrato. Mas agora isso me é apenas uma lembrança. O que achei que duraria para sempre se perdeu em um piscar de olhos.

Há apenas algumas semanas eu estava sentado no terraço, observando o sol do começo do outono desfalecer no supracitado lago, conversando com a tia T. Os saltos dela batiam com um agradável vazio em lajotas pardas. Grisalha, ela estava vestida com um terninho cinza, um enorme laço balançando até a ponta do queixo. Na mão esquerda segurava um envelope comprido, com uma cesárea muito bem-feita, e na mão direita estava a carta contida antes ali, dobrada como um tríptico.

"Eles querem te ver", ela anunciou, gesticulando com a carta. "Querem vir aqui."

"Não acredito", declarei, e ceticamente me virei na cadeira para observar a luz do sol se espalhando pelo amplo gramado à frente do velho edifício em que parecíamos viver fazia séculos.

"Você podia ao menos ler a carta", ela insistiu.

"Não posso. Não se for escrita em francês."

"Ora, não é verdade, a julgar pelos livros que você vive empilhando na biblioteca."

"Acontece que são livros de arte. Só olho os quadros."

"Você gosta de quadros, André?", ela indagou no melhor tom de ironia matronal. "Tenho um quadro para te mostrar. É o seguinte: eles *vão* receber permissão para vir para cá e ficar conosco o tempo que quiserem. Eles são uma família, dois filhos e a carta também menciona uma irmã solteira. Estão vindo de Aix-en-Provence para visitar a América, e durante a viagem querem ver o único parente de sangue que têm vivendo aqui. Está entendendo o quadro? Eles sabem quem você é e, mais especificamente, onde você está."

"Me surpreende que eles queiram, já que foram eles..."

"Não, não foram. Eles são do lado do *seu pai*. Os Duval", explicou. "Eles sabem mesmo tudo a seu respeito mas dizem", tia T. consultou a carta por um instante, "que são *sans préjugé*."

"A generosidade dessas criaturas me gela o sangue. Vinte anos atrás, essa gente fez o que fez com a minha mãe, e agora têm o desplante, o *desplante*, de dizer que não têm nada contra *mim*."

Tia T. soltou um humpf de advertência para que eu me calasse, pois naquele exato momento Rops surgiu carregando a bandeja com uma taça fina. Eu o apelidei de Rops porque, assim como o homônimo artístico, ele nunca deixava de me provocar arrepios dignos de ossuários.

Ele cadaverou pelo terraço para servir à tia T. seu coquetel vespertino.

"Obrigada", ela disse, pegando a taça.

"O senhor deseja alguma coisa?", ele indagou, agora segurando a bandeja contra o peito como um escudo de prata.

"Você já me viu tomar drinque, Rops?", retruquei. "Já me viu..."

"André, se comporta. É só isso, obrigada."

Rops saiu cambaleando passos vagarosos, ossudos.

"Pode continuar a sua arenga", tia T. disse graciosamente.

"Já acabei. Você sabe como eu me sinto", respondi e desviei o olhar na direção do lago, absorvendo o astral sombrio do crepúsculo na ausência de um lanche normal.

"Sei, sim, sei mesmo como você se sente, e você nunca esteve certo. Você sempre teve ideias românticas de que você e sua mãe, que Deus a tenha, foram vítimas de uma injustiça monstruosa. Mas nada é como você gosta de pensar que é. Eles não eram lavradores retrógrados que, digamos, *salvaram* sua mãe. Eram membros ricos, sofisticados da família dela. E não eram supersticiosos, porque o que acreditavam a respeito da sua mãe era verdade."

"Verdade ou não", argumentei, "acreditavam no inacreditável — agiram de acordo com isso — e chamo isso de superstição. Que razão eles poderiam..."

"Que *razão*? Me sinto obrigada a dizer que na época você não tinha capacidade de julgar razões, levando em conta que nós o conhecíamos apenas como um leve inchaço no corpo da sua mãe. Eu, por outro lado, estava lá. Vi os 'novos amigos' que sua mãe tinha feito, aquela 'aristocracia de sangue', nas palavras dela, que entendi como um indício de inveja do status social hereditário que eles tinham. Mas não a critico, nunca critiquei. Afinal, ela tinha acabado de perder o marido — seu pai era um homem bom e é uma pena que você não o tenha conhecido. E estar carregando o filho dele, o filho de um morto... Ela estava assustada, confusa, e voltou correndo para a família e a terra natal. Não dá para pôr a culpa nela por ter passado a agir como uma irresponsável. Mas o que aconteceu foi uma pena, principalmente por sua causa."

"Você é mesmo reconfortante, *titia*", eu disse com um sarcasmo de que agora me arrependo.

"Bom, você tem minha compaixão, querendo ou não. Acho que já provei isso ao longo dos anos."

"Provou mesmo", concordei.

Tia T. derramou o último gole do drinque garganta abaixo e uma gotinha que não havia percebido pingou do canto de sua boca, brilhando na radiância crepuscular como uma pérola.

"Quando a sua mãe não voltou para casa, uma noite — eu deveria dizer *manhã* —, todo mundo soube o que tinha acontecido, mas ninguém falou nada. Ao contrário da ideia que você faz sobre a natureza supersticiosa deles, eles passaram um bom tempo sem conseguir acreditar na verdade."

"Foi uma bondade de vocês todos deixar que eu continuasse a me desenvolver por um tempo, apesar de estarem resolvendo a melhor forma de caçar a minha mãe."

"Vou ignorar esse comentário."

"Não tenho dúvida disso."

"Nós não a *caçamos*, você sabe muito bem. Essa é mais uma de suas fantasias com perseguição. Foi ela quem se aproximou de nós, não foi? Arranhando as janelas de madrugada..."

"Pode pular essa parte, eu já..."

"... inchada que nem uma lua cheia. E foi estranho, pois na verdade o seu nascimento seria considerado um parto prematuro arriscado segundo as programações normais. Mas quando seguimos sua mãe até o mausoléu da igreja, onde ela ficava deitada durante o dia, ela carregava o peso inteiro da gravidez. O padre ficou chocado ao descobrir o que morava, pode-se dizer, no próprio quintal. Na verdade era ele, e não algum parente da sua mãe, quem achava que não devíamos deixar que você viesse ao mundo. E foi a mão dele que livrou sua mãe da vida de seus novos amigos. Mas logo depois ela começou a dar à luz, bem no caixão onde estava deitada. O sangue foi terrível. Se tivéssemos..."

"É desnecessário..."

"... *caçado* sua mãe, você devia ficar contente porque eu estava no grupo. Tive que tirar você do país naquela noite mesmo, trazer para a América. Eu..."

A essa altura percebeu que eu já não prestava mais atenção nela, já que estava distraído pelas anedotas agradáveis do sol poente. Quando ela parou de falar e passou a participar da observação, eu disse:

"Obrigado, tia T., pela história divertida. Nunca me canso de ouvi-la."

"Desculpe, André, mas eu queria lembrá-lo da verdade."

"O que eu posso falar? Sei que te devo a minha humilde vidinha."

"Não é isso o que eu quero dizer. Estou falando da verdade do que sua mãe se tornou e o que você é agora."

"Não sou nada. Totalmente inofensivo."

"É por isso que temos de deixar que os Duval venham e se hospedem aqui. Para mostrar que o mundo não tem o que temer com relação a você. Creio que eles precisam ver com os próprios olhos o que você é, ou melhor, o que não é."

"Acha mesmo que essa é a missão deles?"

"Acho. Eles podem nos causar um bocado de problemas se não saciarmos a curiosidade deles."

Levantei da minha cadeira quando as sombras do crepúsculo falho se adensaram e parei ao lado de tia T. apoiado na balaustrada de pedra do terraço. Inclinado na direção dela, eu disse:

"Então deixa que venham."

II

Sou o rebento dos mortos. Descendo dos falecidos. Sou a progênie de fantasmas. Meus ancestrais são as ilustres multidões dos defuntos, grandiosas e inumeráveis. Minha linhagem é mais longa do que o tempo. Meu nome está escrito em fluido embalsamador no livro dos mortos. Raça nobre é a minha.

Na família nuclear, o primeiro a encontrar o criador foi meu próprio criador: ele jaz na tumba do pai desconhecido. Mas, embora o homem tenha conseguido me gerar, ele respirou pela última vez neste mundo antes que eu respirasse pela primeira vez. Ele foi derrubado por um único derrame, o primeiro e último. Naqueles momentos finais, segundo me contam, suas ondas cerebrais irregulares e sutis criavam desenhos esquisitos no grande olho verde do monitor de eletroencefalograma. O mesmo médico que disse à minha mãe que o marido já não estava entre os vivos lhe deu a informação, no mesmíssimo dia, de que estava grávida. Tampouco foi essa a única coincidência na vida dos meus pais. Ambos eram de famílias abastadas de Aix-en-Provence, no Sul da França. Entretanto, o primeiro encontro deles se deu não no velho país mas no novo, em uma universidade norte-americana que por acaso ambos frequentavam. E então dois vizinhos cruzaram um mar frio para se reunir em um curso de ciências obrigatório. Quando trocaram ideias sobre a origem em comum, souberam que o destino estava em ação. Apaixonaram-se um pelo outro e pela nova pátria. Mais tarde, o casal se mudou para um subúrbio rico e prestigioso (que me nego a mencionar por nome ou estado, visto que ainda moro nele e, por razões que em certo momento ficarão evidentes, preciso fazê-lo com discrição). Ao longo de anos, o casal viveu satisfeito, e então meu antepassado imediato do sexo masculino morreu bem a tempo de perder a paternidade, tornando-se assim o pai conveniente para o futuro filho.

Rebento dos mortos.

Mas sem dúvida, talvez alguém levante objeção, nasci de uma mãe viva; sem dúvida, ao chegar neste mundo, me virei e olhei dentro de um par de olhos maternais brilhantes. Não foi o caso, como imagino que já tinha ficado claro da minha conversa anterior com a querida tia T. Viúva e grávida, minha mãe fugiu de volta para Aix, para o conforto da propriedade de sua família e do isolamento. Mas falo mais a esse respeito em instantes. Enquanto isso, não posso mais dominar o ímpeto de dizer algumas coisas sobre minha terra ancestral.

Aix-en-Provence, onde nasci mas nunca vivi, tem para mim inúmeras associações pessoais, mas necessariamente de segunda mão. No entanto, não é apenas o vínculo entre Aix e minha vida que domina com tanta força minha imaginação. Também se misturam a esse melodrama alguns prodígios exclusivos à história da região. Séculos distintos, épocas, aliás, abrigam esses acontecimentos assombrosos, e também existem em âmbitos totalmente diferentes de humor, diametralmente opostos em implicação. Porém, da minha perspectiva são inseparáveis. O primeiro artigo de "registro histórico" é o seguinte: no século XVII, aconteceu uma possessão espiritual por diversos espíritos malignos das freiras do convento Ursulino de Aix-en-Provence. A excomunhão logo chegou para as irmãs azaradas, que foram seduzidas por blasfêmias sortidas por gente como Grésil, Sonnillon e

Vérin. O *Dictionnaire infernal*, de De Plancy, caracteriza tais demônios, respectivamente, nas palavras de um tradutor desconhecido, como "o que reluz horrivelmente feito um arco-íris de insetos; o que treme de modo tenebroso; e o que se movimenta com um rastejo peculiar". Para os curiosos, existem gravuras desses seres bizarros em termos cinéticos e cromáticos, infelizmente estáticas e em preto e branco. Dá para acreditar? Que pessoas são essas — tão tacanhas e profundas — que foram capazes de se dedicar a tal absurdo? Quem entende a ciência da superstição? (Pois, conforme escrevinhou um poeta maligno, a superstição é o reservatório de todas as verdades.) Esse, portanto, é um componente de Aix na minha imaginação. O outro é o nascimento, em 1839, do cidadão mais ilustre de Aix: Cézanne. A figura dele assombra a paisagem do meu cérebro, perambulando no interior provençal em busca de seus lindos retratos.

Juntos, esses dois fenômenos selecionados se fundem na minha psique em uma única imagem de Aix, ao mesmo tempo grotesca e delicada como um panteão de gárgulas em meio ao esplendor de uma igreja medieval.

Assim era a terra à qual minha mãe remigrou algumas décadas atrás, esse universo Notre-Dame de horror e beleza. Não é de surpreender que tenha sido seduzida pela sociedade desses belos estranhos, que prometeu libertá-la de um mundo de mortalidade onde a angústia assumira o poder, deixando-a pronta para o autoexílio. Entendi por meio de tia T. que tudo começara em uma festa de verão na mansão de Ambroise e Paulette Valraux. O Bosque Encantado, como a casa era conhecida pelas *hautes classes* das redondezas. Na noite da festa, o clima estava perfeitamente temperado. Lanternas foram penduradas no alto das tílias, luzes-guias que conduziam ao tão falado céu. Uma banda tocava.

A turma da festa era diversa. E estavam presentes algumas pessoas que ninguém parecia conhecer, estranhos exóticos convidados pela elegância. Tia T. não prestou muita atenção neles na época, e seu relato é bastante vago. Um deles dançou com a minha mãe, sem ter problemas para tirar a viúva do isolamento social. Outro, com olhos labirínticos, sussurrou-lhe junto às árvores. Alianças se formaram naquela noite, promessas feitas. Mais tarde, minha mãe passou a sair para os próprios encontros depois que o sol se punha. Depois parou de ir para casa. Térèse — assistente pessoal que minha mãe trouxera consigo da América — ficou magoada e confusa com as esnobadas frias que ultimamente recebia da patroa. A família da minha mãe mostrava reticência sobre o que significava seu comportamento recente. ("E no estado dela, *mon Dieu!*") Ninguém sabia quais medidas tomar. Então alguns dos criados relataram ter visto uma mulher grávida pálida espreitando a casa após o anoitecer.

Por fim um padre ouviu as confidências da família. Ele sugeriu uma linha de ação que ninguém questionou, nem mesmo Térèse. Ficaram deitados esperando minha mãe, virtuosos caçadores de almas. Seguiram sua forma flutuante ao voltar ao mausoléu quando o romper do dia era iminente. Tiraram a tampa de pedra do sarcófago e a encontraram lá dentro. "*Diabolique*", um deles exclamou. Houve o questionamento de quantas vezes e em quais lugares ela deveria ser empalada. No fim, prenderam seu coração com um único prego à cama de veludo onde jazia. Mas o que fazer com a criança? Como seria? Um soldado santo dos vivos ou um monstro dos mortos. (Nenhum dos dois, seus bobos!) Feliz ou infelizmente, nunca tive certeza de qual seria o caso, Térèse estava com eles e tomou por acadêmicas suas especulações. Enfiando a mão na matriz sangrenta, ela me ajudou a nascer.

Agora eu era o herdeiro da fortuna da família. Térèse me levou de volta para a América e com um advogado simpático e avarento tomou providências para se tornar a administradora dos meus bens. Para isso precisou de um truque de mágica relativo à identidade. Era necessário que Térèse, por suas razões, que jamais questionei, fosse promovida de assistente da minha mãe a sua irmã. E assim minha tia T. foi batizada, nascida no mesmo ano que eu.

Naturalmente, isso leva à história da minha vida, que não tem mais vida que história. Não é digna do cinema, não é digna de romances. Nem sequer completaria um poema lírico de extensão modesta. Talvez construísse uma peça de música moderna: uma lenga-lenga palpitante, lenta, como o batimento letárgico de um coração prematuro. Mas o melhor seria a representação da minha história de vida como uma pintura abstrata — um mundo crepuscular, indistinto nas margens e sem centro ou foco; uma ponte sem barragem, um túnel sem aberturas; uma existência crepuscular pura e simples. Nada de paraíso ou inferno, apenas um afastamento sossegado da histeria da vida e das trevas obstinadas da morte. (E lhe digo o seguinte: o que eu mais amo no crepúsculo é o senso de ilusão que se tem ao olhar para o oeste se ofuscando — não por se tratar de um momento de transição passageiro, mas por na verdade não existir nada antes ou depois dele: *ele é a única coisa que existe.*) Minha vida como era nunca teve início, mas isso não quer dizer que não teria um fim, dados os fatores inesperados que enfim entraram em jogo. Deixando de lado inícios e términos, agora vou continuar minha narrativa de onde parei.

Então, qual era a resposta para aquelas perguntas feitas às pressas pelos monstros que perseguiam minha mãe? Minha natureza era para ser a de um humano almado ou de um vampiro desalmado? Para as duas conjecturas sobre minha situação existencial minha resposta era "Não". Eu existia entre dois mundos e tinha pouco direito sobre os ativos ou passivos de ambos. Nem vivo nem morto, desvivo e desmorto, sem ter nada a ver com essas polaridades tediosas, opostos tão enfadonhos, que na verdade eram tão diferentes um do outro quanto um par de monozigotos imbecis. Eu disse "não" à vida e à morte. Não, sr. Botão da Primavera. Não, sr. Verme. Sem jamais dizer "oi" ou "tchau", simplesmente evitei a companhia deles, escarneci de seus convites espalhafatosos.

Claro, no começo a tia T. tentou cuidar de mim como se eu fosse uma criança normal. (Incidentalmente, me recordo com perfeição de todos os momentos da minha vida desde o nascimento, pois minha existência adquiriu a forma de um momento contínuo, sem ontens esquecíveis ou amanhãs esperançosos.) Ela tentou me dar comida normal, que sempre regurgitei. Mais tarde, me preparava uma espécie de purê de carne crua, que eu ingeria e digeria, mas nunca se tornou um hábito. E nunca lhe perguntei o que de fato havia naquela mistura, pois tia T. não tinha medo de usar dinheiro, e eu sabia o que o dinheiro era capaz de comprar em termos de comidas incomuns para um infante incomum. Suponho que tenha me acostumado com nutrição similar enquanto crescia no útero da minha mãe, me alimentando de uma miscelânea de tipos sanguíneos com que os cidadãos de Aix contribuíram. Mas meu apetite nunca foi forte para comidas físicas.

De longe, bem mais forte era minha fome pelo tipo de cardápio transcendental, um festim de mente e alma: o banquete astral da Arte. Disso eu me nutria. E tive alguns grandes chefs para planejar o cardápio. Embora vivêssemos exilados do mundo, tia T. não negligenciou minha educação. A propósito das aparências e da legalidade, ganhei diplomas de algumas das melhores escolas particulares do mundo. (O dinheiro também os compra.) Mas minha verdadeira educação foi ainda mais particular. Tutores geniais eram bem pagos para visitar nossa casa, ficavam felicíssimos em ensinar uma criança inválida que contudo tinha claro potencial.

Por meio de lições pessoais examinei as artes e ciências. Sim, aprendi a recitar poetas franceses,

> *Emaciada imortalidade negra e dourada,*
> *Retorcido conforto, visão medonha,*
> *A bela mentira do materno útero,*
> *Ardil piedoso — ele é o túmulo!*

mas sobretudo em tradução, pois algo sempre me impediu de ir além da habilidade de um iniciante nessa língua estrangeira. Porém, consegui dominar a gramática completa do *olho* francês. Era capaz de ler o mundo interior de Redon, quase nascido norte-americano, e seu *grand isolé* paraíso do preto. Não precisava fazer esforço para compreender o mundo exterior de Renoir e seus amigos da época, que falavam na língua da luz. E decifrava os mundos inacreditáveis dos surrealistas — aquelas arcadas torcidas em que sombras brilhantes são costuradas à carne putrefeita dos arco-íris.

Dentre meus educadores, me recordo especialmente de um homem de nome Raymond, que me ensinou técnicas rudimentares do artista dos óleos. Uma vez lhe mostrei um estudo que fiz daquele fenômeno sagrado que testemunhava a cada pôr do sol. Ainda consigo ver a expressão em seus olhos, como se contemplasse o levantar de uma cortina sobre uma atrocidade terrivelmente intrincada. Distraído, ele arrumou os óculos de armação larga, balançando-os no alto do nariz. Seu olhar passou da tela para mim e voltou. Seu único comentário foi: "as figuras, as cores não devem se perder desse jeito. Tem uma coisa... não, impossível". Em seguida, pediu licença para usar o banheiro. A princípio, achei que o gesto devia ser visto como uma avaliação simbólica do meu trabalho. Mas, como ele estava muito sério, só me restava lhe indicar a sala de conveniência mais próxima. Ele saiu da sala e nunca mais voltou.

Esse é um pequeno esboço do intervalo mínimo que é minha existência: crepúsculo após crepúsculo após crepúsculo. E em todo esse borrão de tempo jamais imaginei que teria de responder por mim mesmo como a pessoa que existe além ou entre os mundos conflitantes dos pais humanos e mães encantadas. Mas agora tinha de ponderar como eu explicaria, isto é, *esconderia*, meu modo inatural de ser diante dos parentes que iam me visitar. Apesar da hostilidade que eu demonstrava por eles diante da tia T., a verdade era que eu desejava que levassem um bom relato a meu respeito para o mundo real, ainda que só para mantê-lo longe do meu próprio mundo no futuro. Por dias antes de chegarem, passei a me considerar uma figura da invalidez vivendo num isolamento deliberado, um escolástico de pele amarelada fazendo estudos misteriosos em seu gabinete bolorento, um artista consagrado à vacuidade. Esperava que logo teriam a devida imagem de mim como todo impotência e nenhum ímpeto. E assim seria.

Mas nunca esperei ser chamado a encarar o fato quase esquecido de minhas origens vampirescas — a mácula sob a pintura do retrato de família.

III

A família Duval e a irmã solteira estavam chegando em um voo noturno que encontraríamos no aeroporto. Tia T. pensou que me seria muito conveniente, considerando-se minha tendência a dormir grande parte do dia e me levantar com o sol se pondo. Mas no último minuto sofri um ataque de medo do palco. "As *plateias*", roguei à tia T. Ela sabia que as plateias eram o talismã mais poderoso do mundo contra mim, como se fosse necessário haver algum. Ela entendeu que eu não conseguiria integrar o comitê de recepção, e o irmão caçula de Rops, Gerald, muito bem para seus setenta e cinco anos, a levou ao aeroporto sozinho. Sim, prometi à tia T., eu seria sociável e apareceria para encontrar todo mundo assim que eu visse os faróis do enorme carro preto subindo a entrada da garagem.

Mas não fui e não apareci. Isolei-me no quarto e cochilei na frente da televisão com o som desligado. Enquanto as cores dançavam na escuridão, me submetia cada vez mais à sonolência antissocial. Por fim, instruí Rops, por meio do interfone que cobria o terreno inteiro, a informar à tia T. e companhia que eu não estava me sentindo muito bem e precisava descansar. Isso, imaginei, seria condizente com a fachada de hipocondríaco inofensivo, e um hipocondríaco perfeitamente normal. Uma pessoa que dorme à noite. Muito bom, eu os ouvia dizer a suas almas. E então, eu juro, de fato desliguei a televisão e dormi um sono real na escuridão real.

No entanto, as coisas ficaram menos reais a certa altura da madrugada. Devo ter deixado o interfone ligado, pois escutei vozes metálicas emanando daquele quadradinho metálico na parede do meu quarto. No meu estado de semissonolência, nunca me ocorreu que pudesse simplesmente me levantar da cama e fazer as vozes sumirem desligando aquela caixa tenebrosa. E parecia mesmo tenebrosa. As vozes falavam uma língua estrangeira, mas não era francês, como seria de suspeitar. Era algo ainda mais estrangeiro. Talvez um cruzamento entre um louco falando durante o sono e o grito sonar do morcego. Ouvi vozes sobrepostas e tagarelando entre si até que caí num sono pesado outra vez. E o diálogo deles havia terminado antes de eu despertar, pela primeira vez na vida, para os olhos brilhantes da manhã.

A casa estava em silêncio. Até os empregados pareciam ter deveres que os mantinham mudos e invisíveis. Tirei proveito da minha vigília naquele horário matutino e zanzei despercebido pela velha casa, imaginando que todo mundo ainda estivesse na cama. Todos os quatro quartos que tia T. havia separado para nossos hóspedes estavam de porta de lambris fechada: um quarto para a mamãe e o papai, dois outros perto para as crianças, e um aposento frio no fim do corredor para a irmã solteira. Parei um instante diante de cada quarto e prestei atenção nas canções reveladoras de letargia, na esperança de conhecer melhor meus parentes através dos roncos e sibilos e monossílabos resmungados entre uma respiração e outra. Mas não faziam nenhum dos barulhos comuns. Mal emitiam sons, embora uns ecoassem os outros ao fazer certo ruído que parecia saído da mesma cavidade. Era um chiado esquisito, uma respiração ofegante que vinha do fundo da garganta, a tosse de um demônio tubercular. Depois de ouvir um bocado de cacofonias estranhas na noite anterior, logo abandonei minha bisbilhotice sem arrependimento.

Passei o dia na biblioteca, cujas janelas altas reparei que foram projetadas a fim de permitir o máximo de luz natural para leitura. Contudo, fechei as cortinas sobre elas e fiquei à sombra, ponderando que a luz da manhã não era tudo o que diziam ser. Mas era difícil conseguir ler muito. Esperava a qualquer momento ouvir passos estrangeiros descendo a escada com dois corrimões, cruzando o tabuleiro de xadrez preto e branco da entrada, tomando posse da casa. Apesar dessas expectativas, e para minha sensação cada vez maior de inquietude, a família nunca apareceu.

O crepúsculo chegou e ainda nada de mamãe e papai, nada de filho ou filha de olhar sonolento, nada de irmã recatada comentando com espanto a duração exagerada de seu sono da beleza. E também nada de tia T. Mas não me importava de estar sozinho com o crepúsculo. Abri as cortinas das três janelas voltadas para o oeste, todas uma tela retratando a mesma cena no céu. Meu Salon d'Automne particular.

Era um poente raro. Depois de ficar o dia inteiro sentado atrás da cortina opaca, não reparei que uma tempestade se aproximava e que boa parte do céu estava do tom exato de antigas armaduras que vemos em museus. Ao mesmo tempo, fragmentos de claridade se envolviam em uma disputa territorial com a ônix vindoura do temporal. Luz e trevas se mesclavam em formas estranhas tanto lá em cima como embaixo. Sombras e sol se derramavam, riscando o cenário com um estudo extraordinário de luminosidade e penumbra. Nuvens claras e negras se dobravam uma na outra, em um céu que era terra de ninguém. As árvores de outono adquiriram a aparência de esculturas formadas em um sonho, os tronco cor-de-chumbo e os galhos e folhas vermelho-ferro, todos trancados em um momento infinito, artificialmente atemporal. O lago cinza subia e caía devagar em um sono morto, cutucando inconscientemente o quebra-mar de pedra entorpecida. Uma vista de contradição e ambivalência, uma bruma tragicômica cobre tudo. Uma terra de crepúsculo perfeito.

Eu estava exultante: enfim o crepúsculo tinha descido à terra e a mim. Precisava sair nessa atmosfera incomparável, não tinha opção. Saí de casa e andei até o lago, onde parei no despenhadeiro de grama dura que levava a seu declive. Olhei para cima por entre as árvores de tons opostos aos do céu. Mantive as mãos no bolso e não toquei em nada, a não ser meus olhos.

Só depois de passar uma hora ou mais foi que pensei em voltar para casa. Àquela altura já estava escuro, embora não me recordasse da passagem do crepúsculo para a noite, pois o crepúsculo não sofre finais exuberantes. Não havia estrelas visíveis, já que as nuvens de tempestade haviam avançado e embalado o céu. Começaram a lançar gotas de chuva titubeantes. Trovões resmungavam lá em cima e fui obrigado a voltar para casa, de novo traído pela noite.

Da entrada, chamei nomes em forma de perguntas. Tia T.? Rops? Gerald? M. Duval? Madame? Tudo estava sossegado. Haveria alguém?, me questionei. Não era possível que ainda estivessem dormindo. Passei de quarto em quarto e não vi indícios de ocupação. Um dia de poeira cobria todas as superfícies. Onde estavam os empregados? Por fim, abri a porta dupla que dava para a sala de jantar. Será que estava atrasado para o jantar que a tia T. planejara para honrar os parentes que nos visitavam?

Parecia que sim. Mas se tia T. às vezes me obrigava a consumir o fruto proibido de carne e osso, nunca era diretamente dos galhos, nunca era a seiva tirada quente da própria árvore da vida. Porém, estavam espalhados ali os restos de um banquete desses. Era o corpo devastado de tia T., apesar de mal terem deixado carne o bastante nos ossos para identificá-la. O linho branco grosso estava cheio de grumos como uma atadura desenrolada. "Rops!", gritei. "Gerald, alguém!" Mas sabia que os empregados já não estavam mais na casa, que estava sozinho.

Não exatamente sozinho, é claro. Isso logo se tornou claro para o meu cérebro crepuscular ao mergulhar na escuridão total. Estava acompanhado por cinco vultos pretos que estavam grudados à parede e pouco depois começaram a flutuar por sua superfície. Um deles se desgarrou e veio na minha direção, uma massa leve que me pareceu gelada quando tentei afugentá-la e enfiei minha mão através da coisa. Outro se seguiu, soltando-se do vão da porta onde estava pendurado. Um terceiro deixou uma marca branca no papel de parede, ao qual aderia feito uma lesma, e se lançou para participar do ataque. Depois vieram os outros, descendo do teto, caindo em cima de mim enquanto eu tropeçava em círculos e abanava os braços. Saí correndo da sala mas as coisas me cercavam de perto. Elas guiaram meu voo, me conduzindo pelo corredor e escada acima. Por fim, me acossaram em um quartinho, um cômodo abafado onde eu não entrava havia anos. Nas paredes, brincavam animais coloridos, ursos azuis e coelhos amarelos. Móveis em miniatura estavam cobertos com lençóis acinzentados. Me escondi atrás de um bercinho suspenso com barras de marfim. Mas eles me acharam e me rodearam.

Não eram movidos a fome, pois já tinham se regalado. Não tinham a desvairada sede de matar de um assassino, pois eram cautelosos e metódicos. Era simplesmente uma reunião de família, um encontro sentimental. Agora entendia como os Duval podiam se dar ao luxo de ser *sans préjugé*. Eram piores que eu, que era apenas um mestiço, um híbrido, mero mulato de alma: nem um humano de sangue quente nem um diabo que bebesse sangue. Mas eles — que vinham de um Aix do mapa — eram os puros-sangues da família.

E drenaram meu corpo até secá-lo.

IV

Quando recobrei a consciência mais uma vez, ainda estava escuro e havia muita poeira na minha garganta. Não poeira de verdade, é claro, mas uma secura estranha que nunca tinha experimentado. E havia outra experiência nova: fome. Sentia como que um vácuo sem fundo dentro de mim, um enorme vazio que tinha de ser preenchido — inundado de oceanos de sangue. Agora eu era um deles, renascido na vida voraz dos zumbis. Tudo o que evitei por causa da minha ambição de contornar uma existência nascimento-e-morte eu havia me tornado — apenas mais uma besta com centenas de fomes perturbadoras. Pálido e esfomeado, tornei-me membro da sociedade dos mortos-vivos, um participante desprezível no que havia de pior nos dois mundos. André dos cemitérios — um *cadáver sociável*.

Os cinco tinham bebido do meu corpo por meio de cinco fontes diferentes. Mas as feridas estavam quase fechadas quando despertei na escuridão, devido à milagrosa capacidade de cura dos mortos. Os andares de cima estavam todos à sombra, e fui andando em direção à luz que vinha do andar de baixo. Uma luminária pendurada no corredor de baixo iluminava o corrimão entalhado do alto da escada, onde emergi das trevas do segundo andar, e essa visão me inspirou a dor terrível de uma emoção que eu nunca tinha sentido: uma sensação de perda, porém de nada que eu fosse capaz de especificar pelo nome, como se de algum modo a privação estivesse no meu futuro.

Ao descer a escada vi que já estavam à minha espera, parados em silêncio nos quadrados pretos e brancos da entrada. Papai o rei, mamãe a rainha, o menino um cavalo, a menina um peãozinho preto, e a detestável solteirona um bispo atrás deles. E agora tinham a minha casa, meu castelo, para completar as peças do lado deles. Nada havia do meu lado.

"Diabos", berrei, me debruçando com força sobre o corrimão da escada. "Diabos", repeti. Mas pareciam terrivelmente serenos diante do meu surto. "*Diables*", reiterei na asquerosa língua deles.

Mas o francês não era a verdadeira língua deles, conforme percebi quando começaram a falar entre si. Tampei os ouvidos, tentando abafar suas vozes. Tinham uma língua própria, um estilo de fala bem adequado a órgãos vocais mortos. As palavras eram arranhados esbaforidos, amorfos, do fundo da garganta, raspas crestadas no portal de um mausoléu. Ofegos áridos e gorgolejos secos constituíam seu dialeto. Essas entonações rangidas eram perturbadoras principalmente por serem emanadas da boca de coisas que tinham pelo menos a forma de seres humanos. Mas o pior de tudo era minha compreensão de que eu entendia perfeitamente bem o que diziam.

O menino deu um passo à frente, apontando para mim enquanto olhava para trás e falava com o pai. A opinião desse rapaz de olhos de vinho e lábios rosados era de que eu deveria ter o mesmo fim que a tia T. Com uma impaciência de autoridade, o pai disse ao menino que eu serviria como uma espécie de guia turístico desta nova terra estranha, um nativo que poderia mantê-los afastados das dificuldades com que os visitantes estrangeiros às vezes se deparam. Além disso, ele concluiu, *eu era da família*. O menino estava indignado e tossiu uma caracterização incrivelmente ruim do pai. Exatamente o que disse só poderia ser comunicado naquele patoá monossilábico esquisito, que sugeria sentimentos e relações de natureza incompreensível para quem estava de fora do mundo que se espelhava com uma perfeição repulsiva. Era um discurso do inferno sobre o tema do pecado.

Seguiu-se uma briga, e a compostura do pai se transformou em ira infernal. Por fim venceu o filho, com ameaças bizarras sem equivalentes na linguagem da malevolência comum. Depois de silenciado, o menino se virou para a tia, parecia que em busca de conforto. A mulher de bochechas cobertas de giz e olhos encovados tocou no ombro do garoto e tranquilamente o puxou para perto com um único dedo, conduzindo-lhe o corpo como se fosse um balão, leve e como um brinquedo. Conversavam em sussurros emburrados, usando uma forma de tratamento pessoal que indicava uma aliança de longa data e inimaginável entre os dois.

Estimulada, ao que parecia, pela cena, a filha deu um passo à frente e usou o mesmo jeito de falar, como se reivindicasse meu reconhecimento. De repente a mãe vomitou uma única sílaba para ela. Era possível que aquilo que chamava de criança fosse só imaginação, mas somente em referência aos degenerados mais selvagens do mundo humano. A forma de expressão deles transmitia as conotações dissonantes de um mundo totalmente outro. Cada manifestação era uma ópera de iniquidade, um coro de anátemas violentos, um salmo sibilando cobiça fétida.

"Não vou virar um de vocês", eu *pensei* ter gritado para eles. Mas o som da minha voz já estava tão semelhante ao da voz deles que as palavras tinham um sentido totalmente oposto ao que eu pretendia. A família de súbito parou de bater boca. Meu rompante os uniu. Todas as bocas, abarrotadas de dentes irregulares como um cemitério de vilarejo superlotado de túmulos surrados, se abriram num sorriso. A expressão no rosto deles me disse algo a meu respeito. Eles viam minha fome crescente, viam bem lá no fundo da catacumba poeirenta da minha garganta, que gritava para ser ungida por alimentos sangrentos. Conheciam meu ponto fraco.

Sim, poderiam ficar na minha casa. (*Esfomeado.*)

Sim, eu tomaria providências para acobertar o desaparecimento de tia T. e dos empregados, pois sou um homem rico e sei o que o dinheiro é capaz de comprar. (*Por favor, minha família, estou varado de fome.*)

Sim, eles teriam abrigo na minha casa pelo tempo que quisessem, que provavelmente duraria bastante tempo. (*Por favor, estou tão varado de fome que minhas entranhas doem.*)

Sim, sim, sim. Concordei com tudo. Tudo seria providenciado. (*Minhas entranhas!*)

Mas primeiro lhes implorei, pelo amor de Deus, que me deixassem sair noite afora. Noite, noite, noite, noite. Noite, noite, noite.

Agora o crepúsculo é um despertador que me instiga a fazer um banquete. E a relevância valiosa que teve ao longo da minha meia-vida passada quase desapareceu, enquanto a perspectiva da vida eterna na morte eterna me seduz cada vez mais. Mesmo assim, algo no meu coração deseja o bem àqueles que dariam um fim à minha precária imortalidade. Ainda não estou tão distante do que era a ponto de lhes negar minha ruína. Por enquanto, minhas flebotomias são mera necessidade, não paixão. Mas sei que isso vai mudar. Já fui o descendente de uma família antiga de um país antigo, mas agora tenho sangue novo nas veias e o meu é um país que foge ao tempo. Fui ressuscitado de um estado de lassidão para o de sobrevivência feroz. Já não posso mais me refugiar em um mundo de poentes deliquescentes, pois tenho de sair quando convocado pela ânsia de arrancar sangue fresco da noite.

Noite — após noite — após noite.

OS PROBLEMAS DO DR. THOSS

Da primeira vez que Alb Indys ouviu o nome do dr. Thoss, ficou frustrado por ser incapaz de localizar a fonte da qual provinha. Desde o início, no entanto, parecia haver pelo menos duas vozes murmurando o nome bem ao alcance dos ouvidos, repetindo várias vezes como que o tema central de um discurso incoerente. No começo, suas palavras soavam como se fossem emitidas por um rádio antigo em outro apartamento, pois Alb Indys não tinha tal aparelho. Mas enfim se deu conta de que o nome era enunciado, em tons bastante roucos, na rua abaixo de sua janela, que ficava em uma parede não muito distante dos pés da cama. Depois de passar a noite, não excepcionalmente, andando de um lado para o outro ou afundado de olhos arregalados em uma poltrona acolchoada junto à janela supracitada, estava agora, no meio da tarde, ainda vestido com o pijama cinza-claro. Desde a manhã se manteve na cama, recostado em almofadões apoiados na cabeceira alta. Em cima do colo repousava um caderno de desenho cheio de folhas grossas de papel, branquíssimas. Um frasco de tinta preta estava ao seu alcance na mesa de cabeceira, e uma bela caneta preta de ponta prateada era mantida firme na mão direita. Agora, Alb Indys estava concentradíssimo na obra de interpretação em caneta e tinta da janela e da poltrona acolchoada, havia começado na vigília da noite anterior. Foi então que ouvi por alto, ainda que de modo indistinto, as vozes lá na rua.

Alb Indys jogou o caderno no canto da cama, onde caiu contra um nódulo que se inchava nos lençóis: era bem provável que fosse criado por um par de calças amassadas ou uma blusa velha, talvez ambos, dados os hábitos pessoais do artista. A janela de seu quarto estava um pouco aberta e, andando na direção dela, ele discretamente a empurrou para fora um pouco mais. Deviam estar perto, os falantes que Alb Indys desejava que continuassem a falar. Lembrava-se de ter escutado uma voz dizer "Vai ser o fim dos problemas de alguém", ou palavras nesse sentido, com o nome de dr. Thoss aparecendo na discussão. O nome lhe era desconhecido e suscitou sentimentos que tinham a ver não tanto com a esperança, que Alb Indys sempre tentava manter no nível mínimo, mas sim com uma expectativa nervosa, como de uma antevisão do desconhecido. No entanto a conversa havia parado, e justamente quando estava se interessando pelo doutor. Onde estavam aqueles interlocutores? Como poderiam ter simplesmente evaporado?

Quando abriu totalmente a janela do quarto, Alb Indys não viu ninguém na rua. Se esticou para a frente para enxergar melhor. Mechas de cabelo louro, quase branco, caíam sobre seu rosto, e por causa de uma maresia repentina foram sopradas para trás, ralas e soltas. Não era um dia muito brilhante, de atividades em excesso. Poucas silhuetas e sombras faziam manobras na penumbra do outro lado das janelas, que não tinham o que refletir. As pedras da rua, tão luzidias e pitorescas para quem aproveitava uma folga ali, sucumbiam à opacidade na baixa temporada. Alb Indys se fixou em uma delas, que parecia desalojada na calçada, imaginando tê-la escutado se libertando, chiando em seu berço de pedra. Mas o barulho era de dobradiças de metal rangendo em algum lugar ao vento. Logo as achou, a audição aguçada pela insônia. Estavam acopladas a uma placa de madeira pendurada na janela mais alta de um edifício antigo. A estrutura ascendia ao céu cinzento em picos e declives e saliências, até que do ponto mais alto, munido de torres, balançava a placa. Alb Indys nunca conseguia distinguir claramente as quatro letras maiúsculas bem lá em cima, apesar de tê-las mirado milhares de vezes. (E com bastante frequência parecia que algo o olhava de volta daquela janela alta.) Mas uma estação de rádio não precisava ser uma presença visual em um velho balneário, somente um ponto de referência auditivo, uma voz para turistas sinalizando o "som à beira-mar".

Alb Indys fechou a janela e voltou para sua representação com traços finos. Embora tivesse começado o retrato no meio de uma noite insone, não copiou as constelações para além das vidraças, mantendo o desenho intacto a qualquer alusão artística àquelas horas repletas de estrelas. Não havia nada na janela além da pura brancura da página, o abismo pálido de olhos abertos. Depois de fazer mais umas marcas no retrato, completando-o, ele assinou a obra com esmero no canto direito. Mais tarde, a página seria incluída em um dos portfólios grandes empilhados em uma mesa do outro lado da sala.

O que mais estava contido naqueles portfólios? Dois tipos de coisa, dois tipos de obra de arte que juntos falavam da natureza e dos limites dos talentos pictóricos de Alb Indys. O primeiro tipo abarcava cenas como as que o artista havia executado pouco tempo antes: imagens de suas redondezas imediatas, visões observáveis de seu quarto. Não era seu primeiro estudo da janela, o tema ao qual voltava muito e sempre no mesmo estilo simples. Às vezes sentava-se na poltrona ao lado da janela e retratava sua cama, nodosa e desfeita, com uma atenção ocasional à mesa de cabeceira (reparando em cada lasca que maculava a superfície quase branca original) e a luminária sem decoração que ficava sobre ela (registrando cada lasca que embolsava sua lisura vítrea). O lado do quarto onde ficava a mesa também recebeu sua cota de tratamentos. A parede dos fundos do quarto era a mais tentadora das quatro, por si só uma tela sutil que tinha de ser pintada e descaroçada e pintada de novo, coberta e repetidamente raspada de seus organismos infinitesimais de cidade litorânea, o que a deixava enrugada e pálida e incuravelmente úmida. Nenhum retrato foi pendurado para emendar essa ou qualquer outra parede do quarto, embora uma estante de livros alta obscurecesse sabe-se lá quais mundos invisíveis existentes atrás dela. Composições transitórias — um sapato lançado para o ar e escorado de ponta para cima no pé da cama, uma luva caída que o acaso dotou de um indicador apontando reto — formavam os exemplos remanescentes desse primeiro tipo de desenho a que o artista se entregou.

E o segundo tipo? Era mais interessante do que o primeiro? Talvez, mas não no tocante à imaginação, pois Alb Indys não tinha nenhuma, ou pelo menos nenhuma que empregasse no sentido habitual — evocar de dentro de si algo que ainda não existia fora dele. Sempre que tentava formar uma imagem de algo, qualquer coisa, na mente, só via um branco: uma nova página que conservava a pureza de sua cunhagem original, o nada imaculado pela concepção interior. Uma vez ele quase teve uma visão de algo, algumas pintas voando contra um fundo penugento de neve branca em um céu branco — e havia uma voz distorcida que não tinha conjurado de propósito. Mas tudo malogrou após uns segundos em um período silencioso de vazio. Essa desvantagem artística, no entanto, estava longe de ser uma frustração ou decepção para Alb Indys. Não era sempre que testava os poderes de sua imaginação, pois de alguma forma sabia que havia tanto a perder quanto a ganhar caso o fizesse. De qualquer modo, existiam diversas maneiras de criar um retrato, e Alb Indys tinha um segundo método, conforme mencionado, por meio do qual criava suas obras de arte, e que diferia bastante de sua primeira linguagem, mais convencional.

A segunda técnica de que Alb Indys fazia uso poderia ser descrita como uma espécie de falsificação artística, mas que poderia muito bem ser chamada pelo termo que ele mesmo preferia — colaboração. E quem eram seus colaboradores? Em muitos casos, não havia como saber: autores anônimos, de modo geral, de ilustrações em livros muito antigos e periódicos. Suas prateleiras estavam cheias deles, sombrios e imponentes, as capas gastas incrivelmente macias ao toque. Francês, flamengo, alemão, sueco, russo, polonês, qualquer fonte cultural de material publicado servia contanto que as imagens falassem a linguagem das linhas escuras e dos espaços vazios. Na verdade, quanto mais disparatadas as origens dessas imagens, melhor serviam a seu objetivo: como Alb Indys gostava de pegar uma gravura centenária de uma paisagem subártica, plagiar com zelo seu modo de retratar vastas extensões de brancura congelada, depois selecionar um retrato igualmente antigo da igreja de uma cidade estrangeira da qual nunca ouvira falar, transportá-la meticulosamente, pedra a pedra, para o deserto glacial, e por fim, de folhas ainda mais antigas, transcrever com o máximo de fidelidade possível o conceito que um artista desconhecido tinha de diabos e demônios sortidos, fazendo-os descer dançando as montanhas cheias de gelo e invadir o templo. Esse era o processo e o produto típicos de seu trabalho com colaboradores, cuja arte Alb Indys explorava abertamente de modos que seus criadores jamais pretendiam. Ao confiscar suas imagens, ele foi inspirado a emendá-las com o espírito da despreocupação maliciosa, como que para exprimir os efeitos perturbadores que lhe causava a insônia cruel sofrida noite após noite. Sob seu olhar cuidadoso e mão firme, houve uma mistura de formas artísticas que juntas eram monstruosamente quiméricas, seus componentes discrepantes caindo dos anos a fim de criar estruturas anatômicas apavorantes. Pois Alb Indys achava perfeitamente natural que, assim como tudo, os fenômenos mais inócuos acabassem indo dos sonhos bons aos ruins, ou dos sonhos ruins àqueles totalmente abissais.

No momento ele se dedicava a uma nova colaboração, mas por enquanto tinha apenas o básico para começar: uma cicatriz de lua em forma de foice, imagem bastante comum que Alb Indys queria tirar do céu preto e aplicar em outro, onde teria uma relevância mais agourenta. A transferência poderia lhe ter dado um jeito de desperdiçar o resto da tarde. Entretanto, a comoção do lado de fora da janela, mais cedo, perturbara o compasso de seu dia e lhe dera um novo ritmo. Visto que praticamente qualquer acontecimento poderia fazer isso com a rotina frágil de um insone, até então não havia razão para ponderar sobre o fenômeno. Uma visita do senhorio, ávido pelo aluguel ou apenas informal, às vezes alterava seu rumo ao longo de semanas. Antes, seus pensamentos estavam em nada, genuinamente. Mas agora as velhas preocupações haviam sido instigadas e adquiriram contundência. Haveria algo de especial naquele doutor, o tal Thoss? Alb Indys não teve como não se questionar. Seria ele como os outros, ou era o doutor que escutava, mas escutava *mesmo*? Nenhum o escutara até então, nenhum lhe oferecera um remédio que fizesse jus ao nome.

Se realmente um médico novo tinha montado consultório na cidade litorânea, ficando em casa Alb Indys não conseguiria encontrar nenhuma das curas desse indivíduo, fosse real ou pretensa. Precisava descobrir certas coisas por conta própria, fazer perguntas, sair pelo mundo. Quando foi a última vez que comera um bom prato? Talvez fosse um jeito de começar, e depois partiria daí. Sempre dava para comer bem no lugarzinho bem na esquina, sem motivos para temer que estivessem envenenando os fregueses. Que bom, ele pensou. E depois que comesse talvez desse uma bela caminhada sozinho, tirasse proveito do ar fresco e das vistas da cidade. Afinal, muitos iam até lá por motivos vagamente terapêuticos, crentes de que havia remédios dispensados pelo mero clima das ruas singulares e pela costa lambida pelo mar da cidade. Talvez até acontecesse de seus males sumirem por conta própria, tirando-lhe a necessidade de procurar esse doutor, o tal Thoss.

Ele se vestiu com roupas pesadas, escuras, e tomou cuidado para não se esquecer de trancar a porta ao sair. Mas se esqueceu de fechar direito a janela e uma brisa entrou, bagunçando as folhas do caderno de desenhos em cima da cama, lançando-as contra aquele nódulo nas cobertas.

Na lanchonete que escolheu para a refeição, Alb Indys achou uma mesinha em um canto sossegado, confortável, onde se sentou de frente para a parede dos fundos e uma cadeira desocupada. Mais perto da entrada da lanchonete de ambiente único havia um enorme quadro-negro que enumerava as especialidades à venda. Mas por causa da distância do quadro-negro, e de certa penumbra atmosférica, ele só conseguia ler com facilidade uma palavra em negrito. Portanto, foi o que pediu.

"Peixe", ele anunciou quando a garçonete chegou.

"Peixe do dia?"

"Sim", ele havia respondido, automaticamente e sem sinal da expectativa que imaginou que poderia sentir.

Mas, apesar do desinteresse pelos pratos do dia, ele não se arrependeu de ter saído. Uma luminária pequena presa à parede ao seu lado, a claridade abafada por um quebra-luz acinzentado de tecido áspero, criava uma atmosfera noturna no canto do salão em que estava sentado. E não demorou muito tempo para que Alb Indys se desse conta de que, ao manter o olhar fixo em uma tábua nodosa da parede logo acima da cadeira à sua frente, tudo o que era periférico à visão de seu olho esquerdo se dissipava em uma bruma escura, enquanto a luminária à direita lançava uma ilha de iluminação na mesa à qual estava sentado. Essa manipulação de sua visão lhe instilou a sensação de que estava aninhado em um refúgio fulgurante em algum ponto das trevas do desconhecido fim do mundo. Mas não poderia manter a ilusão. O estado de moderado deleite em que se engambelara a entrar desapareceu enquanto as figuras ao redor se intensificavam.

Porém, sem essa intensificação ele teria reparado no jornal que alguém deixara no assento da outra cadeira? Amontoado de qualquer jeito e amassado várias vezes, ainda assim era uma visão providencial para seus olhos. Àquela altura precisava de algo para abrir sua cabeça para o mundo ao redor, algo para livrar sua consciência da noite vindoura na qual teria de encarar o veredicto que ou findaria ou prolongaria terrivelmente sua vigília. Esticou o braço em direção às folhas, desdobrou e redobrou-as como uma arrumação de roupas de cama. Seus olhos seguiam as letras pretas no papel rubicundo, e enfim sua mente se afastou de sua escola tenebrosa por um tempo. Quando a comida chegou, ele avançou em direção ao prato, construindo um ninho de artigos e imagens em torno dele: propagandas das lojas e negócios da cidade, previsões do tempo, acontecimentos da Costa Oeste e uma matéria intitulada "A VERDADEIRA HISTÓRIA DO DR. THOSS — Lenda local ressuscitada". Uma breve nota explicava que a matéria, escrita alguns anos antes, era republicada de tempos em tempos quando o interesse pelo tema parecia, por alguma razão, reavivado. Alb Indys estancou diante da comida por um instante e sorriu, sentindo-se ao mesmo tempo decepcionado e um pouco aliviado. Agora tinha a sensação de que fora inspirado por um mal-entendido, animado por consultas imaginárias com um médico lendário e suas curas fictícias.

Quem, então? O quê? Quando e por quê? Segundo a matéria, o dr. Thoss poderia muito bem ter sido médico de verdade, que vivesse ou no passado distante ou cuja reputação fosse importada, por recordação e boato, de um lugar distante. Inúmeras pessoas ligadas a ele com a seguinte tragédia, vaga mas lamentável. Um médico excelente, e uma figura muito respeitada na comunidade, e fisicamente desarranjada uma noite por meio de um incidente de caráter indeterminado. Depois ele continuou fazendo uso de sua formação em medicina mas de um jeito novo em folha, com uma base totalmente diferente daquela de seu antigo exercício da profissão. Isso se estendeu por um tempo até que, violentamente, ele foi interrompido. Decapitação e afogamento no mar vizinho, ou ambos, foram as conclusões predominantes à lenda do médico. É claro, os detalhes variam, assim como ocorre com uma segunda, e mais difundida, versão.

Essa variante do dr. Thoss era um eremita da época das bruxas, menos doutor em medicina do que escolado nas universidades proibidas do sobrenatural. Ou era por natureza um homem muito sábio simplesmente incompreendido? Histórias da época não têm grande serventia para a resolução de tais questões. Nenhuma má conduta concreta lhe é atribuída, a não ser talvez a de ter uma companheira desagradável. A criatura, de acordo com a maioria que conhece *essa* lenda thossiana, teria as seguintes características: era pequenina, "não maior que a cabeça de um homem"; enrugada e murcha, como se estivesse doente ou em decomposição; falava com voz rouca ou com várias vozes ao mesmo tempo; e circulava por meio de inúmeros apêndices com qualidades especiais, chamados de "garras milagrosas" por alguns. Havia um bom motivo, a matéria prosseguia, para pôr esse prodígio condensado no centro dessa lenda, pois a criatura poderia não ter sido apenas a companheira diabólica do dr. Thoss, mas o misterioso doutor em pessoa. Seria sua história, então, uma fábula com lição de moral, ilustrando o que acontece com quem, seja por motivos malignos ou benevolentes, "arruma problemas" com o sobrenatural? Ou será que o dr. Thoss *em pessoa* teria sido destinado a ser nada mais que um agente fictício de hediondez fantasmagórica, um bicho-papão para crianças ou uma aparição cuja aventura é narrada em torno da fogueira de um acampamento? No fim das contas, o objetivo da lenda não estava claro, a matéria garantia, a não ser como forma de fascinar a imaginação.

Mas obscuridade ainda maior era a que cercava um último bocado de curiosidade a respeito de quem era o doutor e o que ele queria. Estava relacionada à maneira como seu nome passara a ser empregado por certas pessoas e sob certas circunstâncias. Não se tratando do espaço certo para uma pesquisa acadêmica sobre expressões regionais, a matéria apenas citou um exemplo, sem dúvida já conhecido da maioria dos leitores do jornal. Esse uso específico era baseado na ideia — e é preciso enfatizar o verbo a seguir — de "*alimentar* com seus problemas o mar (ou 'vento') e o dr. Thoss", como se essa figura — seja sua identidade anatômica ou metafísica — fosse um devorador do sofrimento alheio. Uma nota de conclusão convidava leitores a apresentarem qualquer anedota possível a fim de expandir essa leve camada de cor local.

Fim da história verdadeira do dr. Thoss.

Alb Indys tinha lido a matéria com interesse e apetite, mais do que jamais esperava ter, e agora afastava de si tanto o jornal amassado como a refeição dizimada, por um instante absorto no reflexo borrado de ambos. A superfície da mesa velha, distorcida pela luminária acima, de certo modo parecia deteriorada na textura, dissolvendo-se em uma bruma pútrida. Era possível que sua cabeça tivesse simplesmente voado para muito longe quando ouviu, ou pensou ter ouvido, uma declaração estranha. E foi emitida por uma voz distorcida, de garganta seca, como se tivesse sido transmitida por uma onda curta confusa. "Sim, meu nome é Thoss", a voz dissera. "Sou médico."

"Com licença, o senhor quer pedir mais alguma coisa?"

Voltando de supetão à realidade, Alb Indys recusou atendimento adicional, pagou a conta e foi embora. A caminho da saída, sem razão defensável, examinou todos os rostos do salão. Mas nenhum deles poderia ter falado aquilo, ele assegurou a si mesmo.

De qualquer modo, o doutor era exposto agora como mero fantasma da superstição local. Ou não era? Para ser totalmente franco, Alb Indys tinha que dar crédito ao curandeiro inexistente com certa parte de seu bem-estar atual. Como havia comido, e cada bocadinho! Verdade, não era um grande dia — a cidade estava um túmulo e o céu era sua abóbada —, mas para ele um sol secreto brilhava em algum lugar, ele sentia. E havia horas restantes para que acabasse, horas. Andou até o fim da rua, que imergiu em uma colina e cuja calçada terminava em um lance de degraus antigos de pedras onde sorrisos curvos foram entalhados pelo tempo. Ele continuou andando até a fronteira da cidade e em seguida percorreu uma pista estreita que levava a um dos poucos lugares que ele tolerava afora o próprio quarto.

Alb Indys se aproximou da igreja antiga pelo lado do cemitério. Ao chegar perto, viu o enorme cimo hexagonal, parecido com um chifre, projetando-se acima das árvores de folhagem marrom. Cercava o cemitério uma barreira vertical de barras finas pretas, com uma barra horizontal mais grossa ligando-as no meio como uma espinha dorsal. Não havia portão e a estrada em que estava adentrava livremente as dependências da igreja. À esquerda e à direita havia lápides e estátuas. Formavam uma floresta de monumentos, aglomerados de cruzes e bosques de túmulos. Alguns deles foram entortados pelo tempo a ponto de parecer que tombariam. Mas algum deles poderia ter caído bem agora? Faltava algo que parecia estar lá um instante antes. Quando Alb Indys chegou ao fim do cemitério ele se virou, examinando não só as lápides em si mas também os espaços entre elas. E o vento soprava suas mechas claras.

Tendo plena visão da igreja, Alb Indys não resistiu a levantar os olhos até o cume da espiral que surgia da torre de seis lados e coroava o edifício. A estrutura grandiosa — com suas janelas escuras em forma de capuz e o relógio quebrado de números romanos — era amparada por dois transeptos com pé-direito baixo, que se apequenavam e inclinavam de ambos os lados. Debaixo do céu cheio de nuvens, a igreja tinha um tom uniforme branco-acinzentado, imaculado pelas sombras. E detrás da igreja, onde a grama atrofiada e desbotada margeava uma queda íngreme em direção à areia e ao mar, vinha o som das ondas se quebrando, que Alb Indys de algum modo percebia como seco e eletrônico.

Como sempre, não havia mais ninguém na igreja àquela hora do dia (e com algumas horas restando dele). Tudo estava sossegadíssimo e iluminado com serenidade. As janelas de vidraças escuras combinadas às paredes confundiam os horários, transformando auroras em crepúsculos, suspendendo minutos na eternidade. Alb Indys deitou seu corpo sem descanso em um banco no fundo da igreja. Os olhos estavam fixos no abside distante, em que tudo — pilares, retratos, púlpito — se dobrava parcialmente dentro das sombras, que pareciam criação das horas de escuridão. Mas ali sua insônia não era um problema, tampouco o rancor pernicioso que dela derivava. Tanto seus sofrimentos como as transgressões descansariam. Nenhum dos diabos e demônios que havia introduzido em certa colaboração invadiriam *aquela* igreja e violariam sua solenidade. Ele seguia os momentos à medida que tentavam passar por ele. Todos eram reprimidos pela inércia, e via suas mortes. "Mas os problemas se alimentam no vento e se escondem na janela", disse a si mesmo, grogue, de algum lugar de seu cérebro que agora sonhava.

De repente tudo lhe pareceu errado e teve vontade de ir embora. Mas não podia ir embora porque alguém lhe falava do púlpito. Sim, o púlpito de uma igreja tão ampla seria equipado de um microfone que amplificasse a fala normal. Então por que não falar normalmente — por que sussurrar em uma língua tão confusa e com tamanha rapidez, seu efeito sendo o de uma única voz se multiplicando em muitas? Quais eram as vozes falando agora? Ele não conseguia entendê-las, como se as escutasse em um sonho. Se ao menos conseguisse se mexer, virar um pouquinho a cabeça. E se pudesse ao menos abrir os olhos e ver o que estava errado. As vozes se repetiam sem se dissipar, ecoando sem parar no que agora parecia uma igreja fantasticamente espaçosa. Em seguida, com um empenho suficiente para fazer a terra tremer, ele conseguiu virar a cabeça para olhar pela janela do transepto leste. E sem sequer abrir as pálpebras bem fechadas, viu o que havia na janela. Mas de repente acordou por uma razão totalmente diferente, porque enfim compreendeu o que as vozes diziam. Diziam que eram um médico, e que seu nome era...

Alb Indys saiu correndo da igreja. E continuou correndo como se fugisse de um barulho sibilante que agora dominava o ar à beira-mar, como a estática de um rádio quebrado, e do que pareciam ondas se quebrando às suas costas. Não restava muita luz do dia e não queria ser pego pela umidade e pelo frio de uma noite da baixa temporada. Quantos juízos errôneos fizera naquele dia, quantos enganos, não havia dúvida sobre isso. Uma eternidade de insônia seria preferível se eram esses os sonhos que o sono lhe guardava.

E, quando Alb Indys chegou ao seu quarto, estava pensando em uma lua crescente brilhante, pronta para ser encaixada em outra cena. Que gratidão sentia por ter um projeto que, ainda que de natureza maliciosa, ocupasse as horas daquela noite. Exausto, jogou o casaco preto em um montinho no chão, depois se sentou na cama para tirar os sapatos. Segurava um pé de sapato quando se virou e, por algum motivo, passou a contemplar o nódulo debaixo das cobertas. Sem se perguntar o porquê, ele suspendeu o sapato diretamente sobre o inchaço amorfo, segurou-o assim por uns instantes e então o deixou cair reto. O nódulo afundou com um leve sopro, como se fosse um chapéu velho sem cabeça dentro. Já chega para um dia, Alb Indys pensou com sono. Tinha trabalho que poderia estar fazendo.

Mas quando pegou o caderno de desenho onde o abandonara antes, em cima da cama, viu que a obra que pretendia fazer, por um milagre, já estava feita. Porém, não fora feita da maneira certa. Ele olhou o desenho da janela, o desenho que terminara no começo do dia, com sua assinatura meticulosa. Seria apenas porque seu cansaço era tanto que não conseguia se lembrar de ter escurecido aquelas vidraças das janelas e gravado a cicatriz curva de lua atrás delas? Poderia ter se esquecido de marcar aquela cicatriz branco-osso na pele da noite?

Mas estava reservando aquela lua específica para uma das colaborações e esta *não* era uma delas. Pertencia àquele outro tipo de desenho: neles traçava apenas o que estava encerrado na moldura de quatro paredes de seu quarto, nunca algo fora dele. Então por que ele pusera essa noite e essa lua, e com a colaboração de qual outra mão artística? Havia algo tremendamente errado. Se ao menos não estivesse tão esgotado pela insônia crônica, todos esses sonhos perdidos zunindo em sua cabeça, talvez tivesse mais clareza para pensar nisso. É possível que seu cérebro modorrento até tivesse percebido outra mudança no retrato, pois agora algo se abaixava na poltrona ao lado da janela. Mas tinha muito sono para colocar em dia, e, quando o sol se afastava da janela, Alb Indys fechou os olhos de modo lânguido e se deitou na cama.

E poderia muito bem ter dormido ao longo do que geralmente seria uma de suas noites brancas de insônia, não fosse um ruído que o acordou. O quarto estava um pouco iluminado por uma folha de lua cuja luz entrava pela janela. O luar chegava a tornar visível a poltrona acolchoada cuja representação aparecia no desenho em que houvera interferência. Se ao menos Alb Indys tivesse examinado o desenho com mais atenção, talvez tivesse observado que algo se encolhia naquela poltrona, que sobre seus braços suavemente espremidos se projetavam outros — dois apêndices finos que agora se dobravam na luminescência débil do quarto. Noite branca, ruído branco. Como se falasse por estática, uma voz crestada, rouca, não parava de grasnir as palavras: *eu sou médico*. Em seguida, o ocupante rotundo da poltrona pulou na cama com uma só investida e suas garras deram início aos trabalhos, dando ao artista atormentado seu remédio miraculoso.

Foi o senhorio que encontrou Alb Indys, embora houvesse grande dificuldade em identificar o que jazia na cama. Um boato se espalhou por toda a cidade litorânea sobre uma doença terrível e desenfreada, que talvez um turista tivesse levado para lá. Mas nenhum outro problema foi relatado. Muito depois, o incidente todo foi enrolado por fabulações absurdas que tiveram a consequência de relegá-lo ao âmbito questionável da lenda regional.

BAILE DE MÁSCARAS DE UMA
ESPADA MORTA: UMA TRAGÉDIA

Quando o mundo revela um disfarce sombrio,
Acolha as trevas desviando o olhar.
Salmos do Silêncio

I: O RESGATE DE FALIOL

Sem dúvida as confusões da noite de Carnaval foram em certa medida as responsáveis por muitos incidentes imprevistos. Toda violação da ordem rotineira era cometida por massas boêmias, suas canções comemorativas em tom agudo harmonizando com um pedal grave, monótono, que parecia ser sustentado pela própria noite. Depois de declarar sua cidade uma inimiga da quietude, o povo de Soldori tomou as ruas. Ali conspiraram contra a solidão e, acompanhados de rodopios de despreocupação estridente, sabotaram a monotonia. Até o duque, homem cauteloso e não muito dado a esses espetáculos perpetrados por seus pares de Lynnese ou Daranzella, agora segurava uma máscara luxuosa, ao menos como concessão estratégica aos súditos. De todos os habitantes das Três Cidades, aqueles sob o reinado do duque de Soldori — vez por outra provocando desalento no duque — eram os que mais gostavam de diversão. Em todos os cantos do principado geralmente sereno, foliões animados varriam a noite em busca de um novo paraíso, e era tão provável que o achassem em uma luta sanguinolenta quanto em um semblante encantador. Todos pareciam ansiosos, até mesmo desesperados, para seguir às cegas a gama inteira de distração, para vagar pela fronteira entre dor e prazer, para obscurecer sua visão do passado e do futuro.

Portanto, três sujeitos bem embriagados e empanturrados sentados em uma estalagem barulhenta tinham uma boa desculpa para não reconhecer Faliol, cujas cores eram sempre vermelho e preto. Mas este homem, que acabava de adentrar a penumbra densa daquele bar, estava vestido com uma confusão de cores, nenhuma delas escolhida para gerar um impacto contundente. O traje poderia ser descrito como uma mescla desvairada. Aliás, por baixo da colcha de retalhos daquele bobo havia os bem conhecidos vermelho e preto que mais ninguém nas Três Cidades — nem os que eram dândis, nem os gigolôs da espada, e nem mesmo os que, assim como o próprio Faliol, eram ambas as coisas — teria tido a audácia de reproduzir. Mas agora essas cores infames estavam enterradas sob um arco-íris de trapos amarrados em volta dos braços, das pernas e de todas as outras partes do sujeito, parecendo uni-lo como tiras rasgadas aplicadas às pressas nas vigas de um telhado desconjuntado fraturado pela tempestade. Antes de fechar a porta daquele ambiente similar a uma caverna, a corrente de ar que veio da rua fez seu libré puído ganhar vida como uma massa de bandeiras surradas adejando no vento calamitoso.

Porém, mesmo se não tivesse sido incumbido do papel de maltrapilho, ainda havia muito mais em Faliol que diferia de sua antiga personalidade. A espada, a lâmina de comprimento espantoso, balançava, desafivelada à sua esquerda. A adaga, cuja bainha trazia um espelho de metal lustrado (que agora parecia relíquia de uma época mais janota), pendia solta atrás de seu ombro esquerdo, pronta para cair a qualquer instante. E seu cabelo estava cortado rente à cabeça, ao estilo de um frade, deixando parcas lembranças de uma época gloriosamente hirsuta. Mas talvez a maior alteração, o maior problema e mistério da paródia que Faliol fazia da própria imagem fosse a presença em seu rosto de um par de óculos. E já que esses óculos eram tingidos de preto, como se fossem feitos de uma substância turva, os olhos atrás deles estavam obscurecidos.

Sobravam entretanto montes de sinais que sob um exame criterioso teriam identificado o célebre Faliol. Pois, ao se dirigir a um assento próximo ao nicho em que o trio de voz estrondosa estava instalado, ele deu passos largos com uma autoconfiança zombeteira, de certo modo involuntária, de que nenhuma reviravolta do destino poderia livrá-lo por completo. E a bota, embora o belo couro preto tivesse se tornado cinza com a poeira das estradas que um cavaleiro rigoroso como Faliol jamais percorreria, ainda estrepitava por causa de algumas daquelas argolas prateadas outrora incontáveis de onde pendiam medalhões pequenos, com pedras de ágata, idênticas ao amuleto com pedra de ônix que em outras épocas pendiam de uma corrente prateada em torno de seu pescoço magro.

Agora, entretanto, nenhum medalhão adornava o peito de Faliol; e desde que perdera ou renunciara ao olho enegrecido de ônix, adquirira dois olhos de vidro sombreado. Cada lente dos óculos refletia, como luas gêmeas, o brilho do lampião sobre o local onde Faliol estava sentado. Como que alheio ao fato de não estar acomodado em um compartimento enclausurado de elucubração, tirou de algum lugar de suas roupas rasgadas um livrinho com as palavras *Salmos do silêncio* gravadas na capa macia, surrada. E a capa do livro era preta, enquanto as letras do título tinham o tom vermelho das folhas de outono.

"Faliol, um erudito?", alguém sussurrou nas profundezas abarrotadas do salão, enquanto outro acrescentava: "E erudito da própria dor, foi o que ouvi dizer".

Faliol soltou o pequenino fecho prateado e abriu o livro mais ou menos ao meio, onde uma tira de veludo fina marcava a página. E, se houvesse uma miniatura de espelho presa à folha esquerda do livro, Faliol teria visto os três brutamontes fitando em silêncio, para não dizer pensativos, em sua direção. Ademais, se houvesse um segundo espelho no mesmo ângulo na folha direita do livro, também poderia ter reparado no quarto par de olhos que o espiava do outro lado das vidraças encardidas da estalagem.

Mas havia apenas letras austeras escritas — para ser exato, escritas à mão, na caligrafia de Faliol — nas páginas opostas do livro. Assim Faliol não podia ter visto nenhum dos sujeitos que, por razões diferentes ou similares, o observavam. Só via duas páginas claras elegantemente coloridas por versos lúgubres. Então uma sombra passou por essas páginas, e outra, e outra.

Os três homens agora estavam parados diante de Faliol, com espaços regulares separando-os, embora ele continuasse a ler como se não estivessem presentes. Leu até que o lampião acima se apagasse, o toco de sebo extinto pelos tocos de pele brutalmente ásperos do homem que estava no meio. Após fechar o livro, Faliol o colocou dentro dos trapos perto do coração e permaneceu imóvel. Em um transe de alegria temerosa, os três pareciam observar essa sequência de atos executados com vagar e de modo cerimonioso. O rosto na vidraça da janela apenas se aproximou mais para testemunhar o que, na sua perspectiva, era uma cena muda.

Algumas palavras ofensivas pareciam ser dirigidas ao homem esfarrapado pelos três homens parados na frente dele. O primeiro deles espirrou um pouco de cerveja no personagem de óculos, assim como o fez o segundo homem, de sua enorme caneca. Em seguida, mais cerveja — dessa vez expectorada — foi recebida pela vítima como contribuição do terceiro, que se transformou em uma série de tormentos mesquinhos. Mas Faliol continuou mudo e o mais inerte possível, assim expressando uma atitude de corpo e mente que parecia só provocar ainda mais as almas desvairadas pelo carnaval dos três soldorianos. À medida que os instantes passavam, os homens ficavam mais cruéis e suas torturas mais criativas. Por fim, empurraram para fora do assento um Faliol de boca ensanguentada. Dois o imprensaram contra as tábuas da parede, enquanto o parrudo terceiro membro do trio lhe arrebatava os óculos.

Um par de olhos azuis se revelou de repente. Fecharam-se com força, depois reabriram como se surgissem das profundezas negras e viessem à luz. Faliol caiu de joelhos e sua boca se abriu bem para soltar um grito estrangulado — o grito de um mudo sob tortura. Mas logo depois suas feições relaxaram e o peito esfarrapado começou a inflar e desinflar num ritmo uniforme. Ele se levantou.

Aquele que arrebatara os óculos de Faliol tinha lhe virado as costas, e seus dedos destrambelhados mexiam nas frágeis hastes prateadas, tateando as duas lentes sombreadas que eram mais valiosas do que imaginava. Entretido e distraído, não percebeu que Faliol pegara sua adaga da bainha do ombro e investia contra seus companheiros com furtividade e selvageria.

"Onde...", ele começou a berrar para os camaradas rústicos enquanto, rasgados e ensanguentados, eles corriam da estalagem. Então deu meia-volta para sentir a espada de Faliol contra seu gibão de couro engordurado. Viu, provavelmente viu, que a lâmina não estava limpa mas era afiadíssima; e devia tê-la sentido arranhar de brincadeira o colete de cota de malha escondido sob a superfície lastimável do gibão. Em pouco tempo Faliol estava enfiando a lâmina até que atingisse o ponto em que a proteção do colete não protegia mais. "Agora põe, para você ver", ele instruiu o gigante que segurava nas mãos o que pareciam ser óculos minúsculos de brinquedo. "Agora... põe...", repetiu na voz sem modulação de quem estava morto para qualquer apaziguamento ou misericórdia.

O gigante, com a língua visivelmente ressecada passando pelos lábios, obedeceu ao comando. Ao fazê-lo, seu corpo se enrijeceu e ficou como que preso ao chão que pisava.

Todo mundo no ambiente se aproximou para ver o gigante de óculos escuros, assim como o rosto bem cuidado na janela da estalagem. Em sua maioria, os homens riram — embriagados e anônimos —, mas alguns permaneceram em silêncio diante da cena, se é que na verdade não emudeceram. "E um erudito do mais louco desatino", alguém sussurrou. O próprio Faliol sorria feito um demônio, os olhos arregalados em face de sua obra. Após alguns instantes, voltou a guardar a espada na bainha, e ainda assim o gigante manteve sua postura petrificada. Faliol guardou a adaga e o gigante não mexeu nem um fio de cabelo. Aprisionado dentro de si, ficou de pé com os braços paralisados junto aos enormes flancos. O rosto do gigante era de uma palidez extraordinária, as bochechas acinzentadas como dois montes de neve semeados por cinzas. Acima delas, círculos de vidro reluziam como dois sóis pretos.

Àquela altura todas as risadas haviam cessado e muitos haviam dado as costas para o espetáculo incomum. Os lábios carnudos do gigante eram a única parte dele que se mexia, embora muito devagar e muito ao estilo da boca de um peixe agonizante que ofegava no ar seco. Mas, depois de ver através dos óculos de Faliol, o gigante não agonizava em seu corpo: apenas a mente era um cadáver. "Mais louco desatino", sussurrou a mesma voz.

Com delicadeza, quase contrito, Faliol tirou os óculos da cara do ídolo atônito, e esperou estar do lado de fora da estalagem para recolocá-los no próprio rosto.

"Meu bom senhor", chamou uma voz das sombras da rua. Faliol parou, mas apenas como se estudasse a atmosfera da noite e não necessariamente reagisse a um desconhecido que o abordara. "Por favor, permita que eu me identifique sob o nome Streldone. Suponho que meu mensageiro tenha lhe falado na noite passada, em Lynnese. Que generosidade a sua vir a Soldori para me encontrar. Pois bem, aqui está minha carruagem", anunciou, "para não precisarmos conversar na confusão toda da noite de Carnaval." E, quando a carruagem começou a percorrer as ruas na circunferência das festividades, esse cavalheiro de hábitos elegantes — embora fosse pouco mais que um jovem — continuou falando com o silencioso Faliol.

"Fui informado de que o senhor chegou a Soldori não muito antes deste exato momento, e estava esperando um momento discreto para me aproximar. Claro que o senhor tinha ciência da minha presença", ele disse, parando para examinar o rosto inexpressivo de Faliol. "Que infelicidade ter sido obrigado a revelar quem é neste chiqueiro de bar. Mas imagino que o senhor não pudesse aguentar muito mais aquele tratamento apenas em prol do anonimato. Não faz mal, tenho certeza."

"E eu tenho certeza", Faliol retrucou em tom monocórdio, "que três homens bem infelizes discordariam de você."

O rapaz soltou uma risada breve diante do que considerou uma observação espirituosa. "De qualquer modo, mais cedo ou mais tarde os da espécie deles terão a garganta enrolada em uma corda vermelha. O duque é muito rigoroso no que diz respeito à ilegalidade alheia. O que me leva ao pedido que lhe faço hoje, supondo que não precisemos regatear os termos que meu mensageiro lhe propôs em Lynnese. Muito bem", disse Streldone, embora fosse óbvio que estivesse preparado para debater a questão. Mas ele não deu brecha que pudesse ser preenchida pelas reconsiderações dessa espada de aluguel, que parecia e agia mais como um dos autômatos que realizavam suas séries mecânicas bem no alto da praça principal de Soldori. Assim, com um lento giro de pescoço e um movimento determinado da mão, Faliol recebeu a bolsa com joias contendo metade de seu pagamento. Streldone prometeu que a outra parcela viria após a execução do trabalho noturno deles, visto que agora descrevia suas razões e metas.

Parecia haver uma jovem moça de família nobre e abastada, uma princesa à qual só faltava o título, que Streldone amava e que lhe retribuía esse amor, aceitando seu pedido de casamento e apegando-se à visão que ele tinha do futuro deles como dois seres que viram um só. Mas havia também outro, chamado Wynge, porém Streldone se referiria a ele dali em diante como o Feiticeiro. Conforme Streldone explicava a situação, o Feiticeiro tomara a moça para si. Essa façanha anormal foi realizada, Streldone detestava dizer, não apenas por meio dos influentes préstimos do duque de Soldori, mas também com a alegre conivência do pai da jovem. Os dois homens, segundo Streldone, foram convencidos nesse caso porque o Feiticeiro prometera lhes fornecer, através de transmutações alquímicas de metais comuns em ouro e prata, uma fonte inesgotável de riquezas com as quais financiar suas guerras e outros empreendimentos da ambição. Sem se dar ao trabalho de florear a ideia, Streldone declarou que ele e a amada, no presente estado de separação, eram dois dos seres mais desgraçados do mundo e estavam desesperados por auxílio na luta para se reunirem. E aquela noite de Carnaval seria a última oportunidade de Faliol desembaraçá-los dos fios controladores do Feiticeiro e seus compatriotas.

"Tenho a sua atenção, senhor?", indagou Streldone.

Faliol garantia sua compreensão do assunto repetindo até os mínimos detalhes o relato que Streldone fazia de seu drama.

"Bom, fico contente em saber que suas faculdades mentais continuam em ordem, por mais distraído que aparente estar. Ouvi certos boatos, entende? De qualquer modo, hoje à noite o Feiticeiro estará no baile de máscaras do duque, no palácio. Ela estará com ele. Me ajude a roubá-la de volta para que possamos fugir de Soldori e eu completo a parte vazia dessa bolsa."

Faliol perguntou se Streldone tomara a precaução de trazer um par de fantasias que lhes possibilitasse a entrada no baile de máscaras. Streldone, com um bocado de vaidade, tirou das sombras da carruagem duas fantasias: uma adequada a um cavaleiro de antigamente e outra a de um bobo da corte da mesma época. Faliol esticou o braço em direção à roupa de estampa alegre com máscara zombeteira.

"Mas infelizmente", disse Streldone, "minha intenção era de que essa fantasia fosse para mim mesmo. A outra é mais talhada para a sua espada..."

"Não haverá necessidade de espada", Faliol garantiu ao nervoso companheiro. "Esta cairá bem", acrescentou, segurando o rosto do bobo de nariz adunco de frente para o seu.

Agora viajavam rumo ao palácio, e o Carnaval de Soldori começou a engrossar em torno das rodas da carruagem de Streldone. Fitando a confusão noturna, os olhos de Faliol estavam sombrios e giravam com as sombras como a própria noite desvairada.

II: A HISTÓRIA DOS ÓCULOS

Seus olhos fixos e turvos como os de um homem cego, o mágico se sentou diante de uma mesinha redonda na qual uma vela de cera queimava em um castiçal prateado. Iluminada pela chama modesta, a superfície da mesa era marchetada com símbolos esotéricos, uma constelação de desenhos que reduzia forças essenciais da existência a pouca figuras, bastante pitorescas. Mas o mágico não se ocupava delas. Estava prestando atenção em alguém que delirava nas sombras de uma câmara secreta. A hora já era avançada e a noite sem lua. A janela estreita atrás do rosto imberbe e pálido do mágico era uma folha maciça de trevas que parecia absorver a luz da vela. De vez em quando alguém entrava na frente dessa janela, passando as mãos pelo cabelo preto volumoso enquanto falava, ou tentava falar. Vez por outra ele se aproximava da chama da vela, e podia-se ter um vislumbre de seu traje audaz em pretos e vermelhos, os olhos azuis brilhantes, o rosto febril. Com calma, o mágico escutou o discurso extravagante do homem.

"Não *se* fiquei louco mas do que consiste minha loucura é o conhecimento que busco em ti. E por favor entenda que não tenho esperanças, apenas uma curiosidade cáustica de decifrar o cadáver da minha alma morta. Quanto à afirmação de que sempre me envolvi em atos que podem ser considerados loucos, eu seria obrigado a responder: Sim, atos sem conta, jogos doidos de carne e aço, todos sem conta. Depois de tal confissão, também admito que se tratava de provocações de caos *sancionadas*, conhecidas sob alguma forma pelo corpo do mundo e até abençoadas por ele, verdade seja dita. Mas provoquei outra coisa, uma nova loucura que advém de um mundo que está do lado errado da luz, uma loucura não sancionada e sem a chancela de nossos eus naturais. É uma loucura proibida, um sabotador de fora do conjunto de leis conhecidas. E, conforme sabes, fui submetido à sua devastação.

"Desde que a loucura começou a fazer sua ruína em mim, me tornei adepto de todos os horrores que podem ser pensados ou percebidos ou sonhados. Nos meus sonhos — já não falei deles contigo? — há cenas de matança sem propósito, sem limites e sem fim. Já rastejei por florestas densas, não de árvores mas de lúcios compridos plantados na terra; e em cada um deles foi afixada uma cabeça de aparência tosca. Essas cabeças todas vestem rostos que cegariam para sempre quem as visse em qualquer outro lugar além dos sonhos. E elas seguem meus movimentos não com olhos mundanos, mas com sombras rolando nas órbitas ocas. Às vezes as cabeças falam quando eu passo por suas fileiras sinistras, dizendo coisas que não suporto ouvir. Tampouco consigo abafar suas palavras, e escuto até saber dos horrores de cada cabeça brutal. E a voz de suas bocas laceradas, tão cristalina, tão precisa para meus ouvidos que todas as palavras são um clarão no meu cérebro sonhador, uma moeda nova brilhante feita para uma fonte inesgotável de inferno. No fim do sonho louco essas cabeças se esforçam para rir, criando uma confusão blasfema que ecoa naquela floresta terrível. E, quando acordo, a noite continua reverberando com uma gargalhada que se dissipa.

"No entanto, por que falar de acordar de sonhos como esses? Pois despertar, como outrora entendi esse milagre, é reclamar um mundo de leis que se perderam por um tempo, ascender à luz do mundo feito assim como alguém cai nas trevas do sonho. Mas para mim não existe sentido em romper o invólucro do sono. Parece que continuo prisioneiro desses sonhos, dessas visões. Porque quando um some, outro começa, como uma sucessão de salas interligadas que nunca levam à liberdade. E pelo que sei sou até o morador de um desses cômodos, e a qualquer momento — imploro perdão, sábio homem — talvez te transformes em demônio e passes a estripar crianças choronas diante dos meus olhos e a espalhar suas entranhas pelo chão para neles ler meu futuro, um futuro no qual não há como escapar daquelas cabeças e do que vem depois.

"Pois existe uma cidadela em que sou o prisioneiro e que contém um tipo de escola — uma escola de tortura. Estranguladores solenes, com as palmas sulcadas pela corda vermelha, espreitam os corredores do lugar ou roncam deitados em suas sombras, sonhando com gargantas perfeitas. E em algum lugar o carrasco mestre, o inquisidor supremo, aguarda enquanto sou tirado da minha cela e arrastado pelo chão de pedra — até que por fim sou apresentado a esse diabo de olhos insensatos, revirados. Então meus braços, minhas pernas, tudo é algemado, e morro de tanto gritar enquanto a Tortura da Questão..."

"Já chega", disse o mágico sem levantar a voz.

"É, já chega", disse o louco. "Foi o que eu disse inúmeras vezes. Mas não existe fim, não existe esperanças. E esse tormento infinito, desesperador, me incita com o desejo de atacar o poder dos outros, e até a sonhar em atacar todo mundo. Ver o mundo afundar em oceanos de agonia é a única visão que agora me traz algum alívio à minha loucura, uma loucura que *não é deste mundo*."

"Mas nenhuma é de qualquer outro mundo", disse o mágico na mesma voz serena.

"Porém também tive visões de massacre dos anjos", retrucou o louco, como que para sustentar a natureza irreparável de sua loucura.

"Você imaginou exatamente o que foi forçado a imaginar, e nada que tenha surgido de seu verdadeiro ser. Mas como poderia saber disso se é da natureza do que você viu — esse Anima Mundi dos filósofos e alquimistas mais antigos — ludibriar e posar como alma de outro mundo, e não como alma do mundo que conhecemos? Existe apenas um mundo e uma alma desse mundo, que surge sob as formas de beleza ou coragem ou loucura de acordo com a maneira como o Anima Mundi o transformaria. E nenhum legado comum poderá desviá-lo de suas vontades. Esse é o poder que transformou você em quem você é agora, e que o desfaria segundo a própria vontade. Ele fez você de bobo como faria com uma marionete."

"Então vou fazer de mim sua destruição."

"Não pode. O próprio desejo de destruí-lo não é seu, mas da coisa em si. Você não é quem você é. É apenas o que ele quer que você seja."

"Você fala como se ele fosse um deus do logro e da ilusão."

"Não existe outra maneira nem mais verdadeira de falar disso. Mas basta de palavras agora", finalizou o mágico.

Ele então instruiu o louco a sentar-se à mesa de desenhos enigmáticos e esperar de olhos tranquilamente fechados. E no restante daquela noite sem lua o mágico trabalhou em outra parte de sua morada, voltando ao sonhador miserável pouco antes de o sol nascer. Em uma das mãos estava o produto de seus esforços: um par de óculos estranhamente escurecidos, como se houvesse sombras encerradas dentro deles. Ele os encaixou no rosto do louco.

"Não abra seus olhos ainda, meu infeliz amigo, mas atente às minhas palavras. Conheço as visões que você conheceu, pois estão dentre as visões que todos nascemos conhecendo. São olhos dentro de nossos olhos, e quando esses outros se abrem tudo vira confusão. O sentido da minha longa vida consiste no empenho de dominar e estabelecer essas visões até meus olhos naturais se alterarem de acordo com o meu objetivo. Agora, por qual razão não sei dizer, o Anima Mundi se revelou para você em seu aspecto mais essencial — o do *caos em festa*. Depois de ver o rosto por trás de todos os outros, sua vida nunca mais será de novo como você a conhecia. Todos os prazeres do passado agora estão deflorados, todas as suas esperanças violadas, além de qualquer esperança. Tem coisas que só os loucos temem porque só os loucos conseguem de fato concebê-las. Seu mundo está enegrecido pelas cicatrizes da loucura, mas você tem de torná-lo mais negro ainda a fim de encontrar algum consolo. Você viu ao mesmo tempo muito e não o suficiente. Através das lentes embaçadas por sombras desses óculos, você será cegado para que enxergue com uma visão maior. Por meio do turvo vidro escurecido, o Anima Mundi se dissipará no nada à sua frente. O que mataria a mente de outro homem trará paz à sua.

"Daqui em diante, a seus olhos tudo será um distante jogo de sombras que competem agitadamente para envolvê-lo, fantasmas que clamam por se passar por realidade, máscaras que adejam desesperadamente para esconder a quietude do vácuo atrás deles. Daqui em diante, declaro, a seus olhos todas as coisas serão reduzidas à sua essência irrelevante. E tudo o que outrora brilhava para você — o aço, as estrelas, os olhos de outrem — perderá o lustre e tomará seu lugar dentre as outras sombras. Tudo será embotado no poder de sua visão, o que lhe dará a capacidade de ver que o poder maior, o único poder, é não se importar com nada.

"Por favor, entenda que este é o único meio pelo qual posso ajudá-lo. Você foi preparado por seus próprios tormentos para receber esta salvação. Apesar de não podermos derrubar o domínio que o Anima Mundi tem sobre os outros desta terra, temos de tentar como for possível. Pois, enquanto a alma do mundo conseguir o que quer, ela sofrerá tudo em quem ela vive. Mas ela não viverá em você caso obedeça a uma regra simples: não deve nunca ficar sem esses óculos ou suas fúrias voltarão a você. Pronto, agora pode abrir os olhos."

Faliol ficou um tempo imóvel, uma paz de coração dentro de si ao olhar através dos óculos. De início, não reparou que um dos olhos do próprio mágico estava fechado, coberto pela pálpebra flácida. Quando por fim viu isso e percebeu o sacrifício, disse, "E como posso servi-lo, sábio homem?".

Do outro lado da janela, às costas das duas figuras, algo parecia estar de vigília. Nenhum dos homens percebeu a imagem, que de tão obscura era quase invisível. Alguns a definiriam como um rosto, porém suas feições eram translúcidas a tal ponto que nem mesmo o olhar mais aguçado conseguiria lê-las com clareza. Tampouco algum olho fora daquela sala onde Faliol e o mágico conversavam baixinho poderia se permitir contemplar tal visão.

III: ANIMA MUNDI

Enquanto os farristas nas ruas de Soldori remediavam seus descontentamentos se despindo da face cotidiana da ortodoxia, os presentes no baile de máscaras no palácio do duque encontravam salvação assumindo outros rostos, outros corpos, e quiçá outras almas. O anonimato daquela noite — não se esperava que houvesse um desmascaramento — possibilitava uma profusão de pecados contra o bom gosto, das indiscrições mais sutis às mais grotescas. A sociedade da corte havia se transformado em uma corrida de deuses ou monstros, competindo ao mesmo tempo com as mais brilhantes e mais nobres das estrelas e as mais bizarras das criaturas rasteiras do mundo. Muitos, sem dúvida, passariam os dias ou semanas seguintes em cômodos escurecidos, a portas fechadas, para que ninguém soubesse dos efeitos que as fantasias haviam acarretado em seu corpo. Para alguns espíritos raros, por necessidade essa seria a última aparição aos olhos da corte antes da reclusão final. Todos estavam nitidamente vestidos como se algo excepcional, e talvez decisivo, fosse acontecer naquela noite. Músicos tocavam em várias das salas mais suntuosas e cintilantes do palácio, taças reluzentes eram enchidas por fontes de vinho de colorido artificial, e mascarados se aglomeravam como gárgulas vivas libertadas das pedras da catedral. Todos, ou quase todos, se esforçavam em busca de alguma excentricidade sem precedentes, sofrendo dos prazeres da expectativa.

Mas, à medida que as horas passavam, as esperanças se dissolviam. O duque — basicamente um homem simples, até mesmo sem graça — não tomou a iniciativa de abrir as possibilidades abundantes do baile de máscaras; e, como que instintivamente consciente dessas tendências arriscadas, restringiu os esforços alheios de levá-las adiante e assim desviar de um jeito caprichoso do curso constantemente relaxado da noite. Nenhuma súplica o dissuadiria. Ele permitiu que várias observações espirituosas bizarras passassem despercebidas, e fingiu que certas sugestões e propostas duvidosas eram confusas para sua cabeça. Desnutridas de qualquer fonte na personalidade do duque, todas as tentativas de inovação se curvavam em suas margens coloridas e morriam. A estranheza inicial da reunião mascarada se estragou. Vozes começaram a soar como se fizessem negócios de um tipo entediante, e nem a visão do bobo da corte, embora com escuridão dentro dos olhos de sua máscara, oferecia alegria especial ao baile taciturno.

Acompanhava o bobo da corte, que não fazia movimentos enérgicos, um cavaleiro sem armadura, vestido de azuis e dourados radiantes, com uma cruz de expedicionário das Cruzadas brasonada no peito, e no rosto uma máscara de seda branca com uma expressão suavemente nobre. A dupla esquisita avançava de sala em sala no palácio, como se negociasse lenha grossa em busca de algo ou alguém. O cavaleiro estava evidentemente nervoso, a mão muito obviamente pronta para pegar a espada a seu lado, a cabeça patrulhando com uma prontidão espantada o mundo bizarro ao redor. O bobo, no entanto, era totalmente calmo e metódico, e com uma excelente razão: sabia, ao contrário do cavaleiro, que o objetivo deles não era difícil, já que contariam com a cumplicidade do próprio Wynge, a quem o cavaleiro havia chamado de Feiticeiro e a quem o bobo da corte se dirigira como sábio mágico. Com essa vantagem, Faliol poderia facilmente auxiliar o cavaleiro na fuga de Soldori. Não que tais heroísmos ainda fossem da preocupação de Faliol, que estava apenas servindo ao mágico em uma maquinação para quebrar o duque. A transformação alquímica que o soberano desejava de fato ocorreria, mas não exatamente como prometido. As reservas de riqueza que o duque e seu conspirador possuíam naquela noite passariam, segundo o plano do mágico, por uma alquimia *reversa* que os deixaria na pobreza. E então sua função estaria cumprida em Soldori, já que teria realizado o que se propunha.

O cavaleiro e o bobo da corte estancaram na entrada em abóbada da última e mais amigável das muitas salas do baile de máscaras. Puxando a manga dourada do cavaleiro, o bobo da corte inclinou o focinho pontudo, zombeteiro, em direção a um par fantasiado no canto oposto. As figuras indicadas estavam vestidas de monarcas de outrora, um rei e uma rainha de mantos e estolas antigos e coroas repletas de chifres.

"Como você tem certeza de que são eles?", sussurrou o cavaleiro para o bufão ao seu lado.

"Se aproxime e pegue a mão dela. Você terá certeza. Mas não diga nada até vocês terem rumado para esses cômodos e a liberdade."

"Mas o rei pode muito bem ser o Feiticeiro disfarçado", objetou o cavaleiro. "Ele poderia executar nós dois."

"Faça o que lhe digo, apesar de eu não poder lhe dizer tudo. Você me verá saudar o rei e fazer travessuras como seu bobo da corte. Acredite quando lhe digo que não existe feiticeiro, só uma pessoa que faz o que pode neste mundo contra os poderes que não podem ser anulados. E ele vem trabalhando em prol da sua causa até mesmo antes de você saber de seus problemas. Confie em mim que tudo ficará bem."

"Eu confio em você", disse o cavaleiro, enfiando furtivamente a bolsinha de joias com o dobro de tamanho do primeira no cinto do bobo da corte, embora Faliol não desse a menor bola para a recompensa copiosa.

Os dois personagens se separaram e se misturaram com a multidão murmurante. O bobo chegou primeiro ao destino. A certa distância, parecia falar umas palavras no ouvido do rei e de repente deu um pulo para trás a fim de fazer o bobo diante dele, saltitando loucamente. O cavaleiro fez uma mesura perante a rainha e sem ostentação conduziu-a a outros cômodos. Embora a máscara cobrisse a expressão que havia debaixo dela, o jeito como ela pôs a mão em cima da mão do cavaleiro parecia revelar o conhecimento da identidade dele. Depois que se foram, o bobo da corte interrompeu as palhaças e ficou parado perto do rei, que parecia uma estátua.

"Vou observar os homens do duque que nos rodeiam, homens que talvez estivessem de olho em ti, sábio homem."

"E eu tenho de me encarregar de que nossas duas crianças achem o caminho pela floresta", respondeu o monarca-de-mentira, que de repente saiu a passos largos.

Mas isso não fazia parte do seu plano, ponderou Faliol. E tampouco a voz maliciosa do rei era a do mágico cerimonioso. Os olhos escuros da máscara de bobo da corte seguiram os movimentos do impostor até se perderem na multidão. Faliol tinha começado a busca quando uma estranha comoção em outra parte do palácio induziu muita conversa de todos os lados.

Parecia que algo inaudito havia enfim acontecido, embora não alegrasse nenhum daqueles que tinham esperado por um acontecimento único naquela noite de Carnaval.

A perturbação se originava bem no centro daquele labirinto de salas amplas que compunham a arena do baile. Aos cômodos vizinhos bem como os mais periféricos, inclusive aquele onde Faliol estava agora, espremido pela multidão esmagadora, foi onde primeiro chegaram o que pareciam ser berros de deleite. Logo eles se transformaram, no entanto, em acessos de surpresa ambíguos, que beiravam ao choque. Por fim, o alvoroço adquiriu a natureza de horror intenso

— todas as vozes em alarme e confusão. As novidades correram rapidamente, embora de forma cada vez menos confiável, de boca em boca, sala em sala. Algo terrível havia acontecido, algo que começara, ou que de início fora percebido, como uma farsa fabulosa. Ninguém sabia direito como fora possível, mas de repente apareceram uns óculos bizarros no meio da sala mais congestionada do evento daquela noite. A questão do evento era que dois participantes do baile, sem serem espiados por quem os rodeava, tinham usado fantasias que iam muito além do mais horripilante já visto antes em uma festa no palácio. Dentre certas pessoas, circulavam comentários sobre imagens muito semelhantes às de sanguessugas ou vermes gigantes, pois não andavam eretos, mas sim rastejando pelo chão como que desprovidos de ossos. Outros ouviram que esses prodígios do disfarce tinham inúmeras perninhas, e portanto o correto era que lembravam uma espécie de centopeia. Outros afirmavam que o que agora lhes fizera companhia não eram mascarados, mas coisas de natureza inumana, com patas repletas de garras, caudas reptilianas, rostos de serpente e uma composição total de bestas fantásticas que não eram passíveis de ser encobertas por homem ou mulher. Mas qualquer que fosse a verdadeira substância e forma daqueles seres, a certa altura eles atacaram a multidão com um pânico que superava todas as estimativas. E não importava como as ações subsequentes transcorreriam, a consequência foi que esses intrusos bizarros foram cortados e rasgados e pisoteados devido a uma repulsa desarrazoada por seu aspecto, ou pelos diversos aspectos.

Tragicamente, depois de realizada a carnificina, não foi para os resquícios massacrados dos dois monstros sinistros que os mascarados, já de máscara tirada, olharam. Foi para dois dos seus — um cavaleiro e uma rainha de outra época — cujo sangue se espalhava pelos desenhos adornados do assoalho do palácio. Seus corpos, que haviam temido serem separados por muito tempo, agora estavam praticamente indistinguíveis um do outro.

Desfazendo-se da cara de bobo da corte, Faliol se esforçou para se aproximar da cena o suficiente para ver o horror com os próprios olhos sombreados. Uma tragédia, sim, mas não a ponto de devolver Faliol a suas fúrias. Pois a imagem que viu imediatamente ocupou seu lugar no fluxo ininterrupto e interminável de espectros infernais que constituíam o Anima Mundi e que, em sua visão, era uma tapeçaria monótona do terrível e incessante desfraldar nos tons mais fracos de cinza. Assim, o quadro estarrecedor não era nem mais nem menos sinistro a seus olhos do que qualquer outro que o mundo pudesse lhe mostrar.

"Olhe outra vez, Fa-fa-faliol", disse uma voz às suas costas, enquanto um pontapé vigoroso o impelia em direção à carnificina.

Mas por que agora tudo estava pintado com tamanho brilho, se momentos antes tudo era tão insípido? Por que cada pedaço de pele mutilada pulsava com cor? E por que Faliol estava completamente entorpecido por essas formas manchadas de vermelho e seu destino infeliz? Fora encarregado de salvá-los e pôde fazer... nada. Agora seus pensamentos adernavam desenfreadamente por corredores carmesim dentro de si, procurando loucamente por soluções mas caindo a cada virada em esquinas cegas e se agitando desesperadamente contra algo imutável, impossível. Ele pressionou o rosto com as mãos na esperança de ficar cego à cena. Mas tudo continuava invencível ali, perante seus olhos — tudo menos os óculos.

Agora a voz do duque interrompia a breve calmaria do grupo pasmado e incrédulo. O soberano enraivecido berrava ordens, exigia respostas. Como haviam se provado justificáveis seus receios acerca do baile de máscaras. Há muito já sabia que algo daquela natureza poderia acontecer, e fizera o possível para evitar que se concretizasse. Imediatamente, baniu quaisquer ocasiões daquele gênero e pediu prisões e interrogatórios, a Tortura da Questão deveria ser implementada com abundância. O êxodo foi instantâneo — o palácio virou um caos de excêntricos em fuga.

"Faliol!", chamou uma voz nítida demais, que se originava fora de sua mente. "Eu tenho o que você está procurando. Eles estão comigo, bem aqui na minha mão, e não perdidos para sempre."

Quando Faliol se virou, viu o rei mascarado a certa distância, despreocupado com a turba frenética. O rei segurava os óculos como se suspendesse a cabeça de um inimigo subjugado. Lutando para abrir caminho em direção a um perseguidor desconhecido, Faliol seguiria no seu encalço e reclamaria sua sanidade, mas não antes de despachar barbaramente o demônio. Porém, não conseguia alcançar essa figura que o levava por todas as salas em que o baile havia florescido, e depois às profundezas do palácio. No fim de um corredor longo e silencioso, desapareceu porta adentro a cauda espalhafatosa, ondulante, de um manto real. Faliol seguiu o vulto e por fim entrou em um gabinete escuro com uma única janela diante da qual estava o farsista com uma máscara de seda cintilante. Os óculos ainda estavam entre os dedos de veludo de uma mão com luva justa. Observando as lentes pretas reluzirem à luz da vela, os olhos de Faliol ardiam tanto pelas perguntas como pela loucura.

"Cadê o mágico?", exigiu saber.

"Não tem mais mágico."

"Então me diga quem é você antes que eu te mande para o inferno."

"Você sabe quem eu sou. Mas digamos que sou um feiticeiro, se isso te faz bem."

"E você matou o mágico assim como os outros."

"Os outros? Como foi que você não soube daquela pantomima animada, todas aquelas espadas e pés ligeiros? Você não soube que havia um par de sanguessugas leviatânicas, ou algo desse gênero, ameaçando os convidados? Verdade, tive um dedinho na ilusão, mas minha mão não continha nenhuma lâmina cinzelada. Um pandemônio, você viu com os próprios olhos."

"No destino deles, você viu seu futuro. Até um feiticeiro pode ser morto."

"De acordo, até um feiticeiro com três olhos, ou dois olhos, ou um."

"Quem é você para ter destruído o mágico?"

"Na verdade, ele se destruiu — um ato de heroísmo, sem dúvida. E fez isso diante dos *meus* próprios olhos, como que por despeito. Quanto a mim mesmo, confesso estar decepcionado por estar tão aquém do seu reconhecimento. Lembre-se de que já nos encontramos antes, por favor. Mas foi muitos anos atrás e suponho que você esteja desmemoriado, bem como de visão fraca, depois de colocar essas peças de vidro diante dos olhos. Está vendo por que o mágico teve de ser contido? Ele te arruinou como louco, como *meu* louco.

"Mas talvez você se recorde de ter tido outra carreira antes de ser dominado pela loucura, lembra? Va-va-valente Faliol. Você não se lembra de como ficou assim? Não deseja se lembrar de que era Faliol, o dândi, antes de nos encontrarmos na estrada, aquele dia? Fui eu — no meu papel de vendedor charmoso — que o equipou com aquele amuleto do olho de ônix que você usava no pescoço. Era aquela bugiganga que fazia de você o mercenário habilidoso que você já foi, e que adorava ser.

"E a adoração que todo mundo tinha por você daquele jeito: ver um fracote se tornar um homem de força e de aço fornece material para comentários do povo, lendas, e diversão em geral. E adoram ainda mais testemunhar o inverso desse processo: ver o poderoso se abater, o mestre das espadas ficar louco. Foi esse o drama que planejei. Você deveria ser o *meu* louco, Faliol, não o tolo imperturbável daquele mágico. Você deveria ser uma verdadeira alma perdida de tormentos em vermelho e preto, não um monge patético entoando salmos silenciosos em respiros pálidos. Você não está entendendo? Foi Wynge quem causou sua ruína, quem desfez todos os planos que tracei para sua história trágica e exuberante. Por causa dele fui obrigado a alterar meus planos, que são inúmeros e abalam a vida de todos. Sim, foi o seu mágico, que arrancou a própria alma de mim e acreditou ser capaz de fazer a mesma coisa por você. Ponha nele a culpa pelo massacre daqueles inocentes e pelo que você está prestes a sofrer. Você sabe como eu sou. Não somos estranhos."

"Não, horror demoníaco, não somos. Você é de fato a coisa repugnante que o sábio homem descreveu para mim, todos os poderes sombrios que não conseguimos entender, apenas odiar."

"Pobre Faliol. Que engano o seu, afirmar que quem está diante de você é o ódio, embora eu tenha pouquíssimos inimigos. Está escutando essas vozes animadas lá embaixo, na rua? Elas não estão cheias de ódio. Até quando as atormento, elas dão desculpas a meu favor. Seria impossível terem mais amor por quem lhes dá tudo o que têm, por mais que seja pouco, às vezes. Mas eu nunca chegaria a um ponto em que eles se voltariam contra a própria eternidade. Só enquanto eles vivem eu sobrevivo. E os destinos excepcionais dos heróis e mágicos, de reis e rainha, santos e mártires — eles têm um papel especial no meu plano. Do mais alto ao mais baixo, são todos meus filhos, e pelos olhos deles vejo minha própria glória."

"Você vê somente a própria vileza."

"Não, a vileza está somente nos seus olhos, meu caro Faliol. Para quem é encantado com a própria permanência, não existe vileza. Faz tempo demais que você usa esses óculos e, para minha decepção, você ainda vê demais. Você me viu como outros não veem, se isso lhe agrada, e por isso é preciso que você tenha seu fim. É um destino privilegiado para pessoas como você. Uma espécie de consolação."

"Você já disse o bastante."

"Sem dúvida. Meu tempo é precioso. E no entanto eu não disse o que vim aqui para dizer, ou melhor, para perguntar. Você sabe qual é a pergunta, não negue, Faliol. Aquela com que você sonhou naqueles sonhos doidos que lhe mandei. A tortura da questão que você temia escutar, e que temia ainda mais ter respondido."

"Diabo!"

"*Qual é o rosto da alma do mundo?*"

"Não, não é um rosto... é apenas..."

"Existe um rosto, sim, Faliol. E você o verá", anunciou a figura mascarada ao descascá-la do rosto. "Mas por que você tampou os olhos desse jeito, Faliol? E por que caiu de joelhos? Não aprecia a imagem que lhe mostrei? Seria capaz de imaginar que sua existência o levaria à presença de tal visão? Seus óculos não podem salvá-lo. São apenas vidro brilhante — ouça meus pés os esmagando no mármore frio do chão. Chega de óculos, Faliol. E acho que também chega de Faliol. Está entendendo o que estou falando, bobo da corte? Bom, o que você tem a me dizer? Nada? Sua loucura deve ter sido muito sombria, para você ter se tornado tão rude. Muito sombria. Mas, veja, ainda que não queira, providenciei essa escolta para levá-lo de volta para o Carnaval, que é o lugar que cabe a um bufão. E não deixe de fazer suas legiões de admiradores rir, senão vou puni-lo. Isso, ainda posso puni-lo, Faliol. Um homem vivo é sempre passível de punição, portanto lembre-se de ser bom. Ficarei de olho. Estou sempre de olho. Adeus, então, seu tolo."

Com um vigia de olhos vítreos de cada lado, Faliol saiu arrastado do palácio do duque e entregue à multidão que ainda tumultuava as ruas de Soldori. E a multidão abraçou o bobo louco, levantando seu corpo tilintante sobre os ombros, balançando-o como um brinquedo enquanto o carregava consigo. Em seu plano para estrangular o silêncio para sempre, o populacho insubordinado de Soldori urrou um refrão robusto em resposta aos gemidos enfermos de Faliol. Na noite negra como ônix, seus olhos fitavam e a mente esmaecia.

Mas deve ter havido algum momento, por mais breve que tenha sido, em que Faliol recuperou a antiga iluminação e que lhe permitiu realizar um ato tão crucial e triunfante. Teria sido apenas pela sua própria força adormecida, despertada rapidamente, que obtivera seu maior prêmio? Se não, então qual poder teria possibilitado a suas mãos trêmulas chegar tão fundo naquelas órbitas emaciadas, e com um gesto corajoso e certeiro desencavar as sementes horríveis de seu sofrimento? Pouco importa como, a proeza fora bem-feita. Pois, enquanto Faliol perecia, seu rosto era enrubescido por uma glória carmesim.

E a multidão caiu no silêncio, e um novo tipo de confusão se espalhou — aquelas cabeças estavam sempre de olho — quando perceberam que aquilo que carregavam pelas ruas de Soldori era apenas o cadáver vitorioso de Faliol.

DR. VOKE E SR. VEECH

Há uma escada. Ela sobe torta pelo lado da escuridão total. Porém seus contornos são visíveis, como o rabisco de um relâmpago gravado no céu preto. E, embora sem apoio, ela não cai. Tampouco termina sua ascensão denteada sem que tenha alcançado o sobrado obscuro onde Voke, o recluso, se enclausurou.

Uma pessoa chamada Veech sobe agora a escada, que parece incomodá-lo de alguma forma. Embora o andaime angular como um todo se mostre bastante seguro, Veech parece hesitar em pôr todo seu peso em cada um dos degraus. Vítima de pressentimentos vagos, ele ascende com esquisitos movimentos afetados. Volta e meia olha por cima do ombro para a escada sobre a qual jogou seu peso, pois lhe parece mais barro macio do que material sólido e talvez esteja esperando ver as marcas de suas solas na superfície. Mas os degraus estão inalterados.

Veech usa um casaco comprido, de cores fortes, e as lascas do corrimão da escada às vezes ficam presas em suas mangas grossas. Também se engancham nas mãos ossudas, mas Veech fica mais exasperado com a destruição do tecido caro do que com machucados em sua pele imprestável. Enquanto sobe, chupa a pequena perfuração do indicador para não manchar o casaco de sangue. No décimo sétimo degrau sobre o décimo sétimo patamar — o último —, Veech tropeça. As caudas longas do casaco se enlaçam entre as pernas e há um barulho de rasgo quando ele cai. Com a paciência se esgotando, Veech tira o casaco e o atira para a lateral, no abismo negro. Roupas surradas estavam frouxas sobre seu corpo magro.

No alto da escada há apenas uma porta. Com os dedos bem separados, Veech a abre com um empurrão. Atrás da porta fica o sobrado de Voke, que parece uma mistura de sala de recreação e espaço de tortura.

As trevas e o silêncio da sala grande são de certo modo comprometidos pelos jatos barulhentos de luz verde-azulada que tremulam espasmodicamente nas paredes. Mas, de modo geral, o cômodo fica enterrado nas sombras. Até sua altura exata é incerta, já que acima da iluminação convulsiva quase nada é visível nem para o par de olhos mais aguçados, quem dirá para os olhinhos semicerrados de Veech. Algumas das traves mais baixas das vigas entrecruzadas estão nítidas, mas o telhado é totalmente obscurecido, se é que existe telhado no santuário de Voke.

Em algum ponto acima do chão arenoso, não eram poucas as bonecas em tamanho real suspensas por arames que reluzem como fios molhados de uma teia de aranha. Mas nenhuma das bonecas é vista na íntegra. O perfil bicudo de uma se sobressai na luz; as pernas de cetim brilhosas de outra acham um jeito de escapar da penumbra superior; a mão de uma bela palidez brilha à distância; enquanto bem mais próximo a melhor parte de um arlequim surge se balançando, o pescoço cortado pela escuridão. Aliás, grande parte do inventário dessa sala espaçosa aparece apenas como partes e pedaços de objetos que conseguem se empurrar para sair do breu asfixiante. No chão, uma caixa comprida e baixa se propele até parte da cena, ostentando as bordas reforçadas de tiras de metal luzidias presas com parafusos pesados. Instrumentos pontudos e de formatos estranhos florescem da marga de sombras. Criaram-se crostas com o tempo. Uma grande rotação parece bifásica na escuridão do cômodo. Outras seções, apêndices e engrenagens de máquinas curiosas também complicam essa imensa galeria.

Quando Veech avança pela meia-luz, de repente é detido por um braço de metal com um suave castão preto. Ele recua e continua a passear pelo ambiente, moendo serragem, areia, talvez estrelas pulverizadas sob os pés. Os membros mutilados de bonecas e marionetes estão espalhados por todos os lados. Pôsteres, placas, outdoors e folhetos de vários tipos se alastram como cartas de baralho, suas palavras vívidas desordenadas, sem sentido. Inúmeros outros objetos, dispositivos e sobras abastecem o ambiente, mais do que alguém seria capaz de perceber. Mas são todos, de certo modo, como aqueles descritos. É de perguntar, portanto, como poderiam somar a tal atmosfera de... *repouso* não é a palavra certa? Sim, uma espécie de repouso: o repouso da ruína.

"Olá", Veech chama. "Doutor, o senhor está aí?"

De dentro da escuridão à sua frente surge de repente um retângulo alto, como uma cabine de venda de ingressos de um parque de diversões. A parte mais baixa é composta de madeira e a parte mais alta é de vidro. Seu interior é iluminado por um resplendor vermelho gorduroso. Curvada para a frente em sua cadeira dentro da cabine, como que adormecido, está um manequim bem-vestido: paletó preto bem ajustado e colete com botões prateados luzidios, uma camisa de gola alta branca com abotoaduras prateadas, e plastrão ondulado que ostenta a estampa de luas e estrelas. Como a cabeça do manequim está inclinada para a frente, sua única feição digna de nota é o brilho preto do cabelo pintado.

Veech se aproxima da cabine com certa cautela. Ele parece mais interessado na figura ali dentro. Por uma abertura semicircular na vidraça, enfia a mão dentro da cabine, aparentemente com a intenção de dar uma sacudida no braço do manequim. Mas, antes de seu braço rastejar bem longe em direção à sua meta, várias coisas acontecem em sequência: casualmente, o manequim levanta a cabeça e abre os olhos... estica o braço e põe a mão de madeira na mão de pele de Veech... e o maxilar se abre para dispensar uma risada mecânica — iá-rá-rá-rá-rá, iá-rá-rá-rá-rá.

Puxando o braço para longe do manequim, Veech tropeça alguns passos para trás. O manequim continua soltando sua gargalhada zombeteira, que adeja alcançando todos os nichos do sobrado e voa de volta como ecos peculiares. O rosto do manequim é inexpressivo e belo; os olhos se reviram como bolas de gude loucas. Então, das sombras atrás da cabine do manequim, sai alguém tão magro quanto Veech, porém mais alto. Suas roupas não são muito diferentes das roupas do manequim, mas as peças ficam frouxas nele, e o que resta de seu parco cabelo cai como trapos rasgados em seu crânio branco feito osso.

"O senhor já se perguntou, sr. Veech", começa Voke, caminhando devagar em direção ao convidado enquanto segura um lado do casaco tal qual faria com a cauda de um vestido. "Digo, o senhor às vezes se pergunta o que torna a animação do manequim de madeira tão terrível aos olhos, para não falar dos ouvidos? Escute só, mas escute com atenção. Iá-rá-rá-rá-rá: uma série de sons que adquirem eloquência excruciante quando proferida pelo Vendedor de Ingressos. Existe uma espécie de poesia que canta o que não se deve cantar, que diz o que não deve ser dito. Mas por que diabos ele está rindo. Por nada, parece. Nenhuma motivação ou ímpeto claros fazem o manequim rir, e ao mesmo tempo fazem!

"'Mas a que se deve a risada?', você talvez questione. Parece ser somente para os seus ouvidos, não é? Parece dirigida a todas as partes do seu ser. Parece... conhecedor. E conhece mesmo, mas não da forma que você imagina, e sim da forma totalmente oposta. Não é você que o manequim conhece, é só ele mesmo. A pergunta não é: 'A que se deve a risada?', de jeito nenhum. A pergunta é: 'De onde ela vem?'. Isso, na verdade, é o que inspira sua apreensão. Quando o manequim consegue aterrorizá-lo, o terror dele é de fato maior que o seu.

"Pense nisto: *madeira despertando*. Não tenho como ser mais claro. E não podemos nos esquecer do cabelo e dos lábios pintados, dos olhos vidrados. Eles também são acordados de um sono que nunca deve ser interrompido; eles agora também fazem parte de uma rede formiguenta de nervos-manequins, vivos e conscientes de um jeito que nem somos capazes de imaginar. É algo sofrido demais para lágrimas, então o manequim ri na sua cara, na tentativa de pôr para fora um horror que não fazia parte de sua antiga casa, de madeira e tinta e vidro. Mas esse horror é a própria essência de seu novo lar — nosso mundo, sr. Veech. Isso que é tão terrível no Vendedor de Ingressos que gargalha. Agora durma, manequim. Pronto, ele voltou ao torpor inanimado. Contente-se com o fato de que não criei um que grite, sr. Veech. E contente-se mais ainda porque o manequim, afinal, é mero instrumento. Estou me fazendo entender, sr. Veech?"

"Está, sim", diz Veech, que parece não ter escutado nem uma palavra do monólogo de Voke.

"Pois bem, a que devo a sua presença aqui hoje? É dia, não é, ou está bem perto de ser?"

"É, sim", Veech responde.

"Que bom, gosto de me manter em dia com as coisas. Quais são as últimas?", Voke inquire enquanto vagueia a passos lentos em meio ao entulho do sobrado.

Veech se reclina em um montinho confuso de objetos indefiníveis e fita o chão. Parece grogue. "Eu não teria vindo aqui, mas não sabia o que fazer. Como lhe dizer? Os últimos dias e noites, principalmente noites, foram como infernos gelados. Imagino que eu deva contar que tem uma pessoa..."

"De quem você passou a gostar", Voke finaliza.

"Sim, mas tem também uma outra pessoa..."

"Que de algum modo é um obstáculo, alguém que tornou suas noites tão gélidas. Me parece bastante óbvio. Me conta, qual é o nome dela, da primeira pessoa?"

"Prena", Veech responde depois de hesitar um pouco.

"E o dele, da segunda pessoa."

"Lamm. Mas por que você precisa do nome deles para me ajudar?"

"O nome deles, assim como o seu, e o meu também, por sinal, não é de real importância. Estava apenas mantendo um interesse educado pelo seu drama, nada além. Quanto a ajudá-lo, é preciso pressupor que tenho algum domínio da situação."

"Mas achei", gagueja Veech, "o sobrado, seus dispositivos, você parece ter certo... conhecimento."

"Como o conhecimento do manequim? Você não devia ter se baseado nisso. Agora você tem mais uma decepção com que lidar. Mais uma dor. Mas escute, não dá para aguentar? Com o tempo, você se esquece totalmente dessa tal de Prena. Para que se envolver nessa loucura? É algo a considerar."

"Não tenho como evitar, doutor", diz Veech em tom queixoso.

"Entendo, mas me escute primeiro. Deteste vê-lo desse jeito, sr. Veech. Acredite, sei do que estou falando. Não fui sempre desse jeito que você está vendo. Mas é como eles dizem: *corpo e alma são inacabados quando de dois em dois ele se tornam um*. Ou talvez eu tenha inventado isso. Minha memória, felizmente, é péssima. De qualquer forma, permita que eu lhe dê um conselho: renuncie ao mundo e se agarre às sombras."

"Sou minha própria sombra", Veech responde.

"Sim, estou percebendo. Então a única coisa que posso lhe dizer a esta altura é que você foi avisado. Então vamos falar hipoteticamente por um instante.

Você conhece a rua dos Picos Oscilantes? Sei que tem um nome mais comum, mas gosto de chamá-la assim por causa de todas aquelas casas altas, inclinadas."

Veech faz que sim para indicar que ele também conhece a rua.

"Bom — e não prometo nada, lembre-se, não faço promessas nem juras —, mas, se você conseguir de alguma forma conduzir seus dois amigos por essa rua esta noite, pode ser que haja uma solução para o seu problema, se você quiser de verdade. Você se importa com o formato que a solução adquirir?"

"Só quero a sua ajuda, doutor. Estou nas suas mãos."

"Está falando sério mesmo, não é?"

Veech não responde nada. Voke dá de ombros e aos poucos se esvaece a seu ponto de origem, nas sombras mais densas do cômodo. A luz vermelha na cabine do Vendedor de Ingressos também se dissipa como um sol poente, até que a única cor restante na sala é o ultramarino de chamas ardendo nas paredes. Veech entrelaça as mãos e contempla a parte superior do sobrado, como se ele já visse os telhados finos pairando sobre a rua dos Picos Oscilantes.

À noite, a fachada de todos os edifícios de ambos os lados da rua estreita parece se fundir, como se uma estivesse ligada à outra pelas sombras. Salvo pelos alicerces e alguns andares com janelas cobertas por venezianas, são só telhados. Esplendidamente, se erguem noite adentro, sempre alcançando altitudes fantásticas. Em certos ângulos, balançam um pouco contra o céu, ondulando nos pináculos feito árvores grandes sob um vento suave.

Esta noite, o céu é um pântano de nuvens turvas brilhando no fogo falso da lua. Da entrada abobadada da rua, três figuras que se aproximam são precedidas por três sombras alongadas. Uma vai à frente, mostrando o caminho mas sem os gestos peculiares de conhecimento e autoridade. Atrás dela há vultos de um homem e uma mulher, lado a lado, com apenas uma fatia da radiância branda da noite os separando.

Já para o final da rua, a figura de liderança para e os outros dois a alcançam. Agora todos os três estão parados à frente do mais imponente dos prédios pontudos da rua. Ele parece servir como instalação comercial, pois há uma placa sobre a porta. Confuso devido às sombras, balança um pouquinho ao vento, rangendo baixinho. De seus dois lados existe um retrato pintado dos artigos ou serviços oferecidos ali: um par de pinças, ou algo assim, instalados transversalmente no que talvez seja um atiçador ou outro instrumento comprido. Mas o negócio está fechado durante a noite e as venezianas estão protegidas. A janela redonda do sótão lá no alto parece não ser nada além de uma órbita ocular vazia, mas ao nível do térreo — onde as três figuras assumiram a postura titubeante de sonâmbulos —

é difícil saber exatamente como são as coisas lá em cima. E agora uma neblina começa a lhes tolher a visão das áreas mais altas da rua dos Picos Oscilantes.

Veech parece um pouco angustiado, aparentemente inseguro de quanto tempo mais deveriam vagar por aquele local. Sem saber de antemão o que deveria acontecer, que atitude tomar? A única coisa que pode fazer no momento é estancar. Mas em breve tudo será levado a uma conclusão veloz.

Em um instante Veech trava uma conversa sonolenta com dois companheiros, ambos de aparência severamente suspeita a essa altura; no momento seguinte, é como se fossem dois títeres suspensos por cordas invisíveis, adentrando a névoa e saindo do campo de visão. Tudo acontece tão de repente que não emitem som nenhum, mas em seguida há gritos fracos, cavernosos, vindos do alto. Veech já caiu de joelhos e está tampando o rosto com as duas mãos.

Dois subiram, mas só um desce — suspensa à distância de um braço sobre a rua calçada de pedras, uma única figura um pouco contorcida, como se estivesse na ponta da corda do carrasco. Veech destampa os olhos e olha para a coisa. Sim, tem somente um, mas ele tem muitos... tem muito de tudo naquele corpo. Dois rostos dividindo uma só cabeça, duas bocas que caíram no silêncio de lábios abertos. A coisa continua pendendo no ar mesmo depois de Veech ter desmaiado na rua dos Picos Oscilantes.

O encontro seguinte de Voke com Veech é tão inesperado quanto o último. Há uma perturbação no sobrado, e o recluso arrasta os ossos para fora das sombras a fim de investigar. O que ele vê é Veech e o Vendedor de Ingressos gargalhando alto. Suas risadas agitam o ar estagnado do sobrado. São dois gêmeos loucos gritando e cacarejando em uníssono.

"O que é que está acontecendo aqui, sr. Veech?", Voke quis saber.

Veech o ignora e continua seu dueto barulhento com o manequim. Mesmo depois de Voke tocar na cabine e dizer, "Vai dormir, manequim", Veech ri sozinho, como se ele também fosse um autômato sem domínio dos próprios atos. Voke derruba Veech no chão, parecendo atingir o mecanismo certo para calar sua voz. Fica enfim quieto alguns instantes. Então olha para cima e fecha a cara para Voke.

"Por que fez aquilo com eles?", ele pergunta em um tom repreensivo muitíssimo sofrido. Sua voz está rouca por causa de toda a gargalhada. Soa como uma máquina raladora.

"Não vou fingir que não sei do que você está falando. Já soube do que aconteceu, não que deva me importar com isso. Mas você não pode me responsabilizar, sr. Veech. Nunca saio do meu sobrado, você sabe disso. Entretanto, você é totalmente livre para sair, se for agora. Você já não me causou problemas demais?"

"Por que teve de ser daquele jeito?", Veech protesta.

"Como é que eu vou saber? Você disse que não se importava com a forma que a solução do seu problema tomasse. Além disso, acho que tudo acabou bem. Aqueles dois faziam você de idiota, sr. Veech. Eles se desejavam e agora eles têm um ao outro. De dois em dois, viraram um, enquanto você está livre para passar ao seu próximo desastre. Espera um instante, eu sei o que o incomoda", diz Voke com uma súbita sabedoria. "Você está angustiado porque tudo acabou com a morte *deles* e não com a sua. A morte é sempre o que há de melhor, sr. Veech, mas quem imaginaria que você seria capaz de apreciar tal ideia? Eu o subestimei, sem dúvida. Me desculpe."

"Não", berra Veech, trêmulo feito um animal doente. Voke se empolga.

"Não? Nããããão? O que é que está acontecendo? Por que você me arma essas decepções? Eu já estava de mãos cheias antes de você se incluir nesse monte. Aprenda com o Vendedor de Ingressos ali. Você o vê choramingar? Não, ele está quieto, está parado. O silêncio de um manequim é o mais reconfortante de todos, e sua inércia é a inércia perfeita do não nascido. Ele poderia estar fazendo um auê, mas não está. E é exatamente por sua falta de ação, sua natureza frustrada que o torna o companheiro ideal, meu único amigo verdadeiro, parece. Madeira-morta, te adoro. Veja como as mãos dele se apoiam no colo em uma oração vazia. Veja o porte nobre de seus membros caídos e incapazes. Veja os lábios dormentes sem murmurar nada, e veja os olhos — como fitam sem parar, por toda a eternidade!"

Voke examina bem os olhos do manequim, seus próprios olhos começam a baixar com uma atenção sombria. Ele curva a cabeça contra a cabine para a análise mais próxima possível, as mãos aderindo ao vidro como que por força de uma sucção vigorosa. Por fim, Voke vê que os olhos do manequim mudaram. Agora pingam gotinhas de sangue que descem devagar por suas faces reluzentes.

Voke se afasta da cabine e se vira para Veech.

"Você andou *mexendo* nele!", vocifera da melhor forma possível.

Veech pisca as últimas lágrimas restantes da gargalhada incontrolável, e seus lábios formam um sorriso. "Não fiz nada", sussurra com ar zombeteiro. "Não ponha em mim a culpa pelos seus problemas!"

Voke parece momentaneamente paralisado pela revolta, embora seu rosto seja distorcido por milhares de pensamentos voltados à ação. Veech parece atento ao perigo e seus olhos vasculham o ambiente, talvez em busca de uma forma de escape ou de uma arma para usar contra o antagonista. Ele se fixa em algo e vai agachado em sua direção.

"Onde você acha que vai?", diz Voke, agora livre dos efeitos incapacitantes da raiva.

Veech está tentando pegar algo no chão que é próximo em forma e tamanho de um caixão. Apenas parte da longa caixa preta sai das sombras e entra na radiação verde-azulada do sobrado. Uma faixa grossa de prata lustrada margeia o objeto e é afixada a ele com pinos fortes.

"Sai daqui", berra Voke quando Veech se debruça sobre a caixa, manuseando a tampa.

Mas, antes de conseguir abri-lo, antes de dar qualquer outro passo, Voke dá o dele.

"Fiz o melhor que pude por você, sr. Veech, e você não me deu nada além de dissabores. Tentei libertá-lo do destino de seus amigos... mas agora o *entrego* a ele."

Diante disso, o corpo de Veech começa a se curvar em uma intuição de títere, sobe até as vigas tenebrosas e além, transportado por arames invisíveis. Seus braços e pernas se contraem de forma descontrolada durante a elevação, e seus gritos... se dissipam.

Mas Voke não presta atenção ao avanço da vítima. Ele corre, suas roupas frouxas ondulando, até o objeto recentemente ameaçado de violação e o arrasta em direção a um lugar vazio no chão. A luz das paredes brilha na superfície preta sedosa do caixão. Voke está de joelhos perante a caixa comprida, usando a ponta dos dedos para testar com ternura sua segurança. Como se cada momento de deliberação acumulado fosse uma blasfêmia, de repente levanta a tampa.

Jaz ali dentro uma jovem cuja beleza foi perpetuada de forma nada natural por um fanático de sua forma. Voke contempla o cadáver por algum tempo. Em seguida, sussurra para ela, que não pode ouvi-lo: "Sempre o melhor, minha querida. Sempre o melhor".

Continua ajoelhado ao lado do caixão quando suas feições começam a sofrer as ruínas de várias fases de sentimento — obviamente conflitantes. Olhos, boca, a estrutura facial são instados a executar acrobacias pavorosas de expressão. No fundo, a tensão do tumulto interno de Voke se resolve em um acesso de riso convulsivo: a gargalhada libertadora da demência excêntrica. Pelos poderes de sua hilaridade idiota, Voke se levanta e começa a saltitar, dançando alegremente ao sabor da música ausente com uma parceira invisível. Pulando e quicando e se balançando, parece tomado por um ataque de convulsões, enquanto sua gargalhada vira uma cacofonia rouca. Pelo alheamento total, ou talvez por ter momentaneamente ganhado domínio de si, Voke sai do sobrado e agora ri no abismo sombrio para além do corrimão precário no alto da escada torta. Sua última risada parece grudar na garganta quando ele cai sobre o corrimão sem emitir som.

Portanto, os gritos que você ouve agora não são de Voke em queda livre ou do desafortunado Veech, ambos sumidos em sabe-se lá quais regiões tenebrosas.

Tampouco são os últimos ecos dos berros de horror de Prena e Lamm. Esses gritos, esses que vêm do outro lado da porta, no patamar da escada, são apenas de um manequim indefeso que agora sente gotas quentes de sangue escorrendo por suas faces laqueadas. Pois o Vendedor de Ingressos foi largado — sozinho e vivo — nas sombras de um sobrado abandonado. E seus olhos se reviram como bolas de gude doidas.

AS AULINHAS DO PROFESSOR NINGUÉM SOBRE O HORROR SOBRENATURAL

OS OLHOS QUE NUNCA PISCAM

Bruma em um lago, neblina na floresta densa, uma luz dourada brilhando em pedras molhadas — tais imagens tornam tudo muito fácil. Algo vive no lago, farfalha pela floresta, habita as pedras ou a terra sob elas. Seja o que for, esse *algo* existe fora da vista, mas não fora do campo de visão de olhos que nunca piscam. Nos entornos certos nosso ser inteiro é feito de olhos que se dilatam para testemunhar a assombração do universo. Mas, sério, será que os entornos certos têm de ser tão óbvios em sua atmosfera espectral?

Pense em uma sala de espera apinhada, por exemplo. Tudo ali parece bem ancorado na normalidade. Os outros ao seu redor falam bem baixinho; o velho relógio na parede varre os segundos com seu ponteiro vermelho fino; as persianas deixam passar fatias de luz do mundo exterior e misturam-nas com as sombras. Porém, a qualquer momento e em qualquer lugar, nossas casamatas de banalidade podem começar a roncar. Veja só, mesmo no baluarte de nossos semelhantes podemos estar sujeitos a temores anormais que nos levariam a um hospício caso os manifestássemos uns para os outros. Acabamos mesmo de sentir uma presença que não se encaixa entre nós? Seus olhos veem algo no canto daquele cômodo em que aguardamos sabe-se lá o quê?

Uma dúvida mínima foi só o que passou pela minha cabeça, uma gotinha de desconfiança na corrente sanguínea, e todos esses nossos olhos, um a um, se abrem para o mundo e veem seu horror. Então: nenhuma crença ou legislação o guardará; nenhum amigo, nenhum orientador, nenhum personagem designado o salvará; nenhuma porta trancada o protegerá; nenhum escritório particular o esconderá. Nem mesmo a claridade solar de um dia de verão o abrigará do horror. Pois o horror come a luz e a digere em trevas.

DA MORBIDEZ

Isolamento, cansaço mental, empenho emocional, obsessões visionárias, exaltações bem executadas, repúdios ao bem-estar: apenas alguns dos muitos exercícios praticados pelo espécime que devemos chamar de "homem mórbido". E nosso tema do horror sobrenatural é uma parte vital de seu programa. Afastando-se de um mundo de saúde e sanidade, ou pelo menos que investe diariamente em tais artigos, o homem mórbido busca as sombras atrás das cenas da vida. Ele recua até um canto vivo com brisas frias e fragrância de séculos de bolor. É nesse canto que ele constrói um mundo de ruínas a partir das pedras gastas de sua imaginação, um mundo rançoso cheio de coisas com odor de cripta.

Mas esse mundo não é todo um santuário romântico para os de alma sombria. Portanto, vamos condená-lo por um instante, esse poço fundo de abatimento. Embora não haja nome para o que poderíamos chamar de "pecado" do homem mórbido, ele ainda parece violar uma moralidade profundamente arraigada. O homem mórbido não parece estar fazendo bem a si mesmo ou aos outros. E, apesar de todos sabermos que a lástima melancólica e a lúgubre ruminação são bastante palatáveis como acompanhamentos da existência, ele as transformou em especialidade da casa! Em última análise, no entanto, poderia lidar com essa acusação de transgressão com um simples "O que tem isso?".

Agora, uma reação dessas pressupõe que a morbidez seja uma categoria de vício, a ser adotada sem desculpas, e cujas vantagens e desvantagens devem ser desfrutadas ou suportadas *fora da lei*. Mas como semeador de vício, ainda que apenas na própria alma, o homem mórbido incorre na seguinte crítica: ele é um sintoma ou causa de desintegração tanto na esfera individual como na esfera coletiva do ser. E a desintegração, como qualquer outro processo de transformação, machuca todo mundo. "Bom!", berra o homem mórbido. "Nada bom!", contraria a multidão. As duas posturas traem origens dúbias: uma do ressentimento, a outra do medo. E quando o debate moral sobre a questão com o tempo chega a um impasse ou fica muito confuso para a verdade, podem surgir outras polêmicas psicológicas. Mais tarde, descobriremos outros ângulos pelos quais o problema pode ser atacado, suficientes para nos ocupar pelo resto de nossa vida.

Enquanto isso, o homem mórbido continua a não fazer bom proveito de seu *tempo na terra*, até que no fim — em meio a ventos furiosos, luar pálido e aparições pastosas — ele usa o dele exatamente como todo mundo: até a última gota.

PESSIMISMO E HORROR SOBRENATURAL — AULA 1

Loucura, caos, confusão até os ossos, devastação de inúmeras almas — enquanto berramos e perecemos, a história lambe o dedo e vira a página. A ficção, incapaz de competir com o mundo em termos de vivacidade da dor e efeitos prolongados do medo, compensa a seu próprio modo. Como? Inventando meios mais bizarros para fins ultrajantes. Dentre esses meios está, claro, o sobrenatural. Ao transformar provações naturais em sobrenaturais, achamos força para afirmar ou negar seu horror simultaneamente, para saborear e sofrê-lo ao mesmo tempo.

Portanto o horror sobrenatural é o produto de uma espécie de ser profundamente dividida. Não é o passatempo nem dos nossos parentes mais próximos no mundo inteiramente natural: nós o ganhamos, como parte de nossa herança soturna, quando nos tornamos o que somos. Depois que a consciência do drama humano foi alcançada, imediatamente partimos em duas direções, nos separando bem na metade. Metade se dedicou a apologéticas, até à celebração, de nosso novo aparelho de consciência. A outra metade condenou esses "dons" e acabou por lançar-lhes investidas contrárias diretas.

O horror sobrenatural foi uma das maneiras que encontramos que nos possibilitaria viver com nosso duplo eu. Por sua aplicação, descobrimos como pegar tudo o que nos vitima na nossa vida natural e transformá-lo na matéria de deleite endemoniado em nossa vida de fantasia. Em contos e canções, poderíamos nos divertir com o que de pior nos passava pela cabeça, sobrescrevendo dores genuínas com aqueles que eram irreais e inofensivos a nossa espécie. Também podemos fazer esse truque sem invadir a propriedade do horror sobrenatural, mas aí nos arriscamos a tropeçar em desgraças que calam fundo demais. Embora o horror possa nos provocar esquivas ou tremores, não nos levará a chorar por pena das coisas. O vampiro pode simbolizar nosso horror tanto à vida como à morte, mas jamais um de nós foi desarraigado por um símbolo. O zumbi pode conceituar nossa doença da carne e seus apetites, mas ninguém ficou enjoado até a morte por um conceito. Pelos meios do horror sobrenatural podemos mexer nossos próprios pauzinhos do destino sem cair — títeres por natureza cujos lábios são pintados com nosso próprio sangue.

PESSIMISMO E HORROR SOBRENATURAL — AULA 2

Corpos mortos que passeiam à noite, corpos vivos de repente possuídos por novos donos e aspirações fatais, corpos sem forma concreta, e um corpo de leis artificiais de acordo com o qual torturas e execuções são distribuídas — alguns exemplos da lógica do horror sobrenatural. É uma lógica fundamentada no medo, uma lógica cujo único princípio determina: "A existência equivale ao pesadelo". A não ser que a vida seja um sonho, nada faz sentido. Pois como realidade é um fracasso extremo. Mais alguns exemplos: uma alma confiante pega a noite de mau humor e tem que pagar um preço apavorante; outra abre a porta errada, vê algo que não deveria ter visto e sofre as consequências; mas outra caminha por uma rua desconhecida... e fica *perdida* para sempre.

Que todos merecemos ser punidos pelo horror é tão desconcertante quanto inegável. Ser cúmplice, mesmo que involuntariamente, de uma não realidade irracional é causa suficiente para o sentenciamento mais cruel. Mas fomos tão bem treinados para aceitar a "ordem" de um mundo irreal que não nos rebelamos contra ele. Como nos seria possível? Onde dor e prazer formam uma aliança corrupta contra nós, paraíso e inferno são apenas divisões diferentes na mesma burocracia monstruosa. E entre esses dois polos existe tudo o que conhecemos ou podemos conhecer. Não é sequer possível imaginar uma utopia, terrestre ou não, que possa resistir sob críticas brandas. Mas é preciso levar em conta o fato chocante de que vivemos em um mundo que *roda*. Após ponderar essa verdade, nada deveria ser surpresa.

Ainda assim, em raras ocasiões conseguimos superar a desesperança ou a veleidade e fazemos exigências amotinadas de viver em um mundo real, que pelo menos de vez em quando é ordenado em nosso proveito. Mas talvez seja apenas um tipo de demônio que nos impele rumo à insubordinação tão fútil, tanto mais para exacerbar nossa condição no irreal. Afinal, não é assombroso que todos possamos ser ao mesmo tempo testemunhas e vítimas da pompa sepulcral da perda de tecido? E outra coisa que sabemos ser real: o horror. É tão real, na verdade, que não podemos ter certeza de que não poderia existir sem nós. Sim, precisa de nossas imaginações e nossas consciências, mas não pede nem exige nosso consentimento para usá-las. De fato, o horror age com autonomia total. Gerando estrago ontológico, é espuma mefítica sobre a qual nossa vida apenas boia. E, dito tudo isso, precisamos enfrentá-lo: o horror é mais real do que nós.

HARMONIA SARDÔNICA

Compaixão pelo sofrimento humano, a percepção humilde de nossa impermanência, uma absoluta valorização da justiça — todas as nossas supostas virtudes só nos perturbam e servem para reforçar, não para aplacar, o horror. Além disso, essas qualidades nos são as menos vitais, as menos condizentes com a vida. É muito comum que fiquem no caminho da ascensão de alguém no rebuliço deste mundo, que encontrou seu ritmo há muito tempo e não se desvia dele desde então. As supostas afirmações da vida — todas baseadas na propaganda do Amanhã: reprodução, revolução no sentido mais amplo, piedade sob qualquer forma que se possa nomear — são apenas afirmações de nossos desejos. E, na verdade, essas afirmações não afirmam nada além de nossa queda pela autotortura, nossa mania de preservar uma inocência demente ante fatos pavorosos.

Por meio do horror sobrenatural podemos escapar, ainda que momentaneamente, das terríveis represálias da afirmação. Cada um de nós, roubados da inexistência, abre os olhos para o mundo e olha a estrada mais adiante com algumas convulsões e uma aniquilação final. Que situação bizarra. Portanto, por que afirmar qualquer coisa, por que tirar uma virtude patética de uma necessidade terrível? Somos destinados à sorte de um tolo que merece ser zombado. E, já que não há mais ninguém para fazer a zombaria, nos incumbimos da função. Assim, vamos nos permitir prazeres cruéis contra nós mesmos e nossas pretensões, vamos nos deleitar no Macabro Cósmico. Pelo menos podemos lançar umas risadas amargas aos cantos cheios de teias de aranha deste velho universo com crosta.

O horror sobrenatural, em todas as suas construções lúgubres, permite que o leitor saboreie regalos inconsistentes com seu bem-estar pessoal. É bem verdade que essa prática não tende a cair nas graças de todos. Macabristas genuínos são tão raros quanto poetas e formam uma sociedade secreta através da má reputação de suas associações em outros lugares, algumas delas afiliações externas canceladas já na origem. Mas aqueles que tiveram uma lufadinha de outros mundos e provaram uma culinária marginal à existência estável não serão capazes de se esquivar do sinistro banquete de horrores que foi posto diante de seus olhos. Vão matar tempo ao luar, observando as entradas dos cemitérios, esperando um momento propício para furar os portões e ver o que tem lá dentro.

De uma vez por todas, vamos enunciar o paradoxo em voz alta: "Faz tanto tempo que nos dão à força os tremores de milhares de cemitérios que por fim, à procura de uma redenção macabra, uma salvação pelo horror, nos dispomos a consumir os terrores do túmulo... e acabamos por achá-los simpáticos".

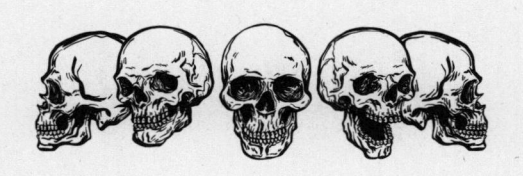

SONHOS PARA OS MORTOS

O HOSPÍCIO DO DR. LOCRIAN

Passaram-se anos e ninguém da nossa cidade, ninguém que eu pudesse especificar, dedicou uma palavra que fosse àquela grande ruína que frustrava a uniformidade do horizonte. Tampouco se fez alguma menção ao lote de terra cercado mais próximo da fronteira da cidade. Até nos dias mais remotos, pouco era dito sobre esses lugares. Talvez alguém propusesse derrubar o velho hospício e demolir o cemitério onde nenhum presidiário era sepultado fazia uma geração ou mais; e talvez alguns outros, arrebatados pelo momento, comunicassem a aquiescência de seu coração fazendo que sim. Mas a resolução sempre continuava malformada, a perder totalmente seu formato em pouquíssimo tempo, seu ímpeto a morrer de uma morte pacata nas pacatas ruas antigas de nossa cidade.

Então como posso explicar aquela súbita reviravolta nos acontecimentos, aquela transformação da noite para o dia que definiram nossos passos rumo àquela estrutura maciça e decadente, pisoteando o cemitério pelo caminho? Para responder, apresento a existência de um movimento secreto, conduzido na alma dos cidadãos da cidade, e em seus sonhos. Assim concebida, a misteriosa transformação perde parte de seu mistério. Só é preciso aceitar que todos éramos assombrados pelo mesmo fantasma, que certas imagens começaram a se embrenhar no fundo de cada um de nós e se tornou parte de nossa vida oculta. Por fim, resolvemos que não podíamos mais viver como antes.

Quando a ideia de agir surgiu, os moradores da humilde região oeste da cidade eram os mais entusiasmados e impacientes. Pois eram eles quem tinham sofrido o mal-estar mais grave, vivendo como viviam, vendo de perto os canteiros silvestres e as lápides tortas daquele pedaço de terra apinhado para onde mentes loucas iam para ser confinadas eternamente. Mas todos nós éramos igualmente onerados pelo hospício em si, que parecia ser visível de todos os cantos da cidade — das suítes mais altas do velho hotel, dos quartos sossegados de nossa casa, das ruas obscurecidas pela neblina matinal ou pela bruma crepuscular, e de minha própria loja sempre que eu olhava pela vitrine. Para piorar a situação, o sol poente desaparecia todos os dias atrás do hospício, submetendo nossa cidade a uma escuridão precoce na sombra extensa daquele edifício grandioso.

Porém, mais perturbador do que nossa visão do hospício era o olhar idiota que parecia nos lançar. Ao longo dos anos, algumas pessoas chegaram a afirmar ter visto vultos imóveis e de olhar desvairado fitando das janelas do hospício nas noites em que a lua brilhava com uma claridade anormal e o céu parecia conter mais que sua porção habitual de estrelas. Embora poucos falassem de experiências como essa, quase todo mundo tinha tido outros vislumbres no hospício que ninguém seria capaz de negar. E que coisas estranhas vinham à mente por causa delas; cidade afora, cenas dúbias eram imaginadas intimamente.

Quando crianças, a maioria de nós, em algum momento, fizera uma visita àquele lugar proibido, e mais tarde carregamos as memórias de nossas aventuras sombrias. Com o tempo, passamos a comparar o que tínhamos vivenciado, reunindo informações sobre o hospício até parecer impossível lhe fazer mais acréscimos.

Segundo todos os relatos, aquela velha instituição era uma câmara de horrores, se não no todo, pelo menos em certos cantos isolados. Não era simplesmente que um cômodo específico chamava a atenção pela atmosfera de desolação: paredes cinza esburacadas como esponjas, o chão emporcalhado pelos anos que entravam livremente pelas janelas quebradas, e uma cama fina afundada depois de aguentar tantas noites de gritos e lágrimas fúteis. Havia algo mais.

Talvez tivessem embutido a uma das paredes de tal cômodo uma porta corrediça que só poderia ser aberta por fora. E vizinho a esse cômodo haveria outro quarto, sem mobília, que parecia nunca ter sido ocupado. Mas, encostadas em uma parede desse outro quarto, logo abaixo da porta corrediça, haveria varetas compridas; e instaladas na ponta dessas varetas haveria marionetes horrorosas.

Outro quarto talvez estivesse totalmente vazio, mas as paredes estariam cobertas de fragmentos pálidos de cenas fúnebres bizarras. Ao tirar algumas tábuas soltas do chão no meio do cômodo, seriam descobertos vários palmos de terra amontoados sobre um caixão antigo, vazio.

Havia também um cômodo muito especial — um cômodo que eu mesmo visitei — localizado no andar mais alto do hospício. No teto desse quarto existia um grande teto solar. E, posicionada sob a abertura para os céus, bem afixada, havia uma mesa comprida com tiras grossas pendentes das laterais.

Outros cômodos de um tipo esquisito foram arrancados da minha memória, porém sei que existiam e talvez tenha sonhado com eles. Mas nenhum desses fora escolhido para comentários durante o desmonte verdadeiro do hospício, quando a maioria de nós estava ocupada levantando os escombros de décadas pelas frestas grandes que tínhamos feito nas paredes externas do edifício, enquanto a certa distância o resto da cidade testemunhava a demolição em um silêncio vigilante. Nesse grupo estava o sr. Harkness Locrian, cavalheiro magro e de olhos grandes cujo silêncio não era igual ao dos outros.

Talvez esperássemos que o sr. Locrian manifestasse resistência ao nosso projeto, mas ele não o fez. Embora ninguém, que eu soubesse, suspeitasse de que nutria algum sentimento mórbido pelo velho hospício, era difícil esquecer que seu avô fora o diretor do Sanatório do Condado de Shire em seus anos de decadência e que seu pai fechara a instituição sob circunstâncias que ainda consistiam em um episódio obscuro da história da cidade. Se falávamos pouco do hospício e de seu cemitério, o sr. Locrian não falava nada. Essa reticência, sem dúvida, servia apenas para fortalecer em nossa mente o vínculo intangível que parecia existir entre ele e a ruína terrível que marcava o horizonte. Mesmo eu, que conhecia o velho como ninguém daquela cidade, o olhava com certo grau de circunspecção. Por fora, é claro, eu era cortês com ele, até mesmo simpático; afinal, era o cliente mais antigo e mais confiável do meu negócio. E, não muito depois de concluída a demolição do hospício, e dos últimos restos de seus ex-moradores terem sido exumados e cremados às pressas, o sr. Locrian me fez uma visita.

No exato momento em que ele entrou na loja, eu examinava alguns volumes de curiosidades que tinham acabado de chegar como encomenda especial para ele. Mesmo já saturado de tais coincidências depois de anos negociando livros, que têm algo que parece gerar acontecimentos dessa natureza, havia, no entanto, algo desagradável nessa bizarrice do tempo.

"Boa tarde", cumprimentei. "Sabe, eu estava mesmo olhando..."

"Estou vendo."

O sr. Locrian se aproximou do balcão onde montes de livros deixavam pouco espaço livre. Olhando para os volumes que eu acabara de receber — com pouco interesse, parecia —, ele desabotoava devagar o sobretudo, um troço grosso que fazia sua cabeça parecer meio pequena para o corpo. Que facilidade tenho de visualizá-lo naquele dia. E até mesmo agora sua voz soa clara na minha memória, uma voz baixa demais para o brilho rude nos olhos do velho. Alguns instantes depois, ele se virou e passou a perambular pela loja numa postura casual, como se procurasse outros livros que pudessem estar reclusos entre as pilhas. Ele dobrou uma quina e deixou meu campo de visão por um instante. "Então, enfim, está feito", ele disse. "Uma bela façanha, eu diria. Uma proeza digna de nota."

"Imagino que sim", respondi, observando enquanto o sr. Locrian atravessava o corredor dos fundos da loja, aparecendo e desaparecendo à medida que passava por várias fileiras de prateleiras.

"Sem dúvida é", ele declarou, seguindo reto pelo corredor à minha frente. Chegando enfim ao balcão atrás do qual estava eu, ele pôs as mãos em cima do móvel, se debruçou e disse: "Mas o que foi realizado, o que mudou de verdade?".

O tom de voz em que fazia a pergunta era ao mesmo tempo sardônico e irritado, com conotações indesejáveis que ecoavam em todos os lugares distantes em que a verdade fora calada e abandonada como uma imbecil a uivar. Contudo, me apeguei à mentira.

"Se você está querendo dizer que agora faz pouca diferença, sou obrigado a concordar. Apenas a remoção de uma feiura. Essa era nossa única intenção. Só essa."

Então tentei voltar sua atenção para os livros que tinham chegado para ele naquele dia. Mas fui interrompido friamente quando disse: "Acho que estamos andando em ruas diferentes, sr. Crane, e vendo caras bem diferentes, escutando vozes diferentes nesta cidade". Ele fez uma pausa, como se esperasse que eu o contradissesse. Seu rosto adquiriu uma expressão marota. "Fala para mim, sr. Crane, já ouviu aquelas histórias sobre o sanatório? O que algumas pessoas viam nas janelas? Talvez o senhor mesmo tenha sido uma delas."

Não me pronunciei, o que ele deve ter entendido como confirmação de que eu era uma dessas pessoas. Ele continuou:

"E agora não há o mesmo sentimento de consternação, aqui nesta cidade, que essas histórias inspiravam em quem as escutava? Dá para admitir que os dias e noites são bem piores agora do que eram antes? É claro, talvez você diga que é só a melancolia da estação, o frio, as tardes sombrias que você observa pelas vitrines da loja. Vindo para cá, cheguei a ouvir gente falando isso. Também disseram outras coisas que achavam que eu não escutaria. Sabe-se lá como, todo mundo parece saber desses meus livros, senhor Crane."

Ele não me olhou ao tecer esse último comentário, mas passou a andar devagar de uma ponta do balcão para a outra.

"Perdão, sr. Locrian, se o senhor acha que foi uma quebra de confiança. Nunca imaginei que significaria alguma coisa."

Ele parou de andar e me encarou com uma expressão de perdão quase paternal.

"Claro", disse. "Mas agora as coisas estão diferentes, concorda?"

"Sim", enfim cedi.

"Mas ninguém sabe direito em que aspecto são diferentes."

"Não", concordei.

"Você sabia que meu avô, o *doutor* Harkness Locrian, foi enterrado no cemitério que você destruiu?"

Tomado por uma surpresa e um constrangimento repentinos, respondi: "Se você tivesse falado". Mas ele ignorou minhas palavras como se eu não tivesse dito nada, ou pelo menos nada que o dissuadisse de impor suas confidências a mim.

"É segura para sentar?", ele indagou, apontando uma cadeira velha perto da vitrine. E do outro lado da vitrine, desimpedido, o sol pálido do outono se punha.

"É, sim, fique à vontade", respondi, reparando em um pedestre que havia percebido o sr. Locrian e o olhava de um jeito esquisito.

"Meu avô", prosseguiu o sr. Locrian, "se sentia à vontade com seus lunáticos. Talvez você se assuste em ouvir isso. Mas a casa que agora é minha já foi dele, ele nunca ia lá, nem para dormir. Foi só depois que fecharam o sanatório que ele virou mesmo um morador da própria casa, que àquela altura tinha virado a casa onde eu morava com meus pais, que estavam então encarregados do velho.

"Meu avô passou seus últimos anos em um quartinho no segundo andar, com vista para os arredores da cidade, e me lembro de tê-lo visto dia após dia olhando o sanatório pela janela."

"Não fazia ideia", exclamei. "Me parece bem..."

"Por favor, antes de você ser induzido a pensar que era mero apego emocional, por mais perverso que fosse, deixe-me explicar que não era esse o caso. Os sentimentos dele em relação ao sanatório na verdade eram bem incríveis em razão do modo como usava sua autoridade naquele lugar. Descobri isso quando ainda era bem novo, mas não tão novo a ponto de não entender o conflito profundo que existia entre meu pai e meu avô. Não dei atenção ao aviso dos meus pais, de não passar muito tempo com o velho, e sucumbi ao mistério de sua presença. Uma tarde, então, ele se revelou.

"Ele olhava pela janela e em nenhum momento se virou para olhar para mim. Mas, depois de passarmos um tempo sentados, em silêncio, ele começou a sussurrar uma coisa. 'Eles questionavam', ele disse. 'Eles acusavam. Reclamavam que ninguém naquele lugar ficava bom.' Então sorriu e detalhou. 'O que foi que eles viram', sibilou, 'que deu a eles tanta... sabedoria? Eles não olhavam para o rosto', não, ele não falou em 'rosto', mas em 'olhos'. Sim, ele disse, '...não olhavam nos *olhos* daqueles seres, os olhos que refletiam a beleza inanimada do universo silencioso, contemplativo'.

"Foram essas as palavras dele. E depois falou das vozes dos pacientes sob seus cuidados. Ele murmurou, e cito agora, que 'a música maravilhosa dessas vozes falavam do delírio supremo dos planetas ao darem giros e mais giros, como marionetes radiantes dançando nas trevas'. Nas palavras divagantes desses lunáticos, ele me disse, os mistérios antigos foram restaurados.

"Como todos os verdadeiros misteriarcas", o sr. Locrian prosseguiu, "meu avô desejava um conhecimento que era inconfesso e inconfessável. E cada tomo da biblioteca estranha que ele deixou para os herdeiros comprova esse desejo. Como você sabe, fiz acréscimos a essa coleção à minha própria maneira, assim como fez meu pai. Mas nossas motivações não eram as mesmas do velho doutor. Em seu sanatório, o dr. Locrian tinha feito algo esquisitíssimo, algo que talvez só ele tivesse ao mesmo tempo o conhecimento e o ímpeto de fazer. Foi só muitos anos depois que meu pai tentou me explicar tudo, assim como agora eu tento explicar a você.

"Eu disse que meu avô era e sempre foi um misteriarca, nunca um filantropo da mente nem um restaurador de psiques feridas. Não adotava de jeito nenhum uma abordagem terapêutica com os internos do sanatório. Não via esses seres como almas que estavam possuídas, ou por demônios ou pelas próprias histórias dolorosas, mas como seres que tinham uma estranha aliança com outras ordens da existência, que traziam dentro de si uma partícula de algo eterno, um pontinho dourado de mágica que ele achava que poderia ser expandido. Assim, a ambição levou meu avô não a mitigar a loucura dos pacientes, mas a *exasperá-la* — deixar que respirasse com uma vida própria. E isso ele fez de modos que erradicaram totalmente as características humanas que ainda restavam a essas pessoas. Mas às vezes a mágica peculiar que via nos olhos deles parecia se dissipar, e então ele instituía o 'tratamento adequado', que consistia em sujeitá-los a uma bateria de provações infernais com o intuito de afrouxar o apego deles ao mundo da humanidade e lançá-los ainda mais no âmbito do 'universo silencioso, contemplativo' em que a insanidade do infinito poderia realizar uma cura bastante paradoxal. O resultado foi algo tão patético quanto uma marionete e tão elevado quanto as estrelas, algo ao mesmo tempo morto e que não morria nunca, uma coisa totalmente sem destino e portanto imperecível, para sempre consignada àquela lacuna abismal que é a essência de tudo que é imortal. E de alguma forma, nos seus últimos dias, meu avô usou tal procedimento em si mesmo, alcançando espaços além da morte.

"Sei que é verdade porque uma noite, no fim da minha infância, acordei e fui testemunha da prova. Deixei minha cama, atravessei o corredor em direção à porta fechada do quarto do meu avô. Parei na frente da porta, girei a maçaneta gelada e dei uma olhadinha tímida dentro do quarto, onde vi meu avô sentado diante da janela, ao luar. Minha curiosidade deve ter superado meu horror, pois falei com esse fantasma. 'O que você está fazendo aqui, vô?', questionei. Sem tirar os olhos da janela, ele respondeu: 'Estamos fazendo exatamente o que você está vendo'. É claro, o que eu vi foi um velho que deveria estar na cova, mas que estava olhando pela janela de seu quarto para as janelas do sanatório, de onde outros que não eram humanos retribuíam o olhar.

"Quando, por medo, alertei meus pais sobre o que tinha visto, fiquei perplexo porque meu pai reagiu não com incredulidade, mas com raiva. Eu tinha desobedecido seus avisos sobre o quarto do meu avô. Então ele revelou a verdade assim como agora eu a revelo a você, e ano após ano ele reiterava e ampliava essa aprendizagem enigmática: por que o quarto tinha que ficar sempre fechado e por que o sanatório jamais deveria ser incomodado. Talvez você não saiba que uma tentativa anterior de destruição do sanatório foi abortada pela intervenção do meu pai. Ele era muito apegado a esta cidade, que deixou de ter futuro há muito tempo, mais apegado do que eu jamais poderia ser. Quanto tempo faz que não se levanta um edifício novo aqui? Este lugar teria se desintegrado com o tempo. O curso natural das coisas o teria desmantelado, assim como o hospício teria desaparecido se tivessem deixado o prédio quieto. Mas, quando todos vocês se levantaram e marcharam rumo à velha ruína, não tive o ímpeto de interferir. Foram vocês mesmos que causaram isso", ele finalizou, complacente.

"E o que foi que nós fizemos?", indaguei em tom frio, reprimindo uma indignação misteriosa.

"Você está só tentando preservar o que sobrou da sua consciência limpa. Você sabe que tem alguma coisa muito errada nesta cidade, que você nunca deveria ter feito o que fez. Mas ainda assim não consegue tirar nenhuma conclusão do que lhe contei."

"Com todo o respeito, senhor Locrian, como você espera que eu acredite no que me contou?"

Ele deu uma risadinha. "Na verdade, não espero. Mas com o tempo você vai ficar sabendo. E então vou lhe contar mais coisas, coisas em que você não vai conseguir não acreditar."

Enquanto se levantava da cadeira junto à vitrine, perguntei: "Pra que me contar alguma coisa? Por que você veio aqui hoje?".

"Por quê? Porque imaginei que meus livros teriam chegado, deixe que eu os levo assim mesmo. E também porque está tudo terminado. Os outros", ele deu de ombros, "... incorrigíveis. Você é o único capaz de entender. Não agora, mas com o tempo."

E agora de fato entendo o que o velho me contou como jamais teria conseguido naquele dia de outono há cerca de quarenta anos.

Foi mais para o fim daquele mesmo dia escuro, no curso de um lusco-fusco sombrio, que começaram a aparecer. Como figuras que emergem tranquilamente do fundo da memória, elas lutaram nas sombras e aos poucos ficaram visíveis. Mas, mesmo que a transição tenha sido sutil, insidiosamente gradativa, não passou muito tempo despercebida. Ao cair da noite, nos distraíam por estarem visíveis cidade afora, sempre emolduradas em uma janela alta das estruturas que ocupavam: as dependências em cima das lojas, no centro da cidade, no andar mais alto do hotel antigo, nas torres vazias dos prédios públicos, nas torrezinhas imponentes e nos frontões grandiosos da maioria das casas ilustres e no sótão das casas mais humildes.

Suas formas tinham um lustro tão suave quanto as constelações outonais no céu preto, seus rostos radiantes com a mesma expressão fixa de vazio plácido. E as roupas dessas aparições se adequavam de forma grotesca ao entorno. Enterrados muitos anos antes, em roupas antiquadas de corte formal, pareciam ser de uma cidade agonizante, de tal maneira que seus membros vivos não seriam capazes de imitar. Pois as ruas da cidade perderam a vida que ainda tinham e se tornaram corredores escuros de um museu em que esses pesadelos de cera foram postos em exposição.

À luz do dia, quando vistas da rua, as figuras nas janelas adquiriam um aspecto de madeira opaca. De certo modo, era menos enlouquecedor. Foi então que alguns de nós nos aventuramos naqueles cômodos altos. Mas nunca se achou nada do outro lado do que agora eram as *suas* janelas — nada além de quartos desabitados que nenhuma luz iluminaria e que mais cedo ou mais tarde nos afastavam com sinistros acessos de pavor. À noite, quando tínhamos a impressão de que escutávamos seus passos no andar acima, a presença deles na nossa casa nos levava às ruas. Dia e noite nos tornamos vagabundos insones, estranhos na nossa cidade. Conforme me recordo, com o tempo paramos de nos reconhecer. Mas um nome, um rosto ainda era conhecido de todos — o do sr. Harkness Locrian, cujo olhar assombrava todos nós.

Não havia dúvidas de que foi na casa dele que começou o fogo que consumiu cada cantinho da cidade. Tentativas de resistir ao alastramento foram feitas, mas se tornaram indiferentes e logo foram abandonadas. De modo geral, ficamos calados, fitando inexpressivamente as chamas queimarem até as janelas altas onde figuras fantasmagóricas posavam como retratos em molduras.

Por fim, esses demônios foram exorcizados, as janelas esvaziadas. Mas só depois que a cidade foi anulada pelo holocausto.

Não restava nada além de escombros chamuscados. Mais tarde, circularia que um de nossos cidadãos havia perecido na conflagração, mas ninguém quis saber das exatas circunstâncias sob as quais o velho sr. Locrian encontrara sua morte flamejante.

Ninguém fez nenhum esforço para recuperar a cidade que havíamos perdido. Quando caiu a primeira neve daquele ano, ela caiu sobre ruínas sem dono. Mas agora, após a passagem de tantos anos, não são as cinzas daquela cidade que assombra cada uma de minhas horas: é aquela ruína enorme em cuja sombra minha mente foi confinada.

E se precisam me manter fechado neste quarto por conversar com um rosto chamuscado que aparece na janela, então que protejam este mesmo quarto de profanações depois que eu partir. Pois o sr. Locrian fez jus à sua promessa: ele me contou algumas coisas quando eu já estava pronto para escutá-las. E ele tinha outras coisas a me contar, segredos que iam muito além de toda insanidade. Recomendando-me uma cura total, ele terá prendido outra alma entre os muros pretos e ilimitados daquele hospício eterno em que as estrelas dançam para sempre como marionetes radiantes em um vazio silencioso, contemplativo.

A SEITA DO IDIOTA

O caos primitivo, Senhor de Tudo... o deus cego idiota — Azathoth.
Necronomicon

O extraordinário é uma província da alma solitária. Perdido no exato instante em que o povo torna-se visível, continua dentro dos grandes buracos dos sonhos, um lugar infinitamente isolado que se prepara para a sua chegada, e a minha. Júbilo extraordinário, dor extraordinária — polos temíveis de um mundo que ao mesmo tempo ameaça e supera este. É um inferno miraculoso em cuja direção as pessoas vagam sem se dar conta. E seu portão, no meu caso, era uma cidade antiga cuja aliança com o irreal inspirou minha alma com uma loucura sagrada muito antes de o meu corpo ter vindo morar naquele lugar incomparável.

Logo depois de chegar na cidade — cuja identidade, junto com a minha, é melhor não trazer à tona — me acomodei em um quarto alto com vista para o ideal dos meus sonhos através de chapas de diamante. Quantas vezes eu já não tinha me demorado em pensamentos diante daquelas janelas e perambulado em devaneios pelas ruas que agora eu contemplava de cima.

Descobri um sossego infinito nas manhãs nevoentas, milagres do silêncio de tardes preguiçosas, e o quadro estranhamente tremeluzente de noites sem fim. Um senso de vedação serena era transmitido por todos os aspectos do centro histórico. Havia sacadas, pórticos com parapeito e andares mais altos e salientes de lojas e casas que criavam arcadas intermitentes sobre as calçadas. Telhados colossais se projetavam sobre ruas inteiras e as transformavam em corredores de uma única estrutura contendo uma profusão excepcional de cômodos. E essas coroas fantásticas eram ecoadas lá embaixo, por telhados inferiores que se inclinavam sobre janelas como pálpebras semicerradas e faziam de cada porta estreita uma caixa de mágico, abrigando as profundezas enganosas da sombra.

É difícil explicar, portanto, como o centro histórico também passava uma impressão de infinidade, de dimensões invisíveis em proliferação, ao mesmo tempo que servia como a própria imagem do pesadelo de um claustrofóbico. Até as noites sobre os grandiosos telhados da cidade pareciam apenas o nível mais elevado de uma propriedade mundana, no máximo um velho sótão em que as estrelas eram inúteis relíquias de família e a lua era um baú de sonhos empoeirado. E esse paradoxo era precisamente a origem do encanto da cidade. Imaginei os próprios céus como parte de uma decoração basicamente de interiores. Durante o dia: montes de nuvens feito bolas de poeira flutuavam pelos cômodos vazios do céu. Durante a noite: um mapa fluorescente do cosmos foi pintado num teto preto. Que ânsia eu sentia de viver para sempre nessa província de outonos medievais e invernos mudos, cumprindo minha sentença de vida dentre todas as maravilhas visíveis e invisíveis com que eu só sonhava de tão longe.

Mas não há existência, por mais visionária que seja, sem provações e enrascadas.

Depois de apenas alguns dias no centro histórico, me tornei extremamente sensível devido à solidão do lugar e ao estilo solitário da minha vida. Em um fim de tarde, relaxava em uma poltrona ao lado de janelas caleidoscópicas quando ouvi uma batida na porta. Uma batida muito leve, mas tão inesperado foi esse acontecimento elementar, e tão aguçada estava minha sensibilidade, que parecia uma reviravolta incomum de forças atmosféricas, uma espécie de cataclismo no espaço vazio, um terremoto no invisível. Hesitante, atravessei o cômodo e parei diante da porta, uma mera placa marrom simples sem mofo em torno do batente. Eu a abri.

"Ah", disse o homenzinho que aguardava no corredor. Tinha cabelo grisalho bem penteado e olhos notadamente límpidos. "Que constrangedor. Devem ter me dado o endereço errado. A letra desse bilhete está um caos." Ele olhou para um papelzinho amassado na mão. "Rá! Deixa pra lá, vou voltar lá e verificar."

No entanto, o sujeito não abandonou o cenário de seu constrangimento de imediato; na verdade, se ergueu na ponta dos sapatinhos e fitou o quarto por cima do meu ombro. Seu corpo inteiro, compacto que era em termos de estatura, parecia estar em um estado de empolgação concentrada. Por fim, disse, "Seu quarto tem uma bela vista", e deu um sorrisinho tenso.

"Tem sim", respondi, olhando para o quarto sem saber muito bem o que pensar. Quando me virei, o homem tinha sumido.

Durante alguns instantes de choque, não me mexi. Depois pisei no corredor e olhei para os dois lados de sua extensão mortiça. Não era muito amplo, tampouco se estendia por uma longa distância antes de virar uma esquina sem janela. Todas as portas dos outros quartos estavam fechadas e nem o mais leve ruído emergia de algum deles. Por fim, escutei o que deviam ser passos descendo lances de escadas nos andares inferiores, ecoando baixinho em meio ao silêncio, falando a língua tranquila das antigas casas de pensão.

O resto do meu dia foi monótono, mas um tanto colorido por todo um espectro de ideias. E naquela noite tive um sonho estranhíssimo, a culminação, parecia, tanto de uma vida inteira de sonhos como da minha permanência onírica no centro histórico. Sem dúvida, minha opinião sobre a cidade mudou de forma drástica dali para a frente. E no entanto, apesar da natureza do sonho, essa mudança não foi imediatamente para pior.

No sonho, eu ocupava um cômodo pequeno e escuro, um quarto alto cujas janelas davam para um labirinto de ruas que se deslindavam sob um abismo de estrelas. Mas, embora as estrelas se espalhassem pela imensa escuridão, as ruas lá embaixo eram banhadas por uma penumbra cinza e rançosa que não sugeria nem dia nem noite nem nenhuma fase natural intermediária. Olhando pela janela, tive certeza de que aqueles procedimentos crípticos aconteciam em cantos isolados da cidade, hábitos vagos que estavam em desacordo com a realidade aceita. Também senti que havia uma causa especial para me preocupar com certas coisas que estavam acontecendo em um dos quartos superiores da cidade, um quarto específico cuja localização estava ainda assim fora do meu conhecimento. Algo me dizia que o que estava acontecendo ali era feito especialmente para afetar minha existência de um jeito profundo. Ao mesmo tempo, não sentia que eu causava alguma consequência neste ou em qualquer outro universo. Não era nada além de uma partícula invisível perdida nas complexidades de esquemas estranhos. E era exatamente essa distância dos desígnios do meu universo sonhado, essa sensação de uma falta de moradia fantástica em meio a uma estrangeira ordem de ser, a origem de uma ansiedade que eu nunca tinha vivenciado. Eu não era mais que um pacote irrelevante de tecidos vivos presos em um espaço onde não deveria estar, ameaçado de ficar enrolado em uma grande rede de dragagem condenatória, um pedaço fortuito de pele sacado de seu elemento de luz e jogado nas trevas gélidas. No sonho, nada amparava minha existência, a qual eu tinha a impressão de que a qualquer instante poderia sofrer uma mudança terrível ou ser simplesmente aniquilada. No sentido mais amplo da expressão, minha vida era de *nenhuma importância*.

Mas ainda assim não conseguia impedir minha atenção de se desviar para aquele outro cômodo, sentindo as tramas complexas que se desenvolviam ali e o que poderiam significar para a minha existência. Imaginei ter visto figuras indistintas ocupando aquele aposento espaçoso, um lugar mobiliado apenas com algumas cadeiras de design esquisito e com uma vista estonteante da escuridão estrelada. A enorme lua redonda do sonho criava iluminação suficiente para os intuitos da noite, pintando as paredes do quarto misterioso de um azul-água intenso; as estrelas, desnecessárias e decorativas, presidiam como luzes inferiores essa reunião e seus escritórios noturnos.

Ao observar essa cena — apesar de não estar presente "fisicamente", como é comum aos sonhos — tive a convicção de que certos cômodos ofereciam uma solidão incrível para tais cerimônias ou festividades. A atmosfera deles, aquela característica intangível que existe à parte de seus elementos formadores de forma e tonalidade, era de um molde onírico, um estado em que tempo e espaço haviam se desordenado. Poucos instantes naqueles aposentos podiam contar como séculos ou milênios, e seu nicho minúsculo podia abarcar um universo. Simultaneamente, essa atmosfera não parecia diferente daquela dos quartos antigos, os quartos altos e solitários que eu conhecia da vida em vigília, ainda que *este* quarto parecesse vizinho aos vácuos da astronomia e suas janelas se abrissem para o infinito lá fora. Então comecei a especular que, se o quarto em si não era um exemplar de uma espécie única, talvez seus ocupantes é que tivessem introduzido sua singularidade.

Embora todos estivessem totalmente cobertos por uma capa volumosa, os pontos em que o material dessas peças se projetava para fora e se dobrava para dentro ao cair no chão, além do mecanismo artificial das cadeiras sobre as quais essas criaturas se situavam, traíam uma peculiaridade de arranjo que me deixava em um estado tanto de terror paralisado como de curiosidade fascinada. O que eram esses seres para seus mantos esboçarem configurações tão misteriosas: com suas cadeiras altas, angulares, dispostas em círculo, pareciam se inclinar em todas as direções, como monólitos instáveis. Era como se adotassem posturas enigmaticamente simbólicas, se trancando em padrões hostis à análise mundana. Acima de tudo, eram suas cabeças, ou pelo menos suas partes superiores, que estavam tortas da forma mais radical, já que se inclinavam umas em direção às outras, assentindo de formas heréticas à anatomia terrestre. E era dessa parte de suas estruturas que vinha um zumbido suave que parecia lhes servir de fala.

Mas o sonho apresentava outro detalhe possivelmente relacionado ao estilo de comunicação entre aquelas figuras sussurrantes que ficavam sentadas ao luar estagnado. Projetando-se para fora das mangas volumosas pendentes na lateral de cada figura, havia apêndices frágeis que pareciam atrofiados, garras murchas com unhas numerosas que se afilavam em tentáculos desfalecidos. E todos esses dedos filamentosos pareciam operar juntos com um agito vivaz e incessante.

À primeira vista desses gestos horripilantes, me senti prestes a despertar, a trazer de volta ao mundo uma sensação tenebrosa de iluminação, sem significado preciso ou possibilidade de expressão em alguma língua que não os votos sussurrados da seita lúgubre. Mas permaneci mais tempo nesse sonho, bem mais longo que o habitual. Testemunhei ainda mais a inquietude dessas garras contraídas, uma gesticulação hiperativa que parecia comunicar uma informação intolerável, uma revelação suprema acerca da ordem das coisas. Tais movimentos sugeriam uma série de analogias repulsivas: as pernas giratórias das aranhas, a fricção gulosa das antenas esguias de um mosquito, as línguas dardejantes das cobras. Mas minha sensação cumulativa no sonho estava apenas parcialmente emaranhada com o que eu chamaria de *triunfo do grotesco*. Essa sensação — alinhada com o estilo de certos sonhos — era complicada e precisa, não permitindo ambiguidades ou confusões que reconfortassem o sonhador. E o que concederam à minha mente testemunhar foi a visão de um mundo em transe — um desfile hipnotizado de seres andando, sonâmbulos, rumo às odiosas manipulações de seus senhores sussurrantes, aquelas aberrações encapuzadas *que faziam parte dos hipnotizados*. Pois havia um poder suplantando o deles, um poder ao qual serviam e do qual eram apenas provenientes, algo que estava além da hipnose universal em virtude de sua própria irreflexão, seu idiotismo incrível. Esses senhores encapotados, por sua vez, partilhavam de certo grau de divindade, presidindo passivamente como zumbis iluminados as turbas dos arrebatados, aquele domínio frenético do humano.

E foi nesse ponto do meu sonho que passei a crer que ali prevalecia uma intimidade terrível entre mim e aquelas efígies sussurrantes do caos, cuja existência eu temia devido à distância da minha. Teriam aqueles seres, por algum motivo macabro compreensível apenas para eles mesmos, me permitido interferir em sua sabedoria infernal? Ou seria meu acesso a mistérios tão pútridos mero resultado de um acaso feliz no universo de átomos, uma interseção casual entre os elementos demoníacos de que é composta toda criação? Mas a verdade, não obstante, estava em face dessas insanidades; seja por cálculo ou acidente, eu era vítima do desconhecido. E sucumbi a um horror arrebatado ao ter esse lampejo.

Ao acordar, tive a impressão de ter trazido uma partícula minúscula, ao estilo de uma joia, desse êxtase horroroso, e, por uma alquimia associativa, essa substância misteriosamente cristalina infundiu sua mágica na minha imagem do centro histórico.

Embora antigamente acreditasse ser o grande conhecedor dos segredos da cidade, o dia seguinte foi de descobertas imprevistas. As ruas que olhei naquela manhã inerte estavam repletas de segredos novos e pareciam me levar à própria essência do extraordinário. Um elemento antes desconhecido parecia ter emergido na composição da cidade, um elemento que devia estar escondido em seus cantos mais obscuros. Quero dizer que enquanto essas fachadas singulares, arcaicas, continuavam dando toda a aparência de um sossego onírico, atualmente existia, sob meu olhar, indícios diabólicos debaixo da superfície. A cidade tinha mais maravilhas do que eu imaginava, um depósito de oferendas incomuns armazenadas fora do alcance da visão. Mas de algum modo essa fórmula de engodo, de corrupção disfarçada, servia para intensificar os aspectos mais atraentes da cidade: uma abundância de sensações insuspeitas agora provocadas por uns telhados inclinados, uma porta baixa ou uma ruela estreita. E a neblina se espalhando uniformemente pela cidade naquela manhãzinha estava luminosa de sonhos.

O dia inteiro perambulei em uma exaltação febril pelo centro histórico, vendo-o como se fosse a primeira vez. Mal parei um instante para descansar, e claro que não parei para comer. No fim da tarde, talvez também estivesse sofrendo uma crise de nervos, pois tinha passado tempo demais nutrindo um raro estado mental em que a euforia mais pura era invadida e enriquecida por correntes de medo. Sempre que eu dobrava uma esquina ou virava a cabeça para captar uma vista convidativa, tremores sombrios eram inspirados pelo espetáculo híbrido que eu testemunhava — cenas esplêndidas rompidas por sombras malignas, o lúgubre e o adorável perdidos para sempre nos braços um do outro. E quando passei embaixo da abóbada de uma rua antiga e olhei para cima, para a estrutura altaneira à minha frente, quase fiquei aturdido.

Meu reconhecimento do local foi imediato, apesar de nunca tê-lo visto da perspectiva atual. De repente, parecia que não estava mais ao ar livre, na rua, olhando para cima, mas sim olhando para baixo, do quarto logo abaixo daquele telhado pontudo. Era o cômodo mais alto da rua, e nenhuma janela de nenhuma das outras casas conseguia ver através dela. O próprio edifício, assim como alguns que o rodeavam, parecia desocupado, talvez abandonado. Avaliei diversas formas pelas quais eu poderia forçar a entrada, mas nenhum desses métodos foi necessário: a porta da frente, ao contrário da minha observação inicial, estava entreaberta.

O local estava de fato abandonado, despido de tapeçarias e acessórios, os corredores desertos, similares a túneis, eram visíveis apenas à luz fraca que brilhava pelas janelas sujas, sem cortinas. Janelas idênticas também surgiam no patamar de cada lance da escada que subia pela parte central do edifício como uma espinha dorsal torta. Senti uma reverência quase cataléptica do mundo com o qual havia me deparado, esse paraíso decadente. Era um ponto com uma estática estranha de melancolia e intranquilidade infinitas, o resquício perene de um infortúnio cósmico. Subi a escada do prédio com uma presteza solene, mecânica, parando somente ao chegar no alto e achar a porta de certo cômodo.

E mesmo naquele momento eu me questionei: será que teria entrado naquele cômodo com uma determinação tão firme se eu de fato esperasse achar algo extraordinário ali dentro? Teria sido minha intenção confrontar a loucura do universo, ou a minha própria? Precisava confessar que, apesar de ter aceitado os benefícios dos meus sonhos e fantasias, não acreditava neles profundamente.

No nível mais extremo, estava cético, um desconfiado que havia cedido a uma imaginação livre demais, e talvez um lunático autodidata.

Ao que tudo indicava, o quarto estava desocupado. Percebi esse fato sem a decepção nascida da verdadeira expectativa, mas também com um alívio estranho. Então, enquanto meus olhos se adaptavam ao lusco-fusco artificial do quarto, vi o círculo de cadeiras.

Eram tão estranhos quanto nos meus sonhos, lembrando mais mecanismos de tortura do que algum tipo de objeto prático ou decorativo. As costas largas estavam levemente curvadas e eram cobertas por uma pele áspera diferente de tudo que eu já tinha visto na vida; os braços eram como lâminas e todos tinham quatro sulcos semicirculares bem espaçados ao longo de sua extensão; e mais embaixo havia seis pernas juntas que se projetavam para fora, característica que transformava cada uma das peças em algo parecido com um caranguejo, com a aparente habilidade de sair correndo pelo chão. Se, em um momento de perplexidade, senti o desejo idiota de me instalar em um daqueles tronos bizarros, o ímpeto se extinguiu quando observei que o assento de cada uma das cadeiras, que a princípio parecia feito de um cubo liso e maciço de vidro preto, na verdade era apenas um cubículo aberto cheio de um líquido turvo que tremia de um jeito estranho quando eu passava minha mão em sua superfície. Ao fazê-lo, senti meu braço inteiro formigar de um jeito que me fez recuar tropeçando até a porta daquele quarto tenebroso, me levando a odiar cada átomo da carne agarrada aos ossos daquele membro.

Dei meia-volta para sair mas fui impedido por uma figura parada na porta. Apesar de já ter visto o sujeito antes, ele agora parecia alguém bem diferente, uma pessoa abertamente sinistra em vez de meramente enigmática. Quando me incomodara, na véspera, não imaginava suas alianças. Seus modos eram idiossincráticos, mas muito educados, e ele não dera motivos para que eu questionasse sua sanidade. Agora, não parecia mais que uma marionete maligna da loucura. Da posição torcida que adotara na porta à expressão maldosa e imbecil que tomava posse das feições de seu rosto, ele era uma criatura de degeneração estranha. Antes que eu pudesse tomar distância, ele pegou minha mão trêmula. "Obrigado por vir visitar", disse em uma voz que era uma paródia de sua antiga educação. Ele me puxou para perto; as pálpebras estavam abaixadas e a boca dava um sorriso largo, como se curtisse uma brisa agradável em um dia quente.

Em seguida, me disse: "Eles querem você junto com eles na volta. Querem seus escolhidos".

Nada descreveria o que senti ao ouvir essas palavras que nos pesadelos só poderiam ter um sentido. Suas implicações eram a quintessência do delírio infernal, e naquele instante toda a maravilha do mundo de repente virou pavor. Tentei me libertar das garras do louco, gritando com ele que largasse a minha mão.

"A *sua* mão?", ele gritou de volta. Então começou a repetir a frase sem parar, rindo como se, nas profundezas de sua demência, uma piada sarcástica tivesse chegado à conclusão. Nessa alegria imunda ele cedeu e eu escapei. Enquanto eu descia rápido os muitos degraus do prédio antigo, sua risada me perseguia feito reverberações cavernosas que ecoavam bem além dos cantos sombreados daquele lugar.

E aquela gargalhada extravagante, ecoante, permaneceu comigo enquanto eu vagava, zonzo, nas trevas, tentando fugir dos meus próprios pensamentos e sensações. Aos poucos, os sons terríveis que enchiam meu cérebro cessaram, mas logo foram substituídos por um novo terror — o sussurro de estranhos por quem eu passava nas ruas do centro histórico. E não importava o tom baixo de suas vozes ou a rapidez com que silenciavam uns aos outros com pigarros constrangidos ou olhares de reprovação, suas palavras alcançavam meus ouvidos em fragmentos que conseguia reconstruir devido à repetição frequente. Os termos mais comuns eram *deformidade* e *desfiguração*. Se eu não estivesse tão consternado, talvez tivesse abordado essas pessoas com um simulacro de civilidade, dado meu próprio pigarro e dito, "Peço perdão, mas foi impossível não ouvir... E o que exatamente você quis dizer, se é que posso lhe perguntar, quando disse que...". Mas descobri que o que essas palavras significavam — *que horror, pobre coitado* — quando voltei ao meu quarto e parei diante do espelho na parede, mantendo a cabeça em equilíbrio com uma mão de apoio de cada lado.

Porque somente uma daqueles mãos era minha.

A outra era deles.

A vida é um pesadelo que deixa sua marca em nós a fim de provar que é, de fato, real. E sofrer uma loucura solitária parece uma alegria paradisíaca em comparação com a condição extraordinária em que a própria loucura meramente imita a do mundo. Fui induzido a sumir pelos sonhos; agora é tudo um contrassenso.

Deixe-me escrever, enquanto ainda posso, que a transformação não ficou restrita. Agora acho difícil continuar esse manuscrito com ambas as mãos. Esses tentáculos que repuxam não são adequados à escrita da forma humana, e estou perdendo a disposição de pressionar a caneta ao longo desta folha. Embora tenha que manter grande distância do centro histórico, sua influência não diminuiu. Nessas questões, há uma liberdade apavorante das leis reconhecidas do tempo e espaço. Novas leis de existência entraram em ação enquanto eu observo sem poder fazer nada.

Em prol dos outros, tomei precauções para esconder minha identidade e a localização exata de um horror impossível de ser remediado. Porém, também me esforcei para revelar, como que com um intuito malicioso, a existência e a natureza desses mesmos horrores. Seja como for, nem minhas motivações nem meus atos têm alguma relevância. São ambos conhecidos das coisas que sussurram no cômodo mais alto de um centro histórico. Eles sabem o que escrevo e por que escrevo. Talvez estejam até guiando minha caneta por meio de uma mão que é a extensão das mãos deles. E, se um dia desejei ver o que havia debaixo daqueles mantos pretos, em breve conseguirei saciar essa curiosidade apenas com uma olhada no espelho.

Preciso retornar ao centro histórico, pois agora meu lar não pode ser em nenhum outro lugar. Mas meu modo de passagem para aquele lugar não pode ser o mesmo, e quando adentrar de novo aquele mundo de sonhos será através de uma soleira que nenhum ser humano jamais cruzou... e jamais deverá cruzar.

O GRANDE FESTIVAL DE MÁSCARAS

Há somente umas poucas casas na parte da cidade por onde Noss começa a excursão. Todavia, o modo com que são espaçadas sugere que outrora um número maior delas preenchia a paisagem, como um jardim que parece esparso apenas porque certos brotos murcharam e ainda não foram plantadas outras mudas para substituí-los. Noss chega a pensar que aquelas casas hipotéticas, no momento suposições, talvez a certa altura troquem de lugar com as existentes agora, a fim de conceder ao invisível um merecido descanso dentro do nada. Pois terão servido a seus propósitos como traços que dão identidade a uma cidade. E agora é justamente a época de muitas coisas passarem ao vazio e dar espaço para outras entidades e modos de ser. Tais são os dias de decadência do festival, quando o velho e o novo, o real e o imaginário, verdade e engano, todos se reúnem no baile de máscaras.

Mas mesmo nesse momento do festival alguns ainda nutrem interesse suficiente pela tradição para visitar uma das lojas de fantasias e máscaras. Até pouco antes, Noss fazia parte desse grupo. Por fim, no entanto, ele decidira visitar um comércio cujas prateleiras transbordavam de fantasias e máscaras, mesmo nessa fase tardia do festival.

No decorrer desse pequeno passeio, Noss fica atento à medida que os edifícios se tornam mais numerosos, suficientes para fazer de uma rua, várias ruas estreitas, uma cidade. Também observa diversos sinais da época de festival. Às vezes são enigmáticos, às vezes ostensivos por natureza. Por exemplo, não são poucas as portas deixadas entreabertas, mesmo durante a noite, como que para desafiar as visitas ou intrusos a descobrir o que há lá dentro. E as luzes fracas são deixadas para arder em cômodos vazios, ou cômodos que parecem vazios se não nos aproximarmos das janelas com uma curiosidade imprudente e dermos uma espiada. Menos terríveis são as pilhas de trapos imundos depositados no meio de certas ruas, panos rasgados que são facilmente arrastados pelo vento e se enroscam por aí. A cada passo, é o que parece, Noss depara com um gesto de entrega festiva: um chapéu, todo seu estilo destroçado, foi apertado no espaço onde falta uma tábua em uma cerca alta; um pôster preso a uma parede desmoronada foi cortado ao meio na diagonal, deixando um pedaço de rosto esvoaçante em suas bordas; e por estranhos atalhos do capricho os farristas partirão, mas terão se *tosquiado* em todos os lugares, para terem sujado as sombras dos vãos da porta e alamedas de cabelos crespos e lanugem rodopiante. Resquícios dos sem chapéu, dos sem rosto, dos arrumados impetuosamente. Ao seguir em frente, Noss cultiva um mero interesse volúvel no evento esportivo que testemunha pela primeira vez desde que se instalou nesse lugar.

Mas ele se interessa cada vez mais à medida que se aproxima do centro da cidade, onde as casas, as lojas, as cercas, os muros estão muito, muito mais... perto. Mal parece haver espaço suficiente para algumas estrelas espremerem suas luzes encrespadas entre os telhados e as torres, e a lua descomunal — um rosto nada familiar naquela vizinhança — precisa sofrer para ser vista apenas como um brilho anônimo penugento espelhado em janelas prateadas. As ruas são mais apertadas ali, e uma única pode conter vários nomes de ponta a ponta. Alguns dos nomes podem ser atribuídos não tanto ao planejamento deliberado, ou até a idiossincrasias da história local, mas à aparente necessidade do supérfluo. Talvez uma necessidade similar explique por que os edifícios desse bairro exibem tantos adornos sem sentido: portas decoradas com primor mas que não cedem em seus batentes; venezianas grossas que cobrem paredes vazias; sacadas encantadoras, com bons parapeitos e de vistas promissoras, mas sem nenhum meio de entrada; escadas que levam a vãos escuros... e um beco sem saída. Esses adornos estruturais são deleites misteriosos em uma área tão carente de espaço que até as sombras têm que ser divididas. Assim como outras coisas. Os quintais, por exemplo, onde algumas fogueiras ainda ardem, as derradeiras piras festivas. Pois nessa região da cidade a estação ainda está no auge, ou pelo menos os sinais de seu término ainda não surgiram. Talvez os celebrantes da vizinhança ainda estejam se cutucando numa provocação, ainda estejam envolvidos em fugas afrontosas que normalmente não teriam a audácia de imaginar, e, de modo geral, deleitando-se como se não houvesse amanhã. Ali, o festival não está morto. Pois o delírio dessa celebração não se irradia do centro das coisas para fora, mas se infiltra das margens remotas para dentro. Assim, o festival podia ter começado em uma cabana isolada nos limites da cidade, se não em uma residência abandonada nas matas. De qualquer forma, agora o agito chegou ao cerne dessa região escura onde Noss está prestes a visitar uma das várias lojas de fantasias e máscaras.

Uma escada íngreme o leva à plataforma encolhida de um alpendre, e uma porta fina o põe dentro da loja cujas prateleiras transbordam de fantasias e máscaras. Para Noss, essas prateleiras também parecem discretas de um jeito complicado de identificar, silenciadas por guarda-roupas e faces de sonhos. Com cuidado, pega uma máscara que está caindo de uma prateleira alta. Um monte delas cai na sua cabeça. Afastando-se da avalanche de rostos falsos, olha para a de sorriso sarcástico que está na sua mão.

"Escolha brilhante", diz o lojista, que sai de trás do balcão no fundo da loja. "Põe pra gente ver. Minha nossa, é excelente. Está vendo como ela cobre seu rosto inteiro, da raiz do cabelo até logo abaixo do queixo, sem ir além? E nas laterais adere de um jeito confortável. Não pinica, não é?" A máscara faz que concorda. "Que bom, é assim que tem que ser. Suas orelhas não estão tampadas — são muito bonitas, aliás — para o caso de alguém chamá-lo quando seu rosto estiver coberto pela máscara. É confortável, mas é segura a ponto de ficar firme no lugar e não cair no auge da atividade. Você vai ver, depois de algum tempo não vai nem lembrar que está com ela! Os buracos para os olhos, as narinas e a boca estão perfeitamente posicionados para suas feições. Nenhuma função natural é inibida, isso é imprescindível. E está tão bonita em você, principalmente de perto, mas tenho certeza de que à distância também. Vai até ali, fica ao luar. É, foi feita para você, não é verdade? Perdão, o quê?"

Noss volta em direção ao lojista e tira a máscara.

"Eu disse que tudo bem. Vou levar essa."

"Tudo bem, como se houvesse alguma questão quanto a isso. Agora vou lhe mostrar algumas outras, só mais uns passos por aqui."

O lojista puxa algo de uma prateleira alta e põe nas mãos do cliente. O que Noss segura é outra máscara, mas que parece ser... pouco prática. Enquanto a primeira máscara que escolheu tinha todas as virtudes da conformidade ao rosto do usuário, essa negligencia tais vantagens. A superfície é irregular, com saliências e cavidades que a princípio parecem, na melhor das hipóteses, inflexíveis, e que talvez causem dor. E é muito mais pesada que a outra que escolhera sozinho.

"Não", diz Noss, devolvendo a máscara, "acho que a outra está boa."

O lojista olha como se lhe faltassem palavras. Ele passa vários segundos fitando Noss e pergunta: "Posso fazer uma pergunta pessoal? Você vive, como é que eu vou dizer isso, *aqui* desde sempre?".

O lojista aponta para o gramado denso do outro lado da vitrine da loja. Noss faz que não.

"Bom, então não tem pressa. Não tome nenhuma decisão apressada. Fique aqui na loja e pense melhor, ainda dá tempo. Na verdade, seria um favor para mim. Tenho que dar uma saidinha, entende, e se você puder ficar de olho nas coisas, vou agradecer muito. Então aceita fazer isso? Ótimo. E não se preocupe", ele diz, tirando um chapéu enorme de um gancho que se projeta da parede, "eu já estou voltando, é só um segundo. Se alguém nos visitar, faz o que der para ajudar", ele berra antes de fechar a porta da frente.

Agora sozinho, Noss examina melhor as prateleiras entupidas do outro tipo de máscara que o lojista lhe mostrara. Como eram diferentes do que ele imaginava ser uma máscara. Todas partilhavam da mesma falta de praticidade em termos de formato e peso, e tinham aberturas, muitas delas, em pontos bem esquisitos para a ventilação. Realmente bizarro! Noss devolve essas máscaras às prateleiras das quais vieram, e segura firme aquela que o lojista declarara ser perfeita para ele, tão prática sob todos os aspectos. Depois de um passeio vagamente exploratório pela loja, Noss acha um banco atrás do balcão e cai no sono.

Uns poucos instantes depois, ao que parece, ele é acordado por um barulho qualquer. Recuperando a consciência, olha ao redor à procura de sua origem. Então o barulho volta, um som abafado baixinho nos fundos da loja. Pulando do banco, Noss passa por uma porta estreita, desce um curto lance de escada, passa por outra porta, sobe outro curto lance de escada, atravessa um corredor pequeno e bem baixinho, e por fim chega à porta dos fundos da loja. Ronca mais uma ou duas vezes.

"Faz o que você puder por eles", Noss se lembra. Mas parece estar inquieto.

"Por que você não dá a volta e entra pela frente?", ele berra da porta. Não há resposta, no entanto, somente um pedido.

"Por favor, nos traga cinco máscaras. Estamos do outro lado do pátio, nos fundos da loja. Tem uma cerca. E uma fogueira do outro lado. É onde a gente está agora. Bom, você pode fazer isso ou não pode?"

Noss enfia a cabeça nas sombras junto à parede: agora um lado do rosto está na escuridão e o outro está indistinto, borrado pelo estranho clarão que é apenas impostor da luz verdadeira. "Dá um minutinho, encontro com vocês lá", ele responde enfim. "Está me escutando?"

Não vem resposta do outro lado. Noss abre um pouco a porta e espia o pátio da loja. O que vê é uma área desmazelada, toda rodeada por uma cerca de tábuas altas. Do outro lado da cerca, como dissera a voz, há uma fogueira, mas não das grandes. Porém, por mais indícios de traquinagem que Noss perceba ou seja capaz de inventar para si, não tem como desafiar as tradições do festival, ainda que se possa alegar ter acabado de adotar a cidade e seus costumes sazonais, por mais *raros* que sejam. Pois inocência e desculpas não harmonizam com o espírito desse evento fabulosamente infrequente. Complacente, Noss pega as máscaras e as leva à porta dos fundos da loja. Com cautela, dá um passo para fora.

Quando chega à outra ponta do pátio — uma distância da loja muito maior do que lhe parecera —, ele vê um brilho avermelhado pelas frestas da cerca, que tem uma porta com dobradiças frouxas e só um buraco no lugar da maçaneta. Deixando no chão as máscaras que carrega, Noss se agacha e espia pelo buraco. Do outro lado da cerca há um pátio escuro exatamente como aquele do seu lado, à exceção da fogueira que arde. Em torno do fogo reúnem-se várias figuras — cinco, talvez quatro — de ombros corcundas e colunas curvadas em direção à luz das chamas. Estão todos usando máscaras que a princípio parecem bem ajustadas ao rosto. Mas, uma a uma, essas máscaras parecem se afrouxar e cair, como se elas se soltassem do usuário. Por fim, uma das figuras tira a máscara por completo e a atira no fogo, onde se encrespa e encolhe em um maço de negror borbulhante. Os outros seguem o ato quando chega a hora. Livres das máscaras, as figuras retomam a postura encolhida. Mas a luz do fogo agora brilha em quatro, sim quatro, rostos lisos e anônimos.

"Essas são erradas, seu idiotinha", diz alguém que ele não havia percebido, à sombra. E a Noss só resta fitar com jeito de bobo quando uma mão arrebata as máscaras e as puxa para a escuridão. "A gente não vê mais utilidade *nessas*!", berra a voz.

Noss corre de volta para se refugiar na loja, as cinco máscaras atingindo suas costas estreitas e caindo no chão de cara para cima. Pois ele tivera um vislumbre do falante das sombras e agora entende por que *aquelas* máscaras não lhe serviam.

Já dentro da loja, Noss se apoia no balcão para recuperar o fôlego. Depois olha para cima e vê que o lojista já voltou.

"Tem algumas máscaras que levei até a cerca. Eram do tipo errado", conta ao lojista.

"Não tem problema nenhum", responde o outro. "Eu me encarrego de que as certas sejam entregues. Não se preocupa, ainda dá tempo. E quanto a você?"

"A mim?"

"E as máscaras, quer dizer."

"Ah, para começo de conversa, me desculpe pelo incômodo. Não é nada do que imaginei. Quer dizer, talvez seja uma boa eu só..."

"Bobagem! Você não pode ir embora agora. Confia em mim que eu tomo conta de tudo. Quero que você vá a um lugar onde as pessoas sabem lidar com casos assim. Você não é o único que está com um pouco de medo esta noite. É logo dobrando a esquina, para esse... não, para *aquele* lado, atravessando a rua. É um prédio alto e cinza, mas não faz muito tempo que foi construído, então presta atenção para não passar reto por ele. E tem que descer uma escada na lateral. Agora você poderia, por favor, seguir meu conselho?"

Noss faz que sim, obediente.

"Que bom, você não vai se arrepender. Agora segue reto. Não pare por nada nem ninguém. E aqui, não se esqueça delas", o lojista lembra a Noss, entregando-lhe um par de máscaras que não combinam. "Boa sorte!"

Apesar de não haver nada nem ninguém por que parar, Noss estanca os passos uma ou duas vezes, como se alguém às suas costas tivesse acabado de chamar seu nome. Então ele acaricia o queixo e as faces lisas, pensativo. Também toca em outras partes do rosto, desesperadamente, antes de seguir rumo ao prédio cinza alto. Ao chegar à escada lateral, não consegue tirar as mãos de si mesmo. Por fim, Noss põe uma das máscaras, a do semblante que tão bem se ajustara a ele. Mas por algum motivo ela já não lhe cai bem como antes. Não para de escorregar enquanto ele desce a escada, que parece gasta por inúmeros passos, curvada no meio pela tonelagem do tempo. Mas Noss se lembra do lojista dizendo que não fazia muito tempo que o espaço estava ali.

O cômodo na parte inferior, em que Noss entra agora, parece bem antigo e está sossegado. Nesse momento tardio do festival, está abarrotado de ocupantes que não fazem nada além de ficar sentados em silêncio nas sombras, com um ou outro rosto refletindo a luz turva. Esses rostos eram de uma simplicidade horrenda, só faltando a fisionomia exibir articulações familiares. Aos poucos, no entanto, adquirem traços, embora não os de outrora. E as evoluções em andamento, se os ouvidos se aguçarem, não são totalmente silenciosas. Talvez seja assim que um jardim soe caso fosse possível ouvir seu crescimento na calada da noite. Mas ali, naquela noite, o único som é o chiado baixinho de novos rostos rompendo a pele antiga. E brotavam muito bem. Com apática cerimônia, Noss tira a máscara que está usando e a joga fora. Ela cai no chão e fica ali, com um sorriso sarcástico, fixada em uma expressão que, nos próximos dias, muitos acharão estranha e questionarão.

Pois o velho festival terminou para um festival maior começar. E dos velhos tempos nada será dito, pois nada será sabido. Porém as máscaras daquela época passada, esquecidas em um mundo sem tolerância à monotonia, encontrarão algo de que se recordar. E talvez falem desses dias enquanto fazem hora na soleira de portas que não se abrem, ou na escuridão no alto de escadas que não levam a lugar nenhum.

A MÚSICA DA LUA

Com interesse considerável, e certa inquietude, escutei quando um homenzinho pálido chamado Tressor me contava sua experiência incrível, a voz suave mal rompendo o silêncio do cômodo iluminado pela lua. Parece que era um daqueles que não conseguia descansar e, como substituto ruim do inconsciente, adotava o hábito de tomar as ruas em busca do que a cidade tinha a oferecer a título de diversão. Há casas noturnas, é claro, onde é possível passar horas até o dia nascer. Mas suas distrações ficam logo bolorentas para os insones eternos, que de qualquer modo não veem serventia em um grupo que está bem desperto *por escolha*. Assim mesmo, há certos indivíduos, e Tressor era um deles, a quem nossa cidade revela seus mistérios noturnos. Na falta de sonhos que preservem o equilíbrio do mundo normal, quem não estaria em busca de passatempos para substituí-los?

De fato, há encantos que quase compensam pela letargia roubada dos outros. Olhar para cima e vislumbrar uma forma incomum de trotar por telhados íngremes com uma agilidade desconcertante pode muito bem ser uma compensação pelas muitas noites de inferno insone. Ou ouvir sussurros sinistros em uma de nossas ruas estreitas, e segui-los ao longo da noite sem nunca ser capaz de se aproximar deles, embora eles nunca enfraqueçam nem um pouco — isso pode muito bem aliviar os efeitos desgastantes de uma vigília tenebrosa. E se esses incidentes continuarem inconclusivos, se são largados como episódios meramente instigantes, indocumentados e subdesenvolvidos? Não podem ainda assim servir a seus propósitos? E quantos a nossa cidade não *salvou* desse jeito, tirando as mãos da faca, da corda ou do frasco de veneno? Porém, se existe alguma verdade no que creio ter acontecido com Tressor, talvez ele tenha se perdido em uma façanha de caráter decisivo incomum.

Preciso dizer que, quando Tressor me contou essa história, acreditei que fosse exagero, uma versão floreada de uma de suas aventuras que duravam a noite inteira. Parece que em uma de suas noites em branco de insônia ele entrou em uma parte mais antiga da cidade, onde a atividade é tão indiscreta quanto constante no decorrer da noite. Como já disse antes, Tressor estava dentre os que não eram avessos a quaisquer ilegalidades obscuras que a cidade pudesse lhe oferecer. Assim, fez a análise mais que comedida de um sujeito parado junto aos degraus de um prédio velho e podre, reparando que o homem parecia estar vagando sem objetivo específico, a mão enterrada no bolso do sobretudo e os olhos fitando os transeuntes com uma expressão de profunda paciência. O prédio em frente era uma estrutura bastante simples, digna de nota somente pelas janelas, assim como certos rostos são distinguíveis apenas em virtude de um par de olhos interessantes. Essas janelas não eram os retângulos estreitos da maioria dos outros edifícios da rua, mas semicírculos divididos em várias vidraças em forma de fatias. E à luz do luar pareciam brilhar de um modo impressionante, mas era possível que fosse mero efeito do contraste com a área ao redor, onde poucas vidraças limpas inevitavelmente chamam a atenção. Não sei dizer ao certo qual delas pode ser aprovada como explicação.

De qualquer forma, Tressor estava passando por esse prédio, o daquelas janelas, quando o sujeito parado perto dos degraus lhe empurrou algo, deixando o objeto sob seu domínio. E ao fazer isso ele lançou um olhar direto e profundo para os olhos do pobre Tressor, os quais o insone baixou imediatamente e fixou no objeto que tinha na mão. Aquilo que lhe fora dado era uma folhinha de papel, e mais adiante Tressor parou perto de um poste de luz para ler as linhas fracas de letras minúsculas. Com impressão em tinta preta em um dos lados do papel de tipo áspero, bastante gomoso, o folheto anunciava uma atração mais tarde naquela mesma noite, no prédio pelo qual acabara de passar. Tressor olhou para trás, para o homem que lhe entregara a propaganda, mas ele já não estava no mesmo lugar. Por um instante, isso lhe pareceu muito estranho, pois apesar da aparência casual, até mesmo tranquila de quem não esperava nada nem ninguém, o sujeito parecia sim estar de alguma forma preso àquele lugar específico diante do prédio. Agora, a ausência repentina fez com que Tressor ficasse... confuso, ou, em outras palavras, cativado.

De novo, Tressor examinou a folha na mão, esfregando-a entre o indicador e o polegar sem se dar conta. De fato tinha uma textura estranha, como cinzas misturadas com gordura. Pouco depois, no entanto, começou a sentir que estava dando importância demais à questão; e, ao retomar as peregrinações insones, jogou fora o papel. Mas, antes que atingisse a calçada, o folheto foi pego no ar por alguém que caminhava com a postura rígida na direção oposta. Olhando para trás, Tressor achou difícil saber quais dos outros pedestres tinha pegado o papel. Seguiu seu caminho.

Mais tarde, voltou ao prédio cujas janelas eram semicírculos reluzentes. Entrando pela porta da frente, destrancada e sem vigia, ele percorreu os corredores silenciosos, desertos. Nas paredes havia luminárias em forma de esferas de luz fraca. Virando uma curva, Tressor de repente se deparou com um abismo negro, no qual uma escada sem iluminação começava a emergir à medida que seus olhos se acostumavam com a enorme escuridão. Depois de certa hesitação, ele subiu os degraus, tocando uma música quebradiça nas tábuas velhas. Do primeiro patamar da escada, via as luzes suaves acima, e em vez de dar meia-volta ele subiu na direção delas. O segundo andar, entretanto, lembrava muito o primeiro, assim como o terceiro e todos os andares seguintes. Chegando ao alto do prédio, Tressor perambulou de novo, abrindo até algumas das portas.

Mas a maioria dos cômodos atrás dessas portas estavam escuros e vazios, e o luar que brilhava pelas janelas limpíssimas se lançava no chão bruto, coberto de pó, e nas paredes sem enfeites. Tressor estava prestes a dar as costas e voltar para fora quando viu, no fim do último corredor, uma porta de aura amarela fraca vazando pelas bordas. Foi até a porta, que estava entreaberta, e a empurrou com cautela.

Espiando o cômodo, Tressor viu o globo de luz amarelado que pendia do teto. Examinando devagar as paredes, notou coisas pequenas, parecidas com sombras, se mexendo nos cantos e no bolor do assoalho — consequências da manutenção inepta da casa, ele concluiu. Então viu algo na parede mais distante que o levou a recuar para o corredor. O que ele vislumbrou foram quatro figuras de contornos estranhos, sendo o mais alto quase da sua estatura, enquanto o menor tinha metade do seu tamanho. Já no corredor, no entanto, ele percebeu que essas imagens tinham ficado mais nítidas na sua cabeça. Agora ele tinha quase certeza da verdadeira natureza delas, embora eu tenha que confessar que não conseguia imaginar o que poderiam ser até ele falar a palavra-chave: "estojo".

Aventurando-se pelo cômodo outra vez, Tressor parou em frente aos estojos fechados que muito provavelmente eram de um quarteto de músicos. Pareciam muito antigos e estavam enfardados feito livros em um pano sujo. Tressor passou os dedos pelo material, e pouco depois começou a dedilhar os trincos de metal deslustrados do estojo de violino. Mas parou de repente ao ver um grupo de sombras se erguer na parede à sua frente.

"Por que você entrou aqui?", indagou uma voz que parecia ao mesmo tempo exausta e maliciosa.

"Vi a luz", Tressor respondeu sem se virar, ainda agachado diante do estojo de violino. De certo modo, o som da própria voz ecoando naquele cômodo vazio o perturbou mais do que a de seu interrogador, embora naquele momento não soubesse dizer por quê. Contou quatro sombras na parede, três delas altas e magras e a quarta um pouco menor, mas com uma cabeça enorme, disforme.

"Levante-se", mandou aquela mesma voz.

Tressor se levantou.

"Vire-se."

Tressor se virou devagar. E ficou aliviado ao ver à sua frente, parados, três homens de aparência bem comum e uma mulher cuja cabeça era envolta por nuvens irregulares de cabelo, claras. Além disso, entre os homens estava aquele que mais cedo entregara o folheto a Tressor. Mas agora parecia ser bem mais alto do que quando estava na rua.

"Você me deu o folheto", Tressor lembrou ao sujeito como se tentasse ressuscitar uma velha amizade. E de novo sua voz lhe soou esquisita ao reverberar no cômodo vazio.

O homem alto olhou para os companheiros, analisando cada um dos três rostos, como se lesse uma mensagem silenciosa nas feições inexpressivas. Então tirou um papel do sobretudo.

"Você está falando disso", disse a Tressor.

"É, isso mesmo."

Todos lhe sorriram com simpatia, e o homem alto disse, "Então você está no lugar errado. Tinha que estar um andar para cima. Mas a escada principal não te leva lá. Tem outra escada, menor, no corredor dos fundos. Você vai enxergar. Sua vista é boa?"

"É, sim."

"Boa como parece?", perguntou um dos outros homens.

"Eu enxergo muito bem, se é isso o que você está querendo dizer."

"Sim, é exatamente isso o que nós queremos dizer", disse a mulher.

Os quatro recuaram para abrir espaço para Tressor, dois de cada lado, e ele foi saindo do cômodo.

"Já tem umas pessoas lá em cima para o show", disse o homem alto quando Tressor chegou à porta. "Nós já vamos... para tocar!"

"Sim... sim... sim...", murmuraram os outros enquanto começavam a remexer nos estojos pretos contendo seus instrumentos.

"A voz *deles*", pensou Tressor, "não a minha voz."

Conforme Tressor me explicou depois, a voz dos músicos, ao contrário da dele, não gerava eco de nenhum tipo no cômodo vazio. Sem se deixar desanimar pelas implicações dessa anormalidade sônica, Tressor foi procurar a escada, que a princípio parecia um raio oco de negror no canto da sala dos fundos. Guiado pelo corrimão frágil que se curvava em espiral, ele chegou ao andar mais alto do prédio antigo. Os corredores dali eram bem mais estreitos do que os de baixo, passagens apertadas iluminadas por luminárias redondas encrostadas de poeira e que pendiam em intervalos irregulares. Também havia menos portas, todas pouco mais que um recorte na parede e portanto bem difícil de discernir, mais fácil de descobrir pelo tato do que pela visão. Mas a vista de Tressor era muito boa, assim como declarara, e ele logo achou a entrada de um ambiente em que diversas pessoas já estavam reunidas, assim como os músicos tinham dito.

Imagino que não tenha sido fácil para Tressor resolver se levaria adiante ou não o que havia começado naquela noite. Se a incapacidade de dormir às vezes conduz a vítima a consolações estranhas ou arriscadas, Tressor ainda mantinha clareza diurna suficiente para estabelecer um consenso. Ele não entrou na sala em que viu as pessoas estiradas nas cadeira espalhadas, a silhueta negra das cabeças humanas visível apenas à luz do luar que se derramava pelo vidro cristalino daquelas janelas em particular. Preferiu se esconder nas sombras mais no fim do corredor. E, quando os músicos chegaram no andar de cima, sobrecarregados pelos instrumentos, marcharam sala enluarada adentro sem desconfiar da presença de Tressor ali fora. A porta se fechou depois que passaram com um clique quase inaudível.

Durante alguns instantes houve apenas silêncio, um silêncio mais puro do que qualquer outro que Tressor tivesse conhecido na vida, como o silêncio de um mundo escuro, inanimado. Então o som começou a entrar no silêncio, mas de modo tão imperceptível que Tressor não saberia dizer quando acabara o silêncio absoluto e começara um silêncio enfeitado. O som virou música, música lenta na escuridão suave, música um pouco abafada ao atravessar a porta interveniente. De início havia apenas uma única nota ondulando em um universo de trevas, forçando aqueles que a escutavam a uma compreensão de sua voz sutil. Essa nota solitária transmitia uma abundância de sons secundários distintos, e poucos compassos depois uma segunda nota produziu o mesmo efeito; então outra nota, e mais outra, todas se fundindo para criar uma proliferação incalculável de harmonias ligeiramente dissonantes. Agora havia mais música do que poderia ser contida pelo silêncio anterior, por mais vasto que pudesse ter parecido. Em pouco tempo não havia espaço restante para o silêncio, ou talvez a música e o silêncio tivessem se confundido, indistinguíveis um do outro, assim como cores podem se fundir e virar brancura. E por fim, para Tressor, aquela sequência interminável de noites insones, todas um espelho da anterior e da que viria depois, finalmente se rompeu.

Quando Tressor despertou, a luz de uma aurora cinza tranquila encheu o corredor estreito onde ele jazia encurvado entre duas paredes descascadas. Recordando em um instante os acontecimentos da noite anterior, ele se pôs de pé e começou a andar em direção ao cômodo cuja porta ainda estava fechada. Encostou a orelha na madeira rugosa mas não escutou som nenhum vindo do outro lado. Na sua cabeça, a lembrança da música maravilhosa surgiu e se dissipou rapidamente. Assim como antes, a música lhe pareceu abafada, sua potência diminuída porque ele sentira medo demais de entrar na sala onde a música era tocada. Mas entrou agora.

E ficou perplexo ao ver a plateia ainda sentada, todos de frente para quatro cadeiras vazias e quatro instrumentos de tamanhos diversos abandonados. Os próprios músicos não estavam em lugar nenhum.

Os espectadores estavam todos vestidos de um manto branco com capuz feito de um material diáfano, quase como uma mortalha esfarrapada bem enrolada no corpo. Estavam bem quietos e bem impassíveis, talvez dormindo naquele sono profundo de que Tressor tinha acabado de despertar. Mas havia algo naquela congregação que enchia Tressor de um temor estranho, estranho porque também sentia que estavam completamente impotentes, porém contentes em estar assim — hipnose no êxtase. À medida que o olhar se aguçava no ocaso cinzento do ambiente, o manto usado por aquelas figuras paralisadas parecia cada vez mais uma espécie de atadura, uma pesada rede branca que as deixava seguras. "Mas não eram ataduras, nem mantos, nem mortalhas", Tressor me disse, por fim. "Eram teias, camadas grossas de teias que de início achei que poderiam cobrir o corpo de qualquer um".

Mas essa foi só a impressão que Tressor teve de seu ponto de vista atrás da plateia mumificada. Pois, à medida que se movimentava pela margem mais externa, avançando até quatro cadeiras vazias na frente da sala, ele viu que cada casulo branco e felpudo fora tramado para expor o rosto de seu habitante. Também viu que a expressão daqueles rostos era bastante similar. Quase poderiam ser descritos como serenos, Tressor me disse, se ao menos estivessem inteiros. Mas nenhum deles parecia ter olhos. A plateia estava toda voltada na mesma direção a fim de testemunhar um espetáculo que não podia mais ver, fitando o nada com órbitas sangrentas. Todos menos um, como Tressor por fim descobriu.

No fim de uma fileira de cadeiras bastante caótica, no fundo do cômodo, um membro da plateia se remexeu no assento. Enquanto se aproximava dessa figura aos poucos, com ideias vagas de resgate passando pela mente, ele percebeu que as pálpebras estavam fechadas. Sem protelar nem por um segundo, começou a arrancar as teias que aprisionavam a vítima, falando palavras de esperança ao se dedicar à trama horrenda. Mas foi aí que as pálpebras fechadas da figura presa se abriram e olharam ao redor, terminando por focar em Tressor.

"Você é o único", declarou Tressor, se empenhando diante das junções enredadas.

"Shhhh", disse o outro, "estou esperando."

Tressor parou, confuso, os dedos enrolados em um troço pavoroso que era pegajoso e abrasivo, de uma estranheza intolerável ao tato.

"Eles podem voltar", insistiu Tressor, embora não soubesse muito bem quem eram "eles".

"Eles *vão* voltar", retrucou a voz suave mas animada do outro. "Com a lua eles vão voltar com a música maravilhosa deles."

Estarrecido com esse enigma, Tressor começou a recuar. E imagino que, de dentro de algumas dessas órbitas ocas, quatro delas, para ser exato, os olhos minúsculos de criaturas bizarras o observavam quando ele fugiu daquela sala horrível.

Mais tarde, Tressor me visitava noite após noite para me contar da música, até que comecei a me sentir quase capaz de ouvi-la e apto a contar a história dele como se fosse minha. Em pouco tempo, falava somente da música, da forma como se recordava dela, um pouco abafada pela porta fechada. Quando tentou imaginar como teria sido ouvir a música, nas palavras dele, "em carne e osso", ficou óbvio que havia se esquecido do destino daqueles que de fato a escutaram desse jeito. Sua voz se tornava cada vez mais fraca à medida que a música se tornava cada vez mais alta e nítida em sua mente. Então uma noite Tressor parou de me visitar.

Agora parece que sou eu que não consigo dormir, principalmente quando vejo a lua pairando sobre a nossa cidade — a lua toda gorda e pálida, nos olhando de suas teias diáfanas de nuvens. Como faço para descansar sob seu olhar encantador? E como evitar que eu me desvie rumo a certa parte da cidade se noite após noite vago sozinho por ruas estranhas?

O DIÁRIO DE J. P. DRAPEAU

INTRODUÇÃO

Estava tarde e andáramos bebendo. Meu amigo, um poeta que às vezes fica muito irritável, me olhou do outro lado da mesa. Então ressuscitou uma queixa querida dele, como se eu não tivesse ouvido tudo aquilo antes.

"Cadê o escritor", ele começou, "que seja imaculado por qualquer hábito do ser humano, que seja o ideal de tudo exótico à vida, e cuja excentricidade, em sua fase mais sombria, se volta contra si mesmo para formar padrões cada vez mais complexos de estranheza? Cadê o escritor que passou a vida inteira em um sonho prodigioso que começou no dia de seu nascimento, se não muito antes? Cadê o escritor de um fim de mundo bolorento da Terra — a própria cidade de Bruges, aquele lugar atrofiado que um sonhador descreveu como um 'cadáver da Idade Média que canta para si de incontáveis campanários e instala pontes ossudas sobre os veios negros de seus velhos canais?'.

"Mas quem sabe a casa do nosso escritor não teria de ser ainda mais velha, uma Bruges mais decadente em uma Flandres mais distante, mais obscura... aquela imaginada por Bruegel e por Ensor. Cadê o escritor que foi produzido por dois mascarados apaixonados no decorrer daquelas festividades macabras chamadas de *quermesse*? Que foi abandonado para se desenvolver à própria maneira, largado a uma evolução solitária nas ruas escuras e junto a canais morosos. Que foi formado pelos sonhos que o rodeavam tanto quanto pelos de dentro de si, e que encontrou saciedade no estudo rebuscado. Cadê esse escritor, esse sujeito cujas alucinações entrelaçadas só poderiam ser abrigadas pelo mais íntimo dos diários? E esse diário, esse registro do homem mais desnecessário que já existiu, seria um documento das experiências mais questionáveis já conhecidas, e das mais belas."

"Claro que não existe um escritor assim", retruquei. "Mas sempre haverá Drapeau. Se tem alguém que eu poderia mencionar, é ele quem quase faz jus, se me permite dizer, a esses seus *rígidos* pré-requisitos. Passou a vida inteira em Bruges, escrevendo naqueles cadernos dele, e ele..."

Mas meu amigo poeta só gemeu de desespero:

"Drapeau, sempre o Drapeau."

TRECHOS DO DIÁRIO

31 de abril de 189...

Percebi que certas experiências são deixadas para mofar nos cantos da vida, ignoradas como crianças abandonadas na rua, como se devessem ser dissuadidas de circular livremente entre pessoas legítimas. Desde a infância, por exemplo, nem um dia se passou sem que eu tivesse escutado a *música dos cemitérios*. Ela soa aonde quer que eu vá — um refrão ressoante que enche o ar e às vezes abafa as vozes dos que ainda estão vivos. E no entanto, até onde vai meu conhecimento, nunca outra alma na Terra fez menção a essa cantoria onipresente, que vibra até nas correntes de nosso sangue. Será que a circulação na sociedade aprumada é tão deficiente que não consegue transportar essas notas mortas? Deve ser mero gotejamento!

24 de dezembro de 189...

Dois cadáveres minúsculos, um macho e outro fêmea, chocalham pelo closet enorme do meu quarto. Embora finados, ainda se escondem rápido sempre que preciso entrar no closet para pegar alguma coisa. Guardo várias quinquilharias lá, enfiadas em baús ou cestas e empilhadas por todos os lados. Nem consigo mais ver o assoalho ou as paredes, e só consigo examinar as camadas de teia que flutuam perto do teto se segurar a luz acima da minha cabeça. Depois de fechar a porta do closet, seus dois habitantes em miniatura retomam as atividades. A voz deles é apenas um guincho fraco que mal me incomoda durante o dia. Mas às vezes fico noite adentro sem dormir por causa das conversas intermináveis entre os dois.

31 de maio de 189...

Depois de passar boa parte da noite me revirando, saí para caminhar. Não tinha ido muito longe quando me tornei espectador de uma cena triste. Alguns metros à minha frente, na rua, um senhor era tirado à força de casa por dois outros homens bem robustos. Deixaram-no contido e o conduziram a um veículo à espera.

Rindo histericamente, parecia que o homem estava destinado ao hospício. Quando o trio pelejante chegou à rua, o olhar do homem aos risos cruzou com o meu. De repente, ele parou de rir. Depois, em um surto de resistência, se libertou dos acompanhantes e correu na minha direção.

"Nunca fale", ele disse em tom frenético, quase chorando. "Nunca fale uma palavra do que você sabe. Dá para ver pelo seu olhar."

"Mas sou apenas uma pessoa normal", declarei, percebendo que os capturadores se aproximavam.

"Jura!", ele exigiu. "Senão eles vão levar todos nós."

Então, contudo, seus perseguidores o alcançaram. Enquanto o arrastavam, ele caiu na risada como antes, e os estrépitos da gargalhada, no sossego das primeiras horas da manhã, foram logo devorados pelo repique de sinos da igreja. Foi naquele instante que resolvi dar ouvidos à advertência do senhor e disfarçar certas percepções minhas no linguajar da extravagância. Ou deixá-las totalmente de fora destas páginas para o caso de alguém descobri-las enquanto ainda estou vivo.

1º de agosto de 189...

Quando criança, eu tinha algumas ideias bem esquisitas. Por exemplo, acreditava que durante a noite, enquanto eu dormia, demônios tiravam partes do meu corpo e brincavam com elas, escondendo meus braços e pernas, rolando minha cabeça pelo chão. Claro que abandonei essa crença assim que entrei na escola, mas só muito depois descobri a verdade sobre o tema. Após assimilar muitos fatos de diversas fontes e deixar que se misturassem na minha cabeça, estava preparado para compreender. Aconteceu uma noite quando eu estava atravessando a ponte que se estendia sobre um canal estreito. (Foi em uma parte da cidade bem distante de onde moro.) Ao parar um instante, conforme tenho por hábito fazer ao cruzar uma daquelas pontes, olhei não para baixo, para a água preta do canal, mas para cima, para o céu noturno. Foram aquelas estrelas, agora eu sabia. Foram prometidas a algumas delas partes específicas do meu corpo. Nas horas mais escuras da noite, quando a pessoa tem uma sensibilidade fora do normal para essas coisas, eu podia — e ainda posso, mas apenas de leve — sentir a força daquelas estrelas me puxando em vários pontos, ávidas pelo momento da minha morte, quando talvez todas pudessem levar embora a parte de mim que era delas por lei. Claro que uma criança interpretaria essa experiência da forma errada. E quantas vezes não descobri que todas as superstições são baseadas na verdade.

9 de outubro de 189...

Ontem à noite visitei um dos teatrinhos que operam aqui nas redondezas e fiquei um tempo nos fundos. No palco havia um mágico, o cabelo preto brilhante repartido ao meio, com todas as vestes de prestidigitador: uma caixa comprida à esquerda (luas e estrelas), uma caixa alta à direita (desenhos orientais) e à frente uma mesa baixa coberta de veludo vermelho e cheia de objetos diversos. A plateia, uma casa cheia, aplaudia feito louca após cada truque executado. A certa altura o mágico dividiu as várias seções de sua assistente em caixas separadas, que em seguida deslocou para áreas diferentes do palco, enquanto as mãos e os pés desmembrados continuavam a balançar e a cabeça decapitada ria com uma intensidade cortante. A plateia se esmerava em demonstrar seu deleite. "Não é incrível?", exclamou um homem de pé ao meu lado. "Se você diz", retruquei, e então me dirigi à saída, percebendo que para mim essas coisas apenas provocam minha raiva contra um mundo que aplaude ilusões manipuladas enquanto nega ou avilta aqueles que criam a vida que estão vivendo. Nenhuma ilusão *real* jamais seria aceita, nem sequer ganharia a atenção deles. Preferem ficar presos dentro de um baú maciço envolto em correntes e atirado nas águas mais profundas. Assim como eu.

1º de novembro de 189...

Desde os primórdios da vida humana existem pessoas, quase todos nós, na verdade, que sustentam que o mundo visível é apenas um mero cisco na totalidade da existência. Assim, tudo que testemunhamos é traduzido em um indicador da ordem da existência invisível que se expressa por meio das substâncias grosseiras que percebemos com os sentidos. Donde pode parecer que uma árvore não é uma árvore, mas um sinalizador de outro âmbito, uma coisa espectral cheia de insinuações estranhas: a de que uma casa não é uma casa, mas uma soleira através da qual podemos entrar em outra casa, mais adequada a nossas ânsias inomináveis; de que uma rua deserta sob o crepúsculo pode revelar outro lado da existência, que complementa esse lado das coisas e nos consola por suas imperfeições.

Mas realmente existe outro mundo que ofusca o nosso? Quem sabe, e por que deveríamos nos importar com isso? Podemos igualmente alegar que os mundos que parecem resistentes à nossa detecção sensorial são apenas parasitas do único mistério que existe — nossa própria vida. Que nos beneficiemos de nossa ignorância não é uma ideia incomum. Tampouco é uma noção bem-vinda àqueles que acreditariam que nosso destino é conduzido por poderes invisíveis. Esta é a desconfiança que nunca devemos tentar averiguar: a criação como um todo pode ser mais bem retratada como um cômodo inabitado cheio de ecos do nada. Por que essa condição, esse anúncio do irreal, deve ser insuficiente para nossas exigências espirituais?

1º de janeiro de 189...

Existe uma verdade solitária que, não sei se para o bem ou para o mal, não pode ser expressa nesta Terra. É algo muito estranho, já que tudo —situações tanto externas como internas — sugere essa verdade e como um jogo fantástico de charadas está sempre tentando persuadir o segredo a vir à tona. Os olhos de certas bonecas de modelagem tosca são especialmente sugestivos. E a risada distante. Em raros momentos me sinto muito próximo de pôr isso no meu diário, assim como faria com qualquer outra revelação. Seriam apenas umas frases, tenho certeza. Mas, sempre que sinto que começam a tomar forma na minha cabeça, a folha à minha frente não recebe bem minha caneta. Depois fico fatigado com meu fracasso e sofro de dores de cabeça que às vezes duram dias. Nesses momentos também tendo a ver coisas esquisitas refletidas nas janelas. Mesmo depois de passada uma semana inteira talvez eu continue acordando de madrugada, a semiescuridão do meu quarto ligeiramente reverberante com uma voz que me berra de lugar nenhum.

30 de março de 190...

Por pura desatenção, mirei meu reflexo no espelho de um jeito um pouco intenso demais. Preciso dizer que o espelho está pendurado no meu quarto há mais tempo, eu palpitaria, do que estou nesta Terra. Não é de surpreender, então, que mais cedo ou mais tarde fosse me causar tensão. Até certo ponto, praticamente não tivemos problemas: havia apenas meus olhos, meu nariz, minha boca, e era só isso. Mas então começou a parecer que aqueles olhos me olhavam, em vez de eu olhar para eles; que minha boca estava prestes a falar de coisas fora do meu conhecimento. Por fim, me dei conta de que uma criatura completamente diferente se escondia atrás do meu rosto, tornando-a totalmente irreconhecível para mim. Permita-me dizer que passei bastante tempo remodelando meu reflexo para torná-lo o que deveria ser.

Mais tarde, quando caminhava ao ar livre, estanquei o passo na rua. À minha frente, parado sob uma lamparina dependurada em um muro velho, estava o vulto de uma figura basicamente do meu tamanho e proporções. Ele olhava para o outro lado mas de forma bem rígida e bem tensa, como se aguardasse com ansiedade o momento exato em que de repente daria meia-volta. Se isso acontecesse, eu sabia o que veria: meus olhos, meu nariz, minha boca e por trás dessas feições um ser estranho além de toda descrição. Refiz meus passos de volta para casa e fui imediatamente para a cama.

Mas não conseguia dormir. A noite toda um brilho esverdeado irradiava do espelho com ar triunfante.

Sem data

Eu tinha acabado um livro em que há uma cidade antiga atravessada por sinuosos canais plácidos. Fechei o livro e fui à janela. Esta é uma cidade antiga, se medieval pode ser considerada antiga, amarrada por sinuosos canais plácidos. A cidade retratada no livro muitas vezes está envolta em neblina. Esta cidade está muitas vezes envolva em neblina. A cidade do livro tem casas em desintegração, algumas pontes arqueadas, incontáveis campanários e estreitas ruas serpenteantes que terminam em pequenos pátios esquisitos. Assim como esta, nem preciso dizer. E os sinos infinitamente ocos do livro, repicando a chegada de cada manhã bruxuleante e crepúsculo rabugento, são iguais aos seus sinos ressoantes, minha adorável cidadezinha. Assim, é fácil transitar entre uma cidade e a outra, confundindo-as agradavelmente.

Ah, minha cidade de contos de fada, que privilégio o meu padecer alguns breves capítulos em sua suntuosa história de decadência. Estudei suas passagens mais obscuras e descobri que são tão sombrias quanto as águas de seus canais.

Minha cidade, meu conto de fadas, eu... há quanto tempo nos mantemos juntos! Mas tenho a impressão de que teremos de compensar essa resistência, e todos terão que desaparecer, um por um. Cada tijolo seu, cada osso meu, cada palavra do nosso livro... tudo sumido para sempre. Tudo, talvez, menos o som daqueles sinos assombrando a neblina vazia através do crepúsculo eterno.

VASTARIEN

Nas trevas de seu sono algumas luzes começaram a brilhar como velas na clausura. A iluminação era irregular e turva, não vinha de uma fonte precisa. Ainda assim, ele agora descobria muitas figuras sob as sombras: prédios altos com telhado assentindo para o chão, prédios largos com fachada seguindo a curvatura da rua, prédios escuros com janelas e portas se inclinando feito quadros mal pendurados. E, apesar de se achar incapaz de consertar sua localização nessa cena, ele sabia onde seus sonhos o haviam levado mais uma vez.

Ao mesmo tempo que estruturas curvadas se multiplicavam em sua visão, amontoando-se à distância perdida, ele tinha um senso de intimidade com cada uma delas, um conhecimento especial dos espaços internos delas e das ruas que se enrolavam em seus blocos. De novo, conhecia as profundezas de seus alicerces, onde uma vida obscura parecia se consolidar, uma civilização isolada de ecos florescendo entre as paredes queixosas. Porém, ao sondar de modo mais amplo tais interiores, certas dificuldades se apresentavam: escadas que desviavam do caminho e iam a lugares inúteis; cabines de elevador que instavam paradas indesejadas em seus passageiros; escadas de mão estreitas ascendendo a uma barafunda de cabos e tubos, as válvulas pretas e artérias de um organismo petrificado e monstruoso.

E ele sabia que cada canto desse mundo corroído era prolífico em escolhas, mesmo se tivessem de ser feitas às cegas em um lugar onde faltava consequências claras e uma hierarquia de possibilidades. Pois poderia haver um cômodo cuja decoração emanasse uma serenidade desamparada que a princípio atrai o visitante, o qual então descobre certas figuras envoltas em equipamentos luxuosos, figuras que não se mexem nem falam mas apenas encaram; e, concluindo que esses manequins cansados já exerceram um prazer bizarro no repouso, o visitante é forçado a ponderar as alternativas: ficar ou partir?

Escapando aos encantos claustrais de tais cômodos, seu olhar agora vagava pelas ruas de seu sonho e esquadrinhava as altitudes além dos telhados inclinados.

As estrelas pareciam não ser nada além de cinzas prateadas que subiam da boca de enormes chaminés e se agarravam a algo escuro e denso que ondulava acima, uma presença física que se encurvava e afundava, quase baixando no horizonte. Parecia-lhe que certas torres altas quase rompiam esse negrume vergado, se esticando em direção à noite para alcançar a maior distância possível do mundo lá embaixo. E no ápice de uma das maiores torres, ele espiou silhuetas vagas que se mexiam freneticamente em uma janela clara, girando e se debruçando no vidro como fantoches feitos de sombras na exaltação de uma disputa louca.

Pelas ruas labirínticas sua visão deslizava devagar, como se transportada por uma brisa letárgica. Janelas escurecidas refletiam os feixes dos postes de configuração grotesca, e as janelas iluminadas traíam cenas estranhas que eram deixadas para trás muito antes de seu mistério total subjugar o viajante sonhador. Entrando em passagens mais remotas, ele cresceu ao passar por jardins abarrotados e portões tortos, andou ao largo de uma cerca de estacas podres que pareciam balançar sobre o abismo, e boiou sobre pontes que se arqueavam acima das águas ondulantes dos canais negros.

Perto de certa esquina, um ponto de claridade sobrenatural e quietude, viu duas figuras paradas debaixo do esmalte cristalino de uma claraboia instalada no alto de uma parede de pedra entalhada. As sombras eram colunas de negror perfeitas sobre o pavimento lívido; o rosto delas, um par de máscaras desbotadas a ocultar esquemas sagazes. E pareciam ter vida própria, sem consciência do observador sonhador, que só queria viver com aqueles fantasmas e saber dos sonhos *deles*, permanecer naquele lugar que nada ficava a dever à existência corpórea.

Nunca, parecia, poderia ser forçado a abandonar esse campo de maravilhas extravagantes. *Nunca.*

Victor Keirion despertou com uma breve contração dos membros, como se estivesse lutando caoticamente para impedir sua queda de uma altura imaginária. Por um instante ficou de olhos fechados, na esperança de preservar, do sonho, a euforia em dissipação. Por fim, piscou uma ou duas vezes. O luar através de uma janela sem cortina lhe consentia a imagem de seus braços esticados e mãos um pouco torcidas. Afrouxando sua pegada sem jeito na beira do colchão com lençol, ele se deitou de costas. Então tateou até os dedos acharem a corda que pendia da luminária sobre a cama. Surgiu um quarto pequeno, pouco mobiliado.

Fez força para se levantar e esticou o braço até a mesa de cabeceira de metal pintado. Pelos espaços entre os dedos viu a lombada cinza-claro de um livro e algumas das letras pretas gravadas na capa: *V, S, R, N*. De repente afastou a mão sem encostar no livro, pois a intoxicação mágica do sonho havia morrido, e temia não ser capaz de revivê-la.

Livrando-se das cobertas ásperas, plantou os pés no assoalho gelado, os cotovelos apoiados nas pernas e as mãos entrelaçadas. O cabelo e os olhos eram claros e o tom da pele estava bastante acinzentado, insinuando a cor de certas nuvens ou a de um longo confinamento. A única janela do quarto ficava a poucos passos de distância, mas evitava se aproximar, e até sequer olhar na sua direção. Sabia exatamente o que veria àquela hora da noite: prédios altos, prédios largos, prédios escuros, estrelas e luzes dispersas e uma movimentação letárgica nas ruas lá embaixo.

Sob muitos aspectos a cidade além da janela era um simulacro daquele outro lugar, que agora parecia extremamente distante e inacessível. Mas a semelhança era evidente só para sua mente, só em imagens rememoradas que formava quando seus olhos estavam fechados ou desfocados. Seria difícil conceber uma criatura para a qual *este* mundo — sua forma nua, vista de olhos abertos — representasse um paraíso cobiçado.

Agora parado diante da janela, as mãos enfiadas no bolso de um roupão de banho com consistência de papel, ele viu algo que faltava em sua vista, um imóvel crucial que fora negado às estrelas acima e às ruas abaixo, uma essência sobrenatural que precisava salvá-los. Apesar de não ter sido dita, a palavra *sobrenatural* reverberava no quarto. Naquele lugar e àquela hora, a ausência paradoxal, a característica faltante, ficou clara para ele: era o elemento da irrealidade, ou talvez de uma realidade tão saturada pela própria presença que dava um salto no irreal.

Assim era o santuário secreto de Victor Keirion, devoto daquela desprezível seita de almas crente de que o único valor deste mundo repousa em seu poder — em certos momentos — de sugerir outro. No entanto, o lugar que agora examinava pela janela larga jamais poderia ser algo além de um fantasma mais diáfano daquele outro lugar, algo além de uma imitação sombria da anatomia daquele grande sonho. E, embora de fato houvesse épocas em que a pessoa poderia ser enganada, momentos isolados em que o dom do disfarce triunfava, a personificação jamais poderia ser perfeita ou duradoura. Nenhum desafio verdadeiro à rica irrealidade de Vastarien, onde cada estrutura sugeria outras milhares, cada som disseminava ecos perenes, cada palavra fundava um mundo. Nenhum horror, nenhuma alegria era equivalente às sensações abissalmente vibrantes conhecidas naquele lugar que era alhures, naquele refúgio fascinante em que todas as experiências estavam interligadas para compor texturas fantásticas de sentimentos, um ornato belo e sombrio de padrões ilimitados. Pois tudo no irreal aponta para o infinito, e tudo em Vastarien era irreal, irrestrito pelas limitações da existência. Até seus aspectos mais modestos proclamavam esta verdade: existia alguma coisa ou algum lugar na tediosa realidade capaz de conjurar as fantasias abundantes e estranhas do sonho?

Em seguida, ao focar o olhar na parte distante da cidade, lembrou-se do lugar que abrira a porta à morada de desfigurações requintadas que procurava fazia muito tempo.

Nada do que havia ali dentro era insinuado pela entrada modesta: um retângulo de vidro borrado dentro de outro retângulo de madeira gasto, um negócio puído alojado na parede de tijolos no fim de uma escada que descia de uma rua em decomposição. E empurrava para dentro com facilidade, apenas uma delicada formalidade entre a loja do subsolo e o mundo externo. Dentro havia uma porta aberta de formato vagamente circular que parecia mais o saguão de um hotel antigo do que uma livraria. A circunferência da sala era composta de prateleiras apinhadas cujas seções diversas se juntavam e criavam um polígono de onze lados, com uma mesa comprida onde estaria a décima segunda. Depois da mesa havia mais prateleiras, seus tamanhos consideráveis levando às sombras. Do canto mais distante dessa parte da loja, Victor Keirion iniciou seu circuito das prateleiras, tão promissoras em suas séries de encadernações rubras como resíduos de um outono exuberante.

Em pouco tempo, no entanto, sentiu-se traído quando a aura da Librairie de Grimoires foi eliminada e revelou, a seus olhos, um espetáculo à parte de charlatanismo. Só podia culpar a si mesmo por essa desilusão. Era falha sua que constantemente se sujeitasse à discrepância entre o que esperava encontrar e o que de fato encontrava nesses estabelecimentos. Na verdade, havia pouca base para sua crença de que existia um mistério de um gênero totalmente diferente daquele apresentado pelos livros à sua frente, todos saturados por uma realidade obscena. Os outros mundos retratados nesses livros serviam apenas de anexos a este: eram impostores da irrealidade autêntica que era a única redenção para Victor Keirion. E era esse ponto *terminal* que ele buscava, não aqueles guias de "como chegar" a destinos inúteis, céus ou infernos que eram meros pretextos para circum-navegar o real e se deleitar com isso. Pois ele sonhava com tomos sombreados que, em vez de pregar catecismos mundanos, delineavam apenas uma liturgia tenebrosa do espectral e ritos de salvação por meio da desordem meticulosa. Sua máxima: viver entre as ruínas da realidade.

E pareciam suplantadas todas as probabilidades de que não havia representação bibliográfica desse sonho, nenhum aprimoramento dessa fantasia em uma bíblia delirante que seria a praga de todas as outras — um livro sagrado que começaria pelos presságios do apocalipse e terminaria com os destroços de toda criação.

Tinha, de fato, se deparado com trechos de certos livros que se aproximavam desse ideal, dando a entender ao leitor — praticamente advertindo — que as páginas diante de seus olhos estavam prestes a lhe oferecer uma visão do abismo e jogar uma luz vacilante sobre alucinações desoladas. *Tornar-se o vento na calada do inverno e uivar a destruição de tudo o que viveria no calor e na luz.* Assim talvez comece um verso instigante em um tomo de esoterismo. Mas logo o visionário estupefato hesitaria, cancelando a fuga prometida a paisagens macilentas da inexistência, talvez oferecendo um pedido de desculpas por esse lapso irreal adentro. A obra então se dedicaria ao tema desgastado pelo tempo, revelando seu verdadeiro propósito ao repisar a mais infrutífera e profana de todas as ambições: o sonho de alcançar um bem imaculado, com o conhecimento místico como ganha-pão. A imagem de uma iluminação desastrosa foi evocada de passagem e depois deixada de lado. O que restava era invariavelmente uma metafísica tão sistematicamente trivial e aviltante quanto o mundo que pretendia transcender, um manual esboçando o caminho rumo a um estado hipotético de glória pura. O que continuava *perdido* era a revelação de que nada que se tenha conhecido terminou em glória; que tudo o que termina o faz com exaustão, confusão e entulho.

Ainda assim, um livro que conteve ao menos um gesto enganoso para com a máxima genuinamente excêntrica de Victor Keirion poderia ter realmente servido a seu propósito. Direcionando a atenção do livreiro para conteúdos seletos de tais livros, ele diria: "tenho interesse em uma certa área, talvez você entenda... isto é, fico me perguntando, você sabe de outras, como dizer, *fontes* que possa me recomendar que ajudem na minha pesquisa, com a qual estou querendo dizer...".

Às vezes era encaminhado a outro livreiro ou ao dono de uma coleção particular. Vez por outra, era ridiculamente mal interpretado quando se via às margens de uma sociedade dedicada a um empreendimento estritamente demoníaco.

A mesma livraria em que Victor Keirion dava uma olhadela representava apenas a digressão mais recente em uma busca sem avanços. Mas ele aprendeu a ser cauteloso e tentaria gastar o mínimo tempo possível para determinar se havia ou não algo para ele ali. Assim, folheou atentamente as páginas de um livro atrás do outro.

Absorto como estava no exame de tamanha verborragia, ficou espantado quando alguém com uma voz que parecia infantil lhe dirigiu a palavra.

"Você viu nosso amigo?", indagou uma voz próxima, lhe dando um leve susto. Victor Keirion se virou de frente para o estranho. O sujeito era baixinho e usava um sobretudo preto; seu cabelo também era preto e caía na testa. Apesar do aspecto geral, havia algo em sua presença que levava os outros a pensarem em uma gralha, uma criatura que revira lixo à espera. "Ele saiu do santuário dele?", o homem perguntou, gesticulando para a mesa vazia e a área escura atrás dela.

"Desculpe, não vi ninguém", Keirion respondeu. "Só agora que vi você."

"É inevitável ficar quieto. Olha esses pezinhos", disse o homem, indicando seu par extremamente engraxado de sapatos pretos. Sem pensar, Keirion olhou para baixo; em seguida, sentindo-se ludibriado, olhou de novo para o estranho sorridente.

"Você parece estar muito entediado", disse a gralha humana.

"Perdão?"

"Deixa pra lá. Dá para perceber que estou te incomodando." Então o sujeito se afastou, o casaco balançando um pouco, e começou a analisar algumas prateleiras de livros distantes. "Nunca tinha te visto aqui", ele disse do outro lado da sala.

"Eu nunca tinha vindo aqui", Keirion respondeu.

"Você já leu isto?", o desconhecido perguntou, puxando um livro e exibindo sua capa preta sem palavras.

"Nunca", Keirion replicou sem nem olhar para o livro. De algum jeito, parecia a melhor atitude a tomar com aquela figura, que parecia estrangeira de uma forma indefinível.

"Bom, você deve estar procurando algo especial", continuou o outro, recolocando o livro na prateleira. "E eu sei como é, quando estamos procurando algo muito especial. Você já ouviu falar de um livro, um livro muito especial, que não é... bom, que não é *sobre* alguma coisa, mas que na verdade é essa coisa?"

Pela primeira vez o estranho antipático conseguira intrigar Keirion em vez de aborrecê-lo. "Isso me parece...", ele começou a dizer, mas o outro exclamou:

"Lá vem ele, lá vem ele. Com licença."

Parecia que o dono — aquele amigo em comum — finalmente havia feito sua aparição e agora estava atrás da mesa, olhando para os dois clientes. "Meu amigo", disse o homem-gralha ao se aproximar, com um braço esticado, do cavalheiro suavemente calvo e brandamente gordo. Trocaram um aperto de mãos. Por alguns instante conversaram baixinho, baixinho demais para Victor Keirion escutar o que diziam. Então o homem-gralha foi convidado a ir para trás da mesa e — conduzido pelo livreiro corpulento — foi rumo à escuridão nos fundos da loja. Em um canto distante daquelas trevas o retângulo brilhante da porta de repente lampejou um contorno, acolhendo pelo batente uma sombra grande, de duas cabeças.

Deixado a sós entre os tomos imprestáveis da loja, Victor Keirion sentiu a frustração triste dos que não são convidados, dos abandonados. Mais do que nunca havia se contagiado com as esperanças e curiosidades de um tipo indeterminável. E em pouco tempo achou impossível continuar fora daquela salinha radiante onde os outros dois haviam entrado, e em cuja porta ele ficava em silêncio.

O cômodo era um cubículo apertado dentro do qual havia outro cubículo formado por estantes soltas, criando quatro corredores estreitíssimos no vão entre eles. Da porta ele não via como entrar no cubículo de dentro, mas ouvia as vozes dos outros sussurrando de lá. Pisando devagar, começou a percorrer o perímetro da sala, os olhos examinando uma profusão de tomos de aspecto esquisito.

No mesmo instante percebeu que algo de natureza especial aguardava sua descoberta, e a evidência dessa intuição começava a se acumular. Cada livro que analisava servia de pista nessa investigação delirante, um sinal críptico que utilizava seus poderes de interpretação e dava fé para seguir em frente. Muitas das obras eram escritas em línguas estrangeiras que ele não sabia ler; algumas pareciam compostas em cifras baseadas em caracteres familiares e outras pareciam ser transcritas em uma criptografia totalmente artificial. Mas em todos esses livros ele encontrava orientações evasivas, um componente de importância mais ou menos indireta: uma estranheza na tipografia, páginas e encadernação de textura incomum, diagramas abstratos que não aludiam a algum ritual ortodoxo ou sistema oculto. Expectativa ainda maior era inspirada por certas chapas ilustradas, desenhos misteriosos e gravuras que retratavam cenas e situações diferentes de qualquer coisa que pudesse nomear. E obras como *Cinotoglis* e *O notuário do dente* transmitiam esquemas tão bizarros, tão distantes dos textos conhecidos e dos tratados da tradição esotérica, que se sentiu seguro em sua busca.

O sussurro ficou mais alto, mas não mais distinto, à medida que se aproximava do canto daquele cubículo interno e reparava com angústia na abertura na ponta oposta. Ao mesmo tempo foi distraído, sem razão aparente, por um tomo pequeno e cinzento inclinado dentro de uma lacuna criada por volumes grandes de ambos os lados. O livrinho fora acomodado na prateleira mais alta, obrigando-o a se esticar, como se estivesse em um cavalete de tortura na vertical, para alcançá-lo. Tentando não entregar sua presença com ruídos de dor, ele enfim pegou o objeto de cor acinzentada — pálido como sua própria cor — entre as pontas dos primeiros dedos. Em silêncio, se esforçou para tirá-lo do lugar sem fazer barulho. Ato cumprido, aos poucos retomou sua estatura original e olhou as folhas quebradiças do livro.

Parecia se tratar de uma crônica de sonhos estranhos. Porém, de um modo ou de outro os trechos que examinava eram menos uma recordação de visões desgovernadas do que uma encarnação tangível delas, não mera retórica mas a coisa em si, exatamente como o homem-gralha havia descrito. O uso da linguagem no livro era notoriamente artificial e o autor era desconhecido. Aliás, o texto passava a impressão de falar para si e de falar apenas para si, as palavras começando como sombras não projetadas por figuras externas ao livro. Mas, embora o tomo parecesse ser composto em um vernáculo de mistérios, suas palavras inspiravam uma compreensão firme e criavam no leitor uma apreensão visceral do fenômeno nomeado pelos personagens entalhados na capa do livro. Passando o indicador direito sobre aquelas letras retorcidas, que pareciam profundamente gravadas na superfície de encadernação rígida do volume, Victor Keirion não conseguia sentir a fisicalidade delas. Era como se intuísse a palavra que formavam: *Vastarien*.

Seria o livro uma espécie de invocação de um mundo à espera do gênesis? E seria sequer um mundo? Em vez da essência irreal de um, todos os elementos naturais expurgados dele por meio de um processo de extração inefável, todos os dias destilados em sonhos e noites em pesadelos. Cada trecho que adentrava no livro o encantava e ao mesmo tempo o estarrecia com imagens e incidentes tão bizarros e caóticos que seu senso habitual desses termos se desintegrava com todo o resto. A singularidade desenfreada parecia ser a regra daquele mundo, enquanto a imperfeição era a fonte paradoxal de idealidades — milagres da aberração e maravilhas da malformação. Havia horror, sem dúvida. Mas era um horror não comprometido por nenhum sentimento de alegria perdida ou de busca contrariada pelo bem. Em vez disso, oferecia a salvação pela danação. E se Vastarien era um pesadelo, era um pesadelo transformado em energia pela total falta de refúgio: pesadelo transformado em algo normal.

"Desculpe, não vi que você tinha entrado aqui", disse o livreiro em tom agudo. Tinha acabado de emergir da saleta dentro do cômodo e estava de braços cruzados sobre o peito largo. "Por favor, não encoste em nada. E posso pegar isso aí da sua mão?" O braço direito do livreiro se esticou e voltou ao lugar de antes porque o sujeito de olhos claros não entregou a mercadoria.

"Acho que eu gostaria de comprar esse", declarou Keirion. "Tenho certeza de que gostaria, se..."

"Claro, se o preço for razoável", finalizou o livreiro. "Mas, quem sabe, talvez você não consiga reconhecer como esses livros podem ser valiosos. Esse aí nas suas mãos", disse, pegando um bloquinho e um lápis da jaqueta e rabiscando depressa. Ele arrancou a primeira folha e a exibiu para o pretenso comprador vê-la, depois guardou com autoconfiança todos os materiais de escrita, como se ali se encerrasse o assunto.

"Mas deve haver uma margem para pechinchar", Keirion protestou.

"Sinto dizer que não", respondeu o livreiro. "Não com uma coisa que é única, como são vários desses tomos. Mas o livro que está nas suas mãos, esse único exemplar..."

Uma mão tocou no ombro do livreiro e pareceu desligar sua voz. O homem-gralha adentrou o corredor, os olhos fixos no objeto sob discussão, e indagou: "Você não acha esse livro meio... difícil?".

"Difícil", repetiu Keirion. "Não sei direito... Se você está querendo dizer que a linguagem é estranha, vou ser obrigado a concordar, mas..."

"Não", exclamou o livreiro, "o que ele quer dizer não é nada disso."

"Nos dê licença um instante", pediu o homem-gralha.

Os dois homens voltaram à saleta, onde passaram um tempo sussurrando. Quando os murmúrios cessaram, o livreiro apareceu e anunciou que houvera um engano. O livro, embora fosse meio raro, valia bem menos que o preço antes cotado. A avaliação revisada, apesar de ainda cara, ficava dentro da capacidade desse comprador específico, que concordou logo em pagá-lo.

Assim começou a preocupação de Victor Keirion com certo livro e certo mundo alucinado, mas fazer distinção entre esses dois fenômenos no fundo parecia um erro. O livro, de fato, não apenas descrevia aquele mundo estranho mas, em um estilo obscuro, era uma verdadeira composição da coisa em si, sua estrutura encarnada.

Todos os dias desde então ele estudava os episódios hipnóticos do livrinho; todas as noites, ao sonhar, levava a cabo expedições amorfas por sua topografia fantástica. Segundo as aparências, a impressão era de que ele tinha descoberto o cume ou o abismo do irreal, aquela utopia da exaustão, confusão e destroços em que a realidade termina e onde alguém talvez viva entre suas ruínas. E não demorou muito para que achasse necessário revisitar aquela loja de doze lados, na intenção de questionar o livreiro obeso sobre o caso do livro e de descobrir involuntariamente a verdadeira história de como foi posto à venda.

Quando chegou à livraria, no meio de uma tarde cinzenta, Victor Keirion ficou surpreso ao perceber que a porta, que se abria sem restrições na visita anterior, agora estava muito bem trancada. Nem chocalhou no batente quando, nervoso, a empurrou e puxou pela maçaneta. Como o interior da loja estava iluminado, tirou uma moeda do bolso e passou a batucar no vidro. Por fim, alguém emergiu das sombras da saleta dos fundos.

"Fechada", o livreiro avisou por mímicas do outro lado da vidraça.

"Mas...", Keirion argumentou, apontando o relógio de pulso.

"Mesmo assim", berrou o homem largo. Em seguida, depois de analisar o cliente frustrado, o livreiro destrancou a porta e a abriu o suficiente para entabular uma breve conversa. "O que é que eu posso fazer por você? Estamos fechados, então você vai ter que voltar outra hora se..."

"Só queria perguntar uma coisa. Lembra do livro que comprei com você uns dias atrás?"

"Lembro, sim", respondeu o livreiro, como se estivesse bem preparado para a pergunta. "E deixe-me dizer que fiquei bastante impressionado, assim como é claro que ficou... o outro homem."

"Impressionado?", Keirion repetiu.

"Arrebatado seria a palavra mais adequada nesse caso", prosseguiu o livreiro. "Ele me disse: 'O livro achou seu leitor', e o que eu podia fazer além de concordar com ele?"

"Sinto dizer que não entendi", declarou Keirion.

O livreiro piscou e não falou nada. Após alguns instantes, explicou com relutância: "Eu esperava que a esta altura você entendesse. Ele não entrou em contato com você? O homem que estava aqui naquele dia?".

"Não, por que entraria?"

O livreiro piscou de novo e disse: "Bom, imagino que não haja motivo para você ficar parado aí fora. Está esfriando bastante, está sentindo? Entra, por favor." Enquanto Victor Keirion entrava, o livreiro esticava a cabeça para fora, olhando para as escadas que desciam até sua loja e examinando a rua acima até onde sua vista alcançava. Então fechou a porta e empurrou Keirion um pouquinho para o lado, sussurrando: "Só tem uma coisa que eu queria te dizer. Não me enganei outro dia, quanto ao preço do livro. E foi esse preço que foi pago pelo outro homem, menos a pequena soma com que você contribuiu. Não traí ninguém, menos ainda *ele*. Ele ficaria contente em pagar um pouco mais para ter o livrinho no macacão. E, apesar de não saber muito bem das razões, acho que você deveria saber disso."

"Mas por que ele mesmo não comprou o livro?", indagou Keirion.

O livreiro pareceu confuso. "Não tinha serventia para ele. Talvez fosse melhor se você não tivesse se revelado quando ele perguntou do livro. O quanto você sabia."

"Mas eu não sabia de nada além do que li no próprio livro. Vim aqui para investigar a procedência."

"A procedência? É você quem devia me falar. Eu nem sabia que tinha aquele livro na prateleira. Tentei arrancá-lo das suas mãos botando um preço alto, mas eu devia ter imaginado que *ele* não ia deixar. Não estou lhe pedindo nada, não me entenda mal. Já violei todos os preceitos do arbítrio nessa questão. Mas este é um caso excepcional. Muito impressionante, se você for mesmo o leitor daquele livro."

Percebendo que, na melhor das hipóteses, tinha sido levado a um diálogo de mistificação, e provavelmente de mentiras, Victor Keirion não se lamentou quando o livreiro segurou a porta aberta para que saísse.

Mas pouco depois descobriu por que o livreiro se impressionara tanto com ele, e por que o estranho que parecia uma gralha fora tão generoso: o outorgante do livro que era cego a seus mistérios. No devido tempo, soube que o estranho o dera apenas a fim de possuir a coisa que não poderia ganhar de nenhum outro jeito, que ele lia o livro com olhos emprestados e roubava-lhe seus segredos da alma do leitor legítimo. Por fim, ficou claro a Victor Keirion o que estava lhe acontecendo, e como sua noite esquisita de sonhos era afetada *de dentro*.

Esse fenômeno não estava imediatamente aparente, no entanto. Durante várias noites, enquanto os esboços de Vastarien rompiam lentamente a obscuridade de seu sono, um vasto terreno emergia de seu torpor profundo e se projetava como vulto de um lugar sem coordenadas ou dimensão. E, enquanto os monumentos de ângulos estranhos se tornavam patentes outra vez, eles pareciam se expandir e subir bem alto, persuadindo seu olhar a se voltar para eles. Aos poucos, a cena adquiriu nuance e articulação; em ritmo constante, a criação tornou-se densa e intrincada em seu útero negro. As ruas onde entranhas sinuosas ondeavam por aquele corpo sombrio, e cada edifício era o osso saliente de um esqueleto coberto por uma musculatura fina de sombras.

Mas pouco a pouco Victor Keirion começou a reparar durante os sonhos que algo estava no rumo da mudança. O mundo de Vastarien parecia perder cada vez mais sua consistência, sua *característica*. Então, uma noite, no instante em que sua visão se expandiu para abarcar totalmente a forma misteriosa e denteada de determinado sonho, tudo pareceu se afastar, abandonando-o na beirada de um vácuo sem sonhos. O espectro estimado se afastava, se encolhia à distância. Agora só o que via era uma única rua margeada por duas fileiras de prédios convergentes. E na ponta oposta daquela rua, se erguendo acima dos próprios prédios, havia uma grande figura em silhueta. Esse colosso não fazia movimento nem som mas ainda assim dominava cada vez mais o horizonte onde a única rua restante parecia terminar. Desse lugar, a sombra imponente absorvia todas as outras figuras e gradualmente aumentava em estatura enquanto o sonho escapista recuava e diminuía. E o vulto dessa figura titânica parecia ser o de um homem, porém também era o de uma ave preta e voraz.

Embora Victor Keirion tivesse conseguido despertar antes que o abutre consumisse totalmente o que não lhe pertencia, não havia garantias de que sempre seria capaz de fazê-lo e de que o sonho não seria passado para mãos alheias. E assim concebeu e executou o ato necessário para manter a posse do que havia desejado por tanto tempo.

Vastarien, sussurrou nas sombras e no luar daquele cômodo pequeno e vazio, onde a porta de metal monolítico impedia sua fuga. Dentro da porta, um quadradinho de vidro grosso fora implantado para que pudesse ser vigiado dia e noite. E havia uma rede inabalável de arame grosso cobrindo a janela que dava para a cidade que *não era* Vastarien. *Nunca*, entoou uma voz que poderia ser dele mesmo. Então, de modo mais insistente: *Eu falei para ele. Eu falei. Nunca, nunca, nunca.*

Quando a porta se abriu e uns homens fardados entraram no quarto, se depararam com Victor Keirion gritando até o limite ruidoso de sua voz e tentando escalar a tela metálica grossa que encobria a janela, como se ele se arrastasse por uma rota improvável de libertação. Claro que o puxaram para o chão; e o esticaram na cama, onde os punhos e tornozelos foram amarrados com força. Em seguida, entrou pela porta uma enfermeira trazendo uma pequena seringa encimada por uma agulha prateada.

Durante a injeção, ele continuou a berrar palavras que todos naquele quarto já tinham ouvido antes, cada surto desenvolvendo o tema de seu confinamento injusto: que o homem que ele tinha assassinado o usava de uma forma terrível, uma forma impossível de explicar ou tornar crível. O homem não podia ler o livro — sim, *aquele* livro — e lhe roubava os sonhos que o livro havia engendrado. *Roubando meus sonhos*, ele murmurou baixinho quando a droga começou a fazer efeito. *Roubando meus...*

Os guardiões da carceragem de Victor Keirion continuaram ao redor da cama por alguns instantes, fitando em silêncio o ocupante contido. Então um deles apontou para o livro e iniciou uma conversa que já era familiar a todos eles.

"O que fazer com isso? Já tiramos daqui inúmeras vezes, mas sempre aparece outro."

"E não tem sentido. Olha só essas folhas... Nada, nada escrito em lugar nenhum."

"Então por que ele passa horas sentado, lendo? Ele não faz outra coisa."

"Acho que está na hora de contarmos isso a alguma autoridade."

"Claro, podemos contar, mas o que exatamente a gente diria? Que certo presidiário deveria ser proibido de ler um certo livro? Que ele fica violento?"

"E aí vão perguntar por que não conseguimos manter o livro longe dele e ele longe do livro. O que vamos dizer sobre isso?"

"Não poderíamos dizer nada. Imagina se não vão nos tratar como lunáticos? No momento em que abrirmos a boca, acabou-se para nós todos."

"E quando alguém perguntar o que o livro significa para ele, ou até qual é o título... qual seria a nossa resposta?"

Como se respondesse a essa pergunta, uma palavra foi enunciada pela criatura criminalmente insana presa à cama. Mas ninguém conseguiu entender o sentido do que dissera. Faziam parte de um mundo de realidades opressivas mas insuficientes. Estavam acorrentados ao próprio corpo pelo resto da vida, enquanto ele agora estava em um lugar que nada devia à existência corpórea.

E nunca, é o que parecia de verdade, poderia ser forçado a abandonar esse campo de maravilhas extravagantes. *Nunca*.

ESCRIBA-SINISTRO: SUAS VIDAS E OBRAS

Para o meu irmão Bob

INTRODUÇÃO

O nome dele é...

Eu nunca saberei? Há um enorme lapso de memória que talvez seja a única coisa que nos salva do horror definitivo. Talvez eles conheçam a verdade que prega a passagem de uma vida para outra, prometendo que entre certa morte e certo nascimento existe um intervalo em que se esquece um nome antigo antes que se aprenda um novo. E recordar o nome de uma vida anterior é iniciar o grande deslizar para trás naquele descomunal negrume em que está a fonte de todos os nomes, tornando-se encarnados em uma sucessão de corpos como versos incontáveis de uma escritura infinita.

Descobrir que se teve tantos nomes é perder o direito a reivindicar qualquer um deles. Ganhar a memória de tantas vidas é perdê-las todas.

Por isso ele mantém seu nome em segredo, seus muitos nomes. Esconde cada um de todos os outros, para que não se percam entre si. Ao proteger sua vida de todas as suas vidas, da memória de tantas vidas, ele se esconde por trás da máscara do anonimato.

Mas, mesmo que eu não possa saber o nome dele, sempre conheci sua voz. Isso ele nunca consegue disfarçar, mesmo que soe como muitas vozes diferentes. Conheço sua voz quando ouço o som dela, porque está sempre falando de segredos terríveis. Ela fala dos mais grotescos mistérios e encontros, ora com desespero, ora com deleite, e ora com um espírito que não é possível definir. Que crime ou maldição o manteve girando essa mesma roda de terror, desfiando suas histórias, que sempre falam da estranheza e do horror das coisas? Quando ele dará fim a sua narrativa?

Ele nos contou tantas coisas, e nos contará mais. Contudo, nunca vai dizer o nome. Não antes do fim da sua vida ancestral, e não após o início de cada nova vida. Não até que o próprio tempo tenha apagado todos os nomes e ceifado todas as vidas, uma a uma.

No entanto, até lá, todo mundo precisa de um nome. Todos devem ser chamados de alguma coisa. Então, qual pode ser o nome de todos?

Nosso nome é ESCRIBA-SINISTRO.

Esta é a nossa voz.

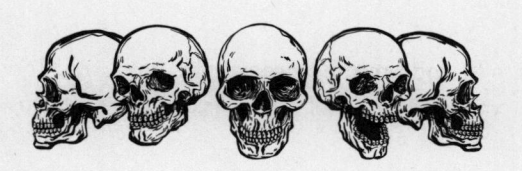

A VOZ DOS MALDITOS

A ÚLTIMA FESTA DE ARLEQUIM

O meu interesse pela pequena cidade de Mirocaw* foi despertado pela primeira vez quando ouvi dizer que lá era realizado um festival anual que, entre seus outros elementos de pompa e esplendor, contava com a destacada participação de palhaços. Um ex-colega meu, que agora está vinculado ao departamento de antropologia de uma universidade distante, lera um dos meus artigos recentes ("A figura do palhaço na mídia norte-americana", *The Journal of Popular Culture* [*Boletim de cultura popular*]), e me escreveu para dizer que se lembrava vagamente de ter lido ou sido informado sobre uma cidade pequena em algum lugar do estado onde todo ano acontecia uma espécie de "Festa dos Bobos", julgando que isso poderia ser pertinente para a minha peculiar linha de estudo. Era, naturalmente, mais pertinente do que os motivos que ele podia imaginar, tanto para meus objetivos acadêmicos nessa área como para meus interesses pessoais.

Além da minha atividade docente, durante alguns anos eu me envolvi em vários projetos antropológicos ocupando-me da ambição primordial de articular o significado e a importância da figura do palhaço em diversos contextos culturais. Todos os anos, ao longo das últimas décadas, acompanhei e frequentei as festividades pré-quaresmais realizadas em vários lugares de uma ponta à outra do Sul dos Estados Unidos. Todo ano eu aprendia algo mais acerca do esoterismo da celebração. Nesses estudos, eu era um ávido participante — além de desempenhar o papel de antropólogo, eu também me posicionava atrás da máscara de palhaço. E apreciava esse papel mais do que qualquer outra coisa que estimei em minha vida. Para mim, o título de Palhaço sempre carregou conotações de uma espécie de nobreza. Eu era um bufão hábil, por mais estranho que pareça, e sempre me orgulhei das habilidades que trabalhei com muito afinco para desenvolver.

---

* O nome da cidadezinha é, em termos sonoros, equivalente à pronúncia do vocábulo inglês *miracle* (maravilha, milagre, portento). (N. T.)

Escrevi ao Departamento Estadual de Recreação indicando que informações eu desejava e expondo uma urgência entusiástica que naturalmente surgia em mim com relação a esse tema. Muitas semanas depois, recebi um envelope pardo com um logotipo do governo. Dentro, um panfleto que catalogava todas as várias festividades sazonais das quais o estado estava oficialmente ciente, e notei de passagem que havia vários festejos tanto no fim do outono e do inverno como nas estações mais quentes. Uma carta inserida no panfleto dobrado explicava-me que, de acordo com os volumosos registros do departamento, não existiam dados oficiais sobre nenhum festival realizado no município de Mirocaw. Os arquivos do departamento, todavia, poderiam ficar à minha disposição caso eu desejasse pesquisar esse assunto ou questões semelhantes relacionadas a algum projeto específico. Na ocasião em que essa oferta me foi feita eu já estava labutando sob o peso de tantos encargos profissionais e fardos pessoais que, com a mão exausta, simplesmente depositei o envelope e seu conteúdo dentro de uma gaveta, para nunca mais serem consultados.

Alguns meses depois, porém, impulsivamente afastei-me de minhas responsabilidades e, de modo bastante fortuito, retomei o projeto Mirocaw. Isso aconteceu numa tarde do fim do verão, quando eu estava dirigindo para o norte com a intenção de examinar alguns periódicos no acervo de uma biblioteca em outra universidade. Tão logo saí do perímetro urbano, o cenário mudou para campos e fazendas ensolarados, desviando meus pensamentos das placas pelas quais eu passava ao longo da rodovia. Não obstante, o acadêmico subconsciente em mim devia estar observando todas elas com meticuloso cuidado. O nome de uma pequena cidade assomou diante da minha visão. Instantaneamente o acadêmico recuperou certos registros de alguma recôndita gaveta mental, e me peguei enredado em apressados cálculos mentais a fim de saber se havia tempo e motivação suficientes para uma viagem investigativa paralela. Mas a placa de saída apareceu de forma ainda mais apressada, e logo me vi deixando a rodovia, lembrando-me da promessa da placa de que a pequena cidade em questão não ficava a mais de onze quilômetros a leste.

Esses onze quilômetros incluíam diversas curvas e retornos confusos, a incursão forçada por uma rota temporariamente alternativa e um destino que nem sequer era visível até que se subisse por completo um aclive acentuado. Na descida, outra placa útil informou-me de que eu estava dentro dos limites do município de Mirocaw. Algumas casas esparsas nos arrabaldes da pequena cidade foram as primeiras estruturas que encontrei. Além delas, a rodovia numerada tornou-se a Townshend Street, a principal avenida de Mirocaw.

A cidade me chamou a atenção porque de dentro de seus limites era muito maior do que quando vista do cume da colina bem na entrada. Vi que o aspecto montanhoso geral da área rural circundante era também uma característica interna de Mirocaw. Lá, porém, o efeito era diferente. As partes da cidade não aparentavam coesão umas com as outras. A culpa dessa condição talvez pudesse ser atribuída à topografia irregular da pequena cidade. Atrás de algumas das lojas antigas do Centro, casas de telhado escarpado tinham sido erguidas em um declive abrupto, e as cumeeiras surgiam em uma elevação extraordinária acima dos prédios mais baixos. E, como não era possível vislumbrar os alicerces dessas casas, elas transmitiam a ilusão de estarem ou precariamente suspensas no ar, ameaçando desabar, ou construídas com uma altivez antinatural em relação à largura e à massa. Essa situação também criava uma bizarra distorção de perspectiva. Os dois níveis de estruturas sobrepunham-se entre si sem dar uma sensação de profundidade, de sorte que as casas, por causa da maior elevação e da proximidade dos prédios em primeiro plano, não pareciam diminuídas em tamanho como deveria acontecer com objetos no pano de fundo. Consequentemente, um aspecto de achatamento, tal qual em uma fotografia, predominava nessa área. De fato, Mirocaw poderia ser comparada a um álbum de instantâneos antigos, em particular aqueles em que a câmera havia sofrido alguma perturbação no processo de fotografia, fazendo com que as imagens fossem reveladas em ângulo: um torreão com telhado em cone, qual um chapéu divertidamente torto, espiava por sobre as casas em uma rua vizinha; um outdoor exibindo um grupo de verduras e legumes sorridentes inclinava seu conteúdo ligeiramente para o oeste; carros estacionados ao longo de meios-fios acentuados pareciam estar voando rumo ao céu nas janelas distorcidas pelos reflexos ofuscantes das lojinhas de pechinchas; as pessoas inclinavam-se, letárgicas, enquanto caminhavam pelas calçadas acima e abaixo; e naquele dia ensolarado uma torre de relógio, que a princípio confundi com um campanário, projetava uma sombra longa que parecia estender-se a uma distância impossível e serpentear adentrando lugares improváveis em seu avanço através da cidade. Devo dizer que talvez as desarmonias de Mirocaw estejam afetando mais intensamente a minha imaginação em retrospecto do que naquele primeiro dia, quando a minha preocupação primordial era localizar a prefeitura ou algum outro centro de informações.

Dobrei uma esquina e estacionei. Deslizando para o banco do passageiro, abaixei o vidro da janela e chamei um transeunte: "Com licença, senhor". O homem, que era maltrapilho e muito velho, parou por um momento sem se aproximar do carro. Embora ele aparentemente tivesse respondido ao meu chamado, sua expressão vazia não revelava a mais ínfima consciência da minha presença, e por um momento julguei ter sido mera coincidência ele estacar na calçada no exato instante em que me dirigi a ele. Seus olhos estavam cravados em algum lugar além de mim, com um olhar cansado e apalermado. Depois de alguns momentos ele continuou seu caminho e eu não disse nada para chamá-lo de volta, embora no último segundo seu rosto tenha começado a parecer vagamente familiar. Por fim surgiu outra pessoa que foi capaz de me direcionar à prefeitura e ao Centro Comunitário de Mirocaw.

A prefeitura, no fim ficou claro, era o prédio com a torre do relógio. Lá dentro, parei diante de um balcão atrás do qual algumas pessoas trabalhavam em escrivaninhas e andavam para cima e para baixo em um corredor nos fundos. Numa das paredes havia um cartaz da loteria estadual: um palhacinho saía de dentro de uma caixinha de surpresa e agarrava com ambas as mãos um punhado de cédulas verdes. Depois de alguns momentos, uma mulher alta, de meia-idade, veio até o balcão.

"Posso ajudá-lo?", perguntou em uma voz neutra e burocrática.

Expliquei que tinha ouvido falar sobre o festival — não disse nada sobre ser um acadêmico intrometido — e indaguei se ela poderia me fornecer mais informações ou me encaminhar para alguém que pudesse.

"O senhor se refere ao que é realizado no inverno?", perguntou ela.

"Quantos existem?"

"Só esse."

"Suponho, então, que é a esse que me refiro." Então sorri como se estivesse compartilhando uma piada com ela.

Sem outra palavra, a mulher se afastou até desaparecer no corredor dos fundos. Enquanto ela estava ausente, troquei olhares com várias das pessoas atrás do balcão que periodicamente erguiam os olhos de seu trabalho.

"Aqui está", disse ao voltar, entregando-me um pedaço de papel que parecia o produto de uma fotocopiadora barata. *Por favor, venha para a diversão*, lia-se em letras garrafais. *Desfiles*, continuava o texto do cartaz, *Baile de Máscaras de Rua*, *Bandas*, *A Rifa de Inverno* e *A Coroação da Rainha do Inverno*. A página continuava com a menção a uma miscelânea de festejos diversos. Li as palavras de novo. Naquele suplicante "Por favor" no topo do anúncio havia algo que fazia a coisa toda parecer um evento de caridade.

"Quando o festival é realizado, exatamente? Aqui não diz a data em que ocorre."

"A maioria das pessoas já sabe." Ela abruptamente arrancou a página das minhas mãos e rabiscou algo na parte de baixo. Quando me devolveu, vi "19-21 dez." escrito em tinta azul-esverdeada. Foi imediata a estranheza diante da bizarra noção de agendamento por parte do comitê do festival. Havia, é claro, sólidos precedentes antropológicos e históricos para a realização de festividades perto do solstício de inverno, mas a data daquele evento em particular não parecia inteiramente prática.

"Desculpe-me a pergunta, mas esses dias não entram um pouco em conflito com a temporada regular de festas de fim de ano? Quero dizer, para a maioria das pessoas já há um bocado de coisas acontecendo nessa época."

"É apenas a tradição", ela disse, como se invocasse alguma venerável ancestralidade por trás de suas palavras.

"Isso é muito interessante", eu disse, tanto para mim como para ela.

"Mais alguma coisa?", ela quis saber.

"Sim. A senhora poderia me dizer se esse festival tem alguma coisa a ver com palhaços? Vejo aqui que diz algo sobre um baile de máscaras."

"Sim, claro que tem algumas pessoas... fantasiadas. Eu mesma nunca estive nessa posição... isto é, tem alguns tipos de palhaço, sim."

Nesse ponto meu interesse estava definitivamente instigado, mas eu não tinha certeza do quanto queria me empenhar e investir mais a fundo nele. Agradeci à mulher pela ajuda e perguntei o melhor meio de acesso à rodovia, nem um pouco ansioso para refazer a rota labiríntica pela qual eu entrara na cidade. Voltei para o carro com uma enxurrada de perguntas formuladas pela metade, e um igual número de respostas vagas e conflitantes atravancando minha mente.

As instruções que a mulher me deu exigiam que eu passasse pelo extremo sul de Mirocaw. Nesse setor da cidade não havia muitas pessoas transitando. As que vi, arrastando letargicamente os pés ao longo de um quarteirão de fachadas de lojas decadentes, exibiam o mesmo tipo de expressão e modos desamparados do velho a quem eu havia pedido informações mais cedo. Eu devia estar atravessando uma artéria central dessa área, pois de ambos os lados estendiam-se rua após rua de quintais malcuidados e casas arqueadas pela ação da idade e da indiferença. Quando parei em uma esquina, um dos cidadãos desse aglomerado de cortiços passou na frente do meu carro. Essa pessoa esguia, taciturna e epicena virou-se na minha direção e sorriu com escárnio, de um jeito ofensivo, com a boca retesada, mas não parecia estar olhando para ninguém em particular. Depois de avançar mais algumas ruas, cheguei a um trecho que levava de volta à rodovia. Estava claro que eu me sentia mais confortável assim que mais uma vez me vi viajando através das vastidões de terras cultiváveis encharcadas de sol.

Cheguei à biblioteca com tempo mais do que suficiente para minha pesquisa, e então decidi empreender um desvio acadêmico a fim de ver que material eu seria capaz de encontrar para elucidar o festival de inverno realizado em Mirocaw. A biblioteca, uma das mais antigas do estado, incluía em seu acervo todas as edições do *Courier* de Mirocaw. Pensei que seria um excelente lugar para começar. Logo descobri, no entanto, que não havia nenhuma maneira fácil e prática de pesquisar informações desse jornal, e eu não queria levar a cabo uma busca cega de artigos relacionados a um assunto específico.

Em seguida recorri aos recursos mais organizados dos jornais de outras cidades, maiores, localizadas no mesmo condado, que a propósito compartilhava seu nome com Mirocaw. Descobri muito pouco sobre o município, e quase nada a respeito do festival, exceto em um artigo geral sobre eventos anuais na região, o qual erroneamente atribuía a Mirocaw uma "vasta comunidade do Oriente Médio" que toda primavera fazia as vezes de anfitriã de uma espécie de ruidosa farra étnica. A julgar por aquilo que eu mesmo já observara e pelo que constatei depois, os cidadãos de Mirocaw eram solidamente do Meio-oeste estadunidense, prováveis descendentes diretos de algum grupo empreendedor de habitantes da Nova Inglaterra do século XIX. Havia um breve item dedicado a um evento mirocawiano, mas isso se revelou uma mera nota de falecimento de uma idosa que, sem alarde, tirou a própria vida em meio ao período natalino. Assim, naquele dia voltei para casa de mãos vazias sobre o tema Mirocaw.

Contudo, não demorou muito para que eu recebesse outra carta do mesmo ex-colega que havia me levado a pesquisar sobre Mirocaw e seu festival. Acontece que por acaso ele redescobrira o artigo responsável por levá-lo a incitar meu interesse pela "Festa dos Bobos" local. Esse artigo fora publicado uma única vez em um obscuro *Festschrift** de estudos de antropologia publicado em Amsterdã vinte anos antes. A maioria dos textos estava em holandês, alguns em alemão e apenas um em inglês: "A última festa de Arlequim: notas preliminares sobre um festival local". Foi empolgante, é claro, finalmente poder ler este estudo, mas ainda mais empolgante era o nome de seu autor: dr. Raymond Thoss.

2.

Antes de prosseguir, devo mencionar algo a respeito de Thoss e, inevitavelmente, a meu próprio respeito. Mais de duas décadas antes, na universidade que cursei em Cambridge, Massachusetts, Thoss fora meu professor. Muito antes de desempenhar um papel significativo nos eventos que estou prestes a descrever, ele já era uma das figuras mais importantes da minha vida. Uma personalidade marcante, inevitavelmente influenciava todos os que entravam em contato com ele. Lembro-me de suas aulas de antropologia social, como ele transformava aquela sala escura em um brilhante e profundo circo de aprendizagem. Movia-se de uma

---

* No mundo acadêmico, um *Festschrift* (termo que pode ser traduzido como "livro de homenagem" ou "livro de celebração") é uma publicação em homenageam a um docente ou pesquisador ilustre ou a um estudioso respeitado. Pode variar desde um livreto até uma obra em vários volumes. (N. T.)

maneira estranhamente vigorosa. Quando agitava o braço ao redor para indicar algum termo banal na lousa, nossa sensação era a de que estava apresentando nada menos do que um item de qualidades fantásticas e valor secreto. Quando recolocava a mão no bolso de seu paletó surrado, essa magia fugaz era mais uma vez armazenada dentro de sua velha bolsinha, para ser recuperada a critério do feiticeiro. Sentíamos que Thoss nos ensinava mais do que éramos capazes de aprender, e que ele próprio tinha um conhecimento maior e mais profundo do que poderia transmitir. Certa feita criei coragem e tive a audácia de oferecer uma interpretação — que era um tanto oposta à dele — acerca dos palhaços tribais dos indígenas hopis. Insinuei que a experiência pessoal como palhaço amador e a devoção especial a esse estudo propiciavam-me uma percepção possivelmente mais valiosa que a dele. Foi então que revelou, de forma casual e bastante *obiter dicta*,* que na verdade atuara no papel de um desses bufões tribais mascarados e celebrara com eles a dança dos kachinas. Ao revelar esses fatos, entretanto, de alguma forma ele conseguiu não aumentar a humilhação que eu já havia infligido a mim mesmo. E por isso me senti grato a ele.

As atividades de Thoss eram tais que por vezes ele se tornava objeto de fofoca ou de especulação romantizada. Pesquisador de campo por excelência, era renomada sua capacidade de imiscuir-se em situações e culturas exóticas, adquirindo desse modo uma compreensão clara onde outros antropólogos simplesmente coletavam dados. Em vários momentos de sua carreira surgiram rumores de que ele tinha "se tornado nativo" à la Frank Hamilton Cushing.** Havia indícios, nem sempre glamorizados de modo irresponsável ou vulgar, de que ele estava envolvido em projetos algo bizarros, muitos deles concentrados na Nova Inglaterra. É fato que passou seis meses fingindo-se de paciente mental em uma instituição psiquiátrica no oeste de Massachusetts, reunindo informações sobre a "cultura" dos indivíduos com perturbações psíquicas. Quando seu livro *Solstício de inverno: a noite mais longa de uma sociedade* foi publicado, a opinião geral era a de que se tratava de uma obra decepcionante demais, por ser subjetiva e impressionista, e que, exceto por algumas observações comoventes mas "poeticamente obscuras", não havia nada que conferisse valor ao texto. Os defensores de Thoss afirmavam que ele era uma espécie de superantropólogo: enquanto boa parte de seu trabalho enfatizava sua própria mente e seus sentimentos, sua experiência havia de fato penetrado em um rico núcleo de dados concretos que ele ainda não revelara

---

* Expressão latina que significa "comentários à parte, comentários incidentais, de passagem". (N. T.)
** Antropólogo e etnólogo norte-americano, Cushing (1857-1900) foi autor de estudos pioneiros sobre o povo zuni do Novo México; ao se aproximar da cultura dos indígenas, ajudou a estabelecer a observação participante como estratégia comum de pesquisa antropológica. (N. T.)

num discurso objetivo. Como aluno de Thoss, eu tendia a apoiar esta última opinião. Por uma variedade de razões sustentáveis e injustificáveis, eu acreditava que Thoss era capaz de desencavar camadas da existência humana até então inacessíveis. Portanto, a princípio foi gratificante que o tal artigo intitulado "A última festa de Arlequim" parecesse corroborar a mística de Thoss, e numa área que eu pessoalmente achava cativante.

Grande parte do conteúdo do artigo eu não compreendi de imediato, dadas as obscuridades características e amiúde estratégicas do autor. Na primeira leitura, o aspecto mais interessante desse breve estudo — as "notas" abrangiam apenas vinte páginas — era o clima geral do texto. As excentricidades de Thoss estavam sem dúvida presentes nessas páginas, mas apenas como uma persistente força interior definitivamente contida — encarcerada, eu diria — pelos sombrios movimentos rítmicos de sua prosa e por algumas lúgubres referências que ele volta e meia invocava. Duas referências em particular compartilhavam um tema comum. Uma delas era uma citação de "O verme conquistador", de Poe, que Thoss adotou como uma epígrafe bastante sensacional. O cerne da epígrafe, no entanto, não ecoava em parte alguma do texto do artigo, salvo em outra referência passageira. Thoss trazia à baila a conhecida gênese da moderna celebração de Natal, que, é óbvio, descende da Saturnália romana. Então, deixando claro que ainda não havia observado o festival de Mirocaw mas apenas inferido sua natureza a partir de vários informantes, ele estabeleceu que o festejo também continha muitos elementos, ainda mais evidentes, da Saturnália. Em seguida, Thoss fez o que me pareceu uma observação trivial e puramente linguística, que tinha menos a ver com o curso principal de sua argumentação do que com a igualmente periférica epígrafe de Poe. Ele mencionou brevemente que uma das primeiras seitas de gnósticos sírios se autodenominava "saturniana" e acreditava, entre outras heresias religiosas, que a humanidade fora criada por anjos que, por sua vez, haviam sido criados pelo Supremo Desconhecido. Os anjos, contudo, não tinham o poder de tornar sua criatura um ser ereto e, por algum tempo, ela se arrastou sobre a terra como um verme. Por fim, o Criador remediou esse grotesco estado de coisas. Na época pressupus que as correspondências simbólicas das origens e da condição definitiva da humanidade associadas a vermes, em combinação com um festival de fim de ano reconhecendo a morte invernal da terra, fossem a essência desse "achado" thossiano, uma observação poética mas desprovida de valor em termos científicos.

Outras observações que ele fez acerca do festival de Mirocaw também eram estritamente êmicas; em outras palavras, baseavam-se em fontes de segunda mão, boatos e depoimentos por ouvir dizer. Mesmo nessa circunstância, porém, senti que Thoss sabia mais do que revelava; e, como descobri mais tarde, ele realmente incluiu informações sobre certos aspectos de Mirocaw, sugerindo que já estava de posse de várias chaves que no momento ele guardava em segurança no próprio bolso. Àquela altura eu também detinha um naco de conhecimento muito revelador. Uma nota ao artigo "Arlequim" informava ao leitor que o texto era apenas um fragmento grosseiro de uma obra mais abrangente em preparação. Essa obra nunca foi vista pelo mundo. Meu ex-professor não publicara coisa alguma desde seu afastamento do ambiente acadêmico cerca de vinte anos antes. Agora eu tinha uma suspeita de onde ele poderia estar.

Pois o homem que eu havia parado nas ruas de Mirocaw e de quem eu tentara obter direções, o homem com o olhar desconcertantemente letárgico, era muito semelhante a uma versão obsoleta do dr. Raymond Thoss.

3.

E agora tenho uma confissão a fazer. A despeito das minhas razões para estar entusiasmado quanto a Mirocaw e seus mistérios, especialmente sua relação com Thoss e com minhas próprias preocupações mais profundas como acadêmico, contemplava os dias à minha frente com não mais do que um sentimento de frígido entorpecimento e muitas vezes com uma sensação de profunda depressão. No entanto, não tinha motivo para me surpreender com esse estado emocional, pouco relevante para os eventos externos de minha vida, mas determinado por condições internas que funcionavam de acordo com suas próprias estações e ciclos, bastante enigmáticos. Por muitos anos, pelo menos desde meus dias de universidade, sofri dessa enfermidade sombria, desse desânimo recorrente em que eu me enterrava quando era chegada a hora de a terra ficar fria e nua e os céus carregados de sombras. Não obstante, levei adiante meus planos, embora de modo um tanto mecânico, de visitar Mirocaw durante os dias de festival, pois eu supersticiosamente esperava que essa atividade pudesse diminuir o peso do meu desespero sazonal. Em Mirocaw haveria desfiles e festas e a oportunidade de encenar o palhaço mais uma vez.

Durante semanas pratiquei com antecedência minha arte, até mesmo aperfeiçoando uma nova façanha de malabarismo mágico, que era meu forte especial na palhaçaria. Mandei lavar minhas fantasias, comprei maquiagem nova, e estava pronto. Recebi permissão da universidade para cancelar algumas de minhas aulas antes do feriado, explicando a natureza do meu projeto e a necessidade de chegar à pequena cidade alguns dias antes do início do festival a fim de realizar algumas pesquisas preliminares, estabelecer informantes, e assim por diante. A bem da verdade, meu plano era adiar qualquer investigação formal até depois do festival e envolver-me tanto quanto possível em suas atividades. E, claro, eu manteria um diário nesse período.

Havia um recurso que eu queria consultar, no entanto. Especificamente, voltei àquela biblioteca nas cercanias da área metropolitana para examinar as edições do *Courier* de Mirocaw, datadas de dezembro de duas décadas atrás. Uma matéria em particular confirmou um apontamento feito por Thoss no artigo "Arlequim", embora fosse provável que o evento relatado tivesse ocorrido depois de Thoss escrever seu estudo.

A reportagem do *Courier* fora publicada duas semanas após o fim do festival daquele ano e girava em torno do desaparecimento de uma mulher chamada Elizabeth Beadle, esposa de Samuel Beadle, dono de um hotel em Mirocaw. As autoridades do condado especularam que o episódio era outro exemplo dos "suicídios de festas de fim de ano" que pareciam ocorrer com uma desordenada regularidade sazonal na região de Mirocaw. Thoss documentou esse fenômeno em seu artigo "Arlequim", embora eu suspeite que hoje essas mortes seriam elegantemente categorizadas sob o título "transtorno afetivo sazonal". De qualquer forma, as autoridades vasculharam um lago semicongelado perto dos arredores de Mirocaw, onde em anos anteriores haviam encontrado o resultado de muitos suicídios bem-sucedidos. Naquele ano, todavia, nenhum corpo foi descoberto. Ao lado do artigo havia uma foto de Elizabeth Beadle. Mesmo na granulada reprodução de microfilme, era possível detectar certo vigor e vitalidade no rosto da sra. Beadle. Que uma hipótese de "suicídio de festas de fim de ano" fosse tão prontamente postulada para explicar o desaparecimento dela parecia estranho e, de algum modo, injusto.

Thoss, em seu breve artigo, escreveu que todo ano ocorriam mudanças de feitio moral ou espiritual que, aliadas à habitual metamorfose do inverno, pareciam afetar Mirocaw. Ele não era categórico com relação à origem precisa ou à natureza dessa "subestação", mas asseverava, de forma tipicamente mistificadora, que o efeito dela sobre a pequena cidade era nitidamente negativo. Além do número de suicídios efetivamente levados a cabo nesse período, havia também um aumento no tratamento de condições "hipocondríacas" — forma como os médicos de vinte anos antes caracterizaram os casos ao longo de discussões com Thoss. Esse estado de coisas gradualmente piorava e por fim atingia o clímax durante os dias programados para o festival de Mirocaw. Thoss especulou que, dada a natureza reservada e reticente das cidades pequenas, era provável que a situação fosse ainda mais intensamente pronunciada do que a investigação informal poderia revelar.

A conexão entre o festival e esse insidioso clima subsazonal em Mirocaw foi um ponto acerca do qual Thoss não chegou a nenhuma conclusão rígida. Ele escreveu, contudo, que esses dois "aspectos climáticos" tinham uma existência paralela na história da cidade até onde os registros disponíveis podiam documentar. Um compêndio histórico do condado de Mirocaw do século XIX fala da cidade usando seu nome original de Nova Colstead, e repreende seus moradores por realizarem um "festim obsceno e desalmado" a ponto de excluir a observância dos costumes e celebrações normais do Natal (Thoss comenta que o historiador havia erroneamente amalgamado dois aspectos distintos da temporada natalina, a relação entre ambos sendo, em essência, antagônica.) O artigo "Arlequim" não recua no passado para rastrear a primeira ocorrência do festival (isso talvez não tenha sido possível), embora Thoss enfatize as origens neoinglesas dos fundadores de Mirocaw. O festival, portanto, era importado daquela região e poderia razoavelmente ser datado de pelo menos um século antes; isto é, se não tivesse sido trazido do Velho Mundo, caso em que suas raízes se tornariam indefinidas até que pesquisas mais a fundo pudessem ser feitas. Sem dúvida a alusão de Thoss aos gnósticos sírios sugeria que a última possibilidade não poderia ser de todo descartada.

Mas parecia ser o vínculo entre o festival e a Nova Inglaterra que nutria as especulações de Thoss. Ele escreveu sobre esse pedaço de geografia como se fosse um lugar aceitável para encerrar a busca. Para ele, as próprias palavras "Nova Inglaterra" pareciam despojadas de todas as conotações tradicionais e tinham passado a implicar nada menos do que uma porta de entrada para todas as terras, tanto as conhecidas como as imaginadas, e até mesmo para eras além da história civilizada da região. Tendo sido educado em parte na Nova Inglaterra, eu podia entender até certo ponto esse exagero sentimental, pois de fato existem lugares que parecem arcaicos além da medida cronológica, e que parecem transcender padrões relativos a tempo e alcançar um tipo de antiguidade absoluta que é impossível compreender em termos lógicos. Mas eu não conseguia imaginar como essa vaga sugestão se relacionava a uma pequena cidade do Meio-oeste. O próprio Thoss observou que os moradores de Mirocaw não traíam nenhum indício de consciência misteriosamente primitiva. Pelo contrário, na superfície pareciam ignorantes quanto à gênese de sua folia de inverno. O fato de tal tradição ter perdurado ao longo dos anos, entretanto, até mesmo eclipsando as convencionais festas natalinas, revelava uma profunda consciência do significado e da função do festival.

Não posso negar que o que descobri sobre o festival de Mirocaw incutiu em mim um senso banal de destino, considerando sobretudo o envolvimento de uma figura tão importante do meu passado como Thoss. Foi a primeira vez em minha carreira acadêmica que me senti mais bem preparado do que qualquer outra pessoa para discernir o verdadeiro significado de dados esparsos, mesmo que eu só pudesse atribuir essa autoridade especial às circunstâncias do acaso.

Apesar disso, sentado naquela biblioteca numa manhã de meados de dezembro, duvidei por um momento da sabedoria de rumar para Mirocaw em vez de voltar para casa, onde o que me esperava era o *rite de passage* mais familiar da depressão de inverno. Meu esquema original era evitar a melancolia cíclica que a estação reservava para mim, mas parecia que isso também fazia parte da história de Mirocaw, apenas em uma escala muito maior. Minha instabilidade emocional, no entanto, era exatamente o que mais me qualificava para o específico trabalho de campo pela frente, embora eu não me orgulhasse desse fato nem encontrasse consolo nele. E recuar teria sido negar a mim mesmo uma oportunidade que talvez nunca mais se apresentasse. Em retrospecto, parece não ter havido uma resolução fortuita na decisão que tive de tomar. No fim das contas, segui para a pequena cidade.

4.

Pouco depois do meio-dia, em 18 de dezembro, comecei meu percurso de carro na direção de Mirocaw. Um borrão de paisagem desbotada e de cor terrosa se estendia em todas as direções. As nevadas do fim do outono tinham sido escassas, e apenas algumas poucas nódoas brancas apareceram nos campos ceifados ao longo da rodovia. As nuvens eram cinzentas e abundantes. Passando por um trecho de floresta, notei os feixes negros e esfarrapados de ninhos abandonados enroscados no emaranhado retorcido de galhos nus. Pensei ter visto pássaros pretos planando por sobre a estrada à frente, mas eram apenas folhas mortas e voaram céu adentro enquanto eu passava.

Cheguei a Mirocaw a partir do sul, entrando na cidade pela mesma direção por onde eu tinha saído na minha visita no verão anterior. Isso me levou mais uma vez a atravessar aquela parte do município que parecia existir do lado errado de alguma grande barreira invisível, dividindo as partes desejáveis de Mirocaw dos trechos indesejáveis. Por mais lúgubre que essa região me parecesse sob o sol de verão, à réstia de luz daquela tarde de inverno ela degenerava em um pálido fantasma de si mesma. As lojas frágeis e as casas de feição faminta sugeriam uma região limítrofe entre os mundos material e não material, um sarcasticamente usando a máscara do outro. Quando passei vi alguns pedestres esquálidos que se viraram — embora pelo jeito não tivessem feito isso *porque* eu estava passando —, abrindo caminho até a rua principal de Mirocaw.

Subindo a íngreme ladeira da Townshend Street, achei as atrações lá mais acolhedoras. As avenidas sinuosas da cidade estavam de prontidão para o festival. Os postes de luz estavam adornados com ramos entrelaçados de sempre-viva, frescos e orgulhosamente visíveis em uma estação estéril. Na porta de muitos estabelecimentos comerciais da Townshend havia guirlandas de azevinho, também verdes, mas de plástico, como dava para perceber. Porém, embora nada houvesse de incomum nesse tradicional verdor da estação, logo ficou claro para mim que Mirocaw havia se abandonado por completo a esse símbolo específico do Yuletide. Ele estava em espalhafatosa evidência por toda parte. As janelas das lojas e das casas estavam emolduradas por luzes verdes, flâmulas verdes pendiam dos toldos das fachadas e o letreiro luminoso do Bar Galo Vermelho eram de holofotes verde-pavão. Supus que os moradores de Mirocaw desejassem essas decorações, mas o efeito era de excesso. Uma fantasmagórica bruma esmeraldina permeava a cidade, e os rostos pareciam ligeiramente reptilianos.

Na ocasião presumi que as prodigiosas sempre-vivas, coroas de azevinho e luzes coloridas (mesmo que de uma única cor) demonstravam uma ênfase nos símbolos vegetais do Iuletide nórdico, que inevitavelmente se mesclariam a um festival de inverno de qualquer país setentrional exatamente como tinham sido adotados para a quadra natalícia. Em seu artigo "Arlequim", Thoss escreveu sobre o aspecto pagão do festival de Mirocaw, comparando-o ao ritual de um culto da fertilidade, com prováveis conexões com divindades ctônicas em algum momento do passado. Mas, como eu, Thoss confundira com o todo algo que era apenas parte do significado do festival.

O hotel que eu tinha reservado localizava-se na Townshend. Era um prédio velho de tijolos marrons, com uma porta de entrada abaulada e uma cimalha patética cuja intenção era transmitir uma impressão neoclassicista. Encontrei uma vaga de estacionamento defronte e deixei minhas malas no carro.

Quando entrei pela primeira vez no hotel, o saguão estava vazio. Achei que talvez o festival de Mirocaw tivesse atraído visitantes suficientes para, pelo menos, incrementar os negócios do único hotel da pequena cidade, mas pelo visto eu estava enganado. Batendo de leve numa sineta, inclinei-me sobre o balcão e me virei para olhar, sobre uma mesa junto à entrada, uma pequena árvore de Natal decorada conforme a tradição. Os enfeites natalinos completos incluíam reluzentes lampadinhas frágeis como ovos; bengalas doces em miniatura; Papais Noéis de cartolina risonhos e de braços escancarados; uma estrela no topo oscilando desajeitadamente contra a delicada reentrância de um galho mais alto; e luzes coloridas que desabrochavam de soquetes em forma de flor. Por alguma razão, aquilo me pareceu uma peça de decoração lamentável.

"Posso ajudá-lo?", perguntou uma jovem que chegava de uma sala adjacente ao saguão.

Devo tê-la fitado muito fixamente, pois ela desviou o olhar e pareceu bastante desconfortável. Eu não seria capaz de imaginar o que dizer a ela ou como explicar o que eu estava pensando. Em pessoa ela imediatamente irradiava uma luminosidade arrebatadora de modos e de expressão. Mas, se essa mulher não tinha cometido suicídio vinte anos antes, como o artigo de jornal havia sugerido, tampouco envelhecera em todo aquele tempo.

"Sarah", chamou uma voz masculina das alturas invisíveis de uma escada. Um homem alto de meia-idade desceu os degraus. "Pensei que você estivesse no seu quarto", disse o homem, que deduzi ser Samuel Beadle. Sarah, não Elizabeth, Beadle olhou de relance na minha direção para indicar ao pai que ela estava conduzindo os negócios do hotel. Beadle desculpou-se comigo, e depois pediu licença por um momento enquanto os dois foram para um canto a fim de continuar a conversa.

Sorri e fingi que tudo estava normal, ao mesmo tempo que tentava me manter a uma distância que me permitisse entreouvir a conversa. Eles falaram num tom que sugeria que o conflito era de natureza familiar: a preocupação superprotetora de Beadle com o paradeiro de sua filha e a compreensão frustrada de Sarah sobre certas restrições que lhe eram impostas. A conversa terminou, e Sarah subiu as escadas, virando-se por um momento para me oferecer uma pantomima facial de desculpas pela cena pouco profissional que acabara de acontecer.

"Agora, senhor, o que posso fazer pelo senhor?", perguntou Beadle, quase exigindo saber.

"Sim, tenho uma reserva. Na verdade, estou um dia adiantado, se isso não for um problema." Dei ao hotel o benefício da dúvida de que seu negócio poderia estar prosperando secretamente.

"Problema algum, senhor", disse ele, apresentando-me o formulário de registro e, em seguida, uma chave de metal amarelo-esverdeada pendurada em um disco de plástico com o número 44.

"Bagagem?"

"Sim, está no meu carro."

"Eu vou dar uma mão com isso."

Enquanto Beadle me acomodava no meu quarto no quarto andar, pareceu-me um momento oportuno para abordar o tema do festival, os suicídios da época de festas de fim de ano, e talvez, dependendo de sua reação, o destino da esposa dele. Eu precisava de um entrevistado que tivesse vivido na cidade por um bom par de anos e que pudesse me esclarecer sobre a atitude dos mirocawianos em relação à temporada de luzes verde-mar.

"Este está ótimo", disse eu sobre o quarto limpo mas sombrio. "Bela vista. Daqui de cima posso ver muito bem as luzes verdes brilhantes de Mirocaw. A cidade geralmente fica toda enfeitada assim? Para o festival, quero dizer."

"Sim, senhor, para o festival", respondeu ele, mecanicamente.

"Imagino que nos próximos dias o senhor deve receber um punhado de nós, turistas e forasteiros."

"Pode ser. Mais alguma coisa?"

"Sim. Eu queria saber se o senhor pode me dizer algo sobre as festividades."

"Por exemplo..."

"Bem, o senhor sabe, os palhaços e assim por diante."

"Os únicos palhaços aqui são os que são... bem, escolhidos, creio que se poderia dizer."

"Não entendi."

"Com licença, senhor. Estou muito ocupado agora. Mais alguma coisa?"

Naquele momento não consegui pensar em nada para perpetuar nossa conversa. Beadle me desejou uma boa estadia e saiu.

Desfiz as minhas malas. Além de roupas comuns, eu também tinha trazido alguns dos itens do meu guarda-roupa de palhaço. O comentário de Beadle de que os palhaços de Mirocaw eram "escolhidos" me deixou pensando com meus botões sobre qual seria exatamente a função que esses mascarados de rua desempenhavam no festival. A figura do palhaço tinha tantos significados em diferentes épocas e culturas. O palhaço jovial e bem-amado, figura tão familiar para a maioria das pessoas, é na verdade apenas um dos aspectos dessa criatura proteiforme. Loucos, corcundas, amputados e outros anormais já foram outrora considerados palhaços naturais; eram eleitos para cumprir um papel cômico que podia permitir a outros vê-los como ridiculamente jocosos e não como terríveis lembretes das forças da desordem no mundo. Mas às vezes um bobo da corte desanimado e melancólico era necessário a fim de chamar a atenção para essa mesma desordem, como no caso do bufão mórbido e honesto do Rei Lear, que, é claro, no fim acaba sendo enforcado, e lá se vai sua sabedoria burlesca. Palhaços invariavelmente representaram papéis ambíguos e às vezes contraditórios. Assim, eu sabia o suficiente para não vestir com veemente impulso a fantasia e berrar aos quatro ventos: "Aqui estou eu de novo!".

Naquele primeiro dia em Mirocaw, não me afastei muito do hotel. Li e descansei por algumas horas e depois comi em um restaurante pequeno e barato nas imediações. Pela janela ao lado da minha mesa observei a noite de inverno converter a suave luminescência verde da cidade em uma cor áspera e quase totalmente nova, contrastando com a escuridão. As ruas de Mirocaw me pareceram extraordinariamente movimentadas para uma cidade pequena ao cair da noite. No entanto, não era o tipo de atividade que normalmente se costuma ver antes de um feriado de Natal que se aproxima. Não se tratava de uma multidão de compradores sobressaltados com as mãos abarrotadas de sacolas cintilantes cheias de presentes. As pessoas estavam de braços vazios, as mãos enfiadas bem fundo nos bolsos para proteger-se do frio, que, todavia, não confinara todos à solidão do lar, supostamente aquecido. Eu as vi entrar e sair, de uma loja a outra, sem comprar nada. Muitos estabelecimentos permaneciam abertos até tarde, e até mesmo os lojistas que decidiram fechar mais cedo haviam deixado seus letreiros de neon iluminados. Possivelmente os rostos que passavam junto à janela do restaurante estavam apenas enrijecidos pelo frio, pensei; de tão enregelados formavam carrancas profundas, e nada mais. Na mesma janela, vi o reflexo do meu próprio rosto. Não era a face de um palhaço competente; era frouxa e flácida, e naquele momento parecia o rosto de alguém menos que vivo. Do lado de fora estava a pequena cidade de Mirocaw, suas ruas afundando e subindo com uma austeridade lunática, seus cidadãos apinhando as calçadas, seu coração banhado de verde: um campo de desafio profissional e pessoal tão promissor como eu jamais havia encontrado — e eu estava entediado a ponto do pavor. Voltei correndo para o meu quarto de hotel.

"Mirocaw tem outra frieza dentro de seu frio", escrevi no meu diário naquela noite. "Outro conjunto de prédios e ruas que existe por detrás da fachada visível da cidade como um mundo de becos vergonhosos." Continuei nessa toada por cerca de uma página, na qual por fim talhei um enorme "x". Depois fui para a cama.

De manhã deixei meu carro no hotel e fui a pé em direção ao centro comercial, a poucos quarteirões de distância. Misturar-se com a boa gente de Mirocaw parecia a coisa certa a fazer naquele momento da minha visita científica. Mas quando comecei a caminhar penosamente Townshend acima (as calçadas estavam atulhadas de pedestres errantes), o vislumbre de alguém subitamente substituiu meu plano aleatório por um outro, mais específico e imediato. Em meio à multidão e cerca de quinze passos adiante estava o meu objetivo.

" Dr. Thoss", chamei.

A cabeça dele quase pareceu virar-se e olhar para trás em resposta ao meu grito, mas eu não podia ter certeza. Aos empurrões, abri caminho por entre vários corpos agasalhados calorosamente embrulhados e vários pescoços recobertos por cachecóis verdes, apenas para constatar que o objeto da minha perseguição parecia manter-se à mesma distância de mim, embora eu não soubesse se isso estava sendo feito de modo deliberado ou não. Na esquina seguinte, Thoss, de casaco escuro, guinou de forma abrupta à direita, entrando em uma rua íngreme que descia diretamente rumo ao deteriorado extremo sul de Mirocaw. Quando cheguei à esquina, olhei para a calçada e, por estar no alto da rua em declive, pude vê-lo muito claramente. Também vi como ele conseguia ficar tão à minha frente em uma multidão que impedira meu próprio avanço. Por alguma razão as pessoas na calçada abriam espaço para que ele pudesse passar facilmente por elas, sem o habitual acotovelamento e sem entrechoque de corpos. Não era uma evitação física drástica, embora ainda assim parecesse intencional. Lutando contra o apertado tecido da turba, continuei a seguir Thoss, perdendo-o de vista e voltando a avistá-lo.

Quando cheguei ao pé da ladeira, a multidão havia escasseado consideravelmente, e depois de caminhar um quarteirão ou mais me vi praticamente como um pedestre solitário andando a furta-passo atrás de uma figura distante que eu esperava que ainda fosse Thoss. Ele agora andava bem rápido e de uma maneira tal que parecia ter conhecimento da minha perseguição, embora a bem da verdade a impressão era a de que ele me conduzia tanto quanto eu o encalçava. Chamei o seu nome mais algumas vezes em um volume que ele não poderia deixar de ouvir, presumindo que a surdez não era uma das mudanças que o acometeram; afinal, ele já não era mais um homem nem jovem, nem mesmo de meia-idade.

De repente Thoss cruzou a rua pelo meio da pista. Deu mais alguns passos e entrou em um prédio de tijolos sem placa nenhuma, entre uma loja de bebidas e uma espécie de oficina mecânica. No artigo "Arlequim", Thoss mencionara que as pessoas que viviam naquela região de Mirocaw eram donas do próprio negócio, e que se tratava de negócios frequentados quase que exclusivamente por moradores da área. Pude acreditar plenamente nessa afirmação quando olhei para aqueles pequenos barracões comerciais, pois tinham a mesma aparência maltratada e desgastada que a clientela. A despeito da formidável precariedade desses prédios de péssima qualidade, segui Thoss até uma modesta estrutura de tijolos do que um dia teria sido, ou possivelmente ainda era, um restaurante.

O interior estava insolitamente escuro. Mesmo antes de meus olhos se adaptarem, percebi que não era um restaurante próspero e aconchegantemente entupido de cadeiras e mesas — como o estabelecimento onde eu havia comido na noite anterior —, mas um lugar com umas poucas peças de mobília bagunçadas, e muito frio. Parecia mais frio, na verdade, do que as ruas hibernais do lado de fora.

"Dr. Thoss?", chamei em voz alta em direção a uma mesa perto do centro do comprido salão. Talvez houvesse quatro ou cinco pessoas sentadas ao redor da mesa, com algumas outras fundindo-se à obscuridade atrás delas. Espalhados sobre a mesa havia alguns livros e papéis soltos. Sentado ali estava um homem velho indicando algo nas páginas à sua frente, mas não era Thoss. Do lado dele havia dois jovens cujas feições saudáveis os distinguiam do cansaço tétrico dos demais. Eu me aproximei da mesa e todos ergueram os olhos para mim. Ninguém mostrou o menor lampejo de emoção, exceto os dois rapazes, que se entreolharam com expressão carregada de preocupação e culpa, como se tivessem acabado de ser flagrados em algum ato vergonhoso. De súbito, ambos precipitaram-se das mesas e correram escuridão adentro, onde uma luz apareceu brevemente quando eles saíram por uma porta dos fundos.

"Desculpe-me", eu disse, desconfiado. "Pensei ter visto alguém que eu conhecia entrar aqui."

Eles nada disseram. De um cômodo dos fundos começaram a surgir outros, sem dúvida interessados na origem do alvoroço. Em poucos instantes o salão estava apinhado daquelas figuras andrajosas feito mendigos, todas com o olhar vazio para a penumbra. Naquele momento eu não estava com medo delas; pelo menos não tinha medo de me causarem algum mal físico. A bem da verdade, julguei que estava ao meu alcance esmurrá-las e facilmente subjugá-las, os rostos de camundongo quase que convidando a uma sucessão de socos firmes. Mas eles eram muitos.

Deslizaram lentamente na minha direção em uma massa verminosa. Seus olhos pareciam ocos e desfocados, e por um momento me perguntei se estavam ao menos conscientes da minha presença. Contudo, eu era o centro para o qual convergia aquele letárgico e vagaroso arrastar, seus sapatos arranhando suavemente o chão desguarnecido. Comecei a proferir uma fieira de comentários afobados e sem sentido enquanto eles continuavam a avançar desajeitados na minha direção, seus corpos frouxos e inesperadamente inodoros cutucando o meu (agora entendi por que as pessoas ao longo das calçadas pareciam instintivamente evitar Thoss). Pernas invisíveis emaranharam-se com as minhas; cambaleei e depois recuperei meu equilíbrio. Esse movimento súbito me despertou de uma espécie de torpor hipnótico no qual devo ter caído sem ter noção. A minha intenção era ter ido embora daquele lugar lúgubre antes que os eventos chegassem a uma situação tão crítica, mas por algum motivo não fui capaz de me concentrar em minhas intenções com força suficiente para agir. Minha mente estava à deriva e cada vez mais distante, à medida que aquelas coisas abjetas se aproximavam. Em um súbito surto de pânico, rompi aquelas fileiras molengas e saí.

O ar livre me reavivou e me devolveu ao estado de vigilância anterior, e imediatamente comecei a andar a passos rápidos colina acima. Eu já não tinha certeza se não havia simplesmente imaginado o que parecera, e ao mesmo tempo não parecera, um momento de perigo. Os movimentos deles visavam a um ataque agressivo ou estavam apenas tentando me intimidar? Quando cheguei à rua principal de Mirocaw, guarnecida de vidraças verdes, o fato é que eu não conseguia definir o que tinha acabado de acontecer.

As calçadas ainda estavam apinhadas de uma multidão de pedestres, que agora pareciam mais animados do que pouco antes. Havia uma espécie de vitalidade que só podia ser atribuída às festividades iminentes. Um grupo de rapazes começara a celebrar antes da hora e, a passos largos, eles caminhavam ruidosamente rua afora, obviamente embriagados. A julgar pelas gargalhadas e brincadeiras entre os cidadãos ainda sóbrios, deduzi que, ao estilo Mardi Gras, bebedeiras públicas faziam parte do escopo das tradições daquele festival de inverno. Procurei qualquer coisa que indicasse o início da Mascarada de Rua, mas não vi coisa alguma: nenhum arlequim com trajes luzidios, tampouco pierrôs brancos como a neve. Estavam sendo preparadas as cerimônias para a coroação da Rainha do Inverno? "A Rainha do Inverno", escrevi em meu diário. "Figura de fertilidade investida com poderes simbólicos de renascimento e prosperidade. Eleita à maneira de uma rainha do baile de formatura do ensino médio. Verificar possível figura consorte na forma de um representante do mundo inferior."

Nas horas pré-escuridão de 19 de dezembro, sentei-me em meu quarto de hotel e escrevi e pensei e organizei. Até que eu não estava me sentindo tão mal, considerando todos os fatos. Sem dúvida, a empolgação festiva que vinha ganhando fôlego em ritmo constante nas ruas sob minha janela estava me contagiando. Obriguei-me a tirar uma curta soneca na expectativa de uma noite longa. Quando acordei, a festa anual de Mirocaw estava a todo vapor.

5.

Praticamente saltando da minha cama aos sons da farra e da festança do lado de fora, fui até a janela e corri a vista pela cidade. Parecia que todas as luzes de Mirocaw estavam brilhando, exceto naquele setor da colina que se tornava parte do vazio escuro do inverno. E agora o matiz esverdeado da cidade estava ainda mais pronunciado, espalhando-se por toda parte como um grande arco-íris verde que se dissolvera do céu e perdurara, fosforescente, noite adentro. Nas ruas pairava uma claridade de primavera artificial. Os atalhos e as ruas secundárias de Mirocaw vibravam de atividade: em uma esquina próxima estrondeava uma banda de metais; carros tocavam suas buzinas e vez por outra eram escalados por pedestres risonhos; um homem saiu do Bar Galo Vermelho, ergueu os braços e cocoricou. Observei atentamente os celebrantes individuais, à procura de vestes de palhaços. Pouco depois, com satisfação, eu os avistei. O traje era vermelho e branco, com uma touca combinando, e o rosto pintado de nobre alabastro. Parecia quase uma encarnação palhacesca daquele bufão natalino de barba branca e botas pretas.

Esse bufão em particular, no entanto, não estava recebendo o carinho e o respeito geralmente concedidos a um Papai Noel. Meu pobre colega palhaço estava no meio de um círculo de foliões que se revezavam empurrando-o de um lado para o outro. O objeto desses maus-tratos parecia aceitar mais ou menos de bom grado as hostilidades, mas pelo visto o joguinho tinha como propósito a humilhação. "Os únicos palhaços aqui são os escolhidos", ecoou a voz de Beadle na minha memória. "Agredidos" parecia mais perto da verdade.

Embrulhando-me em algumas roupas pesadas, saí para as ruas verdes e reluzentes. Não muito longe do hotel fui abalroado por um personagem com um largo sorriso azul e vermelho e roupas folgadas e brilhantes. Na verdade ele havia sido empurrado na minha direção por alguns jovens à porta de uma loja de conveniência. Perdeu o equilíbrio na calçada escorregadia e desabou em um monte de neve ao longo da rua.

"Olha só a aberração", disse um sujeito obeso e bêbado. "Olha a aberração cair."

Minha primeira reação foi de raiva, e depois de medo quando vi dois outros flanqueando o bêbado gordo. Eles andaram na minha direção e me retesei para um confronto.

"Isto é uma desgraça", disse um deles, que balançava uma garrafa de vinho na mão esquerda.

Mas não era para mim que eles estavam falando; era para o palhaço. Os três perseguidores o ajudaram com um puxão súbito e depois esguicharam vinho no rosto dele. Eles me ignoraram completamente.

"Soltem ele", disse o gordo. "Cai fora rastejando, aberração. Ah, ele voa!"

O palhaço saiu correndo, perdendo-se em meio à multidão.

"Esperem um minuto", eu disse para o trio de arruaceiros, que começou a se afastar de modo desengonçado. Num átimo concluí que pelo jeito seria inútil pedir-lhes que explicassem o que eu acabara de testemunhar, sobretudo em meio ao barulho e à confusão das festividades. Com toda a jovialidade de que eu era capaz, propus que fôssemos todos a algum lugar onde eu pudesse pagar uma bebida para cada um. Nenhum deles fez objeção e em pouco tempo estávamos todos espremidos em torno de uma mesa no Galo Vermelho.

Tão logo fomos atendidos, eu disse que era um forasteiro e perguntei se poderiam me explicar algumas coisas... Eu não entendia o festival deles.

"Não acho que tem que *entender* nada", disse o gordo. "É só o que você vê."

Perguntei-lhe sobre as pessoas vestidas de palhaço.

"Eles? Eles são as aberrações. É a vez deles este ano. Todo mundo tem sua vez. No ano que vem, pode ser a minha. Ou a *sua*", ele disse, apontando para um de seus amigos do outro lado da mesa. "E quando a gente descobrir qual você é..."

"Você não é inteligente o suficiente", rebateu, insolente, a potencial aberração.

Esta era uma questão importante: o fato de que os indivíduos que faziam o papel de palhaços permaneciam, ou pelo menos tentavam permanecer, anônimos. Esse arranjo ajudava a eliminar as inibições que um residente de Mirocaw poderia ter com relação a maltratar seu próprio vizinho ou mesmo um parente. Pelo que mais tarde observei, a extensão dessa hostilidade não ia além de uma espécie de brincadeira galhofeiramente violenta. E, mesmo assim, apenas um ou outro grupo ocasional de pessoas realmente tirava proveito desse aspecto do festival, a maioria dos cidadãos mostrava-se muito contente em ficar à margem, sem se envolver.

No que dizia respeito à capacidade de esclarecer o significado desse costume, meus três jovens amigos eram completamente inúteis. Para eles, tratava-se apenas de diversão, como imagino que fosse para a maioria dos mirocawianos. Era compreensível. Suponho que uma pessoa mediana não conseguiria explicar com exatidão como a época natalina, profundamente familiar, veio a ser celebrada em sua forma atual.

Deixei o bar sozinho e não fui afetado pelas bebidas que consumi lá. Do lado de fora, o divertimento geral continuava. Música alta emanava de vários quarteirões. Mirocaw havia se transformado por completo, de uma pequena cidade tranquila em um enclave de Saturnália dentro da imensidão escura de uma noite de inverno. Mas Saturno é também o símbolo planetário da melancolia e da esterilidade, um embate de opostos contidos nessa única palavra. E, enquanto eu vagava meio embriagado rua abaixo, descobri que havia um conflito no âmbito do próprio festival de inverno. Essa descoberta de fato parecia ser aquela chave secreta que Thoss detinha em seu estudo da cidade. Por incrível que pareça, foi por meio da minha falta de familiaridade com a natureza externa do festival que vim a conhecer sua verdadeira natureza.

Eu estava me misturando com a multidão na rua, apreciando entusiasticamente a confusão ao meu redor, quando vi uma criatura de feitio estranho parada na esquina à frente. Era um dos palhaços de Mirocaw. Suas roupas eram desleixadas, puídas e indefiníveis, quase no estilo de um palhaço do tipo mendigo ou vagabundo, embora sem o suficiente exagero cômico. O rosto, porém, compensava o traje chinfrim. Eu nunca tinha visto uma concepção tão estranha para o semblante de um palhaço. A figura estava sob a luz embaciada de um poste e, quando virou a cabeça para mim, tive uma sensação de reconhecimento. A cabeça fina, lisa e pálida; os olhos arregalados; as feições ovaladas semelhantes sobretudo à criatura berrante com cara de caveira naquela famosa pintura (a memória me falha). Essa imitação palhacesca rivalizava com a original em termos de invocar um efeito de profundo horror e desespero. Tinha uma aparência desumana mais apropriada não a algo deste mundo, mas do mundo subterrâneo.

Desde o primeiro momento em que pus os olhos na criatura, pensei naqueles habitantes dos cortiços no pé da colina. No porte dela havia a mesma languidez e passividade nauseantes. Se eu não tivesse bebido antes, talvez não tivesse sido ousado o suficiente para tomar a atitude que tomei. Decidi participar de uma das íntegras e honestas tradições do festival de inverno, pois me incomodava ver de pé aquele mórbido impostor de palhaço. Quando cheguei à esquina, às gargalhadas dei um violento esbarrão contra a criatura — "Opa!" —, que tombou para trás e acabou estatelada na calçada. Gargalhei de novo e olhei ao redor em busca da aprovação dos meus companheiros foliões nos arredores. Ninguém, no entanto, parecia apreciar o que eu fizera ou nem sequer tomar conhecimento do meu tranco. Ninguém riu comigo tampouco apontou o dedo rindo de alegria; as pessoas apenas passaram, talvez andando um pouco mais rápido até estarem a certa distância daquele incidente de esquina. Percebi no mesmo instante que havia violado alguma tácita regra de comportamento, embora julgasse a minha ação bastante adequada e dentro dos limites da prática comum. Ocorreu-me a ideia de que eu poderia até mesmo ser preso e judicialmente processado por aquilo que em quaisquer outras circunstâncias era sem dúvida um ato criminoso. Eu me virei para ajudar o palhaço a se levantar, na esperança de me redimir de alguma forma da minha agressão, mas a criatura se fora. Solenemente eu me afastei da cena do meu crime inadvertido e procurei outras ruas longe de suas testemunhas.

Vaguei ao longo das várias avenidas secundárias de Mirocaw, parando exausto a certa altura para sentar-me diante do balcão de uma pequena lanchonete lotada de clientes. Pedi uma xícara de café para reavivar meu sistema inebriado. Aquecendo minhas mãos em volta da xícara e bebericando vagarosos goles, observei pela janela as pessoas que transitavam do lado de fora. Já passava da meia-noite, mas o fluxo espesso de transeuntes não dava nenhuma indicação de que algum deles voltaria cedo para casa. Uma folia carnavalesca de perfis desfilava em marcha rente à janela, e eu estava contente simplesmente em ficar recostado e observar, até que por fim um desses rostos me causou um sobressalto. Era aquele palhacinho medonho que eu tinha agredido minutos antes. Mas, embora o rosto fosse familiar em seu aspecto assombroso, havia nele algo de diferente. E imaginei que deveria haver duas aberrações medonhas.

Pagando rapidamente o homem no balcão, saí em disparada para dar uma segunda olhadela no palhaço, que agora sumira por completo. Eu não conseguia entender como ele podia ser capaz de abrir caminho e desaparecer com tanta facilidade, a menos que a densa multidão esparramada ao longo da calçada tivesse instintivamente permitido que aquela criatura passasse sem estorvo através de suas fileiras descomunais, como fizera no caso de Thoss. No processo de procurar por essa aberração em particular, descobri que, em meio à massa celebrante de Mirocaw, que incluía os palhaços autorizados do festival, havia não um ou dois, mas um número considerável dessas criaturas pálidas e semelhantes a espectros. E todas elas zanzavam de um lado para o outro nas ruas sem serem incomodadas nem mesmo pelos foliões mais desordeiros. Agora eu entendia um dos tabus do festival. Esses outros palhaços não deveriam ser incomodados, e a recomendação era a de que fossem inclusive evitados, tal como ocorria com os moradores dos cortiços na periferia da cidade. No entanto, senti instintivamente que os dois grupos de palhaços estavam de alguma forma identificados um com o outro, ainda que os palhaços dos bairros pobres não fossem bem-vindos no festival de inverno de Mirocaw. A bem da verdade, era possível considerá-los como parte legítima da comunidade, celebrando à sua própria maneira a temporada festiva. Para todos os efeitos e a julgar pelas aparências, esse grupo de melancólicos pantomimeiros constituía nada menos do que um festival totalmente independente — um festival dentro de outro festival.

De volta ao meu quarto, registrei minhas suposições no diário que eu vinha mantendo para esse empreendimento. Os trechos a seguir são excertos:

Há uma superstição que os moradores de Mirocaw demonstram em relação às pessoas das áreas pobres dos cortiços, em particular porque ultimamente eles comparecem exibindo aqueles rostos pavorosos expressando seu próprio festival. Qual é a relação entre essas comemorações simultâneas? Uma precedeu a outra? Se sim, qual? Minha opinião acerca dessa questão — e não reivindico que ela tenha caráter conclusivo — é que o festival de inverno de Mirocaw é a manifestação posterior, que surgiu depois do festival desses palhaços deprimentemente pálidos, a fim de encobrir ou mitigar seu efeito. Os suicídios da época de festas de fim de ano me vêm à mente, e o "subclima" sobre o qual Thoss escreveu, assim como o desaparecimento de Elizabeth Beadle vinte anos antes, e meu encontro neste mesmo dia com o clã dos párias que existe fora, ainda que dentro da comunidade. Da minha própria experiência com essa subtemporada emocionalmente deletéria prefiro não falar no momento. Ainda não sou capaz de dizer se a causa é a minha habitual melancolia invernal. A respeito do tema geral da saúde mental, devo levar em consideração o livro de Thoss sobre o período que passou em um hospital psiquiátrico (no oeste de Massachusetts, tenho quase certeza. Verificar este livro e as raízes neoinglesas de Mirocaw). O solstício de inverno é amanhã, se bem que em algum momento após a meia-noite. É, naturalmente, o dia do ano em que as horas noturnas ultrapassam as horas de luz pela mais ampla margem. Observar que isso tem relação com os suicídios e um aumento nos casos de distúrbios psíquicos. Lembrando a lista de suicídios documentados por Thoss em seu artigo, parecia haver uma recorrência de nomes de família específicos, como deve ocorrer com qualquer tipo de dados coletado em uma cidade pequena. Entre esses nomes havia um ou dois Beadle. Talvez, então, no caso dos suicídios haja uma base hereditária que não tem nada a ver com o subclima místico de Thoss — que sem dúvida é uma ideia pitoresca e que parece adequada para esta cidade pequena com tantos aspectos externos e internos, embora não seja uma concepção que possa ser corroborada.

Uma coisa que parece líquida e certa, porém, é a divisão de Mirocaw em dois tipos muito distintos de cidadão, que resultam em dois festivais e na aparição de palhaços — termo agora usado em um sentido extremamente frouxo — semelhantes. Mas existe de fato um vínculo, e julgo ter alguma ideia de qual seja. Afirmei antes que os residentes normais da cidade veem com superstição os da periferia pobre, em especial suas figuras palhacescas. Todavia, é mais que isso: existe medo, ódio, quiçá — o tipo particular de ódio resultante de alguma memória poderosa e irracional. O que ameaça Mirocaw creio que posso entender muito bem. Recordo o incidente de hoje naquele restaurante vazio. "Vazio" é a palavra apropriada aqui. A congregação de criaturas reunidas naquele salão às escuras formava mais uma ausência que uma presença, mesmo considerando-se o número opressivo delas. Aqueles olhos que não focavam coisa alguma ou não eram capazes de se concentrar em nada, a lassidão lânguida do rosto, a marcha preguiçosa dos pés. Eu estava espiritualmente drenado quando saí correndo de lá. Então compreendi por que essas pessoas e suas atividades são evitadas.

Não posso questionar a sabedoria daqueles mirocawianos ancestrais que iniciaram a tradição do festival de inverno e deram à cidade um pretexto para a celebração e o intercurso social num momento em que as consequências do isolamento meditabundo são as mais severas: os dias mais longos e mais escuros do solstício. Um clima de jovialidade natalina obviamente não seria suficiente para combater a ameaça desse período. Mas mesmo assim ainda há os suicídios de indivíduos que de alguma forma estão apartados, imagino, das atividades revigorantes do festival.

É a natureza dessa subtemporada insidiosa que parece determinar as formas exteriores do festival de inverno de Mirocaw: o verdor otimista em um período de dormência cinzenta; a fértil promessa da Rainha do Inverno; e, a meu juízo o mais interessante, os palhaços — os esplêndidos palhaços de Mirocaw, tão maltratados. Eles parecem fazer as vezes de figuras substitutas para aqueles mascarados de olhos escuros dos cortiços. Uma vez que estes últimos são temidos por causa de algum poder ou influência que detêm, ainda podem ser simbolicamente confrontados e conquistados por intermédio de seus análogos, eleitos precisamente para essa função. Se estou certo a esse respeito, me pergunto até que ponto se a população da cidade tem uma percepção consciente acerca dessa demonstração indireta de agressão. Aqueles três rapazes com quem conversei esta noite não parecem discernir, na tradição do festival, nada além de uma diversão bastante vigorosa. Nesse quesito, quanta consciência existe do *outro lado* desses dois festivais antagônicos? Horrível demais pensar em tal coisa, mas devo indagar se, apesar de todo o aparente despropósito, aqueles habitantes dos cortiços não são os únicos que sabem do que se trata. Não há como negar que por trás daquelas expressões desumanamente flácidas parece haver uma espécie de inteligência detestável.

Enquanto eu cambaleava de rua em rua esta noite, observando aqueles palhaços de boca ovalada, não pude evitar a sensação de que toda a festança em Mirocaw era de alguma forma permitida apenas pelo sofrimento dos foliões. Espero que isso não seja mais do que uma intuição thossiana fantasiosa, o tipo de ideia que é curiosa e instigante sem jamais, aparentemente, ganhar o benefício da confirmação. Sei que minha mente não é de todo lúcida, mas sinto que talvez seja possível penetrar muitas complexidades de Mirocaw e iluminar o lado oculto da temporada de festividades. Em particular, devo procurar o significado do outro festival. Trata-se também de algum tipo de celebração de fertilidade? Pelo que vi, o teor desse subgrupo "celebrante" é, pelo contrário, de antifertilidade. Como conseguiram evitar o completo desaparecimento ao longo dos anos? Como mantêm um contingente tão numeroso?

Mas eu estava cansado em demasia para formular mais dessas minhas abobalhadas especulações encharcadas de álcool. Caindo na cama, logo me perdi em sonhos com ruas e rostos.

6.

Eu estava, claro, ligeiramente de ressaca quando acordei tarde no dia seguinte, a manhã já avançada. O festival ainda estava firme e forte, e a música estridente na rua despertou-me de um pesadelo. Era um desfile. Diversos carros alegóricos desciam a Townshend, uma cor habitual predominando. Havia carros ornamentados de peregrinos e indígenas, caubóis e índios, e palhaços de tipo ortodoxo. No meio disso tudo estava a Rainha do Inverno em pessoa, congelando no alto de um trono gélido. Ela acenava em todas as direções. Cheguei até a imaginar que acenou para a minha janela escura. Nos primeiros momentos de vigília grogue, não tive nenhuma simpatia por minha empolgação da noite anterior. Mas constatei que meu antigo entusiasmo apenas adormecera e logo retornou com intensidade ainda maior. Nunca antes a minha mente e os meus sentidos estiveram tão ativos durante essa época normalmente inerte do ano. Em casa eu estaria tocando discos velhos e lúgubres e olhando um bocado pela janela. De uma forma completamente abstrata, senti uma gratidão terrível por meu envolvimento empenhado numa obsessão significativa. E eu estava ansioso para começar a trabalhar depois de tomar o desjejum na cafeteria.

Quando voltei para o meu quarto, descobri que a porta estava destrancada. E havia algo escrito no espelho da cômoda. A inscrição era vermelha e oleosa, como se tivesse sido feita com um lápis de maquiagem de palhaço — o meu próprio, percebi. Li a mensagem, ou seria melhor dizer *enigma*, várias vezes: "O que é que enterra a si mesmo antes de morrer?". Fitei o texto por um bom tempo, bastante abalado com a vulnerabilidade das minhas fortificações de fim de ano. Aquilo pretendia ser algum tipo de aviso? Uma ameaça no sentido de que, caso eu persistisse em determinado rumo de conduta, acabaria prematuramente enterrado? Era preciso ser cuidadoso, eu disse a mim mesmo. Minha resolução era não me intimidar e não permitir que nada me dissuadisse da estratégia inspirada que eu havia me concebido. Limpei o espelho, pois agora ele era necessário para outros propósitos.

Passei o resto do dia planejando uma fantasia muito especial e o rosto apropriado para acompanhá-la. Com facilidade esfarrapei meu sobretudo deixando um ou dois bolsos rasgados e um punhado de manchas. Em combinação com a calça de brim azul e um par de sapatos bastante desgastados, eu tinha um traje aceitável para um morador de rua. O rosto, no entanto, era mais difícil, pois tive que fazer experimentações de memória. Evocar a imagem mental do pierrô que berra naquela pintura (*O grito*, agora me lembro) ajudou um bocado. Ao cair da noite, saí do hotel pela escadaria dos fundos.

Era estranho andar pela rua apinhada com esse disfarce repulsivo. Embora eu achasse que ficaria claramente visível, a experiência real foi muito próxima, imaginei, à da completa invisibilidade. Ninguém olhou para mim enquanto eu zanzava a esmo, quem passava por mim não me via, tampouco quando nossos caminhos se entrecruzavam. Eu era uma aparição — talvez o fantasma dos festivais passados, ou aqueles que ainda estão por vir.

Eu não tinha ideia clara de para onde meu disfarce me levaria naquela noite, apenas expectativas vagas de ganhar a confiança de meus colegas espectros e possivelmente dar um jeito de conhecer seus segredos, de alguma forma. Por algum tempo, simplesmente perambulei daquela forma lânguida e apática que eu aprendera com eles, imitando seu exemplo de qualquer maneira que pudessem indicar. E, de maneira geral, isso significava não fazer quase nada e fazê-lo em silêncio. Se eu passava por um outro da minha espécie na calçada, não havia conversa, nenhuma troca de olhares cúmplices, nenhum reconhecimento que eu percebesse. Estávamos lá nas ruas de Mirocaw para criar uma presença e nada mais. Pelo menos era essa a minha sensação a respeito. Enquanto me arrastava adiante com minha invisibilidade incorpórea, eu sentia cada vez mais que me transformava em uma forma vazia e flutuante, vendo sem ser vista e andando sem a interferência daquelas criaturas mais grosseiras que compartilhavam meu mundo. Não foi uma experiência completamente desprovida de interesse e até prazer. O lema do palhaço, "Lá vamos nós de novo", adquiriu um novo significado para mim à medida que eu me sentia como o noviço de uma ordem arlequinal mais rarefeita. E muito em breve se apresentou a oportunidade de avançar ainda mais ao longo desse caminho.

Na direção oposta, descendo a rua, uma picape passou devagar, delicadamente dividindo ao meio um mar de celebrantes que ziguezagueavam. A carga na traseira dessa picape era curiosa, pois era inteiramente constituída de meus companheiros de seita. No fim do quarteirão, a picape parou e mais um deles embarcou pulando por cima da tampa da caçamba. Um quarteirão abaixo eu vi ainda mais um subir. Então a picape fez o retorno em um cruzamento e veio na minha direção.

Parei no meio-fio como eu tinha visto os outros fazerem. Eu não tinha certeza se a picape me pegaria, por pensar que de alguma forma eles sabiam que eu era um impostor. O veículo, entretanto, desacelerou, quase parando de vez quando chegou até mim. Os outros estavam amontoados no piso da caçamba. A maioria deles apenas fitava o nada com a habitual indiferença que eu já achava normal em sua espécie. Mas a verdade é que alguns me olharam de relance com certa expectativa. Por um segundo hesitei, sem saber ao certo se queria continuar com meu ardil. No último momento, porém, algum impulso instigou-me a me empoleirar na traseira da caminhonete e me espremer em meio aos outros.

Havia apenas mais alguns para pegar antes de a picape se dirigir para os arredores de Mirocaw e além. A princípio tentei manter uma orientação clara em relação à cidade. Mas, à medida que guinávamos curva após curva através da escuridão das estradas rurais estreitas, vi-me incapaz de preservar qualquer senso de direção. Em sua maioria os outros na traseira da caminhonete não demonstravam ter nenhuma consciência aparente sobre a presença de seus companheiros de viagem. Com cautela, olhei de um rosto fantasmagórico para o outro. Alguns deles falavam com os mais próximos em frases curtas e sussurradas. Eu não conseguia entender o que estavam dizendo, mas o tom de voz era de uma normalidade inocente, como se não fossem da manada embrutecida dos cortiços de Mirocaw. Talvez, pensei, fossem caçadores de emoções que haviam se disfarçado como eu, ou, bem mais possível, algum tipo de iniciados. Era provável que tivessem recebido instruções prévias em reuniões como aquela com que eu havia topado por acaso no dia anterior. Também era possível que entre o bando estivessem aqueles mesmos rapazes que eu assustara, incitando uma fuga precipitada daquele antigo restaurante.

A picape agora acelerava ao longo de um trecho bastante aberto da área campestre, seguindo em direção àquelas colinas mais altas que circundavam a agora distante pequena cidade de Mirocaw. O vento gelado chicoteava ao nosso redor, e foi inevitável tiritar de frio. Meu tremor definitivamente me denunciou como um dos recém-chegados do grupo, pois os dois corpos que se pressionavam contra o meu estavam rigidamente imóveis e pareciam irradiar uma frigidez própria. Olhei de soslaio à frente e vi a escuridão para dentro da qual avançávamos a toda velocidade.

Havíamos deixado toda a campina para trás de nós agora, e a estrada estava envolta em bosques densos. A massa de corpos na caminhonete inclinou-se, encostando-se uns nos outros, quando começamos a subir uma encosta íngreme. Acima de nós, no topo da colina, havia luzes cintilando em algum lugar nas entranhas da floresta. Quando a estrada se nivelou, a picape deu uma guinada abrupta, desviando para o que parecia uma vala enorme. Havia uma trilha não pavimentada, no entanto, sobre a qual a caminhonete seguiu em direção ao resplendor a curta distância.

Esse clarão tornou-se mais brilhante e mais nítido quando nos aproximamos, tremeluzindo sobre as árvores e revelando detalhes claramente delineados onde antes havia somente escuridão uniforme e completa. Quando a picape entrou em uma clareira e parou, vi um conjunto solto de figuras, muitas das quais seguravam lampiões que emitiam um facho de luz ofuscante, fosca e frígida. Eu me pus de pé na caçamba para descer, como os outros estavam fazendo. Olhando em volta daquela altura, vi cerca de mais trinta daqueles palhaços cadavéricos movendo-se confusamente. Um dos meus companheiros de viagem espiou minha demora no caminhão e num sussurro estranhamente agudo me disse para me apressar, explicando algo sobre o "ápice das trevas". Pensei de novo naquela noite de solstício; era tecnicamente o mais longo período de escuridão do ano, mesmo que não fosse por uma margem tão significativa em comparação com muitas outras noites de inverno. Seu verdadeiro significado, porém, estava relacionado a considerações que pouco tinham a ver com estatísticas ou com o calendário.

Fui até o lugar onde os outros estavam se alinhando em uma multidão mais compacta, que denunciava uma sensação de expectativa nos gestos e expressões sutis de seus membros individuais. Agora trocavam-se olhares de relance, a mão de um tocava de leve o ombro de outro, e um par de olhos esbugalhados estava fixo onde duas figuras apoiavam os lampiões no chão, a pouco menos de dois metros de distância um do outro. A iluminação desses lampiões revelou uma abertura na terra. Por fim a atenção de todos concentrou-se nesse fosso arredondado e, como que por um código precombinado, todos começamos a nos amontoar em torno dele. Os únicos sons eram os do vento e de nossos próprios movimentos enquanto esmagávamos sob os pés folhas congeladas e gravetos.

Finalmente, quando todos nós tínhamos rodeado esse buraco escancarado, o primeiro saltou dentro, desaparecendo da nossa visão por um momento, mas depois reaparecendo para pegar um lampião que o outro lhe entregou de cima. O abismo em miniatura se encheu de luz, e pude ver que tinha menos de dois metros de profundidade. Uma de suas paredes abria-se para a boca de um túnel. A figura segurando o lampião inclinou-se um pouco e sumiu passagem adentro.

Cada um de nós, por sua vez, caiu na escuridão desse fosso, e a cada cinco um pegou um lampião. Mantive-me na parte de trás do grupo, pois fossem quais fossem as atividades subterrâneas prestes a acontecer, eu tinha certeza de que queria estar na periferia delas. Quando apenas uns dez de nós permaneceram fora, manobrei para deixar que quatro deles me precedessem de modo que eu pudesse receber um lampião. Foi exatamente o que se deu, pois depois que saltei para o fundo do buraco uma luz foi ritualmente passada para mim. Dando meia-volta, entrei bem rápido na passagem. Naquele momento eu tremia tanto de frio que não estava nem curioso nem temeroso, apenas grato pelo abrigo.

Adentrei um túnel longo e levemente inclinado, alto apenas o suficiente para eu ficar em pé. Era consideravelmente mais quente lá embaixo dentro dele do que do lado de fora, na escuridão fria da floresta. Depois de alguns momentos, eu já havia me aquecido o bastante para que minhas preocupações passassem do conforto físico para uma inquietação súbita e justificada em relação à minha sobrevivência. Enquanto caminhava, segurei meu lampião bem rente às laterais do túnel. Eram relativamente lisas e regulares, como se a passagem não tivesse sido aberta por escavação manual, mas tivesse sido desaterrada por algo que deixava para trás uma pista de suas dimensões no tamanho e na forma do túnel. Essa ideia delirante me ocorreu quando me lembrei da mensagem que havia sido deixada no espelho do meu quarto de hotel: "O que é que enterra a si mesmo antes de morrer?".

Tive que me apressar para acompanhar aqueles estrambóticos exploradores de cavernas que me antecediam. Os lampiões à frente balançavam a cada passo dos que os seguravam, a procissão pesada e desengonçada parecendo cada vez menos real quanto mais longe avançávamos naquele pequeno e aconchegante túnel. Em algum momento, notei que a fila à minha frente ia ficando mais curta. Os membros da procissão estavam desembocando no interior de uma câmara cavernosa onde eu também logo cheguei. Essa área tinha cerca de nove metros de altura, suas outras dimensões eram semelhantes às de um grande salão de baile. Fitar a distância acima deixou-me desconfortavelmente ciente do quanto havíamos penetrado fundo na terra. Ao contrário das laterais lisas do túnel, as paredes dessa caverna pareciam denteadas e irregulares, como se tivessem sido roídas. A terra havia sido removida, supus, ou através do túnel do qual emergimos, ou então por uma das muitas outras aberturas pretas que vi ao redor das bordas da câmara, pois possivelmente elas também levavam de volta à superfície.

Mas a estrutura dessa câmara ocupou minha mente muito menos do que seus ocupantes. Lá, para nos encontrar no chão da imensa caverna, estava o que devia ser toda a população dos cortiços de Mirocaw, e mais, todos com o mesmo rosto sinistro de olhos arregalados e boca ovalada. Eles formavam um círculo em torno de um objeto semelhante a um altar, que tinha sobre ele algum tipo de cobertura escura e coriácea drapejado. Por cima do altar, outra cobertura do mesmo material escondia uma forma grumosa por baixo. E por trás dessa forma, olhando para o altar, a única figura cujo rosto não estava untado de maquiagem.

Ele usava um longo manto branco como neve, da mesma cor do cabelo tufoso que enchia a sua cabeça até a borda. Seus braços estavam calmamente ao lado do corpo. Ele não fazia movimento algum. O homem que eu outrora julgava capaz de penetrar grandes segredos estava diante de nós com o mesmo porte professoral que me impressionara muitos anos atrás, mas agora eu não sentia outra coisa a não ser pavor ante a ideia de quais revelações jaziam guardadas dentro das dobras abismais de suas vestes magistrais. Eu realmente fora até lá para desafiar uma figura tão aterradora e descomunal? O nome pelo qual eu o conhecia parecia insuficiente para designar alguém de sua estatura. Eu deveria nomeá-lo, melhor dizendo, por suas outras encarnações: deus de toda a sabedoria, escriba de todos os livros sagrados, pai de todos os magos, três vezes grande e mais — devo chamá-lo, mais precisamente, de Tot.*

Ele ergueu as mãos em concha para sua congregação, e a cerimônia teve início.

Era tudo muito simples. Toda a assembleia, que até esse momento permanecia muda, irrompeu na cantoria mais horrível e aguda que se pode imaginar. Um coro de tristeza, lamento e mortificação. A caverna tiniu com o refrão dissonante e choroso. Minha voz também foi adicionada à da congregação, tentando mesclar-se com a música mutilada. Mas o meu canto não era capaz de imitar o deles, tendo uma rouquidão em desalinho com o queixume ululante daquela companhia. Para evitar que me desmascarassem como um intruso, continuei a movimentar os lábios para dar a impressão de que estava dizendo as palavras, mas sem som. Essas palavras eram uma revelação da malignidade taciturna que

---

* Tot (também chamado de Toth, Tôt, Thoth, Djehuty, Tehuti, Tahuti, Zehuti, Techu e Thout) é o deus egípcio da escrita, da sabedoria, do conhecimento, da música e da magia; teria criado os hieróglifos e também era conhecedor da matemática e da astronomia, representando todos os conhecimentos científicos. Referências mais antigas se reportam a ele como o deus da lua. Geralmente é representado com a imagem da ave íbis, e também aparece com cabeça de babuíno. (N. T.)

até então eu sentia toda vez que me encontrava na presença dessas figuras. Eles estavam cantando para os "não nascidos no paraíso", para as "vidas puras não vivas". Cantavam um lamento fúnebre pela existência, por todas as suas formas e estações vitais. Seu ideal era uma meia-existência melancólica, consagrada a todas as muitas formas de morte e dissolução. Um mar de rostos finos e exangues tremia e gritava sua antipatia pela própria existência. E a paramentada figura-guia no cerne de tudo isso — elevada ao longo de vinte anos ao *status* de sumo sacerdote — era o homem de quem eu absorvera muitos dos princípios da minha vida. Seria inútil descrever o que senti naquele momento, e é um desperdício de tempo que eu precise descrever os eventos que se seguiram.

A cantoria parou abruptamente e a imponente figura de cabeleira branca começou a falar. Estava dando as boas-vindas aos da nova geração — vinte invernos haviam se passado desde que os "Puros" expandiram suas fileiras. A palavra "puro" nesse cenário era uma violência contra o senso e a compostura que eu ainda mantinha, pois nada poderia ter sido mais sórdido do que o que estava por vir. Thoss — e emprego essa identidade extinta apenas como uma conveniência — encerrou seu sermão e se aproximou do altar de pele escura. Então, com todo o floreio de sua vida anterior, retirou a cobertura mais alta. Por baixo havia uma efígie de pernas bambas, uma marionete desmoronada esparramada sobre a laje. Eu estava mais para a retaguarda da congregação e tentei me manter o mais próximo possível da passagem de saída. Por isso, não vi tudo com tanta clareza quanto poderia.

Thoss olhou para baixo, para a forma torta e deformada semelhante a um boneco, e depois para a plateia. Até imaginei que ele deliberadamente fez contato visual comigo. Ele abriu os braços e um jorro de palavras contínuas e ininteligíveis jorrou de sua boca gemente. A congregação começou a se agitar, não muito, mas de modo perceptível. Até aquele momento, havia um limite para o que eu acreditava ser o mal daquelas pessoas. Afinal, eles eram apenas isso. Meras almas mórbidas com crenças consideradas excêntricas para a ordem social sã ao redor. Se havia alguma coisa que aprendi em todos os meus anos como antropólogo é que o mundo é infinitamente rico em fenômenos que a sociedade, como nós a conhecemos (quem quer que sejamos "nós"), consideraria estranhos, por isso o conceito de estranheza em si tinha pouco significado para mim. Todavia, com a cena que então testemunhei, minha consciência saltou para dentro de um reino do qual nunca mais retornará.

Por enquanto era a cena da transformação, o ponto culminante de toda arlequinada.

Começou devagar. Houve uma movimentação crescente entre os que estavam do lado oposto da câmara onde eu me encontrava. Alguém caiu no chão e os demais na área recuaram. A voz no altar continuou seu cântico. Tentei obter uma visão melhor, mas eram muitos deles ao meu redor. Através da massa de corpos obstruintes, só consegui vislumbres vagos do que estava acontecendo.

Aquele que havia desmaiado no chão da câmara parecia estar perdendo todas as suas antigas formas e proporções. Pensei tratar-se de um truque de palhaço. Eles eram palhaços, não eram? Eu mesmo era capaz de, atirando ao ar quatro bolas brancas, fazer com que se transformassem em quatro bolas pretas em pleno malabarismo. E essa não era a minha façanha mais espantosa de magia palhacesca. E não há sempre um truque de prestidigitação inerente a todas as cerimônias, amiúde dependente dos delírios extáticos dos celebrantes? Era um bom show, pensei, e ri comigo mesmo. A cena de transformação de Arlequim livrando-se de sua fachada de bobo. Ó, Deus, Arlequim, não se mexa assim! Arlequim, onde estão seus braços? E suas pernas se fundiram e começaram a se contorcer no chão. Que umbigo horrível é esse que se abre feito boca onde seu rosto deveria estar? *O que é que enterra a si mesmo antes de morrer?* A serpente todo-poderosa da sabedoria — o Verme Conquistador.

Agora começou em toda a câmara. Membros individuais da congregação pasmavam com olhar vazio — enredados por um momento em um transe congelado — e depois desmoronavam no chão para começar a metamorfose asquerosa. Isso ocorria com uma frequência cada vez maior, quanto mais alto e mais freneticamente Thoss entoava sua insana oração ou maldição. Então teve início um movimento de contorção em direção ao altar, e Thoss acolheu de bom grado as coisas retorcidas que rastejavam para o topo da ara. Agora eu sabia que figura lassa jazia sobre ele.

Era Cora e Perséfone, a filha de Ceres e a Rainha do Inverno: a criança raptada no submundo da morte. Exceto que essa criança não tinha mãe sobrenatural para salvá-la, nenhuma mãe viva. Pois o sacrifício que testemunhei era um eco de outro que ocorrera vinte anos antes, a festa carnavalesca da geração precedente — Ó, *carne vale!* Agora, mãe e filha haviam se tornado vítimas desse sabá subterrâneo. Por fim compreendi essa verdade quando a figura se agitou sobre o altar, ergueu sua cabeça de beleza gélida e gritou ao ver as bocas mudas fechando-se em torno dela.

Saí da câmara correndo túnel adentro (não havia mais nada que pudesse ser feito, repeti obsessivamente para mim mesmo.) Alguns dos outros que ainda não haviam se metamorfoseado começaram a me perseguir. Eles teriam me alcançado, não tenho dúvida, pois caí a poucos metros adiante na passagem. E por um momento imaginei que eu também estava prestes a passar por uma transformação. Tudo parecia possível agora. Quando ouvi os passos de meus perseguidores se aproximando, tive certeza de que não me restava nada além do pior fim que um ser humano pode sofrer — a morte conhecida por aqueles a quem os deuses enlouqueceram primeiro. Talvez eu fosse até mesmo forçado a ocupar um lugar no altar entre os resquícios ensanguentados da Rainha do Inverno. Mas os passos atrás de mim cessaram e recuaram. Eles tinham recebido uma ordem na voz de seu sumo sacerdote. Ouvi a ordem também, embora desejasse não ter ouvido, pois até então eu imaginara que Thoss não se lembrava de quem eu era. Foi aquela voz que me mostrou o contrário.

Por ora eu estava livre para ir embora. Esforcei-me para ficar de pé e, tendo quebrado o meu lampião na queda, refiz meu caminho de volta através da escuridão cloacal.

Tudo pareceu acontecer muito rapidamente assim que saí do túnel e escapei escalando o fosso. Limpei do rosto a maquiagem fedorenta enquanto corria através da floresta e voltava para a estrada. Um carro que passava parou, embora eu não lhe tenha dado outra escolha a não ser me atropelar.

"Obrigado por parar."

"Que diabos você está fazendo por estas bandas?", perguntou o motorista.

Recobrei o fôlego. "Era uma brincadeira. O festival. Amigos acharam que seria engraçado. Por favor, dirija."

Minha carona me deixou a cerca de um quilômetro da cidade, e de lá consegui encontrar o caminho. Era a mesma rota que percorri quando visitei Mirocaw pela primeira vez no verão anterior. Permaneci durante algum tempo no cume daquela colina alta junto aos limites da cidade, olhando para o pequeno e movimentado povoado. A intensidade do festival não diminuíra. Caminhei em direção ao brilho acolhedor verde e, sem ser notado, deslizei festividades adentro.

Quando cheguei ao hotel, fiquei feliz em ver que não havia vivalma por perto. Dado que eu estava obviamente um caco, temia encontrar alguém que pudesse perguntar o que acontecera comigo. Não havia ninguém cuidando do balcão da recepção do hotel, então fui poupado de ter que falar com Beadle. De fato, o lugar todo estava tomado por uma atmosfera de abandono que achei agourenta, mas não parei para ponderar.

Galguei as escadas para o meu quarto. Trancando a porta atrás de mim, desabei na cama e logo fui envolto por uma escuridão misericordiosa.

7.

Quando acordei na manhã seguinte, vi da minha janela que a cidade e a paisagem rural ao redor tinham sido visitadas durante a noite por uma nevada pesada, totalmente imprevisível. Alguns restos de flocos de neve ainda cobriam as agora ruas desertas de Mirocaw e, sob os montes de gelo, sepultavam-se os últimos vestígios de folia e comemoração. O festival acabou. Todos tinham se retirado para casa.

E essa era exatamente a minha intenção. Qualquer ação de minha parte acerca do que eu vira na noite anterior teria que esperar até que eu estivesse longe da cidade. Ainda não sei ao certo se vai servir de alguma coisa falar com tamanha franqueza. Quaisquer acusações que eu tenha feito em relação à população dos cortiços de Mirocaw estão eminentemente sujeitas à rejeição, talvez como uma farsa ou uma alucinação de festival. E, posteriormente, este documento tomará o seu lugar ao lado das obras de Raymond Thoss.

Com malas prontas em ambas as mãos, caminhei até a recepção para registrar a minha saída. O homem atrás da mesa não era Samuel Beadle, e ele teve que procurar a minha conta.

"Aqui está. Tudo certo?"

"Tudo certo", respondi em uma voz morta. "O sr. Beadle está por aí?"

"Não, creio que ele não voltou ainda. Esteve a noite toda procurando pela filha dele. É uma moça muito popular, sendo a Rainha do Inverno e essa bobagem toda. Vai ver que descobriu que ela estava em alguma festa por aí."

Um ruído breve saiu da minha garganta.

Joguei minhas malas no banco de trás do carro e fiquei atrás do volante. Naquela manhã, nada de que eu pudesse me lembrar parecia real para mim. A neve caía e eu a observava através do meu para-brisa, lenta e silenciosa e fascinante. Liguei o carro, e como de hábito olhei pelo retrovisor. O que vi lá está agora nitidamente emoldurado em minha mente, tal qual estava enquadrado na janela traseira do meu carro quando me virei para verificar a sua realidade.

No meio da rua atrás de mim, parado de pé com neve até os tornozelos, estavam Thoss e outra figura. Quando olhei mais atentamente para o outro, reconheci-o como um dos meninos que surpreendi naquele restaurante. Mas ele tinha adquirido agora uma semelhança letárgica com sua nova família. Tanto ele quanto Thoss cravaram os olhos em mim, sem fazer qualquer tentativa de impedir minha partida. Thoss sabia que era desnecessário.

Tive que carregar em minha mente a imagem daquelas duas figuras sombrias enquanto dirigia de volta para casa. E somente agora a gravidade plena da minha experiência se abateu de vez e com força sobre mim. Até então aleguei estar doente para evitar as minhas obrigações na docência. Enfrentar o fluxo normal da vida, tal qual eu havia conhecido antes, seria impossível. Estou agora sob influência forte de uma estação e de um clima muito mais frios e áridos do que todos os invernos da memória humana. E refazer mentalmente eventos passados não parece ter ajudado. Na verdade, me sinto mergulhando mais fundo num abismo branco e aveludado.

Em certos momentos, eu quase poderia dissolver-me por completo dentro desse reino interior de pureza e vazio, o paraíso dos não nascidos. Lembro-me de como fui momentaneamente arrebatado por um sentimento que eu jamais havia experimentado quando, disfarçado, perambulei pelas ruas de Mirocaw, intocado pelas formas bêbadas e barulhentas ao meu redor: intocável. Foi a sensação de que eu havia me libertado do *peso da vida*. Mas recuo diante dessa nostalgia sedutora, pois ela zomba de minha existência como mera tolice, uma máscara de palhaço reluzente por trás da qual procurei esconder minha escuridão. Compreendo o que está acontecendo e o que eu não quero que seja verdade, embora Thoss tenha proclamado que era. Lembro da ordem que ele deu para os outros enquanto eu jazia prostrado no túnel. Eles poderiam ter me detido, mas Thoss, meu antigo mestre, chamou-os de volta. A voz dele ecoou de uma ponta à outra daquela caverna, e agora reverbera nas câmaras psíquicas da minha memória.

"Ele é um de nós", disse a voz. "Ele *sempre* foi um de nós."

É essa voz que agora preenche meus sonhos e meus dias e minhas noites longas de inverno. Eu vi você, dr. Thoss, através da neve do lado de fora da minha janela. Logo celebrarei, sozinho, aquela última festa que matará suas palavras, apenas para provar que aprendi muito bem a verdade delas.

Em memória de H. P. Lovecraft.

OS ÓCULOS NA GAVETA

No ano passado, nesta mesma época, talvez neste mesmo dia, Plomb me visitou em casa. Ele sempre parecia saber quando eu tinha retornado das minhas viagens habituais e sempre aparecia à minha porta sem ser convidado. Embora minha antiga residência fosse pateticamente precária e deteriorada, Plomb parecia considerá-la uma espécie de palácio de maravilhas, e fitava seus tetos altos e acessórios antiquados como se visse neles algum novo glamour a cada uma de suas visitas. Naquele dia — um dia sombrio, creio eu — ele não deixou de fazer o mesmo. Então nos instalamos em um dos cômodos espaçosos e escassamente mobiliados da minha casa.

"E como foram as suas viagens?", ele perguntou, como que apenas no espírito da conversa educada. Eu podia ver pelo sorriso — uma emulação do meu próprio, sem dúvida — que ele se sentia feliz por estar de volta à minha casa e à minha companhia. Eu também sorri e me levantei. Plomb, claro, levantou-se junto, quase simultaneamente aos meus próprios movimentos.

"Vamos, então?", disse eu. *Que praga*, pensei.

Nossos passos sapatearam um ritmo moderado no assoalho rígido de madeira que levava às escadas. Subimos ao segundo andar, que eu deixava quase totalmente vazio, e depois subimos uma escadaria mais estreita até o terceiro andar. Embora eu já o tivesse conduzido por esse caminho várias vezes antes, pude ver por seus olhos errantes que, para ele, cada rachadura nas paredes, cada teia de aranha esvoaçando nos cantos acima, toda corrente de ar rançoso da casa compunha um prelúdio repleto de suspense para nosso destino. No fim do corredor do terceiro andar havia uma pequena escada de madeira, não mais do que uma escadinha portátil, que levava a um antigo quarto de despejo onde eu guardava certas coisas que colecionava.

Não era de modo algum um aposento espaçoso, e sua atmosfera enclausurada tornava-se *mais espessa*, como Plomb enfatizava, pela disposição claustrofóbica de armários altos, prateleiras até o teto e diversos baús e caixotes. Foi simplesmente assim que as coisas funcionaram ao longo de um período de tempo. Em todo caso, Plomb parecia ser favorável a esse estado de coisas. "Ah, a sala do mistério secreto", disse ele. "A câmara onde todos os seus prodígios herméticos ficam escondidos."

Esses tesouros e maravilhas, como Plomb os chamava, eram, suponho, extraordinários de certo ponto de vista. Plomb gostava de examinar detidamente minha coleção de curiosidades, reunindo um punhado de objetos exóticos e, com o colo cheio, acomodando-se no sofá empoeirado no centro da sala. Mas eram os itens novos, todas as vezes que eu voltava de uma das minhas viagens prolongadas, que tinham sempre a primazia na hierarquia de fascínio de Plomb. Assim, imediatamente mostrei a adaga de cabo duplo com a lâmina única de pedra polida. Tão logo pôs os olhos no objeto cerimonial, Plomb estendeu as palmas das mãos, e depositei o estranho dispositivo sobre o seu altar de direito. "Quem poderia ter feito uma coisa destas?", perguntou, embora de maneira retórica. Ele não esperava resposta para suas perguntas e talvez na verdade nem desejasse nenhuma resposta. E é claro que não ofereci uma explicação mais elaborada do que um simples sorriso. Mas com que rapidez, notei nessa ocasião, perdeu seu pico inicial de atração a magia daquele primeiro símbolo de meus "arcanos tantalizantes", como ele diria. Com que rapidez aquele nevoeiro cintilante, que circundava apenas Plomb, se dispersou para revelar uma clareza tediosa. Tive que me mover mais rápido.

"Aqui", disse eu, meu braço vasculhando as sombras de um guarda-roupa aberto. "Você precisa usar isto quando lida com esse artefato sacrificial." E joguei sobre seus ombros o manto, engolfando sua estrutura diminuta com um ciclone de desenhos e cores estranhos. Ele se admirou no espelho embutido na porta do guarda-roupa. "Olhe para o manto no espelho", ele praticamente gritou. "Os desenhos estão todos invertidos. Muito estranho, muito melhor." Enquanto ele estava lá encarando a si mesmo, peguei a adaga antes que ele tivesse a chance de fazer algo imprudente. Isso deixou suas mãos livres para se erguerem até o teto emplastrado de poeira do aposento e até os deuses sombrios de sua imaginação. Agarrando ambas as empunhaduras da adaga, subitamente elevei-a acima da cabeça dele, onde a mantive suspensa. Instantes depois ele começou a dar risada, e então se entregou a espasmos de uma hilaridade sarcástica. Ele tropeçou no velho sofá e desabou sobre as almofadas macias. Eu o segui, mas, quando alcancei sua forma prostrada, não foi a lâmina azul-pálido que pus sobre o peito dele — era simplesmente um livro, um dos muitos que eu havia colocado diante dele. Suas pernas pontiagudas criaram um atril sobre o qual ele apoiou o volume enorme, escorando-o em segurança enquanto começava a virar as páginas estaladiças. O som pareceu absorvê-lo tanto quanto a visão de uma língua que ele não era capaz nem de nomear e muito menos de compreender.

"O grimório perdido do abade de Tine", riu-se ele. "Transcrito na língua de..."

"Um palpite absurdo", interrompi. "E errado."

"Então o proibido *Salmos dos silentes*. O livro sem autor."

"Sem um autor que tenha vivido neste mundo, se você recordar o que eu lhe disse a respeito. Mas você está bem longe de acertar o alvo."

"Bem, que tal se você me der uma pista?", ele disse com uma impaciência que me surpreendeu.

"Mas você não preferiria especular sobre os segredos do texto?", sugeri. Passaram-se alguns momentos de um silêncio precário.

"Suponho que sim", respondeu por fim. Então eu o observei devorar vorazmente com os olhos o texto inescrutável do antigo volume.

Na verdade, os mistérios dessa Escritura Sagrada estavam entre os mais genuínos de sua espécie, pois nunca fora minha intenção ludibriar com falsos segredos um discípulo — como ele com razão pensava acerca de si mesmo. Mas os segredos de um livro como esse não são perpétuos. Uma vez conhecidos, tornam-se relegados a uma esfera menor, que é a do conhecedor. Tendo perdido o prestígio de que antes desfrutavam, esses segredos antigos agora funcionam como ferramentas na escavação de outros ainda mais profundos, que, por sua vez, sofrerão o mesmo destino corrosivo. E esse é o destino de todos os segredos do universo. Mais dia, menos dia, aquele que busca um conhecimento recôndito pode concluir — por súbito lampejo ou pura exaustão — que esse processo implacável é infinito, que a mortificação de um mistério após outro não tem um término a não ser a própria extinção daquele que busca. E quantos ainda continuam suscetíveis à busca? Quantos são os que a empreendem até o fim de seus dias com a esperança imorredoura de alguma revelação definitiva? É melhor não pensar em termos precisos em como são poucos os fiéis. Quanto à questão presente, parece que Plomb pertencia ao número infinitesimal deles. E era minha intenção reduzir esse número em um.

O plano era simples: alimentar a fome de Plomb por sensações misteriosas até o ponto da náusea... e além. A única coisa a sobreviver seria uma fartura de vergonha e arrependimento por uma paixão extinta.

Enquanto Plomb estava estirado no sofá, espiando aquele livro idiota, eu me desloquei em direção a um armário enorme cujas várias portas eram compostas de um gradil de metal deslustrado e emoldurado por madeira escura. Abri uma dessas portas e deixei à mostra várias prateleiras atulhadas de livros e um sortimento de objetos insólitos. Em cima de uma prateleira, pousada lá como ocupante única, uma caixa muito branca. Não era maior, como eu a imagino mentalmente, do que um modesto estojo de joias. Não havia marcas na caixa, exceto as impressões digitais, ou melhor, impressões digitais do polegar, manchando sua superfície branca e lisa em suas bordas opostas e na metade do comprimento. Não havia alças ou enfeites de qualquer tipo; nem mesmo, à primeira vista, a mais fina das costuras para indicar o nível em que a parte inferior da caixa encontrava a parte superior, ou talvez revelar a existência de uma gaveta. Esbocei um leve sorriso com a falsa intriga do objeto, em seguida agarrei-o de ambos os lados, com sutileza, e pus meus polegares precisamente sobre as digitais frescas e oleosas. Apliquei pressão com ambos os dedos, e uma gaveta rasa se abriu na parte frontal da caixa. Conforme o esperado, Plomb estava me observando enquanto eu realizava esses movimentos.

"O que você tem aí?", perguntou.

"Paciência, Plomb. Você vai ver", respondi delicadamente enquanto retirava da gaveta dois objetos cintilantes: um deles era uma faca pequena e prateada, muito parecida com um abridor de cartas afiado, e o outro um par de antiquados óculos de aro de metal.

Plomb deixou de lado o agora enfadonho livro e se empertigou sobre o braço do sofá. Sentei-me ao seu lado e abri os óculos de modo que as hastes apontassem para o rosto dele. Quando ele se inclinou para a frente, eu os vesti nele. "São apenas vidro comum", ele disse com um evidente tom de decepção. "Ou uma receita muito fraca." Seus olhos giraram enquanto ele tentava escrutinar o que estava diante do próprio rosto. Sem dizer uma palavra, levantei a faquinha na frente dele até que finalmente reparou nela. "Ahhhh", ele disse, sorrindo. "Tem mais. –"Claro que tem", eu disse, girando suavemente a lâmina de aço diante de seus olhos fascinados. "Por favor, preciso que você estenda a palma da mão. Não importa qual. Bom, exatamente assim. Não se preocupe, você nem vai sentir. Pronto", eu disse após fazer um minúsculo corte. "Agora", eu o instruí, "continue observando esse fino fio vermelho.

"Seus olhos agora estão fundidos com estas lentes fantásticas, e sua visão e o objeto dela são um só. E o que exatamente é esse objeto? Evidentemente, é tudo o que fascina, tudo o que tem poder sobre o seu olhar e seus sonhos. Você não pode nem sequer conceber o desejo de desviar o olhar. E, mesmo que não haja imagens simples para ver, ainda assim existe uma visão de algum tipo, uma cena infinita e esmagadora se expandindo diante de você. E a vastidão dessa cena é tamanha que até mesmo a difusão deslumbrante de todos os universos conhecidos não é capaz de transmitir *esses* prodígios. É tudo tão brilhante, tão grandioso e tão vivo. Paisagens sem fim se estendem com uma vida desconhecida aos olhos mortais. Diversidade inimaginável de forma e movimento, desenho e dimensão, com cada detalhe perfeitamente cristalino, desde as formas colossais cambaleando de perfil em contraste com horizontes sem fim até os cílios mais minúsculos contorcendo-se em um nicho oceânico obscuro. E mesmo isso é apenas um mero fragmento de tudo o que há para ver e conhecer. Existem astronomias labirínticas amalgamando-se e produzindo evoluções instantâneas, transformações constantes de aparência e essência. Você se sente como uma testemunha dos fenômenos mais crípticos que existem ou poderiam existir. E, no entanto, de alguma forma oculto nas sombras do que se pode ver, há algo que ainda não é visível, algo que bate como um pulso estrondoso e promete visões ainda mais grandiosas. Tudo o mais é meramente sua membrana encerrando a coisa última à espera de nascer, preparando-se para o cataclismo que será tanto o começo como o fim. Contemplar o prelúdio desse evento é uma experiência de expectativa insuportável, de modo que o êxtase e o pavor mesclam-se em uma nova emoção, que corresponde perfeitamente à exposição da fonte derradeira de toda manifestação. O instante seguinte, ao que parece, trará consigo uma revolução da substância total das coisas. À medida que os segundos continuam passando, a experiência torna-se mais fascinante sem cumprir seus presságios, sem se extinguir em revelação. E embora as visões permaneçam ativas dentro de você, nas profundezas do seu sangue — você agora acorda."

Erguendo-se de um impulso do sofá, Plomb deu alguns passos titubeantes e limpou a palma ensanguentada na parte da frente da camisa, como se quisesse remover as visões que tivera. Balançou vigorosamente a cabeça uma ou duas vezes, mas os óculos permaneceram firmes no lugar.

"Está tudo bem?", perguntei.

Plomb parecia deslumbrado da pior maneira. Por trás dos óculos, seus olhos fitavam em silêncio e sua boca se escancarou com inúmeras palavras não ditas. No entanto, quando eu disse: "Talvez seja melhor tirar isso aqui para você", ele ergueu a mão em direção à minha, como que para me impedir. Mas seu esforço era esmorecido. Dobrando as hastes da armação de arame uma sobre a outra, recoloquei os óculos de volta na caixa. Plomb agora me observava, como se eu estivesse realizando algum ritual de grande importância. Ele ainda parecia estar se recompondo da experiência.

"E então?", perguntei.

"Terrível", ele respondeu. "Mas..."

"Mas?

"O que eu quero dizer é... de onde eles vieram?"

"Você não consegue imaginar por si mesmo?", rebati. E por um momento pareceu que, também neste caso, ele desejava uma resposta simples, contrária aos seus hábitos mais endurecidos. Então abriu um sorriso deveras tortuoso e se jogou no sofá. Seus olhos se arregalaram enquanto ele fabricava uma narrativa dando rédeas soltas a sua fantasia.

"Eu posso ver você", ele disse, "em um leilão ocultista em um distrito de alguma cidade estrangeira de má reputação. A caixa é trazida à vista de todos, os óculos retirados. Eles foram feitos há várias gerações por um homem que era ao mesmo tempo um estudioso da gnose e um mestre em optometria. Sua ambição: construir um par de olhos artificiais que lhe permitiria contornar o obstáculo das aparências físicas e vislumbrar um reino remoto da verdade secreta cujo portal está ns profundezas do nosso próprio sangue."

"Extraordinário", respondi. "Sua especulação é tão próxima da própria verdade que não vale a pena mencionar os detalhes apenas em nome de uma mera exatidão vulgar."

Na verdade, os óculos pertenciam ao lote de um lixo de antiquário que certa vez comprei às cegas, e a caixa era de origem desconhecida, ou antes deslembrada — apenas algo que estava jogado às moscas no meu quarto do sótão. E a faca, adereço de um mago para fatiar eficientemente papel-moeda e gravatas de seda.

Carreguei na direção de Plomb a caixa contendo os óculos e a faca, segurando-a um pouco além do alcance dele. Eu disse: "Você pode imaginar os perigos envolvidos, o possível pesadelo de possuir tais 'olhos artificiais'?". Ele concordou com um grave meneio de cabeça. "E você pode imaginar a coibição exigida ao possuidor de um dispositivo tão horrível." Os olhos dele eram todo compreensão, e ele estava chupando um pouco a palma da mão ligeiramente lacerada. "Então, nada me agradaria mais do que passar a propriedade deste milagroso artefato para você, meu querido Plomb. Tenho certeza de que você vai se maravilhar com ele como ninguém mais seria capaz."

E o meu objetivo malévolo era exatamente minar esse maravilhamento, ou melhor, expandi-lo até que se despedaçasse. Pois eu não podia mais suportar aquela visão.

Quando Plomb mais uma vez postou-se na porta da minha casa segurando seu precioso minar presente com o abraço desajeitado de uma criança, não pude resistir a fazer a indagação.

"A propósito, Plomb, você já foi hipnotizado?"

"Não. Por que a pergunta?"

"Curiosidade", respondi. "Você sabe como eu sou. Bem, boa noite."

Então fechei a porta atrás da cobaia mais disposta do mundo, esperando que demorasse algum tempo até ela voltar. "Se é que vai voltar", eu disse em voz alta, e as palavras ecoaram nos ocos da minha casa.

2.

Mas não demorou muito para que Plomb e eu tivéssemos nosso confronto seguinte, embora as circunstâncias fossem acidentais. Certa tarde, por coincidência, eu estava em uma loja que vendia artigos de segunda mão do tipo mais patético. O lugar estava absolutamente repleto de coisas estranhas e lixo puro: balanças enferrujadas que outrora informavam o peso em troca de uma moeda de um centavo, estantes de livros ridículas e absurdas, brinquedos quebrados, móveis velhos, cinzeiros verticais de algum saguão de hotel defunto, e uma mixórdia de itens cuja origem e propósito pareciam totalmente inescrutáveis. Para mim, no entanto, esses bazares desolados ofereciam mais diversão e consolo do que os mercados mais exóticos, que não raro tiravam tanto proveito de suas estranhas promessas que o próprio mistério deixava de ter sentido. Mas meu brechó não fazia promessas e não inspirava sonho nenhum, deixando tudo isso para aqueles mascates mais ambiciosos que traficavam esse tipo de mercadoria em estoque. E eu havia deixado para trás uma busca assim, conforme explicado anteriormente. O que para Plomb eram as raridades místicas desta Terra para mim tornaram--se as mercadorias mais desgastadas e sombrias. Agora eu não podia esperar de uma tarde cinzenta mais do que me encontrar em um estabelecimento que nada tinha a vender além do encanto do desencantamento.

Por coincidência, aquela tarde em particular na loja de segunda mão colocou-me, ainda que indiretamente, na companhia de Plomb. A interação visual ocorreu em um espelho inclinado que ficava perto da parede do fundo da loja, um dos muitos espelhos que pareciam constituir uma especialidade do lugar. Eu me agachara diante dessa relíquia e passava a mão nua sobre sua superfície empoeirada. E lá, escondido sob a poeira, estava o rosto de Plomb, que parecia ter acabado de entrar na loja e estava à distância de um cômodo. Enquanto ele deu mostras de reconhecer de imediato o lado oposto de mim, sua expressão traiu a esperança de que eu não o tivesse visto. Estampados naquele rosto havia tanto choque quanto vergonha, e algo mais além disso. E se Plomb tivesse se aproximado de mim, o que eu poderia ter dito? Talvez eu mencionasse que ele não estava com o aspecto muito agradável ou que parecia ter sido vítima de um acidente. Mas como Plomb seria capaz de explicar o que tinha acontecido com ele sem revelar a verdade que ambos sabíamos e que nenhum dos dois traria à baila? Felizmente, essa cena permaneceria em seu estado hipotético, porque um instante depois ele já estava porta afora.

Com cautela eu me aproximei da vitrine da loja a tempo de ver Plomb fugir às pressas para dentro do dia monótono e indiferente, com a mão direita erguida ao rosto. "Minha intenção era apenas curá-lo", murmurei para mim mesmo. Eu não tinha considerado a possibilidade de que ele era incurável, tampouco que as coisas tomariam o rumo que tomaram.

3.

Depois desse dia ruminei insistentemente, chegando ao ponto da obsessão, sobre que espécie de inferno o pobre Plomb tinha reivindicado para si. Eu sabia apenas que havia lhe propiciado um tipo de brinquedo: a capacidade subliminar de deleitar os olhos num universo imaginário por meio de uma gotícula de seu próprio sangue. A possibilidade de que ele desejaria intensificar essa experiência, ou mesmo de que seria capaz de tal façanha, não me ocorrera a sério. Obviamente, no entanto, era esse o caso. Agora eu tinha que me perguntar até onde a situação de Plomb poderia ser estendida. A resposta, embora eu não pudesse supor à época, foi apresentada a mim em um sonho.

E parecia apropriado que o sonho se ambientasse naquele velho depósito no sótão da minha casa, que Plomb outrora havia prezado acima de todos os outros aposentos do mundo. Eu estava sentado em uma cadeira, uma cadeira enorme e envolvente que na realidade não existe, mas que no sonho está bem de frente para o sofá. Nenhum pensamento ou sentimento me incomodava, e eu tinha apenas a mais tênue sensação de que havia mais alguém no sótão. Mas eu não conseguia ver quem era, porque tudo parecia envolto por um contorno indistinto, turvo e acinzentado. Aparentemente havia algum movimento na região do sofá, como se as almofadas enormes tivessem se tornado letargicamente inquietas. Incapaz de compreender a origem desse movimento, levei minha mão à têmpora, penseroso. Foi assim que descobri que eu estava usando um par de óculos com lentes circulares conectadas a finas hastes de arame. Pensei com meus botões: "Se eu tirar estes óculos, poderei ver com mais clareza". Mas uma voz me disse para não os remover, e reconheci essa voz. Em seguida, algo se moveu, uma sombra em forma de homem no sofá. Um clima de horror baço começou a invadir o entorno. "Vá embora, Plomb. Você não tem nada para me mostrar", eu disse. A voz, no entanto, discordou de mim em sussurros sinistros que não faziam sentido embora parecessem carregados de significado. Coisas seriam de fato mostradas a mim, esses sussurros pareciam estar dizendo. Eu já estava vendo coisas, coisas espantosas — mistérios e maravilhas além de tudo o que eu jamais havia imaginado. E de súbito todos os meus sentimentos, enquanto eu olhava fixamente através dos óculos, eram a prova daquele pronunciamento distorcido. Eram sentimentos de natureza insólita que, até onde sei, só experimentamos em sonhos: sensações de expansividade infinita e significado inefável que não têm lugar em outras partes de nossa vida. Mas, embora essas emoções astronômicas sugerissem prodígios de magnitude e caráter incríveis, não vi nada através daquelas lentes mágicas a não ser isto: a forma obscura nas sombras diante de mim à medida que seu contorno ficava cada vez mais claro aos meus olhos. Aos poucos comecei a distinguir o que parecia uma carcaça mutilada, algo de uma crueza terrível, uma coisa rasgada e esfolada, cujas lacerações podiam ser vistas com precisão microscópica. A única coisa colorida no meu entorno cinzento, ela se contorcia e estremecia em espasmos feito um coração ensanguentado exposto sob o corpo do sonho. E emitia um som assemelhado a uma risadinha infernal. Depois disse: "Estou de volta da minha viagem", como se estivesse zombando de mim.

Foi essa afirmação simples que inspirou meus esforços para arrancar os óculos do rosto, embora agora eles parecessem fazer parte da minha carne. Segurei-os com ambas as mãos e os arremessei contra a parede, onde se estilhaçaram. De alguma forma isso serviu para exorcizar meu acompanhante atormentado, que desvaneceu de novo cinza adentro. Então olhei para a parede e vi que ela estava ficando vermelha no local que os óculos haviam atingido. E, caídas no chão, as lentes quebradas estavam sangrando.

A experiência de um sonho como esse em uma única ocasião pode muito bem ser a substância de uma lembrança assombrosa e duradoura, algo que talvez possa ser até mesmo apreciado pelas profundezas insondáveis de sentimento. Mas sofrer um sem-número de vezes esse mesmo pesadelo, como logo descobri ser meu destino, leva a pessoa a buscar nada mais do que uma maneira de matar o sonho, expor todos os segredos dele e reduzi-lo a fragmentos que possam ser esquecidos.

Em minha busca por essa libertação, primeiro procurei o refúgio das sombras da minha casa, as sombras serenas que em outros momentos trouxeram-me uma paz fria e estagnada. Tentei, por meio de argumentos, livrar-me das excursões noturnas, discursar a fim de afugentar essas visões, proferindo às paredes uma preleção *contra* os prodígios de um mundo misterioso. "Uma vez que qualquer forma de existência", murmurei, "uma vez que qualquer forma de existência é, por definição, um conflito de forças, ou não é absolutamente nada, que importância pode ter se essas escaramuças ocorrem em um mundo de maravilhas ou de lama? A diferença entre os dois não vale a pena mencionar, ou é nenhuma. Tais distinções são o trabalho apenas das perspectivas mais rudimentares e mais limitadas, sobretudo o senso de mistério e deslumbramento. Mesmo o êxtase mais esotérico, quando a coisa a isso se resume, requer o arrimo da dor vulgar para manter-se de pé como experiência. Tendo reconhecido a verdade, ainda que provisória, e a realidade, mesmo que sujeita à mutação, de tudo o que é mais estranho no universo — seja conhecido, desconhecido ou meramente conjecturado —, deve-se concluir que tais maravilhas não mudam nada em nossa existência. A galeria de sensações humanas que existia na pré-história é idêntica àquela que hoje enfrenta cada vida, que continuará a enfrentar cada nova vida tão logo entra neste mundo... e então olha para além dela."

Assim, tentei raciocinar até reencontrar meu caminho de autocontrole. Mas nenhuma medida da minha antiga serenidade apareceu. Pelo contrário, tanto meus dias como minhas noites estavam agora envenenados por uma obsessão por Plomb. Por que eu lhe dera aqueles óculos! Mais precisamente, por que permiti que ficasse com eles? Era hora de tomar de volta o meu presente, confiscar aqueles pedacinhos de vidro e metal retorcido que agora estavam atormentando a mente errada. E, já que eu lograra êxito em mantê-lo longe da minha porta, eu é que teria que me aproximar dele.

4.

Mas não foi Plomb quem atendeu à batida na porta podre daquela casa que ficava no final da rua e ao lado de uma vasta extensão de campo vazio. Não foi Plomb quem perguntou se eu era jornalista ou policial antes de fechar na minha cara a porta imunda e esburacada quando respondi que não era nem um nem outro. Esmurrando a porta, que parecia prestes a esmigalhar-se sob o meu punho, convoquei uma segunda vez o homem de olhos encovados para perguntar se aquele era de fato o endereço do sr. Plomb. Eu nunca o visitara em sua casa, aquela caixinha desesperada em que ele vivia e dormia e sonhava.

"Ele era parente?"

"Não", respondi.

"Então o que é? Você não está aqui para cobrar uma dívida, porque se esse for o caso..."

Pelo bem da simplicidade, acrescentei que era um amigo do sr. Plomb.

"Então como é que você não sabe?"

Nos interesses da minha curiosidade, eu disse que estivera ausente em viagem, como soía acontecer, e tinha minhas próprias razões para notificar o sr. Plomb sobre meu retorno.

"Então você não sabe de nada", afirmou ele, categórico.

"Exatamente", respondi.

"Saiu até no jornal. E me fizeram perguntas sobre ele."

"Plomb", confirmei.

"Isso mesmo", ele disse, como se de repente tivesse se tornado guardião de um conhecimento secreto.

Em seguida, com um gesto me convidou casa adentro e me conduziu através do interior feio e abafado até um pequeno quartinho nos fundos. Estendeu o braço para dentro do cômodo, rente à parede, como se quisesse evitar entrar, e acendeu a luz.

Imediatamente entendi por que o homem de rosto oco preferia não entrar naquele quarto, pois Plomb havia renovado o espaço de uma maneira muito estranha. Cada parede, bem como o teto e o chão, era um mosaico de espelhos, uma chocante galáxia de reflexos redundantes. E cada espelho estava respingado de uma extremidade à outra de sua superfície, como se alguém tivesse girado pinceladas de tinta a partir de vários pontos pelo cômodo inteiro, espalhando estrelas escuras ao longo de um firmamento prateado. Em sua tentativa de exaurir ou exagerar as visões pelas quais ele fora, ao que parece, escravizado, Plomb fez nada menos que multiplicar essas visões ao infinito, criando oceanos de seu próprio sangue e permitindo-se ver com inúmeros olhos. Enlevado por tal aspiração, contemplei os espelhos com encantamento mudo. Entre eles estava aquele espelho inclinado dentro do qual eu me lembrava de ter olhado não muito tempo antes.

O senhorio, que não me seguiu quarto adentro, disse algo sobre suicídio e um corpo todo rasgado e em carne viva. Essa notícia era, claro, desnecessária, pois eu estava arrebatado pela engenhosidade de Plomb. Levei algum tempo antes de desviar o olhar daquela galeria de vidro e sangue coagulado. Somente depois compreendi plenamente que eu nunca me livraria do horrível Plomb. Ele havia penetrado através de todos os espelhos, projetando-se para a eternidade além deles.

E, mesmo quando abandonei minha casa, com seu quartinho horrendo no sótão, Plomb ainda me seguia em meus sonhos. Ele agora viaja comigo até os confins da Terra, iniciando-me noite após noite em suas indizíveis maravilhas. Posso apenas ter a esperança de que não nos encontraremos em outro lugar, onde os mistérios são sempre novos e os sonhos nunca terminam. Oh, Plomb, você não vai ficar naquela caixa onde depositaram seu corpo automutilado?

FLORES DO ABISMO

Eu devo sussurrar minhas palavras ao vento, sabendo que de alguma forma vão chegar até vocês que me enviaram aqui. Que essa desventura, como o primeiro odor malcheiroso do outono, seja levada de volta para vocês, minhas boas pessoas. Pois foram vocês quem decidiram aonde eu iria, vocês desejaram que eu viesse para cá e para ele. E eu concordei, porque o medo que enchia a voz de vocês e delineava-lhes o rosto era muito maior do que suas palavras poderiam explicar. Eu temia o medo que vocês tinham dele: aquele cujo nome não conhecíamos, aquele que morava longe da cidade, naquela casa arruinada, que muito tempo atrás tinha visto o falecimento da família Van Livenn. "Que tragédia", todos concordamos. "E eles cultivaram aquele lindo jardim por tanto tempo. Mas ele... ele não parece muito interessado em tais coisas."

Fui escolhido para desvendar os segredos dele e descobrir que maldade ou indiferença o novo proprietário nutria em relação a nossa cidade. Deveria ser eu, disseram vocês. Não era eu o professor dos cidadãos-crianças da cidade, aquele que detinha o conhecimento que vocês não tinham e que poderia, portanto, ver mais profundamente o mistério do nosso homem? Foi o que vocês disseram, nas sombras da nossa igreja, onde nos reunimos naquela noite; mas o que vocês pensaram, não pude deixar de perceber, era que *ele* não tem filhos, ninguém, e muitas de suas horas ele passa caminhando pelos mesmos bosques em que vive o estranho. Pareceria bastante natural se eu passasse pela velha casa dos Van Livenn, se por acaso parasse e talvez pedisse um copo de água para um sedento caminhante da floresta. Mas essas ações simples, mesmo então, pareciam uma aventura extraordinária, embora nenhum de nós confessasse tal sentimento. Nada a temer, disseram vocês. E assim fui escolhido para ir sozinho àquela casa que caíra em completo estado de dilapidação.

Vocês viram a casa e como, para quem se aproxima desde a estrada que sai da cidade, ela brota de repente no raio de visão — uma flor pálida entre as árvores escuras de verão, agora uma flor fantasmagórica no outono. No início, foi assim que ela surgiu aos meus olhos (sim, meus olhos, pensem neles, minhas boas pessoas: sonhem com eles). Mas, quando cheguei perto da casa, suas tábuas cinzentas, tortas e empenadas e estranhamente manchadas, convertiam o lírio pálido em cogumelo polpudo. Certamente a casa pregou esse truque em alguns de vocês, e todos vocês viram isso em um momento ou outro: o telhado de telhas onduladas no formato de escamas de algum peixe grande, verde-mar e reluzentes no sol de outono; seus dois frontões no sótão, com janelas envidraçadas que convergem e se estreitam como a ponta de uma lágrima; sua porta em forma de sepulcro no topo da escada de madeira apodrecida. E, quando estaquei em meio às sombras do lado de fora daquela porta, ouvi centenas de gotas de chuva galgando os degraus atrás de mim, enquanto o ar enregelava e os céus ganhavam as próprias sombras. O chuvisco salpicou o terreno cinéreo e vazio contíguo à casa, regando o solo estéril onde aquele jardim extraordinário vicejara na época dos Van Livenn. Que melhor pretexto para me impor ao atual dono daquela casa e dele tirar vantagem? Dê-me abrigo, estranho, da gélida tempestade de outono e me proteja de uma fragrância úmida e decadente.

Ele respondeu prontamente à minha batida na porta, sem movimentos suspeitos das cortinas esfarrapadas, e entrei em seu lar às escuras. Não houve necessidade de explicação; ele já me vira andando na frente das nuvens, embora eu não o tivesse visto: seus braços e pernas magricelas feito ramos vagamente retorcidos; seu rosto preguiçoso e inexpressivo; os trapos incolores mais facilmente vistos como invólucros rasgados do que como partes do mais pobre e andrajoso guarda-roupa. Mas a voz dele, isso é algo que nenhum de vocês jamais ouviu. Embora abalado pela suavidade musical do som, eu não estava preparado para a sensação de grandes distâncias criada pelo eco de suas palavras ocas.

"Foi num dia igual a este que vi você pela primeira vez caminhando na floresta", ele disse, olhando para a chuva lá fora. "Mas você não chegou perto da casa. Eu me perguntei se algum dia você viria."

As palavras dele me tranquilizaram e me deixaram à vontade, pois a nossa apresentação recíproca parecia ter sido feita. Tirei meu casaco, que ele pegou e apoiou sobre uma pequena cadeira de madeira ao lado da porta da frente. Estendendo um dos longos braços tortos e a mão larga em um meneio apontando o interior, ele formalmente me deu as boas-vindas a sua casa.

Mas de alguma forma ele mesmo não parecia sentir-se em casa. Era como se a família Van Livenn tivesse deixado para trás todos os seus bens materiais para o uso do próximo ocupante da casa, o que não seria insólito, considerando-se a tragédia. Nada parecia lhe pertencer, embora naquela casa houvesse pouca coisa para ser da posse de alguém. Além das duas cadeiras velhas em que nos sentamos e da mesinha disforme entre elas, os outros parcos objetos que eu podia ver pareciam ter sido reunidos apenas por acidente ou inércia desleixada, um sinal dos últimos dias dos Van Livenn. Um baú enorme encostado no canto, sua imensa e manchada fechadura escancarada e as pesadas correias caindo soltas no chão teriam parecido muito menos sombrias se soterrados em algum sótão ou porão. E aquela cadeira em miniatura ao lado da porta, com uma gêmea idêntica emborcada na parede oposta, pertencia ao quarto de uma criança. Junto à janela fechada, uma estante de livros alta parecia bastante apropriada, se ao menos aqueles vasos rachados, botas surradas e outras parafernálias estranhas a estantes de livros não estivessem enfiadas entre seus volumes danificados. Encostada a uma parede havia uma cômoda imensa, que de resto pareceria deslocada em qualquer sala: as cavidades das gavetas ausentes estavam revestidas por profundos emaranhados de teias de aranha por causa do desuso. Todas essas coisas me pareceram os escombros da história dos Van Livenn, uma história de degeneração e morte narrada em nossa memória. Mas por ora deixemos isso de lado, para que eu não me esqueça de contar sobre o cheiro espesso e onírico que permeava aquela sala, inspirando a sensação de que jardins fétidos de cultivos grotescos germinavam na poeira e na sujeira de todos os cantos ao meu redor.

A única luz da casa era fornecida por dois lampiões que queimavam de ambos os lados do console da lareira. Atrás de cada um desses lampiões havia um espelho oval em uma moldura ornamentada, e a luz refletida de suas mechas tremulantes lançava nossas sombras sobre a larga parede nua às nossas costas. E enquanto nós dois estávamos sentados em silêncio, vi aqueles outros dois remexendo-se inquietos na parede, como que soprados pelo vento ou talvez sofrendo alguma tortura sutil.

"Eu tenho algo para você beber",ele disse. "Sei o quanto é longa a caminhada da cidade até aqui.

E não tive que fingir minha sede, boas pessoas, pois era tamanha que eu queria engolir a tempestade que eu podia ouvir além da porta e das paredes, mas só podia ver como um clarão que faiscava esporadicamente por trás das cortinas ou fulgurava em lampejos finos entre as ripas desbotadas das persianas.

Na ausência do meu anfitrião, dirigi meus olhos para os tesouros de sua casa e deles me apoderei. Mas havia algo que eu ainda não tinha visto, de alguma forma senti isso. Além disso, fui enviado para espionar e assim tudo ao meu redor parecia suspeito. Vocês podem ver agora o que não consegui ver então? Podem enxergar isso entrando num foco nítido através dos meus olhos? São capazes de espreitar aqueles cantos cobertos de teias ou esquadrinhar os títulos naquelas lombadas inclinadas? Sim; mas conseguem agora, no mais desvairado dos sonhos da vida de vocês, perscrutar lugares que não têm cantos e não têm nomes? Foi isso o que tentei fazer: ver além dos vestígios mórbidos dos Van Livenn; ver além do palco assombrado sobre o qual eu fizera a minha entrada. E então tive que revirar do avesso os cantos com meus olhos e ler o terceiro lado da página de um livro, procurando em vão fixar a vista no que eu então não poderia tocar com nenhum dos meus sentidos. Persistia algo disforme e sem nome, úmido e submerso, algo pantanoso e abismal que se opunha ao frio puro da tempestade de outono lá fora.

Quando meu anfitrião retornou, trazia consigo uma garrafa verde empoeirada e um copo cintilante, os quais pousou sobre aquela pequena mesa entre nossas cadeiras. Peguei a garrafa e senti que estava morna. Esperando que algum líquido escuro e encorpado jorrasse do gargalo alongado, fiquei surpreso ao ver apenas o mais puro líquido fluindo vidro adentro. Bebi e por alguns momentos fui removido para um mundo de luz congelada que vivia dentro da água fria e límpida.

Nesse meio-tempo, o homem de rosto inexpressivo colocara outra coisa sobre a mesa. Era uma caixinha de música feita de madeira escura cujo aspecto sugeria a dureza de uma joia e era floreada com desenhos inusuais ao mesmo tempo distintos e impossíveis de focalizar. "Encontrei isso enquanto vasculhava este lugar", disse o estranho. Em seguida, lentamente ele recuou a tampa da caixinha e se recostou na cadeira. Envolvi com ambas as mãos aquele copo frio e escutei a música ainda mais fria. As notas miúdas e concisas que emanavam da caixinha eram como estrelas de som saindo nas sombras do crepúsculo e no silêncio da casa. A tempestade havia terminado, deixando o mundo lá fora abafado de umidade. Dentro daqueles cômodos cerrados, que agora poderiam ter sido transportados para a beira de um precipício ou as profundezas da terra, a música tremeluzia como flocos infinitesimais de luz naquela árida decoração de dias mortos. Nenhum de nós parecia estar respirando, e até mesmo as sombras atrás de nossas cadeiras estavam fascinadas com uma imobilidade encantada. Tudo se interrompeu por um momento para que a música errante da caixinha passasse rumo a algum destino sublime e terrível. Tentei segui-la — através da névoa amarelada da sala e me entranhando na escuridão que comprimia as paredes, e depois ainda mais fundo nas trevas entre as paredes, e então através das paredes e dentro dos espaços sem fronteiras por onde aqueles tons argênteos ascendiam e tiritavam como um enxame de insetos. Ainda havia beleza nessa visão, por mais que tingida de sinistro. Mesmo naquele momento, senti que podia perder-me na vastidão que se alastrava ao redor de mim, uma tenebrosa extensão rica em façanhas desconhecidas. Mas então algo começou a se agitar, irrompendo como uma doença, empurrando sua horrível cabeça colorida através da escuridão fria... e me perseguindo de volta ao meu corpo.

"Então, o que achou? Estava ficando ruim no final, não estava? Fechei a caixinha antes que piorasse. Você diria que agi corretamente?"

"Sim", eu disse, minha voz trêmula.

"Pude ver no seu rosto. Meu propósito não foi ofender você. Eu só queria te mostrar uma coisa — te dar um vislumbre."

Bebi o resto da água, depois apoiei sobre a mesa o copo que eu ainda estava segurando. Acalmando-me um pouco, eu disse: "E o que foi que você me mostrou?"

"A loucura das coisas", disse. E ele pronunciou essas palavras com calma, com precisão, encarando-me dentro dos meus olhos para ver como eu reagiria.

Claro que eu tive que ouvir mais. Afinal, era por isso que eu estava lá, não era? Vocês podem me ouvir em seus sonhos, meus amigos?

"A loucura das coisas", reiterei, tentando arrancar mais dele. "Acho que não entendo."

"Nem eu. Mas é tudo o que posso dizer a respeito. Essas são as únicas palavras que posso usar. As únicas que se aplicam. Outrora eu me deliciava com elas. Quando eu era um jovem estudante de filosofia, costumava dizer a mim mesmo: 'Vou aprender a loucura das coisas'. Era algo que eu sentia que precisava saber — que eu precisava *confrontar*. Se eu pudesse encarar a loucura das coisas, pensava eu, então não teria mais nada a temer. Eu seria capaz de viver no universo sem sentir que estava desmoronando, sem sentir que explodiria com a loucura das coisas que, a meu juízo, formavam o próprio fundamento da existência. Eu queria arrancar o véu e ver as coisas como elas são, não me cegar para elas."

"E você teve sucesso?", perguntei, não me importando nem um pouco se dava ouvidos a um lunático, tão fascinado eu estava com o que ele tinha a dizer. Embora mal pudesse entender suas palavras, eu sabia que nelas havia algo que não era estranho para mim, e por alguns momentos me distraí com as implicações delas. Pois quem entre nós não sentiu na pele algo que poderia ser chamado de *loucura das coisas*? Mesmo que não usemos essas palavras exatas, devemos ter tido, em algum momento de nossa vida, uma noção de seu significado. Devemos ter tocado esse desarranjo — ou por ele ter sido tocados — que o estranho pensava ser o fundamento da existência. No mínimo, minhas pessoas de bem, todos nós conhecemos o destino dos Van Livenn. Não seria incomum se ponderássemos na solidão de nossa mente sobre o que chamamos de "tragédia" deles e nos espantássemos com este nosso mundo.

"Sucesso?", disse o estranho, fazendo eu voltar a mim mesmo. "Ah, sim. Sucesso demais, eu diria. Fui bem-sucedido em me desprender de todos os meus medos e até do próprio mundo. Agora sou um vagabundo do universo, um errante entre espaços onde a loucura das coisas não tem limites. Um dia, depois de anos de estudo e prática, entreguei-me ao que me aguardava. Mas não sei dizer aonde vou ou por que vou para lá. Tudo é caótico demais na minha existência. De alguma forma, porém, sempre volto a este mundo, como se eu fosse alguma criatura que vez ou outra retorna ao terreno conhecido. Esses lugares aos quais chego parecem atrair-me para eles, como se tivessem sido preparados, até mesmo invadidos antes de mim. Pois sempre há coisas, pequenos itens, que são exatamente o que eu esperava. Essa caixinha de música, por exemplo. Procurei bastante até encontrar algo desse tipo. Pelos desenhos dela, pude ver que havia sido *tocada* pela loucura das coisas, e você também pôde notar, eu percebi. Que devastação ela deve ter causado a quem está despreparado para essa espécie de fenômeno. O que aconteceu nesta casa? Eu só posso imaginar."

E assim a tragédia dos Van Livenn foi iluminada. Qual deles havia encontrado a caixinha de música onde ela devia ter ficado escondida por quem sabe quanto tempo? Com o tempo, todos eles devem ter se tornado vítimas dela. O estado da casa e seu jardim — esse foi o primeiro sinal. E então a gritaria que começamos a ouvir de dentro da casa que nos fez manter distância. O que significava tudo aquilo? Passou quase um ano até que cessassem todos os sons e movimentos por trás das persianas da casa. Logo depois, os cinco corpos foram encontrados, alguns deles mortos havia mais tempo que outros. Nenhum deles inteiro. Todos brutalmente destroçados além de qualquer coisa humana. Queríamos pensar que era obra de um estranho, mas não pudemos fazê-lo por muito tempo. Não depois de ter sido realizada uma inspeção, que concluiu que eles haviam morrido um após o outro ao longo de pelo menos um mês. Disseram que o velho Van Livenn deve ter sido o último deles. Seu corpo era um amontoado de pedaços mutilados, mas ele deve ter feito isso sozinho, a julgar pelo machado que ainda estava agarrado a sua mão morta.

"Desculpe-me", disse o estranho, mais uma vez despertando-me de um estado de alheamento. Agora de pé junto à veneziana, ele perscrutava por entre uma fileira de ripas abertas. Com um vagaroso movimento da mão, ele me chamou para se aproximar, sub-repticiamente, ao que parecia. "Veja. Consegue ver eles?"

Através das lâminas da veneziana, pude ver algo do lado de fora, exatamente onde em tempos passados os Van Livenn haviam cultivado seu muito admirado jardim. Mas o que vi era parecido com os desenhos da caixinha de música — intrincados, mas indistintos.

"São quase como flores, não é? Cores tão vivas como se brilhassem na noite. E, no entanto, quando me deparei com elas pela primeira vez — não neste corpo, é claro —, quase tudo estava escuro. Mas não era escuro como uma casa às vezes é escura ou os bosques são escuros por causa das árvores grossas que impedem a entrada da luz. Estava escuro só porque não havia *nada para afugentar a escuridão*. Como eu sei disso? Sei porque pude ver com mais do que os meus olhos — pude ver com a própria escuridão. Com a escuridão eu vi a escuridão. Era uma imensidão sem fim ao meu redor — expansão ininterrupta, horizonte escuro encontrando horizonte escuro. E tinha também coisas dentro da escuridão, e acredito que dentro da minha própria forma, de modo que, se eu esticasse a mão para tocá-las através de um universo de escuridão, alcançaria também um recôndito muito profundo dentro de mim mesmo, o âmago de quem eu era. No entanto, tudo que eu conseguia sentir eram aquelas coisas, as flores. Tocá-las era como tocar luz e cores e mil tipos de formas eriçadas e crescentes. Em toda aquela escuridão que me deixou ver por meio de si mesma, essas coisas se contorciam, uma massa de vermes que tentava tornar-se parte de mim. Devo tê-las trazido para cá quando cheguei a este lugar. Depois que assumi esta forma, essas coisas me abandonaram e se enterraram naquele chão ali. Romperam a terra naquela mesma noite, e pensei que viriam atrás de mim. Mas de alguma forma a situação havia mudado. Acho que elas gostam de estar onde estão agora. Você pode ver por si mesmo como elas se retorcem, quase que felizes."

Depois dessas palavras, ele ficou em silêncio por um momento. Era uma noite escura, os céus ainda acobertados pelas nuvens que tinham trazido a chuva. Os lampiões sobre o console brilhavam com uma luz afiada que cortava sombras no tecido de escuridão ao nosso redor. Por que, boas pessoas, fiquei tão espantado que aquele espectro diante de mim pudesse atravessar a sala e realmente levantar um dos lampiões, depois carregá-lo até o corredor dos fundos da casa? Ele se deteve, virou-se e indicou com um gesto que eu o seguisse.

"Agora você vai vê-los melhor pela escuridão. Isto é, se você puder ver a *verdadeira* loucura."

Oh, meus amigos, por favor, não me desprezem pela escolha que fiz naquela noite. Lembrem-se de que foram vocês que me mandaram, pois eu era a pessoa que menos pertencia à nossa cidade.

Sem alarde saímos da casa, como se fôssemos duas crianças esgueirando-se sorrateiras uma noite na floresta. A luz do lampião deslizou de leve sobre a grama molhada atrás da casa e depois parou onde o quintal terminava e começava a mata, cujo perfume era soprado pelo vento. A luz se moveu para a esquerda e eu me movi junto, em direção àquela área onde outrora florescera um jardim.

"Olhe para elas se contorcendo na luz", ele disse quando os primeiros raios incidiram sobre um emaranhado convulsivo de formas como as entranhas irradiantes do inferno. Mas as formas rapidamente desapareceram escuridão adentro e fora de vista, arrancando-se do solo amolecido pela chuva. "Elas se afastam dessa luz. E você vê como voltam ao seu lugar quando a luz é retirada."

Elas se aproximaram mais uma vez feito águas repartidas em torrente afoitas para se refundirem. Mas eram águas corruptas cujas correntezas haviam se congelado e se diversificado em forma de criaturas amarradas com veias pegajosas e pulsantes, penduradas com a boca em funcionamento.

"Leve a luz o mais perto que puder do jardim", eu disse.

Ele andou até a borda, enquanto avancei ainda mais em direção àquele dilúvio de tentáculos viscosos batendo em retirada, aquelas aberrações do abismo. Quando eu estava afundado dentro da rede delas, sussurrei para trás de mim: "Não perca a luz, ou elas vão cobrir novamente o chão em que estou. Posso vê-las tão bem. A loucura *verdadeira*. Eu a enfrentei sem medo".

"Não", disse o desconhecido. "Você não está preparado. Volte para a luz antes que a vela se apague."

Mas não o ouvi, nem ao vento que se ergueu. O sopro desceu das árvores e varreu o jardim, lançando-o na escuridão.

E o vento agora carrega minhas palavras para vocês, pessoas de bem. Não posso estar aí para guiá-los, mas agora vocês sabem o que deve ser feito, tanto com esta horrível casa como com o jardim que foi trazido a este mundo por alguém que condenou a si mesmo a vagar por outros mundos. Por favor, uma última palavra para perturbar o sono de vocês. Lembro-me de gritar ao estranho:

Elas estão me atraindo para dentro delas. Meus olhos podem ver tudo na escuridão. Não sou quem eu sou. Você pode me ouvir? Você pode ouvir minhas palavras?

"Acabei de ter o sonho mais terrível", sussurrou um dos muitos que estavam despertando nos quartos escuros da cidade.

"Não foi um sonho. Você consegue ouvir os outros lá fora?"

Uma figura de camisola levantou-se da cama e se moveu como uma silhueta até a janela. No meio da rua havia uma multidão carregando luzes e batendo à porta dos que ainda sonhavam para que se juntassem a eles. Suas lâmpadas e lamparinas balançaram na escuridão, e o fogo de seus archotes tremulou loucamente. Aglomerados de chamas subiram noite adentro.

As pessoas da cidade não disseram uma palavra umas às outras, mas sabiam para onde iam e o que fariam para libertar seu concidadão, eu mesmo, da tragédia. E, embora os olhos das pessoas não enxergassem nada além da destruição selvagem que viria pela frente, dentro de cada uma delas existia, enterrada como um sonho esquecido, uma imagem perfeita de outros olhos e das formas indizíveis em que agora elas estavam incorporadas. Mas não permitam que seus fogos se apaguem enquanto vocês fazem o seu trabalho. Não deixem que levem vocês também para o reino sobrenatural. Venham, então, e fechem meus olhos. Assassinem os seres para dentro dos quais eles foram atraídos. Em seguida, fechem a própria mente de vocês, o melhor que puderem, para o abismo que é o lar da loucura das coisas.

NETHESCURIAL

O ÍDOLO E A ILHA

Encontrei um manuscrito realmente maravilhoso, *a carta começava assim*. Foi um achado inteiramente fortuito, feito durante a faina enfadonha do meu dia em meio a alguns dos vestígios mais antigos e mais decompostos sepultados nos arquivos da biblioteca. Se é que sou especialista em documentos antigos, e é claro que eu sou, essas páginas frágeis e quebradiças remontam às décadas finais do século passado (uma estimativa mais precisa acerca da idade se seguirá, juntamente com uma fotocópia que, receio, não fará justiça à caligrafia delicada e enrugada, nem à descoloração preto-esverdeada que a tinta adquiriu ao longo dos anos). Infelizmente, não há indicação de autoria no interior do manuscrito em si nem nos numerosos e tediosos documentos em cuja companhia vem sendo mantido, nenhum dos quais aparenta ter relação com o item em discussão. E que item — um verdadeiro livro de histórias forasteiro em uma multidão de tipos documentais, e ao que tudo indica destinado a permanecer desconhecido.

Tenho quase certeza de que esse achado, embora às vezes pareça passar por carta ou registro de diário, jamais veio a lume em publicação corrente. Dada a natureza bizarra do seu conteúdo, é certo que eu já tivera notícia a respeito. Embora seja uma espécie de "declaração" sem título, as linhas de abertura eram mais do que suficientes para fazer com que eu deixasse tudo o mais de lado e me enclausurasse em um canto do acervo da biblioteca pelo resto da tarde.

Assim começa o texto: "Em meio aos cômodos de nossa casa e além de suas paredes — sob águas escuras e através dos céus enluarados — abaixo do monte de terra e acima do pico da montanha — na folha do norte e na flor do sul — dentro de cada estrela e nos vazios entre elas — dentro do sangue e do osso — abarcando todas as almas e todos os espíritos — sobre os ventos vigilantes deste mundo e de vários outros — por trás do rosto dos vivos e dos mortos...". E aí o texto desaparece lentamente, citação de um fragmento de algum texto mais antigo. Mas sem dúvida essa não é a última coisa que vamos ouvir sobre este refrão incoerente! Por acaso, a sequência de frases acima é citada pelo narrador em referência a certa presença, mais propriamente uma onipresença, que ele encontra em uma ilha obscura localizada em alguma latitude setentrional não especificada. Em resumo, ele fora convocado para essa ilha, que aparece em um mapa local sob o nome de Nethescurial, a fim de se encontrar com outro homem, um arqueólogo que é designado apenas como dr. N— e que virá a conhecer o narrador do manuscrito pelo autodeclarado cognome "Bartholomew Gray".

O dr. N—, ao que parece, ocupava-se, naquela ilha estéril, remota e de resto completamente desabitada, com peculiares vasculhadelas de antiquário. Ao navegar em direção à ilha, o sr. Gray observa os céus sombrios acima dele e as águas sombrias abaixo. Seu estilo de prosa é um tanto simplório para o meu gosto, mas serve bem quando ele se aproxima da ilha e de súbito nota e registra de forma surpreendentemente minuciosa o aspecto sinistro da paisagem: formações rochosas contorcidas; pinheiros pontiagudos e abetos de estatura gigantesca e movimentos anormais; o semblante de uma máscara de falésias de frente para o mar; e uma neblina enfermiça e estagnada agarrando-se à paisagem feito um fungo.

A partir do momento em que o sr. Gray começa a descrever a ilha, um glamour repentino entra em seu relato — aquele encantamento sinistro que deriva de um mal profundo que é mantido à distância certa de nós para que possamos sentir, com uma única sensação arrebatadora, nosso amor e nosso medo por ele. Demasiado perto e talvez sejamos lembrados de um mal onipresente no mundo dos vivos, e sob a ameaça de que a nossa adormecida sensação de ruína seja despertada a pleno vigor. Longe demais e nos tornamos ainda mais indiferentes e complacentes do que o nosso estado habitual, e em última instância exasperados quando um mal imaginário é evocado de modo tão escasso que não consegue oferecer o eco mais tênue de sua contraparte real e ubíqua. Naturalmente, um sem-número de locais pode servir como cenário para revelar verdades agourentas; o mal, o amado e ameaçador mal, pode mostrar-se em qualquer lugar justamente porque está em todo lugar e, o que é espantoso, é desencadeado tanto por uma lâmina de sol e por flores como pelas trevas e por folhas mortas. Uma idiossincrasia puramente privada, todavia, às vezes permite que a mais pura essência da malignidade da vida seja instigada apenas por locais como a solitária ilha de Nethescurial, onde o real e o irreal rodopiam, livres e loucos, na mesma neblina.

Parece que nesse lugar, nesse domínio remoto, o dr. N — descobriu um artefato antigo e por muito tempo procurado, um apontamento marginal, mas surpreendente, naquele indescritível diário de criação tão volumoso. Logo após aterrar, o sr. Gray se vê investigando a veracidade das alegações do arqueólogo: que a ilha foi estranhamente moldada em todas as suas partes, e que no interior de suas margens toda manifestação de planta ou mineral ou qualquer outra coisa parece ter caído à mercê de alguma força modeladora do temperamento demoníaco, um *genius loci** que esculpiu os pesadelos ilhéus com os átomos da terra local. Uma inspeção mais minuciosa desse ponto insular no mapa aprofunda a sensação de encantamento maligno que tinha sido ligeiramente esboçada no começo do manuscrito. Mas eu me abstenho de mais citações (está ficando tarde e quero encerrar esta carta antes da hora de dormir) a fim de transpassar diretamente a epiderme deste conto e penetrar até os ossos e as vísceras. De fato, o manuscrito parece ter uma anatomia própria, sua holografia verde-escura ondulando sobre ele como veias, e lamento que minha paráfrase não lhe dê vida. Basta!

O sr. Gray abre caminho em direção ao interior da ilha, carregando uma pequena mala de viagem. Em uma clareira ele se depara com uma casa grande mas sem adornos, quase primitiva, que se ergue contra o pano de fundo das colinas verruciformes e das árvores tumorosas da ilha. O exterior da casa está incrustado com a variegada miscelânea de pedras leprosas tão abundantes na paisagem circundante. A parte de dentro da casa, que o visitante vê ao abrir a porta destrancada, é espaçosa como uma catedral, mas bem menos ornamentada. As paredes são brancas e de superfície lisa; elas também parecem afilar-se para dentro, em forma de pirâmide, à medida que se erguem do chão até o teto alto. Não há janelas, e numerosas lamparinas a óleo estão espalhadas e enchem o interior da casa com uma luminescência sacral. Uma figura desce uma escadaria longa, atravessa a grande distância da sala e cumprimenta solenemente seu convidado. A princípio desconfiados um do outro, eles acabam alcançando um grau de tranquilidade mútua e por fim dedicam todas as atenções ao verdadeiro assunto.

Até aqui, pode-se ver que o drama representado é conhecido: o palco é rigidamente tradicional e os artistas em cima dele ficam fascinados por sua elegância. Pois antes de pessoas esses atores são marionetes das peças ancestrais, os que contavam a mesma história por séculos, os que ainda podem ser muito estranhos para nós. Vagando a esmo pela mesma cena velha e nebulosa, procurando a mesma casa isolada e antiga, os fantoches dessas peças sempre acham tudo novo e desconhecido, porque não têm memória da qual falar e mal se lembram de ter realizado esses movimentos pomposos inúmeras vezes no passado. Eles pelejam com os mesmos gestos, repetem as mesmas falas, embora em raros momentos possam sentir uma suspeita indefinida de que tudo isso já aconteceu antes. Como se parecem com a própria raça humana! É isso que os torna nossos perfeitos representantes — isso e o fato de serem esculpidos à mão, à imagem de

---

* Espírito do lugar. (N. T.)

vítimas maníacas que buscam compartilhar os segredos de seus tormentos individuais à medida que suas cordas são manipuladas pelo mesmo mestre.

Os segredos que esses dois Polichinelos compartilham são apresentados de forma bastante tortuosa pelo autor dessa confissão (pois, após reflexão, esse é o gênero ao qual ela realmente pertence). De fato, o sr. Gray, ou qualquer que seja seu nome, parece saber muito mais do que revela, sobretudo no que diz respeito ao seu colega, o arqueólogo. Não obstante, ele registra o que o dr. N— sabe e, mais importante, o que esse escavador ávido desencavou enterrado na ilha. A coisa é apenas o fragmento de um objeto que data da Antiguidade. Conhecido por fazer parte de um ídolo religioso, é difícil dizer qual parte. É a peça distorcida de um quebra-cabeça, que sugere que a figura como um todo é perversamente repulsiva em seu feitio. O fragmento também é escurecido com o azinhavre de séculos, o que faz sua substância se assemelhar a algo como jade em decomposição.

E as outras partes desse ídolo também foram encontradas na mesma ilha? A resposta é não. O ídolo pelo jeito fora despedaçado séculos antes, e cada estilhaço foi enterrado em algum lugar remoto a fim de que sua totalidade não pudesse ser facilmente reunida de novo. Embora fosse uma mera representação, a efígie em si era foco de grande poderio. Os membros da antiga seita formada para adorar esse poder parecem ter sido alguma espécie de panteístas, acreditavam que todas as coisas criadas — ao contrário do que parece — são de um único e transcendente *material*, emanação de uma força criativa central. Daí o cântico ritual que corre "em meio às salas de nossas casas" etc. e que alude à natureza onipresente dessa deidade — um tipo de deus muitíssimo primitivo e difundido, que se enquadra na categoria de "deuses que eclipsam todos os outros", divindades territorialistas cuja reivindicação da criação supostamente substitui a de seus rivais (as palavras do célebre canto, a propósito, são as únicas a chegar até nós por meio do antigo culto e apareceram pela primeira vez em uma obra etnográfica e semiesotérica intitulada *Iluminações do mundo antigo*, publicada na última parte do século XIX, na mesma época, eu diria, em que foi escrito este manuscrito que me apresso em resumir). Em algum ponto da carreira deles como adoradores do "Grande Deus Único", uma sombra caiu sobre a seita. Parece que um dia lhes foi revelado, de maneira obscura e hedionda, que o poder ao qual se curvavam era essencialmente de caráter maligno, e que esse modo religioso de panteísmo era, na verdade, uma espécie de *pandemonismo*. Mas essa revelação não foi uma surpresa para todos os sectários, já que parece ter havido uma luta mortal e mutuamente destrutiva que terminou em massacre. Enfim, prevaleceram os antidemonistas, que imediatamente rebatizaram sua ex-divindade para refletir a recém-descoberta essência malévola. E o nome pelo qual passaram a se chamar agora era Nethescurial.

Uma bela reviravolta: essa ilha obscura alardeia aos quatro ventos ser a casa do ídolo do Nethescurial. Claro, a ilha é apenas uma das várias onde as peças do totem vandalizado foram espalhadas. Os membros originais da seita, que traiçoeiramente se voltaram contra seu deus, sabiam que o poder concentrado na efígie não poderia ser destruído, e por isso decidiram dividi-lo em porções despachadas para cantos isolados da Terra, onde causariam o menor dano possível. Mas teriam chamado a atenção para tal fato ao permitir que os cemitérios amplamente disseminados levassem o nome do deus pandemônico? Trata-se de algo duvidoso, assim como é igualmente improvável que tivessem construído aquelas casas rudimentares, uma espécie de templos, para marcar o local onde um fragmento específico do antigo ídolo poderia ser localizado por outros.

Assim, o dr. N— é forçado a postular uma sobrevivência da facção demoníaca da seita, um culto que se dedicou a vasculhar os lugares que haviam sido transformados pela presença do ídolo e que, portanto, poderiam ser conhecidos pelas características horripilantes. Essa busca exigiria muito tempo e esforço para ser concluída, dados os confins globais onde essas lascas do mal poderiam estar escondidas. Conhecida como "busca", envolveu também o recrutamento de forasteiros, que nos últimos dias eram não raro pesquisadores dos costumes de culturas ancestrais, embora continuassem ignorantes de que servissem a uma causa ainda viva. O dr. N— portanto alerta seu "colega, o sr. Gray", que eles podem estar em perigo diante daqueles que empreenderam o esforço para remontar o ídolo e reviver seu poder. A própria presença daquele casarão tosco na ilha sem dúvida provava que a seita já estava ciente da localização *desse* fragmento do ídolo. De fato, o misterioso sr. Gray, o que não é surpresa alguma, na verdade é um membro do culto em sua encarnação moderna; além disso, ele trouxe para a ilha — mala de viagem volumosa, você sabe — todas as outras peças do ídolo, recuperadas ao longo de séculos de busca. Agora ele precisa apenas da única peça descoberta pelo dr. N— para fazer com que o ídolo fique inteiro novamente, pela primeira vez em um par de milênios.

Mas ele também precisa do próprio arqueólogo como uma espécie de sacrifício para Nethescurial, uma cerimônia que ocorre mais tarde na mesma noite na parte superior da casa. Se eu puder condensar o fim, em nome da brevidade, o rito sacrificial reserva algumas surpresas terríveis para o sr. Gray (parece que essas pessoas jamais percebem no que estão se metendo), o qual logo se arrepende de suas práticas malignas e é impelido a esmagar o ídolo e reduzi-lo a pedaços mais uma vez. Escapando daquela ilha bizarra, ele atira essas peças ao mar, semeando as águas frias e cinzentas com os refugos de um poder incrível. Mais tarde, temendo uma obscura ameaça a sua existência (talvez a represália de seus colegas devotos do culto), ele compõe o relato de um horror que é tanto dele como de toda a raça humana.

Fim do manuscrito.*

Agora, apesar da minha propensão para casos desvairados como o que acabei de tentar descrever, não estou alheio às suas falhas. Por um lado, seja qual for o impacto emocional que a narrativa possa ter perdido na síntese prévia, decerto ganhou em coerência. Os incidentes no manuscrito são desenvolvidos de forma canhestra; detalhes importantes carecem de ênfase adequada; e coisas impossíveis são lançadas ao leitor sem nenhum esforço real para persuadi-los de sua veracidade. Admiro o princípio fantástico no cerne dessa obra. A natureza da entidade pandemônica é muito intrigante. Imagine toda a criação como uma mera máscara para o mal mais abominável, um mal absoluto cuja realidade é mitigada apenas por nossa cegueira a ela, um mal no âmago das coisas, existindo "dentro de cada estrela e nos vazios entre elas — dentro do sangue e do osso — através de todas as almas e todos os espíritos", e assim por diante. Há no manuscrito até mesmo uma referência que sugere analogia entre Nethescurial e aquele belo mito dos aborígines australianos conhecido como Alchera (o Tempo do sonho, ou Sonhar), uma super-realidade que é a fonte de tudo o que vemos no mundo ao redor (e essa referência será útil na datação do manuscrito, pois foi em fins do século passado que antropólogos australianos tornaram a cosmologia aborígine conhecida do público em geral). Imagine o universo como o sonho, o pesadelo febril de um demiurgo demoníaco. Ó Supremo Nethescurial!

O problema é que tais invenções sobrenaturais são mesmo difíceis de imaginar. Muitas vezes, elas não se materializam na mente, não assumem uma textura mental e, portanto, permanecem intocadas como nada mais que um monstro abstrato de metafísica — um diagrama esquemático elegante ou desajeitado que não é capaz de se erguer do papel para nos tocar. É claro que precisamos manter certa distância de espectros como o Nethescurial, e isso geralmente é garantido por intermédio das palavras como tais, que enredam em armadilha todo tipo de criaturas ameaçadoras antes que elas possam rasgar em pedaços nosso corpo e nossa alma. (Entretanto, as palavras deste manuscrito em particular parecem bastante fracas a esse respeito, possivelmente por serem apenas rabiscos esverdeados de uma mão humana e não a pesada trama da tinta impressa.) Mas queremos chegar perto o suficiente para sentir o hálito fétido dessas bestas-feras, ou vê-las

---

* Exceto pelas linhas finais, que revelam a conclusão um tanto extravagante, mas não de todo desinteressante, do próprio narrador.

como leviatãs pré-históricos circulando aqui e ali pela ilha minúscula na qual nos refugiamos. Mesmo que sejamos incapazes de uma crença sincera em cultos antigos e em seus ídolos inauditos, mesmo que esses aventureiros e arqueólogos pseudônimos pareçam ser meras sombras em uma parede, e mesmo que casas estranhas em ilhas remotas sejam de construção instável, talvez ainda haja nessas coisas um poder que nos ameaça como um pesadelo. E esse poder emana não tanto de dentro do relato mas de algum lugar *por trás* dele, algum lugar de treva infinita e malignidade ubíqua em que podemos andar inconscientes.

Mas deixe para lá esses pensamentos noturnos; a cama é o único lugar para onde *eu* andarei depois de encerrar esta carta.

PÓS-ESCRITO

Mais tarde na mesma noite.

Várias horas se passaram desde que registrei as supracitadas descrição e análise do manuscrito. Como essas minhas palavras me parecem ingênuas agora. E, todavia, de certa perspectiva ainda são verdadeiras. Mas era uma perspectiva privilegiada da qual, pelo menos por enquanto, não gosto. A distância entre mim e um mal devastador diminuiu consideravelmente. Já não considero tão difícil imaginar os horrores delineados naquele manuscrito, pois os conheço da maneira mais íntima. Que idiota pareço para mim mesmo por brincar com essas visões. Com que facilidade um simples sonho pode destruir a sensação de segurança, mesmo que apenas por algumas horas turbulentas. Certamente já senti na pele tudo isso antes, mas nunca com tanta intensidade quanto esta noite.

Não fazia muito tempo que eu adormecera, mas parecia ter dormido por tempo suficiente. No início do sonho eu estava sentado a uma escrivaninha em uma sala bem escura. Também me parecia que a sala era muito grande, embora eu não pudesse ver muito dela além da área da escrivaninha, na qual reluzia em cada ponta uma lâmpada de algum tipo. Espalhados diante de mim havia diversos papéis de tamanhos variados. Estes eu sabia serem mapas de uma ou outra espécie, e os estava estudando, um de cada vez. Eu me encontrava bastante absorto nos diagramas e esquemas, que agora dominavam o sonho a ponto de excluir todas as outras imagens. Cada um deles concentrava-se em alguma concatenação de ilhas sem referência a massas de terra maiores e mais conhecidas. Uma forte impressão de distanciamento e reclusão era transmitida por esses borrões irregulares de terra fixados em corpos de água que não tinham nome. Mas, embora a localização das ilhas não fosse específica, de alguma forma eu estava convicto de que as pessoas a quem os mapas eram destinados já detinham esse conhecimento.

No entanto, esse sigilo era apenas superficial, pois nenhuma chave esotérica era necessária para procurar a geografia mais ampla da qual esses mapas eram um detalhe exagerado: todos eram diferenciados por alguma língua conhecida na qual as ilhas eram nomeadas, línguas diferentes para mapas diferentes. Contudo, após exame mais detido (na verdade, a minha sensação era a de que eu estava de fato viajando entre aqueles exóticos fragmentos de terra, pedaços minúsculos de um mistério despedaçado), vi que havia uma coisa em comum entre todos os mapas: dentro de cada grupo de ilhas, qualquer que fosse o idioma usado para nomeá--las, havia sempre um chamado Nethescurial. Era como se em todo o mundo este nome terrível tivesse sido insinuado em diversos locais como o único adequado para determinada ilha. Claro que havia formas cognatas e grafias variantes da palavra, às vezes transliterações (com que precisão eu as vi!) Ainda assim, com a estranha convicção que pode subjugar um sonhador, eu sabia que esses lugares tinham sido reivindicados em nome de Nethescurial e que eles portavam o único sinal de algo que havia sido enterrado lá — as partes daquele ídolo desmembrado.

E, com esse pensamento, o sonho se reformulou. Os mapas dissolveram-se em uma espécie de névoa; a escrivaninha à minha frente transformou-se em outra coisa, um altar de pedra grosseira, e as duas lâmpadas sobre o tampo acenderam--se para revelar um objeto estranho agora posicionado entre elas. Tantas visões no sonho eram de uma claridade pungente, mas não esse objeto escuro. Minha impressão era de que tinha uma forma conglomerada, sugerindo um todo mons-truoso. Ao mesmo tempo, esses contornos que faziam alusão tanto ao homem como à fera, a flor e insetos, a répteis, a pedras e inúmeras coisas que eu nem sequer saberia nomear, esses contornos pareciam em mudança, amalgamando-se de mil maneiras que impediam qualquer imagem sensata do ídolo.

Com o aumento da iluminação propiciado pelas lâmpadas, pude ver que a sala tinha dimensões realmente incomuns. As quatro enormes paredes inclinavam--se uma na direção da outra e se juntavam em um ponto acima do chão, dando ao espaço à minha volta o formato de uma pirâmide perfeita. Mas agora eu via as coisas de uma perspectiva estranhamente remota: o altar com seu ídolo ficava no meio da sala e eu estava a alguma distância, ou talvez nem mesmo estivesse na cena. Em seguida, de um canto escuro ou de uma porta secreta, surgiu uma fila de figuras que caminhava lentamente em direção ao altar, reunindo-se por fim em um semicírculo diante dele. Pude ver que todas tinham o feitio deveras esquelético, pois cada uma vestia roupas idênticas de um material preto que se agarrava firmemente ao corpo e lhes dava o aspecto de sombras magras. Na ver-dade pareciam estar amarradas à escuridão da cabeça aos pés, apenas os rostos expostos. Mas não eram, de fato, rostos — eram máscaras pálidas, inexpressivas e iguais. As máscaras não tinham abertura e conferiam aos usuários um anonimato terrível, um anonimato ancestral. Atrás desses rostos suaves e de contorno escasso havia espíritos além de toda esperança ou consolo, exceto no mal a que se entregariam de bom grado. No entanto, esse abandono foi um processo extremamente seletivo, uma cerimônia dos escolhidos.

Uma das sombras de cara branca deu um passo à frente do grupo, pelo jeito atraída pela proximidade do ídolo. A figura se deteve, imóvel, enquanto de dentro do seu corpo escuro começou a emanar algo semelhante a uma fumaça luminosa que flutuou, rodopiando suavemente em direção ao ídolo, lá sendo absorvido. E eu sabia — pois não era esse o meu próprio sonho? — que o ídolo e seu sacrifício estavam se tornando um dentro do outro. Esse espetáculo continuou até nada mais da neblina brilhante e ectoplasmática restar para ser extraído, e a figura — agora encolhida até o tamanho de uma marionete — desmoronar. Mas logo depois estava sendo erguida, com bastante ternura, por outra figura do grupo, que pousou sobre o altar a forma ananicada e, pegando uma faca, trinchou o corpo com talhos profundos, sem ruído algum. Então alguma coisa escorreu devagar sobre o altar, algo espesso e oleoso e estranhamente colorido, de cor escura, embora sem nenhum dos matizes de sangue. Embora a estranheza dessa cor fosse mais uma ideia do que uma questão de visão, ela começou a preencher o sonho e a determinar o estágio derradeiro de seu desenvolvimento.

De modo bastante abrupto, aquela sala fechada e cavernosa se dissolveu em um trecho de terra atravancado por uma topografia bricabraque cujas formas insanas eram daquela cor solitária e sinistra, como se tudo estivesse coberto por um bolor antigo e escurecido. Era uma paisagem que outrora talvez pudesse ter sido de pedra e terra e árvores (essa foi a minha impressão), mas que se transformara por completo em algo equivalente a líquen petrificado. Espalhando-se diante de mim, contorcendo-se à guisa de rendilhado de ferro lavrado ou de jardins formidáveis e exuberantes cobertos de corais contorcidos, havia uma intrincada treliça cuja superfície transbordava de um caos de pequenas esculturas, desenhos escabiosos que sugeriam um mundo de faces e formas demoníacas. E a tez deles era tão parecida com tudo o mais que descrevi que julguei não haver lugar algum a que eu pudesse recorrer, nem mesmo à minha própria carne, para escapar daquele aspecto. Foi então que senti avolumando-se dentro de mim aquele pânico peculiar que muitas vezes precede o despertar de um pesadelo. Ainda assim, antes de me libertar do meu sonho contemplei mais uma ocorrência da cor onipresente naquela ilha. Como que para intensificar o horror de minhas visões oníricas, era também a cor das águas escuras feito tinta que banhavam as praias da ilha e que se estendiam distância afora.

Como escrevi algumas páginas antes, já estou acordado há algumas horas agora. O que não mencionei foi o estado em que estava depois de acordar. Durante todo o sonho, e em particular naqueles últimos momentos em que identifiquei de maneira inquestionável aquele lugar asqueroso, havia uma *presença* invisível, algo que, eu podia sentir, circulava dentro de todas as coisas e as unificava em um corpo maligno infinitamente extenso. Suponho que não seja nada insólito que eu tenha continuado sob esse feitiço visionário mesmo após sair da cama. Tentei invocar os deuses do mundo trivial — chamando-os com o chiado de uma cafeteira e rezando diante de seu ícone da luz elétrica —, mas eles estavam muito fracos para me livrar daquele outro cujo nome eu não sou mais capaz de escrever. Ele parecia estar em posse da minha casa, de todo objeto comum ali dentro e de todo o mundo escuro lá fora. Sim — espreitando entre os ventos vigilantes deste mundo e de vários outros. Tudo parecia uma manifestação desse mal e estava assumindo, aos meus olhos, seu aspecto. Eu também podia senti-lo emergindo em mim mesmo, ficando mais forte por trás desse rosto vivo que tenho medo de confrontar no espelho.

No entanto, essas ilusões induzidas pelo sonho agora parecem mitigadas, talvez afugentadas por meus escritos sobre elas. Como alguém que bebeu em demasia na noite anterior e jura renunciar ao álcool pelo resto da vida, abdiquei de qualquer gozo em matéria de leituras bizarras. Sem dúvida, este é apenas um voto temporário, e logo meus velhos hábitos hão de retornar. Mas com certeza não antes de amanhecer!

OS FANTOCHES NO PARQUE

Alguns dias depois, e bem tarde da noite.

Bem, parece que esta carta transmudou-se em crônica de minhas aventuras nethescurialinas. Veja, agora sou capaz de escrever com sossego esse nome ímpar; ademais, quase não sinto apreensão alguma ao me aproximar do espelho. Logo talvez eu consiga até mesmo dormir como antes, sem intromissões visionárias de qualquer espécie. Não há como negar que minhas experiências recentes fizeram a balança pender para o estranho. Eu me flagrei zanzando impaciente de um lado para o outro — impossível trabalhar, você sabe — e sempre carregando comigo esse pavor pesado em meu plexo solar, como se tivesse me regalado em um banquete de medo e a refeição não fosse digerida. Por demais estranho, já que tenho relutado em me alimentar durante esse período. Como eu poderia ingerir o mínimo bocado nesse estado de coisas? Já é difícil o bastante tocar uma maçaneta ou um par de sapatos, mesmo com a proteção de luvas. Eu podia sentir cada maldita coisa se contorcendo, sem excluir minha própria carne. E também podia ver o que se contorcia sob cada superfície, minha visão penetrando através da armadura usual de objetos e discernindo o mesmo *material* jorrante dentro de qualquer coisa em que eu fixasse a vista. Era aquela cor escura do sonho, eu podia identificar claramente agora. Escura e esverdeada. Como eu poderia me alimentar? Como eu poderia até mesmo ter forças para me aquietar, sereno, por muito tempo em um único lugar? Então eu continuava em movimento. E tentava não olhar muito de perto para como tudo, *tudo* estava rastejando dentro de si e tomando todo tipo de feitio e forma lá dentro, fazendo todo tipo de esgar para mim. (Todavia, era na verdade a mesma cara, tudo engolido vorazmente com aquela mesma coisa rastejante.) Havia também sons que eu ouvia, vozes falando palavras vagas, vozes que não vinham da boca das pessoas por quem eu passava na rua, mas da parte mais funda do cérebro delas, sussurros a princípio distorcidos e depois tão claros, tão eloquentes.

Essa onda crescente de caos atingiu sua culminação esta noite e depois desabou com estrépito. Mas minha manobra oportuna, acredito, recolocou tudo nos eixos.

Aqui, agora, estão os eventos terminais deste pesadelo conforme ocorreram (e como eu gostaria de não estar falando de modo figurativo, que eu estivesse de fato apenas no mundo dos sonhos ou de volta às páginas de livros e manuscritos antigos). Esta conclusão teve seu início no parque, que na verdade fica um pouco distante da minha casa, tão longe eu tinha vagado. Já era tarde da noite, mas eu ainda perambulava, trilhando o estreito caminho de asfalto que serpenteia através daquela ilha de grama e árvores no meio da cidade (e de alguma forma parecia que eu já caminhara nesse mesmo lugar nessa mesma noite, que tudo isso já tinha acontecido comigo antes). O caminho estava iluminado por globos de luz que se equilibravam em postes de metal esguios; outro orbe luminoso estava posicionado na vasta escuridão acima. Às margens do caminho a grama estava escurecida pelas sombras, e acima as árvores sibilantes eram da mesma cor do verde enlameado.

Depois de caminhar por um tempo indefinido ao longo de um caminho indefinido, encontrei por acaso uma clareira onde uma plateia se reunira para um entretenimento de fim de noite. Fios com luzes coloridas estavam pendurados em torno do perímetro desta área e fileiras de bancos haviam sido montadas. As pessoas sentadas nesses bancos estavam todas assistindo a um espetáculo em um estande alto e iluminado. Era o tipo de estande usado para shows de marionetes, com desenhos delirantes pintados na parte inferior e uma abertura acortinada em cima. As cortinas agora estavam recuadas e duas criaturas palhacescas enroscavam-se para lá e para cá sob uma luz resplandecente que irradiava de dentro da cabine. Eles se inclinavam e grasnavam e batiam desajeitados um no outro com raquetes macias abraçadas a seus bracinhos. De repente, congelaram no auge da batalha; devagar, ambos viraram-se e encararam a plateia. Parecia que as marionetes estavam olhando diretamente para o lugar em que eu estava, atrás da última fileira de bancos. Suas cabeças deformadas se inclinaram e seus olhos vítreos encaravam os meus.

Então percebi que os outros estavam fazendo o mesmo: todos se viraram nos bancos e, com o rosto inexpressivo e olhos mortos de fantoche, me deixaram paralisado. Embora as bocas não se movessem, não estavam em silêncio. Mas as vozes que ouvi eram muito mais numerosas do que a plateia reunida diante de mim. Eram as vozes que eu vinha ouvindo enquanto palavras confusas eram entoadas nas profundezas dos pensamentos de todos, muitas braças sob o nível da consciência. As palavras ainda soavam abafadas e lentas, frases monótonas mesclando-se como sequências de uma fuga. Mas agora eu conseguia entender essas palavras, mesmo quando mais vozes engrossaram o cântico em momentos diferentes e se sobrepuseram umas às outras, dizendo: "Em meio aos cômodos de nossa casa — através dos céus enluarados — abarcando todas as almas e todos os espíritos — por trás do rosto dos vivos e dos mortos".

Acho impossível dizer quanto tempo demorou até que eu conseguisse me mover, antes de eu recuar em direção ao caminho, todas aquelas vozes multitudinárias cantando em todos os lugares ao meu redor e todas aquelas luzes multicoloridas balouçando nas árvores sopradas pelo vento. No entanto, agora parecia ser apenas uma única voz que eu ouvia, e uma única cor que eu via, enquanto encontrava o caminho de casa, tropeçando aos trancos e barrancos na escuridão esverdeada da noite.

Eu sabia o que precisava ser feito. Juntando algumas tábuas velhas do meu porão, eu as empilhei dentro da lareira e abri o duto da chaminé. Tão logo as chamas arderam com um clarão, acrescentei mais uma coisa ao fogo: um manuscrito cuja tinta era de certa cor. Abençoado com uma visão redentora, pude ver agora de quem era a assinatura naquele manuscrito, de quem era a mão que realmente tinha escrito aquelas páginas e nelas vinha se escondendo por um século. O autor desta narrativa tinha desmantelado o ídolo e o afogado em águas profundas, mas a mancha de sua antiga pátina permanecera. Invadira o intrincado texto verde enegrecido do autor e ali sobreviveu, esperando para rastejar para dentro de outra alma perdida que não conseguisse ver em que lugares escuros estava vagando. Como eu sabia ser verdade! E não é que isso foi comprovado pela cor da fumaça que subiu do manuscrito em chamas, e continua subindo?

Escrevo estas palavras enquanto estou sentado defronte à lareira. As chamas se extinguiram, mas a fumaça do papel carbonizado ainda paira no interior da lareira, recusando-se a subir pela chaminé e se dispersar noite adentro. Talvez a chaminé tenha ficado obstruída. Sim, deve ser esse o caso, deve ser verdade. Aquelas outras coisas são mentiras, ilusões. Aquela fumaça cor de mofo não assumiu a forma do ídolo, a forma que não pode ser vista de modo constante e por inteiro, mas que continua virando do avesso tantos braços e cabeças, tantos olhos, depois os puxa de volta e os reapresenta em outras configurações. Essa forma não está arrancando algo de mim e pondo outra coisa em seu lugar, algo que parece estar sangrando nas palavras enquanto escrevo. E minha caneta não está ficando maior na minha mão, tampouco minha mão está ficando cada vez menor...

Veja, não há forma nenhuma na lareira. A fumaça se foi, chaminé acima e céu afora. E não há nada no céu, nada que eu consiga ver através da janela. Tem a Lua, claro, alta e redonda. Mas nenhuma sombra incide sobre a Lua, nenhum caos turbulento de fumaça que sufoca a frágil ordem da Terra. Não é uma forma contorcida, rastejante e lambuzada que vejo na Lua, não a forma de um caranguejo enorme e deformado fugindo a passos curtos e apressados dos escuros oceanos do infinito e invadindo a ilha da Lua, rastejando com seus inumeráveis corpos sobre todas as ilhas giratórias do espaço. Essa forma não é a totalidade cancerosa de todas as criaturas, nem o icor* gotejante que flui dentro de todas as coisas. *Nethescurial não é o nome secreto da criação.* Não está em meio aos cômodos de nossa casa e além de suas paredes — sob águas escuras e através dos céus enluarados — abaixo do monte de terra e acima do pico da montanha — na folha do norte e na flor do sul — dentro de cada estrela e nos vazios entre elas — dentro do sangue e do osso — abarcando todas as almas e todos os espíritos — sobre os ventos vigilantes deste mundo e de vários outros — por trás do rosto dos vivos e dos mortos.

Eu não estou morrendo em um pesadelo.

---

* Na mitologia grega, icor é o fluido eterno, presente no sangue dos deuses e que daria ao sangue divino uma coloração dourada; na patologia, dá nome ao líquido purulento e fétido que escorre de certos abscessos e feridas não cicatrizadas. (N. T.)

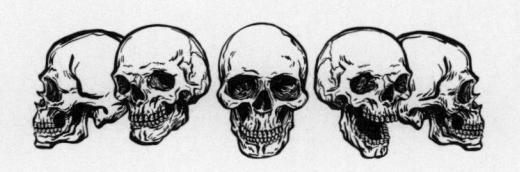

A VOZ DO DEMÔNIO

O SONHO EM NORTOWN

Há aqueles que exigem testemunhas para sua sua danação. Não contentes com uma perdição solitária, eles buscam uma audiência digna do espetáculo — uma mente para lembrar-se das etapas de sua derrocada ou talvez apenas um espelho para multiplicar sua glória abjeta. É claro que nesse arranjo podem figurar outros motivos, por demais tênues e estranhos para reminiscências mortais. Contudo, existe uma memória de sonhos em que consigo recordar um antigo conhecido cujo nome direi que era Jack Quinn. Pois foi ele quem percebeu meus poderes peculiares de simpatia e, empregando um estratagema bastante contrário, mobilizou-os. Tudo isso começou, de acordo com minha perspectiva, certa noite, já bem tarde, no apartamento decadente e espaçoso que Quinn e eu dividíamos e que se localizava naquela cidade — ou, mais precisamente, em certa região *dentro* dela —, onde frequentávamos a mesma universidade.

Eu estava dormindo. Na escuridão, uma voz me chamava para longe do meu mal mapeado mundo de sonhos. Então alguma coisa bastante densa pesou na borda do colchão e um aroma ligeiramente infernal dominou o quarto, uma combinação acre de tabaco e noites de outono. Uma pequena luminescência vermelha perambulou em arco em direção ao ápice da figura sentada e lá brilhou ainda mais, iluminando de leve a parte inferior de um rosto. Quinn estava sorrindo, o charuto em sua boca esfumaçando o breu. Ele permaneceu em silêncio por um momento e cruzou as pernas debaixo do sobretudo longo e puído, tão velho que se enrodilhava ao redor dele como se fosse epiderme prestes a ser descamada. Tantos outubros pungentes estavam compilados naquele casaco. É dos eventos desse mês que estou me lembrando.

Presumi que ele estivesse bêbado, ou talvez ainda nas remotas alturas ou profundezas do paraíso artificial que estivera percorrendo naquela noite. Quando Quinn por fim falou, foi peremptoriamente com as palavras trôpegas de um explorador de regresso, uma voz estuporada e vagamente impressionada. Mas ele parecia mais do que apenas extasiado por drogas.

Tinha participado de uma reunião, ele disse, pronunciando a palavra de uma forma estranha que parecia expandir seu significado. É claro que havia outros nesse encontro, pessoas que para mim permaneciam sendo simplesmente "aqueles outros". Era uma espécie de sociedade filosófica, disse-me. O grupo dava a impressão de ser bastante pitoresco: assembleias da meia-noite, uso provável de drogas e participantes dominados por estranhos êxtases místicos.

Saí da cama e acendi a luz. Quinn era uma visão caótica, suas roupas mais amarrotadas do que o habitual, seu rosto afogueado e seus longos cabelos ruivos um emaranhado intrincado.

— E aonde exatamente você foi hoje à noite? — perguntei com a medida da verdadeira curiosidade que ele parecia estar procurando. Eu tinha a ideia nítida de que as atividades de Quinn naquela noite haviam ocorrido nas imediações de Nortown (outro pseudônimo, é claro, assim como todos os nomes nesta narrativa), onde se localizava o apartamento que dividíamos. Perguntei se era isso mesmo.

— E talvez em outros lugares — ele respondeu, rindo um pouco para si mesmo enquanto meditava sobre a ponta cinzenta de seu charuto. — Mas talvez você não entenda. Com licença, tenho que ir para a cama.

— Como quiser — respondi, deixando de lado todas as queixas sobre essa invasão noturna. Ele deu uma baforada no charuto e foi para o quarto, fechando a porta atrás de si.

Esse, então, foi o começo da derradeira fase do desenvolvimento esotérico de Quinn. E até a noite final, a verdade é que eu o vi bem pouco durante o episódio mais decisivo de sua vida. Seguíamos diferentes planos de estudos em nossos tempos de pós-graduação — eu cursava antropologia e ele... incomoda-me dizer que nunca tive certeza absoluta acerca de seu currículo ou programa acadêmico. De qualquer forma, nossos horários raramente se cruzavam. No entanto, os movimentos diários de Quinn, pelo menos os poucos de que eu tinha conhecimento, de fato despertavam curiosidade. Havia um teor geral de caos que eu percebia em seu comportamento, uma qualidade que pode ou não ser uma boa companhia, mas que sempre oferece a promessa do extraordinário.

Ele continuou chegando na calada da noite, sempre entrando no apartamento com o que parecia uma barulheira forçada e artificial. Após aquela primeira noite, ele não me confidenciou com todas as letras suas atividades. A porta do quarto dele se fechava e, imediatamente depois, eu o ouvia desmoronar sobre as molas velhas do colchão. Parecia que ele não se despia para dormir, talvez nem sequer tirasse o sobretudo que dia após dia se tornava mais mal-ajambrado e enxovalhado. Com meu sono temporariamente despedaçado, eu passava esse tempo de vigília escutando às escondidas os ruídos no quarto ao lado. Havia um estranho catálogo de sons que eu nunca notara antes ou que eram de alguma forma diferentes da habitual algazarra noturna: gemidos baixos emanando dos mais sombrios abismos do sonho; lufadas súbitas como a sucção de um arquejo sobressaltado; e rosnados e resfolegos abruptos de um timbre bestial. Todo o ritmo do sono de Quinn traía expressões de turbulência desconhecida. E por vezes ele violava a calma escuridão da noite com uma série de gemidos em *staccato* seguidos por uma breve sirene vocal que me fazia erguer de chofre na cama. É certo que esse som alarmante carregava todo o espectro audível do terror inspirado por pesadelo... mas também havia sobretons mesclados de reverência e êxtase, uma submissão voluntária a alguma provação desconhecida.

— Você enfim morreu e foi para o inferno? — berrei certa noite para a porta do quarto dele. O som ainda ressoava nos meus ouvidos.

— Volte a dormir — ele respondeu, sua voz grave ainda falando dos registros mais profundos de sonolência. Em seguida, o cheiro de um charuto recém-aceso infiltrou-se no quarto.

Depois desses distúrbios de fim de noite, às vezes eu me sentava na cama para observar as cores pardas e apagadas do amanhecer começando a se erguer à distância do lado de fora da minha janela a leste. E, à medida que as semanas se passaram naquele mês de outubro, o carnaval de barulhos no quarto ao lado começou a exercer sua estranha influência no meu próprio sono. Não demorou muito para que Quinn deixasse de ser o único no apartamento a ter pesadelos, pois fui inundado por uma enxurrada de horrores eidéticos que deixavam apenas um vago resíduo quando eu despertava.

Era no decorrer do dia que cenas fugidias do pesadelo apareciam de súbito em minha mente, breves e vívidas, como se eu tivesse, por engano, aberto uma porta estranha em algum lugar e, após ver de forma inadvertida algo que não deveria ter visto, rapidamente a fechasse com uma batida reverberante. Por fim, no entanto, meu próprio censor de sonhos adormeceu e me lembrei em sua totalidade dos materiais evasivos de uma daquelas visões noturnas, que voltaram para mim pintadas em cenas de cores berrantes e vibrantes.

O sonho era ambientado em uma pequena biblioteca pública em Nortown, onde eu às vezes me refugiava para estudar. No plano onírico, no entanto, eu não era um estudioso frequentador da biblioteca, e sim um dos bibliotecários — o único, pelo visto, que mantinha vigília naquela instituição desoladora. Eu estava sentado lá, examinando com deleite as prateleiras de livros e trabalhando sob a ilusão de que em minha ociosidade eu realizava alguma atividade rotineira mas muito importante. Isso não continuou por muito tempo — nada acontece nos sonhos —, embora a situação já parecesse interminável.

O que perturbou o status quo, iniciando uma nova fase do sonho, foi a descoberta de que uma anotação rabiscada em um pedaço de papel fora deixada na superfície bem ordenada da minha mesa. Era uma solicitação de livro e havia sido submetida por um usuário da biblioteca cuja identidade intrigou-me, pois não vi ninguém deixá-la ali. Eu me preocupei com esse pedaço de papel em diversos momentos de sonho: ele estava lá antes mesmo de eu me sentar à escrivaninha e simplesmente não percebi? Sofri uma ansiedade desproporcional por causa dessa possível negligência. Aterrorizava-me a ameaça imaginada de uma reprimenda de alguma natureza estranha. Sem demora, telefonei para a sala dos fundos para que a pessoa de plantão trouxesse o livro. Mas eu estava realmente sozinho naquela biblioteca de sonho e ninguém respondeu ao que era agora, a meu ver, um apelo de emergência. Com um senso de urgência em face de algum prazo imaginário, e tomado por uma espécie de terror exaltado, agarrei o papel com o pedido e parti eu mesmo para encontrar o livro.

No acervo, vi que a linha telefônica estava muda, pois o fio havia sido arrancado da parede e jazia no chão como a extremidade esfiapada de um chicote disciplinar. Tremendo, consultei o pedaço de papel que eu levava comigo para conferir o título e o número de chamada. Não me lembro mais desse título, mas sem dúvida tinha algo a ver com o nome da cidade, um tipo de subúrbio, onde se localizava o apartamento que eu dividia com Quinn. Comecei a percorrer um corredor que parecia interminável, ladeado por inúmeros corredores menores entre as imponentes estantes de livros. De fato, eram tão altas que quando por fim cheguei ao meu destino tive que subir numa escada alta para alcançar o local onde eu poderia conseguir o livro desejado. Galgando a escada até minhas mãos trêmulas agarrarem o degrau mais alto, cheguei ao nível dos olhos com o número de chamada exato que eu estava procurando, ou alguns glifos de sonho esquecidos que supus serem essas letras e dígitos. E, como esses símbolos, o livro que encontrei é agora irremediavelmente imemorável, sua forma, cor e dimensões tendo perecido na jornada de volta do sonho. Pode até ser que eu tenha deixado cair o livro, mas isso não era importante.

O importante era, contudo, a pequena brecha escura criada quando retirei o livro de sua posição na prateleira. Espreitei a fenda, de alguma forma sabendo que eu deveria fazer isso como parte do ritual de pegar o livro. Olhei mais fundo... e começou a fase seguinte do sonho.

A brecha era uma janela, talvez mais parecida com uma rachadura em alguma parede de sonho ou uma fissura na membrana ondulante que protege um mundo contra a intromissão de outro. Além havia uma espécie de paisagem — por falta de um termo mais adequado — que eu via através de uma moldura retangular estreita. Mas essa paisagem não tinha terra e céu que se articulassem em uma linha precisa no horizonte, nada de objetos flutuantes ou brilhantes para ecoar e equilibrar, acima, formas opostas presas à terra, abaixo. Essa paisagem era uma extensão infinita de profundidade e distância, um pântano sem fim desprovido de toda coerência, um estado de estranha existência e não um local mapeável, com uma extensão geográfica que não passava de uma miragem ou um arco-íris. Decerto havia algo à minha vista, elementos que podiam ser distinguidos uns dos outros, mas impossíveis de determinar em qualquer tipo de inter-relação. Vivenciei um olhar prolongado no que por via de regra é apenas um vislumbre delirante, o modo como uma pessoa pode de súbito perceber alguma ilusão oblíqua que desaparece no virar da cabeça, sem deixar nenhuma lembrança do que a mente havia enganosamente visto.

A única maneira de descrever, com uma aproximação ainda que tênue, as visões que testemunhei é recorrendo a outras cenas que poderiam suscitar impressões semelhantes de caos tortuoso: talvez um festival de cores retorcendo-se no negrume, um abismo tentacular que alternadamente parece resplandecer de umidade, como que coberto por gotas de um horrendo orvalho, depois de súbito se empalidece com um brilho árido, como estrelas cor de osso a reluzir sobre um deserto extraterrestre. A visão da desordem lúgubre que observei foi ainda mais corroborada em sua estranheza por meus próprios sentimentos a respeito. Eram sentimentos oníricos amplificados, aquelas emoções enciclopédicas que envolvem uma complexidade de intuição, sensação e conhecimento impossível de expressar. Minha emoção de sonho era de fato uma enciclopédia monstruosa, que descrevia um universo mantido sob invólucros infinitos de trapaça, uma dimensão de disfarce.

Foi somente no fim do sonho que vi as cores ou formas coloridas, formas fundidas e móveis. Não consigo me lembrar se as senti como algo específico ou simplesmente abstratas. Pareciam ser as únicas coisas ativas nos limites da imensidão em que eu cravava os olhos. O movimento delas, de alguma forma, não era agradável de observar — um cambaleio bestial de cada massa de cor, uma caminhada ébria de um lado para o outro numa gaiola da qual poderiam escapar a qualquer momento. Esses fantasmas introduziram no sonho certo grau de pânico, o suficiente para me despertar.

Por mais estranho que pareça, embora o sonho nada tivesse a ver com meu colega de quarto, acordei chamando várias vezes seu nome com minha voz distorcida pelo sonho. Mas ele não atendeu ao chamado, pois não estava em casa naquele momento.

Reconstruí meu pesadelo neste ponto por duas razões. Primeiro, para mostrar o caráter da minha vida interior nesse período; segundo, para fornecer um contexto em que eu pudesse avaliar com precisão o que encontrei no dia seguinte no quarto de Quinn.

Quando voltei das aulas naquela tarde, não havia nem sinal de Quinn, e aproveitei essa oportunidade para investigar os pesadelos que estavam visitando nosso apartamento em Nortown. Verdade seja dita, não precisei bisbilhotar com muita profundidade a bagunça semifossilizada do quarto de Quinn. Quase que de imediato avistei sobre sua escrivaninha algo que facilitou minha averiguação, esse algo sendo um caderno espiral com uma capa imitando mármore. Acionando a luminária da escrivaninha naquele quarto sinistro de cortinas escuras, examinei as primeiras páginas do caderno. Parecia girar em torno da seita à qual Quinn havia se filiado algumas semanas antes, servindo como uma espécie de diário espiritual. As anotações eram meditações de Quinn sobre sua evolução interior e empregavam uma terminologia esotérica que em grande parte deve permanecer não documentado, uma vez que o caderno não existe mais. Suas páginas, conforme a recordação que tenho delas, delineavam o progresso de Quinn ao longo de um caminho de esclarecimento inconvencional, uma tentativa hesitante de penetrar nos segredos do que talvez pudessem ter sido meramente reinos simbólicos.

Quinn parecia ter se tornado membro de uma sociedade filosófica, um grupo de arcanos desviados. A *raison d'être* do grupo era uma espécie de masoquismo místico, que forçava os iniciados a façanhas de temeridade ocultista — "vislumbrando o inferno com olhos de gelo", para tirar do caderno uma expressão que se repetia com frequência e parecia uma espécie de cântico de poder. Como eu suspeitava, drogas alucinógenas eram usadas pela seita, e não restava dúvida de que eles acreditavam comunicar-se intimamente com estranhos lugares metafísicos. Seu objetivo principal, de maneira verdadeiramente mística, era transcender a realidade comum em busca de estados superiores de existência, mas seu estratagema era extremamente heterodoxo, um estranho desvio ao longo do caminho usual rumo à iluminação positiva. Em vez disso, eles mantinham uma espécie de fatalismo blasfemo, um determinismo condenado que os deixava frente a frente com reinos de horror obscuro. Talvez fosse essa mesma obscuridade que lhes permitia a empolgação de seu propósito central, que parecia ser um flerte precário com o apocalipse pessoal, a batalha pelo domínio horrível sobre o próprio horror.

Esse era o tema do caderno de Quinn, tudo muito interessante. Porém, a anotação mais intrigante era a última, que era breve e a qual posso recriar quase na íntegra. Nesse apontamento, como na maioria dos outros, Quinn se dirigia a si mesmo na segunda pessoa com vários fragmentos de conselhos e admoestações. Boa parte disso era ininteligível, pois a anotação parecia estar quase que de todo obcecada por regiões alheias à mente consciente. Todavia, as palavras de Quinn tiveram, de fato, um certo significado curioso quando as li pela primeira vez, e mais ainda depois. O excerto seguinte exemplifica, então, o feitio das anotações de Quinn para si mesmo:

> Até agora seu progresso tem sido imperfeito, mas inexorável. Ontem à noite você viu a zona e agora sabe como ela é — a cintilação oscilante, um campo de cores venenosas, a reluzente pele interna da beladona mais mortífera. Agora que você está realmente se aproximando do plano da zona, acorde! Esqueça suas fantasias delicadas e aprenda a se mover como a fera sem olhos que você deve se tornar. Ouça, sinta, *cheire* a zona. Sonhe seu caminho através dos maravilhosos perigos ao longo dela. Você sabe o que as coisas de lá podem fazer com os sonhos *delas*. Esteja ciente. Nas próximas noites não se demore em um mesmo lugar por tempo demais. Este será o momento mais forte. Saia (talvez para a intensa luz noturna de Nortown) — vagueie, perambule, caminhe, sonambule se for preciso. Pare e observe, mas não por tempo demais. Seja descuidadamente cauteloso. Agarre a fragrância fascinante do medo — e prevaleça.

Li e reli várias vezes essa breve passagem e a cada vez sua substância parecia tornar-se não tanto as fantasias de um sectário excessivamente imaginativo, mas sim uma reflexão estranha sobre assuntos a essa altura familiares para mim. Assim, eu parecia estar servindo ao meu propósito, pois a sensibilidade da minha psique tinha permitido um vínculo sutil com as buscas espirituais de Quinn, mesmo em suas nuances de humor. E, a julgar pela última entrada no caderno de Quinn, os dias iminentes foram de alguma forma cruciais, talvez com o significado exato deles totalmente psicológico. No entanto, outras possibilidades e esperanças passaram por minha cabeça. Por acaso, a questão foi resolvida na noite seguinte ao longo de apenas algumas horas. Essa aventura pós-meridiana — inevitável, de algum modo — ocorreu em meio à sonhadora e degradada vida noturna de Nortown.

2.

Tecnicamente um subúrbio, pelo menos segundo qualquer definição cívica, Nortown não se localizava nos arredores da periferia daquela cidade maior onde Quinn e eu frequentávamos a universidade, mas sim inteiramente dentro de seus limites. Para o estudante semi-indigente, a única atração dessa área são as moradias baratas que ela oferece em uma variedade de formas, mesmo que as acomodações nem sempre sejam as mais atraentes. Contudo, no meu caso e no de Quinn, os motivos podem ter sido diferentes, pois ambos éramos perfeitamente capazes de apreciar as propriedades e possibilidades ocultas da pequena cidade. Por ter uma proximidade peculiar da área central de uma grande região urbana, Nortown absorveu boa parte do pavoroso glamour da cidade grande, apenas em menor escala e de maneira concentrada. Claro, havia uma infinidade de restaurantes com culinárias falsamente exóticas, bem como uma variedade de casas noturnas de reputação bizarra e numerosos estabelecimentos que existiam em um reino crepuscular, no que diz respeito à legalidade.

Mas, além dessas atrações epicuristas de segunda categoria, Nortown oferecia também interesses menos mundanos, por mais ridícula que fosse sua forma. A área parecia uma espécie de terreno de desova para pessoas e movimentos marginais. (Acredito que os colegas sectários de Quinn — quem quer que possam ter sido — eram residentes ou *habitués* do subúrbio.) Ao longo dos cerca de sete movimentados quarteirões da área comercial de Nortown, podem-se ver vitrines com divulgação de leituras personalizadas do futuro ou palestras particulares sobre os centros espirituais do corpo. E quem olhar para cima enquanto caminha por certas ruas tem a chance de espiar janelas do segundo andar com adesivos de símbolos estranhos, com crachás crípticos cujo significado é conhecido apenas pelos iniciados. De uma forma difícil de analisar, o clima dessas ruas fazia lembrar o sonho extraordinário que descrevi anteriormente — a sensação de paisagens obscuras e desordenadas evocadas por todas as sórdidas esquinas daquela cidade dentro de uma cidade.

Entre as qualidades mais atraentes de Nortown está o simples fato de que muitos dos estabelecimentos comerciais estão ativos a todas as horas do dia e da noite, o que provavelmente era uma das razões pelas quais as atividades de Quinn gravitaram para esse lugar. E agora eu sabia de pelo menos algumas noites em particular que ele planejava passar perambulando pelas calçadas mosqueadas de Nortown.

Quinn saiu do apartamento pouco antes do anoitecer. Pela janela, observei-o caminhar até a frente do prédio e depois seguir rua acima em direção ao distrito comercial de Nortown. Saí em seu encalço quando ele parecia estar a uma distância segura à minha frente. Supus que, se o plano de seguir o rastro dos movimentos de Quinn naquela noite fosse falhar, isso aconteceria nos minutos seguintes. É claro que era razoável dar a Quinn o crédito de um ou dois sentidos extras que o alertariam para o meu estratagema. Mesmo assim, eu não errava por acreditar que estava apenas me sujeitando ao tácito desejo de Quinn de contar com um espectador de sua danação, um cronista de sua busca demoníaca. E tudo transcorreu tranquilamente quando chegamos à área de Nortown com maior circulação de pessoas, já nas proximidades de Carton, a rua principal do subúrbio.

Mais à frente, os arranha-céus da metrópole circundante erguiam-se, altaneiros, em torno e acima das estruturas mais baixas de Nortown. À distância, um sol pálido já estava quase se encaminhando para o ocaso, realçando os picos do horizonte da cidade maior. No vale, o enclave de Nortown agora estava nas sombras dessa linha do horizonte, uma réplica ananicada da cidade envolvente. E esse anão em particular era do tipo que se vestia com roupas coloridas, adequado para entreter a realeza enfadada. A rua principal mostrava cores cômicas de um espectro elétrico, saltitando aturdido de um pé para o outro em sua tentativa de conquistar o tédio anônimo da multidão ao longo das calçadas. A multidão que zanzava confusa — aglomeração incomum para uma noite fria de outono — tornava mais fácil que eu permanecesse imperceptível, embora dificultasse perseguir Quinn de perto.

Quase o perdi por um momento quando ele deixou as fileiras de alguns pedestres morosos e desapareceu em uma lojinha de conveniência no lado norte da Carton. Parei mais adiante no quarteirão e fiquei olhando as vitrines de roupas de segunda mão até ele voltar à rua, o que ele fez alguns minutos depois, segurando um jornal em uma das mãos e com a outra enfiando no sobretudo um pacote de charutos. Vi-o fazer isso à luz que jorrava das janelas da lojinha de conveniência, pois a essa altura já estava anoitecendo.

Quinn deu mais alguns passos e depois cruzou a rua. Vi que seu destino era tão somente um restaurante com um semicírculo de letras do alfabeto grego pintado nas janelas da frente. Através da janela, pude vê-lo sentar-se no balcão e abrir o jornal, pedindo algo à garçonete postada diante dele com um bloquinho de anotações na mão. Pelo menos por um breve momento, seria fácil segui-lo. Não que eu simplesmente quisesse observar Quinn entrando e saindo de restaurantes e lojas de conveniência pelo resto da noite. A minha esperança era a de que com o tempo seus movimentos se tornassem mais reveladores. Mas por enquanto eu estava ganhando prática em ser a sombra dele.

De dentro de uma loja de importação de artigos do Oriente Médio localizada do outro lado da rua, de frente para o restaurante, assisti a Quinn jantar. Através da vitrine da loja, foi fácil observá-lo. Infelizmente, eu era o único cliente daquele lugar mofado, e por três vezes uma mulher ossuda e idosa perguntou se poderia me ajudar. "Estou só olhando", eu disse, momentaneamente tirando os olhos da janela e olhando ao redor para uma sortida coleção de bugigangas e imitações de artigos árabes. A mulher por fim se foi e ficou de pé atrás de um balcão de mercadorias, determinada em manter a mão direita fora de vista. Pois, talvez sem razão alguma, eu estava começando a ficar nervoso demais entre os objetos de latão com gravações e os cheiros intensos daquela loja. Decidi voltar para a rua, misturando-me ao longo das calçadas lotadas, mas estranhamente silenciosas.

Após cerca de meia hora, às quinze para as oito, Quinn saiu do restaurante. Mais abaixo na rua e do lado oposto, eu o vi dobrar o jornal que estava carregando e, com esmero, descartá-lo em uma caixa de correio próxima. Então, com um charuto recém-aceso alternando-se entre a mão e a boca, ele encaminhou-se de novo para o norte. Eu o deixei andar meio quarteirão antes de atravessar a rua e começar a segui-lo mais uma vez. Embora nada de manifestamente insólito tivesse ocorrido ainda, agora parecia haver no ar daquela noite de outono certa promessa de acontecimentos desconhecidos.

Quinn continuou seu caminho através do neon esmaecido das ruas de Nortown. Mas agora parecia não ter um destino específico. Seus passos largos eram menos resolutos do que antes, e ele já não olhava com expectativa à frente, mas fitava apatetado e boquiaberto o cenário em torno, como se aqueles arredores fossem desconhecidos ou de algum modo tivessem mudado após visitas anteriores. A figura de sobretudo e cabelos desgrenhados do meu colega de quarto deu-me a impressão de que ele estava esmagado por alguma coisa ao redor. Ele olhava para os parapeitos dos edifícios como se todo o peso do escuro céu outonal estivesse prestes a desabar. Distraído, esbarrava em algumas pessoas e em algum momento perdeu o charuto, espalhando faíscas pela calçada.

Quinn dobrou a esquina seguinte, onde a Carton se entrecruzava com uma rua lateral irrelevante. Havia alguns poucos lugares animados com atividade nessa área que levava a regiões residenciais mais escuras de Nortown. Um desses lugares era um prédio com uma escadaria que levava para baixo do nível da rua. De uma posição de vigilância segura, vi Quinn descendo por essa escada até o que supus ser um bar ou algum tipo de café. Por mais ingênua que pudesse ser, a minha imaginação impulsivamente povoou aquele porão de frequentadores de diversidade e estranheza fascinantes. Sufocando minhas fantasias, confrontei a decisão prática de seguir ou não Quinn lá dentro e correr o risco de destroçar sua ilusão de uma odisseia mística e solitária. Também especulei que talvez ele tivesse ido se encontrar com outras pessoas naquele lugar, e possivelmente eu acabaria seguindo múltiplos cultistas, penetrando em suas atividades esotéricas, por exemplo. Mas depois que desci a escada com cautela e lá espreitei através dos engordurados vidros da janela, vi Quinn sentado em um canto distante... e ele estava sozinho.

"Gosta de espiar em janelas?", perguntou uma voz atrás de mim. "Janelas são os olhos dos que não têm alma", disse outra. Essa dupla era muito parecida com professores universitários, embora não aqueles que me são familiares no departamento de antropologia. Segui esses ilustres acadêmicos bar adentro, fazendo assim uma entrada que saltasse menos à vista do que se eu tivesse chegado sozinho.

O lugar era escuro e lotado, e muito maior do que parecia do lado de fora. Sentei a uma mesa junto à porta e em uma posição estratégica de Quinn, que estava sentado atrás de uma parede de meia altura a alguma distância. A decoração ao meu redor lembrava a de um porão inacabado ou de um quarto de despejo. Havia um grande número de antiguidades e quinquilharias de mercado de pulgas pendurado nas paredes, e do teto pendiam objetos compridos semelhantes a tiras de couro para afiar navalhas. Depois de alguns instantes, uma garota de olhar vazio aproximou-se e parou em silêncio junto à minha mesa. Não percebi de imediato que era apenas uma garçonete, tão pouco simpáticas eram sua aparência geral e seus modos.

Em algum momento durante o período de mais ou menos uma hora que me permiti ficar sentado lá bebericando meu drinque, descobri que, se eu me inclinasse o máximo possível na minha cadeira, poderia ver Quinn de relance do outro lado da meia-parede. Essa tática agora revelou-me um Quinn em estado de uma cautela inquieta ainda maior. Pensei que ele teria se apaziguado com uma série lânguida de drinques, mas não. Na verdade, repousada junto a seu cotovelo havia uma xícara de café, não um copo de bebida alcoólica. Quinn parecia estar escrutinando cada centímetro do recintio em busca de alguma coisa. Seus olhares de soslaio nervosos quase se fixavam em meu próprio rosto e, a partir de então, tornei-me mais discreto.

Um pouco mais tarde, não muito antes de Quinn e eu sairmos do bar, uma moça com um violão serpenteou até uma plataforma encostada a uma parede do salão. Tão logo ela se acomodou confortavelmente em uma cadeira sobre a plataforma e afinou seu instrumento, alguém acendeu um único holofote no chão. Notei que na frente do holofote estava fixado um disco móvel dividido em quatro seções: vermelho, azul, verde e transparente. Agora ele estava ajustado para brilhar somente através da seção transparente.

A artista não fez nenhum tipo de apresentação de si mesma, e começou a cantar uma música após dedilhar seu violão por alguns instantes, num estado letárgico. Não reconheci a canção, mas creio que qualquer música soaria desconhecida tocada por aquela artista, cuja voz comparava-se em minha imaginação à de uma sereia simplória trancafiada em algum lugar e chorando penosamente para ser libertada. Que a intenção da música fosse ser chorosa eu não podia duvidar. Era, no entanto, uma espécie muito estranha e desnorteante de pesar, como se a cantora tivesse escutado às escondidas alguns rituais exóticos e grotescos para se inspirar.

Ela terminou a canção. Depois de receber aplausos de uma única pessoa em algum lugar do bar, ela iniciou outra canção que não parecia nem um pouco diferente da primeira. Então, após cerca de um minuto ou mais ouvindo o bizarro andamento dessa segunda música, algo aconteceu — um momento de confusão — e segundos depois eu me vi de volta às ruas.

O que aconteceu na verdade não passou de uma travessura trivial. Enquanto a cantora gritava com voz felina o amor perdido dos versos da música, alguém se aproximou furtivamente da plataforma, agarrou o disco anexado à frente do holofote e o girou. O resultado foi um caleidoscópio desenfreado. O enxame de cores fervilhantes atacou a cantora e os clientes nas mesas próximas. A cantoria continuou, seu ritmo melancólico fora de sincronia com os velozes vermelhos, azuis e verdes. Havia algo de ameaçador na desordem visual daquelas cores que flutuavam alegres ao redor. E então, por um breve momento, o caos colorido foi eclipsado quando uma silhueta passou apressado por mim e me abalroou, movendo-se entre a minha mesa e a cantora na plataforma. Quase não consegui ver quem era, pois meus olhos foram desviados da cena geral. Deixei-a abrir caminho até a porta, que ela pareceu ter dificuldade para abrir, e em seguida também saí em disparada do lugar.

Quando saí da escada para a calçada, vi Quinn parado na esquina da Carton. Quando ele se deteve para acender um charuto, mantive-me no meu lugar nas sombras até ele prosseguir rua acima.

Caminhamos por alguns quarteirões que estavam abundantemente decorados com placas de neon transbordando ao longo da noite. Eu me distraí pela letras iluminadas e soletradas em sequência: S-A-L-Ã-O E-S-S-Ê-N-C-I-A, S-A-L-Ã-O, S-A-L-Ã-O, e me perguntei que segredos eram revelados àqueles ungidos pelas sacerdotisas da MASSAGEM DE MEDEIA.

Nossa parada seguinte foi curta, apesar de também ameaçar a afinidade psíquica que Quinn e eu tínhamos demorado tanto tempo para estabelecer. Quinn entrou em um bar em cuja porta um cartaz anunciava oferta de emprego para pessoas que desejassem trabalhar como dançarinas profissionais. Deixei passar alguns momentos antes de seguir Quinn para lá dentro. Mas, assim que adentrei a escuridão temporariamente cegante do bar, alguém, em sua pressa de ir embora, me empurrou para o lado. Felizmente eu estava em meio a uma multidão de homens que aguardavam assentos lá dentro, e Quinn não pareceu ter notado minha presença. Além disso, sua mão direita — com o charuto — estava protegendo os olhos como um visor ou talvez dando uma rápida massageada na testa. De qualquer forma, ele não parou, mas passou com ímpeto por mim e saiu pela porta. Quando me virei para segui-lo em sua brusca saída, reparei na cena dentro do bar, concentrando-me em particular em um palco onde girava uma única figura — vestida com cores espalhafatosas. E ao observar brevemente essa imagem caótica lembrei-me daquele outro caos alvoroçado no clube subterrâneo, imaginando se Quinn havia sido perturbado por esse segundo confronto com uma fantasmagoria de muitos matizes, esse bruxuleante e desordenado arco-íris de sonhos. Sem dúvida ele parecia ter sentido alguma alguma forma de repulsa, que causou sua furiosa escapada. Saí com mais calma e retomei meu plano de cartografar a expedição noturna de Quinn.

Em seguida, ele visitou vários lugares dentro dos quais, por uma razão ou outra, tive receio de segui-lo. Entre essas paradas estava uma livraria (não ocultista), uma loja de discos com um alto-falante na calçada que espalhava loucura estrondeante pela rua e uma galeria animada de jogos e diversões, onde Quinn permaneceu apenas por um breve momento. Entre cada um desses desvios, Quinn parecia estar ficando progressivamente mais, não posso dizer *frenético*, mas com certeza... vigilante. Seu passo outrora largo e firme era interrompido por paradas breves para dar uma olhada nas vitrines das lojas, hesitações frequentes que traíam uma infinidade de pensamentos e impulsos indecisos e uma incerteza titubeante em geral. Todo o seu modo de se mover mudara, seus aspectos de ritmo, cadência e gestos, somando-se a uma imagem de personagem drasticamente alterada de seu antigo eu. Em alguns momentos eu poderia até duvidar de que aquele era Jack Quinn, não fosse pela aparência inconfundível.

Talvez, pensei, ele tivesse se tornado subliminarmente consciente de que alguém estava sempre às suas costas, e de que, naquele ponto em seu despencar rumo a um inferno isolado, ele não precisava mais de um companheiro ou não podia tolerar um voyeur de seu destino. Mas em última análise tive que concluir que a causa da inquietação de Quinn era algo diferente de um par de passos em seu encalço. Havia algo mais que ele parecia estar procurando, esmiuçando pistas na paisagem de tijolos e neon, talvez em busca de sinais de alguma condição ou circunstância com a qual pudesse obter orientação para seus movimentos, naquela noite de outubro fria e fragrante. Mas não creio que ele tenha encontrado, ou lido corretamente, qualquer sinal de que estivesse à procura. Caso contrário, as consequências poderiam ter sido diferentes.

O motivo da falta de vigilância de Quinn teve muito a ver com sua penúltima parada naquela noite. Era quase meia-noite. Tínhamos descido a Carton até o último quarteirão da área comercial de Nortown. Ali ficavam, também, os limites setentrionais do subúrbio, além dos quais havia um trecho de edifícios condenados pertencentes à cidade circunvizinha. Essa parte do subúrbio era igualmente arruinada tanto em aspectos físicos como atmosféricos. Dos dois lados da rua havia uma fileira de prédios geminados cuja altura às vezes variava acentuadamente. Muitos dos estabelecimentos comerciais nesse quarteirão não eram equipados com luzes externas ou não faziam uso das existentes. Mas a falta de iluminação externa raramente significava que esses lugares não estavam abertos para os negócios, pelo menos a julgar pelas idas e vindas na calçada em frente às lojas, bares, pequenos teatros e outros estabelecimentos às escuras. A movimentação ocasional de pedestres nessa extremidade do subúrbio pelo jeito diminuíra, restringindo-se a certos indivíduos de gosto e destino específicos. O tráfego da rua também se reduzira, e naqueles poucos carros estacionados no meio-fio havia algo que lhes dava uma aparência de abandono, senão de completa imobilidade.

É claro, tenho certeza de que aqueles carros, pelo menos em sua maioria, eram capazes de se movimentar, e apenas a mais patética das falácias fazia com que uma pessoa os enxergasse como coisas sencientes, de alguma forma debilitadas pelos arredores caindo aos pedaços. Mas acho que talvez eu possa ter sonhado de pé por alguns segundos: sons e imagens pareciam vir de lugares fora do ambiente imediato. Fixei os olhos em um prédio antigo do outro lado da rua — um bar, talvez, ou algum tipo de clube exclusivo sem nome —, e por um momento tive a impressão de que ele emitia ruídos estranhos, não de dentro de suas paredes, mas de uma fonte muito mais distante, como que transmitida a partir de dimensões remotas. E esses ruídos tinham também um aspecto visível, uma espécie de vibração no ar da noite, como a estática que se podia ver cintilando na escuridão. Porém o tempo todo havia apenas um edifício antigo e nada mais do que isso. Observei um pouco mais e os barulhos desvaneceram em ecos confusos, o lampejo tornou-se fosco e desapareceu, a conexão se perdeu, e o lugar voltou por completo a sua decrépita realidade.

O prédio parecia por demais íntimo em tamanho para dar-se ao luxo de permitir a ocultação, e percebi em seu aspecto certa privacidade que me fez sentir que um recém-chegado teria sido constrangedoramente perceptível. Quinn, no entanto, havia entrado sem hesitação. Suponho que teria sido útil observá-lo ali, ver que tipo de familiaridade ele tinha com o estabelecimento e seus frequentadores. Mas tudo o que sei é que ele permaneceu lá por mais de uma hora. Durante parte desse tempo, esperei sentado em um banquinho sem encosto no balcão em uma lanchonete na mesma rua.

Quando Quinn por fim saiu, estava visivelmente bêbado. Isso me surpreendeu, porque achei que ele pretendia manter o máximo controle de suas faculdades naquela noite. O café que eu o vi beber naquele clube subterrâneo parecia corroborar essa suposição. Mas, de alguma forma, as intenções de Quinn de aferrar-se à sobriedade, se para começo de conversa ele tinha tais intenções, haviam sido revistas ou esquecidas.

Eu estava posicionado mais abaixo na rua quando ele reapareceu, mas a necessidade de cautela agora era bem menor. Era ridiculamente fácil permanecer despercebido atrás de um Quinn que mal conseguia enxergar a calçada sobre a qual andava. Uma viatura da polícia com luzes piscantes passou por nós na Carton, e Quinn não demonstrou ter percebido. Ele se deteve na calçada, mas apenas para acender outro charuto. E parecia ter dificuldade para realizar essa tarefa com um vento que transformava seu sobretudo desabotoado em uma capa de asas frenéticas tremulando atrás de si. Foi esse vento, tanto quanto o próprio Quinn, que nos levou à nossa parada final, onde algumas poucas luzes aliviavam a escuridão na extremidade de Nortown.

As luzes eram de uma marquise de cinema. E foi também lá que nos deparamos com as luzes de sirene do carro de patrulha. Atrás dele havia outro veículo, um carro enorme e luxuoso com um talho profundo em sua lateral reluzente. Não muito longe, junto ao meio-fio, havia uma placa de Proibido Estacionar dobrada em forma de *L*. Um policial grandalhão inspecionava o patrimônio público danificado, e ao lado, de prontidão, estava o dono do carro responsável, ao que parecia, pelo estrago. Quinn lançou apenas um olhar de passagem para esse quadro vivo ao avançar cinema adentro. Momentos depois eu o segui, não sem antes ouvir o dono daquele carro desfigurado dizer ao policial que alguma coisa de cores brilhantes tinha aparecido de repente diante de seus faróis, levando-o a uma guinada brusca. E, o que quer que tenha sido, logo após desapareceu.

Ao entrar no saguão do cinema, notei que em tempos passados devia ter sido um lugar de elegância barroca, embora agora os contornos das volutas estivessem manchados por sedimentos acinzentados e faltassem ao enorme lustre algumas de suas partes e todo o seu esplendor. O balcão de vidro à minha direita, outrora sem dúvida cheio de caixas de balas e similares, fora convertido, provavelmente muito tempo antes, em um expositor de mercadorias que exibia revistas pornográficas.

Caminhei por uma longa fieira de portas e permaneci por algum tempo no corredor atrás do auditório. Ali, um grupo de homens conversava e fumava, jogando os cigarros no chão e pisando neles. As vozes quase abafavam a trilha sonora do filme exibido, o som emanando das coxias da sala e zumbindo de modo ininteligível nas paredes dos fundos. Espiei o auditório iluminado pela tela e vi apenas alguns espectadores espalhados aqui e ali nas poltronas desgastadas, em sua maioria sozinhos. À luz do filme, localizei Quinn em meio ao público esparso. Ele estava sentado muito perto da tela em um lugar na primeira fila, ao lado de algumas cortinas e de um sinal luminoso de saída.

Ele parecia estar cochilando na poltrona e não assistindo ao filme, e foi tarefa fácil posicionar-me algumas fileiras atrás dele. Àquela altura, Quinn parecia ter perdido o que restava de sua determinação e intensidade anteriores, e o ímpeto daquela noite tinha praticamente acabado. Na escuridão do cinema, comecei a cabecear de sono e então adormeci, como Quinn já parecia ter feito.

Não dormi por muito tempo, não mais do que alguns minutos. Mas durante esse intervalo sonhei. No entanto, nesse sonho não houve cenários de pesadelo, nenhuma situação ameaçadora. Apenas escuridão... escuridão e uma voz. A voz era a de Quinn. Ele estava me chamando de uma grande distância, uma distância que não parecia uma questão de espaço físico, mas de dimensões imensuráveis e alienígenas. Suas palavras estavam distorcidas, como se estivessem passando por algum instrumento que as desfigurasse, transformando sons humanos em um bestial ruído rascante — a voz meio engasgada e meio sibilada de algo no processo de ser lenta e metodicamente ferido. Primeiro ele chamou meu nome diversas vezes nas modulações selvagens de um grito áspero. Então ele disse, tão bem quanto sou capaz de lembrar: "Parei de espreitá-los... caí na zona deles... onde está você... ajude-nos... eles estão sonhando também... eles estão sonhando... e modelando as coisas com os sonhos".

Acordei e a primeira coisa que vi foi o que parecia uma grande massa disforme de cores, que eram apenas as imagens gigantes do filme. Meus olhos entraram em foco e olhei para as fileiras da frente em direção a Quinn. Ele parecia estar tombado, encurvando-se, o topo da cabeça perto demais de seus ombros. Um monte de movimento debatia-se com esforço do outro lado da poltrona, emergindo de lado, corredor adentro. Era Quinn, mas agora ele estava palidamente luminoso e com reduzido de tamanho. A parte de baixo de seu sobretudo arrastava-se pelo chão, as mangas soltas e sem mãos, o colarinho desabando. A coisa pelejava para dar cada passo desajeitado, como se não tivesse controle total de seu movimento, como uma marionete avançando em solavancos numa e noutra direção. Sua luminiscência parecia ganhar radiância agora, uma aura opalescente pulsante que rastejava ou fluía ao redor do anão desengonçado.

Talvez eu ainda estivesse em um sonho, lembrei a mim mesmo. Ou podia ser uma pós-visão distorcida, um amálgama delirante de imagens derivadas de pesadelo, imaginação e aquela enorme mancha de cores na fachada do auditório escuro onde eu acabara de acordar. Tentei me recompor, concentrar-me na coisa que estava desaparecendo por trás da cortina espessa sob o sinal luminoso de saída.

Fui atrás, passando pela abertura da cortina aveludada puída. Além dela havia uma escadaria de cimento que levava a uma porta de vaivém de metal, agora quase se fechando. A meio caminho, degraus acima, vi um sapato conhecido que Quinn devia ter perdido em sua pressa frenética, ainda que desacelerada. Para onde ele estava correndo e de quê? Esses eram meus únicos pensamentos agora, sem levar em consideração a pura estranheza da situação. Eu abandonara todas as conexões com qualquer conjunto orientador de normas com as quais pudesse julgar a realidade ou a irrealidade. No entanto, tudo o que era necessário para estraçalhar essa aceitação esperava do lado de fora — algo de total inaceitabilidade no topo de um instável andaime de alheamento. Depois que saí pela porta no topo da escada, descobri que os eventos anteriores daquela noite serviram apenas como trampolim para outros reinos, o ponto de partida de um mundo que agora diminuía com uma velocidade furiosa atrás de mim.

A área fora do teatro não tinha iluminação, mas mesmo assim não estava às escuras. Algo brilhava em uma passagem comprida e estreita entre o teatro e um edifício adjacente. Era para lá que Quinn tinha ido. Lá havia iluminação, e sons.

Da ponta da esquina, vertia uma luz grotesca, as primeiras insinuações de um nascer do sol agourento sobre um horizonte tenebroso. Reconheci vagamente essa luz oscilante, embora não da minha memória desperta. Ela ficou mais intensa, agora transbordando em jorros estranhos de além da margem sólida do prédio. E, quanto mais intenso ficava, mais claramente eu podia ouvir o grito que me chamara em sonho. Berrei o nome dele, mas o brilho cromático e túrgido era um campo de medo que me impedia de fazer qualquer movimento em sua direção. O que me repelia apareceu como um arco-íris no qual toda a cor natural havia sido transmutada em uma iridescência dolorosamente luxuriante por algum fantástico prisma corrompido em sua forma. Era uma aurora pintando a escuridão com uma labareda tremeluzente que não pertencia a este mundo. E, na realidade, não se parecia em nada com essas efusões figurativas que são só um meio frouxo de fixar parcialmente uma realidade incomunicável aos que não são iniciados, um recurso necessário ao palavrório improvisado do místico isolado por sua experiência e que é deixado sem uma linguagem para descrevê-lo.

O episódio inteiro foi breve em termos temporais, embora sua qualidade fantasmagórica o tenha feito parecer de duração indefinida — um piscar de olhos ou uma eternidade. De repente, o brilho deixou de fluir na minha direção, como se uma torneira estranha tivesse sido abruptamente fechada em algum lugar. A gritaria também cessou. Com toda a cautela, eu me introduzi na passagem em que tinha visto Quinn entrar. Mas não havia nada lá — nada para aliviar minha sensação de confusão quanto ao que tinha acontecido exatamente (embora eu não fosse um diletante do irreal, tive meus momentos de assombro atordoado.) Mas talvez houvesse uma coisa. No chão, um pedaço de terra queimada, um trecho disforme e desguarnecido, desprovido das ervas daninhas e do lixo que cobriam a área circundante. Talvez fosse apenas um lugar de onde algum objeto fora recém-removido, levado embora em sigilo, deixando vazia e morta a terra mais abaixo. Por um momento, quando olhei pela primeira vez para o local, ele pareceu faiscar com uma luminosidade mortiça. Talvez eu tenha apenas imaginado seu contorno como o de uma silhueta humana, embora de tal maneira contorcida que também pudesse ter sido confundida com outras coisas, outras formas. Em todo caso, o que quer que tenha estado lá agora desaparecera.

E ao redor desse pequeno retalho de terra estéril havia apenas lixo: jornais mutilados pelo tempo e pelas intempéries; sacos marrons que o apodrecimento reduzira à polpa primordial; milhares de guimbas de cigarro; e um item de detrito que era quase novo e ainda tinha que ser submetido a transformações. Era uma caixa fina semelhante a um livro. Eu a peguei. Dentro ainda havia dois charutos.

Quinn jamais voltou para o apartamento que dividíamos. Depois de alguns dias, registrei seu desaparecimento na polícia de Nortown. Antes de fazer isso, destruí o caderno de anotações no quarto dele, pois, em um ataque de paranoia, achei que os policiais o encontrariam no curso de suas investigações e então me fariam algumas perguntas bastante desconfortáveis. Eu não queria explicar coisas em que eles simplesmente não acreditariam, sobretudo as atividades em que me envolvi naquela noite derradeira. Isso só serviria para lançar suspeitas errôneas sobre mim mesmo. Por sorte, as autoridades de Nortown são notoriamente negligentes em suas funções oficiais. No fim das contas, fizeram poucas perguntas e nunca foram ao apartamento.

Depois do desaparecimento de Quinn, imediatamente passei a procurar outro lugar para morar. E, embora meu colega de quarto tivesse ido embora, sonhos estranhos continuaram durante meus últimos dias na antiga residência. Mas esses sonhos eram diferentes em alguns detalhes específicos. O pano de fundo se assemelhava à mesma vastidão geral do pesadelo, mas agora eu o via à distância do lado de fora do sonho. Na verdade era mais como assistir a um filme do que sonhar, e de certa forma não pareciam ser meus próprios sonhos. Considerei que eram sobras de visões de Quinn ainda assombrando o apartamento, pois ele sempre desempenhava neles o papel principal. Talvez tenha sido nesses sonhos que continuei a seguir Quinn além do ponto em que o perdi. Pois nesse ponto eu o imaginei já começando a mudar, e nos meus últimos sonhos ele mudou ainda mais.

Ele já não tinha mais semelhança alguma com meu ex-colega de quarto, embora pela onisciência onírica eu soubesse que se tratava dele. Sua forma continuava mudando, ou melhor, estava sendo deliberadamente alterada por aquelas bestas-feras caleidoscópicas. Representando a cena de algum inferno boschiano, os demônios atormentadores cercaram a vítima e *a estavam sonhando*. Os supliciadores conduziram-no através de uma série horrenda de transfigurações, malevolamente alterando a massa berrante de uma alma condenada. Sonhando eles arrancavam coisas dele e sonhando enfiavam coisas nele. Por fim, o propósito dessas transformações tornou-se evidente. Estavam torturando sua vítima por meio de vários estágios que em última instância resultariam na transformação de Quinn em um deles, consumando sua visão mais temerosa e obsessiva. Eu já não o reconhecia, mas vi que agora havia mais uma besta-fera fulgurante que tomava lugar junto aos outros e com eles pintava o sete.

Este foi o último sonho que tive antes de deixar o apartamento. Não houve outros desde então, pelo menos nenhum que tenha perturbado o meu próprio sono. Não posso dizer o mesmo do meu novo colega de quarto, que esbraveja em seu repouso noite após noite no local pequeno e paupérrimo, e de preço bastante módico, onde residimos.

Em uma ou duas ocasiões ele tentou me comunicar suas visões estranhas e a companhia para a qual elas o levavam. Mas eu apenas finjo o mais ínfimo interesse em suas aventuras. Pois, como estudante de antropologia, um dos poucos da minha espécie, devo manter certa distância dos meus objetos de pesquisa. Eles são de um tipo raro, e a intimidade sincera e total tende a afetar-lhes o comportamento, o que poderia arruinar meu estudo a respeito deles. Em todo caso, companheirismo não é o que buscam esses aventureiros em uma existência alternativa. O que eles desejam, como Jack Quinn, são testemunhas de sua queda quando mergulham em um abismo de pesadelos. O que eles querem são cronistas de suas expedições de exploração em um inferno de sua própria escolha. E nesses papéis estou mais do que disposto a obsequiá-los, pois os desejos deles e os meus são complementares. No entanto, às vezes sinto uma pontada de culpa. Na verdade, sou um parasita que vive às custas de uma enfermidade que os assola enquanto eu permaneço imune. E o papel que desempenho é de voyeur. Pois está ao alcance dos meus poderes a salvação deles. Se ao menos eu me comovesse e fosse instigado a fazer isso, poderia estender minha mão enquanto eles pairam sobre o abismo. Eu me pergunto, portanto, qual é a doença da qual eu sofro, que, como uma divindade depravada, me faz optar por deixá-los cair.

O MÍSTICO DE MUELEMBURGO

Se as coisas não são o que parecem — e somos eternamente lembrados de ser esse o caso —, também é preciso observar que muitos de nós ignoram essa verdade a fim de impedir que o mundo desmorone. Embora nunca seja exata, por sempre mudar um pouco, a *proporção* é essencial. Pois certo número de mentes está fadado a partir para os reinos da ilusão, como que em conformidade com algum cronograma abominável, e muitas jamais retornarão para nós. Mesmo entre aquelas que permanecem, pode ser bastante difícil manter o foco nítido, impedir que a imagem do mundo desvaneça, que borre em zonas selecionadas e, de tempos em tempos, que sofra deformações épicas por sobre toda a cena visível.

Certa vez conheci um homem que afirmava que, da noite para o dia, todas as formas sólidas da existência haviam sido repostas por substitutos baratos: árvores feitas de cartolina, casas feitas de espuma colorida, paisagens inteiras compostas de aparas de cabelo. Sua própria carne, dizia ele, agora não passava de um punhado de massa de vidraceiro. Desnecessário acrescentar, esse conhecido havia abandonado a causa das aparências e já não se podia confiar que continuaria aferrado à história comum. Sozinho ele tinha vagado para dentro de um relato completamente de outra espécie; para ele, todas as coisas agora participavam desse pesadelo de disparates. Porém, embora suas revelações conflitassem com as formas mais insignificantes da verdade, ainda assim ele vivia à luz de uma verdade maior: tudo é irreal. Dentro dele, esse conhecimento estava nitidamente presente até os ossos, os quais pouco antes tinham sido simulados por uma mistura de lama e poeira e cinzas.

No meu caso, devo confessar que o mito de um universo natural — isto é, que obedece a certas continuidades, quer as desejemos ou não — estava perdendo o controle sobre mim e sendo gradualmente suplantado por uma visão alucinatória da criação. Formas, nada tendo a oferecer exceto uma mera sugestão de firmeza, declinaram em importância; a fantasia, aquele domínio enevoado de significado puro, ganhou em poder e influência. Isso foi nos dias em que a sabedoria esotérica parecia contar para algo em minha mente, e eu teria de bom grado sacrificado muita coisa em seu encalço. Daí meu interesse pelo homem que se chamava Klaus Klingman; daí, também, essa breve ainda que proveitosa associação entre nós, que surgiu por meio de canais distorcidos demais para serem lembrados.

Sem dúvida, Klingman era um dos illuminati e provou isso muitas vezes em vários experimentos psíquicos, em especial os do tipo sessão espírita. A esse respeito, preciso apenas mencionar o homem conhecido como Nemo, o Necromante; Marlowe, o Mago e Mestre Marinetti, cada um dos quais senão o próprio Klaus Klingman. Contudo, o mais extraordinário feito de Klingman não era uma questão de espetáculo público e consistia inteiramente nesse triunfo privado através do qual havia alcançado, por esforço laborioso, uma aceitação inabalável da natureza espectral das coisas — que para ele não eram nem o que pareciam ser nem sequer eram absolutamente coisa alguma.

Klingman vivia no enorme andar de cima de um armazém que era parte do legado que sua família lhe deixara, e lá eu o encontrava muitas vezes zanzando entre algumas peças de mobília e o cavernoso ermo escuro e vazio do depósito. Desabando em uma poltrona antiga e relaxando bem embaixo de vigas que caíam aos pedaços, ele fitava para além do corpo físico de seu visitante, seus olhos escrutinando mundos remotos e sua expressão facial gravemente desorganizada por sonhos e grandes quantidades de álcool. "Fluidez, fluidez sempre", ele berrava, sua voz persistindo através da névoa expansiva em torno de nós, que silenciava a luz do dia com o crepúsculo. Encarnação de seus preceitos místicos, ele parecia a qualquer momento estar à beira de uma incrível desintegração, seu complexo de átomos peculiar pronto para entrar em disparada no grande vazio como uma explosão de fogos de artifício.

Discutíamos os perigos — para mim e para o mundo — de adotar um programa visionário de existência. "A química das coisas é tão delicada", ele alertava. "E essa palavra, *química*. O que ela significa senão uma mistura, uma mescla, um jorro conjunto? São coisas que as pessoas temem."

Na verdade, eu já suspeitava dos riscos da companhia de Klingman e, enquanto o sol se punha sobre a cidade além dos janelões do armazém, fiquei com medo. Com uma fantástica percepção dos meus sentimentos, Klingman apontou para mim e urrou: "O pior medo da raça — sim, o mundo de repente transformado em um pesadelo sem sentido, uma dissolução horrível das coisas. Nada se compara, até mesmo o esquecimento é um sonho doce. Você entende por quê, claro. Por que essa ameaça específica. Essas psiques sorumbáticas, todas as mentes atarefadas em toda parte. Eu as ouço zumbindo feito moscas no breu. Eu as vejo como vermes reluzentes adejando no sol ofuscante. Elas estão pelejando, esforçando-se a cada segundo para manter o céu acima delas, para manter o sol no céu, para manter os mortos na terra — para manter todas as coisas, por assim dizer, no local *ao qual pertencem*. Que empreendimento! Que tarefa esmagadora! É de admirar que todos sejam tentados por um vício universal, que em alguma rua escura da mente uma voz solitária sussurre para todos, num sibilo débil: "Deponha seu fardo". Então os pensamentos começam a vaguear a esmo, um magnetismo místico os atrai para um lado e para o outro, os rostos começam a mudar, as sombras falam. E mais cedo ou mais tarde o céu desce, derretendo como cera. Mas, como você sabe, nem tudo está perdido ainda: o terror absoluto provou sua segurança contra esse destino. É de admirar que esses seres continuem lutando a qualquer custo?

"E você?", perguntei.

"Eu?"

"Sim, você não carrega o universo ao seu modo?"

"De forma alguma", ele respondeu, sorrindo e sentando-se em sua cadeira como se estivesse em um trono. "Sou um sortudo, parasita do caos, verme do vício. Onde vivo tudo é pesadelo, daí minha certa indiferença. Estou acostumado a vagar no delírio da história. E em *história* incluo eventos, e até mesmo eras inteiras, que nunca foram registrados. Falar com os mortos pode ser muito instrutivo. Eles se lembram do que os vivos esqueceram, ou não saberiam se pudessem. A verdadeira fragilidade das coisas. O que aconteceu na velha cidadezinha de Muelemburgo, por exemplo. Agora *havia* uma oportunidade, um momento de distração em que tanto quase foi perdido para sempre, tantos perdidos naquela lugubridade medieval, catástrofe dos sonhos. Como a mente deles vagava nas sombras, mesmo quando o corpo parecia preso a estreitas ruas esburacadas e aparentemente salvaguardadas pela catedral afilada erguida entre 1365 e 1399. Uma conjuntura rara e fortuita quando o fardo dos céus era o mais pesado — tanta coisa para manter em seu lugar — e a psique tão mal desenvolvida, com tanta facilidade sobrecarregada e seduzida para longe de sua faina. Mas eles nada sabiam sobre isso, e nunca poderiam. Só conheciam a perspectiva de terror absoluto.

Klingman sorriu, depois começou a dar risadinhas bobas, sua mente obviamente ensimesmando-se para conversar consigo mesma. Na esperança de chamar a conversa para fora, eu disse. "Sr. Klingman, o senhor estava falando sobre Muelemburgo. O senhor disse alguma coisa sobre a catedral."

"Eu *vejo* a catedral, a colossal abóbada acima, a nave central estendendo-se diante de nós. As esculturas em madeira olham de esguelha de cantos escuros, animais e aberrações, homens na boca de demônios. Você está tomando notas de novo? Tudo bem, então faça anotações. Quem sabe do que vai se lembrar de tudo isso? Ou se é que a memória vai ajudá-lo em alguma coisa. De qualquer forma, já estamos lá, sentados entre os sons sufocados da catedral. Além das janelas adornadas de pedras preciosas está a cidade no crepúsculo."

O crepúsculo, conforme Klingman explicou, havia descido sobre Muelemburgo de modo um tanto prematuro em determinado dia, já avançada a estação do outono. No início daquela tarde, nuvens haviam se espalhado de modo uniforme sobre a região em torno da cidade, retendo a luz do céu e conferindo uma aparência sombria à paisagem das florestas, fazendas colmadas e moinhos de vento imóveis em contraste com o horizonte. Do lado de dentro dos altos muros de pedra de Muelemburgo, ninguém parecia exatamente incomodado que as ruas estreitas — a essa hora normalmente tão atravancadas com as sombras pontudas de telhados pontiagudos e frontões salientes — ainda estivessem imersas em uma obscuridade cálida que convertia os letreiros de cores brilhantes dos comerciantes em artefatos desbotados de uma cidade morta e fazia com que os rostos parecessem feitos de argila clara. E na praça central — onde a sombra da torre do relógio da prefeitura por vezes sobrepunha-se àquelas lançadas pelos pináculos gêmeos da catedral, por um lado, ou às projetadas pelos torreões altos que assomavam na fronteira da cidade, por outro — havia apenas o cinza imperturbado.

Onde estava a mente dos moradores da cidade? Como eles tinham parado de prestar homenagem à antiga ordem das coisas? E quando ocorrera a ruptura que deixou seu mundo à deriva em águas estranhas?

Por algum tempo eles permaneceram inocentes do desastre, seguindo seu caminho e cuidando da própria vida enquanto o crepúsculo cinéreo tardava por tempo demais, intrometendo-se nas horas que pertenciam ao anoitecer e suspendiam a cidade entre o dia e a noite. Em toda parte, janelas começaram a brilhar com a luz amarela de candeeiros, criando a ilusão de que a escuridão era iminente. A qualquer momento, ao que parece, o ciclo natural aliviaria a cidadezinha do lusco-fusco prolongado que sofrera naquele dia de outono. Como a penumbra teria sido bem recebida por aqueles que esperavam silentes em câmaras suntuosas ou salas humildes, pois ninguém era capaz de suportar a visão das ruas sinuosas de Muelemburgo naquele crepúsculo sinistro e sempiterno. Até mesmo o vigia da noite furtava-se de sua rotina noturna. E, quando os dobres da abadia soavam as orações da meia-noite dos monges, cada badalada se alastrava como um alarme por toda a cidade ainda retida na estranha luminosidade crepuscular.

Exaustos pelo medo, muitos fecharam as janelas, apagaram os candeeiros e se retiraram para a cama, esperando que tudo se acertasse no intervalo. Outros se sentaram com uma vela, desfrutando do luxo perdido das sombras. Alguns, sendo itinerantes que não estavam fixados na vida da cidade, forçaram passagem pelo portão desguarnecido e rumaram para as estradas, o tempo todo fitando o céu pálido e se perguntando aonde iriam.

Quer marcassem as horas em seus sonhos ou em vigílias insones, todos os cidadãos de Muelemburgo estavam perturbados por algo nos espaços ao redor, como se alguma estranheza tivesse se infiltrado na atmosfera de sua cidade, nas casas e talvez nas almas. O ar de alguma forma parecia mais pesado, resistindo-lhes ligeiramente, e também parecia fluir com coisas que não podiam ser percebidas, coisas que não passavam de um movimento rápido e sombroso que escapava a todo reconhecimento sensato, voo transparente que mal acariciava a visão de alguém.

Quando o relógio no alto da torre da prefeitura provou que um punhado de horas noturnas se passara, alguns abriram as persianas e até se aventuraram a sair nas ruas. Mas o céu ainda pairava sobre eles como uma abóbada infinita de poeira cintilante. Aqui e ali, por toda a cidade as pessoas começaram a se reunir em grupos sussurrantes. Logo fizeram-se apelos no castelo e na catedral, e especulações foram propostas para acalmar a multidão. Houve uma batalha no céu que influenciou a realidade grosseira do mundo visível, alguns tinham arrazoado. Outros propuseram uma tramoia de demônios ou uma engenhosa punição das alturas. Certas pessoas confabularam-se secretamente em câmaras bem escondidas e falavam, em vozes afetadas, de velhas divindades outrora expulsas da Terra e agora monstruosamente tateando seu caminho de volta. E todas essas explicações do mistério eram verdadeiras à sua maneira, embora nenhuma fosse capaz de mitigar o pavor que se instalara na cidade de Muelemburgo.

Submersos em cinza invariável, agoniados e confusos por intromissões fantasmagóricas no entorno, o povo da cidadezinha sentiu seu mundo se dissolver. Mesmo o relógio na torre da prefeitura foi incapaz de evitar que seus momentos vagassem de modo estranho. Em tal desordem, fermentaram pensamentos e ações curiosos. Assim, as pessoas mantiveram distância de uma árvore ancestral no jardim da abadia, e à boca pequena correram rumores sobre alguma mudança na silhueta distorcida da árvore, algo flácido e em forma de corda em seus galhos, até que finalmente os monges a encharcaram com óleo e atearam fogo, seus rostos atentos num círculo banhado pelo brilho. Da mesma maneira, um chafariz em um dos pátios mais isolados do castelo ganhou notoriedade quando suas águas pareceram sugerir profundezas fabulosas muito além das dimensões naturais de sua bacia em formato de concha. A catedral em si se deteriorara em um santuário oco, onde as preces eram ridicularizadas por movimentos esquisitos entre as figuras esculpidas em cornijas e por sombras que escoavam, horríveis, à luz espasmódica de milhares de velas.

De uma ponta à outra da cidadezinha, todos os lugares e coisas davam testemunho de revisões impressionantes no reino da matéria: pedras esculpidas com precisão começaram a soltar-se e amontoar-se, uma carroça abandonada fundiu-se à rua, sendo sugada pela lama, e objetos em quartos desolados perderam-se sobre as superfícies que comprimiam, fazendo com que pinças de metal se misturassem a lareiras de tijolos, joias prismáticas com veludo luxuoso, um cadáver com a madeira de seu caixão. Por fim, os rostos de Muelemburgo tornaram-se sujeitos a mudanças de expressões que, a princípio, eram bastante sutis, embora mais tarde essas divergências fossem tão exageradas que não era mais possível recapturar a forma original. Seguiu-se que os residentes da cidade já não eram capazes de se reconhecer uns aos outros. Todos foram carregados para longe na grande torrente de seus sonhos, todos girando naquele redemoinho cinzento de crepúsculo indefinido, todos alvoroçando-se e no fim amalgamando-se em trevas absolutas.

Foi nessa escuridão que as almas de Muelemburgo pelejaram e labutaram e no fim das contas acordaram. As estrelas e a lua alta agora iluminavam a noite, e parecia que a cidade havia lhes sido devolvida. E tão terrível tinha sido seu recente calvário que do começo desse ordálio, de seu avanço e de seu término eles não conseguiam lembrar-se... de nada.

"Nada?", ecoei.

"É claro", respondeu Klingman. "Todas aquelas lembranças terríveis foram deixadas para trás na escuridão. Como poderiam suportar trazê-las de volta?

"Mas a sua história", protestei. "Estas anotações que eu fiz hoje à noite."

"O que eu te disse? Informações privilegiadas, confidências extraoficiais proferidas fora do registro histórico. Você sabe que mais cedo ou mais tarde cada uma das almas que ocupou Muelemburgo rememorou o episódio em detalhes. Estava tudo esperando por eles no lugar em que haviam deixado — o negrume que é o domínio da morte."

Lembrei-me do aprendizado necromântico que Klingman havia professado e ao qual dei não pouco crédito. Mas aquilo era demais. "Então nada pode ser verificado, nada que o senhor possa apresentar para corroborar a sua história. Pensei que o senhor poderia pelo menos conjurar um espírito ou dois. O senhor nunca me decepcionou antes."

"Tampouco vou desapontá-lo esta noite. Lembre-se, estou unido aos mortos de Muelemburgo... e a todos os que conheceram o grande sonho em toda a sua verdadeira liquescência. Eles falaram comigo como estou falando com você. Muitas reminiscências reveladas por aqueles antigos sonhadores, muitos diálogos bêbados que tive com eles."

"Como a embriaguez do diálogo desta noite", eu disse, desdenhando abertamente de sua narrativa.

"Talvez apenas muito mais nítidos, mais reais. Mas o fio de história que você supõe que eu simplesmente desfiei serviu ao seu propósito. Para curar você da dúvida, primeiro você tinha que se tornar cético. Até agora, perdoe-me por dizer, você não mostrou nenhum talento nessa direção. Acreditou em todas as coisas desvairadas que surgiram no relato, contanto que ele tivesse a evidência mais ínfima, qualquer que fosse. Credulidade incomparável. Mas esta noite você duvidou, e portanto está pronto para ser curado da dúvida. E eu não mencionei repetidas vezes os perigos? Infelizmente, você não pode se considerar uma daquelas almas esquecidas de Mue-lemburgo. Você tem até mesmo suas anotações mnemônicas, como se alguém fosse dar crédito a elas tão logo esta noite acabe. Este é meu presente para você. Esta será a sua iluminação. Pois é de novo a hora certa para o retorno da fluidez e para que o aperto do mundo se afrouxe. E, mais tarde, tanta coisa terá que ser arrastada pela correnteza, assumindo um renascimento das coisas. Fluidez, fluidez sempre."

Quando me apartei de sua companhia naquela noite, abandonando as horas mortas e informes que eu passara naquele armazém, Klingman estava gargalhando como um louco. Lembro-me dele tombado sobre o trono desgastado, seu rosto afogueado e retorcido, a boca se lamuriando por um arcano hilário que só ele conhecia. A julgar pelas aparências, alguma fase definitiva de dissipação se apoderara de sua alma.

No entanto, logo me foi demonstrado que eu tinha subestimado ou entendido mal o poder de Klaus Klingman, embora meu desejo fosse de que isso não tivesse acontecido. Mas ninguém mais se lembra daquela época em que a noite não ia embora e parecia não haver amanhecer vindouro. Durante a primeira parte da crise as explicações proferidas em todos os lugares eram sensatas, e não apocalípticas: blecautes, fenômenos meteorológicos bizarros, uma espécie de eclipse. Mais tarde, esses mitos tornaram-se inúteis e, em última análise, desnecessários. Como havíamos feito antes, voltamos mais uma vez a este mundo frágil — este mundo que agora devo ver como um mero vapor de manifestações espectrais, aparições forjadas do vazio, um vácuo ornamentado. Como Klingman prometera, minha iluminação seria solitária.

Pois ninguém mais se lembra da histeria que prevaleceu quando as estrelas e a lua esmaeceram até enegrecer. Ninguém é capaz de evocar a menor recordação de quando a iluminação artificial desta terra tornou-se fraca e lívida, e todas as formas que um dia conhecíamos contorceram-se em pesadelos e absurdos. E finalmente, como a escuridão se tornou viscosa, encobrindo a luz que restava e atraindo-nos para dentro de si. Quantos horrores semelhantes aguardam naquela escuridão para serem restaurados às legiões dos mortos. Pois ninguém mais entre os vivos se lembra de quando tudo começou a mudar, ninguém mais à exceção de Klaus Klingman e eu.

Na alvorada vermelha que se seguiu àquela noite tenebrosa e prolongada, fui ao armazém. Infelizmente, o local estava vazio, exceto pelo parco mobiliário e algumas garrafas vazias. Klingman havia desaparecido, talvez dentro da mesma escuridão pela qual ele parecia nutrir uma incrível nostalgia. Eu, claro, não faço apelos para que acreditem em mim. Não pode haver crença onde não há dúvida. Isso está longe de ser um conhecimento secreto, como se tal conhecimento pudesse mudar alguma coisa. Isso é simplesmente o que parece, e parecer é tudo.

NA SOMBRA DE OUTRO MUNDO

Muitas vezes em minha vida, e em muitos lugares diferentes, eu me vi caminhando no crepúsculo por ruas coalhadas de casas velhas e silenciosas e de árvores suavemente agitadas pela brisa. Nessas amenas ocasiões, as coisas parecem ancoradas com firmeza, mansamente estáveis e muitíssimo presentes ao olho natural: acima dos telhados distantes o sol abandona a cena e lança sua última luz por sobre as janelas, os gramados regados, as bordas das folhas. Nesse cenário sonolento, tanto as coisas grandes como pequenas realizam uma união intrincada, ao que parece sem deixar espaço algum para que qualquer outra coisa se intrometa em seu domínio visível. Mas outros reinos são sempre capazes de fazer sentir sua presença, pairando invisíveis como estranhas cidades disfarçadas de nuvens ou escondidas feito um mundo de espectros pálidos dentro de um nevoeiro. Uma é sitiada por ordens de entidade que se recusam a articular sua natureza exata ou ambiente apropriado. E logo essas ruas bem alinhadas revelam que, na verdade, situam-se em meio a paisagens bizarras, onde árvores e casas simples são maravilhosamente obscurecidas, onde tudo está assentado nas profundezas de um abismo vasto e ecoante. Mesmo o próprio céu infinito, através do qual o sol esparrama sua luz expansiva, é apenas uma janelinha embaçada com uma rachadura — uma fratura denteada além da qual se pode ver, no crepúsculo, o que impregna uma rua vazia coalhada de casas velhas e silenciosas e de árvores suavemente agitadas pela brisa.

Em uma ocasião especial, percorri uma rua apinhada de árvores passando por todas as casas, e continuei até ela me levar a uma única casa a uma breve distância da cidade. Assim que a rua à minha frente se estreitou em um caminho íngreme, e a trilha ascendeu em uma guinada abrupta pela encosta de um montículo na paisagem de resto plana, eu me detive diante do meu destino do dia.

Como outras casas do tipo (já vi tantas delas delineadas em contraste com um céu pálido ao lusco-fusco), esta tinha o aspecto de uma miragem — qualidade quimérica que levava a pessoa a duvidar de sua existência. A despeito da massa escura e angular, dos espigões e pórticos e degraus de madeira gastos, havia na substância dessa casa algo de impropriamente tênue, como se tivesse sido construída de materiais ilícitos — sonhos e vapor fazendo as vezes de matéria sólida. E essa não era a extensão total de sua semelhança com uma verdadeira quimera, pois de alguma forma a casa se projetava como se tivesse adquirido a forma atual por meio de uma fabulosa sobreposição de propriedades. A impressão era de uma aparência de carne petrificada em suas ásperas superfícies externas, e era muito simples imaginar um arcabouço interno não de vigas e tábuas, mas sim de ossos gigantescos de bestas-feras imensas da Antiguidade. As chaminés e telhas, janelas e vãos de portas eram, portanto, ornamentos de uma época posterior que havia compreendido mal a verdadeira essência dessa antiga monstruosidade, transformando-a em uma coisa heterogênea e ridícula. Não é de admirar, então, que, por vergonha, tentasse rejeitar sua realidade e se passasse por mera sombra no horizonte, uma coisa de beleza horripilante que suscitava esperanças impossíveis.

Como no passado, olhei para o interior invisível de tal casa como o foco de... celebrações desconhecidas. Era minha convicção que o mundo interior dessas moradias participava, segundo seu próprio estilo, de uma espécie de desolação cerimoniosa — que festividades translúcidas poderiam ser vislumbradas nos cantos de certos cômodos e que os sons distantes de folias desvairadas preenchiam certos corredores todas as horas do dia e da noite. Receio, no entanto, que uma característica peculiar da casa em questão tenha impedido a satisfação total de minhas habituais expectativas. Minha referência aqui é a uma torreta incorporada a uma das laterais da casa e que se elevava a uma altura incomum além de seu teto, avistando o mundo como um farol, o que diminuía o aspecto de introspecção que é vital a estruturas desse tipo. E, perto do cume do teto cônico dessa torre, uma fileira de grandes janelões parecia ter sido instalada como uma modificação bastante recente, em torno de toda a circunferência. Mas, se a casa estava realmente empregando suas janelas para observar mais para fora do que para dentro, o que ela via era nada. Pois estavam fechadas todas as janelas dos três amplos andares da casa, assim como as da torre e aquela pequena abertura octogonal no sótão.

Esse era, de fato, o estado em que eu esperava encontrar a casa, já que eu já havia trocado inúmeras cartas com Raymond Spare, o atual proprietário.

"Pensei que você chegaria muito mais cedo", disse Spare ao abrir a porta. "É quase noite e eu tinha certeza de que você entendeu que somente em determinados horários..."

"Minhas desculpas, mas estou aqui agora. Posso entrar?"

Spare deu um passo para o lado e, apontando para o interior da casa com um gesto teatral, como se estivesse apresentando um daqueles espetáculos questionáveis que lhe haviam rendido um sustento substancial. Foi por instinto de mistificação que ele adotou o sobrenome do afamado visionário e artista, inclusive alegando algum parentesco sanguíneo ou espiritual com esse grande excêntrico. Mas esta noite eu estava bancando o cético, como eu fizera na correspondência com Spare, para poder forçá-lo a conquistar minha credulidade. Não teria havido outra maneira de receber seu convite para testemunhar os fenômenos que, conforme eu havia entendido a partir de outras fontes além do ilusionístico Spare, mereciam minha atenção. Inesperadamente, meu anfitrião era mundano na aparência, o que tornava difícil ter em mente sua reputação para o exibicionismo cênico, seu talento para o histrionismo fraudulento.

"Você deixou tudo como ele mantinha antes de você?", perguntei, referindo-me ao falecido ex-proprietário, cujo nome Spare nunca me revelou, embora mesmo assim eu soubesse. Mas isso não tinha importância nenhuma.

"Está quase idêntico ao que era, sim. Ele cuidava da casa de forma excelente, levando tudo em conta."

A observação de Spare era lamentavelmente verdadeira: o interior da casa estava imaculado a ponto de ser suspeito. A sala de estar imponente onde nos sentávamos agora, como os outros cômodos e corredores que se infiltravam casa adentro, exalavam a atmosfera de um mausoléu luxuoso e bem cuidado, onde os mortos estavam realmente em repouso. A mobília era densa e arcaica, mas não traía nenhuma consciência opressiva de outros tempos, nem conspirações secretas com espíritos falecidos, não obstante o clima crepuscular antinatural criado por persianas escrupulosamente cerradas que não permitiam a entrada de uma fímbria que fosse do verdadeiro crepúsculo da natureza do mundo exterior. O relógio cujo tique-taque eu ouvia ressoar em uma sala próxima não fazia soar nenhum eco sinistro entre o assoalho escuro e lustroso e os pés-direitos altos e isentos de teias de aranhas. Ausentes estavam qualquer medo ou esperança de encontrar uma presença maligna no porão ou uma sombra insana no sótão. Apesar de certo efeito de estranheza criado por antiguidades e raridades taumatúrgicas visíveis em uma prateleira, bem como por um hermético mapa dos céus com uma bela moldura pendurado em uma parede, nenhum indício de assombração era evocado pelas superfícies ou obscuridades dessa casa.

"Um ambiente bastante inocente", disse Spare, que não demonstrava nenhuma façanha especial ao expressar esse meu pensamento.

"Impressionantemente. Isso era parte da intenção dele?"

Spare riu. "A verdade é que essa era a intenção original dele, a gênese do que mais tarde ocupou seu gênio. No começo..."

"Um deserto espiritual?"

"Exatamente", confirmou Spare.

"Estéril, mas... seguro."

"Você entende, então. A reputação dele era pelo risco, não pelo recuo. Mas os cadernos de anotações são muito claros sobre o sofrimento causado pelos dons fantásticos, pela sensibilidade incrível. Ele requeria um ambiente espiritualmente antisséptico, mas foi tentado, de forma irremediável, pelo visionário. Em seus cadernos reiteradas vezes ele descreve a si mesmo como 'massacrado' ao ponto da loucura. Você pode apreciar a ironia."

"Sem dúvida posso apreciar o horror", respondi.

"Claro, bem... hoje à noite teremos a vantagem da experiência desventurada dele. Antes que a noite avance muito mais, quero lhe mostrar onde ele trabalhava."

"E as janelas fechadas?", perguntei.

"Elas vão direto ao ponto", ele respondeu.

A oficina de que Spare falara estava localizada, como se poderia supor, no andar mais alto da torre da parte mais a oeste da casa. Só era possível chegar a essa sala circular subindo-se uma escadaria tortuosa e tênue até o sótão, onde um segundo lance de escadas conduzia à torreta. Desajeitado, Spare atrapalhou-se com a chave da porta baixa de madeira, e logo conseguimos entrar.

O cômodo era sem dúvida o que Spare havia sugerido: uma oficina, ou pelo menos o que restava de uma oficina. "Parece que, mais para o fim, ele começou a destruir seu aparato, bem como algumas de suas obras", explicou Spare quando entrei no recinto e vi os escombros por toda parte. Muito da bagunça consistia de painéis de vidro estilhaçados que tinham sido coloridos e distorcidos de estranhas formas. Alguns deles ainda estavam intactos, encostados na parede curva ou jazendo sobre uma mesa de trabalho comprida. Alguns estavam montados sobre cavaletes de madeira tal qual pinturas em andamento, com as transformações bizarras de sua superfície inacabadas. Essas vidraças de vidro corrompido tinham sido cortadas em uma gama variada de formas, e em cada uma delas fora afixado — em um pequeno cartão — um caractere rabiscado que lembrava um ideograma oriental. Símbolos semelhantes, embora muito maiores, haviam sido inscritos na madeira das venezianas que cobriam as janelas ao redor do recinto.

"Uma simbologia que não sou capaz de fingir que entendo", admitiu Spare, "exceto pela função. Aqui, veja o que acontece quando removo esses rótulos com as pequenas figuras com garatujas."

Observei Spare percorrer o aposento arrancando os glifos disformes daqueles painéis de vidro cromaticamente deformados. E não demorou muito para que eu notasse uma mudança no caráter geral do recinto, uma mudança na atmosfera, como quando um dia claro se torna subitamente complicado pelas nuances sombrias das nuvens. Antes a câmara circular tinha sido banhada por um contorcido caleidoscópio de cores, enquanto as luzes simples ao redor do espaço dispersavam-se através das vidraças de tonalidades estranhas. Mas o efeito fora puramente decorativo, uma experiência restrita ao reino da estética, sem nenhuma implicação do espectral. Agora, no entanto, um novo elemento permeava a sala, expondo parcial e brevemente qualidades de uma ordem bem diferente, nas quais o visível dava lugar ao transcendental. O que antes parecia o estúdio de um artista, por mais excêntrico, aos poucos foi herdando a aura de uma catedral de vitrais, embora tivesse sofrido alguma obscura profanação. Em certos lugares no chão, no teto e na parede circular com as janelas fechadas, percebi através daquelas lentes prismáticas formas vagas que pareciam avançar com esforço em direção à visibilidade, contornos bizarros pelejando para obter corporificação plena. Se a natureza dessas formas era a dos mortos ou dos demoníacos — ou, possivelmente, de alguma progênie peculiar gerada pela união entre elas —, eu não sabia dizer. Mas qualquer que fosse a classe de criação que as formas pareciam ocupar à época, era certo que estavam ganhando não apenas em clareza e substância, mas também aumentando em tamanho, intumescendo e avolumando-se e expandindo seu universo rumo a um eclipse da visão deste mundo.

"É possível", eu disse, voltando-me para Spare, "que esse efeito de ampliação seja somente uma propriedade do meio pelo qual..."

Mas, antes que eu pudesse concluir minha especulação, Spare corria afobado pelo recinto, substituindo freneticamente os símbolos em cada folha de vidro, dissolvendo as imagens em uma translucidez trêmula e, em seguida, obliterando ou mascarando-as por completo. A câmara voltou a cair naquele estado anterior de esterilidade iridescente. Então Spare me conduziu às pressas de volta ao andar térreo, a porta do quarto da torre trancando-se atrás de nós.

Depois ele fez o papel de meu guia pelos outros cômodos menos importantes da casa, cada qual lacrado por venezianas escuras, tudo comungando da mesma atmosfera árida — o rescaldo de um exorcismo estranho, uma expurgação da área que não a tornara nem santificada nem profana, mas simplesmente a transformara em um laboratório imaculado onde um gênio medonho havia praticado sua ciência de pesadelos.

Passamos várias horas na pequena biblioteca iluminada à luz de lampiões. A única janela daquela sala era acortinada, e imaginei ver a escuridão da noite atrás dos motivos decorativos. Mas, quando pus minha mão sobre aquele desenho simétrico e aveludado, senti apenas solidez do outro lado, como se tivesse tocado um caixão sob seu pálio. Era essa barreira que fazia com que o mundo lá fora parecesse duplamente escurecido, embora eu soubesse que quando as persianas fossem abertas eu me depararia com uma das noites mais claras jamais vistas.

Por algum tempo, Spare leu para mim excertos dos cadernos cuja criptografia ele havia decifrado. Eu sentei e escutei uma voz que estava acostumada a falar de milagres, um tarimbado promotor de shows de aberrações místicas. Contudo, detectei também uma sinceridade grave em suas palavras, o que equivale a dizer que seu habitual falatório firme e imperturbável continha dissonantes nuances de medo.

"Nós dormimos", ele leu, "entre as sombras de outro mundo. São a substância informe infligida a nós e a matéria-prima à qual damos as formas de nosso entendimento. E, embora criemos o que é visto, ainda assim não somos os criadores de sua essência. Desse modo, os pesadelos nascem da marca que nós mesmos imprimimos à vida das coisas desconhecidas. Como são terríveis essas formas de espectro e demônio quando os olhos da carne lançam luz e moldam as sombras que estão eternamente ao nosso redor. Muito mais terrível é testemunhar suas formas verdadeiras vagando livremente pela Terra, ou nos aposentos mais despretensiosos de nossa casa, ou brincando naquele inferno luminoso que, em busca da sobrevivência psíquica, chamamos de céu. Então realmente acordamos do nosso sono, mas apenas para dormir mais uma vez e rechaçar os pesadelos que devem retornar àquela parte de nós que está desesperadamente sonhando."

Depois de testemunhar alguns dos fenômenos que inspiraram essa hipótese, não pude deixar de ficar um tanto enlevado com a sua elegância, se não com a sua originalidade. Pesadelos dentro e ao redor de nós foram integrados a um sistema que parecia assegurar admiração. No entanto, em última análise o esquema não passava de terror recordado na tranquilidade, uma fórmula que refletia pouco do trauma labiríntico que iniciara essas especulações. Deveríamos chamar de revelação ou delírio quando a mente se interpõe entre as sensações da alma e um mistério monstruoso? A verdade não era um problema fundamental nessa questão, tampouco o era a mecânica do experimento (que, mesmo defeituosa, rendia resultados valiosos), e em minha mente a fidelidade ao mistério e a seu terror era primordial, até mesmo sagrado. Nisso o teórico dos pesadelos havia falhado, caído na lâmina lúcida das teorias que, ao fim e ao cabo, não puderam salvá-lo. Ao mesmo tempo, aqueles símbolos maravilhosos que Spare não era capaz de iluminar, aqueles desenhos rudimentares e enigmáticos, representavam um genuíno poder contra a loucura do mistério, mas não podiam ser explicados pelas análises mais esotéricas. Como o antigo dono da casa sabia, vivemos verdadeiramente na sombra de um outro mundo, mundo em que ele projetou sua residência ou para barrar ou para revelar, conforme sua escolha, mas que no fim apoderou-se dele antes que tivesse a chance de fechar de vez aquelas janelas que deixavam à mostra o cerne demente e terrível da existência.

"Tenho uma pergunta", eu disse a Spare assim que ele fechou o volume que segurava no colo. "As persianas em outros lugares da casa não são pintadas com os sinais que aparecem sobre as janelas lá da torre. Você pode me esclarecer?"

Spare levou-me até a janela e afastou as cortinas. Com muita cautela, puxou uma das venezianas apenas o suficiente para expor sua borda, revelando algo de cor e textura contrastantes que compunha uma camada entre os dois lados da madeira escura.

"Gravado em um painel de vidro dentro de cada folha da janela", explicou.

"E aqueles lá da torre?", perguntei.

"O mesmo. Se o conjunto extra de símbolos que existe lá é preventivo ou apenas redundante..."

A voz dele esmaeceu e depois parou, embora a pausa não parecesse implicar reflexão da parte de Spare.

"Sim", instiguei, "preventivo ou redundante."

Por um momento ele se reanimou. "Isto é, se os símbolos eram uma medida adicional de precaução contra..."

Foi nesse ponto que Spare abandonou mentalmente a cena, seguindo dentro da própria mente alguma controvérsia ou suspeita, a testemunha de um conflito dramático sendo encenado em um palco remoto e sombrio.

"Spare", eu disse com uma voz um tanto normal.

"Spare", ele repetiu, mas com uma voz que não era a sua própria, uma voz que soava mais como eco de uma voz do que como fala natural. E por um momento reforcei minha estudada postura de ceticismo, sem depositar um pingo da minha confiança em Spare ou nas coisas que ele até então me mostrara, pois sabia que ele era um adepto de visões mal amalgamadas, um meio cujas assombrações eram de mucilagem e gaze. Porém como eram mais sutis e hábeis os efeitos presentes, como se ele estivesse manipulando a própria atmosfera ao nosso redor, mexendo os pauzinhos da luz e da sombra.

"A luz mais clara está brilhando agora", ele disse naquela voz oca e trêmula. "Agora a luz está jorrando no vidro", falou, levando a mão sobre a persiana diante de si. "Sombras se juntando contra... contra..."

E parecia que Spare não estava afastando a veneziana da janela, mas sim tentando fechar a persiana enquanto ela aos poucos se abria mais e mais, permitindo que um estranho brilho escoasse gradualmente para dentro de casa. Também parecia que ele por fim desistira da luta e deixara que outra força guiasse suas ações. "Fluindo juntos em mim", repetiu várias vezes enquanto ia de janela em janela, metodicamente abrindo as venezianas como um sonâmbulo a executar algum ritual obscuro.

Liberando todo o raciocínio ponderado para o fascínio, observei-o passar por cada cômodo no andar principal da casa, executando seus deveres como um velho criado. Então ele subiu uma longa escadaria, e ouvi seus passos atravessando o andar de cima, caminhando a passos uniformes de um lado para o outro da casa. Ele agora era um vigia noturno em sua ronda, seguindo algum desígnio estranho. O som de seus movimentos esvaecia à medida que ele avançava para o andar seguinte e continuava a executar os serviços que lhe eram exigidos. Com ouvidos apurados, escutava atentamente enquanto ele prosseguia em sua rota sonâmbula sótão adentro. E quando ouvi os ecos de uma porta distante se fechar, soube que ele entrara naquela sala na torre.

Absorto no fenômeno menor do comportamento subitamente alterado de Spare, por um momento eu negligenciara a maior das janelas. Mas agora eu já não podia mais ignorar aquelas vidraças fosforescentes que focalizavam ou refletiam a incrível luminosidade do céu naquela noite. Enquanto eu acompanhava o circuito de Spare no andar principal, vi que cada cômodo brilhava com a luz superlunar delineada por cada um dos caixilhos. Na biblioteca, parei e me aproximei de uma das janelas, estendendo a mão para tocar sua superfície enrugada. E senti uma ondulação no vidro, como se de fato houvesse alguma força fluindo de dentro dele, uma sensação extraordinária de que a ponta dos meus dedos formigantes nunca será capaz de esquecer. Mas foi a cena além do vidro que finalmente dominou a minha atenção.

Por alguns instantes, corri a vista apenas pela paisagem nivelada que circundava a casa, sua extensão aberta jazendo desolada e pálida sob os céus resplandecentes. Então, quase imperceptivelmente, diferentes cenas ou fragmentos de cenas começaram a se intrometer nas adjacências externas, como se outras geografias da Terra estivessem sendo sobrepostas à local, compondo uma colcha de retalhos de imagens que talvez se assemelhasse a quadros-vivos alucinados de alguma tapeçaria cósmica.

As janelas — que, por falta de um termo mais preciso, devo chamar de *encantadas* — haviam feito seu trabalho. Pois as visões que elas ofereciam eram de fato as de um mundo assombrado, um mural multifacetado retratando o casamento da insanidade com a metafísica. À medida que as imagens se elucidaram, testemunhei todas as interseções que costumam permanecer invisíveis à visão mundana, a convergência de planos de entidade que deveriam excluir-se uns aos outros e não mais entremesclar-se como carne com os objetos inanimados que a rodeiam. Mas foi precisamente isso o que aconteceu nas cenas diante de mim, e me parecia não haver lugar na Terra que não fosse lar de uma ontogenia espectral. Em suma, o mundo inteiro era um cortejo de pesadelos.

Bazares ensolarados em cidades exóticas abarrotadas de rostos que eram máscaras transparentes de fisionomias insectoides; ruas enluaradas em cidades ancestrais abrigavam um serpentear de olhos estranhos dentro das próprias pedras; galerias escuras de museus vazios brotavam um molde fantasmagórico que espelhava matizes soturnos de pinturas antigas; a terra à beira dos oceanos deu origem a uma nova evolução que transcendia a biologia e ilhas remotas se ofereceram como refúgio para formas sem analogia fora dos sonhos; selvas fervilhavam de formas parecidas com bestas-feras que se moviam ao lado da exuberância viscosa, bem como através das profundezas de seu calor polpudo; desertos estavam vivos com um fantástico fluxo de sons que poderia entrar e animar o mundo da substância; e paisagens subterrâneas erguidas com gerações cadavéricas que se afundaram e se fundiram em esculturas de coral humano, corpos empilhados e doentios, braços e pernas projetando-se sem ordem, olhos espalhados e em busca da escuridão.

Meus próprios olhos de súbito se fecharam, por um momento obstruindo as visões. E durante esse instante mais uma vez tomei consciência da qualidade estéril da casa, do seu "ambiente inocente". Foi então que me dei conta de que aquela casa era possivelmente o único lugar na Terra, talvez em todo o universo, que havia sido curado da praga de fantasmas que grassava por toda parte. Essa conquista, por mais fútil ou perversa, provocou em mim uma admiração tremenda como monumento ao Terror e a ingenuidade embasbacada que ele pode inspirar.

E minha admiração se intensificou ao seguir o caminho que Spare tinha preparado para mim e subir uma escadaria dos fundos até o segundo andar. Pois nesse patamar, onde os cômodos se sucediam ao longo de um labirinto de portas interconectadas que Spare deixara abertas, parecia haver uma exacerbação do poder ótico das janelas, aumentando assim a ameaça à casa e a seus habitantes. O que aparecera, através das janelas do andar de baixo, como cenas em que monstruosidades espectrais haviam simplesmente se intrometido na realidade ortodoxa, agora se ampliava ao ponto em que a realidade sofria um novo eclipse: o outro reino tornou-se dominante e rompeu o invólucro das máscaras, a ocultação das pedras, espalhou à vontade seus tumores mofados, gerando aparições das mais febris propriedades e intenções, erigindo formações que ensombreavam toda a ordem familiar.

Quando alcancei o terceiro andar, estava de certa forma preparado para o que poderia encontrar, devido à intensidade elevada de visões para as quais as janelas davam força e foco cada vez mais fortes. Cada janela era agora uma fantasmagoria emoldurada de formas e cores convulsas e perpetuamente mutáveis, profundidades e distâncias fabulosas abrindo-se para o olho fascinado, transfigurações grotescas que sugeriam uma ordem puramente sobrenatural, uma cosmogonia assistemática que se desenrolava com toda a inconstância caprichosa do imaterial. E, enquanto eu zanzava por aqueles quartos vazios e estranhamente luzentes no topo da casa, parecia que a casa em si fora transportada para outro universo.

Não tenho ideia de quanto tempo fiquei mesmerizado pelas fantasias caóticas que se impuseram aos cômodos desprotegidos da minha mente. Mas esse transe foi por fim interrompido pela comoção que emanava de um aposento ainda mais alto — o próprio cimo da torre e, por assim dizer, a câmara craniana daquela besta-

-fera de muitos olhos que era a casa. Avançando para o alto da estreita escada em espiral até o sótão, descobri que, também lá, Spare deslacrara a janela octogonal, que agora parecia o olhar fito de algum deus que lançava um alvoroço pirotécnico de cores e dava às sombras uma vida frenética. Através desse labirinto de ilusões segui a voz que era apenas um eco vibrante de expressão vocal, a contrapartida sonora para as visões rodopiantes ao meu redor. Subi a última escadaria até a porta que levava à torreta, ouvindo as palavras reverberantes que soavam do outro lado.

"Agora as sombras estão se movendo nas estrelas assim como se movem dentro de mim, dentro de todas as coisas. E o brilho delas deve alcançar todas as coisas, todos os lugares que são criados segundo a essência dessas sombras e de nós mesmos... *Esta casa é uma abominação, um vácuo e um vazio. Nada deve ser contra... contra...*"

E a cada repetição desta última palavra parecia haver uma luta sendo travada, com a ecoante voz forasteira se dissipando enquanto o tom da voz natural de Spare ganhava domínio. Por fim, Spare pareceu ter recobrado a posse completa de si mesmo. Depois houve uma pausa, um breve intervalo em que cogitei várias estratégias duvidosas, ansioso para não fazer mau uso desse momento de possibilidades desconhecidas e extravagantes. Tratava-se meramente do fim da vida, que atacava de frente quem permanecesse naquela sala? Será que a experiência que precedera o desaparecimento daquele outro visionário, sob circunstâncias idênticas, valeria o estranho preço exigido? Nenhuma teoria ocultista, nenhuma análise arcana teria alguma utilidade na minha tomada de decisão, nem faria jus às sensações daqueles poucos segundos, quando fiquei segurando a maçaneta daquela porta, à espera do impulso ou do acidente que decidiria tudo. Tudo o que existia naquele momento era a certeza irredutível do pesadelo.

Do outro lado da porta veio agora uma risada baixa e ecoante, um som que se tornou mais alto à medida que a risada se aproximava. Mas não me comovi com esse som e nada fiz exceto apertar com mais força a maçaneta da porta, sonhando com as sombras imensas nas estrelas, com as visões estranhas além das janelas, e com uma catástrofe infinita. Então ouvi um suave ruído de raspagem aos meus pés; ao olhar para baixo, vi vários pequenos retângulos projetando-se por baixo da porta, espalhados feito uma mão cheia de cartas. Minha única ação foi abaixar e pegar um deles, fitar com deslumbramento aparvalhado o símbolo misterioso que decorava sua face. Contei os demais, percebendo que nenhum deles fora deixado preso às janelas no interior da sala na torre.

Foi o pensamento de qual poderia ser o efeito dessas janelas, agora que despidas de seus sinais de proteção e sob o intenso brilho da luz das estrelas, que me fez chamar Spare em voz alta, embora não houvesse como ter certeza de que ele ainda existia em seu antigo eu. Mas a essa altura a risada oca parou, e estou certo de que a última voz que ouvi foi a de Raymond Spare. E, quando a voz começou a gritar — *as janelas*, ela disse, me puxando para dentro das estrelas e sombras —, não consegui evitar a tentativa de entrar no recinto. Mas agora que o ímpeto para essa ação havia chegado, ele provou ser inútil tanto para Spare como para mim. Pois a porta estava trancafiada com firmeza, e a voz de Spare desaparecia lentamente inexistência adentro.

Só posso imaginar o que foram aqueles últimos momentos em meio a todas as janelas da sala da torre e entre ordens de existência além de toda definição. Naquela noite, esses segredos foram confidenciados somente a Spare; foi a ele que coube — por algum desastre ou desígnio — estar entre os eleitos. Tais arcanos privilegiados, pelo menos nessa ocasião, não estavam fadados a ser meus. No entanto, naquele momento parecia que algum fragmento dessa experiência poderia ser recuperado. E para tanto, acreditei, tratava-se de uma simples questão de abandonar a casa.

Minha intuição estava correta. Assim que saí noite adentro e me virei para encarar a casa, pude ver que seus aposentos não estavam mais vazios, não eram mais os cômodos imaculados dos quais eu lastimara horas antes naquela noite. Como eu pensara, aquelas janelas serviam para olhar tanto para *dentro* como para fora. E, de onde eu me encontrava, as visões agora estavam todas dentro da casa, que tinha se tornado um edifício possuído pelas festividades de outro mundo. Permaneci lá até o amanhecer, quando uma fria luz do sol apaziguou os variegados fantasmas da noite anterior.

Anos depois, tive a oportunidade de revisitar a casa. Em conformidade com a minha intuição, encontrei o lugar desguarnecido e abandonado: todos os caixilhos das janelas estavam vazios e em parte alguma havia sinal de vidro. Na cidadezinha dos arredores, descobri que a casa também adquirira má reputação. Durante anos a fio ninguém se aproximou dela. Sabiamente evitando os encantamentos do inferno, os cidadãos do vilarejo limitaram-se às ruelas de árvores agitadas pela brisa suave e casas velhas e silenciosas. E o que mais podem fazer à guisa de cautela? Em meio a que suas casas estão de fato aninhadas, como podem saber? Eles não conseguem ver, nem mesmo desejam ver, aquele mundo de sombras com o qual mantêm relações em todos os momentos de sua vida breve e inocente. Mas muitas vezes, talvez durante o momento visionário do crepúsculo, tenho certeza de que eles já sentiram.

OS CASULOS

Certa manhã, horas antes de o sol raiar, fui despertado pelo dr. Dublanc. Ele estava parado ao pé da minha cama, cutucando de leve as camadas de cobertas. Em meu estado semissonolento, por um momento me convenci de que um animal de pequeno porte estava cabriolando aqui e ali sobre minhas roupas de cama, com movimentos que expressavam algum ritual noturno desconhecido a formas superiores de vida. Então vi uma mão enluvada dando puxões sob o brilho da iluminação que vinha da rua, do lado de fora da minha janela. Por fim, identifiquei a silhueta do dr. Dublanc, moldada por um chapéu e um sobretudo.

Acendi a lâmpada da mesa de cabeceira e me sentei para encarar o bem conhecido intruso. "Qual é o problema?", perguntei como que em protesto.

"Minhas desculpas", disse em um tom que não denotava o menor remorso. "Há alguém que eu quero que você conheça. Acho que pode ser benéfico para você."

"Se é isso que o senhor diz. Mas não pode esperar? Eu não tenho dormido bem nas atuais circunstâncias. Melhor do que ninguém, o senhor deveria saber disso."

"Claro que eu sei. Sei também de outras coisas", afirmou, traindo seu aborrecimento. "O cavalheiro que eu quero te apresentar deixará o país muito em breve, então temos uma questão de tempo."

"Ainda assim..."

"Sim, eu sei — sua condição nervosa. Aqui, pegue isto."

O dr. Dublanc deixou duas pílulas em formato de ovo na palma da minha mão. Levei-as aos lábios e engoli meio copo de água que estava sobre a mesa de cabeceira. Pousei o copo vazio ao lado do despertador, que emitia um rangido suave devido a mutações desconhecidas em seu mecanismo interno. Meus olhos se fixaram no movimento lento e uniforme do ponteiro dos segundos, mas o dr. Dublanc, com voz de uma leve urgência, tirou-me do meu transe.

" Realmente é melhor irmos agora. Um táxi está à nossa espera lá fora."

Então me apressei, pensando que acabaria sendo cobrado por essa excursão, tarifa de táxi e tudo mais.

O dr. Dublanc havia deixado o táxi parado no beco atrás do meu prédio. Seus faróis irradiavam um facho frouxo que mal iluminava a escuridão, quase não sendo suficiente para nos orientar ao nos aproximarmos do veículo. Lado a lado, o médico e eu avançamos pelo asfalto irregular e através dos vapores pustulentos que emergiam das fumarolas de diversas tampas de esgoto. Eu podia ver a lua brilhando entre os telhados próximos, e pensei que ela sutilmente mudava de fase diante dos meus olhos, inchando um pouco até a plenitude. O médico me pegou nessa observação.

"As coisas não estão enlouquecendo lá em cima, se é isso que está perturbando você."

"Mas parecia estar mudando."

Com um grunhido de exasperação, o médico me puxou para dentro do táxi.

O motorista parecia paralisado num estado de dormência. No entanto, o dr. Dublanc conseguiu suscitar uma resposta quando anunciou em voz alta um endereço para o taxista, que virou seu estreito rosto de roedor para o banco de trás e nos encarou brevemente. Durante algum tempo ficamos em silêncio enquanto o táxi percorria uma série de avenidas despovoadas. Àquela hora, o mundo do outro lado da minha janela parecia não ser mais do que uma massa de sombras oscilando a uma grande distância. O médico tocou meu braço e disse: "Não se preocupe se parecer que as pílulas que te dei não estão tendo efeito imediato".

"Confio em seu julgamento", respondi, recebendo em troca só um olhar desconfiado do médico. "Bem, ajudaria se o senhor me dissesse por que estamos sentados no banco de trás de um táxi a esta hora. Quem é essa pessoa que vamos ver que é tão importante? Qual é o mistério?"

"Mistério nenhum", rebateu o médico. "Vamos ver um antigo paciente meu. Não quer dizer que alguns aspectos infelizes ainda não existam no seu caso. Por certas razões, vou apresentá-lo a você como 'sr. Catch', embora ele também seja uma espécie de doutor, um cientista brilhante, a bem da verdade. Primeiro, gostaria que você visse um documento relacionado ao trabalho dele. Um filme, para ser exato. É algo de fato extraordinário. E possivelmente benéfico... para você, quero dizer. Isso é tudo que posso dizer no momento."

Meneei a cabeça, como se essa revelação me tivesse satisfeito. Então notei o quanto estávamos longe, quase no extremo oposto da cidade, se é que isso era possível no que parecia ter sido um período relativamente breve (eu esquecera de colocar o relógio de pulso, e essa negligência de algum modo agravou minha falta de orientação). O distrito por que estávamos passando agora era do mais baixo nível, uma paisagem desprovida de padrão ou substância, especialmente vista sob o luar.

Podia se distinguir um campo aberto atulhado de destroços, uma planície devastada onde reluziam pedaços de vidro e restos de metal. Vez por outra um edifício solitário de natureza indiscernível destacava-se nesse ermo desolado, uma estrutura esquelética com todas as marcas de identidade raspadas de seus ossos. E então, dobrando uma esquina, deixava-se para trás esse espaço lunar e entrava-se em um ninho densamente emaranhado de casas, nanicas e gigantescas, todas aninhadas e ao mesmo tempo todas devoradas, desfiguradas. Até mesmo quando observadas através das janelas do táxi, as casas pareciam expressar essa degradação, sofrendo mutações sob a luz opaca da lua. Telhados e chaminés alongavam-se em direção às estrelas, tijolos escuros multiplicavam-se e inchavam como tumores na fachada das casas, ruas inteiras se retorciam ao longo de algum traçado sobrenatural. Embora algumas janelas estivessem cheias de luz, porém doentias, o único ser humano que vi foi um morador de rua caído na base de uma placa de trânsito.

"Desculpe, doutor, mas talvez isso seja demais."

"Apenas controle-se", ele disse, "estamos quase lá. Motorista, entre naquele beco atrás das casas."

O táxi sacolejava enquanto abríamos caminho através da passagem estreita. Em ambos os lados havia cercas altas de madeira, além das quais se erguiam inúmeras casas de altura e volume impressionantes, embora, é claro, ainda fossem monumentos à decadência. Os faróis do táxi mal davam conta da tarefa de iluminar o beco pequeno e acanhado, que parecia tornar-se cada vez mais apertado à medida que avançávamos. De repente, o motorista fez o carro dar um solavanco e parar a fim de não atropelar um velho todo desengonçado encostado na cerca, com uma garrafa vazia caída ao lado.

"É aqui que descemos", disse o dr. Dublanc. "Espere aqui por nós, motorista."

No momento de sair do táxi, puxei a manga do médico, sussurrando sobre a despesa da corrida. Ele respondeu em voz alta: "Você deveria se preocupar mais em arranjar um táxi para nos levar de volta para casa. Eles mantêm distância deste bairro e raramente atendem às chamadas que recebem para vir aqui. Não é verdade, motorista?". Mas o homem tinha retornado àquele estado dormente em que eu o havia visto da primeira vez. "Vamos lá", disse o médico. "Ele vai esperar por nós. Por aqui."

Dublanc empurrou para trás um trecho da cerca que formava uma espécie de portão frouxamente articulado por dobradiças, e fechou-a com cuidado atrás de nós depois que passamos pela abertura. Do outro lado, havia um pequeno pátio, na verdade um lixão, onde as sombras se inchavam de refugos e resíduos. E à nossa frente, presumi, assomava a casa do sr. Catch. Ela parecia muito grande, com uma quantidade inacreditável de cumeeiras e águas-furtadas delineada contra o céu, e até mesmo um cata-vento no formato de algum vago animal no topo de uma torreta arruinada roçada pelo luar. Mas, ainda que a lua estivesse tão brilhante quanto antes, agora parecia consideravelmente mais minguada, como se tivesse sido desgastada, como tudo o mais naquela cercania.

"Ela não se alterou nem um pouco", tranquilizou-me o médico. Ele estava segurando aberta a porta dos fundos da casa e gesticulando para eu me aproximar.

"Talvez não tenha ninguém em casa", sugeri.

"A porta está destrancada. Viu como ele está nos esperando?"

"Não parece ter nenhuma luz em uso."

"O sr. Catch gosta de economizar em certas despesas. Uma pequena mania dele. Mas de outras formas ele é bastante extravagante. E de modo algum é um homem pobre. Tenha cuidado na varanda, algumas dessas tábuas não são o que eram antes."

Assim que me postei ao lado do médico, ele sacou do bolso do sobretudo uma lanterna, direcionando um facho para o interior escuro da casa. Uma vez lá dentro, aquele retalho amarelado de iluminação começou a esvoaçar no breu. Aquietou-se brevemente em um canto do teto coberto de teias de aranha, depois perpassou por uma parede velha e estragada e adejou ao longo de rodapés empenados. Por um momento revelou duas malas, bastante usadas, ao pé de uma escada. Deslizou suavemente pelo corrimão e voou direto para os andares acima, onde ouvimos alguns sons de raspagem, como se algum animal com unhas compridas estivesse se movendo de um lado para o outro.

"O sr. Catch tem um bichinho de estimação?", perguntei em voz baixa.

"Por que não deveria ter? Mas não acho que vamos encontrar ele lá em cima."

Nos embrenhamos mais para dentro da casa, passando por muitos quartos que, felizmente, não estavam obstruídos por móveis. Vez por outra esmagávamos cacos de vidro quebrado sob os pés; inadvertidamente chutei uma garrafa vazia, que saiu repicando e tinindo no chão nu. Chegando ao lado mais distante da casa, entramos em um longo corredor ladeado por várias portas. Todas elas estavam fechadas e por trás de algumas ouvimos sons semelhantes aos que vinham do segundo andar. Também ouvimos passos que subiam lentamente uma escadaria. Então a última porta no fim do corredor se abriu, e uma luz aquosa empurrou para trás algumas das sombras à nossa frente. Um homenzinho de corpo arredondado estava parado em meio à luz, acenando preguiçosamente para nós.

"Você está atrasado. Muito atrasado", ele nos repreendeu enquanto nos levava para o porão. Sua voz era aguda, embora muito rouca. "Eu estava prestes a sair."

"Mil desculpas", disse o dr. Dublanc, em um tom que pareceu totalmente sincero na ocasião. "Sr. Catch, permita-me apresentá-lo a..."

"Não se incomode com essa besteira de 'sr. Catch'. Você sabe muito bem como são as coisas para mim, não é, doutor? Então vamos começar, tenho um cronograma a cumprir agora."

No porão, nós nos detivemos em meio à trêmula luz de velas, dezenas delas posicionadas de cima a baixo, derretendo sobre uma prateleira ou uma caixa velha ou diretamente no chão coberto de imundície. Entre os objetos ao redor, pude ver que um antigo projetor de filmes tinha sido montado sobre uma mesa mais para o centro da sala, e que do lado oposto havia uma tela de cinema portátil. O projetor estava plugado no que parecia ser um pequeno gerador elétrico que zumbia no chão.

"Creio que há algumas cadeiras nas quais vocês podem se sentar", disse o sr. Catch enquanto encaixava o rolo com a película nas bobinas do projetor. Depois, pela primeira vez ele se dirigiu diretamente a mim. "Não sei o quanto o doutor explicou sobre o que vou mostrar. Provavelmente muito pouco."

"Sim, e isso foi deliberado", interrompeu o dr. Dublanc. "Se o senhor simplesmente exibir o filme, creio que meu propósito será cumprido, com ou sem explicações. Que mal pode ter?"

O sr. Catch não respondeu. Depois de apagar com um sopro algumas das velas para escurecer a sala o suficiente, ele ligou o projetor, que tinha um mecanismo bastante barulhento. Eu temia que qualquer diálogo ou narração que o filme pudesse conter fosse abafado entre o zumbido do projetor e o zunido do gerador. Mas logo percebi que se tratava de um filme mudo, um documento cinematográfico que, em todos os aspectos de sua produção, era completamente primitivo, da luz grosseira e textura fotográfica áspera ao enredo quase ininteligível.

A película parecia fazer as vezes de registro visual de um experimento científico, de fato uma demonstração de laboratório. O cenário, no entanto, era tudo menos clínico — uma parede nua em um porão, que de certa forma se assemelhava, mas não era idêntico, àquele em que eu estava assistindo ao filme. E o tema e objeto de estudo era humano: um morador de rua molambolento, barbado, desgrenhado e inconsciente que estava encostado a uma parede tosca e acinzentada. Não se passaram muitos momentos antes que o homem começasse a se mexer, talvez despertando de um estupor profundo. No entanto, os movimentos que ele fazia não pareciam ser próprios. Mais especificamente, pareciam contorções espasmódicas de alguma energia que *habitava* o velho mendigo. Uma de suas pernas se debateu por um segundo. Em seguida, seu peito arfou e desmoronou. Logo sua cabeça começou a cambalear, e ficou sacudindo, como se algo estivesse atravessando o couro cabeludo do andarilho, farfalhando entre seus longos cabelos ensebados. Parte da coisa enfim despontou no topo da cabeça — fina e parecida com um espeto. Mais deles surgiram, apêndices escuros e rijos que se eriçavam e se dobravam para alcançar o mundo exterior. Na extremidade de cada um deles havia um par de delgadas pinças de agarrar. O que por fim atravessou aquele crânio estraçalhado, puxando-se para fora com um movimento ziguezagueante de seus muitos braços recém-nascidos, tinha aproximadamente o tamanho e as proporções de um macaco-aranha. Pequenas asas translúcidas tremularam algumas vezes, reluzentes mas inúteis, e pareciam estar em uma condição macilenta. Quando entortou a cabeça para encarar a câmera, olhou dentro da lente com olhos maldosos e parecia tagarelar com sua boca em forma de bico.

Sussurrei para o dr. Dublanc: "Por favor, receio que..."

"Exatamente", sibilou de volta para mim. "Mas você precisa encarar certas realidades para que possa libertar-se do medo delas."

Agora foi a minha vez de lançar ao médico um olhar desconfiado. Eu não estava cego para o fato de que ele estava praticando uma forma nada convencional de terapêutica, para dizer o mínimo. E nossa presença naquele porão — aquele pântano gélido de sombras em que as velas tremeluziam feito pirilampos — parecia servir em benefício tanto do dr. Dublanc quanto meu, se é que "benefício" fosse a palavra apropriada nesse caso.

"O senhor bem que poderia fazer a minha vontade de vez em quando", eu disse.

"Shhh. Assista ao filme."

Estava quase acabando. Depois que a criatura incubada saíra do estranho ovo, passou a consumir rapidamente o imundo indigente, deixando apenas um punhado de ossos vestidos com roupas descartadas. Perfeitamente limpo, toda a carne tendo sido devorada, o crânio caiu tombado para o lado. E a criatura, que antes tinha o aspecto macilento, ficara bastante rechonchuda com seu banquete, tornando-se inchada e carnuda como um cachorro alimentado em excesso. Na derradeira sequência do filme, uma rede era lançada em cena, capturando o verme gigantesco e arrastando-o para fora do alcance da câmera. Em seguida, a brancura encheu a tela e o filme ficou batendo no rolo.

"Então, o que achou?", o doutor perguntou. Sem dúvida percebendo que eu ainda estava sob o fascínio do que acabara de ver, ele estalou os dedos na frente do meu rosto. Pisquei e olhei para ele em silêncio atordoado. Aproveitando-se do momento, ele tentou emprestar certo foco ou coloração aos eventos do filme. "Você deve entender", explicou, "que a integridade das formas materiais é apenas um preconceito. Isso para não mencionar a substância dessas formas, que é um estado de coisas ainda mais incerto e dúbio. Que um inseto monstruoso pudesse irromper da anatomia de um ser humano não deveria ser motivo de consternação. Seus preconceitos sobre um mundo automático com cronogramas precisos de nascer do sol e rotinas lunares têm sido um obstáculo real na terapia que pratico com você. Você me deixou na posição de ter que atender à sua ansiedade de que o mundo não é *regido pela regularidade*. Mas chegou a hora de você perceber que nada é imutável, nada é de pedra e cal, por assim dizer. E tampouco aquilo a que chamamos de mente é inalterável, por causa do desejo dela por sensações e percepções sempre cada mais novas. Você pode aprender um bocado com o sr. Catch. Sei que eu tenho aprendido.

Claro, ainda reconheço que restam alguns aspectos infelizes no caso do sr. Catch — havia um limite para o que eu poderia fazer por ele —, mas mesmo assim creio que adquiriu um conhecimento raro e inestimável, apesar das consequências.

"A pesquisa dele o levou a áreas, como devo dizer, em que as formas e os níveis dos fenômenos, os múltiplos planos da existência natural, revelaram sua capacidade de estabelecer novas relações uns com os outros... de se tornarem interconectados, por assim dizer, de formas que nunca imaginamos possíveis. Em algum momento, tudo se tornou um borrão para ele, uma espécie de pandemônio de forças, uma fantasmagoria de possibilidades à qual ele se empenhou com afinco e avidez. Não somos capazes de fazer ideia dos gostos e tentações que podem vir à tona ou se desenvolver no decurso de uma obra como essa... um curioso hedonismo que não pode ser controlado. Oh, os caprichos da onipotência, a geradora da permissividade. Bem, o sr. Catch recuou, em pânico diante dos próprios poderes, mas não conseguiu recompor de novo os pedaços a seu estado anterior: hábitos e reações inauditos já haviam se enraizado no sistema dele. O pior tipo de escravidão, mas com que capacidade de persuasão ele falava da euforia que havia conhecido, das sensações infinitamente diversas além de todo entendimento comum. Foi exatamente esse entendimento que eu exigi para libertá-lo de uma vida que, à sua própria maneira, tornara-se tão abismal e problemática quanto a sua — exceto pelo fato de que a sua patologia existia no polo oposto. Deve-se estabelecer algum meio-termo, algum equilíbrio. Agora entendo isso muito bem! É por essa razão que reuni vocês dois. É a única razão, a despeito do que possa parecer."

"A mim me parece", respondi, "que o sr. Catch escapou de fininho. Pessoalmente, espero que tenha sido a última vez que o vi."

O dr. Dublanc emitiu a sombra de uma risada. "Oh, ele ainda está na casa. Você pode ter certeza disso. Vamos dar uma olhada lá em cima."

Na verdade, ele não estava longe. Entrando naquele corredor de portas fechadas no topo das escadas do porão, vimos que uma das portas agora estava entreaberta e o cômodo levemente iluminado. Sem nos anunciar, o dr. Dublanc empurrou devagar a porta até que ambos pudéssemos ver o que tinha acontecido lá dentro.

Era uma pequena sala sem mobília, com um desguarnecido piso de madeira sobre o qual uma vela fora fixada com os próprios respingos. A luz da vela irradiava um brilho mortiço no rosto do sr. Catch, que parecia ter desabado em um canto da sala, deitado meio de lado. Ele estava suando, embora fizesse frio na sala, e seus olhos estavam semicerrados em uma espécie de exaustão lânguida. Mas havia algo de errado com a boca dele: a impressão era de estar enlameada e aumentada, pintada com desleixo para formar o sorriso descomunal de um palhaço. No chão ao lado dele estavam, ao que tudo indicava, restos recém-destruídos de uma daquelas criaturas do filme.

"Você me fez esperar tempo demais!", ele gritou de repente, abrindo completamente os olhos e se endireitando por um momento antes de sua postura encurvar-se de novo. Em seguida repetiu sua explosão: "Você não conseguiu me ajudar e agora me fez esperar tempo demais!".

"Foi com a intenção de ajudar vocês que vim aqui", o médico lhe disse, embora o tempo todo com os olhos cravados na carcaça mutilada no chão. Quando o doutor viu que eu observara seu olhar penetrante e cobiçoso, ele se recompôs. "Estou tentando ajudar vocês dois da única maneira possível. Diga a ele, sr. Catch. Diga como o senhor cria aqueles indivíduos extraordinários e permite que eles o induzam à mais arrebatadora exaltação, à felicidade à beira da apoteose."

O sr. Catch apalpou o bolso da calça, tirou um lenço enorme e limpou a boca. Em seu rosto estava estampado um sorriso idiota, obviamente inebriado pelo banquete recente, e com dificuldade ele pelejou para ficar de pé. Seu corpo agora parecia ainda mais túrgido e bulboso do que antes, a bem da verdade não exatamente humano em suas proporções. Depois de recolocar o lenço em um dos bolsos, ele enfiou a mão bem fundo no outro, vasculhando-o. "Realmente é muita coisa para entrar em detalhes", explicou em uma voz que se tornara plácida. "O que devo dizer? Boa parte é uma questão psíquica. Por isso, meu apelo ao médico. O resto envolve algumas formulações químicas para instigar o que é essencialmente um processo universal de transfiguração, o assim chamado milagre da criação em todas as suas formas. Um agente catalisador é introduzido na cobaia por inseminação ou ingestão." Com uma espécie de orgulho vertiginoso, ele estendeu a mão aberta. Na grossa almofada de sua palma pude ver dois minúsculos objetos que tinham o formato de ovos. "As larvas dos deuses", disse com uma pitada de admiração na voz.

Eu me voltei abruptamente para o médico. "As pílulas que o senhor me deu."

"Era a única coisa que poderia ser feita por você. Tentei tanto ajudar os dois."

"Eu suspeitava que você estava tramando algo", disse o Sr. Catch, agora se recuperando de sua estupefação. "Nunca deveria ter envolvido você nisso. Não percebe que já é difícil o suficiente sem envolver seus próprios pacientes? Os mendigos são uma coisa, mas isto é bem diferente. Me arrependo de ter envolvido você na minha dificuldade. Bem, minhas malas estão prontas. A operação é sua agora, doutor. Deixe-me passar, hora de ir."

Com movimentos controlados o sr. Catch saiu da sala, e alguns momentos depois ecoou por toda a casa o som de uma porta sendo batida. O médico ficou de olho em mim, esperando por alguma reação, suponho. No entanto, ele também aguçou os ouvidos para escutar com atenção certos sons que emanavam dos cômodos ao redor. O ruído de um deslizar desassossegado e incessante estava por toda parte.

"Você entende, não é?", perguntou o médico. "O sr. Catch não é o único que esperou demais... tempo demais. Achei que a essa altura as pílulas já teriam efeito."

Esquadrinhei meu bolso e tirei os dois pequenos ovos que eu tinha deixado de engolir horas antes. "Não posso afirmar que eu punha muita fé nos métodos do senhor", eu disse. Em seguida joguei as pílulas no dr. Dublanc, que, emudecido, as pegou. "O senhor não vai se importar se eu voltar sozinho para casa."

Na verdade, ele provavelmente ficou aliviado ao me ver ir embora. No decorrer do tratamento do sr. Catch, ao que tudo indicava o médico também se tornara um degenerado hediondo, um espécime completamente desequilibrado que necessitava ele mesmo da mais radical das terapias. Enquanto eu traçava meu caminho de volta casa adentro, ouvi o dr. Dublanc correndo de um lado para o outro, abrindo uma porta após a outra, e por fim urrando com um lamentável deleite: "Aí estão vocês, suas beldades. Aí estão vocês".

Embora o próprio médico agora parecesse incompetente, creio que sua estratégia terapêutica talvez tenha sido de alguma forma benéfica no meu caso, ou pelo menos me dado um vislumbre de como poderia encontrar a meio caminho as subjacentes correntes demoníacas da existência. Pois durante aqueles primeiros momentos da manhã enevoada, quando o táxi saiu do beco para atravessar aquele bairro de casas em deterioração, senti que eu alcançara o meio-termo mencionado pelo dr. Dublanc — o ponto de equilíbrio entre um voo ansioso para fora do abismo e a tentação de mergulhar dentro dele. Havia uma formidável sensação de fuga, como se eu pudesse existir serenamente fora dos grotescos ultimatos da criação, um espectador em transe que lançava um olhar clínico ao caótico tumulto tanto ao redor como dentro de si.

Mas o sentimento logo evaporou. Uma cura genuína para os dilemas de uma existência inconstante é raríssima. "Você poderia ir um pouco mais rápido?", pedi ao motorista, porque tinha a impressão de que não estávamos avançando em sair daquele distrito em que toda a ordem se dissipara. As coisas mais uma vez pareciam estar mudando, prontas para irromper de seus casulos caídos e assumir formas incertas. Até o pálido sol da manhã parecia cambalear, titubeando quanto a suas devidas proporções.

No fim da corrida, eu estava contente em pagar a tarifa exorbitante e voltar para a cama. No dia seguinte, comecei a procurar um novo médico.

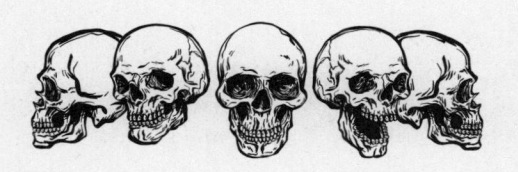

A VOZ DO SONHADOR

A ESCOLA NOTURNA

O professor Carniero estava ministrando aulas de novo.

Descobri esse fato ao voltar do cinema. Era tarde e pensei: "Por que não pegar o atalho pelo bosque em torno da escola?". Esse pensamento desencadeou toda uma linha de raciocínio que era amiúde objeto de minhas ponderações, em especial quando eu saía para caminhar à noite. Em sua essência esses pensamentos giravam em torno do desejo de saber alguma coisa sobre minha existência da qual eu tivesse a certeza de ser real, algo que pudesse me ajudar em minha existência antes de chegar a hora de morrer e ser metido terra adentro para apodrecer ou talvez ter meus restos cremados esvoaçando de uma chaminé para sujar o céu. Claro, esse desejo não era de forma alguma privilégio meu. No entanto, eu tinha passado um par de anos, a minha vida toda ao que parecia, procurando satisfazê-lo de maneiras variadas. Mais recentemente, buscara alguma espécie de satisfação assistindo às aulas do professor Carniero. Embora eu não tivesse frequentado suas aulas por muito tempo, ele parecia ser alguém capaz de revelar a verdade subjacente no âmago das coisas. Perdido em meus pensamentos, saí da rua que estava percorrendo e atravessei o bosque ao redor da escola, que era vasto e escuro. Fazia muito frio naquela noite, e quando baixei os olhos para a parte da frente do meu sobretudo, notei que o único botão restante e que segurava a peça tinha se soltado e possivelmente não duraria muito mais. Então, um atalho na volta do cinema parecia mesmo a atitude mais sábia.

Entrei no bosque no entorno da escola como se fosse apenas um parque imenso localizado em meio às ruas circundantes. O arvoredo era cerrado, e do perímetro daquele pedaço de terra eu não conseguia ver a escola, escondida no interior das árvores. *Olhe aqui pra cima*, julguei ter ouvido alguém me dizer. Quando levantei os olhos, vi que os galhos sobre a minha cabeça estavam desfolhados e que, através dessa malha trançada, o céu estava totalmente visível. Como era brilhante e escuro ao mesmo tempo. *Brilhante*, com uma lua cheia e alta reluzindo entre as nuvens espalhadas, e *escuro* com as sombras entremesclando-se dentro daquelas nuvens — uma lenta massa fluida de formas manchadas, uma espécie de jorro impuro dos esgotos mosqueados do espaço.

Notei que em um lugar essas nuvens estavam escoando para dentro das árvores, escorrendo em um estreito arroio através da parede da noite. Mas na verdade era fumaça, densa e suja, subindo para o céu. A uma curta distância à frente, e bem entranhada no terreno da escola espessamente arborizado, vi por entre as árvores as chamas espasmódicas de uma pequena fogueira. Pelo cheiro, imaginei que alguém estava queimando refugos. Então consegui ver o disforme tambor de metal vomitando fumaça, e as figuras em pé atrás da luz do fogo tornaram-se visíveis para mim, assim como eu para elas.

"A aula recomeçou", gritou um deles. "Ele voltou, apesar de tudo."

Eu sabia que eram outros da escola, mas seus rostos não se firmavam na luz bruxuleante do fogo que os aquecia. Eles pareciam borrados pela fumaça, untados pelo lixo oloroso que ardia naquele escuro tambor de metal, cuja superfície externa, meio lascada, quase resplandecia com o calor.

"Olhe lá", disse outro membro do grupo, apontando mais para as brenhas do bosque da escola. O contorno imponente de um edifício aparecia à distância, algumas de suas janelas enviando uma luz tênue por entre as árvores. Do telhado do edifício, várias chaminés sobressaíam em contraste com o céu pálido.

Um vendaval se ergueu. Zumbiu com estrépito ao redor de nós e insuflou uma vida crepitante no fogo, dentro do degradado tambor de metal. Tentei gritar por cima da confusão de sons. "Ele passou lição de casa?", berrei. Mas pelo jeito eles não me ouviram, ou talvez estivessem ignorando minhas palavras. Quando repeti a pergunta, olharam de relance por um breve instante, como se eu tivesse dito algo impróprio. Eu os deixei encurvados em volta do fogo, supondo que ficariam juntos. O vento arrefeceu, e pude ouvir alguém dizer a palavra "psicopata", que não foi dita, eu percebi, nem para mim nem a meu respeito.

O professor Carniero, como pessoa, era bastante vago em minha mente. Eu já não frequentava suas aulas muito tempo antes que alguma doença — uma moléstia terrível e gravíssima, sugeriu um de meus colegas estudantes — tivesse causado sua ausência. Então o que permanecia, para mim, não era mais do que a imagem de um cavalheiro esguio de terno escuro, um cavalheiro de tez escura e voz grossa com sotaque estrangeiro. "Ele é português", disse-me alguém. "Mas já morou em quase toda parte." E me lembrei de uma frase de reprimenda específica que ele costumava destacar para quem não prestava atenção aos diagramas que ele incessantemente criava na lousa. "Olhe para cá", ele dizia. "Se você não olhar, não aprenderá nada... você não será nada." Mas havia alguns membros da classe de quem ele nunca precisava chamar a atenção dessa forma. Era certo grupo reduzido de alunos de longa data do professor, o qual escrutinava, sem ceder a distrações, a série ininiterrupta de diagramas que ele desenhava na lousa e depois apagava, apenas para construí-los de novo, com uma ligeira variação, um momento depois.

Embora eu não possa afirmar que esses diagramas, o mais das vezes complexos, não estivessem diretamente relacionados aos nossos estudos, eles sempre traziam elementos extrínsecos que eu nunca me dava ao trabalho de transcrever em minhas anotações da aula. Era um estranho rol de símbolos abstratos, muitas vezes figuras geométricas de alguma forma alteradas: vários polígonos com lados assimétricos, trapézios cujos lados não se encontravam, semicírculos atravessados por barras duplas ou triplas, e muitos outros exemplos de uma notação científica deformada ou corrompida. Em sua essência, esses sinais pareciam primitivos, mais relevantes para a magia do que para a matemática. O professor os talhava na lousa com golpes de uma mão extremamente rápida, como se fossem palavras de sua língua natural. Na maioria dos casos, eles formavam uma borda em torno de um diagrama familiar aliado à química ou à física, como se o encerrasse e, às vezes transformando seu sentido, é o que parecia. Certa vez, um aluno o questionou sobre essa borda, à primeira vista um ornamento supérfluo para os diagramas. Por que o professor Carniero nos sujeitava a esses símbolos desconcertantes? "Porque", respondeu, "um verdadeiro professor deve compartilhar tudo, não importa o quanto possa ser terrível ou lúgubre."

À medida que fui avançando pelo bosque da escola, notei algumas mudanças nos arredores. As árvores mais próximas da escola pareciam diferentes da vegetação da área circundante. Eram bem mais finas; emaciadas e retorcidas feito ossos quebrados que nunca tinham sarado direito. E a casca delas parecia estar se soltando em camadas macias, porque não eram apenas folhas caídas que meus passos pisoteavam a caminho do prédio da escola, mas também coisas como trapos escuros, tiras de material decomposto. Até mesmo as nuvens, sobre as quais a lua projetava sua luminiscência, eram finas ou apodrecidas, desfiadas por algum processo de degeneração na atmosfera mais elevada do bosque no entorno da escola. Pairava também um aroma de corrupção, na verdade uma fragrância encantadora — como o acolchoado podre que reveste o solo no outono ou início da primavera —, uma fragrância que pensei estar emergindo da terra enquanto eu perturbava a cobertura estranha espalhada sobre ela. Esse odor tornou-se mais pungente quando me aproximei da luz amarelada da escola, e atingiu o paroxismo quando finalmente cheguei ao velho prédio.

Era uma estrutura de quatro andares de tijolos escuros e cheios de crostas, assentados em outra era, uma época tão diferente que se poderia imaginar pertencente a uma história completamente estranha, composta só de noites profundas, uma história da madrugada. Como era difícil pensar nesse lugar como uma construção normal. Muito mais fácil dar crédito a alguma lenda fantástica de que fora erguido por um consórcio de demônios durante a noite perpétua e que os materiais foram roubados de outras arquiteturas, todas elas extintas: fábricas em ruínas, mausoléus pilhados, orfanatos abandonados, penitenciárias fora de uso por muito tempo. A escola era de fato uma espécie de tumor bizarro em um depósito de lixo, uma flor do cemitério ou da fossa. Era lá que o professor Carniero, que estava em toda parte, dava suas aulas.

Nos andares inferiores do prédio, um bom número de luzes estava em uso, fracas como velas gotejantes. O andar mais alto estava às escuras, com muitas das janelas quebradas. No entanto, havia luz suficiente para me guiar escola adentro, mesmo que mal se pudesse entrever o corredor principal até o fim. E as paredes pareciam estar revestidas com algo que exalava o mesmo cheiro que enchia a noite lá fora da escola. Sem tocar as paredes, eu as usei para me orientar e abrir caminho até a escola, seguindo vários dos corredores maiores e menores que escavavam o prédio de uma ponta à outra. Salas de aula sucediam-se dos meus dois lados, com vãos de entrada plenos de escuridão ou lacrados por portas largas de madeira com a superfície áspera toda esburacada e descascada. Por fim encontrei uma sala de aula onde a luz estava acesa, embora não recebesse mais claridade do que a iluminação penumbrosa do corredor.

Quando entrei na sala, vi que apenas algumas das lâmpadas estavam em funcionamento, deixando certas áreas imersas na escuridão, ao passo que outras estavam besuntadas com o tipo de brilho oleoso característico de pinturas a óleo antigas. Aqui e ali alguns alunos estavam sentados a suas carteiras, isolados uns dos outros e em silêncio. A sala de aula não estava nem um pouco lotada, e no púlpito não havia professor nenhum. A lousa não exibia novos diagramas, mas apenas os remanescentes, borrados, de lições passadas. Tomei assento em uma carteira perto da porta, sem olhar para os outros, porque eles não olhavam para mim. Em um dos bolsos do sobretudo achei um pequeno toco de lápis, mas não consegui encontrar nada em que fazer anotações. Sem gestos dramáticos, esquadrinhei a sala à procura de algum tipo de papel. As áreas visíveis expunham vários detritos, mas sem oferecer nada que me permitisse transcrever as instruções e os diagramas complexos exigidos pela aula. Relutei em fazer uma busca física nas prateleiras embutidas na parede ao meu lado, porque eram muito fundas e delas emanava aquela fragrância inebriante de decadência.

Duas fileiras à minha esquerda havia um homem com vários cadernos grossos empilhados sobre a carteira. As mãos descansavam levemente por cima desses cadernos, e os olhos com óculos estavam cravados no púlpito vazio, ou talvez na lousa. O espaço entre as fileiras de carteiras era muito estreito, de modo que consegui inclinar-me por sobre a carteira desocupada que nos separava e falar com esse homem, que parecia ter um excedente de papéis nos quais seria possível tomar notas, transcrever diagramas e, em suma, fazer qualquer rabisco exigido pelo professor da turma.

"Com licença", sussurrei para a figura de olhos fixos. Em um único movimento súbito, sua cabeça se virou para me encarar. Lembrei-me de sua pele marcada pela varíola, que obviamente havia piorado desde que a nossa turma se encontrara pela última vez, e dos olhos semicerrados por trás de lentes pesadas. "Você tem um pouco de papel para dividir?", perguntei, e fiquei de alguma forma surpreso quando ele desviou a cabeça para os cadernos de apontamentos e começou a folhear as páginas do que estava no topo da pilha. Enquanto ele executava essa ação, expliquei que eu estava despreparado para a aula, que soubera só pouco tempo antes que ela havia recomeçado. Isso aconteceu totalmente por acaso, eu disse. Estava voltando do cinema para casa e decidi pegar um atalho pelo bosque ao redor da escola.

Quando terminei de esclarecer minha situação, o outro aluno estava folheando seu último caderno de apontamentos, cujas páginas estavam tão solidamente cobertas de anotações e diagramas quanto os anteriores. Observei que as notas dele eram diferentes das que eu vinha fazendo durante o curso do professor Carniero. Eram muito mais pormenorizadas e escrupulosas nas transcrições daquelas estranhas figuras geométricas que eu considerava apenas intromissões decorativas nos diagramas do professor. Algumas das páginas dos cadernos dos outros alunos eram dedicadas a representar só essas figuras e símbolos, excluindo os próprios diagramas.

"Sinto muito", ele disse. "Parece que não tenho papel para dividir com você."

"Bem, você pode me dizer se tinha lição de casa?"

"Isso é muito possível. Nunca se sabe, com esse professor. Ele é português, sabe? Mas já esteve em toda parte e sabe de tudo. Acho que é maluco. O tipo de coisa que tem ensinado deveria ter metido ele em enrascadas em algum lugar, e provavelmente foi o que aconteceu. Não que ele se importe com o que acontece com ele ou com qualquer outra pessoa. Isto é, com as pessoas a quem ele poderia influenciar, e algumas mais do que outras. As coisas que ele disse para *nós*. As aulas sobre medição de forças cloacais. O tempo como um fluxo de esgoto. O excremento do espaço, a escatologia da criação. A anulação do eu. Toda a integração imunda das coisas e do *produto noturno*, segundo a definição dele, afogando-se nas poças da noite."

"Acho que não me lembro desses conceitos", confessei.

"Você é novo no curso. Para dizer a verdade, você não parece entender o que o professor está ensinando. Mas em breve ele vai fazer você compreender o que diz, se é que já não fez. Nunca dá para saber. Ele é muito cativante, o professor. E sempre pronto para qualquer coisa."

"Me disseram que ele se recuperou da doença que o deixou ausente, e que tinha voltado a dar aulas."

"Ah, ele está de volta. Sempre esteve pronto. Você sabia que agora as aulas estão sendo dadas em outra parte da escola? Eu não seria capaz de dizer onde, já que ainda não estive com o professor Carniero por tanto tempo quanto alguns dos outros. Para dizer a verdade, não me importa onde o curso está sendo ministrado. Não basta estar aqui, nesta sala?"

Eu não fazia ideia de como responder a essa pergunta e não entendia quase nada do que o homem estava tentando me explicar. Mas parecia claro, ou pelo menos muito provável, que a turma se deslocara para uma parte diferente da escola. Mas eu não tinha razão nenhuma para pensar que os outros alunos da sala seriam mais úteis quanto a essa questão do que este que agora tinha virado para longe de mim seu rosto com óculos. Onde quer que a aula estivesse sendo realizada, eu ainda precisava de papel para fazer anotações, transcrever diagramas e assim por diante. Não conseguiria fazer isso permanecendo naquela sala onde tudo e todos estavam se degenerando dentro da escuridão circundante.

Por algum tempo zanzei pelos corredores do andar principal da escola, esquivando-me das paredes que certamente se tornavam espessas com uma substância escura, uma seiva olorosa com a potência embriagante de mil outonos desfalecentes ou do solo primaveril cediço. A coisa escorria de cima a baixo pelas paredes, vazando desde o alto e entorpecendo a luz já turva nos corredores.

Comecei a ouvir vozes ecoantes que vinham de uma parte distante da escola que eu nunca visitara. Não dava para decifrar nenhuma palavra, mas pelo som era como se as mesmas palavras estivessem sendo repetidas em uma sucessão mais ou menos constante de gritos que soavam, ocos, pelos corredores. Eu segui esses gritos e ao longo do caminho encontrei alguém que andava lentamente na direção oposta. O homem estava com um uniforme sujo e quase se fundia às sombras, bem abundantes na escola naquela noite. Quando ele estava prestes a passar por mim, arrastando os pés, eu o fiz parar. Um olhar indiferente foi lançado na minha direção, vinha um par de olhos amarelados assentados em um rosto magro com aparência grosseira e irregular. O homem coçou o lado esquerdo da testa e alguns flocos secos de pele caíram. Perguntei-lhe:

"Você poderia me dizer onde o professor Carniero está dando aulas hoje à noite?"

Ele me olhou por alguns instantes e apontou um dedo para o teto.

"Lá em cima", disse. "Olhe lá em cima."

"Em que andar?"

"No último andar", respondeu, como que um pouco espantado com a minha ignorância.

"Há um monte de salas naquele andar", disse eu.

"E todas são dele. Nada a ser feito quanto a isso. Mas tenho que manter o resto deste lugar em alguma condição. Não sei como fazer isso com ele lá em cima." O homem olhou de soslaio para as paredes manchadas e soltou uma risada ofegante com um chiado. "Só piora. Começa a afetar a gente se a gente sobe mais. Escute. Está ouvindo todos eles?" Em seguida gemeu de nojo e seguiu seu caminho.

Mas a essa altura tive consciência de que todo o conhecimento que eu tinha acumulado — a respeito ou não do professor Carniero e suas aulas noturnas — estava sendo tirado de mim, naco por naco. O homem de uniforme sujo me encaminhou para o último andar da escola. No entanto, lembrei que não tinha visto nenhuma luz naquele pavimento quando me aproximei do prédio. A única coisa que parecia ocupar aquele andar era uma escuridão pura, não diluída, uma escuridão muito maior que a própria noite, uma escuridão consolidada, algo coagulado com a própria densidade. "O *produto noturno*", pude ouvir o estudante de óculos lembrando-me em uma voz oca. "Afogando-se nas poças da noite."

O que eu poderia saber sobre as peculiaridades da escola? Eu não a frequentara por muito tempo, nem de longe tempo suficiente, ao que parecia. Eu inclusive me sentia um forasteiro entre meus colegas estudantes, em especial porque eles mesmos mostravam-se divididos em categorias, como se estivessem entre as posições hierárquicas de uma sociedade secreta. Eu não conhecia as atividades acadêmicas da maneira como alguns dos outros pareciam conhecer e no espírito que o profesor pretendia que fossem conhecidas. Ainda não havia chegado a minha vez de receber do professor Carniero a ordem de erguer os olhos para examinar os hieróglifos na lousa e compreendê-los por completo. Por conseguinte eu não entendia as doutrinas de um currículo verdadeiramente putrefato, a ciência de uma patologia espectral, a filosofia da doença absoluta, a metafísica das coisas descambando para uma desintegração comum ou subindo junto, jorrando junto, na podridão escura. Acima de tudo, eu não conhecia o professor propriamente: os lugares onde ele estivera... as coisas que ele tinha visto e feito... as experiências a que ele se submetera... as leis que ele tinha ignorado... os problemas que causara... o destino que ele havia infligido, com prazer, a si mesmo e aos outros.

Eu estava agora perto de um poço de escada que levava aos andares superiores da escola. As vozes ficaram mais altas, embora não mais distintas, quando me aproximei da escadaria. O primeiro lance de escadas parecia muito longo e íngreme, sem falar que mal se definia na penumbra do corredor. O patamar no alto da escada era quase invisível por causa da luz fraca e dos eflúvios irrefletidos que ali se moviam de modo ainda mais denso pelas paredes. Mas não pareciam ter qualquer substância real, nenhuma superfície pegajosa ou textura viscosa como se poderia supor, apenas uma densidade como uma fumaça pesada, fumaça imunda de uma fonte latente de corrupção expansiva. E carregava o cheiro da corrupção, bem como a visão, só que agora era mais potente com o perfume nostálgico da decadência do outono ou a fécula almiscarada de um degelo de primavera.

Galguei outro lance de escadas, que subia na direção oposta à primeira, e cheguei ao segundo andar. Cada um dos quatro andares da escola tinha dois lances de escada que iam em direções contrárias entre si, com um patamar estreito que se interpunha antes que se pudesse completar a subida para o andar seguinte. O segundo andar não era tão bem iluminado quanto o de baixo, e as paredes ali eram ainda piores: a superfície fora totalmente obscurecida por aquela escuridão esfumaçada que se infiltrava a partir de cima, o negrume espargindo um odor opulento do rebotalho de mundos em declínio ou talvez exalando o composto escuro daqueles que estão prestes a nascer, a impureza primitiva em que todas as coisas se fundam, a podridão nativa.

Nas escadas que levavam ao terceiro andar, vi o primeiro deles —sentado nos degraus inferiores desse andar, um rapaz que fora um dos alunos mais assíduos do professor. Estava absorto nos próprios pensamentos e não me reconheceu até que lhe dirigi a palavra.

"A *aula*?", eu disse, enfatizando as palavras na forma de uma pergunta.

Ele me fitou com calma. "O professor sofreu uma doença terrível, uma doença monumental." Foi tudo o que ele disse. Em seguida, voltou para dentro de si e não respondeu mais nada.

Havia outros em posição semelhante em degraus mais altos da escada ou agachados no patamar. As vozes ainda ecoavam na escada, entoando uma frase anuviada em uníssono. Mas as vozes não pertenciam a nenhum desses estudantes, sentados silenciosos e em transe entre folhas esparsas arrancadas de seus volumosos cadernos de notas. Pedaços de papel com símbolos estranhos estavam espalhados por toda parte feito folhas caídas. Os papéis farfalharam quando pisei por entre eles rumo às escadas que levavam ao andar mais alto da escola.

As paredes da escadaria agora estavam intumescidas com uma escuridão que era a própria face de uma praga — pustulenta, escabiosa e terrivelmente fétida. Alcançava as bordas do chão, onde se arrastava à deriva e se agitava qual uma névoa negra. Só pelo luar que brilhava através de uma janela do corredor eu podia avistar qualquer coisa do terceiro andar. Me detive lá, porque as escadas para o quarto andar estavam imersas nas trevas. Apenas alguns rostos erguiam-se sobre elas e eram visíveis ao luar. Um deles estava com os olhos cravados em mim e, sem ser instigado, começou a falar.

"O professor está dando aulas de novo apesar de sua terrível doença. Você pode imaginar? Ele é capaz de sofrer qualquer coisa e está em toda parte. Agora está em um lugar novo, em algum local onde nunca esteve." A voz parou de falar e o intervalo foi preenchido por um vozerio que clamava e chorava a partir da escuridão total que prevalecia sobre as alturas da escadaria e enterrava tudo abaixo dela, como a terra firmemente compactada em uma sepultura. Então a solitária voz disse: "O professor morreu na noite. Você entende? Ele está com a noite. Você ouve as vozes? Elas estão com ele. E ele está com a noite. A noite espalhou-se dentro dele. Aquele que esteve em toda parte pode ir a qualquer lugar com a doença da noite. Ouça. O português está nos chamando."

Escutei e as vozes enfim se tornaram claras. *Olhe aqui pra cima*, disseram elas. *Olhe aqui pra cima*.

A bruma da escuridão agora se desfraldara sobre mim e jazia a meus pés, avolumando-se ali e subindo. Por algum tempo não fui capaz de me mover nem de falar, tampouco de formular pensamentos. Dentro de mim tudo estava enegrecendo. A escuridão tremia em meus ossos, carcomendo-os, tornando tudo preto dentro do meu corpo. Ela estava me segurando, e as vozes diziam: "Olhe aqui pra cima, olhe aqui pra cima". E comecei a olhar. Mas abortei meu gesto antes de concluí-lo. Eu já estava perto demais de algo que não conseguia suportar, que eu não estava preparado para aguentar. Mesmo o negrume tiritando dentro de mim não poderia prosseguir até o fim. Eu não conseguia ficar onde estava nem olhar para o lugar de onde as vozes me chamavam.

Então a escuridão pareceu exsudar do meu ser, lavando-se para fora de mim, e eu não estava mais dentro da escola, mas na parte externa do prédio, quase como se eu de súbito tivesse acordado lá. Sem olhar para trás, refiz meus passos através do bosque ao redor da escola, esquecendo o atalho que eu planejara pegar naquela noite. Passei por aqueles estudantes que ainda estavam em pé em volta do fogo que queimava dentro de um velho tambor de metal. Eles estavam alimentando as chamas brilhantes com folhas de seus cadernos de anotações, folhas rabiscadas na escuridão, com todos aqueles diagramas e símbolos bizarros. Aos berros, alguns do grupo dirigiram-se a mim. "Você viu o português?", berrou um deles sobrepondo a voz ao barulho do fogo e do vento. "Você ouviu alguma coisa sobre uma lição de casa?", gritou outra voz. E então ouvi todos gargalharem entre si enquanto eu avançava de volta para as ruas que deixara antes de entrar no bosque da escola. Eu caminhava com tanta pressa que o botão solto no meu casaco finalmente caiu quando cheguei à rua, já fora do perímetro da escola.

Enquanto eu andava sob as luzes da rua, segurei a parte da frente do sobretudo e tentei manter os olhos na calçada à frente. Mas eu talvez tenha ouvido uma voz me dizendo: "Olhe aqui pra cima", porque eu de fato olhei, mesmo que apenas por um momento. Então vi que o céu estava limpo de nuvens e a lua cheia fulgurava entre os espaços escuros. Ela resplandencia brilhante e baça, como que revestida por um molde luminoso, flutuando feito uma lâmpada nos imensos esgotos da noite. O *produto noturno*, pensei, afogando-se nas poças da noite. Mas eram apenas palavras que eu repetia sem entender. O desejo de saber alguma coisa acerca da minha existência, alguma coisa da qual eu tivesse certeza, que pudesse me ajudar em minha existência antes de chegada a hora de morrer e ser colocado terra adentro para apodrecer ou talvez ter meus restos cremados esvoaçando de uma chaminé para sujar o céu — isso nunca seria saciado. Eu não tinha aprendido nada e não era nada. Todavia, em vez de decepção ante o fracasso em satisfazer o meu desejo mais intenso, senti um alívio tremendo. A ânsia de conhecer o fundamento das coisas agora se esvaziara de mim e eu estava mais do que contente em me livrar dela. Na noite seguinte, fui para o cinema de novo. Mas na volta para casa não peguei um atalho.

O GLAMOUR

Havia muito era um hábito meu zanzar ao acaso na calada da noite e, não raro ir a algum cinema nessas ocasiões. Mas algo mais estava envolvido na noite em que fui àquele cinema em uma parte da cidade que eu jamais visitara. Uma nova tendência, um estado de espírito ou propensão até então desconhecido para mim, parecia ter tomado a iniciativa. Como é difícil dizer qualquer coisa precisa sobre aquela disposição de ânimo que me sobrepujou, porque parecia pertencer tanto aos meus arredores como a mim mesmo. Conforme eu avançava mais e mais naquela parte da cidade em que nunca antes colocara os pés, minha atenção foi atraída para certo aspecto das coisas — uma fina aura de fantasia irradiando de visões, lugares e objetos mais comuns que eram a um só tempo borrados e brilhosos em meu olhar.

A despeito do adiantado da hora, um relume ativo projetava-se através de muitas das vitrines pelas quais passei. Ao longo de determinada avenida, a noite sem estrelas era esmaltada por essas luzes, esses diamantes de vidro laminado incrustados em prédios antigos de tijolos escuros. Parei diante da vidraça de uma loja de brinquedos e fiquei arrebatado por um quadro-vivo caótico de empolgação absurda. Meus olhos seguiram várias coisas ao mesmo tempo: as predestinadas palhaçadas de macacos mecanizados que batiam minúsculos pratos ou davam cambalhotas incontroláveis; as predeterminadas piruetas de uma bailarina de caixinha de música; o bamboleio grotesco de uma caixinha de surpresa recém--acionada. O interior da loja era como uma pilha natalina de mercadorias atulhadas recuando até o fundo mais recôndito, que parecia sombrio e vazio. Um homem idoso, de careca brilhante e sobrancelhas angulosas, deu um passo à frente até a vitrine e começou a dar corda de novo em alguns dos brinquedos para mantê--los em giro incessante. Enquanto realizava essa tarefa, ele de repente olhou para mim, e o rosto era inexpressivo.

Segui rua abaixo, onde outras janelas emolduravam pequenos mundos estranhamente pitorescos e iluminados à feição de sonhos no breu desmazelado daquelas bandas da cidade. Um deles era uma padaria cuja vitrine consistia em uma galeria de glacê esculpido, uma paisagem invernal de brancura rodopiante e à deriva, de rosetas nevadas e camadas de fulgor gelado. No centro do reino glacial um par de pessoas em miniatura, congeladas, encimava um bolo de casamento multicamadas. Mas além da brilhante cena ártica vi apenas o profundo negrume de um estabelecimento que já encerrara o expediente do dia. Parado de pé na porta de outra vitrine próxima, eu não tinha certeza se o lugar ainda estava atendendo fregueses ou não. Ao fundo, algumas figuras estavam posicionadas aqui e ali ao alcance de uma iluminação esmaecida que lembrava uma fotografia antiga, embora a impressão fosse de seres da mesma espécie que os manequins da vitrine dessa loja, que pareciam fazer negócios envergando roupas antiquadas. Até mesmo o rosto dos manequins, quando uma luz lustrosa incidia sobre eles, estampava expressões placidamente enigmáticas de um tempo diferente.

Não vi vivalma entrar ou sair pelas muitas portas de uma ponta à outra das calçadas por onde perambulei naquela noite. Adejava ao vento um toldo de lona que algum proprietário negligente deixara de recolher durante a noite. No entanto, como descrevi, ali reinava uma vitalidade de empreendimento para onde quer que eu olhasse, e senti o tipo de expectativa aguçada que uma criança deve vivenciar em um parque de diversões, onde cada atração apavorante incita especulações fantásticas, enquanto surgem desejos inesperados por algo que, mesmo sem apresentar qualidades específicas na imaginação, parece estar a poucos passos de distância. Assim, meu estado de ânimo não me abandonou, antes apenas se fortaleceu, qual um impulso possessivo sem objeto.

Então vi a marquise de um cinema, no entanto eu não tinha a intenção de ser cliente dele. Pois as letras em que se lia o nome do cinema estavam quebradas e ilegíveis, assim como o título na marquise, igualmente danificado, como se pedras tivessem sido atiradas nele. Uma série de tentativas feitas para obliterar as palavras que por fim consegui decifrar. O filme anunciado intitulava-se *O glamour*.

Quando cheguei à frente do cinema, constatei que a fieira de portas que formava a entrada estava entrincheirada por tábuas transversais, com avisos afixados sobre elas alertando que o prédio estava condenado. Ao que parece, a ação fora tomada havia algum tempo, a julgar pela condição das pranchas desgastadas pelas intempéries, que bloqueavam meu caminho, e considerando a aparência antiquada dos avisos colados sobre elas. Quando eu estava prestes a seguir meu caminho, contudo, vi que a marquise estava iluminada, o brilho deplorável de uma luz que a princípio imaginei ser reflexo de um poste de iluminação nas proximidades. Foi sob esse mesmo poste de rua que notei agora uma placa dupla--face escorada sobre a calçada, uma tabuleta pequena e discreta em que se lia: ENTRADA DO CINEMA. Abaixo dessas palavras havia uma flecha apontando para um beco que separava o cinema dos prédios restantes do quarteirão. Espreitando por esse orifício escuro, por essa abertura na fachada de resto sólida daquela rua em particular, vi apenas um corredor comprido e estreito com uma única luz lá no fundo. A luz brilhava com um estranho matiz púrpura, como o de um coração recém-exposto, e parecia posicionada sobre uma porta que dava acesso ao cinema. Havia muito era um hábito meu frequentar sessões de cinema de fim de noite — foi disso que fiz questão de lembrar a mim mesmo. Mas, quaisquer que fossem as reservas que senti naquele momento, elas foram facilmente superadas por uma nova onda de ânimo que eu estava conhecendo naquela noite em uma parte da cidade que eu nunca visitara.

A lâmpada arroxeada de fato sinalizava um caminho para o cinema, lançando sua luz arterial sobre uma porta que reiterava a palavra ENTRADA. Embrenhei-me em um corredor apertado cujas paredes rutilavam de um rosa berrante, muito parecido em tonalidade àquele pequeno farol no beco, mas bem mais similar a um cérebro profusamente irrigado de sangue do que a um coração pulsante. No fim do corredor, pude ver meu reflexo em um guichê de bilheteria e, ao me aproximar, notei que aquelas paredes tão próximas de mim estavam veladas do chão ao teto com o que pareciam ser teias de aranha. Esse material fino feito gaze também cobria o carpete que levava à bilheteria, mortalhas delgadas que não se estendiam quando eu caminhava sobre elas, como se tivessem se aferrado com firmeza à fibra rústica e rasa do carpete ou estivessem bem cardadas nele, fios esparsos grudados no couro cabeludo de um cadáver velho.

Não tinha ninguém atrás do guichê da bilheteria, ninguém que eu pudesse ver naquele pequeno espaço de escuridão além do borrão de vidro matizado de roxo em que a minha imagem estava refletida. Entretanto, um bilhete se projetava de uma fenda abaixo do corte semicircular na parte inferior da janela, esticando-se como uma língua de papel. Alguns fios de cabelo jaziam ao lado.

"A entrada é gratuita", disse um homem que agora estava parado no vão da porta ao lado da bilheteria. Ele envergava um terno bem ajustado e impecável, mas seu rosto parecia de alguma forma uma bagunça, eriçado em todos os contornos. Com tom de voz cortês, até mesmo passivo, ele disse:

"O cinema está sob nova direção."

"O senhor é o gerente?", perguntei.

"Eu estava apenas a caminho do banheiro."

Sem mais comentários, ele desapareceu devagar escuridão adentro. Por um momento algo pairou no espaço vazio que ele deixou no vão da porta — um enxame de filamentos semelhante a poeira, que se espalhou ou assentou antes que eu passasse. E naqueles primeiros segundos lá dentro tudo o que pude ver foram as palavras BANHEIRO brilhando acima de uma porta que se fechava com lentidão.

Avancei com cautela até que minha visão tornou-se suficientemente hábil para o breu e me permitiu encontrar uma porta que dava para o auditório do cinema. Uma vez lá dentro, todavia, enquanto eu estava no topo de um corredor inclinado, toda a orientação anterior acerca do meu entorno sofreu um revés. O recinto era iluminado por um lustre primoroso, centrado muito acima do piso, e havia uma série de luminárias ao longo de ambas as paredes laterais. Não fiquei surpreso com a falta de intensidade tampouco com a tonalidade da luz, que faziam as sombras parecerem ligeiramente injetadas — um matiz doentio e hepático que poderia ser testemunhado em uma sala de cirurgia com um tronco jazendo aberto sobre a mesa, as entranhas como uma paleta de rosas e vermelhos e roxos... vísceras enfermas imitando todas as nuances do pôr do sol.

No entanto, havia algo errado com minha percepção do auditório do cinema, não por qualquer esquisitice de iluminação, mas por outro motivo. Embora eu não tenha sentido nenhuma dificuldade em registrar mentalmente os elementos ao redor — os corredores e as filas de assentos separados, a tela de cinema ladeada por cortinas, o lustre e as luzes dignos de nota —, parecia impossível compreender as formas a partir de suas simples aparências. Não vi nada diferente do que descrevi aqui, mas as poltronas de costas arredondadas eram ao mesmo tempo fileiras de lápides no cemitério; as coxias eram intermináveis becos imundos, corredores longos e desolados em um velho hospício, ou as passagens gotejantes de um esgoto estreitando-se na distância; a pálida tela de cinema era uma janela ofuscada por poeira em um porão escuro nunca visitado, um espelho numa casa abandonada, que se tornara reumoso com a idade; o lustre e as luminárias menores eram as facetas de cristais trevosos incrustrados nas paredes viscosas de uma caverna desconhecida. Em outras palavras, esse cinema era meramente uma imagem virtual, um véu sobre uma colagem complexa de outros lugares, todos eles compartilhando certas qualidades que foram projetadas para dentro da minha visão, como se as coisas que eu via estivessem possuídas por algo que eu não era capaz de ver.

Mas, enquanto eu me demorava no auditório do cinema, acomodando-me em um assento na parede dos fundos, percebi que mesmo no nível das aparências simples havia um fenômeno peculiar que eu não tinha observado antes, ou que pelo menos não percebera em toda a sua extensão. Estou falando das teias de aranha.

Tão logo entrei no cinema, eu vi teias agarradas às paredes e ao carpete. Agora eu via que faziam parte do teatro e como eu havia me equivocado acerca da natureza desses fios longos e pálidos. Mesmo na enevoada luz púrpura, pude discernir que tinham penetrado no tecido das poltronas, alterando a tessitura em suas entranhas e dando-lhe uma ligeira qualidade de movimento, o espiralado lento de uma fumaça sutil. O mesmo parecia valer para a tela de cinema, que talvez tivesse sido uma grande teia retangular, com uma trama densa e em leve movimento, vibrando ao toque de alguma força invisível. Pensei: "Talvez este *meneio* sutil e difuso dentro do cinema possa esclarecer a tendência de seus elementos sugerirem outras coisas e outros lugares completamente diferentes de um auditório simples. Um processo paralelo às imagens, em constante mutação, das nuvens". Todas as texturas no cinema pareciam similarmente afetadas, sem controle sobre a própria natureza, mas eu não conseguia ver o que se passava na altura do lustre. Mesmo alguns dos outros na plateia, pequena e muito esparsa, eram quase invisíveis aos meus olhos.

Ademais, pode ser que alguma coisa no meu estado de ânimo naquela noite, dada a permanência em uma parte da cidade que eu nunca visitara, tenha influenciado o que eu era capaz de ver. E essa disposição se intensificou assim que pisei pela primeira vez dentro do cinema e, de fato, a partir do momento em que olhei para a marquise anunciando um longa-metragem intitulado *O glamour*. Tendo tomado lugar em meio à plateia cheia de uma expectativa silenciosa, comecei a sofrer uma exacerbação desse humor. Senti em especial uma proximidade maior com o ponto focal do meu estado de ânimo naquela noite, uma intimidade formigante com algo literalmente *por trás da cena*. Aos poucos me livrava de qualquer preocupação, exceto a consumação ou o término daquela aventura abjeta e encantadora. Da minha perspectiva contaminada, era cada vez mais difícil considerar as consequências.

Portanto eu não estava hesitante quando esse ponto de foco para o meu estado de ânimo pareceu de súbito tão próximo e à mão, tão perto quanto a poltrona exatamente atrás da minha. Eu tinha plena certeza de que esse assento estava vazio quando selecionei o meu, de que todas as poltronas ao longo de várias fileiras ao redor estavam desocupadas. E eu notaria se alguém tivesse chegado para preencher esse lugar logo atrás de mim. No entanto, como um súbito arrepio de frio anunciando o mau tempo, havia agora uma presença definida que eu podia sentir às minhas costas, uma força que se premia contra mim suscitando uma onda de euforia sombria. Mas, quando olhei em volta, não tão rápido mas bem determinado, não vi nenhum ocupante na poltrona atrás de mim ou em qualquer lugar entre mim e a parede do fundo do teatro. Continuei a fitar o assento vazio porque a sensação de uma presença vibrante ali não se apaziguou. E no meu olhar pasmado percebi que o tecido do assento, o entrelaçamento interno de fibras emaranhadas, compusera um desenho à imagem de um rosto — o rosto de uma velha com uma expressão de ávida malignidade —, um rosto pairando em meio a chumaços desgrenhados de cabelos retorcidos. O rosto em si era um retrato da atrocidade, a imagem de um sorriso arreganhado de volúpia por locais e cerimônias de caos. E era formado por aqueles cabelos se entretecendo.

Fibrosos e contorcidos, todos os fios das teias de aranha daquele cinema, como descobri agora, eram as gavinhas de uma vasta rede de fios de cabelo. E nessa descoberta, minha disposição da noite, que me levara a uma parte da cidade que eu nunca visitara e que me levara àquele próprio cinema, só se tornou mais expansiva e definida, absorvendo cenas de cemitérios e vielas, esgotos fedorentos e corredores bolorentos de insanidade, bem como a visão imediata de um velho cinema que agora, como me haviam dito, tinha novo dono. Mas meu ânimo abruptamente desapareceu, junto com o rosto no tecido da poltrona, quando uma voz falou comigo. Ela disse:

"Você deve tê-la visto, pela sua aparência."

Um homem sentou-se a uma poltrona de distância da minha. Não era a mesma pessoa que eu encontrara antes; seu rosto era quase normal, embora seu terno estivesse coberto de fios de cabelo que não eram dele.

"Então, você a viu?", ele perguntou.

"Não tenho certeza do que vi", respondi.

Ele pareceu à beira de uma explosão de gargalhadas, sua voz trêmula no limiar de uma alegre histeria. "Você teria bastante certeza se houvesse um encontro a sós, posso assegurar."

"Algo estava acontecendo, e aí você se sentou."

"Desculpe", ele disse. "Você sabia que o cinema acabou de passar para uma nova direção?"

"Não encontrei onde estão os horários de exibição."

"Horários de exibição?"

"Do filme."

"Ah, não tem filme nenhum. Não exatamente."

"Mas deve ter... alguma coisa", insisti.

"Tem, sim", respondeu todo animado, seus dedos acariciando a bochecha.

"O que exatamente? E essas teias de aranha..."

Mas as luzes estavam afundando na escuridão. "Silêncio agora", sussurrou. "Está prestes a começar."

Pouco depois a tela diante de nós luziu na escuridão, com um um roxo pálido, e imagens vagas desacompanhadas de som começaram a tomar forma nela, como se uma lente estivesse sendo enfocada em um mundo microscópico. Sem dúvida, a tela de cinema poderia ser uma lâmina de vidro imensa sobre a qual seprojetava em proporções gigantescas uma paisagem de organismos normalmente escondidos da nossa vista. Mas quando essas visões se aglutinaram e se clarificaram, eu as reconheci como algo que eu já tinha visto, mais precisamente *percebido*, naquele cinema. As imagens estavam aparecendo na tela como se um par de olhos descorporificados se movesse dentro de locais de uma morbidez e degeneração profunda. Ali estava a essência mais pura daqueles lugares que, eu senti, sobrepunham-se aos aspectos genuinamente tangíveis do cinema — aqueles cemitérios, becos, corredores encardidos e passagens subterrâneas cujo espírito se intrometera em outra localidade, alterando-a. Ainda assim, os lugares agora revelados na tela do cinema eram desprovidos de uma identidade que eu pudesse nomear: eram o fundamento das regiões sinistras e sórdidas que lançavam sua ambiência espectral na realidade do teatro, mas que eram elas mesmas apenas sombras, contrapartes superficiais de um reino mais profundo e obscuro. Cada vez mais e mais longe dentro dele, era para onde estávamos sendo levados.

A penetrante coloração púrpura podia agora ser vista como algo que emanava do labirinto de uma anatomia viva: um composto de estruturas avermelhadas, azuladas e do mais pálido rosa, todas elas morbidamente inflamadas e lesionadas para liberar uma luz roxa. Estávamos sendo guiados através de uma catacumba de câmaras e claustros pútridos, os caminhos e acostamentos mais secretos de uma terra infernal. O que quer que esses espaços pudessem ter sido outrora, eram agora habitações para cerimônias de um sabá privativo. Das cavidades em seus tegumentos carnudos e gelatinosos jorrava algo parecido com musgo, um fungo em fios frágeis compondo uma tecitura translúcida, fios palpitando nesse tecido feito veias. Era de fato o solo do sabá, secreto e não consagrado, mas também era o teatro de uma cirurgia insana. As suturas sutis costuradas entre as entranhas submissas, mãos invisíveis projetando formas e sistemas inaturais, tecendo um ninho no qual ocorreria a posse, uma teia na qual os pedaços e porções da anatomia poderiam ser consumidos à vontade. Parecia não ter ninguém à vista, mas tudo era escrutinado de uma perspectiva íntima, o ponto de vista daquele cirurgião invisível, o tecelão e o tecedor de teias, o velho mestre de marionetes que estava guarnecendo com novos cordéis uma criatura desamparada, colocando-a sob o controle de um novo dono. E através de seus olhos, extasiados, testemunhávamos o trabalho sendo feito.

Então aqueles olhos começaram a se afastar, e o mundo púrpura do organismo recuou para dentro de sombras roxas. Quando os olhos por fim saíram de onde tinham estado, a tela do cinema se encheu com o rosto e o peito nu de um homem. Sua postura era rígida, traindo um estado de paralisia, e seus olhos estavam fixos, mas surpreendentemente vivos. "Ela está nos mostrando", sussurrou o homem que estava sentado perto de mim. "Ela o tomou. Ele já não consegue sentir quem é, só a presença dela dentro dele."

Essa afirmação, à primeira vista do possuído, parecia atestar a verdade. Sem dúvida essa visão forneceu um estímulo tremendo para o meu próprio estado de ânimo da noite, incitando-a ao apogeu em uma espécie de êxtase degradado, uma convulsão de pânico depravado. No entanto, quando cravei os olhos no rosto do homem na tela, ele se tornou conhecido para mim, era o sujeito que eu encontrara no vestíbulo do cinema. O reconhecimento foi difícil, porém, porque sua carne agora estava ainda mais obscurecida pelas teias de fios de cabelo tecidas através dela, teias grossas como uma barba hirsuta em alguns pontos. Os olhos também tinham mudado bastante e olhavam para a plateia com uma ferocidade que sugeria que ele realmente servia como anfitrião de um grande mal. Mas, mesmo assim, naqueles olhos havia algo que desmentia o fato de uma transformação completa — uma consciência do feitiço e um apelo por libertação. No decorrer dos momentos seguintes, essa observação assumiu um grau de substância.

Pois o homem na tela do cinema se recompôs, embora por um momento e de forma limitada. Sua força de vontade era evidente nas contorções sutis do rosto, e sua derradeira realização foi modesta: conseguiu abrir a boca para gritar. É claro que nenhum som foi projetado pela tela, que só tocava uma música de imagens para olhos que viam o que não deveria ser visto. Assim, criou-se um efeito desorientador, uma dissonância sensorial cujo resultado foi o meu despertar do estado de espírito da noite, seu feitiço sobre mim ecoando para o nada. Porque o grito que retumbou no recinto originou-se em outra parte do cinema, um lugar além da parede imponente do fundo do auditório.

Consultando o homem sentado perto de mim, julguei-o indiferente aos meus comentários sobre o grito dentro do cinema. Ele parecia não ouvir nem ver o que estava acontecendo ao redor e o que estava acontecendo com ele. Fios de cabelo longos e fibrosos estavam brotando do tecido das poltronas, serpenteando abaixo e ao longo dos braços das poltronas e por toda a extensão delas. Os cabelos também haviam penetrado no tecido do terno do homem, mas não consegui fazer com que ele tomasse ciência do que estava ocorrendo. Por fim me levantei para sair, porque senti os cabelos dando puxões para me manter na posição. Quando me levantei, eles se desprenderam às pressas de mim como fios soltos fortuitos, arrancados de uma manga ou um bolso.

Ninguém mais no auditório desviou os olhos do homem na tela, que tinha perdido a capacidade de gritar e recaíra em um silêncio paralisante. Prosseguindo pelo corredor, olhei de relance para cima, para uma abertura retangular no alto da parede do teatro, a fenda em forma de fresta por onde as imagens de um filme são projetadas. Enquadrada nessa abertura, a silhueta do que parecia ser uma mulher velha com uma cabeleira longa e selvagemente emaranhada. Pude ver os olhos dela, ferozes e malignos, fixos no brilho roxo da tela. E aqueles olhos dardejaram duas hastes da mais pura luz púrpura, que atravessaram em disparada a escuridão do auditório.

Saindo do teatro pelo mesmo caminho por onde eu tinha entrado, não foi possível ignorar as palavras "banheiro", que de tão reluzentes agora brilhavam.

Mas a lâmpada acima da porta lateral do beco estava apagada; sumira a tabuleta em que se lia ENTRADA DO CINEMA. Até mesmo as letras que indicavam o nome do filme em cartaz naquela noite não estavam mais lá. Então aquela tinha sido a última apresentação. Dali por diante o teatro seria fechado ao público; de alguma forma eu sabia que seria assim.

Também fechados, mesmo que apenas pela noite, estavam todos os outros estabelecimentos ao longo daquela rua em particular em uma parte da cidade que eu jamais visitara. Apesar de antes eles estarem iluminados, mesmo os que tinham fechado as portas tarde da noite, agora as vitrines estavam às escuras. E eu tinha convicção plena de que atrás de cada uma daquelas janelas escuras por onde passei havia a silhueta ainda mais sombria de uma velha com olhos incandescentes e uma imensa e monstruosa cabeleira.

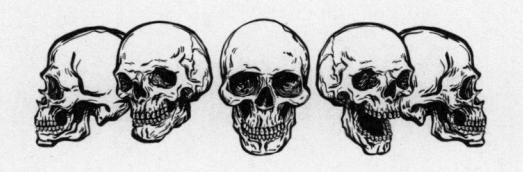

A VOZ DA CRIANÇA

A BIBLIOTECA DE BIZÂNCIO

A VISITA DO PADRE SEVICH

Em qualquer um dos cantos da nossa antiga casa onde eu estivesse, sempre era capaz de sentir a chegada de um padre. Mesmo nos cômodos mais distantes dos andares superiores, naquelas salas que haviam sido fechadas e que eram proibidas para mim, eu de súbito sentia na pele uma sensação muito certeira. De modo inexplicável o clima do entorno então se alterava de uma maneira a princípio vagamente perturbadora e depois bastante atraente. Era como se uma nova presença tivesse invadido os próprios ecos do ar e se introduzido no sol ameno da tarde, que lançava seu brilho sobre o escuro assoalho de madeira e as contorções pálidas do papel de parede antiquado. Ao meu redor, jogos invisíveis haviam começado. Minha mais antiga filosofia com relação à grande tribo sacerdotal não era, pois, de modo algum simples; antes, compreendia um labirinto denso de proposições, uma camada labiríntica de sistemas em que o pavor abstrato e uma espécie bizarra de endividamento confrontavam-se para sempre entre si. Em retrospecto, então, o prelúdio à visita do padre Sevich me parece tão crucial e tão introdutório a eventos posteriores quanto a própria visita. Por isso, não tenho escrúpulos em me demorar nesses momentos solitários.

Durante boa parte daquele dia eu estivera isolado no quarto, concentrado em realizar uma atividade típica da minha primeira infância e, no processo, devastando o que antes fora uma cama arrumada com esmero. Tendo apontado meu lápis inúmeras vezes, e tendo desgastado uma borracha grossa e cinza a ponto de convertê-la em toco, eu estava pronto para me devotar a um fracasso retumbante. O papel em si parecia me desafiar, montando armadilhas e arapucas em sua textura áspera para frustrar cada um de meus intentos. No entanto, esse estado de ânimo rebelde era uma manifestação bastante recente: eu recebera permissão para preencher quase toda a cena antes dessa ruptura de relações entre mim e meus materiais.

A porção concluída do meu desenho era uma intensa imitação de uma fantasia monástica, evocando os túneis claustrais e as profundezas abobadadas sem tentar representá-los de modo formal, em estilo esquemático. No entanto, a precisão absoluta de dois elementos específicos na imagem estava arraigada em minha mente. A primeira delas era uma única fileira de colunas recuando em perspectiva pronunciada, uma fila decrescente de sentinelas rigidamente gravadas nas trevas circundantes. O segundo elemento era uma figura escondida atrás de uma dessas colunas e que, saindo das sombras, espreitava algo aterrorizante para além da cena imediata. Apenas a face da figura e uma única mão agarrada à coluna seriam retratadas. A mão executei de modo razoável, mas quando cheguei aos traços de medo que precisavam ser implantados naquele semblante — simplesmente não houve maneira de capturar o efeito almejado. Meu desejo era que todos os detalhes do horror invisível estivessem claramente legíveis na fisionomia do próprio observador, uma tarefa enlouquecedora e, à época, fútil. Cada manipulação do meu lápis de ponta macia me traía, mascarando minha vítima com uma série de expressões completamente irrelevantes. Primeiro, foi um espanto sentimental de olhos lacrimejantes e, depois, uma espécie de perplexidade cretina. Em determinado momento, o cavalheiro parecia estar sorrindo de uma maneira quase amável diante da morte iminente.

Assim, pode-se compreender com que facilidade sucumbi à distração da visita do padre Sevich. Meu lápis se imobilizou no papel, meus olhos começaram a vagar, verificando as cortinas, os cantos e o armário aberto para algo que tinha vindo brincar de esconde-esconde comigo. Ouvi passos que percorreram metodicamente o longo corredor e pararam na porta do meu quarto. A voz do meu pai, abafada pela madeira maciça, instruiu-me a dar o ar da graça no andar de baixo. Tínhamos visita.

As frustrações daquela tarde devem ter me prejudicado um pouco, porque caí por completo na armadilha da expectativa: isto é, acreditei que nosso visitante era apenas o padre Orne, que volta e meia aparecia e fazia as vezes de uma espécie de eclesiástico íntimo da família. Mas quando desci as escadas e vi aquele estranho manto negro pendendo em um dos muitos ganchos do cabide ao lado da porta da frente, e quando vi o chapéu de aba larga da mesma cor pendurado ao lado dele como um velho companheiro, percebi meu erro.

Da sala de estar veio o som da conversa amena, a parte mais suave fornecida pelo próprio padre Sevich, cuja voz não passava de um sussurro sonolento. Ele estava sentado, de maneira bastante elegante, em uma de nossas poltronas mais amplas, e foi nessa direção que minha mãe me manobrou tão logo entrei na sala.

Durante a apresentação fiquei em silêncio e, depois de alguns poucos momentos de suspense, assim permaneci. O padre Sevich julgou que eu estava emudecido de fascínio pela pomposa bengala, e chegou a dizer isso com todas as letras. Naquele momento, a voz do padre estava infiltrada, para meu espanto, por um sotaque estrangeiro que eu não notara antes. Ele me entregou a bengala para que eu a examinasse, e avaliei o peso do formidável bastão de madeira levantando-o algumas vezes. Entretanto, a verdadeira fonte do fascínio não estava nos acessórios pessoais do padre, mas na própria pessoa, especificamente na textura de aparência calcária daquele rosto redondo.

Convidado a tomar parte da reunião da tarde, sentei-me em uma cadeira idêntica à que apoiava o corpanzil do padre Sevich, e ligeiramente inclinada na direção dele. Mas a minha aliança com o grupo era apenas em corpo: não contribuí com uma única palavra para a conversa que se seguiu, tampouco entendi aquelas palavras que agora enchiam a sala de estar com sua música modorrenta. Minha concentração no rosto do padre tinha me exilado totalmente do mundo das boas maneiras e do educado colóquio. Não era apenas o tom pálido e empoeirado de sua pele, mas também certo vazio, o olhar de incompletude que me fez pensar em alguma efígie inacabada na oficina de um fabricante de brinquedos. O padre sorriu e apertou os olhos e realizou várias outras manipulações comuns, nenhuma das quais resultou em uma expressão facial verdadeira. Faltava algo fundamental para a expressão, algum espírito essencial em que todas as expressões nascem e evoluem rumo ao seu destino singular. E, no aspecto gráfico, devo dizer que sua carne simplesmente não tinha aparência de carne.

Em algum momento minha mãe e meu pai encontraram um pretexto para me deixar a sós com o padre Sevich, provavelmente para permitir que a influência dele tivesse rédeas soltas e carta branca sobre mim, de sorte que a presença sacerdotal não fosse adulterada pela secularidade da presença deles. Esse fato nada tinha de surpreendente, já que era a esperança secreta de meus pais de que algum dia minha vida me levasse pelo menos até o seminário, se não além disso, penetrando nos mistérios de manto púrpura do sacerdócio.

Nos primeiros segundos depois que meus pais abandonaram a cena, o padre Sevich e eu nos entreolhamos, quase como se nossa apresentação anterior não tivesse contado para nada. E logo uma coisa muito interessante aconteceu: o rosto do padre Sevich passou por uma mudança, favorável à alma que antes havia sido soterrada em suas profundezas mais obscuras. Agora, daquele túmulo calcário emergiu um rosto de expressão verdadeira, uma composição magistral de olhos animados, boca viva e bochechas recém-afogueadas. Essa transformação, no entanto, deve ter sido alcançada a certo custo; pois o que o rosto do padre ganhou em vitalidade sua voz perdeu em volume. Suas palavras agora soavam como as de um inválido desesperado, coisas ressequidas recendendo a remédios e orações. Qual foi o tópico exato do discurso não tenho plena certeza, mas me lembro de que meus desenhos foram trazidos à baila. O padre Orne, é claro, já estava familiarizado com essas obras incipientes, embora eu não me recorde de ele ter alguma vez expressado admiração por elas. Contudo, pelo visto algo na natureza pictórica dos desenhos fez com que ele os mencionasse a um colega seu que vinha de outro país para nos visitar. Alguma coisa fizera o padre Orne selecionar minhas fotos, por assim dizer, como uma das atrações de sua paróquia.

Cheio de rodeios, o padre Sevich falou daqueles meus rabiscos de uma maneira extremamente evasiva e rarefeita, como se fossem um assunto doloroso e delicado que ameaçava uma ruptura em nossas relações. Não compreendi o que constituía o interesse tortuoso e sutil por meus desenhos, mas essa questão foi parcialmente esclarecida quando ele me mostrou algo: um livrinho que carregava nas intrincadas dobras de seu hábito clerical.

A capa do livro tinha a aparência de madeira envernizada, toda escura e adornada com grãos ondulantes. A princípio, achei que esse objeto seria tão frágil e quebradiço quanto parecia, até o padre Sevich o apoiar em minhas mãos e permitir que eu descobrisse que sua enganosa encadernação era, na verdade, por demais flexível, até mesmo escorregadia. Não havia palavras na capa do livro, apenas duas finas linhas pretas que se entrecruzavam para criar uma cruz. Em um exame mais minucioso, observei que a viga horizontal da cruz tinha, em cada extremidade, pequenas extensões rabiscadas semelhantes a mãos minúsculas. E a viga vertical parecia alargar-se em seu vértice para originar algo como uma pequena lâmpada, de modo que a decoração preta formava uma espécie de boneco de palito.

Por instrução do padre Sevich, abri o livro de forma aleatória e folheei várias de suas páginas incrivelmente finas, que mais pareciam camadas de tecido vivo do que folhas de polpa de papel. Parecia haver um número infinito delas, sem possibilidade de jamais chegar ao começo ou ao fim do volume simplesmente virando-se as páginas uma por uma. O padre me alertou para ser cuidadoso e não danificar nenhuma das folhas delicadas, pois o livro era muito antigo, muito frágil e extraordinariamente precioso.

A língua em que o livro foi escrito resistia a quase todas as identificações imaginárias por parte de alguém como eu, à época tão limitado em idade e conhecimento. Mesmo agora, a memória não me permitirá aperfeiçoar minha especulação inicial de que o livro fora composto em alguma língua exótica da Antiguidade. Mas a profusão de gravuras aliviou muitas frustrações e iluminou a escuridão dos símbolos secretos do livro. Nesses exemplos da arte da xilogravura, quase pude ler os textos que compunham o livro, todos eles dando a impressão de que estavam devotados a arrastar-se tediosamente sobre um único tema: *a salvação por meio do sofrimento*.

Era essa câmara de horrores sagrados que o padre Sevich acreditava que chamaria minha atenção, despertaria meu interesse. Pouquíssimos de nós, explicou ele, entendiam de fato o propósito sagrado de tais imagens de tormento, o destino divino para o qual os caminhos da angústia sempre levaram. A produção, e até mesmo a mera contemplação, desses volumes de agonia abençoada era uma das mais formidáveis artes perdidas, lamentou com todas as letras. Depois começou a falar sobre uma biblioteca de sua terra natal. Mas suas palavras já não tinham efeito sobre mim. Minha atenção vagava pelos próprios caminhos, e meus olhos estavam inextrincavelmente enredados pela paisagem densa daquelas velhas xilogravuras. Uma cena em particular parecia exemplar da alma do livro.

A figura central nessa ilustração era barbada e macilenta, com a cabeça baixa, as mãos cruzadas e os joelhos dobrados. Contraído em uma atitude de súplica orante, parecia estar suspenso em pleno ar. Ao redor desse asceta ossudo havia demônios torturantes, surpreendentemente eficazes devido à técnica brutal do artista e à escassez de pormenores precisos — ou talvez a despeito disso. Uma exceção a essa regra geral de estilo era um único demônio agachado que tinha apenas um olho, do qual surgiam aglomerados de olhinhos perfeitos; e cada um dos olhos menores tinha os próprios cílios eriçados que brotavam como ervas daninhas, uma minúscula explosão grotesca. Os próprios olhos do asceta eram o foco de sua forma particular: rígidos orifícios brancos em um rosto escuro, com duas pupilas minúsculas rolando delirantemente em direção aos céus. Mas o que havia nos enlevos escritos nessa face que inspiraram em mim a noção de outras coisas além do medo ou da dor, ou mesmo da piedade? De qualquer forma, de fato encontrei inspiração nessa cena terrível e tentei imprimi-la sobre as placas fotográficas da memória.

Com um aperto firme do meu dedo indicador e do polegar, eu segurava a página na qual essa xilogravura estava reproduzida quando o padre Sevich inesperadamente arrancou o livro de minhas mãos. Ergui os olhos não para o padre, mas para minha mãe e meu pai, que agora voltavam para a sala de visitas após a ausência breve e calculada. O padre Sevich estava com os olhos fixos na mesma direção, enquanto guardava às cegas o livreto em seu lugar. Então ele não deve ter notado a folha fina que estava frouxamente encaixada sobre meus dedos e que de imediato escondi entre as pernas. De qualquer forma, ele não disse nada sobre o contratempo. E na época eu não conseguia imaginar que qualquer poder na Terra fosse capaz de perceber a perda de uma única página das camadas impossivelmente densas e prodigiosas daquele livro. Sem dúvida eu estava a salvo dos olhos do padre Sevich, que mais uma vez tornaram-se tão embotados e inexpressivos quanto a tez de gesso de seu rosto.

Pouco depois o padre teve que ir embora. Com fascinação, vi quando ele se recompôs em nosso vestíbulo, envergando seu manto, ajustando seu chapéu enorme e escorando na bengala o corpo volumoso. Antes de partir, ele convidou todos nós para visitá-lo em sua terra natal, e prometemos fazê-lo caso nossas viagens nos levassem àquelas plagas do mundo. Enquanto minha mãe me segurava bem rente ao lado dela, meu pai abriu a porta para o padre. E a tarde ensolarada, agora ventosa e nublada, o recebeu.

O RETORNO DO PADRE SEVICH

A xilogravura roubada do livro de orações do padre, pensando bem, não foi a solução que eu imaginava. Embora suspeitasse que ela detinha certos poderes inspirativos, um modesto fundo de energia moral, logo descobri que o ícone macabro negava suas bênçãos aos forasteiros. Até então eu não tinha levado em consideração que uma imagem sagrada desse tipo teria uma natureza tão secreta, pois estava mais apaixonado pelas lições profanas que, acreditava eu, ela poderia ensinar — acima de tudo, como eu poderia fornecer ao meu homem sem rosto no monastério um semblante de verdadeiro terror. No entanto, não aprendi essas lições e fui forçado a deixar minha figura em um estado inacabado, uma lousa ridiculamente vazia que eu permanecia incapaz de adornar com o horror absoluto de uma atrocidade fora do palco. Mas a imagem, refiro-me à do livro de orações, a bem da verdade tinha outro valor insuspeito para mim.

Como eu já estabelecera uma afinidade espiritual com o padre Sevich, não pude obstruir certa consciência de seus próprios mistérios. Ele logo se tornou conectado em minha mente com narrativas desarticuladas de certa espécie, histórias em estado bruto, e potencialmente épicas, até mesmo cósmicas, em escopo. Sem dúvida havia em torno dele uma aura de lenda, um ciclo de conhecimento mudo e incrível; e resolvi que seus movimentos futuros mereciam a atenção mais meticulosa possível. Um empreendimento tão difícil tornou-se infinitamente mais fácil devido à minha posse daquela única e frágil página arrancada de seu livro de orações.

Eu a mantinha comigo o tempo inteiro, bem protegida e acondicionada em um papel de embrulho emprestado da minha mãe. Os resultados iniciais foram logo aparecendo, ainda que não de todo bem-sucedidos, considerando o custo desse pródigo arroubo de esforço psíquico. Assim, as cenas iniciais foram por demais imperfeitas, visões facilmente dispersas, fragmentárias, algumas bem próximas do absurdo. Entre elas estava uma visita que o padre Sevich fez a outra família, uma vinheta sombria na qual o anêmico padre parecia ter empalidecido a ponto da translucidez.

E os outros envolvidos eram ainda piores: alguns deles mal tinham se materializado, ou eram visíveis apenas como uma espécie de bruma antropomórfica. A melhora era considerável quando o padre Sevich estava sozinho ou na presença de apenas uma outra pessoa. Uma longa conversa com o padre Orne, por exemplo, era projetada em sua totalidade; mas, como numa cena fotográfica iluminada de forma inapropriada, a substância de todas as formas tinha sido diluída, solvendo-se em uma vivacidade sinistra. Além disso, dada a natureza desses empenhos visionários, o encontro inteiro transcorreu em silêncio mortal, como se os dois clérigos estivessem meramente representando, com seus personagens, uma pantomima.

E em todas as fases de atividade o padre Sevich continuava sendo o visitante-modelo de uma diocese estrangeira, sem dar nova margem a escândalo desde sua breve, embora infinitamente promissora, visita a meus pais e a mim. Talvez as únicas ocasiões em que ele ameaçava cumprir essa promessa, esse voto de encarnar alguns dos mitos abstratos que seu caráter sugeriu à minha imaginação, ocorressem durante seus intervalos de absoluta privacidade. Nas horas mais inconscientes de escuridão, quando o resto da população do presbitério repousava, o padre Sevich deixava o conforto austero da cama e, sentando-se a uma mesa voltada para a janela, se debruçava sobre o conteúdo de certo livro, virando página após página e parando de quando em quando para proferir algumas das estranhas palavras ali inscritas. De alguma forma essas eram as frases da própria biografia misteriosa, uma crônica de coisas verdadeiramente inomináveis. Na formação dos lábios do padre, enquanto ele os movia para mimicar os encantamentos de uma língua morta, nos movimentos bruscos de sua língua entre fileiras de dentes imaculados, quase se podia traçar a cronologia convulsa desse estrangeiro.

Como é estranha a vida mais profunda do outro: os primórdios inacreditáveis; os esmerados desdobramentos inimagináveis; e as incalculáveis eras que preparam, que vaticinam; os fenômenos multiformes de um número incerto de anos! Já era possível ler no rosto do padre Sevich muito do que ele havia suportado no quinhão que lhe coubera. Mas ainda existia algo a ser revelado em suas feições, algo que a lâmpada acesa pousada sobre a escrivaninha, acrescida da luz de cada constelação no universo visível, pelejava para iluminar.

Quando o padre Sevich voltou à sua terra natal, perdi todo o contato com seu paradeiro, e logo a minha própria vida desmoronou de novo na rotina. Passado aquele verão cansativo e infrutífero, era hora de iniciar outro ano na escola, encontrar mais uma vez os mistérios opressivos da estação outonal. Mas eu não tinha esquecido por completo a aventura com o padre Sevich. No auge do semestre de outono, começamos a desenhar abóboras com grossos lápis de cera laranja, cujas pontas eram desastradamente rombudas, e com tesouras cegas moldávamos gatos pretos das profundezas informes de papel preto. Sucumbindo a uma ânsia desesperada por inovação, criei com papel e tesoura uma silhueta em forma humana. As proporções justas do meu trabalho manual receberam inclusive elogios da freira que fazia as vezes de nossa professora de artes. Mas quando enfeitei a figura com um colarinho branco minúsculo e lhe dei uma boca tosca que se escancarava em um grito — houve indignação e punição. Sem discutir uma feliz sequência de causa e efeito entre esse incidente e o que se seguiu, não demorou muito para que a temporada escolar se tornasse, para mim, acidentada e repleta de doenças. E foi durante essa época de rotina estraçalhada, quando por três dias e noites fiquei acamado e ensopado de febre, que recobrei meu domínio, com uma compreensão visionária que atravessou o oceano entre nós, no curioso itinerário do padre Sevich.

Com chapéu, manto e bengala, o velho padre claudicava, arrastando-se com um vigor notável, e sozinho, ao longo de ruas estreitas e noturnas de uma cidadezinha muito antiga em seu país de origem. Era uma cena de conto de fadas à qual nem mesmo o mais amoroso ilustrador de lendas medievais seria capaz de fazer justiça. Felizmente, a própria cidade — as vielas serpeantes, a luminiscência distorcida dos postes de iluminação pública, a confusão sobreposta de telhados pontiagudos, a lâmina finíssima da lua, que parecia pertencer a essa cidadezinha, e a mais nenhum outro lugar da Terra — não requer nenhuma ênfase prolongada neste relato memorialístico. Apesar de não revelar a identidade, nem em nome tampouco em local, a cidade ainda exigia algum tipo de designação, à guisa de título oficial, apesar do enorme erro que isso pudesse ser. E de todos os nomes já atribuídos a lugares deste mundo, o único que parecia apropriado, a seu modo delirante, era um nome ancestral que, depois de todos esses anos, parece não menos adequado e não menos absurdo agora do que naquele momento. Inominavelmente ridículo, e por isso não o mencionarei.

Agora o padre Sevich estava desaparecendo em um nicho estreito entre duas casas escuras, o que o levou a um beco não asfaltado ladeado por muretas e que ele percorreu quase no breu total até o caminho abrir-se em um pequeno pátio circundado por muros altos e iluminado por uma única lâmpada embaciada no centro. Ele se deteve por um momento para recobrar o fôlego, e quando ergueu os olhos para contemplar a noite, como se quisesse conciliar seu percurso com as estrelas acima, podia-se ver o rosto dele suando e brilhando à luz ictérica. Em algum lugar nas sombras drapejadas e esvoaçando sobre aquelas paredes altas havia uma abertura. Passando através desse portão dúbio, o velho padre continuou sua incrível deambulação pelos bairros mais escuros e mais remotos da velha cidadezinha.

Agora ele estava descendo uma escadaria de pedra cortada que levava para um nível abaixo do das ruas da cidadezinha; em seguida, um túnel curto dava em outra escada que se enfiava em espiral terra adentro, entocando-se na absoluta escuridão. Conhecendo o caminho, o padre por fim emergiu do negrume desse lugar nenhum para de repente entrar em uma vasta câmara circular. O local parecia um torreão afundado sob a cidadezinha, elevando-se a uma altitude imensa e paradoxal. Nas partes mais altas da torre, luzinhas vislumbravam feito estrelas e lançavam seu lustro em uma trama de fios entrecruzados, sem padronagem.

A estrutura subterrânea, em cujo centro postava-se agora o padre Sevich, erguia-se em uma série de terraços, cada um rodeado por uma balaustrada brilhante feita de algum metal dourado e cada qual circulando o perímetro da câmara interna. Esses terraços multiplicavam-se, distância acima, contraindo-se em círculos menores e mais finos, enodoando-se juntos em algum momento e se perdendo em nuvens de sombras que pairavam bem mais no alto. Além disso, cada nível era provido de numerosos portais entremeados a espaços regulares, todos eles escuros, sem nada insinuar do que existia além de seus limiares desprotegidos. Mas qualquer um poderia supor que, fosse aquela a biblioteca de que o padre falava, fosse um verdadeiro repositório de livros como o que ele acabara de remover de debaixo de sua túnica, então tais estreitos orifícios deviam levar aos arquivos do prodigioso ateneu, sugerindo nada menos que um favo de mel bibliográfico de extensão e complexidade desconhecidas. Perscrutando as sombras à sua volta, o padre parecia antecipar o aparecimento de alguém no comando, alguém encarregado dos cuidados daquela instituição. Então uma das sombras, uma das maiores sombras e a mais próxima do padre, virou-se... e três desses zeladores agora estavam à sua frente.

Esse triunvirato de figuras parecia compartilhar o mesmo rosto, que era quase uma caricatura de serenidade. Elas usavam vestes muito parecidas com as do próprio padre, e os olhos eram grandes e calmos. Quando o padre estendeu o livro para a figura do meio, uma mão avançou para pegá-lo, uma mão branca como a mais branca luva. A figura central então pousou sua outra mão aberta sobre a capa do livro, e em seguida a figura à esquerda estendeu uma das mãos, que apoiou sobre a primeira; ato contínuo uma terceira mão, pertencente à terceira figura, cobriu-as com a palma branca e os dedos longos, unindo as três. As mãos permaneceram assim por algum tempo, como se uma transferência invisível de poderes fabulosamente sutis estivesse ocorrendo, algo sendo dado ou recebido. Devagar as cabeças das três figuras voltaram-se uma para a outra e, simultaneamente, houve uma mudança na atmosfera da câmara riscada com os raios de luz caóticos das estrelas do mundo subterrâneo. Quem fosse forçado a nomear essa nova qualidade e apontar para seu sinal externo poderia chamar a atenção para certo olhar nos enormes olhos dos três zeladores, certa expressão de um escárnio ou asco hermético.

Eles retiraram as mãos apoiadas sobre o livro e as deixaram de novo fora da vista. Então os zeladores voltaram os olhos para o padre, que já se afastara alguns passos dessas sombras indignadas. Mas, quando o padre começou a virar as costas para elas, quase precisamente no meio de seu giro de pivô ele pareceu congelar de modo abrupto na posição em que estava, como alguém que acaba de ouvir seu nome gritado em algum lugar estranho distante de casa. No entanto, o padre não permaneceu paralisado por muito tempo, essa estátua pronta para dar um passo que lhe é proibido, com a face tão rígida e pálida quanto a pedra de um monumento. Logo seus sapatos pretos e altos até os tornozelos começaram a escoicear pra lá e pra cá à medida que deixavam o chão sólido. E quando o padre subiu um pouco mais alto, em plena insegurança absoluta do ar vazio, a bengala soltou-se de sua mão; ela caiu na vasta extensão nua do chão da torre, onde parecia tão pequena quanto um graveto ou um lápis. Seu chapéu de abas largas despencou logo em seguida, assentando-se ao lado da bengala, ao passo que o padre começou a se sacudir e girar no ar como um adormecido inquieto, enrolando-se no escuro casulo de seu manto. Então a capa foi rasgada, mas não pelo sacerdote que se debatia. Algo mais estava lá em cima com ele, galgando as inúmeras camadas da torre, ou talvez fossem muitas as coisas invisíveis que lhe estraçalharam as roupas, os tufos esparsos do cabelo, os dedos entrelaçados de suas mãos, agora dobradas e apertadas contra a testa, como que em oração desesperada. E finalmente o rosto dele.

Agora o padre não era mais do que um grão escuro agitando-se nos píncaros da torre escura. Pouco depois ele não era nada. Abaixo, as três figuras evadiram-se para o refúgio das sombras, e a vasta câmara parecia vazia, mais uma vez. Em seguida tudo enegreceu.

A minha febre piorou ao longo de vários dias até que certo fim de noite, de súbito, inesperadamente, ela arrefeceu. Exausto pelas provações do meu delírio, eu estava enterrado na cama sob cobertores pesados, cujas camadas em geral numerosas tinham sido suplementadas pelos cuidados de minha mãe. Apenas alguns momentos antes, ou alguns milênios, ela saíra do meu quarto acreditando que eu finalmente tinha adormecido. Mas eu nem sequer chegara perto de dormir, não mais do que me aproximei de um estado normal de vigília. A única iluminação no quarto era a luz noturna natural da lua brilhando através das janelas. Por entre os olhos semicerrados me concentrei nessa luz, suspeitando que havia nela coisas estranhas, até que por fim percebi que todas as cortinas do quarto estavam cerradas bem firme, que o brilho pálido ao pé da cama era uma fosforescência inatural, uma aura infernal ou halo angelical irradiando em torno da forma do próprio padre Sevich.

Na minha confusão eu o cumprimentei, tentando erguer a cabeça do travesseiro, mas caindo para trás de fraqueza. Ele não demonstrou ter notado minha presença e, por um segundo, pensei — nas perambulações infernais da minha febre — que era *eu* a assombração, não ele. Tentando adquirir uma percepção mais clara das coisas, reuni toda a força de que era capaz para abrir minhas pálpebras pesadas feito chumbo. Como recompensa por esse esforço, testemunhei com toda a acuidade possível da minha visão interior e exterior o esplendor incorpóreo do rosto do espectro. E num momento incomensurável por incrementos terrenos do tempo, compreendi todos os detalhes, todos os dados e nuances da história de vida desse visitante, o destino fantástico que culminara na criação desse semblante infinitamente medonho, cuja expressão tornara-se rígida pela visão de horrores inimagináveis, e petrificada em pedra espectral. E naquele mesmo momento senti que também conseguia ver o que essa alma perdida tinha visto.

Agora, com toda a força de um planeta revolvendo sua tonelagem no negrume do espaço, o rosto girou sobre seu eixo terrível e, embora ainda aparentasse não atinar com a minha existência, falou, como que só para si e para seu fado solitário:

"Sem ter sido devolvida como havia sido dada, a lei do livro está rompida. A lei... do livro... se rompeu."

O espectro mal tinha proferido as últimas sílabas retumbantes do estranho pronunciamento quando sofreu uma mudança. Diante de meus olhos, ele começou a definhar tal qual algo arremessado para uma fogueira e, sem a menor indicação de angústia, enrugou-se em nada, como se algum poder invisível tivesse súbito decidido descartar seu trabalho, amarrotar um exercício abortado e jogá-lo esquecimento adentro. E foi então que senti meus próprios propósitos em uma interseção, uma encruzilhada fortuita com aquela mão indômita e invisível. Mas *eu* não desprezaria o que tinha visto. Com a saúde milagrosamente restaurada, juntei meus materiais de desenho e passei o resto daquela noite acordado, registrando a visão. Por fim obtive o rosto que procurava.

PÓS-ESCRITO

Não muito tempo depois daquela noite, fiz uma visita à nossa igreja paroquial. Como esse gesto era inteiramente de moto próprio, meus pais estavam livres para interpretá-lo como um sinal de coisas que estavam por vir, e sem dúvida o fizeram.

O objetivo desse ato, no entanto, era simplesmente coletar uma garrafinha com água benta da bela cisterna de metal que dispensava esse líquido para o público e que ficava no vestíbulo da igreja. Com desculpas a minha mãe e meu pai, nessa ocasião não entrei na igreja em si. De posse da solução abençoada por um padre, corri para casa, onde de imediato desencavei — do fundo da gaveta da cômoda — a página arrancada do livro do padre Sevich. levei ambos os itens, a página do livro de orações e a garrafa de água benta, para o banheiro do segundo andar. Tranquei a porta e ajeitei a pequena folha delicada na pia do banheiro, fitando por alguns instantes aquela maravilhosa xilogravura. Eu me perguntei se algum dia seria capaz de compensar o ato de vandalismo, talvez oferecendo algo que fosse só meu a certo repositório de tesouros afins no velho país natal. Mas então me lembrei do destino do padre Sevich, que ajudou a afugentar da minha mente a questão toda. Da garrafa desarrolhada salpiquei a água benta sobre a preciosa página aberta no fundo da pia. Por alguns instantes ela chiou, exatamente como se eu tivesse despejado um potente ácido, e exalou um vapor não desagradável, um incenso que recendia a negação e privilégio secreto. Por fim, a página dissolveu-se por completo. Aí eu soube que o jogo tinha acabado, o sonho chegara ao fim. No espelho acima da pia, vi meu próprio rosto sorrindo um sorriso de profundo contentamento.

SENHORITA PLARR

Era primavera, embora ainda bem no começo da estação, quando uma jovem veio morar conosco. Sua incumbência era administrar os assuntos da casa enquanto minha mãe padecia de uma enfermidade vaga, persistente mas não grave, e meu pai viajava a negócios. Ela chegou em um daqueles dias enevoados e garoentos que quase sempre predominavam durante os jovens meses daquele ano em particular e que permanecem em minha memória como a assinatura dessa época excepcional. Uma vez que a minha mãe estava por vontade própria confinada à cama e meu pai ausente, coube a mim atender àquelas batidas bruscas e urgentes à porta da frente. Como ecoaram pelos muitos cômodos da casa, reverberando nos cantos mais recônditos dos andares superiores.

Puxando a maçaneta de metal curvado, tão imensa na minha mão de criança, deparei com ela parada de pé, de costas para mim e contemplando profundamente um mundo de névoa escurecida. Seus cabelos negros reluziam à luz do vestíbulo. Quando ela se virou devagar, meus olhos cravaram-se naquele grande turbante de cabelo de ébano, primorosamente dobrado e redobrado inúmeras vezes sobre si mesmo, mas ainda assim de alguma forma rebelando-se contra a disciplina, com muitos fios brilhantes escapando das amarras e irrompendo, desgovernados. De fato, foi através de uma mecha solta de cabelos cobertos de bruma que ela olhou pela primeira vez para mim, dizendo: "Meu nome é..."

"Eu sei", disse.

Mas naquele momento não era tanto o nome dela que eu sabia, apesar das recitações diligentes do meu pai para mim, mas sim todas as correspondências inesperadas que senti diante daquela presença física. Pois mesmo depois de entrar na casa ela manteve a cabeça ligeiramente virada e olhou de relance por cima do ombro para a porta aberta, observando os elementos do lado de fora e ouvindo com intensa expectativa. A essa altura, aquela estranha já havia adquirido uma orientação precisa em meio ao caos de rostos e outros fenômenos do mundo. De modo muito literal o lugar dela era obscuro, situado em algum lugar nas profundezas da disposição peculiar daquela tarde de primavera, quando tudo levava a crer que os gestos naturais da estação tinham sido distanciados e suprimidos por uma desolação sobrenatural — uma exuberância fervilhante escondida por parapeitos escuros de nuvens que assomavam sobre uma paisagem nua, praticamente invernal. E os sons a que ela dava ouvidos também pareciam remotos e sufocados, excluídos por um crepúsculo emudecido e sombrio, asfixiados naquela torre de céu bem cinza.

Contudo, enquanto a srta. Plarr parecia refletir com exatidão todos os sinais e maneirismos daqueles dias todos agrilhoados pela melancolia, o lugar dela em nossa casa ainda era uma incógnita.

Durante a primeira parte da estadia conosco, a srta. Plarr era mais ouvida que vista. Suas atribuições, fosse por instrução ou por interpretação própria, logo a envolveram em uma rotina de perambular pelas salas e corredores ecoantes da casa. Raramente havia uma interrupção naqueles passos que ressoavam sobre tábuas envelhecidas; dia e noite, aquela crepitação suave sinalizava o paradeiro de nossa vigilante governanta. Pela manhã eu acordava com os movimentos da srta. Plarr nos andares acima ou abaixo do quarto, enquanto no fim da tarde, quando eu passava um tempo na biblioteca depois de voltar da escola, ouvia o *clop-clop* de seus saltos barulhentos no parquete na sala adjacente. Mesmo tarde da noite, quando a estrutura da casa se expressava com uma fuga de ruídos, a srta. Plarr aumentava essa música decrépita com as próprias passadas lentas nas escadas ou do lado de fora da minha porta.

Certa vez fiquei desperto no meio da noite, embora meu sono não tivesse sido interrompido por nenhum som perturbador. E eu não sabia exatamente o que tornava impossível fechar de novo os olhos. Por fim, deslizei para fora da cama, em silêncio abri a porta do meu quarto em alguns centímetros e espreitei o corredor escuro. Na extremidade daquela longa passagem havia uma janela preenchida pela radiância lívida do luar, e emoldurada pela janela estava a srta. Plarr, toda a sua forma sombreada em uma silhueta tão escura quanto o negror de seus cabelos, todo empilhado no formato selvagem de alguma flor da noite. Tal era a intensidade com que fitava pela janela que não pareceu detectar que eu a observava. Eu, por outro lado, não podia mais ignorar a força daquela presença.

No dia seguinte comecei uma série de esboços. Essas obras primeiro tomaram a forma de rabiscos nas margens dos meus livros escolares, mas rapidamente evoluíram para projetos de maior tamanho e ambição. Dados os enigmas de qualquer variedade de criação, não fiquei de todo surpreso com o fato de as imagens que eu havia elaborado não incluírem o retrato evidente da própria srta. Plarr, nem de outras pessoas que pudessem servir à guisa de simbolismo ou associação. Em vez disso, meus desenhos pareciam ilustrar cenas de um conto de algum reino estranho e cruel. Possuído por humores e visões curiosos, descrevi um domínio soturno obscurecido por uma espécie de névoa ou nuvem cujas profundezas produziam uma infinidade de estruturas incríveis, todas elas de alguma forma distorcidas em aspectos de selvageria bizarra. Da matriz dessa cerração fértil nascia uma ninhada de edifícios imponentes que combinavam características de um castelo e uma cripta, um palácio de muitos cimos e um mausoléu de várias câmaras. Mas também havia aglomerados de edifícios menores, derivações deformadas dos prédios maiores, abrigando talvez não mais do que um único quarto, um apartamento de arquitetura sinistramente distorcida, uma cela de masmorra reservada ao mais exclusivo cativeiro. Por óbvio, não demonstrei nenhuma genialidade especial na execução desses locais fantasmagóricos: minha técnica era tão bárbara quanto meu tema. E com certeza não fui capaz de introduzir nas imagens ameaçadoras qualquer sugestão de certos sons que parecessem parte integrante de sua representação adequada, uma espécie de acompanhamento auditivo a esses cenários operísticos. Na verdade, eu não conseguia nem sequer imaginar esses sons com algum grau de clareza. No entanto, sabia que eles pertenciam às imagens, e que, como dimensão puramente visível dessas obras, sua fonte poderia ser encontrada na pessoa da srta. Plarr.

Embora eu não tivesse a intenção de mostrar-lhe os esboços, houve evidências de que ela se entregava a observações privativas deles. Ficavam mais ou menos expostos sobre a escrivaninha do meu quarto; não fiz nenhum esforço para esconder meu trabalho. E comecei a suspeitar que a ordem deles estava sendo desarranjada na minha ausência, comecei a sentir um desarranjo sutil vagamente revelador, apesar de não conclusivo. Por fim, ao voltar da escola em uma tarde cinzenta, descobri um sinal claro das investigações da senhorita Plarr. Pois, caído entre dois dos meus desenhos, pressionado como uma lembrança em um velho livro de recortes, havia um longo fio de cabelo preto.

Sem demora eu quis confrontar a srta. Plarr a respeito da intromissão, não porque de alguma forma eu me ressentisse, mas unicamente para aproveitar a ocasião a fim de me aproximar dessa errática excêntrica e talvez chegar mais perto das estranhas visões e sons que ela trouxera para dentro da nossa casa. No entanto, nesse estágio de seu período de emprego já não era mais tão fácil localizá-la, por ter cessado as incursões constantes e barulhentas e iniciado rituais mais sedentários ou furtivos.

Como não havia o menor sinal dela em outro lugar da casa, segui direto para o quarto que lhe havia sido reservado, e que eu até então havia respeitado como seu santuário. Mas, quando caminhei lentamente até a porta aberta, vi que ela não estava lá. Depois de entrar no quarto e fuçar aqui e ali, percebi que ela não estava usando o aposento e talvez nunca tivesse se instalado lá. Quando me virei para continuar minha busca pela srta. Plarr, eu a encontrei de pé, em silêncio, no vão da porta e observando o quarto sem fixar os olhos em qualquer coisa ou qualquer pessoa ali dentro. Mesmo assim eu parecia estar em posição de punição, perdendo toda a vantagem anterior sobre aquela invasora do *meu* santuário. Contudo, não houve menção a nenhuma dessas transgressões, a despeito do que parecia ser nosso entendimento mútuo delas. Estávamos vagando desamparados em um abismo de reprimendas e suspeitas tácitas. Por fim, a srta. Plarr nos resgatou ao fazer um anúncio que ela obviamente estava guardando para o momento certo.

"Falei com sua mãe", declarou com voz potente, "e concluímos que eu deveria começar a lhe dar aulas particulares em algumas das disciplinas escolares em que você é mais fraco."

Acredito que devo ter meneado a cabeça ou oferecido algum outro gesto de assentimento. "Bom", ela disse. "Começaremos amanhã."

Em seguida, em silêncio, ela se afastou, deixando suas palavras ressoarem na cavidade daquele quarto desocupado — desocupado, posso afirmar, já que minha própria presença agora parecia ter sido eclipsada pela sombra intumescida da srta. Plarr. No entanto, essa instrução extraescolástica mostrou-se de imenso valor para esclarecer o que, à época, era o assunto que era meu ponto fraco: a srta. Plarr em geral, com especial atenção para onde ela havia se instalado em nossa casa.

Minha tutoria foi conduzida em uma sala que a srta. Plarr julgava especialmente adequada ao propósito, embora seu raciocínio possa não ter ficado evidente de imediato. Pois o lugar que escolhera para me dar as lições era um sótão pequeno localizado sob um telhado na parte de trás da casa. O teto inclinado daquele recinto nos expunha a vigas apodrecidas como as balizas de alguma antiga embarcação que poderia nos levar a destinos desconhecidos. E havia correntes de ar gélido que redemoinhavam ao redor, correntes opostas emanando da moldura empenada na qual uma janela de muitas vidraças volta e meia sacudia suavemente. A luz nos fornecia tardes encobertas que desvaneciam naquela janela, com o auxílio de uma velha lamparina a óleo que a srta. Plarr pendurara sobre um prego em um dos caibros do sótão (ainda me pergunto de onde ela desenterrara aquela antiguidade.) Foi essa lamparina ensebada que me permitiu vislumbrar um monte de trapos velhos que haviam sido empilhados em um canto para formar uma espécie de roupa de cama rústica. Por perto estava a mala com a qual a senhorita Plarr chegara.

A única mobília naquele cômodo era uma mesa baixa, que servia de escrivaninha, e uma cadeira pequena e frágil, ambos os itens relíquias da minha primeira infância e sem dúvida redescobertos no decorrer das diversas expedições da minha professora por toda a casa. Sentado no centro da sala, eu me submetia ao *páthos* mofado do entorno. "Em um recinto como este", afirmou a srta. Plarr, "podem-se aprender certas coisas da maior importância." Então eu escutava com atenção enquanto a srta. Plarr pisava pesadamente de um lado para o outro, empunhando uma comprida ponteira de madeira que não tinha lousa para apontar. Em linhas gerais, no entanto, ela deu uma série de aulas bastante fascinantes.

Sem tentar reproduzir a retórica exata de seu discurso, lembro-me de que a srta. Plarr estava especialmente preocupada com meu desenvolvimento em tópicos que muitas vezes resvalavam para a história ou a geografia, vez por outra abordando os campos da filosofia e da ciência. Suas palestras ela proferia de memória, sem nunca hesitar quando me dava a conhecer fatos incontáveis que não haviam chegado até mim por meio das vias convencionais da educação. No entanto, essas preleções eram tão sinuosas quanto seus passos no assoalho frio daquele quarto do sótão, e a princípio eu ficava aflito tentando segui-la de um ponto para o outro. No fim das contas, porém, comecei a extrair certos temas daquele plano de ensino caótico. Por exemplo, o tempo todo ela voltava aos espasmos primordiais da vida humana, descrevendo um mundo regido apenas pela mais rudimentar das leis, mas intrigantemente avançado no que ela chamava de "práticas viscerais". A srta. Plarr permitia que muita coisa do que dizia fosse, dessa maneira, especulativo. Nas discussões sobre períodos posteriores, ela acatava as restrições, ao mesmo tempo que também desfrutava da explicitação, dos registros aceitos. Assim, tornei-me íntimo daquelas antigas atrocidades que granjearam renome para um monarca persa, de um massacre centenário no sertão brasileiro e dos métodos específicos de punição empregados por várias sociedades amiúde relegadas às margens da história. E em outros arroubos de instrução, durante os quais a srta. Plarr podia brandir no ar sua ponteira de madeira como o pincel de um artista, fui apresentado a terras cuja principal característica era uma espécie de brutalidade e uma atmosfera de exílio — terrenos acidentados e tortuosos, delírios de terra e céu. Estes incluíam ilhas desoladas e acossadas por névoa em mares polares, países de picos estéreis lacerados por ventos incessantes, terras devastadas que consumiam todo o senso de realidade em seus vastos espaços, reinos ensombrados atulhados de cidades mortas e infernos sufocantes de selva onde a própria luz é tingida com um limo azulado.

Em algum momento, porém, o currículo especializado da srta. Plarr, outrora tão inovador e cativante, entorpeceu pela repetição. Comecei a me desassossegar no assento em miniatura, a cabeça encurvada sobre a escrivaninha em miniatura. Então as palavras dela pararam de súbito, e ela se aproximou de mim, pousando sobre o meu ombro a ponteira de ponta de borracha. Quando olhei para cima vi apenas aqueles olhos penetrantes me encarando e aqueles cabelos pretos delineados na luz lúgubre que vagava pelo sótão como um vapor brilhante.

"Em um recinto como este", sussurrou ela, "pode-se aprender o comportamento *adequado*".

A ponteira foi então puxada, roçando meu pescoço, e a srta. Plarr encaminhou-se até a janela. Lá fora, uma das intensas brumas daquela primavera obscurecia a paisagem. Como que visto através de folhas de gelo tenebrosas, tudo parecia remoto e alucinatório. Ela própria uma figura indeterminada, a srta. Plarr contemplava um mundo de sombras amarradas no lugar. Ela parecia também ouvi-lo.

"Você conhece o som de algo que aferroa o ar?", perguntou, balançando de leve a ponteira contra o próprio corpo.

Entendi o que ela quis dizer e assenti em anuência. Entretanto, ao mesmo tempo imaginei mais do que a chibatada de um professor vergastando o corpo de um aluno. Sons mais sérios e mais estranhos intrometeram-se na quietude da sala de aula. Eram sons distantes perdidos no silvo de tardes chuvosas: lâminas imensas varrendo espaços vastos; asas expansivas decepando ventos frios; longos chicotes açoitando a escuridão. Ouvi também o som de coisas que estavam "aguilhoando o ar" em lugares além de toda compreensão. Esses sons foram ficando cada vez mais estridentes. Por fim, a srta. Plarr deixou cair a ponteira e cobriu as orelhas com as mãos.

"Por hoje é só", berrou.

No dia seguinte ela não me deu aula, e nunca mais retomou a tutoria.

Parecia, no entanto, que minhas lições com a srta. Plarr continuaram de uma forma diferente. As tardes naquele sótão deviam ter exaurido alguma coisa dentro de mim e, por um breve período, não tive forças para sair da cama. Durante esse tempo notei que a própria srta. Plarr estava sofrendo um declínio, permitindo que as simpatias intangíveis que já existiam entre nós se tornassem muito mais profundas e emaranhadas. Até certo ponto pode-se dizer que o meu próprio processo de degeneração estava seguindo o dela, assim como minha capacidade de ouvir, sensibilizada pela doença, acompanhava os passos ecoantes dela movendo-se pela casa. Pois a srta. Plarr voltara a suas inquietas deambulações, tendo de algum modo fracassado em se acomodar em qualquer tipo de serenidade.

Nas visitas ao meu quarto, que se tornaram frequentes e eram sempre inesperadas, eu podia observar as fases de sua dissolução no nível material e também psíquico. Os cabelos agora estavam soltos mais ou menos na altura dos ombros, contorcendo-se das maneiras mais hediondas, como uma malha escura de pesadelos, um ninho abominável em que fervilhavam as próprias suspeitas. Além disso, era impressionante como suas ligações com uma ordem estritamente mundana haviam se tornado decaídas, e meu relacionamento com ela era conduzido sob o risco de intimidade com esferas de uma natureza extremamente questionável.

Certa tarde acordei de uma soneca e descobri que todos os desenhos que ela me inspirara a produzir haviam sido despedaçados e jaziam espalhados pelo quarto. Mas essa tentativa primitiva de exorcismo mostrou-se inócua, pois nas últimas horas da mesma noite eu a encontrei sentada na minha cama e inclinando-se para bem perto de mim, seus cabelos roçando meu rosto. "Fale-me desses sons", exigiu ela. "Você está fazendo isso para me assustar, não é?" Por algum tempo senti que ela escapava totalmente, rompendo nosso extraordinário vínculo e permitindo que minha saúde melhorasse. Mas logo quando eu parecia estar me aproximando de uma recuperação completa, a srta. Plarr retornou.

"Acho que você está muito melhor agora", disse ela entrando no meu quarto com uma vivacidade que parecia ser um esforço. "Hoje você pode se arrumar. Tenho que fazer algumas compras, e quero que você venha junto e me ajude."

Eu poderia ter protestado alegando que sair num dia como aquele me causaria uma recaída, pois lá fora me aguardavam uma pesada umidade primaveril e tanta névoa que era impossível enxergar qualquer coisa além da janela do meu quarto. Mas a srta. Plarr já estava perdida para o mundo de praticidades salutares, ao passo que seus modos traíam uma determinação hipnótica e fatal a que eu não poderia ter resistido.

"Quanto a esse nevoeiro", ela disse, embora eu não o tenha mencionado, "acho que seremos capazes de encontrar o caminho."

Tendo a fraqueza de uma criança quando se tratava de perspectivas de desventura, segui a srta. Plarr para dentro daquela paisagem coberta de névoa. Depois de caminhar apenas alguns passos, perdemos a visão da casa, e até mesmo o chão sob nossos pés estava submerso sob camadas de uma teia pálida e flutuante. Mas ela pegou minha mão e marchou adiante como se fosse guiada por alguma bizarra visão.

E sob o domínio dela essa visão foi conduzida para dentro de mim, levando nós dois para um caminho de estranheza. No entanto, à medida que avançávamos, comecei a reconhecer certas formas que gradualmente emergiam em torno de nós — aquela ninhada de formas escuras que abriam caminho à força através do nevoeiro, como se o crescimento delas não pudesse mais ser contido pela bruma. Quando apertei com mais força a mão da srta. Plarr — que parecia estar perdendo vigor, esmaecendo em sua substância —, a visão se lançou em direção à clareza. Com o aspecto de algum leviatã assomando a partir do abismo, um mundo monstruoso se definiu diante de nossos olhos, forçando passagem através da superfície da névoa, que agora se alastrava em tufos sobre as estruturas de um reino imenso e medonho.

Mais expansivas e intrincadas do que minhas imaginações anteriores, puramente artísticas, essas estruturas despontaram e jorraram como um conglomerado de cristais sem padrão, monumentos angulares e multifacetados agrupados em um cemitério enevoado. Era de fato uma cidade morta e todos os residentes estavam sepultados dentro de muralhas — ou não estavam em lugar nenhum. As ruas eram de um tipo que atravessava esse caos de arquitetura, serpeando entre os edifícios inclinados, e ainda assim mantinham todas uma unidade em interligação, muito semelhante a uma cordilheira de picos e abismos desvairadamente esculpidos e bastante parecida com os cúmulos-nimbos montanhosos e sombrios de uma estação chuvosa. Sem dúvida a própria essência de uma tempestade era inerente ao dinamismo irregular dessas estruturas, uma pirotecnia que permanecia suspensa ou escondida, sua violência uma questão de suspeita e conjectura, sugerindo um reino de potencial atroz — aquele país infinito que paira além de nevoeiros e névoas e de céus cinzentos amontoados.

Mas mesmo aqui algo permanecia obscuro, uma sensação provocada de ritos ou observâncias sendo encenados em segredo. E essa sensação peculiar era despertada por certos sons, como de ecos cacofônicos sufocados açoitando as celas negras e flagelando a extensão de passagens cegas. Através do silêncio do nevoeiro, eles se disseminavam gradualmente.

"Você os ouve?", perguntou a srta. Plarr, embora àquela altura eles já tivessem atingido uma estridência nítida. "Em algumas salas não podemos ver onde esses sons estão sendo feitos. Sons de algo que aferroa o ar."

Os olhos dela pareciam possuídos pela visão dessas salas mencionadas; seus cabelos estavam se mesclando à névoa ao nosso redor. Por fim, ela soltou a minha mão e se deixou levar adiante. Não houve luta: ela já sabia havia algum tempo o que assomava no pano de fundo de suas andanças e o que estava à espera de sua aproximação. Talvez achasse ser algo que poderia passar a outros, ou em que pudesse ter a companhia de outros. Mas a companhia dela, a companhia *adequada*, vinha o tempo todo se preparando para a chegada dela em outro lugar. No entanto, a srta. Plarr me honrou como herdeiro de suas visões.

O nevoeiro arrebatou de chofre o entorno dela e engrossou mais uma vez até não existir mais nada que pudesse ser visto. Após alguns momentos consegui me dar conta da posição geográfica, estava no meio da rua, a poucos quarteirões de casa.

Logo depois do desaparecimento da srta. Plarr, nossa família voltou a se estabilizar em sua rotina: minha mãe recuperou-se com vigor de sua pseudodoença e meu pai voltou de seu périplo de negócios. A jovem contratada, aparentemente, abandonara a casa sem aviso prévio, reviravolta que causou pouca surpresa em minha mãe. "Uma criatura tão volúvel", disse ela sobre nossa ex-governanta.

Apoiei essa caracterização da srta. Plarr, mas não ofereci nada que pudesse sugerir a natureza da escapada. Na verdade, nenhuma palavra minha teria sido capaz de propiciar o mínimo de clareza à situação. Tampouco desejava eu aprofundar os mistérios desse episódio revelando o que a srta. Plarr havia deixado para trás naquele quarto do sótão. Para mim essa câmara estava agora investida de uma mística austera, e ao longo dos anos revisitei em diversas ocasiões seus espaços expostos ao vento. Especialmente nas tardes no início de primavera, quando eu não conseguia tapar os ouvidos a certos sons que me chegavam de além de uma névoa cinzenta ou de céus de chuva sibilante, como se em algum lugar as formas tênues de espíritos estivessem se debatendo em um mundo escuro e desolado.

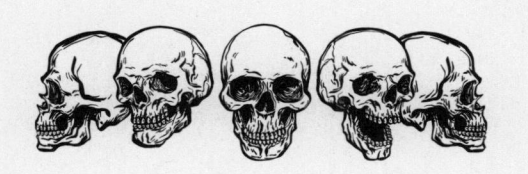

A VOZ DO NOSSO NOME

A SOMBRA NO FUNDO DO MUNDO

Antes que ocorresse qualquer coisa de natureza verdadeiramente prodigiosa, a estação irrompera com alguma evidente intenção febril. Essa foi, pelo menos, a nossa impressão, calhasse de vivermos na cidade ou em algum lugar fora de seus limites. (E viajando entre a cidade e o campo estava o sr. Marble, que vinha estudando os sinais sazonais havia muito mais tempo e com mais profundidade do que nós, revelando profecias em que ninguém acreditaria à época.) Nos calendários que pendiam em tantas de nossas casas, a fotografia mensal ilustrava o espírito dos dias numerados abaixo, na folhinha: feixes de pés de milho amarronzados e quebradiços em um campo recém-colhido, uma casa estreita com celeiro amplo ao fundo, um céu de luz vazia, e uma folhagem viva salpicando as bordas da cena. Mas algo sombrio, algo abissal sempre encontra seu caminho na beleza branda de tais imagens, algo que costuma se manter em suspenso, uma presença entretecida que sabemos sempre estar lá. E foi exatamente essa presença que entrara em crise, ou talvez tenha sido secretamente invocada por vozinhas sombrias chamando em meio a nossos sonhos. Havia no ar um aroma amargo, como o vinho doce transformando-se em vinagre, e havia um brilho histérico florescido pelas árvores da cidadezinha, bem como por aquelas da floresta além, ao passo que ao longo das estradas figuravam exibições intemperadas de estramônio, sumagre e girassóis imponentes que meneavam atrás de cercas de acostamento tortas. Até mesmo as estrelas das noites frias pareciam delirar e adquirir as nuances de uma inflamação terrena. Finalmente, um campo enluarado onde um espantalho fora deixado para vigiar o solo que, embora roçado muito tempo antes, não se enregelava.

Adjacente à borda da cidadezinha, o descampado permitia uma visão completa de si mesmo a partir de muitas das nossas janelas. Estendia-se espaçoso além dos mourões inclinados e sob uma lua redonda e reluzente, limpa e despojada, salvo pelas silhuetas pontiagudas de medas de milho e por uma forma humanoide que permanecia fixa na solidão noturna. A cabeça da figura estava tombada para a frente, como se um sono grotesco tivesse subjugado o corpo forrado de palha e os braços estivessem frouxamente estendidos sugerindo algum gesto inacreditável em direção ao voo. Por um momento parecia ser um vento insistente que sacudia aquele macacão remendado e adejava a flanela surrada das mangas da camisa. E dava a impressão de que um pé de vento fazia a cabeça costurada assentir em seus sonhos. Mas nada mais contribuía para esses movimentos: as folhas ressequidas dos pés de milho estavam rígidas e imóveis, as árvores das florestas distantes serenadas numa calmaria que contrastava com a noite límpida. Apenas uma coisa parecia estar viva onde o luar se alastrava por aquele campo morto. E havia gente que afirmava que o espantalho de fato erguia para o alto os braços e o rosto vazio, como se estivesse se declarando aos céus, enquanto outros pensavam que as pernas davam chutes violentos, como se fossem de um homem sendo enforcado, e que elas continuavam escoiceando por muito tempo antes que a coisa toda desabasse e se aquietasse. Descobrimos que nessa noite muitos de nós haviam sido arrancados da cama aos cutucões, chamados a testemunhar aquele obscuro espetáculo. Mais tarde, a aparição que havíamos visto, independentemente do que acreditássemos ser a razão, não se apaziguaria dentro de nós, mas acossaria as bordas do nosso sono até o amanhecer.

E durante as horas encobertas do dia seguinte não pudemos evitar a sanha de visitar o local em torno do qual haviam surgido vários rumores precipitados. Como peregrinos, perambulamos por esse descampado, esquadrinhando os escombros da colheita em busca de sinais augurais, circundando aquele espantalho como se fosse um formidável ídolo com um disfarce desleixado, um avatar sagrado fora de época. Mas tudo o que existia sobre aquela terra parecia pouco disposto a respaldar nossa fome de revelação, e nossa congregação se perdeu em desassossegada perplexidade (com exceção, é claro, do sr. Marble, cujos olhos, nos lembramos, cintilavam com percepções que ele não seria capaz de nos oferecer em quaisquer palavras que pudéssemos entender). O céu se escondera atrás de uma abóbada plúmbea de nuvens, privando-nos do elemento crucial da luz solar pura de que precisávamos para queimar por completo os sonhos nebulosos da noite anterior. Uma parede de pedra retorcida de trepadeiras ao longo da linha da propriedade da fazenda era do mesmo matiz que o céu, enquanto as próprias videiras dormentes eram tão incolores quanto a pedra em que elas se enredavam como uma rede estranha de veias mortas. Mas esse cinza calculado era meramente um aspecto da cena, pois as cores das matas abundantes ao longo das margens da paisagem eram nítidas e intensas, como se aquelas folhas radiantes possuíssem alguma fonte interna de iluminação ou contrastassem com alguma sombra mais profunda que mascaravam.

Tais condições sem dúvida impediram nossos esforços de confrontar nossos temores acerca daquele campo em particular. Acima de todas essas manifestações, contudo, estava o fato de que a terra daqueles hectares cultivados, em especial na área ao redor do espantalho, estava anormalmente quente para a época do ano. Parecia, de fato, que havia uma colheita tardia programada. E alguns insistiram que os zumbidos estranhos que enchiam o ar não podiam ser imputados às legiões de cigarras locais, pois na verdade erguiam-se do chão.

Na hora do crepúsculo, apenas alguns retardatários permaneceram no campo, entre eles o velho fazendeiro que era o proprietário dessa área agrária repentinamente notória. Sabíamos que ele compartilhava o mesmo impulso que o restante de nós quando se aproximou do espantalho e começou a despedaçar o impostor. Outros se juntaram ao vandalismo, arrancando punhados de palha e tirando as roupas do boneco até deixarem exposto o que havia sob elas — a visão estranha e inesperada.

Pois o esqueleto da coisa deveria ter sido apenas duas tábuas transversais. Verificamos esse fato comum com seu criador, que jurou não ter usado nenhum outro material. No entanto, a forma que estava diante de nós era de natureza completamente diferente. Algo preto e retorcido no feitio de um homem, algo que parecia ter surgido da terra e crescido sobre as tábuas de madeira como um fungo escuro, consumindo a estrutura. Agora havia pernas negras que pendiam como que carbonizadas e ressequidas; havia uma cabeça envergada como um saco de cinzas sobre um corpo magro de negrume; e havia braços finos esticados feito galhos nodosos de uma árvore chamuscada por relâmpago. Tudo isso era escorado por um caule grosso e escuro que se erguia da terra e alcançava a efígie como uma mão enfiada dentro de uma marionete.

E, quando aquele dia sem sol começou a toldar-se, nossa visão ainda estava fixa naquela coisa sinistramente dependurada no lusco-fusco. Sua composição parecia ser a da terra mais escura, de terra que ficara estagnada em algum lugar nas profundezas, onde uma fértil marga argilosa havia se infeccionado em um brejo de sombras. Logo percebemos que todos nós tínhamos caído em silêncio, enfeitiçados por uma escuridão profunda que parecia absorver nossa visão mas que nada expunha ao escrutínio, exceto um abismo no contorno de um homem. Mesmo quando nos aventurávamos a tocar as mãos naquela massa de escuridão, encontrávamos apenas mistérios maiores. Pois quase não havia aspecto tangível, somente uma sugestão de sensação material, mal e mal a insinuação do vento ou da água. Parecia não possuir mais substância do que algumas chamas inconstantes, mas chamas do mais insignificante calor, chamas negras que se enroscavam umas às outras para assumir a textura derretida da fruta estragada. E havia uma vaga sensação de circulação, como se uma espécie de vida serpentina rodopiasse suavemente para dentro. Ninguém, entretanto, aguentava segurá-la por muito tempo antes de se afastar.

"Maldita seja esta coisa, ela não vai se enraizar na minha terra", disse o velho agricultor. Em seguida ele caminhou em direção ao celeiro. E, como o restante de nós, ele estava tentando esfregar algo da mão que havia tocado o espantalho enrugado, alguma coisa que não podia ser vista.

Retornou até nós munido de um arsenal de machados, pás e outros apetrechos para arrancar pela raiz o que havia crescido em suas terras, aquela excentricidade da colheita. Parecia uma tarefa simples: o solo era curiosamente macio ao redor da base daquele tumor preto e sua tênue substância que mal seria capaz de resistir à lâmina larga do machado do fazendeiro. Mas, quando o velho desferiu a machadada na tentativa de rachar a coisa como uma acha de lenha, a cunha não conseguiu parti-la ao meio. O machado penetrou e foi engolfado, como se afundasse em um lamaçal viscoso. Com puxões o fazendeiro conseguiu desprender o cabo, mas imediatamente deixou que o machado caísse de suas mãos. "Estava me puxando de volta", disse em voz baixa. "E vocês ouviram esse som." De fato, o som que assombrou a área durante todo o dia — e ecoava como inúmeros insetos gargalhando — pareceu avolumar-se em altura e intensidade quando a coisa foi golpeada.

Sem uma palavra, começamos a escavar a terra onde aquele talo grosso e negro estava enterrado. Cavamos bem fundo antes que a noite que já se aproximava nos obrigasse a abandonar nossos esforços. Entretanto, por mais profunda que fosse a cova que abríamos, nunca chegávamos longe o suficiente para atingir o fundo daquela negrura brotante. Além disso, nossas tentativas eram obstruídas por uma relutância perversa, como no caso de alguém que hesita em ter cortada uma parte enferma do próprio corpo para evitar que a doença se espalhe.

As nuvens daquele dia tardaram a ocultar a lua, e na escuridão nossas vozes sussurraram várias estratégias, de sorte que pudéssemos ainda realizar a tarefa em que até então tínhamos fracassado. Nenhuma de nossas palavras agora se erguia acima de um cochicho, embora nenhum de nós fosse capaz de explicar por quê.

A sombra imensa de uma noite sem lua encobria a paisagem, resguardando-nos de ver o campo do velho fazendeiro e o que agora ocupava como arrendatário a terra. E ainda assim muitas das casas da cidade mantiveram-se em vigília durante aquelas horas sombrias. Luzes suaves brilhavam através de janelas acortinadas ao longo do comprimento de cada rua, onde nossas casas de madeira, tão bem-acabadas, pareciam pequenas como casas de bonecas sob as profundezas trevosas e sussurrantes da estação. Acima dos telhados reunidos pairavam os globos de vidro dos postes de iluminação, pequenas luas inseridas na folhagem densa de olmos e carvalhos e bordos. Mesmo à noite, a luz que brilhava por entre aquelas folhas traía o festival de cores fervilhando dentro delas, auras fulgurantes que não tinham desvanecido com o passar dos dias, uma praga de cores que já começara a empestear nossos sonhos. A essa altura o prodígio já se conectara em nossa mente com aquele campo nas cercanias da cidade e o estranho tumor que lá havia criado raízes.

Assim, um senso de urgência nos levou de volta àquele lugar, onde encontramos o velho fazendeiro esperando por nós enquanto a frígida aurora do amanhecer aparecia acima da floresta distante. Nossos olhos esquadrinharam a terra polvilhada de geada e estudaram cada espaço entre sombras e medas de milho espalhadas terra afora, procurando o que não estava mais presente na cena. "A coisa voltou", revelou-nos o fazendeiro. "Entrou na terra como algo escondido em sua casca. Não andem por lá", alertou, apontando para a boca de um largo poço.

Nós nos reunimos junto à borda dessa abertura no chão, fitando o interior de suas profundezas. Nem mesmo o pleno raiar do dia nos mostrava o fundo daquele poço escuro. Nossas especulações foram breves e fúteis. Alguns de nós pegaram as pás que jaziam por perto, fazendo menção de iniciar a longa tarefa de preencher a grande abertura. "Isso não adianta nada", disse o fazendeiro. Ele então encontrou um pedregulho e o deixou cair dentro do poço. Esperamos bastante; encostamos a cabeça bem rente ao buraco, com ouvidos apurados. Mas o que conseguíamos ouvir pareciam ecos remotos e sussurrantes, como se incontáveis insetos tagarelassem sem ser vistos. Por fim vedamos com algumas tábuas o perigoso poço e soterramos a cobertura improvisada sob um monte de terra macia. "Talvez haja alguma mudança na primavera", disse alguém. Mas o velho fazendeiro apenas riu sozinho. "Você quer dizer quando o solo se aquecer? Por que você acha que essas folhas não estão caindo do jeito que deveriam?"

Não foi muito depois desse episódio perturbador que nossos sonhos, antes apenas sombras e vislumbres dos mais ínfimos, vicejaram em fase plena e copiosa. Entretanto, não devem ter sido inteiramente sonhos, mas também escavações dentro da estação que os tinha inspirado. No sono fomos consumidos pela vida febril da terra, lançados entre um mundo maduro, claramente podre, de crescimento e transformação estranhos. Tomamos nosso lugar dentro dos limites de uma paisagem sombria e florescente, onde até mesmo o ar tornara-se amadurecido em matizes avermelhados e tudo exibia a careta encarquilhada de decadência, a pele sarapintada de carne velha. A própria face da terra estava atada a vários outros rostos, rostos corrompidos por impulsos vis. Expressões grotescas moldavam-se a si mesmas nas ranhuras escurecidas da casca antiga e nas espirais de folhas emurchecidas; feições polpudas e disformes espreitavam de ranhuras úmidas; e a pele crocante de caules e sementes mortos dividiu-se em uma infinidade de sorrisos tortos. Tudo era uma máscara bizarra pintada com cores marrom-avermelhadas de urticária — cores que sangravam com uma intensidade virulenta, tão fortes e vibrantes que as coisas tremiam com a própria maturação.

Mas, apesar da palpabilidade grosseira dos nossos novos sonhos, restava no âmago deles algo espectral. Movia-se em sombra uma presença que estava *no* mundo das formas sólidas, mas que não era *do* mundo. Nem pertencia a nenhum outro mundo que pudesse ser nomeado, a não ser aquele reino que nos é sugerido por uma noite de outono quando campos jazem abandonados ao luar e algum espírito selvagem entra nas coisas, uma enorme aberração proliferando-se a partir de um precipício de sombras orvalhadas e férteis, uma malignidade uivante de olhos ocos erguendo-se para se apresentar ao vazio gelado do espaço e ao pálido olhar fixo da lua.

E foi naquela lua que fomos forçados a procurar consolo quando acordamos tremendo à noite, esmagados pela sensação de que outra vida estava se enraizando dentro de nós, buscando sua derradeira encarnação nos corpos que sempre sonhamos que eram nossos, e nos convidando para as profundezas de uma colheita extraordinária.

Sem dúvida houve algum alívio quando começamos a descobrir, depois de muitos indícios e investigações inseguros, que os sonhos não eram uma enfermidade restrita a indivíduos ou famílias solitários, mas, a bem da verdade, epidêmicos em toda a comunidade. Já não éramos obrigados a disfarçar nosso mal-estar quando nos encontrávamos nas ruas sob as sombras luxuriantes das árvores que não descartavam sua folhagem espalhafatosa, arremedo de plumagem de uma estação estranha. Nós nos tornáramos uma raça de excêntricos, e abertamente declaramos um rol de caprichos e suspeitas, pelo menos enquanto a luz do dia permitia essa audácia.

Respeitado entre nós era aquele velho sujeito, afamado pelas esquisitices, e que antecipara nossos problemas com semanas de antecedência. Enquanto zanzava pela cidade empurrando o rebolo de amolar lâminas com o qual ganhava a vida, o sr. Marble tinha falado do que ele conseguia "ler nas folhas", como se aqueles retalhos trêmulos de cores viçosas fossem as páginas de um livro secreto em que ele decifrava atentamente hieróglifos dourados e carmesim. "Olhem só para elas", ele instigava os transeuntes, "sangrando as cores delas desse jeito. Deveriam ser exauridas até secar, mas agora estão formando figuras. Alguma coisa dentro delas tenta se mostrar. Estão mortas feito trapos agora, todas flácidas e sacudindo. Mas algo ainda está lá. Essas imagens, vocês veem?"

Sim, nós víamos, embora um tanto atrasadas. E elas não eram vistas apenas nos desenhos cromáticos daquelas folhas imorredouras. Elas poderiam mostrar-

-se em qualquer lugar, ainda que sempre de forma breve. Sobre uma parede do porão poderia aparecer um semblante malformado entre as pedras úmidas e fraturadas, a imitação horrenda de um rosto infiltrando-se nos cantos escuros de nossas casas. Outros rostos, máscaras leprosas, surgiam dentro das nervuras dos painéis das paredes ou dos pisos de madeira, espiando por um momento antes de afundar de novo nas sombras nodosas, recolhendo-se sob a superfície. E havia tantos padrões e motivos sem nome que podiam se espalhar pelas tábuas de uma cerca velha ou a lateral de um galpão, gravuras emaranhadas e enrugadas como um frenesi subterrâneo de raízes e gavinhas, um tumulto de submundo de convoluções ramificadas, ornamentações retorcidas. Contudo, esses desenhos não nos eram desconhecidos ... pois neles reconhecíamos os mesmos contornos da decadência outonal que víamos em nossos sonhos.

Como o velho visionário que afiava facas, machados e foices curvas, agora também podíamos ler o grande livro de incontáveis folhas coloridas. Mas ainda assim ele permaneceu muito à frente do que estava acontecendo no âmago de todos nós. Pois foi ele quem manifestou certas idiossincrasias de modos que mais tarde apareceriam em tantos outros, quer vivessem na cidadezinha ou fora dos limites do município. É claro que ele sempre se mantinha distante de nós por sua imprevisibilidade de discurso, sua disposição para proferir declarações de uma curiosidade horrenda ou deliciosa. Para uma criança ele poderia dizer: "A visão da noite pode voar como uma pipa", ao passo que alguém mais velho ouviria: "Não tem braços, mas sabe como usá-los. Não tem rosto, mas sabe onde encontrar um".

No entanto, ele desempenhava seu ofício com toda a eficiência, pedalando o mecanismo que girava o rebolo, afiando habilmente cada lâmina e recebendo seu pagamento como qualquer homem de negócios. Então, notamos que ele parecia tornar-se distraído no trabalho. O sr. Marble tocava os instrumentos de metal em sua roda giratória de pedra como se estivesse em um transe entorpecido, descuidado das faíscas que voavam para seu rosto. No entanto, havia também uma luminosidade transtornada em seus olhos, como uma febre brilhosa feito um diamante ardendo dentro de si. Por fim nos sentimos incapazes de suportar sua companhia, apesar de agora atribuirmos isso tão somente a algum aumento em sua perene estranheza e não a uma mudança de comportamento totalmente inaudita. Foi só depois que ele deixou de aparecer nas ruas da cidade, ou em qualquer outro lugar, que admitimos nossos medos com relação a ele.

E esses temores necessariamente tornaram-se vinculados a outros distúrbios daquela estação do ano, aqueles presságios extravagantes que vinham ganhando força ao redor. O desaparecimento do sr. Marble coincidiu com um fenômeno novo, que ao fim e ao cabo tornou-se evidente no crepúsculo de certo dia, quando toda a folhagem aglomerada e tenaz parecia exsudar uma vaga fosforescência. Ao anoitecer, esse portento estava além do ceticismo. As folhas multicoloridas se irradiavam em um contraste suave com o céu escuro, criando um inoportuno arco-íris noturno que espalhava tons espectrais por toda parte e tingia a noite com uma colheita de tons: ouro-pêssego e laranja-abóbora, amarelo-mel e âmbar-vinho, vermelho-maçã e violeta-ameixa. Lustrosas dentro de suas formas frondosas, as cores lançavam-se ao longo de toda a escuridão e se esparrinhavam por nossas ruas e nossos campos e nosso rosto. Tudo resplandecia com a pirotecnia de um novo outono.

Naquela noite, ficamos em nossas casas e observamos de nossas janelas. Não era de admirar, então, que tantos de nós tenhamos visto aquele que perambulou pela cidade nas trevas iridescentes e que se juntou às explosões e celebrações noturnas. Possuído pelos êxtases de um festival sombrio, ele se movia em transe, carregando na mão aquela enorme faca cerimonial cujo gume afiado exibia mil sonhos brilhantes. Ele foi visto parado sozinho debaixo de árvores cujas cores reluziam sobre ele, manchando-lhe o rosto e as roupas esfarrapadas. Ele foi visto sozinho de pé no quintal de nossas casas, um espantalho rígido engendrado a partir de uma colcha de retalhos de sombras. Ele foi visto tocaiando junto a cercas altas de madeira agora pintadas com um lustro trêmulo. Finalmente, ele foi visto em certa encruzilhada de ruas no centro da cidade.

A essa altura sabíamos o que precisava acontecer. A besta de abate tinha vindo por conta própria. Avançava sobre nós a estação de todas as estações, e havia surgido uma aberração que não pertencia ao curso da vida que sempre tínhamos conhecido. Ela brotou da terra no campo de um fazendeiro, e abaixo dela havia um buraco sem fundo que cobríamos com um monte de terra, assim negando a uma presença faminta o que ela nos pedia. Insatisfeita, ela agora levaria o que desejava. Por mais assustados que estivéssemos, sentíamos também ressentimento e indignação. Desde o início, houve uma troca à qual nos resignamos: aquilo que é dado deve um dia ser devolvido. No devido tempo a eterna escuridão chegaria, quando uma a uma a vida de cada um de nós seria reivindicada em seu final e voltaria para a terra que dera origem a nosso corpo e que nos sustentava com sua abundância. Mas o fenômeno que enfrentamos parecia nada menos que um desejo prematuro, uma ganância que sobrepujava nossa aliança com o patrimônio da terra. O que fomos forçados a estipular, então, era outra ordem de existência, talvez mais fundamental do que nossa espécie suspeitava, até mesmo uma traição ou engano por parte da própria criação. Tudo o que nos restou foi indagar: quem sabe tudo o que é inato a este mundo ou a qualquer outro? Por que não deveria existir algo enterrado na profundeza das aparências, algo que usa uma máscara para se esconder atrás da visibilidade da natureza?

Mas o que quer que tivesse se escondido em formas exteriores importava menos para nós naquela noite do que o plano que a coisa concebera para uma lâmina habilmente afiada e a mão possuída que a empunhava. Não tínhamos a menor ilusão de que nosso destino pudesse ser evitado ou combatido. Pois se a força ou entidade que se apoderou de nossa terra pudesse exercer sua vontade como tínhamos visto, havia algo que ela não seria capaz de fazer? E agora ela estava açulando o furor. Mais do que nunca, as árvores queimavam com uma incandescência atroz, e os ruídos chilreantes que comandavam o ar abafado começaram a aumentar até uma gargalhada volumosa e cruel. Enquanto esteve no centro da cidade, o sr. Marble examinou nossas casas, uma a uma, a questão de sua mente concentrada pelo jeito no local onde a sanguinolência começaria e em como seria voraz a destruição exigida por qualquer mistério que lhe delegava poderes, como servo brutal.

Como qualquer grupo de pessoas que tem uma sensação indubitável de desordem iminente, todos esperávamos que aquilo passasse por nós e que o pior assolasse outrem. Covardes todos, rezamos para que o massacre vindouro nos negligenciasse. Mas nossa vergonha não foi longeva. Vozes começaram a chamar da rua aqueles de nós que ainda estavam escondidos. "Ele se foi", disse alguém. "Nós vimos ele ir embora para a floresta." Ele havia levantado sua faca, relatou-se, mas a mão tremia, como se ele estivesse lutando contra o objeto. Então ele caminhou até passar dos limites da cidade. "Mais cambaleando do que qualquer outra coisa", disse uma mulher que empunhava uma espátula como arma. "Parecia que ele estava andando em uma tempestade de vento, o jeito que se inclinou para a frente, pelejando e avançando com esforço. Fiquei com medo de que desabasse de costas na rua principal." Um homem que chegou atrasado à cena declarou para todos nós que, caso o sr. Marble tivesse ficado mais tempo, ele se dirigiria ao amolador e diria: "Leve-me e poupe os outros. Sangue é sangue". Não foi difícil perceber que se tratava de invencionice.

Por algumas horas nós nos amontoamos no centro do vilarejo, esperando para ver se o sr. Marble voltaria. As árvores ao redor pareciam estar esmaecendo em sua radiância, e a noite estava quieta, o ruído contínuo de vibrações estridentes no ar tendo diminuído por completo. Aos punhados, poucos por vez, voltamos para as nossas casas, que agora tinha perdido o fedor de sombras mofadas, e gradualmente a cidadezinha sucumbiu a um sono sem sonhos. De alguma forma todos nos sentimos seguros de que o que temíamos naquela noite não se concretizaria.

Contudo, ao alvorecer tornou-se evidente que algo realmente acontecera durante a noite. Por toda parte a terra por fim ficou fria. E as árvores agora estavam desguarnecidas de folhas, todas elas jazendo escuras e secas no chão, como se a morte delas, estranhamente protelada, por fim as tivesse surpreendido em um súbito surto de mortificação. Vasculhamos tanto a cidadezinha como a área rural em busca de qualquer sinal remanescente da terrível estação que enfrentamos. E não demorou muito para que o sr. Marble fosse descoberto.

O cadáver repousava em um descampado, esticado de bruços, o rosto sobre um monte de terra e ao lado dos restos de um espantalho desmantelado. Quando viramos o corpo, vimos os olhos abertos, tão incolores quanto aquela cinérea manhã de outono. Depois constatamos que o braço esquerdo da figura havia sido talhado até o osso pela faca ainda presa em sua mão direita.

O sangue havia jorrado sobre a terra e enegrecido a carne do homem suicidado. Mas aqueles de nós que manejaram o corpo flácido e quase sem peso, enfiando nossos dedos na ferida escura, não encontraram absolutamente nada que parecesse sangue. Sabíamos muito bem, é óbvio, qual era a sensação daquela escuridão sombria. Sabíamos que coisa havia encontrado o homem antes de nós e o arrastara para dentro do seu mundo selvagem. A afinidade desse homem com as tramas imanentes da existência sempre tinha sido muito mais profunda que a nossa. Por isso o enterramos bem fundo em um túmulo sem fundo.

ESTA OBRA FOI COMPOSTA PELA ABREU'S SYSTEM EM CAPITOLINA REGULAR
E IMPRESSA EM OFSETE PELA LIS GRÁFICA SOBRE PAPEL PÓLEN NATURAL DA
SUZANO S.A. PARA A EDITORA SCHWARCZ EM JULHO DE 2023